ANKA NESCH
Taube Wände

Buch

Als die junge Polizistin Karin Rinke die Vermisstenanzeige für den 13 jährigen Tobias Bleckmann aufnimmt, ahnt sie nicht, wie sehr sie sich in die Fahndung verstricken wird. Der Fall zieht immer größere Kreise und die etwas chaotische Beamtin findet sich wider Willen mitten in den Ermittlungen nach einem Serienmörder. Selbst die spektakuläre Affäre mit ihrem Kollegen ist Teil der fieberhaften Suche nach dem Jungen.

Aus der brutalen Schule seines Elternhauses geht Horst Weber als Psychopath hervor. Sein abartiges Leben ist eine Schattenwelt aus vermeintlicher Normalität, perverser Lust und hoffnungsloser Sehnsucht nach Nähe. Sein vorerst letztes Opfer ist Tobias. Der Junge kämpft um sein Leben und versucht, die perfiden Machenschaften seines Entführers zu ertragen…

Mit atemberaubender Finesse gelingt es der Autorin, den Lesern Einblicke in die spannungsgeladene Beziehung von Opfer und Täter zu gewähren – es eröffnen sich menschliche Abgründe jenseits des Vorstellbaren.

„Der Abgrund in diesem Buch wird am Ende so tief, dass man es kaum noch ertragen kann."
Charlotte Ebers – Journalistin

Autorin

Anka Nesch lebt mit ihrem Mann in Cornwall, England. Wenn sie nicht gerade schreibt, gärtnert (mit inspirierendem Meerblick) oder auf Besuch bei ihren Söhnen in Deutschland ist, verdient sie sich ihre Brötchen als Ärztin, Psychotherapeutin (Ausbildung in England) und Coach.
Sie liebt Menschen und gute Geschichten.

Anka Nesch

TAUBE WÄNDE

Psychothriller

Printed by CreateSpace, an Amazon.com Company
Als Taschenbuch erhältlich bei Amazon.de, Amazon.com und anderen online stores und retail outlets
Erhältlich als E-Book für Kindle and Tolino
Titelbild: Illustration Bettina Bülow-Böll 2015 - www.bbb-malerei
Covergestaltung: Britta Schäfer, Angela Berges
ISBN 978-3-00-050922-3

Für Steven, Vincent und Lorenz

Es ist etwas Seltsames mit dem Menschsein.

Keiner kann alleine ein vollständiger Mensch sein, nicht auf Dauer. Keiner kann alleine ein gesunder, glücklicher Mensch werden, dazu braucht es andere. Menschen sind absolut soziale Wesen und das miteinander Umgehen hat direkten Einfluss auf das Befinden jedes einzelnen in der Gruppe.

Horst 1

„Herr Juchems bitte zur Information. Herr Juchems bitte!"

Er mochte diese leicht unverständlichen Lautsprecheransagen, die in unregelmäßigen Abständen auf ihn einrieselten, während er seinen Einkaufswagen durch die Gänge schob. Er fühlte sich dann weniger einsam, weniger deplatziert. Es war ein bisschen so, als spräche da auch jemand zu ihm, als könne auch er plötzlich aufgerufen und zur Information gebeten werden.

Es war diese Stimme aus dem Hintergrund, die Erinnerungen wach rief. Sie war unverhofft und dennoch erwartet, fordernd, ohne Raum für Widersprüche. So, wie der Vater ihn gerufen hatte, wenn er im Garten spielte: *'Komm jetzt rein, Sohn, es ist Zeit!'*, oder, wenn der Priester ihn hereingebeten hatte: *'Komm herein, mein Freund, leiste mir etwas Gesellschaft.'*

Bald würde auch er endlich einen Freund haben, bald. Erst aber musste er den Raum fertig stellen und deshalb war er hier, er musste sich jetzt auf das Wesentliche konzentrieren. Horst Weber schaute auf seine Einkaufsliste: Bohrer und 8er Holzschrauben standen noch aus. Diese waren ihm beim Bau des Regals über dem Bett ausgegangen. Den alten Schlagbohrer hatte er von seinem Vater geerbt. Nach jahrzehntelangem Gebrauch hatte die Maschine nun endgültig den Geist aufgegeben. Von außen sah sie noch relativ unbeschädigt aus, aber der Motor sagte keinen Mucks mehr. Sein zeitaufwändiger Versuch, das Gerät zu reparieren war leider fehlgeschlagen. Fakt war: Er hatte fast einen ganzen Nachmittag kostbare Zeit mit der vergeblichen Reparatur vertan.

'Im Prinzip ist der Bohrer wie Mutter', fuhr es ihm durch den Sinn. 'Sie hat auch Vater gehört und zeigt von außen nach vielen Jahrzehnten Gebrauchsspuren. Augenscheinlich ist sie allerdings noch intakt, nur hat sie einfach ihren Geist aufgegeben. Selbst mich, ihren einzigen Sohn, erkennt sie manchmal nicht mehr. Es ist schon traurig, dass sie immer häufiger selbst meinen Namen nicht mehr weiß und mich stattdessen Karl-Heinz nennt; wie diesen verhassten Sack, obwohl der Arsch schon so lange tot ist. Ah, wie ich das hasse!'

Am Anfang hatte er sie noch verbessert, aber schließlich hatte er die Sinnlosigkeit solcher Belehrungen eingesehen. Sie konnte sich einfach nichts mehr merken. Jedenfalls schien seine Mutter es nicht böse zu meinen. Denn jedes Mal, wenn sie ihn so nannte, sah sie wohl auch ihren verstorbenen Gatten vor sich. Sie schaute ihn dann mit der unterwürfigen, stets furchtsamen Miene an, die sie immer in der Gegenwart seines Vaters gehabt hatte. Sie war dann wieder jung und lebte in der Angst, im nächsten Moment von ihrem Mann angeschrien oder geschlagen zu werden. In solchen Phasen der Verwirrung musste er beruhigend auf sie einreden, sie behutsam aus der fehlgeschalteten Gedankenschleife, die ihr Resthirn durchkreiste, herausleiten.

Es war sehr anstrengend mit ihr.

Auf seine Art liebte er seine Mutter, so wie er es immer getan hatte. In seiner Zuneigung schwang jedoch seit ewigen Zeiten auch Verachtung mit. Selbst als Kind hatte er auf sie wegen ihrer Schwäche dem Vater gegenüber herabgeschaut, hatte sie dennoch stets behüten wollen.

Jetzt wusste sie nicht mehr, wo sie war, kannte auch oft ihren eigenen Namen nicht mehr.

Bei den Gedanken an seine Mutter musste er plötzlich lächeln: Das Einzige, was sie noch hinkriegte, war zur Toilette zu gehen und zu kochen. Sonst nichts. Man musste sie allerdings in ihre Küche bringen, ihr die Zutaten auf die Anrichte legen und sagen: „Du musst noch Essen kochen." Und etwas in ihr sprang an, wie ein von einem Virus kontrolliertes Computerprogramm und sie kochte wie eh und je die leckersten Sachen. Aber anziehen und waschen konnte sie sich nicht mehr, diese Programme waren unwiederbringlich von ihrer Festplatte gelöscht. Für solche Verrichtungen kamen morgens und abends die Schwestern vom Pflegedienst.

Er hasste es, dass diese Leute ins Haus kommen mussten. Aber oft war er für einige Tage auf Geschäftsreisen und konnte Mutter natürlich nicht alleine lassen. Die Damen vom Pflegedienst waren dann seine Rettung. Er selbst konnte sich nicht überwinden, seine Mutter nackt zu sehen, was das Umkleiden nun einmal mit sich gebracht hätte. Er hatte sie nie unbekleidet gesehen und wollte damit auch beileibe jetzt nicht beginnen, wo das welke Fleisch von ihren Knochen hing und sie diesen seltsamen, leicht säuerlichen Seniorengeruch an sich hatte. Das fand er besonders ekelig und abstoßend. Als Kind hatte er es gehasst, seine Großmutter im Heim besuchen zu müssen, das ganze Haus voller alter Menschen hatte so durchdringend gerochen wie alte Kohlsuppe. Und jetzt hing dieser Mief an seiner Mutter, scheußlich.

Horst hatte noch nie eine leibhaftige, unbekleidete Frau gesehen und Interesse, sich Abbildungen von solchen anzusehen, hatte er bis jetzt auch nicht verspürt. Was er manchmal so im Fernsehen sah, wenn andere sich paarten, fand er eher befremdlich und, wenn er ehrlich war, höchst langweilig. Seine Neigungen lagen auf einem ganz anderen Gebiet.

Seine Mutter war mittlerweile sechsundsiebzig Jahre alt, bald würde sie siebenundsiebzig werden. Eigentlich war sie schon alt gewesen, als sie ihn bekam. Zweiundvierzig war sie damals. Zweiundvierzig und wenn sie auch nur geahnt hätte, was aus ihrem süßen Horstl werden würde, sie hätte es vermieden, überhaupt jemals schwanger zu werden. Aber dafür war es ja jetzt sowieso zu spät und was ihr guter Junge so Tag ein und Tag aus trieb, hatte sie nie so richtig gewusst. Und wenn sie es gewusst hätte, noch nicht einmal annähernd verstanden. Es hatte auch Zeiten gegeben, in denen sie einfach ausgeblendet hatte, was um sie herum vorging, sie wäre ja sonst verrückt geworden. Nicht umsonst hatte sie schon vor der Zeit, als Horst erst dreizehn Jahre war, angefangen Dinge zu vergessen.

„Siebzehn bitte vier!", ertönte es erneut aus dem Lautsprecher und dann wieder: „Herr Juchems bitte zur Information, Herr Juchems, bitte!" Das klang wieder gut. Er wurde aus seinen unerquicklichen Gedanken gerissen und machte sich leichten Schrittes auf in Richtung Gang 3, wo die Bohrmaschinen und Bits waren.

Die Eltern 1

„Georg, hast du den Jungen gesehen?"

Er schaute von der Werkbank auf und drehte sich zu seiner Frau um. „Welchen Jungen?", fragte er mit leicht genervtem Unterton zurück und blickte dabei schon wieder auf die Bohrmaschine, die er gerade reparierte. Das blöde Ding hatte es auf einmal nicht mehr getan, aber er hatte den Fehler gefunden und war gerade dabei, die Teile wieder zusammenzuschrauben. Er fühlte sich bei seiner Arbeit gestört. Die Reparatur war fummelig und langwierig gewesen, er wollte die Maschine jetzt in Ruhe wieder zusammenbauen, das verschaffte ihm eine gewisse Befriedigung. Dieser geordnete Vorgang war quasi die Belohnung für die aufwendige Fehlersuche und das Beheben desselben.

„Tobias ist immer noch nicht aus der Schule zurück. Er hatte Sport heute Mittag und sollte eigentlich schon vor einer Dreiviertelstunde zu Hause sein."

„Ach der", antwortete der Bauer, „der ist bestimmt wieder mit dem Volker im Wald oder am Fluss unterwegs anstatt mir zu helfen."

„Aber das macht er doch nicht ohne Mittag zu essen und mir Bescheid zu geben. Für solche Fälle hat er doch sein Handy mit. Aber da kann ich ihn auch nicht erreichen." Sie sprach mit hastiger Stimme, wirkte dabei ganz zappelig.

„Hm", brummte ihr Mann, „hm." Dabei hielt er ein Schräubchen zwischen den Lippen. „Wenn du ihn gefunden hast, sag ihm, dass er mir heute unbedingt beim Melken helfen muss. Ich fahr' ja gleich noch ins Feld, mähen."

„Das mache ich, aber ich wollte erstmal, dass er wieder auftaucht." Tresi holte tief Luft bevor sie hinzufügte: „Aber ganz abgesehen davon finde ich, dass wir dem Jungen einfach mehr Zeit zum Spielen lassen sollten. Tobi macht so viel für die Schule und ist so ein guter Schüler."

Unfreundlich brummte ihr Mann: „Tresi, jetzt sei aber mal ehrlich, ein bisschen Arbeit hat noch keinem geschadet. Und was seine Abwesenheit betrifft, da wirst du dich wohl so langsam dran gewöhnen müssen, dass dein Ältester mit seinen dreizehn Jahren dir nicht immer erzählt, wo er gerade steckt.

„Meinst du wirklich, Georg?" Sie stand ratlos da und hob ganz kurz ihre Schultern an. Eine kleine, unwillkürliche Bewegung, die aber deutlich ausdrückte, dass sie anderer Meinung war. Die Einwände und das Genörgel ihres Mannes ignorierend insistierte sie erneut: „Aber das ist so gar nicht seine Art."

Tresi überging das ewige Gestichel ihres Mannes bezüglich ihres ältesten Sohnes sehr häufig. Sie wusste, dass Georg sich nur schwer damit abfinden konnte, dass sein Sohn Abitur machen wollte. Aller Wahrscheinlichkeit nach würde er nicht den elterlichen Hof übernehmen, wie es sich eigentlich für den erstgeborenen Sohn gehörte. Sie selbst war extrem stolz auf Tobias. Er war der Klassenbeste, obwohl er vom Bauernhof kam und die Eltern ihm nicht helfen konnten. 'Der kleine Sven wird bestimmt Bauer', dachte sie zum wiederholten Male, 'der findet nichts spannender, als die Tiere und mit seinem Spielzeug-Bauernhof zu spielen. Tobias findet Basteln und Tüfteln meistens viel interessanter.'

„Ich rufe jetzt mal bei den Winters an", teilte sie ihm mit und drehte sich zum Ausgang der Scheune.

„Ja, mach das", Georg war schon wieder in seine Reparaturarbeiten vertieft und schenkte ihr keine weitere Beachtung. Mit einem besorgten Seufzer wandte Tresi sich vollends ab und ging wieder hinüber ins Wohnhaus. In Momenten wie diesen wünschte sie sich mehr Unterstützung bei den Angelegenheiten mit den Kindern und nicht nur das fordernde unzufriedene Gebrumme ihres Mannes. Sie fühlte sich sehr alleingelassen mit der Sorge um Tobias. 'Das hat Tobias noch nie gemacht, wo steckt er nur? Georg weiß doch wie zuverlässig der Junge ist!'

„Hallo Renate, hier ist Tresi."

„Ah, hi, Tresi, was verschafft mir die Ehre?", antwortete die Frau am anderen Ende der Leitung mit freundlicher Stimme. Sie mochte ihre Freundin vom Nachbarhof sehr und hatte Lust auf ein Schwätzchen.

„Du, der Tobias ist nach der Schule noch gar nicht nach Hause gekommen und ich erreiche ihn nicht auf seinem Handy, da wollte ich fragen, ob er vielleicht bei euch ist?"

„Nee, hier ist er nicht", Renate hielt verwundert inne. „Das ist ja echt seltsam. Volker ist längst da, er sitzt oben und macht hoffentlich seine Hausaufgaben."

Wieder seufzte Tresi besorgt. Renate überlegte kurz, dann hatte sie eine Idee. „Pass auf Tresi, ich hol den Volker eben runter, dann kannst du ihn selber fragen, ob Tobias noch etwas in der Schule zu erledigen hatte."

„Danke", sagte die Mutter und wartete mit klopfendem Herzen bis Volker den Hörer aufgenommen hatte.

„Guten Tag Frau Bleckmann", drang die Jungenstimme etwas schüchtern an ihr Ohr.

„Hallo Volker, weißt du vielleicht wo Tobias ist?"

„Nee, aber Mama hatte mir schon gesagt, dass Tobi noch nicht zu Hause ist."

„Ja, genau, hast du vielleicht eine Ahnung, wo er stecken könnte?"

„Nein", antwortete der Junge und beide machten eine gedankenvolle Pause.

„Das ist echt sonderbar, Frau Bleckmann, weil wir doch zusammen nach Hause geradelt sind."

„Wirklich? Aber er ist gar nicht da. Hat er vielleicht etwas in der Schule vergessen und musste nochmal zurück?"

„Das weiß ich nicht", er atmete hörbar ein und aus, bevor er weiter sprach: „Aber wir hatten uns für fünf bei ihnen auf dem Hof verabredet. Wir wollten doch nach den Hausaufgaben noch angeln gehen."

„Das ist ja alles äußerst merkwürdig." Tresi wurde wieder von ihren unruhigen Gedanken eingeholt. Hörbar atmete sie tief ein und aus, während sie sich den nächsten Schritt überlegte. „Ich werde dann mal in der Schule anrufen, ob er dort aufgetaucht ist. Womöglich hatte er doch noch etwas vergessen oder so."

Sie hatte es plötzlich eilig, das Gespräch zu beenden, als Volker noch etwas fragte: „Ja, soll ich denn dann gleich noch kommen, weil wir doch angeln gehen wollten?" Er wunderte sich wirklich wo sein Freund abgeblieben war. Vor einer guten Stunde waren sie noch gemeinsam bis zu der Abzweigung zu seinem Haus geradelt. 'Das macht alles irgendwie keinen Sinn', grübelte er. Volker war mit den Hausaufgaben für Deutsch und Latein schon fast fertig und hatte sich die ganze Zeit auf das Angeln gefreut, er wollte noch Würmer sammeln und sich dann zum Bleckmannshof aufmachen.

Tobias' Mutter riss ihn aus seinen Gedanken. „Ja, komm nur, er wird ja wohl bis dahin wieder zu Hause sein. Tschüss dann, bis gleich, ich rufe jetzt in der Schule an." Eilig legte sie den Hörer auf. Volkers 'Tschüss Frau Bleckmann, bis gleich dann', hörte sie schon nicht mehr. Zu seiner Mutter gewandt sagte er: „Das ist ja echt komisch, Mama. Tobi hat mir gar nicht erzählt, dass er noch etwas anderes vorhatte.

„Jetzt mach dir mal keine Sorgen um deinen Freund und sieh zu, dass die Hausaufgaben fertig werden. Tobias wird schon wieder auftauchen, so schnell geht man nicht verloren." Renate legte tröstend den Arm um ihren Sohn und drückte ihn kurz an sich. Volker wand sich aus der leichten Umarmung, er mochte es nicht mehr von seiner Mutter angefasst zu werden. Sie spürte das und lächelte in sich hinein, 'Der Junge wird älter.'

„Willst du denn einen Kakao mit hoch nehmen?", fragte sie ihn freundlich und schaute ihn dabei aufmunternd an. Volker nickte erfreut: „Au ja, gerne!"

„Horstl, kommst du mal?", rief die Mutter ihren fast Fünfjährigen in die Küche. Das Kind kam zu ihr - ein Spielzeugauto in der einen und eine Cowboyfigur in der anderen Hand. Er hatte in dem langen, breiten Hausflur, der sich bei schlechtem Wetter sehr gut zum Spielen eignete, seine eigene Welt aufgebaut. Ungern war er aus der Verfolgungsjagd, die gerade stattfand aufgetaucht. Der Junge stand jetzt vor ihr, war etwas ungeduldig, wollte eigentlich wieder zurück zu seinem Spiel: „Was ist denn, Mama?" Dabei hatte der kleine Kerl seinen Lockenkopf in den Nacken gelegt, um in das Gesicht der Mutter schauen zu können. Er spürte, dass es ihr gut ging. Sie wirkte entspannt und lächelte ihn an, die Furche zwischen ihren Augenbrauen war nicht sehr ausgeprägt. Wenn sie ungeduldig oder gar böse war, vertiefte sich diese Stelle nämlich immer, teilweise schon, bevor sie mit ihm schimpfte. Horst kannte seine Mutter gut und wusste, dass im Moment die Welt für ihn soweit in Ordnung war. Von ihrem Alkoholproblem ahnte er nichts. Das Kind bekam nichts von dieser unguten Angewohnheit mit: Bisher trank sie auch nur in den Abendstunden ihren Sherry. Einerseits war er zu jung um etwas davon zu merken, geschweige denn auch nur zu verstehen. Andererseits war die Krankheit noch nicht so weit fortgeschritten, als dass sie das tägliche Leben wesentlich beeinträchtigt hätte. Aber das sollte sich alles ändern.

Es war elf Uhr morgens.

Karl-Heinz lag oben im Schlafzimmer im Bett und kurierte seine Erkältung aus.

„Bringst du dem Papa mal das Fieberthermometer und den Apfel nach oben und fragst ihn, ob er sonst noch etwas braucht?"

„Och, nee, ich spiel' grad' so schön." Er hatte überhaupt keine Lust dazu, seinem Vater zu begegnen. Der kleine Junge wusste einfach zu gut, dass es besser war, ihm so weit wie möglich aus dem Weg zu gehen, aber das konnte er seiner Mutter natürlich nicht sagen. Erstens nicht, weil sie dann bestimmt richtig böse auf ihn geworden wäre, und zweitens hatte er mit seinen knapp fünf Jahren noch lange nicht die Eloquenz, ihr erklären zu können, wieso er seinem Vater am liebsten nicht unter die Augen trat.

„Horstl, du weißt genau, dass ich dich nicht oft um etwas bitte", insistierte seine Mutter.

„Ich habe aber keine Lust!", der Junge stampfte mit dem Füßchen auf, um seinem Standpunkt Nachdruck zu verleihen.

„Horst, ich muss kochen und du gehst und bringst dem Papa die Sachen, hast du mich gehört?" Die Mutter hatte jetzt einen sehr bestimmenden Blick aufgesetzt, das Lächeln war aus ihrem Gesicht gewichen und die Furche zwischen den Augenbrauen war tief geworden. Daran, dass seine Mutter ihn nicht 'Horstl' genannt hatte, hatte der Junge schon gemerkt, dass er erst gar nicht weiter zu widersprechen brauchte.

Er gab auf.

Mit hängenden Schultern legte er sein Spielzeug auf den Küchentisch und nahm von seiner Mutter das in einer Hülle steckende Fieberthermometer und den Apfel entgegen, den sie gerade mit einem Trockentuch poliert hatte. Er wollte nicht alleine zu seinem Vater hoch, der war immer so unberechenbar. Aber vielleicht war es ja heute weniger schlimm, weil er noch krank war.

'Hauen wird er mich wohl nicht', dachte das Kind, 'er ist ja krank und liegt schwach im Bett. Ich soll ihm ja nur was von der Mama geben.'

Er stiefelte den langen Flur entlang, über dessen altes Fliesenmosaik ein schön gemusterter Läufer ausgelegt war. Ihm gefiel das Muster, man konnte richtig gut damit spielen. Es gab dort Vögelchen mit ausladenden, bunten Schwänzen und springende Rehe oder wie die Tiere mit den großen, verzweigten Geweihen hießen, Girlanden und Formen, die man gut mit den Spielzeugfiguren und Autos benutzen konnte. Lustlos erklomm er Stufe für Stufe der langen, geschwungenen Treppe. Je höher er kam, desto schwerer wurden seine Beine und desto tiefer sank sein Herz. Die Tür des Elternschlafzimmers war geschlossen. Horst klopfte vorsichtshalber an, das musste er immer machen, wenn er in ein Zimmer ging in dem Papa sich aufhielt.

„Herein!", rief sein Vater und Horst drückte die Türklinke nach unten.

„Was gibt's? Was willst du denn hier?", Karl-Heinz schaute ungeduldig auf seinen Sprössling.

„Die Mama hat gesagt, ich soll dir das Fieberthermometer und den Apfel bringen und fragen, ob du sonst noch etwas möchtest."

„Aha, dann komm mal her und gib mir die Sachen." Horst ließ die Türklinke los, blieb aber noch unschlüssig bei der Tür stehen. Er wünschte sich, schon wieder unten im Flur bei seinem Spielzeug zu sein. Aber plötzlich änderte sich der Gesichtsausdruck seines Vaters und er schaute ganz freundlich zu ihm hinüber.

Das war ungewohnt für das Kind.

Da er stets auf unangenehme Überraschungen von seinem Vater gefasst war, blieb Horst misstrauisch, konnte sich aber angesichts des freundlichen Gesichtes etwas entspannen. Sein Herz klopfte aber trotzdem schneller als sonst. Er wünschte sich, nicht solch eine Angst vor seinem Papa haben zu müssen.

„Nun komm schon, ich warte", forderte der Vater ihn wieder auf, diesmal etwas ungeduldiger. Der Junge lief hinüber zum Bett.

„Ach Horst, mach doch bitte erst die Tür wieder zu, sonst wird mir ganz kalt", bat Karl-Heinz ihn jetzt mit sanfterer Stimme. Das war nun wieder ganz neu, dass der Vater ihn tatsächlich um etwas bat. Normalerweise kommandierte er nur.

'Vielleicht ist er netter, weil er krank ist?', wunderte sich Horst. Nachdem er dann die Tür wieder verschlossen hatte, ging er hinüber zu seinem Papa. Dieser nahm das Thermometer und den Apfel entgegen, legte beides auf sein Nachtschränkchen.

„Komm mal her, Horstl", während er das sagte, legte er den Arm um sein Kind und zog es zu sich auf die Bettkante. Horst setzte sich ungläubig hin. Sein Rücken versteifte sich, er war auf der Hut. Karl-Heinz hatte seinen Sohn noch nie 'Horstl' genannt und noch nie mit ihm gekuschelt. Horst blieb wachsam, das kam ihm alles ganz, ganz unheimlich vor. Obwohl der Vater so gutmütig wie sonst nie war, hatte der Junge richtige Angst. Das Blut rauschte durch seinen Kopf, sein Herz schlug hörbar in den Ohren: Alarmglocken! Sein Atem flog, die Händchen schwitzten. Horst wusste genau, dass es besser wäre zu gehen, aber er musste gehorchen. Vorsichtshalber sagte er nichts und rührte sich keinen Millimeter. Der Arm seines Vaters brannte durch die Kleidung auf seiner Haut.

Karl-Heinz saß halb aufgerichtet im Bett. Zwei dicke Kissen stützten seinen Rücken, offenbar hatte er in einer Zeitschrift gelesen, die jetzt auf der anderen Bettseite lag. Karl-Heinz schlug die Bettdecke zurück und zog gleichzeitig seinen Sohn dichter zu sich heran. Er trug keine Schlafanzughose. Horst schaute verlegen weg. Er hatte seine Eltern noch nie nackt gesehen.

„Na komm, ist schon gut", beschwichtigte ihn sein Vater und mit diesen Worten zog er das Kind vollends zu sich ins Bett. Als Horsts Blick wieder an seinem Vater entlang wanderte fragte er erschrocken: „Aber, Papa warum hast du denn so einen großen Pillermann?" Ihm wurde immer unwohler, Sturmglocken im Kopf. Das Kind fragte sich, was sein Papa wohl für eine seltsame Krankheit hatte.

Der Vater gab seinem Sohn jedoch keine Antwort, sondern presste Horsts Kopf hinunter in seinen Schoß. Vor Schreck war der kleine Junge wie gelähmt, sagte keinen Mucks, versuchte nicht einmal sich zu wehren.

Später betrat Horst leise die Küche und erbrach sich mitten auf den mit ziegelroten Fliesen ausgelegten alten Fußboden. Er würgte immer wieder, bis nichts mehr als grüne Galle aus seinem Mund kam. Der Junge zitterte am ganzen Leib, kalter Schweiß stand auf seiner Stirn, sein Gesicht war aschfahl. Waltraud, die an der Anrichte gestanden hatte und Salat putzte, hatte sich erschreckt zu ihm umgedreht und hielt ihn jetzt stützend fest. „Was ist denn los, mein Schatz, was ist denn los mit dir?" Sie war ganz besorgt, es war ihm doch gerade noch richtig gut gegangen. Als Horst wieder zu Atem kam, erzählte er weinend, was passiert war. Die Mutter hockte sich vor ihn hin und hielt ihn mit hartem Griff an den Schultern fest. Sie schaute ihm zuerst bestürzt, dann ungläubig und zuletzt verärgert in das verschmierte Gesichtchen. Sie holte tief Luft. „Sag so etwas Böses über deinen Vater nie wieder, hörst du?! Zu niemandem! Und ich will das auch nie, nie wieder von dir hören, hast du das verstanden? Nie wieder!" Ohne eine Antwort abzuwarten, wetterte sie mit gepresster Stimme weiter: „Sonst setzt es was!" Waltraud schnaufte aufgeregt. Die Furche zwischen den Augenbrauen war tief. Sie wollte nicht, dass Karl-Heinz sie hörte, andererseits musste sie ihrem Kind die Dringlichkeit ihrer Forderung klar machen. Um ihrem Verbot noch mehr Nachdruck zu verschaffen, fuhr sie in ultimativ ermahnendem Ton fort: „Wenn ich dem Papa das sagen würde, was du mir da gerade erzählt hast, dann weiß ich genau, dass er dich kaputt schlagen würde. Kaputt, hörst du?" Dabei packte sie Horsts Schultern noch fester und schüttelte den Vierjährigen, um ihm ein für alle Mal klar zu machen, wie ernst sie es meinte. Dann ließ sie die kleinen Schultern los, richtete sich wieder auf und drehte sich wortlos um. Sie holte Küchenpapier, einen Aufnehmer, einen Eimer mit Wasser und begann, den Küchenfußboden sauber zu wischen.

Das Kind stand da, Tränen liefen aus seinen Augen, sein Mund schmeckte entsetzlich nach Erbrochenem und der ekelige Geschmack von dem, wofür es noch keinen Namen hatte, blieb im Mund. Horst stand einfach nur leise weinend da und sah der Mutter zu. Ab und zu bebten seine Schultern. In dem Brei auf dem Fußboden erkannte er noch Stückchen von seinem Frühstücksbrötchen. Dann wagte er ein verzagtes: "Aber Mama…"

Wutentbrannt drehte Waltraud sich zu dem Jungen um und zischte ihn gefährlich an: „Wenn du nicht sofort damit aufhörst, solche Lügen über deinen Vater zu erzählen, dann sage ich ihm auf der Stelle, was du angerichtet hast." Dabei drohte sie ihm gefährlich mit der zum Schlag ausholenden rechten Hand. Erschrocken wich das Kind von der Mutter zurück. Das hatte sie noch nie gemacht! Er hatte schon wieder entsetzliche Angst. Würde Mama jetzt auch anfangen, ihn zu hauen? Waltraud ließ die Hand wieder sinken und schaute den Jungen fragend an. Sie wollte wissen, ob er es jetzt endlich kapiert hatte.

Er hatte.

„Ja, Mama, ja, ja", stotterte und schniefte er. Unkontrolliert kamen noch einige bebende Schluchzer aus seiner Kehle, während er sich die Nase an seinem Ärmel abwischte. Dann war er still. Er hatte tatsächlich verstanden: In Wirklichkeit war wieder einmal nichts geschehen. Er hatte sich alles wieder nur eingebildet.

Er schämte sich.

Waltraud zog aus der Küchenschublade ein Paket Papiertaschentücher hervor und reichte ihm eins: „Hier hast du ein Taschentuch, putz dich jetzt sauber."

Während Horst sich das Gesicht abwischte, goss sie ihm ein Glas Wasser ein. Horst sollte sich damit am Waschbecken den Mund ausspülen. Dazu nahm sie ihn auf den Arm, er konnte sich alleine noch nicht so weit über das Becken beugen.

„So jetzt bist du wieder sauber, schau mich an." Sie stellte den Jungen wieder auf seine eigenen Beinchen und strich ihm durch die Locken: „Jetzt bekommst du noch leckere Schokolade von mir und dann gehst du wieder schön spielen, ja?", ihre Stimme war wieder freundlich. Sie ging hinüber zum Küchenschrank, wo sie die Süßigkeiten aufbewahrte. Sie gab ihm drei Riegel seiner geliebten Schokolade und schob ihn aus der Küche in den Flur. Dabei zischte sie erneut in sein Ohr: „Zu niemandem Horst, hast du, gehört? Zu niemandem!", und dann fügte sie noch hinzu, „manchmal denke ich, der Papa hat Recht! In dir scheint wirklich der Teufel zu stecken, obwohl du aussiehst wie ein Engelchen. Ein richtiger Satansbraten bist du!"

Danach genehmigte Waltraud sich zum ersten Mal bereits mittags einen Sherry. Sie war fix und fertig, aber bereits nach dem zweiten Sherry war die Welt wieder einigermaßen in Ordnung. Das Leben war eben so, wie es war, man konnte einfach nichts machen.

Wenig später hatte Horst damit angefangen, aus sich herauszufliegen.

Die Eltern 2

Tresi war jetzt wirklich beunruhigt. Der Anruf in der Schule hatte auch nichts ergeben. Sie suchte nochmals im ganzen Haus. Jedes Zimmer inspizierte sie, obwohl sie wusste, dass Tobias antworten würde, wenn er sie rufen hörte. Und dennoch machte sie sich danach auf, in jedem Schuppen des Hofes und auch in der großen Scheune noch einmal genau nachzusehen. Immer wieder rief sie den Namen ihres ältesten Sohnes und bekam keine Antwort. Sie hatte ein so ungutes Gefühl. Die Angst kroch weiter in ihr hoch, ließ ihr Herz schneller schlagen. Sie kannte doch ihren Tobi. Der Junge verspätete sich zwar ab und zu, aber er rief dann doch jedes Mal an, um zu sagen, dass er gleich kommen würde.

'Komisch, komisch', dachte sie immer wieder bei sich 'das kann doch nicht sein!' Tresi schüttelte dabei den Kopf und lief weiter zur Scheune. Sie hatte keinen Sinn für die Sonne, die aus wolkenlosem Himmel ihre Haut erwärmte und hörte auch nicht das böse Schnattern, als sie an den noch jungen Hausgänsen vorbeilief, die sie für Weihnachten mästeten. Auch den Duft des frisch gemähten Feldes nahm sie nicht wahr, obgleich sie gerade diesen Geruch so liebte. Jedes Jahr aufs Neue hatte ihr dieser garantiert ein wohlig warmes Sommergefühl bereitet – genauso wie in ihren Kindertagen.

Jetzt waren ihre Sinne auf Tunnelwahrnehmung geschaltet, ihre Augen suchten einzig nach ihrem Sohn und ihre Ohren waren Antennen, die jeden Laut von ihm aufnehmen würden, alle anderen Sinne waren abgeschaltet. Aber sowohl ihre Augen als auch ihre Ohren registrierten nichts, was auf Tobias hingewiesen hätte. Ihre Besorgnis wurde stets größer, ihr Magen hatte sich zusammengekrampft und schmerzte.

Die Zwillinge Sonja und Sven waren direkt nach der Schule auf einen Kindergeburtstag gegangen und würden an diesem Donnerstag erst gegen 20 Uhr nach Hause kommen, deshalb konnten die beiden ihr bei der Suche nicht helfen. Die ganze Geburtstagsgesellschaft war jetzt sicherlich im Schwimmbad und genoss den perfekten Sommertag. In der Schule passierte in dieser Woche vor den Ferien sowieso nicht mehr viel. Die Kleinen bekamen nicht einmal mehr Hausaufgaben auf. Auf dem Gymnasium war das anders, die Schüler mussten bis zuletzt immer noch alles Mögliche für die Schule tun.

Georg war mittlerweile mit der Mähmaschine auf dem Feld, er schnitt Heu. Laut Wetterbericht sollte es mindestens die ganze nächste Woche noch so trocken bleiben, es war perfektes Wetter zum Heuen und Angeln und die Sommerferien standen vor der Tür. Die Kinder würden für drei Wochen mit der Gemeinde ins Zeltlager nach Schweden fahren. In den letzten vier Jahren waren Tobias und Volker zusammen gefahren, aber dieses Jahr würden die Zwillinge zum ersten Mal auch mit dabei sein. Tresi freute sich auf ein bisschen Ruhe auf dem Bleckmannshof. Obwohl von Ruhe auf dem Hof nie so richtig die Rede sein konnte. Sie hatten das Milchvieh, Schafe und Gänse, und gemolken werden musste eben jeden Tag und auch das Scheren der Schafe würde genau in diese Zeit fallen. Aber wenn die Kinder nicht immer herum sprangen, war es eben doch etwas ruhiger. Sie hatte sich sehr auf diese drei Wochen gefreut, hatte sogar daran gedacht, mit Georg mal wieder in die Kneipe im Dorf zu gehen, ohne darüber nachdenken zu müssen, wann sie nach Hause gehen sollten und ohne den Aufwand betreiben zu müssen, Mutter aus Emsdetten zum Babysitten zu holen.

Um kurz vor fünf kam Georg vom Feld zurück. Er parkte den Trecker vor dem riesigen grünen Scheunentor, ohne in den Innenhof des typisch münsterländischen, U-förmig angelegten Gehöfts einzufahren. Es würde leichter sein, den Trecker nach dem Kaffeetrinken außerhalb des Hofes zu wenden. Den Mähmaschinenanhänger hatte er im Weideland gelassen, da er nach dem Melken noch den Rest des hoch stehenden Grases schneiden wollte. Er brauchte den Mäher dann nur wieder auf die Anhängerkupplung zu setzen und konnte die unterbrochene Arbeit sofort wieder aufnehmen. Jetzt aber war es erst einmal Kaffeezeit und wenn er Glück hatte, war noch etwas von dem leckeren Marmorkuchen übrig, den seine Frau vorgestern gebacken hatte. Dass sein Ältester nach der Schule nicht nach Hause gekommen war, hatte er ganz vergessen. Erst als er den besorgten Blick seiner Frau sah und die Unruhe spürte, die von ihr ausging, fiel ihm wieder ein, dass sein neunmalkluger Sohn nach der Schule nicht nach Hause gekommen war. Auch nahm er verärgert wahr, dass Tresi der Sinn nicht nach Kaffee und Kuchen stand.

Sie hatte nicht einmal den Tisch gedeckt. Stattdessen hatte sie aufgeregt auf ihn gewartet und wollte sofort mit ihm zur Polizei fahren und eine Vermisstenanzeige aufgeben. Ihr Mann versuchte jedoch sie zur Vernunft zu bringen: „Tresi, der Junge ist dreizehn, nicht drei und nicht zehn! Der wird schon wieder nach Hause kommen. Wo soll er denn auch schon sein?"

21

„Das weiß ich nicht, das ist es ja gerade!", rief sie verzweifelt, „aber ich habe ein ganz, ganz ungutes Gefühl."

„Ach du mit deinen Gefühlen. Du weißt doch gar nicht, was los ist."

„Genau das ist es ja Georg, ich weiß nicht, was los ist, und das macht mir Angst. Bitte Georg, bitte lass uns zur Polizei fahren."

„Tresi, ich will jetzt einen Kaffee trinken und dann muss ich 65 Kühe melken und danach den Rest der Wiese schneiden. Wie du weißt, melkt sich das Vieh nicht von alleine und ich kann das Melken nicht einfach auf morgen verschieben. Ich habe absolut keine Zeit, zwischendurch einfach mal eben zur Polizei zu fahren. Und du fütterst besser die Gänse."

„Georg, unser Sohn ist nach der Schule nicht nach Hause gekommen, das hat er noch nie gemacht ohne sich abzumelden. Er ruft immer an, wenn irgendetwas ist und er ist jetzt seit fast zwei Stunden überfällig."

„Die bei der Polizei lachen sich kaputt, wenn sie hören, dass ein Teenager am helllichten Tage verschwunden sein soll. Der Bursche kommt bestimmt gleich heim."

Und dann ging die Haustür. Tresis Herz machte einen freudigen Sprung. Sie lief auf die Küchentür zu, um ihren Sohn in den Arm zu nehmen. Aber durch den Gang kam Volker auf sie zu, der sie mit einem freundlichen: „Hallo!", begrüßte. Er hielt jedoch bestürzt inne als er den enttäuschten und besorgten Blick von Frau Bleckmann sah und fragte sofort: „Ist Tobi noch nicht da?"

„Nein, Volker", sie bat den besten Freund ihres Sohnes in die Küche.

„Setz' dich kurz zu uns Junge, wir wollten gerade Kaffee trinken, willst du eine Limo oder Kakao?"

„Limo bitte, Frau Bleckmann." Er setzte sich auf die Küchenbank zu Herrn Bleckmann, der ihn mit einem Nicken begrüßt hatte. Der Junge fühlte sich unbehaglich und saß nur vorne auf der äußersten Kante der Bank. Er schaute betreten und besorgt von einem Erwachsenen zum anderen. Der Bauer sah brummig aus, aber das war er ja meistens. Was ihn aber beängstigte und wirklich beunruhigte, war Tobis Mama, die ganz aufgeregt war. Sie verschüttete die Limo, als sie ihm etwas einschenkte und war sichtlich den Tränen nahe. Das war nun überhaupt nicht ihre Art. Frau Bleckmann war stets gut gelaunt, meistens auf der Seite der Jungen, wenn der Bauer zu streng war und lachte viel. Sie war eine sehr freundliche Frau.

„Volker", sprach sie ihn mit beschwörender Stimme an, derweil sie den Kaffee aufsetzte und Tassen auf den Tisch stellte, „bist du dir ganz sicher, dass der Tobi sich nicht noch verabredet hatte?"

Aber eigentlich wusste sie die Antwort schon.

„Nee, ganz sicher bin ich mir nicht, aber als wir uns am Abzweig verabschiedet haben, hat er gerufen: 'Bis nachher dann, wir fangen heute bestimmt einen Hecht!' Wissen Sie, wir versuchen nämlich seit Tagen einen zu fangen, aber es hat noch kein einziger angebissen", fügte er noch erklärend hinzu. Bei der Erinnerung daran, wo er seinen Freund zuletzt gesehen hatte, schweifte Volkers Blick bekümmert ab. Es ging ihm durch den Kopf, dass sie sich ganz zum Schluss noch mit einem freundlichen 'Hau rein', bei dem sie die Fäuste ihrer rechten Hände gegeneinander gedrückt hatten, verabschiedet hatten. Das machten sie immer, wenn sie sich trafen und verabschiedeten. Es war gut, den anderen zu berühren, aber nicht zu viel und nicht zu freundlich, das war etwas für Mädchen, die sich stets drückten und sich Küsschen gaben, wenn sie sich grüßten. Die Jungs hieben immer die Fäuste aneinander und stießen dabei ein 'Hau rein' oder ein 'Hau rein, Alter' aus. 'Komisch', dachte er gerade 'untereinander begrüßen sich die Jungs und Mädchen immer nur mit 'Hi' oder so.'

Gestern noch hatte er grinsend mit Tobi festgestellt, dass es cool wäre, die Mädchen auch mit Küsschen und Anfassen zu begrüßen. Sie hatten gekichert. Er selbst hatte dabei an Emilia gedacht und Tobi an Hannah. Aber das hatte jeder für sich behalten. Sie waren beide gerade an der Schwelle zur Pubertät, noch spielten sie viel und dachten sich Dinge aus, gleichzeitig waren sie seit langem mit ihren Computern beschäftigt, nutzten Facebook und begannen, sich für Mädchen zu interessieren, die sie beide vor Weihnachten noch so uninteressant gefunden hatten wie Gemüse einkaufen. Dass sie neuerdings die Mädchen als etwas Spannendes wahrnahmen, war noch zu ungewohnt, um darüber viel zu reden. Das war alles noch viel zu peinlich. Spielen, Angeln, Fahrradfahren, mit dem Elektrokasten tüfteln, den Tobias zum Geburtstag bekommen hatte, solche Aktivitäten waren vertrauter und sicherer.

Der Bauer räusperte sich und holte Volker damit in die Küche zurück.

„Hm", murmelte er, „das ist aber wirklich sehr merkwürdig." Sich an seine Frau wendend brummte er: „Das heißt aber noch lange nicht, dass wir zur Polizei müssen, Tresi."

„Bitte, Georg, lass uns nach dem Melken fahren, du kannst doch danach noch weiter schneiden, es ist doch jetzt abends so lange hell und im Fernsehen ist heute sowieso nichts Gescheites."

Tobias Vater blickte von seiner Frau, die ihm jetzt den Kaffee einschenkte, auf Volker und dann zurück zu seiner Frau und wieder zu dem Jungen, der besorgt und unsicher sein Limoglas studierte, als würde er dort eine Antwort finden. Volker wünschte sich dort weg. 'Wäre ich doch bloß nicht gekommen, Tobias Vater ist immer so streng und unfreundlich! Tobs ist doch nicht abgehauen oder so?', grübelte er und sein Herz schlug schneller. 'Wo ist er bloß? Wir hatten uns doch so auf den Nachmittag gefreut. Besser ich trinke meine Limo schnell und verschwinde dann', dachte er und hob sein Glas an. Unverhofft zitterten auch ihm die Hände und er verschüttete etwas von seinem Getränk.

„Mist!", entfuhr es ihm, „das tut mir leid, das wollte ich nicht."

„Ach lass nur, Junge", beschwichtigte Frau Bleckmann. Sie lief zur Spüle, riss etwas Küchenpapier ab und wischte alles auf.

„Ist schon gut Volker, ich bin auch ganz von der Rolle."

Volker fühlte sich immer unwohler und wollte nur noch weg. Dann hatte er eine rettende Idee: „Wissen Sie was, ich radle jetzt zum Fluss und guck mal, ob ich Tobi dort finde."

„Das ist mal eine gute Idee", bestätigte der Bauer. Volker war überrascht, normalerweise ließ Bauer Bleckmann keine positiven Kommentare verlauten. Immer meckerte er, immer hatte er etwas für Tobi zu tun. Er schien es zu hassen, wenn die Jungen einfach nur Spaß hatten.

Volker stand auf und ging zur Küchentür: „Ich meld' mich dann, bis später." Mit hängenden Schultern schloss er die Tür hinter sich und machte sich auf in Richtung Flussufer.

Als sich die Haustür hinter Volker geschlossen hatte und das Ehepaar schweigend den Kaffee getrunken hatte, meinte der Bauer, dass er erst abwarten wolle, was Volker vom Fluss zu berichten hatte, bevor er überhaupt einen weiteren Gedanken an seinen ungezogenen Sohn verschwenden würde.

„Der kriegt was zu hören, wenn er wieder da ist. Der spinnt wohl, hier den ganzen Betrieb in Unruhe zu versetzen." Und das war das einzige Eingeständnis, das er in Bezug auf seine eigene Unruhe machen konnte. Tresi wusste das und sie wusste auch, dass er seine Gefühle meistens hinter Schimpfen, Brummen und Unzufriedenheit verbarg. Sie fragte sich oft, warum er so war, wie er war, hatte aber bis heute keine befriedigende Antwort darauf gefunden. Eigentlich war er nämlich ein guter Vater und Mann, er arbeitete hart und hielt den Hof, der sie alle ernährte, bestens in Schuss. Er war ein viel besserer Bauer als sein eigener Vater, der den Hof beinahe versoffen hätte. Tresi konnte ihm nie lange böse sein, sie brauchte nur daran zu denken, was er alles für sie und die Kinder Tag ein und Tag aus schaffte und war dann dankbar und zufrieden. Aber heute war alles anders, so hatte sie sich noch nie gefühlt, die kalte Angst umklammerte sie und lies ihr Herz spürbar gegen ihre Rippen schlagen und diese Angst ließ sie viel mutiger sein, als sie ihrem Mann gegenüber normalerweise war.

„Ok, Georg, warten wir noch ab, was Volker zu berichten hat, aber wenn du nach dem Melken nicht mit auf die Wache fährst, dann fahre ich alleine." Damit drehte sie ihrem verwunderten Mann den Rücken zu und begann die Anrichte aufzuräumen.

„Ach Weib, mach doch was du willst", er erhob sich und ging mit schweren Schritten hinaus. Innerlich hatte er jedoch längst beschlossen, tatsächlich mit ihr nach dem Melken zur Wache zu fahren, Volkers Angst hatte ihn angesteckt.

Nachdem sie den Küchentisch wieder abgeräumt hatte, holte sie aus dem Schuppen ihr Fahrrad hervor und fing an die Umgebung nach ihrem Kind abzu- suchen und immer wieder Tobias' Namen laut zu rufen. Zuerst fuhr sie den Weg zur Schule ab, um sicher zu gehen, dass er nicht irgendwo lag. Sie hielt ständig Ausschau nach seinem Fahrrad - vergeblich. Auf dem Heimweg fuhr sie in ver- schiedene Feldwege und in dem kleinen Waldstück, durch das sie radeln musste, bog sie immer wieder in die Forstwege ein und rief mit zunehmender Verzweif- lung den Namen ihres Sohnes. Sie bekam keine Antwort und von seinem Fahrrad war auch nirgends eine Spur zu entdecken. Unkontrolliert liefen ihr Tränen über die Wangen. Die Angst um Tobias schnürte ihr die Kehle zu und sie musste zwi- schen ihren Rufen wiederholt laut aufschluchzen, bevor sie weiter rufen konnte. Eine gute Stunde später war sie wieder auf dem Hof. Alles Suchen und Rufen hatte nichts geholfen. Tobias blieb einfach verschwunden und nichts, rein gar nichts, wies auf seinen Verbleib hin.

Die Polizei 1

„Also, Sie sagen, ihr Sohn ist heute nach der Schule nicht nach Hause gekommen?" Die junge Polizistin kratzte sich kurz am Hinterkopf bevor sie den Ordner für die Vermisstenmeldungen am PC aufrief. Sie hatte ihre langen, glatten, blonden Haare zu einem Pferdeschwanz gebunden. Ihre hellblauen Augen waren auf den Bildschirm fixiert.

„Ja, genau", sagte der Bauer, der obwohl er sich schnell umgezogen hatte noch aus jeder Pore nach Kuhstall roch. Der Geruch irritierte die Polizistin, die jetzt endlich das richtige Formular vor sich auf dem Bildschirm hatte.

'Hoffentlich geht das hier schnell vorbei, der hat ja den Gestank seiner ganzen Herde mitgebracht. Hätte der sich nicht vorher eben duschen können?', dachte sie sich mit einer gewissen Abneigung dem wortkargen Bauern gegenüber. „Also, dann gehen wir das mal durch." Sie schaute auf und blickte zum ersten Mal den Eltern direkt in die aufgewühlten Gesichter. Deren Besorgnis sprang sie unvermittelt an. Sie hatte plötzlich einen Kloß im Hals und während sie in diesem Bruchteil einer Sekunde die Angst und Sorge der beiden wirklich wahrnahm, begriff sie, warum der Bauer nicht frisch gewaschen war. Der Geruch war ihr plötzlich völlig egal und sie wusste wieder, warum sie Polizistin geworden war, 'Hoffentlich können wir denen helfen', dachte sie sofort, 'oder noch besser: Hoffentlich kommt der Junge ohne unsere Hilfe schnell nach Hause.' Frau Rinke, die sehr jung wirkende Beamtin vom Dienst, blinzelte kurz, um ihre eigene Bestürzung zu verbergen. Die Eltern bemerkten den emotionalen Aufruhr der Polizistin nicht, sie waren viel zu sehr mit ihrem eigenen Schrecken beschäftigt. Frau Rinke konzentrierte sich nun willentlich ganz auf ihre Aufgabe: „Name?"

„Welcher?", fragte der Vater, „meiner oder der von dem Jungen?"

„Nein, nein, erst mal alle Daten von Ihrem Sohn und dann erst kommen Ihre Angaben." Die Frage des Bauern hatte sie aus der eigenen Gefühlsaufwallung gerissen, sie konnte den Kloß in ihrem Hals herunterschlucken.

„Ach so." Bauer Bleckmann rückte auf seinem Stuhl etwas nach vorne, er saß jetzt fast auf der Kante und begann: „ Tobias, Friederich, Karl Bleckmann, geboren am 29.05.1997, also gerade 13 Jahre alt, wohnhaft Bleckmannshof in Austrum bei Emsdetten."

„Größe?", Karin schaute dabei kurz von ihrer Tastatur auf. „So eins-siebzig, aber Kinder wachsen ja in dem Alter andauernd", sagte die Mutter mit bebender Stimme, „wir haben ihn länger nicht gemessen, aber er ist schon deutlich größer als ich."

„Danke, Frau Bleckmann." Die Beamtin wendete sich dem sichtlich gefassteren Vater zu: „Jetzt Ihre Daten und die Ihrer Frau bitte."

Nachdem die junge Schutzpolizistin alles aufgeschrieben hatte, wollte sie nochmals den genauen Hergang geschildert haben und schrieb mit flinken Fingern, die über die Tastatur flogen, alles mit. Dann wollte sie für die weitere Personenbeschreibung wissen, welche Kleidung der Junge am Morgen, als er in die Schule gegangen war, getragen hatte. „Nein, trägt", verbessert sie sich, „wir gehen ja davon aus, dass er lebt." Tresi begann schluchzend zu weinen. Sie hatte sich fest vorgenommen, nicht zu heulen, aber die von der Beamtin ungeschickt gewählte Vergangenheitsform hatte sie völlig aus der Bahn geworfen.

„Entschuldigen Sie, Frau Bleckmann", stotterte die Beamtin, „es besteht bisher kein Grund zur Beunruhigung. Die aller-, allermeisten Kinder kommen von alleine wieder und...", hier brach sie ab, als sie merkte, dass sie sich immer weiter aufs Glatteis begeben würde. 'Warum ist denn auch der Czeckowski gerade jetzt Pizza holen, jetzt wo ich ihn wirklich gebrauchen könnte?', fragte sie sich verärgert.

Ihr Kollege war an diesem ruhigen Sommerabend mal eben rüber zur Pizzeria gefahren, um die bestellten Sachen abzuholen. 'Wahrscheinlich hat er jemanden getroffen und hält noch ein Schwätzchen. Mist!', dachte sie, und notierte die Kleidungsstücke, die Tobias heute Morgen, als er zur Schule fuhr, anhatte: Turnschuhe, blau von Adidas mit weißen Streifen, Größe 42, wahrscheinlich weiße Socken, beige Shorts mit einem braunen Ledergürtel, ein hellblaues T-Shirt mit stilisierten Instrumenten auf dem Rücken.

Die Mutter glaubte eine Gitarre, eine Klarinette, ein Saxophon und im Hintergrund ein Schlagzeug zu erinnern. „Ja, da bin ich mir ganz sicher, dass eine Gitarre und ein Schlagzeug dabei sind. Tobias spielt ja Gitarre und Volker Schlagzeug", sie überlegte weiter, „ach ja", fiel es ihr dann ein, „Volker hat ja das gleiche T-Shirt. Die Jungs spielen in der Schule in derselben Band und da haben sie alle dieses T-Shirt als ihr Bandsymbol." Nach einer kurzen Pause fügte sie noch hinzu: „Ja, und dann hatte er natürlich seine grüne Schultasche mit, die er sich immer schräg über die Schultern hängt und die dann auf seiner Hüfte liegt." Sie putzte sich geräuschvoll die Nase, ihr Mann warf ihr einen irritierten Blick zu, der bedeuten sollte, dass sie doch endlich aufhören sollte zu heulen. Aber diese Blicke bemerkte Tresi gar nicht, sie hätte sowieso nicht aufhören können zu weinen. Wo war bloß ihr Junge?

„Und sein Fahrrad hatte er natürlich auch mit", fügte Herr Bleckmann jetzt hinzu, „ein altes Hollandrad, was aber noch gut fährt. Die Farbe ist dunkelgrün, Dreigangschaltung und Rücktritt, ein sechsundzwanziger Rad. Der Junge soll, wenn er einigermaßen fertig gewachsen ist, ein eigenes neues Fahrrad kriegen", ergänzte er noch.

Und dann kam Kollege Czeckowski, die Hände voller Pizza, Salat und Pizzabrötchen, ins Büro und erfasste mit einem Blick, dass etwas ganz und gar nicht stimmte. Seine hübsche jüngere Kollegin brachte ihn schnell auf den Stand der Dinge. Czeckowski, ganz Routine, ließ noch einige statistische Daten fallen, die die Bleckmanns beruhigen sollten, jedoch nicht wirkten. Beruhigender war das Versprechen, dass die Beamten gegen 21 Uhr nochmals zu ihnen raus fahren würden, wenn das Kind bis dahin nicht wieder zu Hause sein sollte.

„Ich werde Sie kurz vor neun anrufen und ich bitte Sie, sofort hier auf der Wache anzurufen, wenn Tobias von alleine nach Hause kommt", mit diesen Worten begleitete Czeckowski die Eltern zur Tür und war dann in Gedanken sofort wieder bei seiner Pizza, die schon ziemlich kalt geworden war. 'Ärgerlich, aber na ja', dachte er, 'die beiden sind sichtlich in Sorge, hoffentlich umsonst!' Leider waren die Pizzas in ihren Kartons schon etwas durchgeweicht, aber sie machten satt und der Salat war richtig lecker. Im Dienst durften sie kein Bierchen dazu trinken, was deutlich geholfen hätte, das italienische Leder herunterzuspülen. Die Cola musste reichen, die Karin ihnen aus dem Getränkeautomaten im Flur besorgt hatte. Eigentlich hätte Czeckowski auch nicht zur Pizzeria fahren dürfen, weil sie während des Dienstes das Büro nur in Notfällen verlassen durften. Aber das machten sie abends oft und es schien den Dienststellenleiter nicht zu stören, da sie seit dem Amoklauf am Martinum Gymnasium keinen großen Notfall mehr gehabt hatten. Das war auch tagsüber gewesen, da würde es sowieso kein Kollege wagen, die Wache ohne höhere Weisung zu verlassen. Jetzt gegen achtzehn Uhr dreißig war in der Kleinstadt nicht mehr viel los.

Mai 2009

Horst machte seine wohlverdiente Mittagspause im Café Uhlig. Ein Szenelokal zwischen Restaurant, Bar und stilvollem Caféhaus. Der größte Teil der Dekoration stammte noch aus den siebziger Jahren. Jedoch verfälschten die kreischend bunten Bilder an den Wänden und die für einen Cafébetrieb zu laute Musik ihren ehemaligen Charakter. Dazu kam das hektische Flair eines Selbstbedienungsladens, bei dem alles an der Theke bestellt und bezahlt werden musste. Die alte Klientel war wie die Speisekarte ausgetauscht worden. Jetzt gab es Tapas, Pizzas, Baguettes und Brötchen, alles Gerichte, die junge Leute heutzutage lieber aßen. Die Kundschaft kam aus den umliegenden Schulen und Berufsschulen, die viele der unter Zwanzigjährigen Emsdettener besuchten. Dazu kamen die Mitarbeiter des Marienhospitals und umliegender Firmen, denn das Café lag für sie günstig, man musste nicht erst in die Stadt gehen. Die Tapas im Uhlig waren richtig gut. An Freitag- und Samstagabenden war das Café auch geöffnet, viele Jugendliche kamen zuerst hierher, bevor sie später in die Disko oder auf ihre Partys gingen. Es war ein wichtiger Treffpunkt, wo man gesehen wurde und sich sehen lassen konnte.

Professor Mügge, der Chef der Radiologie, hatte Horst die spanischen Vorspeisen im Café Uhlig wärmstens empfohlen, als er hörte, dass der Techniker in der Kantine des Krankenhauses, deren Essen er selbst zutiefst verabscheute, essen wollte. Er hatte ihn vorgewarnt. Das Ambiente sei nicht sehr ansprechend, wahrscheinlich würden viele laute Schüler um diese Zeit im Café sein, aber wegen der Tapas würde sich der Weg schon lohnen, wenn er einer Magenfüllung mit fader Krankenhauskost entkommen wolle.

Horst liebte nichts mehr als junge Menschen. Die Tapas waren ihm egal, die Krankenhauskost ebenfalls, Kinder nicht.

So war Horst also glücklich im Uhlig gelandet, nachdem er den Vormittag damit verbracht hatte, den neuen Kernspintomografen in der radiologischen Abteilung zu kalibrieren und den Chefarzt und einen seiner Oberärzte mit dessen Bedienung vertraut zu machen. Später würden diese die unerfahrenen Assistenzärzte und Röntgenassistentinnen einführen. Die neuen Geräte unterschieden sich nicht sehr von den Vorlaufmodellen, der ein oder andere Bedienungsschritt war eleganter geworden, musste aber erklärt, verstanden und erlernt werden. Am Nachmittag wollte er die übrigen Geräteseiner Firma warten und falls nötig verschlissene Teile vorsorglich ersetzen.

Ganz in der Nähe war die Schule, an der vor ein paar Jahren ein ehemaliger Schüler Amok gelaufen war. Der 18-Jährige hatte fünf Menschen angeschossen und sich dann selbst getötet. Der Junge hatte zuerst Rauchbomben gezündet und über 30 Personen erlitten Rauchvergiftungen. Die Verletzten waren im Marienhospital behandelt worden. Die ganze Sache hatte Horst gut gefallen. Er hatte viel darüber gelesen und im Internet recherchiert. Das Massaker hatte ihn wirklich fasziniert, aber er hätte es besser gemacht als dieser Sebastian. Er hätte effektiver geschossen und vor allem nicht auf sich selbst. Die Schule wollte er sich am späten Nachmittag nach getaner Arbeit persönlich anschauen. Solch eine gute Gelegenheit, bei der ihm der Weg zu den Sehenswürdigkeiten, die ihn interessierten, von seinem Arbeitgeber in Erlangen bezahlt wurde, ergab sich selten. 'Na ja', sinnierte er zufrieden, als er von seinem Cappuccino trank, 'es können eben nicht alle so perfekt sein wie ich.' Diesen Gedanken im Kopf, schaute er im Café umher und erfreute sich an den vielen, jungen Menschenmit ihren meist schönen Körpern in leichter Sommerkleidung. Sie kauften oder aßen ihre belegten Baguettes und Pizzas und schienen im Allgemeinen viel Spaß miteinander zu haben. Immer wieder blieb sein schweifender Blick versonnen an den unterschiedlichsten Jungen hängen. Es wirkte alles so heiter und unbeschwert. Er fühlte sich deplatziert. Wie früher in der Schule, als alle anderen Spaß miteinander hatten, nur er nicht. Sogar in der Messdienergruppe war er ein Außenseiter geblieben.

Sein Blick verschleierte sich leicht, als er daran dachte, dass er nie einen Freund mit nach Hause hatte bringen dürfen. Das hatte sein Vater nicht gewollt, fremde Leute im Haus. Und Mutter hätte nie gegen Vaters Weisungen gehandelt. Selbst die Jungen, die gemeinsam mit ihm Messdiener waren, durfte er nicht mitnehmen. Dabei wohnten sie in einem so schönen, riesengroßen Haus mit einem parkähnlichen Garten, in dem unzählige Obstbäume standen. Die Eltern waren treue Kirchgänger und kannten die anderen Kinder vom Ansehen, sie kannten deren Eltern aus der Gemeinde, aber sein Betteln half nichts. Der Vater erlaubte es nicht, und damit basta. Horst hatte schon sehr früh damit aufgehört, überhaupt noch nachzufragen. Er war nie in den Kindergarten gegangen, er hatte die Zeit vor der Schule zu Hause verbracht. Die Mutter war immer da gewesen, hatte es geschafft, ihn mit Nahrung und Kleidung zu versorgen, er hatte gespielt und gehorcht. Nur in der ersten Zeit auf der Grundschule hatte er noch gebettelt, als er sehnsüchtig beobachtet hatte, wie seine Klassenkameraden sich verabredeten und

Freundschaften miteinander geschlossen hatten. Am Anfang war er noch zum Spielen eingeladen worden, aber als er immer wieder absagt und im Gegenzug auch nie jemanden zu sich nach Hause eingeladen hatte, hatten die anderen Kinder aufgegeben und ihn links liegen gelassen.

Er war sowieso etwas eigenartig.

Er war der eigenbrötlerische Außenseiter.

Er war sogar zu seltsam, um von den anderen gehänselt zu werden.

Er war ein Niemand, der in der Masse unterging.

Und das war bis heute so geblieben.

Ein stilles Kind, das im Unterricht immer aufmerksam gewesen war und in seinen Leistungen herausgeragt hatte. Das war damals das einzig Auffällige an ihm. Für die anderen Jungen in der katholischen Grundschule, die von Patern geleitet wurde, war das nicht sonderlich attraktiv gewesen.

Da er seiner Mutter keinen Kummer machen wollte, hatte er nach einer Weile aufgegeben zu fragen, ob er sich mit anderen Kindern treffen durfte - sie hatte auch so schon genug wegen ihm unter dem Vater zu leiden gehabt. Vater war ständig mit ihr unzufrieden gewesen und hatte andauernd etwas an ihr auszusetzen gehabt.

Mutter und Sohn hatten es einfach nicht geschafft, ihm irgendetwas Recht zu machen. Egal was sie versucht hatten, er hatte geschrien, geschimpft und geschlagen. Und das war weder schön mit anzuhören, noch schön mit anzusehen und schon gar nicht schön zu ertragen gewesen. Beide hatten immense Angst vor dem Oberhaupt der kleinen Familie gehabt!

Horst rührte mechanisch in seinem Cappuccino und nahm gedankenverloren einen Schluck.

Im Alter von fast fünf Jahren war ihm jedoch etwas Wunderbares gelungen. Er hatte entdeckt, dass er sich aus sich selbst herauslösen konnte. Es war für ihn gewesen, als ginge er auf Reisen. Er hatte tatsächlich entdeckt, dass er aus sich heraus treten konnte. Befreit von seinem Körper und damit von all den unguten Gefühlen, hatte er sich und die Eltern dann wie auf einer Bühne gesehen, auf der das grausame Theaterstück gespielt wurde: Vater, Mutter, Kind in einem endlosen Reigen aus Macht und Ausgeliefertsein. Dabei war er dann nur noch ein unbeteiligter Beobachter gewesen, der auf seinem Zuschauerplatz sicher war. Wenn die Aufführung zu heftig wurde, konnte er ganz einfach wegschauen.

Der kleine Horst hatte den Vorgang *'Wegfliegen'* genannt. Das Gute daran war, dass ihn dann nichts mehr treffen konnte, gar nichts mehr. Er war frei gewesen, unbeschwert und sicher. Er hatte keine Angst mehr vor dem Vater empfunden, keinen Zorn mehr auf ihn. Er war nicht mehr traurig gewesen, wenn die Mutter weinte, und hatte keinen Schmerz mehr gespürt, wenn der Vater die Mutter oder ihn geschlagen oder anders misshandelt hatte. Er hatte frei wählen können, wann er wieder in seinen Körper zurückkehren wollte, er allein hatte die Macht gehabt, sich zu entziehen, so lange er wollte. Und das Allerbeste war, dass der Vater nichts davon gewusst hatte: Er hatte tatsächlich eine Methode gefunden, ihn auszutricksen. Und er hatte gespürt, dass er besser daran tat, niemandem von seinem Kunststück zu erzählen, auch der Mutter nicht, denn wenn das herausgekommen wäre, hätte der Vater ihn sicherlich erschlagen. Horst hatte mit seinen vier Jahren bereits gewusst, dass der Vater ihm das nicht erlauben würde. Das Kind hatte schon lange begriffen, dass sein Vater das Gefühl von Macht benötigte, um zufrieden zu sein. Einen Sohn, der ihm einfach durch Wegfliegen entwischte, das hätte er bestimmt nicht geduldet.

Den Schritt zurück in sich hinein hatte Horstl, wie seine Mutter ihn nannte, meistens erst vollzogen, wenn der Vater die Szenerie wieder verlassen hatte und die Spannung aus der Atmosphäre gewichen war. Nach seinen übergriffigen Aussetzern war der Vater regelmäßig in den Keller gegangen, wo er an etwas herumbastelte oder er hatte irgendetwas im Garten gemacht. Meistens war er mit den Worten 'Ich habe wirklich die Schnauze gestrichen voll von euch heulenden Memmen!' aus dem Zimmer gestampft und für eine gewisse Zeit verschwunden. Das Kind hatte zu dem Zeitpunkt bereits einen Namen für das Gefühl, das er seinem gegenüber Vater hegte. Es hieß 'Hass'. Das Gefühl war geboren aus hilfloser Angst und machtlosem Ausgeliefertsein. Horst hatte sich darüber geärgert, dass er Angst hatte, hatte sich deshalb sogar geschämt. Der Hass hatte ihm stattdessen ein Gefühl von Macht verliehen: Wenn er hasste, konnte er sich alles Mögliche ausdenken, was er seinem ungerechten Vater antun würde. Das Repertoire für solche Phantasien war riesengroß, er hatte es vom Vater gelernt. All das hatte ausschließlich im Kopf des Jungen stattgefunden, aussprechen durfte er so etwas nicht. Die Mutter hätte solche Gedanken niemals geduldet und sofort dem Vater davon erzählt: Er hatte bei seinen Eltern tief in der Falle gesessen - ohne die Möglichkeit zu entkommen.

Wann immer Horst die Gelegenheit gehabt hatte, war er nach draußen in den Garten verschwunden, wo er sich verschiedene Spiele ausgedacht hatte. Sehr oft allerdings, war ihm so ganz alleine elendig langweilig gewesen. Was hätte er dafür gegeben, wenn er mit den anderen Kindern hätte spielen dürfen! Der riesengroße Garten wäre das reinste Paradies für eine ganze Horde von spielenden Jungen gewesen. Der Stall mit Hühnern und Kaninchen, die Horsts Vater gemeinsam mit dem Jungen versorgt hatte, hatte geradezu zum Spielen eingeladen. Die Tiere waren stattdessen von der Familie in regelmäßigen Abständen verspeist worden. Vater hatte das Schlachten übernommen.

Zum Spielen war niemand gekommen, der riesige Garten blieb leer.

Was damals zu seinem Elend hinzukam, war, dass er auch keine anderen Kinder besuchen durfte.

„Du bleibst hier zu Hause, wo du hingehörst! Was die anderen machen, interessiert uns nicht! Merke dir mein Sohn: Das hat uns nicht zu interessieren! Wir haben hier genug mit uns selbst zu tun!", hatte der Vater ihm eingebläut.

So war er in der Rolle eines Besuchers geblieben, wenn er mit anderen zusammen war, ein Außenseiter, der nie richtig dazugehörte, allerdings genau beobachtend, was die anderen taten. Er hatte viel über die Beweggründe von Menschen gelernt. Bereits als Teenager hatte er das Meiste, was Menschen umtrieb, einfach nur lächerlich und langweilig gefunden. Für sich hatte er viel, viel bessere Sachen entdeckt, als die Gesellschaft anderer Menschen und sich mit denen abzugeben.

Der Vater hatte jedoch verlangt, dass er zu der Messdienerausbildung ging, und danach jeden Sonntag den Dienst in der Kirche übernahm. Das war am Anfang noch packend gewesen, als Teenager hatte er später nicht mehr gehen wollen. Aber da war der Vater unerbittlich gewesen. Er betonte immer wieder, dass die Kirche genau der richtige Ort sei, an dem sein Charakter gestärkt würde! Der Dienst für Gott und die Gemeinde müsse eine Ehre für ihn sein! Die flehentlichen Bitten, dort nicht mehr hingehen zu müssen, hatte er nach einer Weile wegen der Besorgnis um seine Mutter aufgegeben: Sie hatte ohnehin schon genug Ärger und Kummer.

Infolge all dieser Ver- und Gebote hatte er nie einen Freund gehabt. Außer vielleicht Pastor Abel. Zumindest hatte dieser ihn stets 'Mein Freund' genannt. Und so schlimm war es schließlich nicht gewesen, was der Pfarrer 'Gottesdienst' genannt hatte. Sein Einsiedlerleben war genau so geblieben: Er hatte weder auf der Universität Anschluss gefunden, noch auf seiner Arbeitsstelle Kontakt mit seinen Kollegen. Er hatte Arbeitskollegen, mit denen er auskam, solange es um fachliche Angelegenheiten ging. Keiner von denen wäre je auf die Idee gekommen, den langweiligen Horst zum Grillen oder auf eine Party einzuladen. Jeder fand ihn kauzig, niemand suchte seine Gesellschaft. Die einzige Gelegenheit, bei der sie alle außerhalb des Betriebes um eine Tafel saßen, war die alljährliche Weihnachtsfeier, die wechselweise in den besseren Restaurants der Umgebung stattfand. Das war alles, was Horst an sozialem Leben aufzuweisen hatte. Aber das machte ihm schon lange nichts mehr aus. Er hatte die Mutter, um die er sich kümmerte und war zufrieden mit dem, was er sonst so trieb. Er lebte in seiner eigenen Welt und brauchte fast niemanden mehr. Bis auf manchmal.

Horst wurde durch lautes Rufen und Lachen, das vom Eingang des Cafés herüber schallte, aus seinen Gedanken gerissen und blickte auf in Richtung Tür, durch die zwei Jungen eintraten und dann zur Bar hinüber liefen. Der eine mit hellen Locken, der andere mit dichtem braunem Haar. Der Blonde schaute in Horsts Richtung. Er lachte noch über eine Bemerkung, die sein Freund gerade gemacht hatte.

Wie von einem Zauberstab berührt, verlangte es Horst so sehr nach dem schönen Kind, dass es ihm die Eingeweide zusammenzog. Wie in einer intimen Umarmung war er von dem Jungen gefangen, alles andere trat weit von ihm zurück. Erstarrt in anbetungswürdigem Staunen, konnte er seinen Augen kaum glauben: Ein wunderschöner Knabe mit goldenen Locken, leuchtend blauen Augen und dem Lächeln eines Engels schaute ihm entgegen! Dazu kam das perfekte Alter, das Kind war bestimmt nicht älter als zwölf!

Eine starke Erektion war Horsts Antwort auf diesen Anblick. Erst das Gefühl seines pochenden Geschlechts, holte ihn in die Wirklichkeit zurück. Er erschrak über diesen Kontrollverlust und wurde sich seiner Umgebung wieder bewusst: Wie dankbar er war, dass die Tischplatte seine jetzt langsam schrumpfende Erregung verbarg!

'Den muss ich haben!', war sein erster Gedanke, nachdem das schiere körperliche Verlangen, das von ihm Besitz ergriffen hatte, abgeklungen war. Horst atmete hörbar schwer ein und aus. Er war froh, dass der Lärmpegel aus Stimmen, Musik und Stühlerücken, seine unkontrolliert erregten Atemzüge verschluckte. Er kam vollständig zu sich und war erleichtert darüber wieder Herr seiner Körperfunktionen zu sein.

Er wusste noch nicht genau wie, aber er war sich ganz sicher, dass er diesen Engel haben würde, und zwar ganz für sich alleine, nur für sich!

An der Theke kauften die Kinder sich belegte Brötchen, in die sie gleich nach dem Bezahlen hungrig hinein bissen. Wahrscheinlich hätten ihre Mütter geschimpft, wenn sie gewusst hätten, dass sie so kurz vor dem Mittagessen noch etwas gegessen hatten. Kauend und schwatzend liefen sie wieder Richtung Ausgang. Sie waren noch zu jung, um sich mit einem Getränk an einem der Tische nieder zu lassen. Die beiden waren höchstens elf oder zwölf Jahre alt, also definitiv noch nicht in einem Alter, in dem sie in einem Café sitzen würden.

Schnell packte Horst seine Aktentasche, in der er seinen Laptop und seine Papiere mit sich trug, ließ den gerade angetrunkenen Cappuccino stehen und lief den beiden Jungen hinterher. Der blonde Lockenkopf öffnete gerade das Schloss, mit dem er ihre beiden Fahrräder gesichert hatte. Beide kauten auf ihren Brötchen. Beim Aufsteigen und Losfahren wackelten sie etwas, da sie mit der Hand, die das Brötchen hielt, nicht richtig zugreifen konnten. Einmal in Fahrt, hörte das leichte Schlingern auf und sie radelten geruhsam auf dem Radweg in Richtung Stadtausgang.

Schnell lief Horst zu seinem Auto, das er wenden musste und fuhr dann in die gleiche Richtung, in die er die beiden sich hatte aufmachen sehen. 'Was für ein Glück!', dachte er, als er die Kinder gerade noch rechts in den Hemberger Damm einbiegen sah. Es hätte alles deutlich komplizierter gemacht, wenn sie ihm entwischt wären. Er konnte ihnen jetzt in gemächlichem Tempo und deutlich entspannter folgen. Obgleich von Entspannung nicht wirklich die Rede sein konnte. Er war auf sehr angenehme Weise angespannt. Ein fiebriges Sehnen hatte ihn erfasst, wie einen frisch Verliebten kurz vor dem zweiten Treffen. Eingebettet war dieses Sehnen in ein fiebriges Jagdgefühl. Horst liebte diese Körpersensationen, die mit der aufgenommenen Verfolgung einhergingen. Sein Herz schlug schneller als sonst und sichtlich spürbar in seinem Brustkasten, sein Pulsschlag rauschte in seinen Ohren und gleichzeitig hatte er weiche Knie. 'Wunderbar!', stellte er zufrieden fest und fuhr langsam weiter.

Er war ein geduldiger, geübter Jäger.

Als er die Jungen beinahe eingeholt hatte, fuhr er rechts ran, ließ sie wieder vorausfahren bis er die Kinder fast nicht mehr ausmachen konnte. Er fuhr wieder an und sah sie nach kurzer Zeit links abbiegen. Wie er wenige Augenblicke später auf dem Straßenschild lesen konnte, waren die beiden in den Buchenweg Richtung Austrum eingebogen. Er schloss jetzt wieder dichter zu ihnen auf und parkte erneut, um sie nicht zu überholen. 'Bis jetzt haben die Buben nicht bemerkt, dass sie verfolgt werden', stellte er zufrieden fest. Dann hatte er plötzlich Angst, sie doch noch aus den Augen zu verlieren und fuhr wieder näher an die Jungen heran. Sie waren jetzt schon in Austrum und bogen an der großen T-Kreuzung zusammen rechts ab, um sofort links in eine sehr kleine Nebenstraße einzubiegen. Horst hielt vorher an, schaute in den Rückspiegel und um sich herum, ob ihn jemand beobachtet hatte. Es war niemand auf der Straße, der ihn hätte sehen können, es fuhr auch kein anderes Auto an ihm vorbei. Die Gegend lag ruhig unter dem frühlingshaften Maihimmel, dessen intensives Blau von wattetupferartigen Wolken aufgefrischt war. Die Bäume standen in perfektem Blätterkleid - noch von keinem Sturmwind gebeutelt. Das Laub war zart und das helle Grün strahlte Gesundheit aus, Äste wiegten sich sanft in der Frühlingsbrise. Die Wiesen in der flachen Landschaft waren schon hoch aufgeschossen und einige Weidestücke leuchteten gelb vom Löwenzahn. Vereinzelt sah man schon Pusteblumen.

„Löwenzahn", flüsterte Horst mit tonlos brutaler Stimme und lächelte in sich hinein. Raubtierstimmung.

Die bezaubernde Landschaft umgab ihn mit friedvoller Schönheit, von der er immer weniger wahrnahm. In solchen Situationen war er nicht aus sich herausgeflogen, sondern nahezu vollständig aus seiner Umgebung herausgelöst. Er befand sich mit sich im Einklang und lenkte seine Aufmerksamkeit extrem gezielt auf

Details, die für sein augenblickliches Unterfangen wesentlich waren. Seine Augen, die aufmerksam auf die Jungen gerichtet waren, funktionierten gleichzeitig wie Scanner, die darauf geeicht waren, andere Menschen und deren Bewegungsmuster wahrzunehmen. Horst freute sich. Sein Erkennungsprogramm hatte keine andere Menschenseele erfasst. Die einzige menschliche Gestalt war ein hölzerner Jesus, der an ein großes Kruzifix genagelt war. Das Standbild, zu dessen Füßen ein Blumenstrauß aufgestellt war, stand etwa fünfzig Meter weiter die Straße entlang im linksseitigen Grün des Seitenstreifens. Die Farbe der Christusfigur war vom Wetter ausgebleicht und an mehreren Stellen abgeblättert. Das Gesicht schien gut erhalten, das Blut, das durch die Dornenkrone hervorgerufen über die Stirn und dann das Gesicht herunter floss, war leuchtend rot und aus der Distanz deutlich zu erkennen. Er nahm dies als gutes Zeichen: Der Herr war mit ihm. Kurz nachdem die Jungen in die kleine Straße eingebogen waren, stoppten sie an einem Abzweig, der zu einem nahe gelegenen Gehöft führte. Offenbar verabschiedeten sie sich. Sie quatschten noch eine Weile und bemerkten nicht den silbergrauen Kombi, der in ungefähr hundert Meter Entfernung von ihnen angehalten hatte. Nach einer ihm ewig erscheinenden Weile, die er wie auf heißen Kohlen sitzend hinter seinem Lenkrad verbracht hatte, drückten die Jungen ihre Fäuste aneinander und stiegen auf ihre Räder. Endlich fuhren sie wieder los. Horst atmete hörbar auf. Der Braune radelte direkt zu dem Hof auf der rechten Straßenseite und der Engel fuhr weiter die Straße entlang, ohne sich noch einmal umzudrehen.

Horst wartete, bis der braunhaarige Junge nicht mehr zu sehen war und fuhr dann langsam wieder an.

Die Straße führte jetzt durch eine immer einsamer werdende Landschaft aus sonnenbeschienen Feldern und Wiesen auf denen Kühe grasten. Dann schlängelte sie sich durch ein Waldstück, das eigentlich nur ein kleines Gehölz war. Nachdem er durch dieses hindurch gefahren war, sah er seinen Engel wieder vor sich auf der jetzt geradlinigen Fahrbahn. Das Kind fuhr ausgelassen in weit ausladenden Schlangenlinien, die Breite der gesamten kleinen Straße ausnutzend auf ein lang ausgestrecktes Waldstück zu. Der Junge schien gute Laune zu haben, wie er da mit sichtlicher Lebenslust, unbekümmert in freudvoll kurviger Fahrt den Weg nach Hause radelte. Er legte seinen schlanken Körper harmonisch in die Kurven, um dann mit einer leichten, fast schwebenden Gewichtsverlagerung das Fahrrad in die nächste Kurve zu leiten. Horst war wie hypnotisiert, er musste sich zusammen nehmen und sehr konzentrieren, um nicht unaufmerksam in Bewunderung zu verfallen. Er riss sich zusammen und stellte seine Wahrnehmung wieder auf den Scannermodus - ein visueller Blitzcheck, bei dem er mit Befriedigung feststellte, dass nach wie vor weit und breit keine andere Menschenseele auszumachen war. Kurz vor dem Wald lag rechts ein Bauernhof. Der Junge fuhr in die

Einfahrt und war offenbar dort zu Hause, resümierte Horst. Er war äußerst zufrieden mit sich. Er wusste jetzt, wo der Knabe wahrscheinlich wohnte und musste sich nur noch einen Plan ausdenken. Diesmal spürte er, würde er einen besonders guten Plan aushecken müssen. Er wusste noch nicht wie, aber er hatte ja Zeit. Nach dem letzten Mal hatte er sich fest vorgenommen, sich bei der nächsten Gelegenheit ausreichend Zeit zu nehmen. Und diese Gelegenheit schien jetzt gekommen zu sein. Er bebte von Vorfreude.

„Ich werde nicht so überhastet sein wie bei den letzten Malen", sagte er zu sich selbst, „ich habe alle Zeit der Welt."

Diesmal würde er es schaffen, das Kind für sich zu behalten, der Junge war einfach zu perfekt. Alles andere wäre Verschwendung gewesen. 'Ein Engel eben', dachte er, als er seinen Wagen erneut wendete und zurück in die Stadt fuhr.

Die Polizei 2

Karin Rinke, die junge Schutzbeamtin vom Dienst, wischte sich mit der weißen Serviette, die den Aufdruck 'Buon Appetito' trug, die vollen Lippen trocken. Kollege Czeckowski hatte sein verfrühtes italienisches Abendbrot bereits beendet und seine rechte Hand, die noch nach der Pizza roch, in Karins Diensthemd geschoben. Ihre rechte Brustwarze hatte sich unter der leicht knetenden Bewegung in freudiger Erwartung aufgestellt. Armins Körper beantwortete diese prompte Reaktion mit einem Ziehen in seinen Lenden. Karin erhob sich wortlos und mit seiner Hand zwischen prall elastischem Brustfleisch und BH-Innenwand, folgte Czeckowski ihr in die Dienstküche.

Beide kicherten verschwörerisch.

Karin öffnete hastig ihre Gürtelschnalle, den Knopf und den Reißverschluss ihrer Hose und ließ diese an ihren schlanken Beinen nach unten gleiten. Armin musste nur seinen Reißverschluss herunterziehen, um seine Erektion aus dem Eingriff seiner Boxershorts befreien zu können. Seine linke Hand drang jetzt zu der feuchten Stelle zwischen ihren Beinen vor, er bewegte seine Finger sanft reibend vor und zurück. Mit einem lustvollen Seufzer beugte sich die Beamtin über den Tisch und spreizte ihre Beine, soweit es die Uniformhose zuließ, die unten um ihre Knöchel hing. Die Polizistin streckte ihr perfektes Hinterteil dem Beamten Czeckowski einladend entgegen. Voller Begierde nahm er die rosa schimmernde Einladung an. Die folgenden Minuten genossen beide sehr. Sie hatten nicht oft die ungestörte Möglichkeit, sich auf diese Weise ihre Zuneigung zu zeigen. Meistens hatte noch jemand anderes mit ihnen Dienst, aber heute hatten sie mal wieder Glück gehabt, denn Kollege Monstadt würde seine Schicht erst später beginnen.

Karin sehnte sich in ihrer Singelwohnung zwar oft nach Armin, aber sie wusste, dass er seine Frau für sie nicht verlassen würde, und das verlangte sie auch nicht. Sie lebte in ihrer Fantasie für diese wunderbaren Minuten der körperlichen Nähe und zehrte den Rest der Zeit von den Erinnerungen an diesen verbotenen Sex, den sie jedes Mal aufs Neue unbeschreiblich aufregend und erfüllend fand.

Und wenn sie es realistisch betrachtete, stellte sie fest, dass sie, Karin Rinke, diejenige war, die fast alle Stunden ihres Lebens mit ihrem Angebeteten verbringen durfte. Wahrscheinlich verbrachte sie sowieso mehr Zeit mit ihm als die eigene Ehefrau, die sich ja auch noch um die Kinder kümmerte und als Krankenschwester oft Nachtschichten hatte. Und wer wusste schon, was die dort so alles trieb?

Die junge Frau hatte kein schlechtes Gewissen und Armin auch nicht. Der eheliche Geschlechtsverkehr hatte für ihn nach fünfzehn Jahren absolut nichts Aufregendes mehr. Und wenn er die Angelegenheit nüchtern betrachtete, fand er, dass ihm ein bisschen Spaß bei der Arbeit als Entschädigung sowieso zustand. Karin war perfekt dafür, sie war jung, schön, allzeit bereit und obendrein noch diskret. Es hätte sie nämlich beide Kopf und Kragen gekostet, wenn herausgekommen wäre, was sie auf der Leitwache so trieben.

Nachdem sie sich ein zweites Mal an diesem Abend sauber geputzt hatten, diesmal mit Tempotüchern, zogen sie sich ihre Dienstkleidung zurück in würdigere Positionen. Verstohlen hielten sie sich an den Händen, als sie zurück in die Dienststube gingen. Dort begannen sie, weitere Schreibarbeiten in dem Fall Tobias Bleckmann zu erledigen.

Nachher würde Czeckowski mit Monstadt, seinem Kollegen, zu dem Bauernhof der Eltern fahren, falls der Junge tatsächlich nicht wieder aufgetaucht sein sollte. Früher oder später kamen die Ausreißer alle zurück. Und sie konnten sich beide gut vorstellen, dass der Junge, der jetzt so allmählich in die Pubertät kam, die Nase ganz schön voll hatte von seinem barschen, brummigen Vater.

Sie hatten, nachdem sie auf der Polizeiwache gewesen waren, Abendbrot gegessen. Frau Bleckmann hatte den Tisch mit Brot, Käse und Wurst gedeckt und noch einen Tomatensalat zubereitet. Sie selbst hatte fast nichts herunter bekommen, ein Gespräch zwischen ihnen war kaum möglich. Sie war voller Sorge und Georg versuchte, die ganze Angelegenheit herunterzuspielen. Nach dem Essen fuhr Bauer Bleckmann noch einmal aufs Feld und beendigte den Heuschnitt. Seine Gedanken schweiften immer wieder ab zu seinem Sohn Tobias.

„Der soll mir nach Hause kommen! Der kann was erleben, uns so in Angst und Sorge zu versetzen!", sagte er mehr ärgerlich als besorgt zu sich selbst, während er den Trecker in geraden Schnittlinien über das Land lenkte.

Um kurz nach acht waren die Zwillinge nach Hause gebracht worden. Sie waren begeistert in die Küche gestürmt, um der Mutter von ihrem schönen Tag zu erzählen. Sie hatten aber schnell gemerkt, dass etwas mit der sonst so fröhlichen Mutter nicht in Ordnung war. Tanja hatte nachgefragt, was denn los sei.

Frau Bleckmann zog ihre Tochter an sich, strich ihr über die langen blonden Haare und weinte. Zwischen ihren Schluchzern konnten die Kinder ausmachen, dass ihr großer Bruder nach der Schule nicht nach Hause gekommen war und die Eltern schon bei der Polizei gewesen waren. Volker hatte am Fluss vergeblich nach Tobias gesucht.

„Ach Mama", versuchte Tanja sie zu beruhigen, „der kommt bestimmt gleich nach Hause, der muss doch Hunger haben."

„Ja, bestimmt, mein Schatz", versuchte die Bäuerin sich und das Kind zu beschwichtigen.

Tresi schaute traurig von Tanja zu Sven. Sie sah den Zweifel und die Angst in den Augen ihrer Kinder und da riss sie sich zusammen. Sie rollte zwei Tücher von der Küchenpapierrolle ab, schnäuzte sich lautstark und wischte sich die Tränen weg.

„Jetzt geht erst einmal auf eure Zimmer und zieht euch schon mal um, ihr könnt ja dann solange spielen, bis die Polizei um neun Uhr kommt."

Tresi hatte erst überlegt, die beiden ins Bett zu schicken, aber in dieser Situation war sowieso nicht an Schlafen zu denken. Sie hatte entschieden, dass die Zwillinge den Besuch der Polizei miterleben sollten. 'Wer weiß, vielleicht haben sie ja etwas Wichtiges zu sagen', hatte sie mit einem kleinen Hoffnungsschimmer gedacht.

Ganz gegen ihre Gewohnheit liefen beide Kinder ohne zu maulen nach oben und zogen sich um. Die Lust, von ihrem schönen Tag im Schwimmbad zu erzählen, war ihnen angesichts der Sorgen der Eltern um den großen Bruder vergangen. Das hätte nicht gepasst.

Nachdem sie sich schon bettfertig gemacht hatten, fiel es ihnen schwer, sich auf ein Spiel zu konzentrieren, immer wieder kamen sie auf Tobias zu sprechen: 'Wo war er nur?'

Je länger sich die Zeit bis neun Uhr hinzog, desto mehr Fragen türmten sich vor ihnen auf. Insgeheim fragte Sven sich, ob Tobi wohl wegen des Streits, den sie am Morgen gehabt hatten, weggelaufen war. Sein großer Bruder war zornig und wütend auf ihn gewesen und schimpfend aus dem Haus gelaufen. Sven fühlte sich zusehends elender, er hatte ein richtig schlechtes Gewissen. Er traute sich aber nicht, Tanja zu fragen, was die darüber dachte. Er schämte sich zu sehr. Die Vorstellung, dass Tobias seinetwegen weggelaufen sein könnte, bohrte sich schmerzhaft in seinen Magen. Mama war so traurig und selbst Papa war ganz ungewohnt still gewesen: 'Wo war Tobi nur?'

Das Telefon klingelte. Es war einundzwanzig Uhr und zwei Minuten, Georg hatte schon befürchtet, dass die Polizei ihren Fall vergessen hatte. Bauer Bleckmann nahm schnell den Telefonhörer auf, den er vor sich auf den Tisch gelegt hatte. Seit zwanzig Minuten saß er da und blätterte ein Magazin über Landwirtschafts-Maschinen durch. Er hatte vergeblich versucht, sich abzulenken, er hatte es nicht geschafft, sich auf die einzelnen Beschreibungen der Geräte zu konzentrieren. Seiner Frau gegenüber hatte er so getan, als sei er ganz vertieft in seine Lektüre. Er wollte ein ruhiger Pol bleiben, wenn sie schon wie ein Tiger im Käfig nervös hin und her lief.

„Ja, hier Bleckmann", sprach er in den Hörer, „guten Abend."

Die Mutter und die Zwillinge standen mittlerweile am Tisch und lauschten angespannt dem Gespräch.

„Nein, nein, der Junge ist noch nicht zu Hause, sonst hätten wir ja angerufen", sagte der Bauer. Dann brummte er in seiner üblichen Art mehrmals: „Hm, hm", unterbrochen von kurzen Pausen, und hörte dann weiter zu. „Ja gut", antwortete er dann, „bis gleich." Das rote Hörersymbol auf der Tastatur drückend, beendete er das Telefonat.

Er schaute in die bangen Gesichter seiner Familie: "Die fahren jetzt los und sind in ein paar Minuten hier."

„Haben die etwas von Tobi gehört, oder hat sich jemand gemeldet?", wollte Tresi wissen. Ihre Stimme bebte, sie hatte all ihre Hoffnungen auf diesen Anruf von der Polizei gesetzt.

„Nein, die haben auch noch nichts gehört."

Die Polizei 3

Die Sorge um ihr Kind machte sie noch ganz verrückt. 'Hoffentlich sind die bald hier und finden den Jungen', dachte Tresi in ihrer zunehmenden Verzweiflung.

Kurze Zeit später fuhr ein Polizeiauto auf den Hof. Arco, der braune, drahthaarige Jagdhund, lief ihnen laut bellend entgegen. Georg musste ihn zu sich rufen. Der große Hund gehorchte sofort und kam an die Seite seines Herrchens. Der Bauer ging mit schweren Schritten den Beamten entgegen, Tresi stand in der Haustür, ungeduldig wartend. Einer war der Polizist, den sie bereits am frühen Abend auf der Wache kennen gelernt hatten, als er die Pizza brachte. Der andere stellte sich mit Monstadt vor, er war etwa so alt, wie sein Kollege. Die beiden schauten sich auf dem Hof um, während sie mit zur Haustür liefen und nahmen mit geübten Blicken ihre Umgebung in sich auf: Alles war friedlich und unauffällig, bis auf die zwei Kindergesichter, die sich unter eine Gardine in einem der Erdgeschossfenster geschoben hatten und von dort aus die Szenerie im Hof beobachteten. Tanja und Sven drückten sich regelrecht die Nasen platt, als würden sie so besser verstehen können, was da draußen vor sich ging.

Jetzt bewegte sich die ganze Gruppe auf das Wohnhaus zu und die Kinder setzten sich an den Küchentisch und warteten auf die Eltern und die Polizisten.

Sie hatten Angst.

Die beiden konnten sich nicht vorstellen, wo Tobias wohl sein könnte.

Nachdem die Beamten sie höflich begrüßt hatten, sagten sie keinen Mucks mehr. Erst als sie direkt gefragt wurden, wann sie denn ihren Bruder zuletzt gesehen hätten, berichteten sie, dass es beim Frühstück gewesen sei und er dann mit dem Fahrrad schon vor ihnen in die Schule geradelt sei. Seitdem hätten sie nichts mehr von ihm gehört, sie seien auch den ganzen Nachmittag im Schwimmbad gewesen.

Sven hatte ein schlechtes Gewissen, weil er einen so schönen Tag gehabt hatte und sein Bruder womöglich nicht.

Der Streit am Morgen war entflammt, weil er den Zirkel, den Tobi in der Mathestunde brauchen würde, beim Spielen beschädigt hatte. Er hatte ihn als Speer für seine Spiderman-Figur benutzt und dabei die Spitze verbogen. Als Tobias das morgens beim Packen seiner Schultasche entdeckt hatte, war er wütend geworden, hatte ihn 'ignoranten Blödmann' genannt und wollte sich auf ihn stürzen. Sven wusste nicht was 'ignorant' hieß, aber er hatte deutlich kapiert, dass er seinem aufgebrachten Bruder besser aus dem Weg gehen musste, sonst hätte der ihn noch verprügelt. Er war in die Küche geflüchtet und Tobias war hinter ihm hergestürmt.

Die Mutter war dann dazwischen gegangen, hatte ordentlich mit ihm geschimpft und Tobias versprochen, ihm eine neue Zirkelspitze zu kaufen. Das Geld dafür würde sie von Svens Taschengeld abziehen.

Kurze Zeit später war Tobias dann, noch wütend vor sich hin schimpfend, aus dem Haus gegangen. Er hatte die Tür hinter sich zugeknallt. Das hatte er sich nur getraut, weil er wusste, dass sein Vater beim Melken war und den Knall nicht hören würde. Es hatte ihm gut getan, seinem lästigen kleinen Bruder so noch einmal seine Wut zu zeigen.

„Wie kann man nur so blöde sein?!", war das letzte was sie von ihm gehört hatten, bevor die Tür hinter ihm laut scheppernd ins Schloss gefallen war.

'Er ist seinem Vater doch manchmal recht ähnlich', hatte Tresi noch gedacht und sich dann darum gekümmert, dass die Zwillinge alle sieben Sachen für den ganzen Tag ordentlich zusammen gepackt bekamen; inklusive Schwimmzeug für den Nachmittag und das Geschenk für ihren Freund.

Danach hatte sie die beiden nach Emsdetten zur Schule gefahren und bis zum Abend nichts mehr von ihnen gesehen.

Czeckowski und Monstadt setzten sich mit an den Küchentisch. Sie saßen auf Stühlen, die Familie aneinandergerückt auf der Küchenbank.

Monstadt machte Notizen in sein abgegriffenes Büchlein.

„Ist Ihr Sohn denn schon früher einmal weggelaufen?", fragte sein Kollege gerade.

„Wie meinen Sie das?", wunderte sich Tresi, „als er ganz klein war, ja, da ist er gerne weggelaufen, aber nie weit."

„Nein, Frau Bleckmann", Czeckowski unterdrückte seine Ungeduld, „ich meine in letzter Zeit, im letzten Jahr, oder in den letzten zwei."

„Natürlich nicht!", fuhr der Bauer dazwischen, „aber das haben wir Ihnen doch schon auf der Wache gesagt."

„Genau", bestätigte Tresi, „warum sollte er auch? Er ist ein glücklicher Junge!"

„Gut, gut, ich glaube Ihnen ja", beschwichtigte Czeckowski die Eheleute, „hat er denn irgendwelchen Ärger in der Schule gehabt?"

„Nicht, dass ich wüsste", Tresi zog die Augenbrauen zusammen, „am letzten Elternsprechtag war alles in bester Ordnung."

„Oder bekommt er vielleicht nächste Woche ein schlechtes Zeugnis?", bohrte der Beamte weiter.

„Nein, nein! Ganz bestimmt nicht, Tobi ist der Beste in seiner Klasse, mit Abstand der Beste." Tresi sprach voller Stolz weiter: „Er sollte sogar eine Klasse überspringen, aber das wollten wir nicht. Er soll bei seinen Freunden in der Klasse bleiben."

„Ja, aber was sagt Tobias denn dazu?", wollte der Polizist jetzt wissen.

„Nichts", antwortete der Bauer, „der Junge hat unsere Entscheidung verstanden. Und wir haben ihm gesagt, dass wir das nächstes Schuljahr neu überlegen."

„Gut dann", Czeckowski wollte den Mann auf keinen Fall mit seinen Fragen reizen. Er schien auf einem Pulverfass zu sitzen. Freundlich stellte er die nächste Frage: „Chattet Ihr Sohn denn viel im Internet oder hat er Ihnen schon mal von seinen Kontakten dort erzählt?"

„Chatten, das weiß ich nicht, aber Facebook, oder wie das heißt, das macht er wohl regelmäßig", übernahm Tresi wieder das Wort. „Aber das machen die doch alle in dem Alter, oder?"

„Ja, sicher Frau Bleckmann, aber manchmal schleichen sich da komische Typen ein und gewinnen das Vertrauen von Kindern."

„Ach, jetzt hören Sie doch auf, der Tobias ist doch nicht blöd und geht irgendwelchen Perversen auf den Leim!", Georg hielt plötzlich inne, als ihm bewusst wurde, dass genau das tatsächlich der Grund für das Verschwinden seines Sohnes sein könnte. Schwer hob er die Schultern: „Ehrlich gesagt, ich weiß es nicht, oder weißt du etwas davon Tresi?", Rat suchend schaute er seine Frau an.

„Nein, davon weiß ich nichts, aber vorstellen kann ich mir das auch nicht."

Die Stimmung um den Tisch war eine Nuance bedrückender geworden.

„Ich weiß, dass wir Sie das heute Nachmittag schon gefragt haben", der Beamte unterbrach das kurz entstandene Schweigen, „aber können Sie sich vorstellen, wo Tobias sonst noch hingegangen sein könnte?"

„Nein, beim besten Willen nicht", stieß Tresi nachdenklich aus, „ich war schon in der Schule, die wissen von nichts, ich bin seinen Schulweg entlanggeradelt und habe auch in vielen Waldwegen nachgesehen. Nichts, gar nichts."

„Und Volker, das ist Tobis bester Freund, hat schon am Fluss nach ihm geschaut. Wissen Sie, die beiden waren heute dort zum Angeln verabredet. Wir haben keinen blassen Schimmer", ergänzte Georg die Liste der Bemühungen, seinen Sohn zu finden.

„Ja, und die Verwandten und die Nachbarn haben wir auch schon alle angerufen und alarmiert. Keiner hat ihn gesehen."

„Keiner?", hakte Monstadt jetzt nach.

„Doch, meine Schwester", teilte Tresi jetzt den erstaunten Beamten mit.

„Wie, jetzt hat ihn doch jemand gesehen, wieso haben Sie uns das denn nicht früher gesagt?", Czeckowskis Stimme war jetzt anklagend laut geworden. Die Zwillinge rückten näher an ihre Mutter.

„Weil meine Schwester die beiden Jungen auf dem Schulweg gesehen hat, als sie aus Emsdetten heraus, in Richtung Austrum gefahren sind. Und da waren sie ja noch zusammen", ihr Tonfall war jetzt leicht schuldbewusst. 'Vielleicht ist das ja doch wichtig für die Polizei!', dachte sie zerknirscht.

„Ach so", nahm der, das Gespräch leitende Beamte den Faden wieder auf, „ich meinte natürlich, ob ihn jemand gesehen hat, nachdem die Jungen sich verabschiedet hatten." Er fühlte sich zunehmend unwohl in seiner Haut. Die Leute taten ihm leid. 'Ich muss mich zusammennehmen und denen mit meinen Fragen nicht noch mehr Stress machen, als die eh schon haben', rief er sich zur Raison.

„Hat Ihr Sohn denn ein Handy?"

„Ja, natürlich. Und er würde uns sofort anrufen, wenn etwas wäre!", beteuerte die Mutter.

„Sind Sie sich denn sicher, dass er es heute überhaupt mitgenommen hat?"

„Ja, auf jeden Fall. Volker, Sie wissen schon, Tobis bester Freund, hat heute nach der Schule gesehen, wie Tobias sein Handy noch benutzt hat. Er hat sich die neue Nummer von einem Freund eingetippt. Und ob Sie es glauben oder nicht, ich habe bestimmt schon hundert Mal versucht, ihn anzurufen, aber die Leitung ist tot."

Das letzte Wort hing wie eine schwarze, lähmende Wolke in der Küche.

Monstadt räusperte sich unbeholfen und blätterte in seinem Notizbuch. Das Rascheln löste auch Czeckowskis Starre und er begann, die Eltern über die nächsten Schritte aufzuklären.

Gleich auf der Wache würden sie die Fahndung nach dem vermissten Jungen sofort an die Streife fahrenden Kollegen in Emsdetten und der näheren Umgebung herausgeben. Mit dieser Ausschreibung hätten die Beamten eine Beschreibung von dem Kind und würden dann während ihres Dienstes vermehrt nach dem blondgelockten Jungen Ausschau halten. Und man würde die Eltern sofort anrufen, wenn sie den Ausreißer gefunden hätten. Denn davon müsse man bis jetzt ausgehen, dass der Junge weggelaufen sei.

„Das würde Tobias nie tun, niemals!", rief Tresi verzweifelt. „Unser Junge ist nicht weggelaufen, dem ist etwas passiert, das fühle ich ganz genau!"

Polizeihauptwachmeister Monstadt versuchte sie zu beruhigen: „Liebe Frau Bleckmann", fühlte er sich beflissen, sie zu trösten, als er dem aufgewühlten Blick von Tresi begegnete, „wenn Sie wüssten, wie viele Ausreißer wir jedes Jahr suchen, dann würden Sie sich nicht solche Sorgen machen. Die Hälfte aller Vermissten wird schon innerhalb der ersten Woche gefunden und die allermeisten Kinder sind sowieso innerhalb weniger Stunden oder spätestens nach zwei Wochen wieder zu Hause."

„Insgesamt finden wir über 99 Prozent der vermisst gemeldeten Kinder und Jugendlichen wieder und können sie unversehrt zu ihren Eltern zurückbringen", fügte Kollege Czeckowski aufmunternd hinzu. „Es ist auf jeden Fall in einer solchen Situation immer besser, sich auf die Statistik zu verlassen, als sich unnötig zu viele Sorgen zu machen."

„Versuchen Sie ein bisschen Ruhe zu finden, wir tun unser Bestes für Sie."

'Und die, die nicht gefunden werden?', dachte Tresi.

'Und der Rest der 100 Prozent?', dachte Georg.

Beide sagten jedoch nichts. Tresi wollte Georg nicht noch mehr beunruhigen und Georg wollte Tresi, die sowieso schon mit ihren Nerven am Ende zu sein schien, nicht noch weiter verunsichern.

So schwiegen sie beide über das Rätsel des verbleibenden Prozentes, nachdem sich kurze Zeit später die Beamten von der Familie verabschiedet hatten und vom Hof fuhren.

Die Eltern 4

Sven und Tanja waren auch ganz still geworden und drängten sich an die Eltern. Die vier traten von der Haustür zurück in den Flur. Man hätte die Luft vor lauter Bedrückung schneiden können. Arco ging auf sein Lager zurück, nachdem er zuvor erneut munter bellend die Besucher verabschiedet hatte. Für den Hund war die Welt immer noch in bester Ordnung.

Georg schloss bedächtig die Haustür und ohne sich abzusprechen, gingen sie gemeinsam zurück in die Küche. Hier spielte sich immer alles ab, außer wenn abends noch ferngesehen wurde. Aber daran dachte heute niemand.

Die Kleinen mussten jetzt auch langsam wirklich ins Bett. Es war schon nach zehn Uhr und morgen mussten sie früh zur Schule.

'Komisch', ging es Tresi durch den Kopf, 'dass solche Dinge einfach weiterlaufen müssen und die Zeit nicht stillsteht. Das wäre viel passender.'

Sie schüttelte unbewusst immer wieder den Kopf, verstand nicht, was hier vor sich ging.

'Tobias, mein Schatz, wo bist du?', schrie es immer wieder in ihr. Tresi schluchzte laut auf und Georg legte beschützend einen Arm um sie, eine Geste, die für die Kinder sehr ungewohnt war und die sie noch mehr beängstigte. So kannten sie Papa und Mama gar nicht.

„Tobias ist bestimmt morgen wieder da", sagte Tanja und schob ihre kleine Hand in die ihrer Mutter. Es war nicht klar, ob sie damit die Mutter trösten oder ihre eigene Hoffnung stärken wollte.

Tresi machte noch für alle einen Früchtetee, den sie schweigend tranken. Tanja war auf Tresis Schoß gekrochen und Sven hatte sich auf der Küchenbank an seinen Papa gelehnt. Sie waren alle sehr niedergeschlagen, keiner wusste so richtig, was er sagen sollte und keiner wollte alleine ins Bett gehen.

„Kommt, wir gehen alle nach oben und legen uns hin. Ihr könnt mit zu uns ins große Bett kommen, was meinst du Georg?", fragte Tresi ihren Mann.

Er nickte und mit einem „Dann gehen wir mal hoch", stand er schwer auf die Tischplatte gestützt auf und nahm Sven **auf dem Weg zum Schlafzimmer** an die Hand. Das hatte er schon ewig nicht mehr gemacht.

Die Zwillinge legten sich auf der Seite ihrer Mama ins Bett, während die Eltern sich noch umzogen.

Es begann ein zeitaufwendiges Hin- und Herrücken. Erst lagen beide Kinder am Bettrand auf der Seite ihrer Mutter. Tanja hatte sich an ihre Mama gekuschelt und auf der anderen Seite lag Sven neben seiner Schwester. Da er sich ohne die Berührung seiner Eltern verloren fühlte, wollte er sich zwischen sie legen, kletterte über Tanja und die Mutter hinweg und lag dann auf der Ritze zwischen den beiden Matratzen. Das war wiederum den Eltern nicht recht, die in ihrer Not beieinander liegen wollten. Am Ende lag Sven dann neben seinem Vater am anderen Bettrand und hatte sich fest an ihn gedrückt. Die Eltern lagen in der Mitte. Alle hatten sich eng aneinandergeschmiegt, sodass an den Bettkanten sogar noch Platz war. Die Mutter dachte: 'Tobias hätte hier auch noch gut mit reingepasst.' Leise liefen ihr die Tränen aus den Augen.

Die Zwillinge schliefen relativ schnell ein und Georg zog seine Frau eng an sich heran und strich ihr über die Haare.

" Der Junge kommt schon wieder", flüsterte er in ihr Ohr, „du wirst schon sehen."

Tresi schniefte und zog die Nase hoch: „Ja, bestimmt."

Beide hatten zu sich selbst gesprochen, um sich zu beruhigen.

Tobias' Eltern konnten nicht einschlafen, sie drehten sich im Bett von einer Seite auf die andere, die Sorge um ihr Kind ließ sie nicht zur Ruhe kommen. Flüsternd entschieden sie, die Zwillinge doch in deren eigene Betten zu tragen.

Als sie die friedlichen Gesichter ihrer schlafenden Kinder wortlos betrachteten, dachten beide daran, ob Tobias jetzt wohl auch irgendwo friedlich lag und schlief.

'Hoffentlich, hoffentlich, hoffentlich - hoffentlich geht es ihm gut!'

Sie zogen sich leise wieder an und gingen nach unten in die Küche.

Tresi kochte wieder Tee.

Draußen war es noch etwas hell, die Sommernacht dämmerte spät.

Tobias' Vater konnte sich nicht helfen, anstatt, dass er der Zuversicht der Polizisten in seiner ihm eigenen, sehr pragmatischen Art traute, wurde er immer unruhiger. Solch eine Unrast hatte er nur zu den Geburten seiner Kinder verspürt, jetzt hatte diese unkontrollierbare Anspannung wieder mehr und mehr Besitz von ihm ergriffen. Im Laufe des Abends war die Sorge um seinen Ältesten, als dieser nach dem letzten Heuschnitt noch nicht nach Hause gekommen war, immer größer geworden.

Mittlerweile hatte Georg das Gefühl, verrückt zu werden. Er musste dringend etwas unternehmen.

Obwohl es schon so spät war, rief er seinen **Schwager und seinen engsten Nachbarn** an. Trotz der fortgeschrittenen Stunde, stimmten beide sofort zu, sich an der Suche zu beteiligen.

Georg hatte das Gefühl, dass die Polizisten nicht so gründlich suchen würden wie er selbst.

Die drei Männer wollten mit Taschenlampen die Umgebung durchkämmen. Georg plante, die näheren Waldwege mit dem Trecker abzufahren und die Wegränder auszuleuchten.

Renate kam mit ihrem Mann herüber zum Bleckmannshof. Sie blieb bei ihrer Freundin in der Küche, versuchte ihr beizustehen und sie zu trösten.

Tresi musste immer wieder weinen. Gemeinsam rätselten die Frauen, wo Tobias bloß sein könnte.

Später in der Nacht, gegen zwei Uhr, kamen die Männer verschwitzt und niedergeschlagen zurück. Sie hatten nichts gesehen, nichts gefunden und nichts Ungewöhnliches bemerkt.

Die Stimmung in der Küche war sehr gedämpft. Keiner der Anwesenden teilte die Annahme der Polizisten, dass Tobias weggelaufen sei: Das konnten sie sich einfach bei dem Jungen, der so vernünftig und zuverlässig war, nicht vorstellen. Klar, dass er auch mal frech und sauer war, aber er würde nie, nie, nie einfach von zu Hause wegbleiben, schon gar nicht so lange. Irgendetwas Unerklärliches musste ihm zugestoßen sein. Der Schwager und die Nachbarn gingen nach Hause und versicherten, dass sie morgen, falls Tobias noch nicht wieder aufgetaucht sein sollte, wiederkommen und mithelfen würden, weiter nach dem Jungen zu suchen. Sie wollten noch Verstärkung mitbringen und würden dazu auch ihre Hunde mitnehmen.

Das Ehepaar saß noch lange am Küchentisch, die Ungewissheit und die Sorge um ihren Ältesten hatte sie ganz mürbe gemacht. Sie sprachen wenig, saßen, sich an den Händen haltend, auf der Küchenbank.

Sie fanden keine Möglichkeit, das Grauen, das sie im Griff hielt, in Worte zu fassen. Fassungslos, bis in ihr Innerstes erschüttert, konnten sich nur etwas Halt durch die gegenseitige Anwesenheit geben.

'Warum konnte ihr Junge nicht einfach wieder kommen?', fragten sie sich.

Zwischendurch stand Tresi immer wieder auf, öffnete die Haustür und lauschte angespannt in die Nacht, so, als würde sie ihren Sohn jede Sekunde um die Ecke radeln hören können.

Das Einzige, was sie hörte, war das Zirpen der Grillen, die in dieser lauen Sommernacht ein lautstarkes Konzert gaben. Es roch immer noch nach frisch gemähtem Heu, ein ganz leichter Wind wehte um das Haus und die Stallungen.

Einmal in dieser endlosen Nacht, als Tresi an der Haustür stand, sah sie eine einsame Sternschnuppe, die in weitem Bogen über den südlichen Nachthimmel dem Horizont entgegen fiel.

Eigentlich war es eine absolut perfekte Sommernacht, wie sie in diesen Breiten in Deutschland nicht so häufig vorkommt. Nur leider war keiner der Bewohner in der Lage, diesen Zauber wahrzunehmen.

Plötzlich war sie in diesem grässlichen Albtraum gelandet, der sie mit eiserner Hand im Griff hielt.

Gegen drei Uhr dreißig gingen die Eltern wieder ins Bett und verbrachten den Rest der Nacht damit, sich hin und her zu wälzen. Mehrmals nickten sie ein, um erschrocken immer wieder hochzufahren, wenn die Sorgen um Tobias ihr kurzzeitig eingeschlafenes Bewusstsein streiften.

Als sie um sechs Uhr müde aufstanden, waren beide extrem wortkarg. Tresis Augen waren geschwollen und rot, da sie selbst in den kurzen Schlafphasen immer wieder geweint hatte.

Etwas später, als Georg gefrühstückt hatte und zum Melken gegangen war, hatte sie die Gänse gefüttert.

Danach weckte sie die Zwillinge, versorgte die beiden mit Frühstück, bevor sie sie zur Schule fuhr.

Tobias' Geschwister waren ebenfalls sehr wortkarg. Es verunsicherte sie sehr, ihre Mutter in einem solchen Zustand zu erleben. Anders als sonst, zankten sie sich nicht, sprangen auch ganz entgegen ihrer Gewohnheit nicht laut polternd durchs Treppenhaus. Im Gegenteil, sie waren sehr anhänglich und zärtlich zu ihrer Mutter, nahezu behutsam gingen sie mit ihr um.

Tanja und Sven verstanden sehr wohl, wie schrecklich das Wegbleiben ihres Bruders war, die gesamte Tragweite der Geschehnisse konnten die beiden Neunjährigen jedoch nicht abschätzen. Aber auch ihre Eltern standen erst am Anfang ihres Leidensweges, hatten keine Vorstellung davon, was sie noch erwartete.

Sven hatte immer noch ein schlechtes Gewissen wegen des Streits mit seinem Bruder am Vortag.

'Hoffentlich kommt Tobias heute wieder!', dachten sowohl die Zwillinge als auch ihre Eltern wieder und wieder. Sie alle hatten eine Heidenangst, dass er nicht zurückkommen würde.

Keiner von ihnen wagte jedoch, diese Befürchtung laut in Worte zu fassen.

Es war beinahe so, als hätten sie einen ungeschriebenen Pakt geschlossen, in dem es hieß, dass solange keiner diese Möglichkeit laut aussprach, sie auch nicht Wirklichkeit werden konnte.

Horst 4

Mai 2010

Horst hatte seinen Firmenwagen auf dem Langzeitparkplatz P24 des Düsseldorfer Flughafens abgestellt. Von dort war er mit dem Shuttle bis zum Abflugterminal gefahren und dann zum Mietwagenzentrum hinüber gelaufen. Die Wagenübergabe war wie an allen Großflughäfen schnell und reibungslos vonstattengegangen, genauso, wie er es geplant hatte. Er war nicht besonders freundlich gewesen, nicht unfreundlich, hatte nur das Nötigste gesagt, den Augenkontakt nur so lange wie erforderlich gehalten. Nach langen Lehrjahren als geduldiger Beobachter, wusste Horst um diese Dinge.

Er hatte sich neutral verkauft, ohne jegliche Besonderheit. Dieses Bild von sich zu vermitteln, hatte er bis zur Perfektion entwickelt. Er streifte das Leben von anderen lediglich als ein unscheinbarer Niemand. Kein Mensch dort würde sich an den unauffälligen Herrn erinnern. Niemals würde jemand seine Gefühle und Gedanken auch nur annähernd ahnen können. Sein Äußeres war eine perfekte Tarnkappe.

Bereits als Kind und noch mehr als Jugendlicher hatte er es geschafft, seine Empfindungen für sich zu behalten oder, wenn es allzu schlimm wurde, die Qualen durch sich hindurchfließen zu lassen: Auf Kommando löste er sich aus seinem Körper heraus, überließ ihn dann den anderen. Er hatte gelernt, dass ein Körper nicht immer dem gehörte, der in ihm steckte. Dann hatte er still ertragen, was geschah, aus seinen Augen waren zwar Tränen gelaufen, weil der Vater das brauchte, aber er hatte nicht geheult, nicht gejammert, nicht geschimpft. Er hatte nicht, als er schon größer als der Vater war, zurückgeschlagen. Er hatte sich nie gewehrt, wenn der Vater brutal auf ihn eingeprügelt hatte.

Wenn es vorüber gewesen war, hatte Horst sich benommen, als sei nichts geschehen. Kein anderer hatte ihm jemals angemerkt, dass er regelmäßig misshandelt wurde, kein Lehrer und auch sonst niemand. Seine Mutter hatte immer so getan, als sei das alles normal oder einfach so, als sei gar nichts geschehen, oft hatte sie ihm danach Schokolade gegeben.

Horst hasste Schokolade.

Als Kind hatte Horst sich extrem unauffällig benommen und die körperlichen Spuren seiner Attacken hatte der Vater stets so platziert, dass die sichtbaren Hautareale und Körperpartien unversehrt blieben.

Horst war immer unscheinbarer geworden, in der Schule ein Niemand und später an der Uni ein absolut farbloser Student, der nur wegen seiner guten Noten von den Professoren wahrgenommen wurde.

Zu Beginn des Studiums hatten die zahlenmäßig unterlegenen Studentinnen noch versucht den gut aussehenden Typen mit den schönen Locken. Da Horst jedoch auf diese Art von zwischenmenschlichen Avancen überhaupt nicht reagiert hatte, war er schnell als arroganter Streber und Einsiedler abgestempelt worden. Nach einiger Zeit hatte kein Mädchen mehr von ihm Notiz genommen. Das allerdings hatte seine männlichen Mitstudenten sehr gefreut, die sich begierig um die Gunst der Kommilitoninnen bemühten.

Die weibliche Minderheit der Studenten der Elektrotechnik hatte es am Ende vorgezogen, sich mit den weniger hinreißend aussehenden, dafür jedoch zugänglichen Mitstudenten zu begnügen: lieber einen Spatzen in der Hand als eine Taube auf dem Dach.

Auch hatte Horst kein Interesse gezeigt sich auf die Avancen seiner homosexuellen Kommilitonen einzulassen, seine Vorlieben entwickelten sich gerade in völlig andere Richtungen.

So hatte Horst seine Universitätsjahre ohne Beziehungen beendet: Er wusste nicht, wie es ging sich mit jemandem anzufreunden.

Aber das würde sich bald ändern! Die Vorbereitungen dafür liefen auf Hochtouren. Der Junge würde bei ihm gut untergebracht sein, der Keller war richtig gemütlich, fand Horst.

Er fuhr jetzt gemächlich in seinem Mietwagen vom Flughafengelände herunter, fädelte sich auf die Autobahn ein. Bald würde er im Ruhrgebiet sein.

Er brauchte einige Zeit um sich an das Fahrverhalten seines Leihwagens zu gewöhnen.

Horst hatte zwei Wochen Urlaub genommen und während dieser Zeit seine Mutter in einer Kurzzeitpflege untergebracht. Das gab ihm ausreichend Gelegenheit, die regelmäßigen Gewohnheiten des Jungen während der ersten Woche studieren zu können, seine Erkenntnisse in der zweiten Woche zu verifizieren oder anzupassen.

An diesem Sonntagmorgen wurde er nicht vom Berufsverkehr aufgehalten, entspannt fuhr er Richtung Nordosten.

Es war kein besonders schöner Maitag, aber es war trocken, das war die Hauptsache und für die nächste Woche waren nur für Mittwoch Regenschauer vorausgesagt worden, ansonsten sollte es weiterhin trocken und relativ kühl um die sechzehn Grad bleiben. Die Langzeitwettervorhersage war eher noch besser ausgefallen, da sich ein erstes Sommerhoch über den Azoren anbahnte. Das war perfekt für sein Vorhaben, weil der Junge dann mit dem Fahrrad zur Schule fahren würde. Gut, dass er sich genau in diesen Wochen Urlaub genommen hatte.

Er hätte diese Zeit zwar noch gut im Keller nutzen können, aber wenn alles nach Plan lief, würde er rechtzeitig bis zum Umzug im Sommer alle erforderlichen Vorbereitungen abgeschlossen haben.

Es war wichtig die Lebensumstände des Jungen genau kennen zu lernen. Das hatte sich immer bezahlt gemacht und er wollte auf keinen Fall von seinem bewährten Schema abweichen. Nur bei seinem ersten Opfer hatte er spontan gehandelt und war damals nur mit viel Glück davongekommen. Danach hatte er sich eine sichere Strategie erarbeitet, die bis jetzt jedes Mal bestens funktioniert hatte.

Gerade fuhr er von der A52 auf die A40, die ihn durch das ganze Nadelöhr des Ruhrgebiets führen würde.

Horst war froh, dass er von der 40 nicht mehr auf eine andere Autobahn wechseln musste. Aus dem dunklen, prädigitalen Zeitalter vor der Erfindung der Navis, wusste er, dass er hoffnungslos verloren gewesen wäre, wenn er einmal eine falsche Auf- oder Abfahrt in dem endlosen Wirrwarr des Autobahnnetzes in diesem riesigen Ballungszentrum genommen hätte.

Er hatte sich oft gefragt wie sich die Leute hier überhaupt zurechtfanden. Man fuhr hier von einem Ort in den anderen. An nichts konnte man festmachen, wo eine Stadtgrenze war. Die Städte flossen wie Amöben umeinander, ohne Grenzen. Das einzige was einen Fremden darauf brachte, dass er wieder eine Großstadt hinter sich gelassen hatte, war ein neuer Städtename auf einem der großen blauen Autobahnschilder, die in schneller Folge die zahllosen Ausfahrten ankündigten.

Namen wie Essen, Gelsenkirchen, Bochum, Dortmund mit ihren fremd klingenden Stadtteilnamen Rüttenscheid, Wattenscheid oder Stahlhausen glitten an ihm vorbei.

In den letzten Jahren war er beruflich oft in vielen dieser Städte tätig gewesen und kannte mittlerweile den Weg nach Münster sogar ohne Navigationsgerät.

Angesichts seines Vorhabens hätte er den Bordcomputer nicht benutzen können. Er war absolut darauf bedacht, keine Spuren seiner Reisen in dem Leihwagen zu hinterlassen. Zu Hause hatte er sich die Route zu seinem Hotel ausgedruckt. Der Zettel lag jetzt neben ihm auf dem Beifahrersitz, Horst freute sich darüber, wie gut er vorbereitet war.

Das Ganze war für ihn von vorne bis hinten ein Heidenspaß! Er genoss es, als Jäger unterwegs zu sein.

In Wirklichkeit hatte er nicht damit gerechnet, dass ihm die Vorbereitungen so viel Befriedigung verschaffen würden. Das kannte er gar nicht von sich, dass er einfach gute Laune hatte und seine Langeweile sich in Grenzen hielt.

Diese Aktion war viel, viel besser, als sich die Jungen wahllos abzugreifen, zu gebrauchen und zu entsorgen. Und als er darüber fantasierte, wie gut es erst werden würde, sobald sich das Kind an ihn gewöhnt und als seinen Freund akzeptiert hatte, konnte er sich an seiner Vorstellung richtig freuen.

Bochum lag nun offenbar hinter ihm, dachte er, als er gerade an dem Abfahrtschild Dortmund-Lütgendortmund vorbei gefahren war.

'Dortmund schon, dann habe ich ja fast die Hälfte geschafft', überlegte er mit Genugtuung. 'Das werden aufregende Wochen', er fuhr sich mit der Hand kurz durch die noch kaum ergrauten Haare, die er wegen seiner vielen Locken kurz geschnitten hielt. Wenn sie etwas länger gewesen wären, hätte er ausgesehen wie ein Junge, denn er hatte mit fünfunddreißig immer noch das unschuldige Aussehen eines Chorknaben.

In angespannter Höchststimmung näherte er sich seinem Ziel.

Im vergangenen Jahr hatte Horst die Strecke insgesamt dreimal zurückgelegt, teilweise verbunden mit Dienstfahrten. Er hatte nachgeprüft, ob das Kind tatsächlich auf dem Bauernhof wohnte, so wie er es bei der ersten Sichtung vermutet hatte. Mittlerweile wusste er, dass er richtig lag. Jahrelange Praxis in geduldigem Observieren, hatte seinen Blick für die Bewegungsmuster und Bewegungsabläufe von kleinen Jungen geschärft.

Er war mehrmals als Spaziergänger mit seinem Hund, einem Jack-Russell Terrier, den er sich extra zu diesem Zweck aus einem Tierheim geholt hatte, an dem Hof vorbeigegangen. So hatte Horst aus sicherer Entfernung, ohne gesehen zu werden, durch sein Fernglas schauend bestätigen können, wo der Junge wohnte.Er nannte ihn 'mein Engel'.

Mit Stock und Hut bestückt, wirkte Horst von weitem deutlich älter und wie jemand, der Vögel beobachtete oder sich für andere faszinierende Dinge in der Natur interessierte.

Stets war er über das kleine Örtchen Hembergen näher an den Hof herangefahren, auf dem der Junge mit seiner Familie lebte. Sein Mietfahrzeug stand auf einem Wanderparkplatz und war dann über kleine Nebenstraßen und Wege in einem weiten Bogen um den Bauernhof gelaufen.

Er hatte den Familiennamen der Bewohner im Internet gefunden und hatte auch die Geschwister seines Engels gesehen. 'Der kleine Bruder ist auch nicht zu verachten', hatte er in sich hineingelächelt, 'aber mein Engel ist unübertroffen schön', und bei diesem Gedanken war sein Lächeln breiter geworden.

Den kleinen Hund hatte er jetzt nicht mehr. Das Tier war ihm lästig geworden. In seinem Leihwagen hätte er ihn nicht mitnehmen können, auch nicht in das Hotel, in dem er in den nächsten Wochen wohnen würde. Aus diesem Grund war der betagte Jack-Russell Terrier auch auf dem Friedhof in seinem Garten gelandet, genauso wie seine zweibeinigen Vorgänger.

Und natürlich hatte er während seiner früheren Erkundungsfahrten immer wieder seinen Auserwählten selbst anschauen dürfen: Entweder war er mit seinem dunkelhaarigen Freund unterwegs, oder er half dem Vater bei irgendetwas.

'Das ist gut', hatte Horst gedacht 'dann ist er an Männergesellschaft gewöhnt.'

Er hatte es peinlichst vermieden, Blickkontakt mit irgendjemandem aufzunehmen und der Hut, den er trug, beschattete sein Gesicht gut, sodass er aus der Ferne nur als älterer Herr mit Hund, Hut und Stock in Erscheinung trat.

Wenn ihm ein Spaziergänger entgegen kam, hatte er sich stets seinem Hund zugewandt oder sich zu diesem herabgebeugt oder durch das Fernglas den nächstbesten Vogel angeschaut. So hatte er bei niemandem einen bleibenden Eindruck hinterlassen.

Vorsichtshalber hatte er dazu einen falschen Bart getragen, da sein ebenmäßiges Gesicht sonst zu auffällig war. Es passierte, dass Passanten, vor allem Frauen, sich nach ihm umdrehten, weil sein Kopf so schön war. Sein Hinterkopf war ausgesprochen wohl geformt, seine blonden Haare waren sehr dick und dicht, seine Züge hatten etwas ebenmäßig Edles. Auf den ersten Blick wirkte er wie ein Prinz. Er hätte ohne viel Schminke in jedem Märchen-Film mitspielen können. Sein Körper war weniger attraktiv. Horst war seit seinem dreißigsten Lebensjahr zunehmend beleibter geworden. Über die Jahre hatte er einen ordentlichen Bierbauch bekommen, der in Männermanier über seinem Gürtel hing. Ihn störte das nicht, er war mit sich zufrieden, wenn er in den Spiegel schaute. Das tat er allerdings nie mit viel Interesse, eigentlich nur, wenn er sich rasierte. Er hasste Sport, liebte es jedoch in Gesellschaft seiner Mutter im Wohnzimmer vor dem Fernseher seine Bierchen zu trinken. 'Man gönnt sich ja sonst nichts!', war sein gängiger innerer Kommentar, den er sich wortlos zusprach, wenn er eine neue Flasche öffnete.

Um seine Verkleidung perfekt zu machen, trug er bei seinen Erkundungsgängen zusätzlich eine Brille mit dunklem Gestell, die nur normales Fensterglas enthielt. Ein weiteres Requisit, die Aufmerksamkeit potentieller Beobachter von seinem Gesicht abzulenken.

Diese Woche hatte er mehr zu tun, als sich nur zu vergewissern, dass sein zukünftiger Freund noch dort war, wo er hingehörte, bevor er ihn abholte. Er wollte genau die Zeiten notieren, zu denen das Kind an den einzelnen Wochentagen in die Schule und wieder nach Hause fuhr. Am Ende dieser zwei Wochen würde er einen Stundenplan haben und hoffentlich sogar wissen, ob und wo das Kind nachmittags noch regelmäßige Pflichten hatte. Und wenn er ganz großes Glück hatte, würde er den Vornamen herausbekommen.

Bis Münster war die Autobahn ebenfalls frei und das Hotel im Norden der Stadt war günstig gelegen, sodass er jeden Tag die knapp dreißig Kilometer Landstraße bis Austrum und Emsdetten zügig zurücklegen konnte. Diesmal würde er wieder als Ornithologe, ausgestattet mit einem extra starken Fernglas, in der Umgebung des Bleckmannshofes unterwegs sein.

Das Schultor konnte er als normaler Passant und vom gegenüberliegenden Restaurant aus gut observieren.

Am Ende der ersten Woche wusste er, dass ein Donnerstag für den Abgriff voraussichtlich ideal sein würde, weil der Junge da mittags noch Sport hatte und erst gegen fünfzehn Uhr wieder nach Hause kommen würde. Zu dieser Zeit war insgesamt deutlich weniger Verkehr als gegen dreizehn oder vierzehn Uhr, wenn viele Eltern aus der Umgebung ihre Kinder mit dem PKW von der Schule abholten. So hatte er auch festgestellt, dass die Mutter des Jungen häufig die kleine Nebenstraße zum Bauernhof, auf dem sie wohnten, entlangfuhr, weil sie ihre beiden jüngeren Kinder stets mit dem Auto zur Grundschule fuhr und wieder abholte. Anscheinend nutzte sie diese Fahrten auch, um dann ihre Einkäufe zu erledigen oder bei ihrer Nachbarin, der Mutter des braunhaarigen Jungen, vorbeizuschauen.

Am frühen Donnerstagnachmittag um drei Uhr waren diese drei Familienmitglieder jedoch schon längst wieder zu Hause auf dem Hof. Und zwar ohne auch nur andeutungsweise realisiert zu haben, dass der ältere Herr hinten im Wald das Auto, in dem sie saßen, nicht aus den Augen ließ. Keiner von ihnen hatte den in Braun- und Grüntönen gekleideten Mann überhaupt auch nur wahrgenommen.

Der Bauer selbst verließ das Hofgelände kaum, er erledigte nahezu ununterbrochen Arbeiten und fuhr nur mit dem Trecker übers Land, reparierte Zäune, trieb die Kühe zum Melken oder trieb die Schafe von einer Weide auf die andere. Und auch er hatte keine Augen für den älteren Herrn mit Hut, der in den letzten Tagen regelmäßig in der näheren Umgebung auf der Pirsch war.

Horst verstand es meisterhaft, einfach nur unscheinbar zu sein. Und immer wieder aufs Neue genoss er diese Zeit der Observation mit jeder Faser seines Selbst. Er machte sich Notizen und Skizzen von der Umgebung und kartierte in seinem Geiste die ganze Gegend, mit den Nachbarhöfen, deren Zufahrtswegen, Feldern und Waldstücken. Nach kurzer Zeit wusste er sehr genau, wer wo wohnte und welche Fahrzeuge zu jeder Familie gehörten. So hatte der braunhaarige Junge zum Beispiel keine Geschwister, er lebte mit seinen Eltern alleine auf dem Hof.

Wann sein Engel in dem Wäldchen auftauchte, schien davon abzuhängen, wie lange er noch mit seinem Freund plauderte, bevor sich ihre Wege dann trennten und beide endgültig Heim fuhren.

Wenn er sich von seinem Freund verabschiedet hatte, benötigte das Kind etwa eine Minute bis er an die Stelle kam, wo das Waldstück begann, je nachdem wie schnell er in die Pedalen trat. Am Donnerstagnachmittag hielten die beiden nur kurz an, um zu reden, sie waren nach der Sportstunde zu hungrig und wollten schnell zu ihrem Mittagessen.

Für den Schulweg bis zum Abzweig, an dem sie sich verabschiedeten, brauchten die Jungen ungefähr zwölf Minuten, je nachdem, ob sie noch ins Café Uhlig gingen oder nicht. Am Donnerstag hielten sie dort nicht, wohl weil sie eh schon spät dran waren, dachte Horst. 'Hoffentlich ist das immer so', sinnierte er, dann kann ich meine ganze Aktion perfekt timen.'

In Gedanken ließ er den Donnerstagmittag ablaufen:
- Bis 14:30 Uhr wahrscheinlich Schulsport, dann zehn Minuten umkleiden und Fahrräder aufschließen
- 14:40 Uhr Abfahrt von der Schule
- 14:52 Beginn Abschied der Freunde am Abzweig (Donnerstags - höchstens 1-2 Minuten)
- Das hieße, gegen 14:55 würde der Junge in das Waldstück einfahren und einige Sekunden später um die Kurve biegen. Er war dann nicht mehr zu sehen, außer es wäre jemand in unmittelbarer Nähe.

Der Rest würde dann Routine sein.

Am Ende der zweiten Woche hatte Horst seine Beobachtungen erfolgreich abgeschlossen. Seine Vermutungen und Berechnungen über den Donnerstag hatten sich in der zweiten Woche fast auf die Minute genau bestätigt.

Wenn alles glatt lief, würde er in nicht allzu ferner Zukunft zum ersten Mal einen Freund haben.

Tief zufrieden fuhr er am Ende seines Urlaubs zurück nach Düsseldorf, gab den Leihwagen wieder ab und brachte dann noch die weite Strecke hinter sich, bis er in seinem Heimatdorf in der Nähe von Erlangen angekommen war.

Am nächsten Tag holte Horst seine Mutter aus der Kurzzeitpflege und sein Leben nahm wieder den gewohnten Lauf. Er arbeitete. Die Zeit nach Feierabend, die Wochenenden und die frühen Abende verbrachte er damit, den schalldichten Keller weiter zu perfektionieren.

Er hatte, damit seine Stromrechnung nicht plötzlich in die Höhe schnellte, die Hauptleitung, die zum Haus führte, angezapft und dadurch den Zähler umgangen. Als Elektroingenieur war ihm das leicht und sicher von der Hand gegangen. Der Keller war mit Kühlschrank, Tiefkühltruhe, elektrisch betriebener Dusche, einem Ofen und einer Mikrowelle sowie Klimaanlage und elektrischer Heizung ausgestattet. Außerdem hatte er eine gute Beleuchtung installiert und plante nach der ersten Kennenlernphase, dem Jungen einen Computer sowie einen Fernseher für eine Playstation und ein Wii-game zu geben. Da benötigte er also fast so viel Strom wie ein kleines Einfamilienhaus. Das hätte auffallen können, wäre ihm nicht die glorreiche Idee gekommen, sich den extra Strom einfach abzuzapfen.

'Die Strompreise sind sowieso viel zu hoch und der Reibach, den die Stromanbieter damit machen, steht in keinem Verhältnis zu dem, was der Strom eigentlich kosten dürfte', waren seine Überlegungen zu diesem Thema und er war froh, dass er sich etwas zurückholen konnte.

Horst und Tobias 1

Endlich war es soweit, der Keller war fertig, genau zum richtigen Zeitpunkt! Horst blieb noch ausreichend Zeit, geruhsam nach Emsdetten zu fahren, um sich am letzten Donnerstag vor den Sommerferien endlich seinen Freund zu holen.

Der große Hund winselte schwach, als er von der Ladefläche auf die Straße gezogen wurde, wo er etwas unsanft mit seinem massigen Körper aufkam und hilflos mit ausgestreckten Beinen liegen blieb. Der Bernhardiner blinzelte seinen Besitzer träge an und verstand zum wiederholten Male nicht, was sein Herrchen da eigentlich mit ihm machte. Dann konnte er die Augen nicht mehr offen halten.
Er schaffte es auch nicht mehr, den Kopf anzuheben und blieb bewegungslos auf dem Asphalt liegen. Der warme Sommerwind spielte sanft mit seinen Haaren. Sein Brustkorb hob und senkte sich, während er verlangsamt ein und wieder ausatmete. Speichel lief ihm zwischen den Lefzen hervor und hinterließ feuchte Spuren auf der Straße.
Es war ein schöner Sommertag, ohne den leisesten Anflug von Schwüle oder allzu sengender Hitze. Wie schon seit fast zwei Wochen schien die Sonne bereits seit dem Morgen aus wolkenlosem Himmel. Auch nachts wurde es nicht mehr richtig kühl, sodass selbst der im Schatten der hohen Bäume liegende Asphalt angewärmt war.
Hohe Buchen säumten die Straße, die an dieser Stelle in einem kurvigen Bogen ein Waldstück durchschnitt. Von hier aus konnte der Blick dem gewundenen Straßenverlauf nicht hinaus bis auf die Felder folgen, da die Baumstämme wie eine Wand die Sicht verstellten.
Trotz der grellen Sonne war es hier angenehm lauschig und die Luft war seidig. Die ausladenden Baumkronen spendeten windbewegten Schatten. Ihre sich stets wandelnden Muster tanzten durch die Sonnenflecken und diese wiederum jagten den Schatten hinterher.
Bis auf das grün bewegte Rauschen der Bäume, war nur der entfernte Motor eines Treckers zu hören, und selbst dieser Klang wurde durch den Wald sehr gedämpft.

Alles war friedlich.

Bis auf das Innere des Mannes, das alles andere als friedlich war.

Er war jetzt nichts anderes mehr, als ein geschulter Jäger auf Beutezug, kurz davor sein Wild zu stellen.

Seine Bewegungen waren ruhig und gelassen, von äußerster Zielsicherheit, im Innern war jede Faser bis zum Zerreißen gespannt, seine Wachsamkeit kannte keine Steigerung.

Kein anderer Mensch hätte ihm diesen Meisterakt der Beherrschung angesehen.

Ein Tier hätte vielleicht gespürt, dass mit ihm etwas nicht in Ordnung war.

Der Mann ließ die hinteren Türen des Lieferwagens, auf dessen Ladefläche mehrere Decken bereit lagen, offen.

Der Bernhardiner lag direkt davor. Nur dreißig Sekunden später bog der Junge auf seinem Fahrrad, wie erwartet, um die Kurve und gelangte in das Sichtfeld des Jägers. Der schaute jedoch noch nicht auf, sondern wendete sich besorgt dem Tier zu und streichelte ihm das Fell. Freundlich redete er auf den am Boden liegenden Hund ein.

Das Kind verlangsamte sein Tempo.

Von weitem sah er einen Mann in heller Sommerkleidung, der über einen großen Hund gebeugt war. Er versuchte offenbar das Tier hoch zu heben, was ihm aber nicht gelang. Je näher Tobias an die beiden heran radelte, desto deutlicher war, dass da etwas nicht stimmte. Er verlangsamte sein Tempo.

Eigentlich wollte er schnell weiterfahren.

Als Tobias jedoch nur noch gute zehn Meter von dem Auto, dem Mann und dem Hund entfernt war, drehte der Fremde seinen Kopf und schaute direkt in die Richtung des herannahenden Jungen. Horst zog erfreut seine Augenbrauen hoch und hellte damit seine besorgte Miene auf, als er dem Jungen mit verzweifelter Stimme zurief: „Weißt du vielleicht, wem dieser Hund hier gehört? Er ist mir vor das Auto gelaufen und jetzt ist er verletzt."

Der Gesichtsausdruck des Mannes wirkte sofort wieder gestresst, er schien nicht zu wissen, wie er den Hund hoch bekommen sollte.

'Das arme Tier', ging es Tobias durch den Kopf: „Nein, das weiß ich nicht, ich habe den hier noch nie gesehen."

Er hatte doch angehalten.

Vielleicht konnte er dem Hund und dem Mann ja irgendwie helfen. Der große Hund tat ihm wirklich leid.

„Ich habe schon bei der Polizei angerufen.", dabei zog der Autofahrer ein knallrotes Handy aus seiner Hosentasche und steckte es wieder ein.

„Der Polizist hat mir gesagt, wo der nächste Tierarzt ist. Da will ich das arme Tier jetzt hinbringen, ich kann ihn ja hier nicht einfach so liegen lassen. Hoffentlich wird er wieder gesund."

Der Junge, der seine Schultasche schräg über die Schulter gehängt hatte, stand beobachtend, ein Bein auf jeder Seite seines Fahrrades, am Straßenrand. Er beugte sich über den Lenker nach vorne. Tobias fuhr immer noch das alte, grüne Hollanddamenfahrrad seiner Mutter. Zu Weihnachten hatte er sich aussuchen dürfen, ob er ein neues Fahrrad oder ein Handy haben wollte. Die Entscheidung war ihm leicht gefallen. Das Rad fuhr noch und ein Handy hatte er noch nicht gehabt.

„Dem geht es aber nicht gut, was?", er schaute betroffen auf das sichtlich schwer verletzte Tier, das sich kaum regte. Der Mann nickte betreten und murmelte etwas wie, „Hm, ja."

„Und echt schwer ist der, oder? Ich habe gesehen, dass Sie versucht haben, ihn hoch zu heben. Soll ich Ihnen vielleicht helfen, ihn in den Wagen zu heben?" Er stieg ganz vom Fahrrad ab und stellte es auf den Ständer.

„Das wäre gut, dann muss ich an dem Hund nicht so 'rumzerren, wenn ich versuche ihn alleine in den Wagen zu heben", er lächelte dem Jungen dankbar zu und schaute dann wieder bedauernd auf das Tier.

„Na, dann man los! Ich nehme das schwere Ende." Horst ging zum Kopf des Tieres und hob diesen an, schob seine Hände weiter unter die Schulter und den großen Brustkorb. Der Kopf lag auf seinen Unterarmen. Der Hund machte einen wirklich jämmerlichen Eindruck.

„Nimm du die Hinterbeine, dann kriegen wir ihn da schon rein. Ich glaube, der hat innere Verletzungen, ich kann auf jeden Fall nicht sehen, dass er irgendwo blutet."

Tobias beugte sich vor und hob das Hinterteil des Hundes etwas an: „Boah, ist der schwer, der wiegt ja 'ne Tonne", scherzte er.

„Du hast Recht", bestätigte der freundliche Herr, „den hätte ich alleine gar nicht da rein gekriegt." Er lächelte den Jungen aufmunternd an. „Was ein Glück, dass du hier gerade vorbeikommst, ich hätte sonst da weiter hinten auf dem Bauernhof um Hilfe bitten müssen."

„Oh, da, da wohnt mein Freund Volker, sein Vater hätte Ihnen bestimmt auch geholfen."

„Och, das ist ja ein Zufall, wohnst du auch nicht weit?"

„Hmhm", kam die jetzt gepresste Antwort. Da das Gewicht des Hundes an seinen Armen zog, musste der Junge sich ordentlich anstrengen. Der Bernhardiner brachte sicher mehr als siebzig Kilo auf die Waage.

„Also, pass auf, Junge, bei 'drei' heben wir ihn über die Kante hoch, ich lege zuerst meinen Teil rein, dann helfe ich dir das Hinterteil hineinzuheben."

„O.K.", das Kind fand sich jetzt wichtig, weil es diesem freundlichen Mann, der durch den Unfall sichtlich betroffen war, zur Hand gehen konnte.

„Eins, zwei, drei und los!", kommandierte er und beide hoben den Hund noch weiter an und der Mann legte seinen Teil des wieder winselnden Bernhardiners mit beruhigenden Worten auf der Ladefläche ab. Dann ging er um den Jungen herum und zog dabei unbemerkt sein rotes Handy wieder hervor.

Tobias erwartete jetzt, dass der Mann ihm die Last des Hundes abnehmen würde, um das Tier dann ganz in den Wagen zu schieben. Deshalb trat er etwas zur Seite, damit der andere das Hinterteil des Hundes besser übernehmen konnte. Er hätte den massigen Körper nicht alleine auf die Ladefläche hieven können.

Horsts Sinne waren auf selektive Wahrnehmung umgesprungen. Er lauschte, als seien seine Ohren Satellitenschüsseln: Im Bruchteil einer Sekunde hatte er sondiert, dass kein Fahrzeug in der Nähe zu hören war. Sein Trommelfell wurde durch den Motorenlärm eines Flugzeuges am Himmel in Bewegung gesetzt und sein Hirn registrierte dieses Geräusch sofort als unwesentliche Sensation und entsorgte diese Störeinheit in den Papierkorb seines Neuro-Speichers. Er wusste, dass sich der Flughafen 'Münster-Osnabrück' in der Nähe befand.

Gleichzeitig hatte er mit einem Blick die Straße, wie mit einem Sonargerät abgetastet und registriert, dass nichts und niemand Auffälliges zu sehen war.

In diesem Zustand extremer Wachsamkeit übernahm etwas anderes in ihm die Steuerung seiner Aufmerksamkeit und die Handlungsschritte. Vielleicht spielte sich das alles im Stammhirn dieses erfahrenen Jägers ab. Er musste über nichts nachdenken und keine bewusste Entscheidung mehr treffen, etwas Raubtierhaftes in ihm hatte das Ruder übernommen und ließ ihn mit uhrwerkgleicher Präzision das Richtige tun. Das Ergebnis seiner extrem schnellen Sinnesanalyse erlaubte ihm jetzt, seinen mehrfach erprobten Handlungsablauf durchzuziehen: Anstatt dem Jungen, der jetzt nur noch die Hinterbeine des Hundes hielt und damit verhinderte, dass die über die Kante der Ladefläche nach unten baumelten, anstatt also dem Jungen das Gewicht abzunehmen und den Hund vollends in das Auto zu schieben, drückte er ihm das Handy an den Rücken.

Die gesamte Muskulatur des Kindes verkrampfte sich, als sich auf Knopfdruck die 800.000 Volt Spannung aus dem Elektroschocker in seinen jungen Körper entluden. Sofort war die Luft vom strengen Geruch nach verbranntem Fleisch erfüllt.

Mit geübter Kaltblütigkeit applizierte Horst den Schock für fast fünf Sekunden. Beherrscht zählte er langsam mit, während der kollabierende, stark krampfende Kinderkörper nach vorne klappte und der Oberkörper auf der Ladefläche seines Transporters landete. Horst wartete geduldig bis das Kind bewusstlos war.

Mit einer kräftigen Bewegung schob er Hund und Kind vollends in den Wagen, das war blitzschnell erledigt.

Er richtete sich kurz auf und scannte seine Umgebung erneut auf vermeintliche Störfaktoren. Dieser Grad von Wachsamkeit, in den er sich wie auf Knopfdruck versetzen konnte, bewahrte ihn immer noch davor, selber zum Gejagten zu werden.

Aber alles war bestens, so wie er es erhofft und geplant hatte auf dieser kleinen Nebenstraße, die nur zu dem Hof führte, auf dem sein Opfer gewohnt hatte.

Das Fahrrad des Jungen hob er auf und warf es über die beiden Körper hinweg nach hinten in die Tiefe des Laderaumes seines geräumigen Kastenwagens. Das durch seine Adern pumpende Adrenalin machte ihn stärker. Er liebte es, sich so auf seinen Körper verlassen zu können. Horst kannte keinen Zustand, in dem er sich lebendiger fühlte. Alle Langeweile, die ihn die meiste Zeit seines Lebens erfüllte, war von ihm gewichen. Er war eins mit sich und lebte seine Bestimmung. Dann schlug er die Türen hinter seiner Beute zu. Von diesem Geräusch wurde ein Eichelhäher aufgeschreckt, der empört aufflatterte und lautschnabelig seinen Unmut heraus krächzte. Der Vogel war der einzige Zeuge des gesamten Vorfalls, er machte sich flügelschlagend davon.

Zügig lief der Mann zur Fahrerkabine, startete den Motor, wendete den großen Wagen in mehreren Zügen ohne die Randbegrünung zu befahren, um keine Reifenspuren zu hinterlassen. Dann fuhr er 5 Minuten bis zu dem einsamen Wanderparkplatz, den er schon zuvor mehrfach benutzt hatte, um von dort aus Erkundungsgänge zu unternehmen. Um die frühe Nachmittagsstunde lag der Parkplatz verlassen im Sonnenschein. Nur Wanderer nutzten ihn am Wochenende, bevor sie zu einsamen Spaziergängen an die Ems aufbrachen. Am Ende eines kleinen Pfades, der vom Parkplatz aus zum Fluss führte, gab es einen Bootssteg, von dem Kanufahrer gerne Gebrauch machten. An diesem Tag, den Horst sich für seinen Abgriff ausgewählt hatte, standen die Sterne günstig für ihn. Weit und breit war keine Menschenseele, kein Auto und kein Boot unterwegs. Vorbeifahrende Autos konnten den Parkplatz nicht einsehen, der große weiße Transporter stand gut verborgen hinter einer dichten, von Brombeeren durchwucherten Holunderhecke.

Er selbst hatte - in mühsamer Heimarbeit - die Fahrerkabine durch eine Tür mit dem Laderaum verbunden, sodass er nach hinten gehen konnte, ohne das geparkte Fahrzeug verlassen zu müssen. Er wollte nicht riskieren, dass fremde Blicke hinten in sein Auto fielen.

Horst kletterte durch diese Verbindungstür nach hinten, legte dem noch sehr benommenen Kind gepolsterte Handschellen an und fixierte so dessen Arme vor seinem Körper. Der Junge war noch nicht wieder richtig ansprechbar und weit davon entfernt, einen Gedanken fassen zu können oder sich zu wehren. Tobias lag zusammengerollt auf der Seite und hyperventilierte. Sein Körper befand sich im Schock, der ganze Leib schmerzte, die Muskeln hatten sich noch lange nicht von den massiven Krämpfen erholt. Durch das zu schnelle Abatmen von Kohlendioxid war ihm übel und er stöhnte dumpf, konnte sich jedoch nicht artikulieren, seine Augen nicht offen halten. Horst brachte den Jungen in eine komfortablere Position. Er legte ihm eine Decke unter den Kopf und strich ihm zum ersten Mal mit leicht bebenden Fingern erregt über die lockigen Haare, die jetzt schweißnass um das schöne Gesicht klebten.

In dem Wagen hatte sich ein strenges Gemisch aus verbranntem Fleisch, Hundegeruch, Männerschweiß sowie Urin und Kot breit gemacht. Außerdem wurde dieser üble Cocktail durch eine weitere Note, die Horst nur allzu gut kannte ergänzt: Angst.

Der unverkennbare, einzigartige Duft von extremer menschlicher Furcht unterstrich als berauschendes Extra die Ausgasungen, die seine Geruchsrezeptoren stimulierten. Wie oft hatte Horst schon gedacht, dass es unbezahlbar wäre, diese spezielle nasale Stimulanz in Flaschen abfüllen zu können.

Das Kind hatte vor Angst und dann während der Muskelkrämpfe die Kontrolle über seine Blase und den Darm verloren, sodass deren Inhalt unkontrolliert abgegangen war. Der Jäger trocknete ihn mit einem Handtuch zunächst nur provisorisch ab, durchsuchte dann vergeblich die Hosentaschen des Jungen nach dessen Handy und deckte ihn zum Schluss mit einer weiteren Decke zu.

'Den Rest waschen wir später ab', dachte er, wobei er gleichzeitig aus einer Kühltasche Kühlelemente entnahm. Er umwickelte sie mit einem Trockentuch und legte dem Kind dieses eisige Bündel an die verbrannte Stelle am Rücken. Der Strom hatte die Haut an den Kontaktstellen bis tief in die Unterschichten der Epidermis verschmort.

Diesen minimalen Akt der medizinischen Erstversorgung hatte er vorab sorgfältig geplant, allerdings nicht aus Besorgnis um den Jungen, sondern, weil er seinen neuen Freund so schnell wie möglich für sich wieder herstellen wollte: seine Vorstellung davon, dass sein Engel es gut bei ihm haben würde.

Bei den vorherigen Abgriffen war ihm das alles egal gewesen, er hatte seine Beute eh nie lange genug behalten, als dass diese Stellen vollständig hätten abheilen können.

Mit einem weiteren Paar Handschellen befestigte er die gefesselten Hände an einer kurzen Kette, die er am Rahmenwerk des Wagens festgeschweißt hatte. Dann hob er das Fahrrad auf und band es mit dafür vorbereiteten Stricken an der inneren Längsseite des Laderaumes fest. Auch diese Stricke führte er durch Ringe, die er vor Jahren schon angeschweißt hatte und die ihm seither viele gute Dienste geleistet hatten.

Als letztes wandte er sich seinem Hund zu und legte das noch völlig benommene Tier in eine natürlichere Position. Es hatte durch das hastige Hineingewuchtetwerden völlig überstreckt dagelegen.

'So, hier ist alles soweit fertig', stellte er danach zufrieden fest.

Dem Jungen wollte er noch kein Klebeband über den Mund kleben, da die Erfahrung ihn gelehrt hatte, dass einige doch dazu neigten, sich nach einem solchen Schock zu erbrechen. Einer war ihm so im Auto erstickt, weil er sein Erbrochenes eingeatmet hatte. Das war richtig ärgerlich gewesen. 'Was für eine Verschwendung!', hatte Horst damals wütend vor sich hin geschimpft und den unbenutzten Körper auf seinem Fahrradfriedhof, wie er ihn nannte, entsorgt.

Alle seine Handlungsschritte hatte er dementsprechend modifiziert. Jetzt, nachdem die ersten erforderlichen Sicherungsmaßnahmen getan waren, verließ er den Laderaum mit einem letzten zufriedenen Blick auf das Bündel unter der Decke.

'Sobald er zu sich kommt und unruhig wird, werde ich ihn abkleben und ihm die ersten Regeln mitteilen.'

„Mein Engel", hauchte er ihm mit rauer Stimme über die Schulter hinweg zu, ergriff die grüne Schultasche und setzte sich zurück in die Fahrerkabine.

Bevor er losfuhr, schaute er nach, ob der Junge sein Handy in der Schultasche hatte. Er fand es in einer der Innentaschen, zog es heraus, schaltete es sofort aus und entnahm die SIM-Karte, die er sich in seine Hosentasche steckte.

'Was für ein Glück, was für ein Glück, was für ein unverschämtes Riesenglück', tirilierte es in ihm. 'Es ist eigentlich nicht zu glauben, wie geschmeidig das immer abgeht.'

Er war jetzt in absoluter Hochstimmung und die Endorphine kochten durch sein Gehirn. Er liebte diesen Zustand und genoss jede Sekunde.

Den Wagen lenkte er links auf die B481 in Richtung Greven und von dort aus weiter nach Telgte und trat so die lange Heimfahrt zunächst über Landstraßen an, da er um alles in der Welt die Überwachungskameras auf den Autobahnen vermeiden wollte.

Er würde von Münster aus bis Hagen der B54 folgen und erst von dort aus seine Fahrt auf der Autobahn in Richtung Süden fortsetzen. Bei Erlangen würde er die Autobahn verlassen und in sein Heimatdorf fahren. Wenn alles gut ging und er in keinen Stau käme, wäre er in gut 7 Stunden zu Hause. Die circa 550 km müssten gut in dieser Zeit zu schaffen sein, um 22:00 Uhr müsste er ankommen.

Horst konnte es sich nicht leisten Aufmerksamkeit zu erregen. Daher hielt er sich auch peinlich an Geschwindigkeitsbegrenzungen. Geblitzt oder womöglich von der Polizei rechts rangewunken zu werden, wollte er nicht riskieren. Wie hätte er auch beim Herunterkurbeln des Fensters den Polizisten erklären können, woher der Geruch, der das gesamte Fahrzeug ausfüllte, kam?

Georg musste die Kühe melken. Da war niemand, der ihm diese Arbeit abnehmen könnte. Die Sorgen um Tobias und die durchwachte letzte Nacht steckten ihm in den Knochen. Er war völlig gerädert, arbeitete mechanisch. Seine Arme bewegten sich wie Griffe an einer Maschine. Er musste den Sperrhebel entsichern, sodass die gemolkenen Kühe nach vorne aus der Melkgasse heraus und dann durch einen Verbindungsgang zurück in den Laufstall gehen konnten. Nachdem auf einer Seite des Melkstalls alle fünf Kühe herausgelaufen waren, blockierte er mit dem Hebel den Ausgang der Melkgasse wieder. Die nächsten fünf Kühe, die die pralle Last ihrer Euter loswerden wollten, drängten sich in den Melkstand.

Angelockt wurden sie durch das trommelnde Geräusch der Futterpellets, die in die Tröge rieselten. Georg zog, wie in Trance, für jedes Tier an einer separaten Strippe, wodurch das Futter portionsweise herausgelassen wurde. Dann nahm er einen Schlauch und spritzte die Zitzen mit warmen Wasser sauber. Ohne nachzudenken wischte er sie mit einem Tuch trocken und molk aus jeder Zitze die ersten Milchstritzer auf den Boden, um eventuell vorhandene Bakterien aus den Zitzenkanälen herauszuspülen. Er steckte er die Melkmaschine auf, die sogleich mit einem rhythmischen Pumpgeräusch begann, den Euter leer zu saugen.

All diese Abläufe und Handgriffe waren ihm seit seiner Kindheit so in Fleisch und Blut übergegangen, dass er über die Handlungsabläufe überhaupt nicht mehr nachdenken musste.

Diese Zeit früh morgens gehörte ihm alleine. Er liebte diesen fast meditativen Zustand, in dem er normalerweise den Tag begann. Es war stets sehr friedlich bei den Kühen, er konnte in Ruhe nachdenken und seine Gedanken schweifen lassen. An diesem Freitagmorgen war jedoch alles anders, sein Kopf wollte nicht zur Ruhe kommen. Normalerweise plante er beim morgendlichen Melken, das vom sanften Muhen und dem Pumpen der Maschinen untermalt wurde, den vor ihm liegenden Tag. An diesem Morgen kreisten seine Gedanken nur um Tobias. Er dachte schon seit dem vorigen Abend nicht mehr mit brummigem Unterton an seinen Sohn. Es war ihm schnell klar geworden, dass der Junge sich nicht verspätet hatte. Georg war verwirrt, voller Angst um sein Kind, das schon sechzehn Stunden spurlos verschwunden war. Er konnte kaum einen klaren Gedanken fassen. Die Fragen überstürzten sich in seinem Kopf und er hatte keine Antworten.

'Wo soll ich Tobi nur suchen?

Wie kann ich Tobi nur finden?

Was macht die Polizei denn eigentlich?

Wie suchen die denn nach ihm?

Was soll ich Tresi nur beruhigen?

Was kann ich den Zwillingen denn nur sagen?

Wer macht die Arbeit auf dem Hof, wenn ich suche?

Himmel, ich weiß überhaupt nichts mehr!'

'*Wo bist du Tobias?*', war die alles bestimmende Frage. Die Sorge um seinen Sohn ließ den strengen Vater nicht mehr zur Ruhe kommen. Er wusste einfach nicht mehr weiter. Immer war er für das Wohl der Familie verantwortlich gewesen: Er hatte den Hof in Schuss gehalten, die geschäftlichen Angelegenheiten geregelt, mit dem landwirtschaftlichen Betrieb für die finanzielle Sicherheit der Familie gesorgt. Und jetzt plötzlich war ihm das Ruder aus der Hand gerissen worden und er wusste nicht mehr, wie und wohin er steuern sollte. Er hatte das entsetzliche Gefühl, alle im Stich zu lassen und als Oberhaupt der Familie kläglich zu versagen. Gleichzeitig machte er sich irrationale Vorwürfe: 'Wäre ich doch nur gleich mit Tresi zur Polizei gegangen!', 'Ich hätte mich besser um Tobias kümmern müssen!' und immer wieder: 'Ich hätte besser aufpassen müssen!' Sein Kopf wirbelte von der schrecklichen Unsicherheit, die sich seiner bemächtigt hatte. 'Ich muss etwas Entscheidendes übersehen haben! Wie konnte das nur passieren?'

Die Gedanken und Fragen sprangen durch seinen Kopf, kreisten immer wieder herum, kamen und gingen und er fand und fand keine Antworten. Durch die Sorgen um Tobias und das Gefühl versagt zu haben, war er bis zum Zerbersten angespannt. Sein Nacken schmerzte, er hatte Kopfschmerzen.

Der Anblick von Tresi, die mit aschfahlem Gesicht und rot geschwollenen Augen das Frühstück zubereitet hatte, war ihm unter die Haut gefahren, sein Herz hatte einen Moment ausgesetzt. Er wusste, wie sehr seine Frau an Tobias hing und wie stolz sie auf ihn war. Es hatte ihn stets gewurmt, dass sein Ältester kein Interesse am Hof zeigte, aber das war ihm jetzt völlig egal! 'Wenn der Junge doch nur wieder zurückkommen würde!', dachte er verzweifelt, während ihm die Gedanken durch den Kopf flogen. Es war so als würde jemand in seinem Schädelinneren mit seinen Gedanken Squash spielen. Er konnte ihnen keine geordnete Richtung geben, konnte sie nicht aufhalten.

Er fühlte sich hilflos und schwach.

Er wusste einfach nicht mehr was er machen sollte.

'Irgendwie muss ich doch für Tresi und die Kinder stark sein', ermahnte er sich verzweifelt und bei diesem Gedanken schluchzte er laut auf, unkontrollierbar liefen ihm die heißen Tränen herunter, während er der nächsten Kuh mechanisch die Melkmaschine ansetzte. Der große Mann wurde von seinen Gefühlen überwältigt, er musste sich anlehnen, als ihm die Knie weich wurden.

Die Laute aus seiner Kehle waren fast unmenschlich. Sie kamen aus seinem tiefsten Inneren und waren wortloser Ausdruck der entsetzlichen Angst, seinen Sohn nicht lebend wieder zusehen.

So stand er - verloren in Zeit und Raum - im Melkstall und wurde von heftigen Schluchzern geschüttelt. Seine breiten Schultern bebten, er schlug die Hände fassungslos vor sein tränennasses Gesicht. Immer wieder stieß er hilflose Töne menschlichen Grauens aus.

Eine Kuh war durch die ungewohnten Geräusche unruhig geworden, hatte angefangen nach der Melkmaschine zu treten. Als die sich mit gurgelndem Pumpgeräusch von den Zitzen löste und auf den Boden fiel, wurden auch die anderen Kühe unruhig.

Als hätte ihn jemand am Nacken gepackt, brachten ihn die ungewohnten Geräusche zurück in den Stall. Georg blinzelte, er musste handeln, bevor die Tiere ganz außer Kontrolle gerieten. Hastig hob er die Melkmaschine vom Boden auf und drückte einen Knopf. Sofort verstummte sie und langsam wurden auch die Tiere wieder ruhiger.

Georg musste die herabgefallene Maschine gründlich reinigen, da sie genau in einem Kuhfladen gelandet war. So gezwungen, unverzüglich in die Abläufe des täglichen Lebens eingreifen zu müssen, waren seine Gedanken plötzlich auf diese unmittelbare Notwendigkeit gelenkt. Während er das Gerät reinigte und besänftigend auf die Kühe einredete, beruhigte er sich auch wieder. Der Stall begann sich erneut mit den gewohnten Klängen der Normalität zu füllen.

Fürs erste war er aus seinem absoluten Gefühlschaos befreit.

Er war froh, dass er alleine gewesen war und niemand außer den Tieren ihn so aufgelöst gesehen hatte.

Er schüttelte sich. „So geht das nicht, Georg!", ermahnte er sich selbst mit lauter Stimme und wischte sich die letzten Tränen mit dem dreckigen Ärmel seines Overalls aus dem Gesicht „Jetzt reiß dich zusammen und denk nach!"

Horst und Tobias 2

Tobias' Atmung wurde langsam wieder ruhiger. Erst nach geraumen Zeit entspannten sich seine Hände wieder, die sich durch hektisches Atmen in Pfötchenstellung verkrampft hatten.

Als er zu sich kam, stöhnte er leise. Ihm tat alles weh, jeder einzelne Muskel, sein Mund schmeckte nach Blut. Er hatte sich während der Krämpfe, die durch den Elektroschocker ausgelöst worden waren, auf seine Zunge gebissen. Die hatte geblutet, daran konnte Tobias sich nicht erinnern. Überhaupt war er völlig orientierungslos. Langsam öffnete er die Augen, aber alles blieb dunkel.

'Ich träume wohl', dachte er.

Als er sich jedoch bewegte, um sich in eine bequemere Lage zu bringen, ließ ihn der Schmerz an seinen Handgelenken innehalten. Seine Hände waren festgebunden - als hätte ihn der Schlag getroffen, wusste er sofort, dass er sich ganz und gar nicht in einem Traum befand. Bei dieser Erkenntnis schlotterte er am ganzen Leib. Sein Herz pumpte wie wild, seine Atmung beschleunigte sich unter der aufwallenden Panik erneut.

Ein Hund knurrte gefährlich im Hintergrund mit grollend tiefer Stimme. Tobias fing wieder an zu hyperventilieren.

Das gerade durch die normale Atmung zurückgewonnene Gleichgewicht seines Stoffwechsels rutschte wieder ab. Dazu begann sein Mund zu kribbeln, was ihn panisch werden ließ, er atmete schnell und schneller, seine Hände verkrampften sich wieder. Er fiel zurück in eine weitere, gnädige Ohnmacht.

Vorne in der Fahrerkabine hatte Horst die Geräusche des Jungen wie auch das Knurren des Hundes wahrgenommen. Er fuhr auf den nächsten Parkplatz und hielt an. In den letzten fünfunddreißig Minuten hatte er gut Strecke gemacht, Abstand zwischen Emsdetten und sich gebracht. Die extreme Wachsamkeit war gewichen, seine Bewegungen waren wieder langsamer und runder, nicht mehr nur handlungsorientiert.

Er war sich sicher, dass keine unmittelbare Gefahr mehr bestand, entdeckt zu werden.

'Wer immer den Jungen vermisst oder nach ihm sucht, hat sowieso keine Chance mehr, ihn zu finden', ging es ihm siegessicher durch den Kopf. Von solchen beruhigenden Gedanken begleitet, bewegte er sich durch die Verbindungstür nach hinten in den fast kochend heißen Laderaum.

Bella, seine Hündin, hatte sich von der Sedalin-Gel-Narkose erholt und sich schon beim Anhalten des Fahrzeuges aufgerichtet. Sobald Horst das Licht angeschaltet hatte, tapste sie schwanzwedelnd ihrem Herrchen entgegen. „Komm hierher, Bella", befahl er und das Tier, absoluten Gehorsam gewohnt, setzte sich in die angewiesene Ecke der Ladefläche. Dort band er sie mit der Leine an.

In der Hitze des Laderaumes hechelte der Vierbeiner heftig mit weit heraushängender, rosa Zunge. Lange Speichelfäden hingen von den schwarz umsäumten Lefzen herab. Die Betäubung hatte sie durstig gemacht, die stickige Luft in dem Auto hatte dies noch verstärkt.

Aus einer Flasche goss Horst Wasser in einen Trinknapf, den er vor sie hinstellte und sofort schlabberte Bella ihn gierig leer.

Der Junge rührte sich wieder, schien ein weiteres Mal zu sich zu kommen.

Als er die Augen aufschlug, sah er ein Paar Schuhe und den unteren Teil heller Hosenbeine vor seinem Gesicht. Sein Kopf lag auf seinem rechten Oberarm und der andere Arm auf seiner linken Wange. Wieder fand er mental keinen Zugang in das tatsächliche Geschehen.

Er konnte die Arme nicht vom Gesicht nehmen. Sobald er das versuchte, taten seine Handgelenke wieder weh. Er rollte sich nach hinten und ein stechender Schmerz im Rücken ließ ihn in der Bewegung innehalten. Er wusste noch nicht, dass er dort Brandwunden hatte. Tobias stöhnte. Sein Blick wanderte dann an der Hose entlang nach oben. Ein Mann in heller Kleidung, den er noch nie gesehen hatte, stand vor ihm und schaute interessiert auf ihn herab.

Aus dieser neuen Position konnte Tobias auch seine Umgebung besser sehen: Es lagen braungraue Decken, wie er sie schon einmal in einem Umzugsauto gesehen hatte, auf dem Boden.

Ein großer Hund saß in einer Ecke. Er befand sich in einem engen Raum. Sein Fahrrad war an eine Wand gelehnt. Der Mann lächelte.

Herzrasen verschlug ihm vollständig die Stimme, er war wie eingefroren, konnte keinen Ton hervorbringen, er wollte schreien, tausend Dinge schwirrten durch seinen Kopf: 'Wo bin ich? Was wollen Sie? Lassen Sie mich hier raus!

Hilfe!

Hilfe!

Hilfe!'

Und immer wieder wimmerte es in ihm: *Mama, Mama!*

Während er wie erstarrt dalag, nur seine Augen in wildem Entsetzen hin und her flogen, registrierte er, dass er sich eingekotet und eingenässt hatte. Das war ihm unbeschreiblich peinlich und trug noch mehr zu seiner Starre bei.

Horst riss einen ca. 15 cm langen Streifen silbernen Klebetapes ab, stopfte dem wehrlos erstarrten Kind ein Taschentuch mit den Initialen K-H W in den Mund und klebte dann das Tape quer, von einer Wange bis zur anderen, über dessen Mund. Er wollte vermeiden, dass jemand durch die Schreie des Jungen aufmerksam gemacht würde.

Tobias reagierte auf die Knebelung, indem er seine Augen in ungläubiger Furcht noch weiter aufriss, und wieder unkontrolliert Urin abließ, was ihm erneut peinlich war. Er hatte Mühe mit dem furchtbaren Stoff im Mund genug Luft zu bekommen und sog schwer atmend durch geweitete Nasenlöcher schniefend die Luft ein und stieß sie unruhig schnaufend wieder aus. Der Knebel verhinderte, dass er erneut hyperventilierte und so entging Tobias einer weiteren Ohnmacht, die für das Kind allerdings eine Gnade gewesen wäre. Er war verdammt, das Folgende im Zustand wachen Entsetzens über sich ergehen zu lassen.

Horst hockte sich hinter das Bündel unter der Decke, schlug diese auf. Er rollte das Kind wieder etwas weiter auf die Seite, da es sich zuvor, um besser sehen zu können, halb auf den Rücken gedreht hatte. Als erstes öffnete er dem Jungen den Gürtel, den er dann aus den Schlaufen zog. Den Ledergürtel warf er hinter sich. Mit einer Schere schnitt er die Hose und die Unterhose über beiden Gesäßhälften vom Hosenbund aus der Länge nach bis zum unteren Hosenbeinsaum auf. Er entfernte die Shorts, indem er dem Jungen die zerschnittene Hose zwischen den Beinen nach hinten herauszog. Damit hatte er das Kind untenherum entblößt, ohne ihm die Beine mit Kot eingeschmiert zu haben.

Die zerschnittene, verschmutzte Kleidung stopfte Horst in einen schwarzen Müllsack.

Mit Papier von einer Küchenrolle und anschließend mit Babyreinigungstüchern wischte er sein Opfer sauber und führte ihm dann mit einem Klistier Valium ein.

Das Medikament wurde über die Darmschleimhaut schnell ins Blut absorbiert und der Junge glitt wieder in einen Dämmerzustand ab.

Tobias registrierte schon nicht mehr, wie ihm eine Windel angelegt wurde. Horst reinigte seinen Arbeitsplatz: Zwei beschmutzte Decken sowie die Reinigungsutensilien wanderten in den Müllsack zu der zerschnittenen Kleidung. Mit einem festen Knoten verschloss er diesen, so wurde der Gestank im Auto erträglicher.

Schweiß lief ihm über das Gesicht, seine Achseln waren nass und das Wasser lief ihm auch den Rücken herunter. Gierig trank er den Rest aus der großen Wasserflasche, aus der er zuvor Bella bedient hatte.

Es war brüllend heiß in dem abgeschlossenen Lieferwagen.

Nach dieser kurzen Pause befestigte er den mitgebrachten Literbeutel physiologischer Kochsalzlösung an einem Deckenhaken. Durch den langen, durchsichtigen Infusionsschlauch ließ er die klare Flüssigkeit bis zum Verbindungsstück nach unten laufen, sodass die gesamte Luft aus dem Schlauch entwich. Er verschraubte das Endstück des Schlauches mit einer Butterflynadel und ließ diese ebenfalls mit der Flüssigkeit volllaufen. Horst wartete, bis aus der Spitze der Nadel etwas herausgetröpfelt kam. Mit dem Stopprädchen am Infusionsschlauch unterbrach er den Fluss. Dann stach er die Nadel tief in die Unterhaut des Kindes am Bauch und klebte mit einem weißen Pflasterstreifen die beiden Flügel der Nadel auf der Haut fest. Jetzt konnte diese nicht mehr so leicht verrutschen. Er drehte das Stopprädchen etwas und langsam begann die Flüssigkeit aus dem Beutel in den Körper des Jungen zu laufen, Tröpfchen für Tröpfchen. Den Schlauch klebte er dazu ebenfalls am Bauch des Jungen fest, damit der Zug auf die Nadel nicht zu groß wurde. So würde sie sicher in der Haut bleiben, auch wenn der Junge sich nochmals bewegen sollte.

Er hatte gut vorgesorgt: Das Kind würde nicht dehydriert sein, wenn sie ankämen.

Diesmal deckte er seinen zukünftigen Freund nicht wieder zu, bevor er weiterfuhr.

Der erste Schock war überstanden, der Kinderkörper war nicht mehr verkrampft, kein kalter Schweiß stand mehr auf der Stirn, auch der Leib zitterte unter dem Beruhigungsmittel nicht mehr.

Alles war gut.

Langsam, sehr langsam kroch die Schnecke aus ihrem lehmigen Tagesquartier zwischen den Steinen der Gartenmauer hervor. Es war wieder ein sehr feuchter Frühlingstag gewesen. Jetzt in der frühen Dämmerung kamen die Schnecken zum Vorschein, um sich voll zu fressen.

Seit fast einer Woche hatte es nahezu ununterbrochen geregnet. Horst hatte die meiste Zeit seiner langen, öden Tage, die sich endlos dahin zogen, im Haus verbracht. Er hatte zwar gelesen und am Wochenende ferngesehen, aber selbst das allergründlichste Erledigen seiner Hausaufgaben hatte ihn nicht davor verschont, sich so richtig zu langweilen. Seine Laune war an einem Tiefpunkt angelangt.

Weil der Vater auf Geschäftsreise war, hatte er seine Mutter immer wieder gefragt, ob er nicht doch zu Stefan zum Spielen gehen dürfte, aber sie hatte ihm immer nur mit 'Nein!' geantwortet.

Er wusste, dass sie Angst hatte, dass Papa dahinter kommen würde, wenn er mit anderen spielte, aber trotzdem fragte Horst immer wieder: „Ach, Mama bitte, lass mich doch rüber gehen, die anderen Kinder sind doch auch da. Ich weiß, dass die sich heute alle in der Schule verabredet haben. Und weißt du, was das Beste ist? Stefan hat mich seit langem mal wieder gefragt ob ich nicht kommen wollte. Das hat schon ewig keiner mehr gemacht."

Seine Mutter schaute von ihrer Zeitschrift auf. Sie saß mit Blümchennachthemd, dicken Socken, Schlappen und Bademantel im Wohnzimmer in ihrem Lehnsessel. Auf dem Beistelltischchen neben sich stand eine Tasse Kaffee und der unvermeidliche Sherry.

Sie schaute ihrem Achtjährigen in das hübsche Gesicht: „Horstl, du weißt doch, dass der Papa das nicht will, ich würde dich ja lassen, aber der Papa hat es verboten."

„Mensch, Mama", kam es in schmollendem Tonfall, „wir müssen es ihm ja nicht sagen. Ich verspreche dir, dass ich ganz bestimmt nichts sagen werde, bitte, bitte lass mich doch gehen, nur eine halbe Stunde bis es dunkel wird."

„Horst, du weißt, dass es nicht darum geht, was du willst oder was ich will, der Papa hat es verboten. Wenn es herauskommt, dass du mit den Nachbarsjungen gespielt hast, wird hier der Teufel los sein."

„Och, Manno!", meckerte Horst und stieß leicht mit der Fußspitze gegen die Seite des Lehnsessels in dem seine Mutter saß.

Waltraud ignorierte großzügig diesen minimalen Akt der Gegenwehr.

„Wirklich, Mama, ganz ehrlich, ich werde ganz bestimmt kein Sterbenswörtchen sagen, ich schwöre." Und mit diesen Worten hob er seine rechte Hand, dessen Daumen, Zeige- und Mittelfinger zum Schwur ausgestreckt waren.

Die Mutter lächelte ihn jetzt leicht belustigt, fast gütig an: „Ach Kind, ich weiß doch, dass du nichts sagen würdest. Ich würde auch nichts sagen, aber die anderen Junge, die anderen."

„Wen meinst du mit 'die anderen'?", fragte er verwundert, „wer sollte ihm das denn erzählen?"

„Denk doch mal nach: Wenn die Eltern vom Stefan den Papa am Sonntag in der Kirche treffen, dann sagen sie bestimmt, wie schön es war, dass du zum Spielen da gewesen bist und dann haben wir den Salat."

Er wusste, dass die Mutter Recht hatte.

Es war echt zum Verzweifeln.

Wie gerne hätte er den anderen beim Spielen nur zugeschaut. Auf dem Schulhof war das auch oft eine unterhaltsame Beschäftigung für ihn.

Da er wie ein Niemand war, wurde er von den anderen Kindern übersehen. Horst stand dann alleine, mit dem Rücken an die Schulhofmauer gelehnt da und schaute den anderen zu, die Fangen spielten oder sich einfach nur etwas erzählten. Das war nicht immer so, aber oft und in letzter Zeit immer öfter.

„Geh doch ein bisschen in den Garten zum Spielen, es hat doch jetzt endlich mal aufgehört zu regnen", schlug seine Mutter ihm dann vor. „Du könntest auch nachsehen, ob die Hühner schon alle drin sind, die Tiere füttern und dann den Stall verriegeln, dann muss ich gleich nicht noch erst wieder etwas überziehen und rüber laufen."

„Ok", kam es resigniert aus Horsts Mund.

Es war einer der letzten Versuche überhaupt gewesen, doch noch mit den anderen Kindern spielen zu dürfen.

Richtige Lust hatte er nicht dazu, die Viecher zu versorgen, aber dann hatte er wenigstens etwas zu tun. Enttäuscht drehte er sich mit hängenden Schultern um und lief mit schweren Beinen durch den Hausflur. „Ich bin dann jetzt draußen!", rief er seiner Mutter über die Schulter zu, die Türklinke schon in der Hand.

„Zieh dir die Gummistiefel an, sonst werden deine Socken ganz nass!"

„Mach ich Mama!", mit schleppenden Schritten ging er zurück in den Flur, zog seine Turnschuhe aus und die grünen Gummistiefel an, „bis nachher!".

„Ich mache dir nachher etwas Leckeres zu essen", rief sie ihm noch hinterher.

„Hmm", brummte er und dachte bei sich, 'das hilft auch nichts', als er vor die Tür trat.

Zu seiner anfänglichen Enttäuschung kam jetzt Wut. Er konnte einfach nicht begreifen, warum er nicht mit den anderen Kindern spielen durfte. 'So ein Mist', dachte er immer wieder, 'so ein Mist! Dieses gemeine Arschloch!'

Die schon tief stehende Sonne fiel durch die Zweige der gerade erst grün werdenden Obstbäume in sein Gesicht. Das fühlte sich schön an und vielleicht würde er ja noch etwas Spannendes zu tun finden.

Er lief um das große Haus herum nach hinten in den Garten, wo sich die riesige Obstbaumwiese bis zum Fluss erstreckte. Rechts lag der Stall, in dem die Hühner tatsächlich schon auf ihr Abendbrot warteten. Gackern drang zu ihm heraus. Er schaute sich gründlich um und konnte kein Huhn mehr im Garten entdecken. Horst lief um den Stall herum und schloss die Einschlupfluke, die es den Hühnern tagsüber erlaubte ein- und auszugehen. Ganz so, wie sie es wollten oder wie es die Natur es ihnen vorschrieb, wenn ein Ei von innen an den Schließmuskel klopfte und sie ihr Legenest aufsuchen mussten, um es herauszupressen.

So hatte es ihm der Vater erklärt, dass die Hühner ihre Eier nicht aus Freundlichkeit den Menschen gegenüber legten, sondern weil sie Eier legen mussten und sie sich so fortpflanzten.

Er wollte die Eier einsammeln und in die Eierkartons einsortieren, die auf den Kaninchenställen standen.

Horst löste den Befestigungsstrick der Luke vom Haken und ließ diese wie ein Fallbeil nach unten sausen. Es gab einen dumpf klackenden Aufprall, als die Holzluke unten aufkam. Er stellte sich dabei vor, wie ein Huhn sich doch entschieden hatte wieder nach draußen zu kommen und dann, genau in dem Moment, in dem die Klappe herunter sauste, seinen Kopf mit dem roten Kamm hervorstrecke und so geköpft würde.

'Das wär' mal was', sinnierte Horst, als er sich Richtung Stalltür drehte.

'Am besten wäre es, wenn der Papa gar nicht wiederkommen würde', dachte er dann und ging in den Schuppen hinein.

Im vorderen Teil des Stalles, der durch eine feinmaschige Drahtwand vom Hühnergehege abgetrennt war, standen das Futter für die Tiere und die sechs Kaninchenställe, die in zwei sich gegenüberstehenden Reihen aufgestellt waren.

Mit der grünen Plastikschippe, die auf der Futtertonne lag, nahm er das Futter, lief durch die Drahttür zu den Hühnern hinein und streute den mittlerweile erwartungsvoll gackernden Vögeln das Futter hin. Einem Huhn trat er in den Hintern, sodass es etwas hoch flog und erstaunt gackernd wieder zu Boden flatterte.

Er grinste über seinen kleinen Spaß. Horst hatte seine Langeweile kurz vergessen. Danach sammelte er die Eier aus den Nestkästen und legte sie in die Futterschippe. Er musste diese leicht schräg halten, damit sie nicht herunter auf den Boden kullerten. Der Vater hatte Horst schon einmal ordentlich den Hosenboden versohlt, nachdem ihm solch ein Missgeschick passiert war.

Seitdem war er bedachtsamer mit den Eiern.

Er ging in den vorderen Teil des Stalles, verriegelte die Drahttür, setzte die Eier in die dafür vorgesehenen Kartons und griff nach dem großen schwarzen Eimer, den er mit hinaus in den Garten nahm. Er pflückte den Eimer voll mit Löwenzahn und Gras für die Karnickel.

Das Gras war sehr feucht und die Sonne fing sich funkelnd in tausend Regentropfen, die auf den Pflanzen lagen.

Wenn er ein Auge dafür gehabt hätte, hätte ihm das gefallen können, aber für ihn war es nur langweiliges Kaninchenfutter. Die Nässe erschwerte das Pflücken, weil er mit seinen kleinen Händen und der Kraft eines gerade Achtjährigen immer nur kleine Büschel abreißen konnte. 'So ein blöder Mist', ging es ihm durch den Kopf. Auch fiel ihm ein, dass die Mutter wieder nach Alkohol roch und der Vater ihn windelweich prügeln würde, wenn die Viecher nicht ordentlich versorgt worden waren.

Nachdem er das Grünzeug auf die sechs Käfige verteilt hatte, die Trinkschalen aus der Gießkanne mit Wasser aufgefüllt hatte, lief er wieder zurück in die Abendsonne und verriegelte die Tür.

Horst hatte noch keine Lust zurück ins Haus zu gehen, hatte aber auch kein Bedürfnis sein Lieblingskaninchen Klopfer zu streicheln, was er sonst gerne tat.

Er hatte immer noch richtig schlechte Laune, dachte sehnsüchtig an die anderen Jungen, die jetzt bei Stefan spielten.

Ziellos schlenderte er durch die feuchte Wiese und steuerte dann auf die alte, halb zerfallene Natursteinmauer zu, die den Garten nur noch halbherzig zum Fluss hin abtrennte.

Er wusste auch nicht, was er da eigentlich wollte, stand planlos am Ende des Gartens und schaute hinüber auf die andere Flussseite. Horst konnte aber rein gar nichts entdecken, was seine Aufmerksamkeit erregt hätte. Da drüben war auch alles wie gewohnt. Die Kühe grasten und sonst nichts.

'Langweilig', dachte er enttäuscht und schaute dann hinunter auf seine Stiefel, die bereits feucht waren. Grashalme und Blättchen klebten an ihnen. Er hob den Kopf langsam wieder an und lies den Blick über seine nähere Umgebung schweifen.

Dabei entdeckte er eine dicke, rot-orange Nacktschnecke, die sich gerade in glänzender Feuchtigkeit über einen alten Mauerstein bewegte.

Aus ihrem Hinterteil schien ein silbrig feuchter Schleimstreifen zu wachsen.

Horst tippte mit dem Zeigefinger in die Schleimspur und etwas davon blieb an seinem Finger hängen, er roch daran. Er konnte nichts riechen, außer den Duft des Grases, der noch vom Pflücken an seiner Haut hing. Als er Zeigefinger und Daumen aneinander rieb, war er erstaunt, wie klebrig die Substanz war und er versuchte, sich die Finger am nassen Gras sauber zu putzen, was aber nicht so richtig gelang. Letztlich wischte er alles an seiner Jeans ab. An der rauen Oberfläche des Stoffes blieb der Schleim hängen.

'Das Zeug ist ja noch klebriger als Papas Schleim', dachte der Junge kurz, war aber mit seiner Aufmerksamkeit sofort wieder bei der Schnecke, da das andere Thema zu unerfreulich für ihn war. Normalerweise schaffte er es fast ganz, nicht daran zu denken, aber der Schneckenschleim hatte die gut gehütete Kammer in seinem Kopf geöffnet, aber er schlug die Tür hastig wieder zu.

Er konzentrierte sich jetzt ganz auf das vor ihm dahin gleitende Tier.

Die Schnecke hatte zwei Paare schwarzer Fühler an ihrem Kopf, die sie wie Tentakel nach vorne gestreckt langsam hin und her bewegte. Das obere Paar war länger und dicker als das untere, alle vier waren schwarz und standen in starkem Kontrast zum kräftigen Orange des übrigen Körpers.

Horst tippte mit seinem Finger sehr behutsam gegen einen der langen Fühler, den das Tier erschreckt einzog, sofort hielt es in seiner Fortbewegung inne. Nach kurzer Zeit kam der Fühler wieder hervor, die Schnecke schien die Umgebung zu beobachten, bevor sie weiterkroch. Horst tippte beim zweiten Mal gegen den anderen Fühler, wieder zog die Schnecke dieses Organ ein und hielt inne.

Dieses Spiel wiederholte Horst einige Male, bis es dem Tier zu viel wurde: es änderte die Kriechrichtung.

Das Kind beobachtete, wie sich der lange Körper an einer Seite zusammenzog und auf der gegenüberliegenden Seite streckte. Dann zog die Schnecke das Hinterteil nach und streckte sich insgesamt wieder in die neue Richtung, in der sie kein Hindernis erwartete.

Die Langeweile war von Horst abgefallen, mit steigendem Jagdfieber nahm er die Schnecke in Augenschein. Mit dem Daumen und Zeigefinger der rechten Hand das Tier packend, versuchte er, die Schnecke vom Stein hochzuziehen. Sie leistete ordentlich Widerstand, indem sie sich an ihrem Untergrund festsaugte.

Aber sie hatte gegen den Jungen keine Chance, als dieser kräftiger zog und sie etwas mehr quetschte. Die Schnecke gab nach und ließ sich vom Stein ablösen. Das weiche Wesen zog sich zu einem fleischigen Halbmond mit vollständig eingefahrenen Fühlern zusammen, der ganze Kopf war verschwunden.

Der Schneckenjäger legte sich das Tier in seine linke Hand. Sie war auf die Seite gerollt und nach ungefähr einer Minute, in der nichts weiter geschah, als dass Horst sie in der warmen Hand beobachtete, begann sie sich zu strecken, nahm mit ihrem Schleimbauch Kontakt mit Horsts Hand auf und schob ihre Fühler wieder vorsichtig aus ihrem Kopf. Sie kroch los und Horst fühlte, wie die kalte, feuchte, immer länger werdende Wurst langsam über seine Handfläche hinweg Richtung Unterarm schleimte. Dabei hinterließ es eine durchsichtige, klebrige Spur.

Das war echt widerlich, fand Horst, aber irgendwie auch gut. Ein angeekelt wonniger Schauer durchfuhr ihn. Die Langeweile war verflogen.

Er setzte die sich sofort wieder zusammenziehende Schnecke oben auf der Gartenmauer ab, behielt sie jedoch im Blick, während er sich den Schleim erneut an der Jeans abwischte.

Aus seiner rechten Hosentasche holte er das Taschenmesser, das er vor sechs Wochen zu seinem Geburtstag bekommen hatte. Er wartete geduldig, bis das Tier sich wieder sicher genug fühlte, um sich zu verlängern, alle Fühler auszustrecken, um dann, nach kurzem Innehalten, sich gemächlich wieder in Bewegung zu setzen.

Während die Schnecke sich noch orientierte, klappte Horst die längere der beiden Klingen aus seinem Taschenmesser aus.

Sobald der noch hosentaschenwarme Stahl den leuchtend orangenen Rücken der Schnecke mit leichtem Druck berührte, zog diese sich erneut erschreckt zusammen, ließ den Untergrund los. Aber der Fluchtreflex, der ihr vielleicht an einer Pflanze hängend das Leben gerettet hätte, nutze nichts, denn der Stein auf dem sie lag, war flach. Sie rollte nur auf die Seite.

Horst hielt das Tier jetzt mit der linken Hand fest, drehte den hellen Bauch der Schnecke wieder nach unten, worauf die versuchte, sich noch runder und dicker zu machen. Dann drückte er mit dem Messer etwas fester zu. Das Tier wurde in der Mitte deutlich flacher, aber der Druck verursachte in dem nachgiebigen weichen Körper noch keinen Schnitt.

Der Junge hob das Messer wieder an und beobachtete die Schnecke fasziniert. Diesmal musste er deutlich länger warten, bevor sie sich entschloss, einen erneuten Fluchtversuch zu starten. Denn das hatte ihr evolutionär niedrig entwickeltes Nervensystem ermittelt: Es ging um Leben und Tod. Und da Zusammenrollen und Loslassen des Untergrundes nichts halfen, trat sie die Flucht nach vorne an und kroch wieder los.

Horst entdeckte erst jetzt, dass sich der Rand der Schnecke, der sich wie ein kleiner Saum zwischen Rücken und Bauch befand, ganz um den Schneckenkörper herumzog, nahezu so schwarz war, wie die Fühler. Dieser Saum flachte sich bei der Vorwärtsbewegung weiter ab und glitt ohne Zwischenraum über jegliche Unebenheit des Steines. Wie in kleinsten Wellen folgte der Körper der Beschaffenheit des Untergrundes, das Tier schien über den Boden zu fließen.

'Eigentlich ist sie ganz schön', dachte er, bevor er das Messer wieder am Rücken der Schnecke ansetzte und richtig zudrückte.

Das Beobachten des sich im Todeskampf zusammenziehenden Tieres wurde im Kopf des Kindes vom Knirschen der Stahlklinge untermalt. Die schön gefärbte, weichelastische Haut gab plötzlich aufplatzend dem Druck der Klinge nach. Das Messer fuhr auf dem steinigen Untergrund hin und her, wodurch Horst das Tier vollends in zwei Teile zerlegte. Aus beiden Körperhälften quollen unförmige braune Organe und deren Inhalt hervor.

Horst erstarrte in Faszination, Schauer wohliger Erregung fuhren über seinen Rücken und die Härchen an seinen Armen hatten sich aufgestellt.

Er registrierte, dass die beiden Enden sich erst noch bewegten, der vordere Teil mit dem Kopf kroch sogar noch ein Stückchen über den Stein. Dann lag auch dieser ganz still da. Das Weiche der Innereien quoll noch weiter hervor und glänzte wie Spucke in der Abendsonne.

Die Bewegungslosigkeit der Schnecke und die Starre des Jungen standen in krassem Gegensatz zu dem inneren Aufruhr, in dem er sich befand. Sein Herz klopfte extrem schnell, schlug von innen gegen seine Rippen, heiße Blutströme durchflossen seinen Bauch und ließen seine Ohren rauschen, sein Atem ging schnell, Horst musste den Mund schließen und schwer schlucken: Sein Mund war vor Aufregung ganz trocken geworden.

Der Junge wusste irgendwie, dass er das alles nicht hätte tun sollen. Die Schnecke hatte ihm ja nichts getan, aber auf unerklärliche Weise fühlte er sich jetzt deutlich besser. Seine Stimmung war wie ausgewechselt - er war regelrecht beschwingt!

Er war der leibhaftige Herr über Leben und Tod geworden!

So machtvoll hatte er sich noch nie in seinem ganzen Leben gefühlt!

Sein schlechtes Gewissen hielt sich sehr in Grenzen, sein Wohlgefühl hingegen war grandios.

Wie aus weiter Ferne drang das Abendkonzert der Vögel in sein Bewusstsein. Erst mit der Wahrnehmung ihrer Geräusche sprang die Zeit wieder an, aus der er sich in der letzten halben Stunde vollends herausgelöst hatte. Er zog fröstelnd beide Schultern hoch und trat so wieder in Kontakt mit seiner Umgebung, die ihm entglitten war.

Die Sonne war fast untergegangen, es war wieder deutlich kühler im Garten.

Mit dem Messerrücken fegte er die beiden Schneckenteile nach hinten über die Mauer, wischte die Klinge am feuchten Gras ab, dann an seiner Hose trocken, klappte das Messer zusammen und machte sich wieder auf ins Haus zu gehen.

„Na, hast du schön gespielt?", fragte die Mutter als er hereinkam.

„Ja, klar Mama, sehr."

Das Kind lächelte sie freundlich an.

Es war das erste Mal, dass Horst mit Genuss getötet hatte.

Die Polizei 4

Georg hatte morgens nach dem Melken wieder bei der Polizei angerufen, und die Beamtin am anderen Ende der Leitung hatte ihm mitgeteilt, dass jemand in einer halben Stunde zu ihnen heraus kommen würde.

Die Sonne schien an diesem frühen Morgen schon warm aus wolkenlosem Himmel. Ein leichter Wind fuhr durch die ausladenden Kronen der den Bauernhof umstehenden alten Kastanien. Es wäre eine wahre Landidylle gewesen, wenn nicht die Gruppe Menschen neben dem Streifenwagen gestanden hätte.

Es waren zwei andere Polizisten, die an diesem Morgen zu ihnen auf den Hof herausgekommen waren. Sie stellten sich als Frau Steinke und Herr Senger vor. Weder Georg noch seine Frau konnten sich diese Namen merken. Sie hatten gar nicht richtig hingehört. Hauptsache, dass endlich jemand von der Polizei da war, sich ab jetzt hoffentlich jemand richtig darum kümmern würde, Tobias zu finden und zu ihnen zurückzubringen.

„Wir haben gestern Nacht noch lange selbst gesucht", sprudelte es aus dem sonst so wortkargen Bauern hervor, „zwei Männer haben mir geholfen. Wir haben die Wald- und Feldwege abgesucht, dann das nahe gelegene Flussufer. Wir haben nichts gefunden. Kein Fahrrad, keine Schultasche, keine Spur, absolut nichts."

Georg trug noch seinen blauen Overall, als er den Beamten mit hängenden Schultern Bericht erstattete. Sie waren im Innenhof, den die U-förmig angelegten Gebäude seines Gehöftes bildeten. Tresi stand neben ihm und schaute die Polizisten aus geschwollenen Augen erwartungsvoll an.

Plötzlich veränderte sich die Zeit für Tresi. Alles schien sich zu verlangsamen und schließlich wie in extremer Zeitlupe abzulaufen. Die Uniformierten, wie ihr Mann, bewegten befremdlich langsam ihre Münder, so als würden die Lippen miteinander einen zeitlosen Blues singen. Ein Speichelfaden spannte sich endlos zwischen den Lippen des Polizisten. Er stand wie eine silbrig-weiße Säule auf der sonst trockenen Unterlippe und stützte mit seiner fragilen Feuchtigkeit die obere Lippe, die sich wie ein Baldachin vorwölbte, bevor sich der dunkle, rosa Spalt nach einer gefühlten Ewigkeit wieder schloss. Die Säule wurde dicker und weißer, war schließlich eine glitzernde Schaumauflage, die leicht aus der geschwungenen Linie hervorquoll, die die beiden weichen Fleischstücke beim Aufeinandertreffen gebildet hatten. Dort klebte das Häufchen dann wie Schneckenschaum an einem Grashalm: glitzernd, unbewegt, grundlos - bevor sich der Lippenspalt wieder langsam erweiterte und die Säule sich erneut aufbaute.

'Seltsam', durchfuhr es Tresi. In einem entfernten Teil ihres Bewusstseins wunderte sie sich noch, dass sie nichts mehr hörte. Die von den Sprechorganen des Polizisten in Bewegung gesetzte Luft erreichte ihre Trommelfelle nicht mehr. Arme, Hände und Köpfe der anderen schienen einen grotesken Reigen aufzuführen, der für sie ohne Sinn blieb. Sie stand wie auf Watte, schien selbst zu schweben. Sie fühlte sich wie in einer Blase, abgeschlossen von dem, was um sie geschah. Auch ihre Gedanken wurden zäh und zäher, schließlich zogen sie einfach davon: Sie konnte ihnen nicht mehr folgen.

Alles flog dahin.

Sie konnte nichts mehr halten.

Sie war leer.

Um sie her war ebenfalls absolute Leere und Stille.

Nichts erreichte sie mehr.

Die Bedeutung der Dinge hatte sich aufgelöst.

Sie hatte den Kontakt verloren.

Frieden.

So stand sie eine Ewigkeit.

Nur zwanzig Zentimeter von ihrem Kopf entfernt gaukelte ein weißer Schmetterling in seiner flatterhaften Art durch Tresis Gesichtsfeld. Sie blinzelte. Und mit diesem Blinzeln hatte die Wirklichkeit sie wieder fest im Griff. Sie schluckte und schüttelte irritiert ihren Kopf. 'Mein Gott', dachte sie, 'was war das denn?'

Die anderen hatten ihre nur wenige Sekunden währende flüchtige Auszeit nicht bemerkt.

„Lassen Sie uns doch bitte in Tobias' Zimmer gehen", schlug gerade die Beamtin vor, „dann können wir uns dort umschauen."

Es war ein ganz normales Jungenzimmer mit Bett, Schrank, Regalen, Schreibtisch, Computer, Autos, Büchern und Spielzeug.

Das einzig Auffällige war ein mit Elektrobastelsachen überhäufter Tisch, vor dem ein alter Stuhl stand.

Tobias hatte zum Geburtstag einen Elektro-Experimentierkasten bekommen. Er liebte es, damit zu bauen und zu basteln. Damit er nicht immer alles wieder von seinem Schreibtisch räumen musste, wenn er seine Hausaufgaben machte, hatte Tresi ihren Mann gebeten, den kleinen, alten Tisch aus dem Schuppen hoch zu holen. Und da stand er nun: überladen mit den Ergebnissen von Tobias' Experimentierfreudigkeit. Kein Kabel und kein noch so kleines Stück Elektroschrott waren seit dem Geburtstag mehr vor ihrem Sohn sicher gewesen. Er sammelte alles und baute es irgendwie in Schaltkreise und Apparaturen ein.

Seitdem das Wetter so schön geworden war, hatte der Junge zwar nicht mehr so viel damit gespielt, aber der Regen würde ihn schon wieder an seinen geliebten Basteltisch bringen. Er hatte schon viel gelernt und liebte es, die vorgegebenen Experimente auszubauen und sich selbst immer neue Schaltungen auszudenken. Der Vater hatte ihm erlaubt, in der Werkstatt im Schuppen zu löten, aber nur wenn er Zeit hatte, selbst dabei zu sein. Er wollte seinen Sohn beaufsichtigen, wenn der mit dem heißen Lötkolben in der Werkstatt hantierte. Die hölzerne Werkbank war entflammbar.

Ganz offensichtlich liebte es der Sohn des Bauern, alles auszuprobieren.

'Er muss ein richtiger Tüftler sein', registrierte Senger.

An den Wänden hingen Poster von Tieren und Fußballstars und auch eines von dieser schwedischen Band *Mando Diao*, stellte Senger fest, dessen Tochter ein ähnliches Poster besaß. Auch das berühmte Bild von *Albert Einstein*, auf dem er die Zunge herausstreckt, hing an der Wand über Tobias Bett.

Die Polizisten machten sich Notizen. In dem Zimmer des Jungen hatten sie nichts Auffälliges gefunden. Es war einfach ein ganz normales Kinderzimmer eines Jungen mit ausgeprägtem Interesse für elektronische Basteleien.

Senger fragte, ob sie ein Foto von Tobias haben könnten.

Die Eltern hatten kein aktuelles Bild, wussten aber, dass auf der Digitalkamera noch Fotos von Tobias Geburtstagsfeier waren. Herr Bleckmann lud die Bilder auf seinen PC, um sie von da auf einen USB-Stick für die Beamten zu kopieren.

Sowohl Senger als auch Steinke waren von der augenfälligen Schönheit des Jungen überrascht, sagten jedoch nichts dazu, um die blank liegenden Nerven der Eltern nicht noch mehr zu strapazieren.

„Wie geht es denn jetzt weiter?", wollte Tresi wissen und schaute fragend von der Frau zu dem Mann.

Der deutlich ältere Beamte ergriff das Wort: „Wir gehen ja davon aus, dass Tobias weggelaufen ist, Frau Bleckmann." Und dabei schaute er Tresi mit ruhigem Blick zuversichtlich in die geschwollenen Augen.

„Das ist er nicht." Tresi schaute frustriert nach unten. Sie konnte nicht begreifen, warum die Polizisten ihr nicht glauben wollten.

„Frau Bleckmann, bitte. Wenn er bis morgen nicht wieder aufgetaucht ist, beziehen wir die Öffentlichkeit mit in die Fahndung ein - natürlich immer ihr Einverständnis vorausgesetzt - und verstärken dann auch die Suche vor Ort."

„Was?!", entfuhr es unisono den ungläubigen Eltern, „morgen?!"

„Wieso denn erst morgen?", wollte Tresi wissen. Ihr Tonfall war ungläubig und sehr ungeduldig, sie verlor ihre Höflichkeit den Beamten gegenüber.

„Das kann doch nicht wahr sein!", fuhr der Bauer dazwischen, „unser Sohn ist gestern nicht aus der Schule nach Hause gekommen. Heute wollen Sie immer noch nicht nach ihm suchen und im Fernsehen eine Vermisstenmeldung ausstrahlen?", er schnaufte vor Erregung, „das kann doch nicht wahr sein!"

Senger verstand den Unmut der Eltern, aber jahrelange Erfahrung als Schutzpolizist an vorderster Front, hatten ihn gelehrt, sich nicht auf das emotional aufgeladene Niveau der Betroffenen einzulassen. Das hätte alles nur noch mehr kompliziert, er war hier um seine Arbeit zu machen. Und die wollte er gut machen, ohne die Eltern noch weiter aufzureiben. Er wollte diesen Leuten so gut wie irgend möglich helfen.

Im Geiste zählte er bis drei, bevor er dem Bauern mit gelassener, freundlicher Stimme erklärte: „Herr Bleckmann, bitte. Wir gehen im Moment wirklich nicht vom Schlimmsten aus. Für die Polizei ist Tobias vermisst. Wir haben bisher doch auch wirklich keinerlei Hinweis darauf, dass irgendetwas anderes passiert sein könnte, als dass er weggelaufen ist. Es ist wirklich sehr, sehr unwahrscheinlich, dass der Junge auf dem kurzen Wegstück vom Nachbarhof hierher einfach so verschwunden ist. Wir sind uns im Moment ziemlich sicher, dass er, aus welchem Grund auch immer, von zu Hause weggelaufen ist." Dabei schaute er abwechselnd von einem Elternteil zum anderen, er nickte freundlich, um seinen Worten Nachdruck zu verleihen. Gleichzeitig dachte er: 'Hoffentlich behalte ich recht.' Irgendwie hatte ihm die Schönheit, die Anmut des Kindes, soweit man das bei einem Jungen überhaupt sagen konnte, ein ungutes Gefühl im Bauch bereitet. Die Ebenmäßigkeit seiner Gesichtszüge wurde unterstrichen durch die freundlichen, hellblauen Augen, mit denen er arglos in die Welt schaute. Die Fotos zeigten einen rundum sorglosen Jungen, den die Pubertät noch nicht am Wickel hatte. Das Gesicht war noch ganz harmonisch, der Körper kindlich, es fehlten ihm die knochig großen Gelenke, die für sein Kindergesicht zu große Nase und die langen Fohlenbeine, die die Hormone ihm bald wachsen lassen würden.

Auf den Fotos sahen sie einen glücklich strahlenden Jungen, der überhaupt nicht aussah wie ein Ausreißer. Tobias war zu perfekt, um einfach so zu verschwinden.

'Ach, was weiß ich schon, was hier so bei denen zu Hause abgeht oder was der Bengel in der Schule oder im Internet so treibt', rechtfertigte sich Senger vor sich selbst.

Außerdem musste er den Ablaufregeln in einem solchen Fall folgen. Es gab keinen tatsächlichen Hinweis darauf, dass dem Jungen irgendetwas zugestoßen sein könnte.

Das einzige, was sich für ihn wirklich nicht stimmig anfühlte, war, dass die Eltern vehement abstritten, es hätte mit ihm irgendwelchen Ärger gegeben, dass Tobias sich in letzter Zeit in keiner Weise auffällig verhalten hatte.

Aber nur aufgrund eines Gefühls schon eine ausgedehnte Fahndung zu veranlassen, das würde bei seinem Dienstvorgesetzten in der Leitstelle sicherlich nicht auf Zustimmung stoßen. Das Kind wurde ja noch nicht einmal vierundzwanzig Stunden vermisst.

'Wenn der Junge erst fünf oder acht Jahre alt gewesen wäre', dachte er noch, 'dann wäre das etwas ganz anderes. So Kleine laufen nicht einfach weg, denen ist meistens etwas passiert, wenn sie so einfach verschwinden.' Das hatte er so in seiner Ausbildung gelernt und leider auch im Falle der siebenjährigen Veronika vor drei Jahren aus erster Hand bestätigt gefunden. Sie hatten damals direkt, zwei Stunden nach dem Verschwinden des Mädchens, die Suche eingeleitet. Das Kind war am nächsten Morgen mit Hilfe der Hundestaffel in seinem seichten Grab im Wald entdeckt worden.

Das Mädchen war von einem Nachbarn missbraucht worden. Danach hatte der Täter Angst bekommen, das Kind würde ihn verraten und deshalb hatte er es erdrosselt.

Anhand der DNA-Spuren war der sechsundvierzigjährige Mann eindeutig überführt worden.

Senger seufzte innerlich bei dieser Erinnerung, während die Bäuerin ihn weiter ansprach: „Bitte, Sie kennen unseren Tobias doch überhaupt nicht, der würde uns so etwas niemals antun. Niemals! Der ist ein absolut zuverlässiger Junge." Dabei schaute sie beschwörend von einem zum anderen, ihre Hände bittend vor der Brust gefaltet.

Georg unterstützte seine Frau: „Hören Sie doch einfach auf, uns was von Regeln oder so einem Scheiß zu erzählen. Das ist doch Augenwischerei! Unser Kind ist weg. Machen Sie doch endlich etwas! Herr Gott noch mal, können Sie denn nicht wenigstens in der Schule Nachforschungen anstellen und die Gegend hier mit Polizisten und Hunden nach ihm durchkämmen? Vielleicht liegt er irgendwo und ist verletzt." Und gleichzeitig wusste er, dass Tobias doch dann angerufen hätte. Er ahnte, dass etwas viel, viel Schlimmeres passiert sein musste. Die Verzweiflung verschlug ihm jetzt die Sprache. Er wusste zum zweiten Mal an diesem Tag nicht mehr weiter.

Verunsichert durch den heftigen Gefühlsausbruch ihres Mannes schaute Tresi auf ihre Füße: „Bitte Herr...", sie hatte den Namen des Polizisten nicht parat.

„Senger", half Senger ihr.

„Bitte, Herr Senger, wie geht es denn nun wirklich weiter?", Tresi hatte beschwichtigend ihre Hand auf den Unterarm ihres aufgebrachten Mannes gelegt. Sie wollte jetzt endlich Tatsachen hören.

Die Eltern holten beide hörbar tief Luft.

„Wir wollen doch nur unser Kind wiederhaben", stumme Tränen liefen ihre Wangen entlang, topften unbeachtet auf ihre Bluse.

Zum zweiten Mal in vierundzwanzig Stunden legte Georg Bleckmann im Beisein Dritter seinen Arm um seine Frau. Eine Geste, die niemand von ihm kannte, aber das wussten die Beamten nicht.

Man würde die Vermisstenausschreibung um das Foto erweitern, auf das gesamte Gebiet der Kreispolizeibehörde Steinfurt ausdehnen, alle Streifenpolizisten in den folgenden Schichten würden vermehrt Streife fahren und nach dem Jungen Ausschau halten.

Er fragte, ob die Eltern denn nicht doch eine Idee hätten, wo ihr Junge sein könnte.

„Nein", antworteten die beiden wie aus einem Mund.

Wenn er bis morgen nicht wieder zu Hause sein würde, werde mit der Öffentlichkeitsarbeit begonnen. Mit dem Einverständnis der Eltern würde eine Suchanzeige in der Zeitung veröffentlicht, das Bild des Jungen in Bussen und öffentlichen Gebäuden aufgehängt. Befragungen in der Schule und der Nachbarschaft würden eingeleitet.

Nach diesen, die Eltern nicht beruhigenden Aussichten, fuhren die beiden Polizisten zurück zur Wache. Sie waren erleichtert, der bedrückenden Verzweiflung der Eltern entkommen zu sein, und plötzlich freuten sie sich auf die vor ihnen liegende Schreibarbeit zum Fall Tobias Bleckmann. Die Arbeit am Schreibtisch war normalerweise bei fast allen Kollegen ziemlich verhasst. Es war der langweiligste Teil ihres Jobs.

'Alles besser als weiterhin Zeugin des Elendes dieser total verzweifelten Eltern zu sein', dachte die Beamtin Steinke, 'das ist ja fürchterlich mit anzusehen! Unerträglich schrecklich und nicht auszuhalten!'

Mit solchen Gedanken ihrem eigenen Betroffensein Rechnung tragend, steuerte sie den Streifenwagen aus der Einfahrt des Hofes hinaus auf die Straße in Richtung des Wäldchens, welches sie zuerst durchqueren mussten, um zurück nach Austrum und von dort wieder nach Emsdetten zu gelangen.

Kollege Senger war ähnlich bedrückt und froh, dem Hof vorerst den Rücken kehren zu dürfen. Beide hätten jedoch nie über ihre emotionale Reaktion gesprochen. Das wäre nicht professionell gewesen. Gefühle wurden beiseitegeschoben. Man lachte eher, erfreute sich an makabren Scherzen.

Falls eine Situation von den Beamten nicht alleine bewältigt werden konnte, gab es den Dienstpsychologen. Der wurde selten in Anspruch genommen - immer erst, wenn einem Vorgesetzten auffiel, dass ein Kollege psychische Schwierigkeiten hatte oder vermutete, dass ein Fall zu belastend sein könnte. Selten wandte sich ein Beamter aus eigenen Stücken direkt an den Psychologen. Das wäre ein Eingeständnis von Schwäche gewesen. Als schwach wollte im Kollegium keiner gelten.

„Hoffentlich finden wir den Jungen schnell", meinte Steinke, anstatt ihr Betroffensein mit ihrem Kollegen zu teilen.

„Hm", bestätigte Senger.

Nach einer Weile, als sie gerade das Wäldchen hinter sich gelassen hatten, überlegte er laut: „Noch besser, er kommt schnell von alleine zurück." Sein ungutes Gefühl, dass etwas passiert war, behielt er vorerst für sich. Steinke hatte noch zu wenig Berufserfahrung, um solche professionellen Intuitionen überhaupt zu haben, die ganze Angelegenheit machte ihr sowieso arg zu schaffen.

Für den Rest der Fahrt schwiegen sie und hingen ihren Gedanken nach. Die sorgenfreien Bilder mit dem schönen Jungen, die sie auf dem USB-Stick hatten, gingen ihnen nicht aus dem Kopf.

'Engelsgleich sieht er aus', dachte Steinke. Sie hatte eine leicht romantische Ader.

Noch einmal hatte Horst dem Jungen, weil der wieder unruhig geworden war, ein Valium-Klistier verabreichen müssen. Diese zweite Dosis hielt noch vor, als er in sein Heimatdorf einfuhr. Die Abendsonne stand jetzt tief am wolkenlosen Himmel. Eine Nachbarin nickte ihm freundlich zu. Sie machte gerade ihre letzte Runde mit ihrem Dackel Felix. Frau Prumbaum mochte den gut aussehenden Mann, der sich so vorbildlich um seine kranke Mutter kümmerte. Das machten nicht viele Kinder.

'Die meisten schieben ihre Eltern doch früher oder später in ein Heim ab', dachte sie verdrießlich und schaute runter auf Felix, der gerade sein Bein an einem Zaunpfosten hob und dann schwanzwedelnd wieder an der Leine zog.

„Ja, ja, ich weiß schon", turtelte sie ihrem Gefährten zu, „dir geht es gut, du weißt von all dem nichts." Nach dieser freundlichen Ansprache wedelte Felix erneut und machte einen übermütigen Satz nach vorne. Frau Prumbaum folgte der gespannten Leine mit ausgestrecktem Arm.

Falls es nötig sein sollte, würden ihre eigenen Kinder sie nicht pflegen können. Sie hoffte inständig, dass es nie dazu kommen würde. Für sie war ein Heim das Fegefeuer auf Erden.

'Lieber bin ich tot, als dass ich mich in Windeln legen lasse!', durchfuhr es sie. Ihr Sohn wohnte in Kanada, die Tochter in Hamburg. Sie sah sie nur noch selten. Ein ungutes Ziehen durchfuhr sie bei diesen trüben Gedanken. Sie schaute dem weißen Lieferwagen nach, der gerade in die Einfahrt schwenkte und war neidisch auf die verwirrte Frau Weber, die ihren Jungen, der sich aufopfernd um sie kümmerte, täglich sah.

Sie hätte auch gerne jemanden gehabt, der sich für sie aufopferte. Das mit dem Aufopfern wusste sie von Gabriele, der Tochter ihrer besten Freundin. Sie arbeitete für den Pflegedienst, der zweimal am Tag die alte Frau Weber versorgte. Die musste es ja wissen.

Ihr stiller Nachbar hatte freundlich zurück gelächelt, als er an ihr vorbei gefahren war.

Frau Prumbaum ahnte ja nicht, warum er vor sich hin grinste.

Horst war sehr mit sich zufrieden, sehr. Sein Plan hatte wieder einmal perfekt geklappt.

Gerade riegelte das elektrische Rolltor die Einfahrt zu dem großen Grundstück zur Straße hin wieder ab. Das Tor war in die hohe Natursteinmauer eingelassen, die sein Land zur Straße hin abgrenzte. Jedes Mal, wenn Horst hindurch fuhr, freute er sich über die elegante Technik, die es ihm erlaubte, mittels einer Fernbedienung den Eingang zu seinem Anwesen zu öffnen und hinter sich wieder zu verschließen. Wie in einem Hollywoodfilm, fand er.

Er lenkte den Wagen über die geschwungene Auffahrt, die durch die Obstbaumwiese leicht hügelan zu dem alten Herrenhaus führte und parkte das Fahrzeug vor seiner geräumigen Doppelgarage. Sein Haus stand auf der Kuppe eines Hügels und wirkte von der Straße aus sehr malerisch, wie es da von der Abendsonne beschienen hinter den Bäumen aufragte.

Vor vielen Jahren hatte er den scheunengleichen Holzschuppen, der neben dem Haus gestanden hatte, durch eine solide, extra hohe Garage auswechseln lassen. Für seine Unternehmungen benötigte er einen sicheren Unterstand für den Transporter.

Die Garage hatte nach hinten, zum Garten hin, eine Tür. Durch diese konnte er, ohne von der Straße gesehen werden zu können, den abschüssigen Teil seines Anwesens betreten, der sich bis weit hinunter ans Flussufer erstreckte.

Durch eine neue Verbindungstür war das Garagengebäude an die ehemalige Wirtschaftsküche des Herrenhauses angeschlossen. Es war sehr aufwendig gewesen, einen Durchbruch durch das dicke Gemäuer der Villa zu schlagen. Ein massiver Stahlträger hatte eingesetzt werden müssen, um das Gemäuer nach oben hin stabil und sicher abzustützen. Er war froh, als die Arbeiter alle wieder weg waren und er seine vier Wände wieder für sich alleine hatte. Mit Mutter natürlich, aber die zählte schon lange nicht mehr, die war in ihre eigene Welt abgetaucht.

Von der einstmaligen Wirtschaftsküche, die er zu seiner Werkstatt umfunktioniert hatte, ging es über eine ausgetretene Holztreppe hinunter in das weitläufige Kellergeschoss mit massiv gemauertem Tonnengewölbe. Ja, Horst besaß eine ausnehmend solide errichtete Villa mit all dem Platz, den er benötigte. Die Treppe zum Keller befand sich hinter einer grauen, stählernen Feuerschutztür, die er mit einer aufwendigen Bolzenschlussvorrichtung gesichert hatte. Den Schlüssel dazu trug er stets bei sich, den Ersatzschlüssel bewahrte er im Safe in der Bank in Nürnberg auf.

Ebenso kam man von dieser Werkstatt aus in den Hausflur. Eine enge Wendeltreppe führte in die erste Etage des Hauses und weiter hinauf zu den Dachmansarden. Hier hatten in einem anderen Zeitalter die Dienstboten in ihren unbeheizten Kammern geschlafen.

Damals hatte ein anderer Wind in dem Gebäude geweht. Damals, bevor sein Großvater im August 1942 die Textilfirma und das dazugehörige Anwesen mit dem Herrenhaus, einem jüdischen Unternehmer abgenommen hatte.

Horst war noch zur Schule gegangen, als sein Vater unerwartet im Alter von nur 64 Jahren gestorben war. Der Junge hatte damals die Erbangelegenheiten regeln müssen. Seine Mutter war mit ihrer bereits fortgeschrittenen Demenz dazu nicht mehr in der Lage gewesen.

So kam es, dass Horst erst im Alter von 18 Jahren, als er kurz vor dem Abitur stand, beim Durchsehen der alten Besitzurkunden, die Geschichte seines Elternhauses erfuhr. Bis dahin hatte er angenommen, der Wohlstand seiner Familie sei von unzähligen fleißigen Generationen seiner Vorfahren erwirtschaftet und angehäuft worden.

„Ach guck mal einer an, der schlaue Opa Otto!", hatte Horst damals recht erstaunt festgestellt und seinen Großvater für dessen Geschäftstüchtigkeit bewundert.

Die Machenschaften seines Großvaters waren vor Horst nie erwähnt worden. Sein Vater hatte es überflüssig gefunden den Sohn über die wahre Familiengeschichte aufzuklären. Er fand es traurig genug, dass alles so unschön ausgegangen war. Insgeheim hatte er oft davon geträumt, wie wunderbar alles geworden wäre, wenn Deutschland den Krieg gewonnen hätte.

Und, wozu sollte er auch die alten Geschichten wieder ausgraben? Es ging ihnen doch allen gut. Sie waren angesehene Mitglieder der Gemeinde, dazu treue Kirchgänger. Sein Wort galt immer noch etwas, wenn er in die Dorfkneipe ging.

Und Horsts Mutter hatte natürlich auch nie etwas erwähnt, obgleich sie von der Enteignung gewusst haben musste, denn sie war im selben Ort wie Karl-Heinz aufgewachsen.

Ebenfalls erfuhr Horst erst aus den Papieren, dass die unter den Nazis von seinem Großvater erworbene Textilfirma Rosenbaum kurz nach der Währungsreform im Jahre 1948 von Opa Otto liquidiert worden war. Otto war kein richtiger Geschäftsmann, sein Herz schlug für die Politik, er hatte kein Interesse verspürt, die Firma weiter zu führen. Mit Hilfe seines Freundes Alfons, der sich allerdings mit Geldgeschäften gut auskannte, hatte er das Vermögen der Familie Rosenbaum Gewinn bringend angelegt.

Horst gefiel die Geschichte mit den Juden.

Sie passte zur Familie.

Er bedauerte seinen Opa nie kennen gelernt zu haben, er kannte ihn nur vom Hörensagen: Otto Weber war im Jahr nach der Geburt seines einzigen Enkels an einem Gehirntumor verstorben.

Und nach all den Jahren war von dem Geld immer noch so viel da, dass Horst gar nicht alles hätte ausgeben können. Bequem konnte er das Herrenhaus mit dem riesigen Anwesen unterhalten. Eigentlich hätte er nicht einmal arbeiten müssen.

Aber ohne seinen Job hätte er sich zu Tode gelangweilt. Außerdem hatte er schnell begriffen, dass er ohne eine Anstellung seinen sehr speziellen Lebensstil nicht unentdeckt hätte aufrechterhalten können.

„Hier Arco, riech!", Georg hielt seinem Jagdhund Tobias' Kopfkissenbezug unter die Nase. Mit einem „Such!", erweiterte er den Befehl und der Hund nahm eine alte Fährte auf, die Tobias auf dem Sträßchen, das zum Hof führte, hinterlassen hatte. Die Leine, die Georg festhielt, spannte sich und er folgte seinem Hund, dem der Geruch seines Spielgefährten nur allzu bekannt war.

Georg hatte nochmals mit Tresi überlegt, ob ihnen nicht doch irgendetwas an Tobias Verhalten entgangen war. Aber es war ihnen nichts entgangen. Ihr Sohn war wie immer gewesen. Manchmal aufbrausend, aber nicht mehr als sonst. Er hatte sich auf die langen, vor ihm liegenden Sommerferien gefreut und mit Volker Pläne für Schweden geschmiedet. Er war ihnen kein bisschen komisch oder verändert vorgekommen.

Sie konnten doch nicht nur untätig herumsitzen und Däumchen drehend auf das warten, was die Polizei eventuell morgen oder wann auch immer machen würde.

Sie konnten und wollten nicht warten.

Deshalb hatten sie Familienangehörige, Freunde und Nachbarn angerufen. Wer irgendwie konnte, hatte sich losgeeist und war zum Bleckmannshof herübergefahren, um bei der Suche zu helfen.

Insgesamt waren es acht Männer mit 3 Hunden, die suchen halfen. Mit Georg waren sie zu neunt und 4 ausgebildete Jagdhunde waren an ihrer Seite. Alle Hundebesitzer hatten entweder ein getragenes Kleidungsstück oder ein Spielzeug von Tobias, um die Hunde auf die richtige Fährte zu locken. So durchkämmten sie einzeln oder zu zweit die umliegenden Wälder, Böschungen und Gehölze. Keinen Schuppen oder Heuschober ließen sie aus. Jeder hatte sein Handy mit und alle hatten ihre Nummern ausgetauscht.

Tresi saß mit Renate und drei weiteren Frauen in ihrer Küche. Es tat ihr gut, nicht alleine zu sein.

Das Telefon lag in ihrer Reichweite auf dem Küchentisch.

Sie hatte schon in der Schule angerufen und gefragt, ob Tobias dort vielleicht doch noch aufgetaucht war. Die Sekretärin war extra in sein Klassenzimmer gegangen um nachzusehen und hatte sie bedauernd mit dem negativen Bescheid zurückgerufen.

Tobias' Mutter war kurz davor verrückt zu werden.

Sogar, wenn sie mit den anderen redete oder beim Kartoffelschälen mithalf, liefen ihr die Tränen aus den Augen. Sie wunderte sich zwischendurch selbst darüber, dass das nicht aufhörte.

'Ich löse mich auf', ging es ihr durch den Kopf, 'ich kann bald nicht mehr.'

Sie legte die Kartoffel und das Messer auf den Tisch und fuhr sich mit den Fingern durch die Haare. Ihre Stirn mit den Händen abstützend, stellte sie die Ellbogen auf den Tisch und hielt so inne. Renate strich ihr, wie sie es bei einem Kleinkind gemacht hätte, tröstend mit der Hand in kreisenden Bewegungen über den Rücken. Tresi drehte ihren Oberkörper zu Renate, umschlang sie mit den Armen und verbarg ihren Kopf an ihrem weichen Hals. Sie weinte ihre stummen Tränen. Ihr ganzer Körper bebte und tiefe Schauer durchfuhren sie.

Sie klammerte sich an ihrer Freundin fest, fand aber keinen Halt.

Sie war ihrem Elend hilflos ausgesetzt.

Nichts hatte sie darauf vorbereitet, ihr geliebtes Kind plötzlich nicht mehr zu haben. Ihr bisheriges Leben war in geregelten Bahnen verlaufen. Sicherlich hatte es auch Höhen und Tiefen gegeben. Sie hatte lange getrauert, als ihr Vater gestorben war. Aber Eltern sterben irgendwann, das wusste sie schon, bevor sie zehn Jahre alt gewesen war. Sie war irgendwie Zeit ihres Lebens an diese Realität - so schrecklich sie auch war - gewöhnt. Man fand sich damit ab, so war der Lauf der Dinge. Aber dass ihr eigenes Kind, aus völlig heiterem Himmel, einfach so, spurlos verschwinden konnte, war etwas, worüber sie bisher nie nachgedacht hatte. Für so etwas war sie einfach nicht gewappnet. So etwas gab es nur im Fernsehen.

Keine Erfahrung hatte sie den Umgang mit diesem schieren Entsetzen bisher gelehrt.

Das war unfassbar grausames Neuland.

Immer wieder flackerten vor ihrem inneren Auge Bilder von Tobias auf. Kurze Szenen aus seinem Leben und der Blick aus seinen unglaublich blauen Augen, wenn er ihr sagte: 'Hab dich lieb, Mama.'

'Er kann doch nicht einfach so weg sein!!!', schrie es immer wieder fassungslos in ihr, aber sie bekam keinen Ton heraus. Krampfhaft hielt sie sich an ihrer Freundin fest, da sie das Gefühl hatte, immer tiefer in den Abgrund zu stürzen.

Das Festhalten an dem warmen Körper ermöglichte es ihr, den Kontakt mit der Wirklichkeit nicht zu verlieren.

Renate war sprachlos. Sie spürte jedes Beben, das ihre Freundin durchfuhr, deren ganzer Leib in Aufwallung war und sich wehrte, die grausame Wahrheit aufzunehmen.

Jedes tröstende Wort schien ihr unendlich fern und so verharrte Renate in der stummen Umarmung.

Dieses Leid zu lindern, war nicht möglich.

Sie spürte genau, dass sie mit der Umarmung Tresi kein bisschen Trost geben konnte. Es wurde ja auch nichts besser dadurch.

Auch die anderen Frauen waren verstummt, hielten inne.

Die Zeit schien für alle still zu stehen. Jede hörte den eigenen Atem und das eigene Herzklopfen, das sich angesichts der Qualen und der Hilflosigkeit beschleunigt hatte. Keine wusste, wie es weiter gehen sollte. Keine von ihnen wusste, was sie sagen oder tun sollte.

Bisher war auch keine von ihnen mit einem so grausamen Schicksalsschlag konfrontiert worden. Es gab keinen Verhaltenskodex für solch ein Elend.

Die Sekunden wurden zu Minuten.

Sogar die Fliegen hatten aufgehört zu summen, sich auf den Kartoffelschalen niedergelassen. Sie saugten mit ihren schwarzen Rüsseln gierig die Feuchtigkeit auf.

In der Küche herrschte nahezu Stille. Nur der Wasserhahn an der Spüle tröpfelte weiterhin, zuvor hatte das keine von ihnen wahrgenommen. Dieses Geräusch wurde mit jedem Tropfen, der auf dem Metall des Waschbeckens auftraf, lauter.

Die Frauen fühlten sich in der bedrückenden Stille von Tresis Küche zunehmend unwohl.

„Ich koche uns jetzt erst einmal noch einen Kaffee", konstatierte Ruth, nachdem sie tief Luft geholt hatte. Mit diesem einfachen Satz hatte sie den Bann gebrochen und erlöst fingen die Frauen wieder an, geschäftig zu sein und zu reden. Tresi schaffte es, sich selbst zu halten und richtete sich auf. Sie versuchte, zu lächeln, aber das Gesicht verrutschte ihr nur. Sie schniefte, wischte sich mit dem Handrücken über die Wangen und schälte die Kartoffel fertig, die sie aus der Hand gelegt hatte.

Georg lief, seinem Hund folgend, den Schulweg seines Sohnes ab.

'Wenn wir doch nur irgendeinen Hinweis finden würden' überlegte er, 'dann wären wir auf jeden Fall einen Schritt weiter, als wir es jetzt sind. Wir tappen ja völlig im Dunkeln und die beschissene Polizei tut einfach so, als wäre nichts.' Fahrig strich er sich durch seine Locken, die trotz seines Alters von ihrer Fülle nichts verloren hatten. Jetzt im Sommer waren sie leicht ausgeblichen und erinnerten an das Blond von Tobias' Haaren. Früher hatten seine Locken auch diesen goldenen Schimmer der Jugend. Georg hatte jedoch nie die überwältigende Schönheit seines Sohnes gehabt.

Auf einmal stand ihm das Bild seines Kindes ganz deutlich vor Augen. Dabei bildete sich wieder dieser hoffnungslose Kloß in seinem Hals, den er jedoch diesmal erfolgreich unterdrücken konnte. Er wollte und durfte Arco durch sein eigenes seltsames Verhalten nicht von der Fährte abbringen, die der Hund offensichtlich aufgenommen hatte.

Georg schluckte schwer und folgte dem Tier, das an der Leine nach vorne zog. Plötzlich schnüffelte er aufgeregt. Eine Stelle am Boden umkreiste er immer wieder bis er verharrte. Er hob den Kopf und zog das rechte Bein an, stellte die kupierte Rute steil nach hinten und schlug mit seiner tiefen Stimme an.

„Was ist denn, was hast du denn, hast du etwas gefunden?" Georg blieb auch stehen. „Brav, Arco, brav", dabei holte er die Leine ein und zog so das Tier langsam von der Stelle zurück, an der es angeschlagen hatte.

„Gut gemacht Arco, brav", er streichelte lobend über den Kopf seines wachsamen Hundes. Als der Hund bei Fuß war, ging er mit ihm von der Fahrbahn und befahl ihm, sich einige Schritte weiter entfernt am Straßensaum abzulegen.

Georg lief zu der Stelle, die Arco angewiesen hatte. Er fühlte auf unangenehme Weise plötzlich, wie sein Pulsschlag unruhig in seiner Kehle hämmerte: Er hatte Angst, auf getrocknetes Blut zu stoßen, konnte jedoch nichts sehen. Absolut gar nichts, auch nicht, nachdem er sich hingekniet und jeden Zentimeter einzeln in Augenschein genommen hatte. Die Fahrbahndecke sah an der Stelle genau so aus, wie der Rest der Straße auch. Grau mit kleinen Steinchen, Stöckchen und einigen vertrockneten, von Reifen zerriebenen Blattstückchen. Ameisen liefen herum und ein kleiner schwarzer Käfer krabbelte von links nach rechts. Er schien kein Ziel zu haben.

Das einzige, was das Grau der Straße veränderte, war das Spiel von Licht und Schatten, das über den Asphalt tanzte, sobald der leichte Wind die Baumkronen sanft wiegte.

Irritiert bemerkte Georg, dass es im Wald gut roch, frisch irgendwie. Nach Erde und Grün und Baumrinde. Die Luft war unter den Bäumen angenehm kühl. 'Wieso ist hier alles so normal?', rätselte er, 'das kann doch gar nicht sein! Tobias ist verschwunden!'

Georg richtete sich auf und schrie verzweifelt immer wieder den Namen seines Sohnes in den Wald. Seine Rufe verloren sich zwischen den hohen Stämmen. Der Klang seiner Stimme war schnell von den Bäumen verschluckt.

Das aufgeregte Winseln seines folgsam wartenden Hundes, der an solche Gefühlsausbrüche seines Herrchens nicht gewohnt war, brachte Georg zurück zu der Aufgabe, die er zu erledigen hatte: Er musste weitersuchen!

„Ist schon gut, alter Junge." Er lief hinüber zu dem Hund, der sich nicht von der Stelle gerührt hatte und strich dem Tier über den ihm entgegen gestreckten Kopf. Der Hund wollte ihn trösten. Er spürte genau, dass mit seinem Herrchen etwas ganz und gar nicht stimmte.

„Komisch Arco, das ist doch gar nicht deine Art, solch einen Fehlalarm zu geben." Gedankenvoll schaute er auf den Hund, der ihn aufmerksam beobachtete. Er nahm die Leine auf und lief in weitem Bogen um die Stelle herum, die er gerade untersucht hatte. Er lief circa zweihundertfünfzig Meter weiter die Straße entlang und brachte so mehr Abstand zwischen sich und seinen Hof.

Er wollte ausprobieren, ob der Hund auch aus einer anderen Richtung an derselben Stelle anschlagen würde. Deshalb hielt er ihm jetzt erneut den Kopfkissenbezug, den er in einer Plastiktüte mitgenommen hatte, vor die Nase: „Hier Arco, such, such!"

Erneut wedelte Arco erfreut mit dem Schwanz, als er den vertrauten Geruch von Tobias aufnahm. Georg ließ die Leine wieder lang ausrollen und der Jagdhund lief freudig erregt kreuz und quer hin und her, die dicke schwarze Nase tief über der Fahrbahnoberfläche. Auch die Pflanzen am Straßenrand durchstöberte er, bis er aufgeregt bellte und wieder nach vorne zog. Er hatte anscheinend erneut eine Spur aufgenommen. An genau der Stelle, die er zuvor schon angezeigt hatte, schlug der Hund laut bellend an und verharrte mit stolz angehobener Vorderpfote.

„Fein, Arco, brav! Hierher jetzt, na komm schon! Hierher, alter Junge!" Gehorsam trottete der große Hund zurück zu seinem Herrchen. Er liebte diese Spielchen und nahm schwanzwedelnd unterwürfig, seinem Herrchen die Hand leckend, die gestreichelte Belohnung entgegen.

Die weitere Untersuchung der Straße bis zum Abzweig, wo Volker seinen Freund zuletzt gesehen hatte, war erfolglos. Der Hund schlug noch an der Stelle an, wo die Kinder für ihren kurzen Abschied von den Fahrrädern gestiegen waren und sich gegenüber gestanden hatten. Aber das hatte Georg erwartet, weil er wusste, dass die Jungen dort immer von ihren Rädern stiegen und sich verabschiedeten.

Georg durchsuchte mit seinem Hund noch links und rechts der Straße das Wäldchen, in dem Tobias entführt worden war. Immer wieder rief er nach seinem Kind.

Arco fand in dem durchkämmten Gebiet nichts Erwähnenswertes mehr. Die beiden Freunde hatten schon länger nicht mehr im Wald gespielt. Sie waren während der letzten sonnigen Tage dauernd unten am Fluss gewesen.

Dort hatte auch der Hund von seinem Schwager mehrmals angeschlagen. Besonders eine Stelle war sehr auffällig gewesen, aber das war der Baum, wie Volker sie später leicht verlegen aufgeklärt hatte, an dem sie immer pinkelten. Das Erdreich um den Baum hatte völlig unauffällig ausgesehen. Vergraben war hier sicherlich nichts.

Gegen dreizehn Uhr trafen sich alle wieder, wie verabredet, auf dem Bleckmannshof. Die Frauen hatten den Kartoffelsalat gemacht und Tresi hatte dazu Bockwürstchen aufgewärmt. Eine Bekannte hatte die Zwillinge nach der Schule abgeholt.

Die Stimmung war sehr gedämpft.

Alle waren mit ihren eigenen Gedanken beschäftigt und keiner wagte auszusprechen, was er befürchtete. Gegessen wurde nicht viel, die Sorge um den Jungen hatte den meisten den Appetit verschlagen. Man wollte sich lieber wieder schnell aufmachen, um vor dem Melken noch einige Stunden in der weiter entfernten Umgebung zu suchen.

Keiner, der den aufgeweckten Jungen kannte, konnte sich auch nur im Entferntesten vorstellen, dass er einfach so weggelaufen sein könnte. Das passte einfach nicht zu Tobias. Alle stimmten den Eltern zu, dass die Polizei von der falschen Annahme ausging. Diese Gewissheit machte sie ganz unruhig.

'Wie können die von der Polizei nur so zögerlich sein?', fragten sie sich immer wieder mit Ärger in der Stimme und auch in ihren Gedanken.

Dann mussten sie eben selbst weitersuchen. Das war das Einzige, was sie tun konnten.

Er zog das Garagentor hinter sich zu.

Bevor er irgendetwas anderes machen würde, musste er zur Toilette gehen, er hatte die ganze Zeit keine Gelegenheit gehabt, seine Blase zu entleeren. Der Hund und der Junge mussten sich noch solange gedulden.

Danach ließ er Bella hinten aus dem Lieferwagen springen. Der massige Hund war sichtlich erfreut, sich bewegen zu können und schwänzelte freudig um sein Herrchen herum. Aus der Hintertür der Garage ließ er das Tier hinaus in den Garten, wo Bella sich gleich entleerte und zufrieden unter den Bäumen herumschnüffelte.

Horst schloss die Gartentür wieder und verriegelte sie von innen.

„So", sagte er zu sich selbst.

Er war jetzt bereit.

Das rasselnde Geräusch der Kette, an der er die Handschellen festgemacht hatte, drang aus dem Lieferwagen. Der Junge regte sich anscheinend wieder.

Horst stellte sich hinter den offen stehenden Laderaum und schaute in der Sicherheit seiner Garage auf den Jungen hinab.

Bei diesem Anblick überzog ein roter Schleier seinen Blick und trübte seine Gedanken. In diesem Zustand meldeten sich beim Anblick des wehrlosen Kindes altbekannte Lüste, aus den Tiefen seines fehlgeschalteten Stammhirns. Das Tötungsprogramm, das zuvor schon viele Male seine Handlungen gesteuert hatte, war kurz davor, anzuspringen. Seine inneren Oberschenkelmuskeln, sein Hodensack und seine tiefen Eingeweide zogen sich lustvoll zusammen. Er war drauf und dran, dem drängenden Impuls nachzugeben, sich hier und jetzt das Kind zu nehmen. Dieser Drang hatte ihm direkt eine Erektion beschert.

Freudiges Bellen zerschnitt den Zauber.

Bella hatte einen Igel entdeckt und sprang aufgeregt um ihn herum. Das Stacheltier hatte sich schnell zusammengerollt und wartete mit klopfendem Herzchen darauf, dass sein massiger Angreifer wieder verschwand.

Der Igel wusste, dass er nur Geduld haben musste.

Horst fuhr ein leichter Schauer über den Rücken, als sein Großhirn wieder ansprang. Verärgert nahm er zur Kenntnis, dass er fast seine seit über einem Jahr laufenden Vorbereitungen zunichte gemacht hätte.

Er überlegte. Dann gestand er sich ein, dass ihn der lange Tag doch mehr Anstrengung gekostet haben musste, als ihm lieb war. Seine Nerven waren extrem angespannt. Er biss die Zähne entschlossen aufeinander und kletterte auf die Ladefläche.

Aus schreckgeweiteten Augen schaute sein Engel ihm entgegen. Das Valium hatte sichtlich an Wirkungskraft verloren.

„Pass auf", klärte Horst ihn auf, „ich heiße Horst. Ich kümmere mich ab jetzt um dich. Wenn du dich benimmst, tue ich dir nichts, klar?"

Tobias war wieder erstarrt, er konnte sich nicht bewegen, das Atmen fiel ihm schwer. Seine Nasenlöcher schienen zu klein, um ausreichend Sauerstoff für sein Entsetzen aufnehmen zu können. Er wollte nach Luft schnappen, konnte aber nicht, da ihm der Mund verstopft war.

„Ich werde dich jetzt los machen und dann sehen wir, ob du dich hinsetzen kannst."

Horst beugte sich herab, stellte den fast leer gelaufenen Tropf ab, löste die Pflaster und zog die Nadel aus der Bauchhaut. Dann löste er die Handschellen von der Kette. Dem wehrlosen Kind legte er die Hände auf den Rücken und fixierte diese dort.

„Sicher ist sicher", murmelte er vor sich hin. Man wusste bei diesen Erstarrten nie, wann sie wieder loslegten. Er hatte schon einmal blaue Flecken davongetragen, als so ein Bürschchen sich doch unverhofft gewehrt hatte.

Die Jungen, die sich von Anfang an Widerstand leisteten, waren da besser einzuschätzen gewesen.

Tobias konnte sich nicht alleine aufsetzen.

Letztlich hob Horst das nahezu leblose Bündel ungeduldig auf, legte sich den Knaben wie einen Sack über die linke Schulter und schleppte ihn durch seine Werkstatt über die ausgetretene Holztreppe nach unten in den gut vorbereiteten Keller. Dort legte er ihn auf das Bett.

Vom angrenzenden, ehemaligen Kohlenkeller hatte er eine geräumige Nische abgetrennt, in der er das Bett aufgestellt hatte, sodass der Junge so etwas wie ein eigenes Schlafzimmer haben würde.

Er schloss die Handschellen wieder auf, rollte den Jungen auf die linke Seite und befestigte die linke Hand mit den Handschellen an einer der Bettstangen, die das obere Kopfteil bildeten.

Das metallene Bettgestell eignete sich hervorragend, den Jungen mit den Handfesseln festzusetzen.

Außerdem würde das 1,60 Meter breite Doppelbett in Zukunft auch genug Platz für zwei Personen bieten.

Das Licht ließ er brennen, als er den Keller verließ. Er wollte dem Jungen, dessen Namen er immer noch nicht kannte, erstmal ein Käsebrot machen und ihm etwas zu trinken hinstellen.

Tobias lag unverändert wie versteinert, ohne sich zu regen, auf der Seite, sein linker Arm war nach oben ausgestreckt fixiert.

Bruchstückgleiche Wahrnehmungsfetzen drangen zu ihm durch, ohne eine emotionale Antwort auszulösen oder andere Gedankengänge in Bewegung zu setzen.

Was er aufnahm, hatte nichts mit ihm zu tun: alles weiß, geschwungene Decke, Schmerzen, Brennen im Rücken, Durst, eigenartige Luft, leicht muffiger Geruch, kein Geräusch, Bett, Kleidung am Fußende, Mund zugeklebt, Feuchtigkeit zwischen den Beinen, Mann weg, keiner da, alles fremd, müde, kann nicht weg, Durst, Durst.

Sein Gehirn sammelte Daten.

Bewusst konnte er diese Verarbeitungsebene seines Gehirns nicht steuern. Ohne sein Zutun fand ein permanenter Realitätscheck statt. Sein System brauchte mehr Information um entscheiden zu können, ob es den heilsamen Schockzustand schon verlassen konnte oder ob der direkte Zugang zur Wirklichkeit noch weiter verstellt bleiben musste.

Das System entschied sich nach der bisherigen Bestandsaufnahme für Schock.

Als Horst mit zwei Käsebroten auf einem Brettchen und einer großen Wasserflasche zurückkam, lag das Kind unverändert da.

Mit einem kräftigen Ruck zog er ihm das Klebeband vom Mund und fischte das eingespeichelte Taschentuch aus der halb geöffneten Mundhöhle. Tobias schnappte hörbar nach Luft. Sonst brachte er keinen Ton hervor. Die Lippen waren ihm von dem unsanft entfernten Tape etwas aufgerissen.

Schmerzen.

Mit einem schiefen Lächeln seiner für diesen Bewegungsablauf recht untrainierten Gesichtsmuskeln blickte Horst wieder auf den Jungen herab: „Hier hast du Abendbrot und was zu trinken."

Er setzte die Brote und die Flasche auf dem Nachtschränkchen ab: „Ich stelle dir hier noch einen Eimer hin, falls du pinkeln musst."

Weit aufgerissene Augen starrten ihm erneut entgegen.

So hatte Horst sich das aber nicht vorgestellt, dass der Junge so einfach überhaupt keine Notiz von ihm nahm!

Er war schwer versucht, ihm eine runter zu hauen und so zu einer Reaktion zu zwingen.

Er wollte ihn packen und schütteln, wollte ihn zur Vernunft bringen.

Er wollte endlich mit ihm sprechen, ihm die Regeln mitteilen.

Er musste ihm klar machen, dass er zu gehorchen hatte.

Horst hatte angefangen zu schwitzen, er atmete schwer.

'Der wird mir schon noch gehorchen!', wütete es in ihm. Mit der linken Hand zum Schlag ausholend, machte er einen entschlossenen Schritt auf den Jungen zu. Eine kleine Bewegung schob sich dabei durch seinen Augenwinkel. Horst hielt kurz inne. Sein Blick wanderte von dem Kind zum Kopfende des Bettes und von dort hoch zur Wand, wo er meinte, die Bewegung wahrgenommen zu haben. Eine große, langbeinige Spinne stelzte selbstbewusst in gemächlichem Tempo auf die Zimmerdecke zu. So, als gehöre ihr der ganze Keller.

Mit der bereits erhobenen Hand plättete er das Tier mit einem klatschenden Schlag.

'Lauter Klatsch', hatte Tobias' Verarbeitungsprogramm registriert, 'Mann wieder da...'

Auch auf dieses unverhoffte Geräusch zeigte der Junge keine weitere Reaktion, außer, dass sich seine Pupillen leicht verengten, um dann sofort wieder weit zu werden. Diese minimale Bewegung im Gesicht des Kindes hatte Horst jedoch nicht bemerkt. Er war dabei, sich interessiert den zerquetschten Arachnidenkörper in seiner Handfläche anzuschauen. Der Spinne fehlten einige Beine, die waren an der Wand hängen geblieben.

Horst wischte sich den Spinnenüberrest an seinem Hosenbein ab. Nach seinem fast vollendeten Tagewerk war die helle Hose sowieso nicht mehr sauber.

'Ich muss sie in die Reinigung bringen', stellte er fest. Von diesen trivialen Gedanken weiter von dem Jungen abgelenkt, schaffte Horst es, bereits zum zweiten Mal an diesem Tag, sich zusammen zu reißen.

Ein Verhalten, das er im Angesicht seiner Opfer bisher noch nie gezeigt hatte. Gegen seine Natur schaffte Horst es, den Jungen auf dem Bett erst einmal in Ruhe zu lassen. Es gelang ihm sich auf sein größeres, wichtigeres Projekt zu besinnen.

Es war so, als habe er bisher zu nah vor einem Kunstwerk gestanden und nur den Blutstropfen an der Messerklinge wahrgenommen. Jetzt aber hatte er es geschafft, von dem Gemälde zurückzutreten und die Gesamtheit des perfekten Stilllebens in sich aufzunehmen. Das Blut bedeckte nur einen Raum von drei Quadratmillimetern, das ganze Kunstwerk umfasste eine Fläche von 2,5m x 1,5m. Sein Gesamtwerk so im Blick behaltend, entschied er sich, den Jungen erst einmal sich selbst zu überlassen.

Horsts Atmung hatte sich wieder beruhigt. Er drehte sich um und ging zum Ausgang.

Später würde er noch einmal nach dem Burschen schauen.

Horst 7

„Horstl!", rief Waltraud laut nach hinten hinaus in den Garten, „Horstl, komm mal eben, ich hab was für dich!"

„Mo-mäh-hänt!", rief ihr Sohn zurück, „ich komme gleich!"

Horst war neun und es war ein richtig guter Sommer. Er hatte schon seit zwei Wochen Sommerferien und das Angeln entdeckt.

Seit Tagen versuchte er, einen Fisch zu fangen, hatte aber bisher kein Glück gehabt.

Aber er war ein ausdauernder, ein geduldiger Junge.

Er legte seine Rute ins Gras und ging hinauf zum Haus. Mutter hatte die Küchentür zum Garten weit offen stehen und er hörte, wie sie ergriffen ein Lied aus dem Radio mitsang: „...meine Art Liebe zu zeigen, das ist ganz einfach Schweigen. Worte zerstören, wo sie nicht hingehören..." Daliah Lavi war eine von Mutters Lieblingssängerinnen und sie schmetterte das Lied aus voller Kehle mit.

Morgens hörte Waltraud immer diesen Sender, der ausschließlich deutsche Schlager spielte. Sie mochte die englische Popmusik nicht, weil sie nicht mitsingen konnte. Die deutschen Texte konnte sie fast alle auswendig. Das gefiel ihr, sie bekam davon gute Laune, nur manchmal wurde sie melancholisch.

Jetzt gerade hatte sie richtig gute Laune und deshalb hatte sie Horst gerufen, der gemächlich in die Küche geschlendert kam.

„Was ist denn Mama?"

Daliahs Lied klang gerade aus: „...ich sang hey, hey, hey...."

„Hey, bist du schon da?", sang sie ihm in derselben Melodie entgegen. Erfüllt von dem Lied, lächelte sie ihrem hübschen Kind in die blauen Augen.

„Ich habe hier noch altes Toastbrot und ich dachte, dass du das zum Fischen bestimmt gut gebrauchen könntest, oder?"

„Au ja, das ist ja klasse, dann beißen die Forellen vielleicht endlich mal an!" Begeistert ging Horst zum Küchentisch, auf den seine Mutter die noch halbvolle Packung für ihn hingelegt hatte.

„Danke Mama, das ist echt super. Wenn ich eine Forelle fange, kannst du sie dann für uns braten?"

„Ja, das kann ich, aber bevor wir schon davon träumen, sie zu essen, will sie erst einmal gefangen sein. Ich drücke dir die Daumen."

Horst lächelte ebenfalls, er mochte diese Ferientage sehr, wenn alles gut war. Der Vater war den ganzen Tag arbeiten, bis abends.

„Horst, komm, bevor du wieder gehst, trink noch eben etwas, es ist so warm draußen, du kannst dir dann auch eine Sprudelflasche mit runter nehmen."

Sie schenkte ihm ein Glas Apfelsaft ein. Horst legte den Strohhut, der noch von seinem Opa stammte, auf den Tisch und trank in tiefen Zügen, ohne abzusetzen, das ganze Glas leer. Mit dem Handrücken wischte er sich den Mund ab. Dann trocknete er sich die Hand am Hosenboden seiner hellen Shorts.

„Ach Horst, wie oft habe ich dir schon gesagt 'nicht an der Hose'", sie schaute ihn mahnend an.

„Ja, Mama, hab ich vergessen."

Er setzte sich den alten Strohhut wieder auf, nahm die Wasserflasche und das Brot und lief gut gelaunt zurück zu seinem Angelplatz. Der Junge musste am Ende des Grundstückes über die halbverfallene Gartenmauer steigen, dann war er auf den Uferwiesen des kleinen Flusses. In einer hölzernen Zigarrenkiste bewahrte er eine tote Maus auf, die er im Garten gefunden hatte. Die Maus stank erbärmlich nach Verwesung. Das störte zwar ein wenig, aber sie war voller Maden, die er gut zum Angeln benutzen konnte.

Mit überkreuzten Beinen setzte er sich auf seine Decke und öffnete die Schachtel. Er ignorierte den Gestank und fischte eine schöne, dicke Made aus dem halb zersetzten Mäuseleib. Mit der rechten Hand hob er den Angelhaken auf und zwischen Daumen und Zeigefinger der linken Hand hielt er die Fliegenlarve fest. Er spürte, wie das Tierchen sich wand und so versuchte, sich zu befreien.

„Nix, da!", rief Horst der Made zu und schob genüsslich die scharfe Spitze des Hakens in den Kopf der sich windenden Larve und dann weiter in Längsrichtung durch ihren gesamten Leib. Bis der Haken fast nicht mehr zu sehen und von ihrem Körper geradezu ummantelt war.

Fasziniert ertastete das Kind mit den Fingerspitzen genau, wie das Tier während des Auffädelns starb.

Dann wischte er sich die Finger an seiner Hose ab und zerbröselte eine Toastscheibe in kleinste Bröckchen.

Er hatte sich zum Angeln eine Stelle ausgesucht, an der das Wasser in dem Fluss eine Vertiefung hatte, die er selbst oft zum Baden nutzte. Man konnte da nicht richtig schwimmen, aber planschen und sich abkühlen. Er konnte dort vier Züge geradeaus schwimmen, dann musste er umkehren. Meistens tauchte er auf dem Rückweg und prustete, wenn er den Kopf wieder aus dem Wasser steckte.

Irgendjemand hatte sich die Arbeit gemacht und das Flussbett an dieser Stelle ausgegraben und mit Steinen befestigt. Durch den massiven Wall aus riesigen Steinblöcken war flussaufwärts die Fließgeschwindigkeit des Flüsschens herabgesetzt worden und das Bassin wirkte wie ein Naturschwimmbecken. Das Wasser war hier sehr ruhig, der Grund glitschig. Blätter und Pflanzenreste hatten einen morastigen Belag gebildet, der leicht aufwirbelte, wenn man ihn mit den Füßen berührte. Horst vermied diesen Kontakt, es fühlte sich eklig schleimig an und wenn er ins Wasser ging, ließ er sich hineingleiten, ohne den tieferen Grund zu berühren. Er schwamm sofort los, wenn er von den Ufersteinen aus ins Wasser gewatet war. Der Junge mochte seinen eigenen, kleinen Swimmingpool und jetzt, wo er ihn zum Angeln benutzen konnte, liebte er ihn noch mehr.

Auch die Fische mochten dieses ruhige Stelle und standen in den sich im Wasser schräg brechenden Sonnenstrahlen.

Horst stand am Ufer, die Angelrute in der Hand. Er streute die Toastkrumen auf die Wasseroberfläche. Schnell ließ er seinen Haken an genau dieser Stelle langsam ins Wasser sinken. Bei einem Meter Tiefe verhinderte der Schwimmer, dass der Köder weiter absinken konnte. Horst beobachtete, wie die Brotkrumen sich schnell vollsaugten und aufgedunsen langsam nach unten schwebten. Dabei wurden sie von unsichtbaren Bewegungen des Wassers leicht geschaukelt. Das Licht fiel halbschräg in den Pool und die Brotstückchen leuchteten auf.

Da waren sie!

Ein kleiner Schwarm Bachforellen hatte die Krumen erspäht und schwamm auf sie zu.

Horst versteifte sich, sein Jagdinstinkt war geweckt.

Sein Blick fixierte die Tiere, er hielt seine Hände ganz still. Er verharrte, beobachtete, war innerlich wild entschlossen, wenigstens einen der Fische zu fangen. Ruhig hielt er die Rute in der Hand und wartete. All seine Sinne waren geschärft, seine Konzentration war fokussiert. Er war zu einem Paar aufnehmender Augen geworden, alle seine Entscheidungen wurden durch sein Sichtfeld gefiltert.

Erst umschwammen die Fische erkundend das Futter, begannen es dann vorsichtig zu testen. Nachdem sie den Toast für fressenswert befunden hatten, machten sie sich alle gierig darüber her.

Das Wasser wurde unruhig.

Die Made hing zwischen den Brotkrumen, endlich biss eine Forelle an. Horst ruckte leicht an der Angel, so dass der Haken sich in das Maul des Flossentieres bohrte. Erst als er sah, wie der verletzte Fisch wegschwimmen wollte, holte er die Angelschnur ein. Die Beute flog in hohem Bogen hinter ihm auf die Wiese. Der Junge ließ seine Angel fallen und rannte zu dem Fisch.

Er lag auf der Seite, bäumte sich auf, sprang und versprühte blitzende Wassertropfen, in denen sich das Licht fing. Der wild hin und her schlagende Schwanz half dem Fisch, sich immer wieder hoch zu peitschen.

'Der will wohl wieder ins Wasser', dachte Horst und lächelte.

Dann wurde der Körper still und blieb liegen.

Die Sonne ließ den nassen Fisch glitzern.

Das Maul ging auf und zu, immer wieder schnappte das Tier nach Luft. Die Kiemendeckel öffneten sich rhythmisch. Aber die Atmungsorgane des Wassertieres waren nicht für die Umgebung geschaffen, in die der Junge es so unsanft katapultiert hatte.

Horst hockte sich beobachtend daneben.

Er nahm den glitschigen Fisch in die linke Hand, hielt ihn sehr fest und fummelte ihm den Haken aus dem Maul. Als er ihn herausgezogen hatte, sah er, dass der Fisch immer noch nach Luft schnappte.

Horst holte sein Taschenmesser aus der Hosentasche, klappte es auf und steckte die Messerspitze tief hinten in die Kloake des Fisches. Mit einem kräftigen Schnitt in Längsrichtung schnitt er den Bauch seiner Beute bis vorne zu der Stelle zwischen den Kiemen auf.

Der Fisch fühlte sich in seinen Händen kühl an, kühl und frisch, wie das Wasser.

Aus dem geöffneten Bauch kam ihm ein komischer Geruch entgegen. Er legte den Fisch wieder ins Gras und zog ihm die Bauchhöhle zu den Seiten hin auf, um besser hinein schauen zu können. Die Eingeweide glänzten feucht. Sie hatten verschiedene Farben. Einiges war rosa, einiges silbrig, anderes war braun und etwas hatte die Farbe von Leber.

Die Farbe kannte er aus der Küche, wenn Mutter die Eingeweide zubereitete. Mit geschmorten Zwiebeln und Kartoffelpüree schmeckte das gut, ein bisschen so wie sein Blut.

Er mochte den Geschmack seines Blutes.

Wenn er sich irgendwo verletzte, dann leckte er stets an der Wunde. Oder er strich mit einem Finger über die Wunde und leckte den Finger dann ab.

Mutter machte immer grünen Salat zu der Leber.

Mit dem Messer stocherte er in dem Bauch herum. Die Gedärme flutschten zur Seite. Er konnte sie nicht aufspießen, sie waren zu schlüpfrig.

Dann nahm er den Fisch in die linke Hand und mit dem Zeige- und Mittelfinger der Rechten kratzte er die Gedärme am Schwanzende beginnend aus dem Fischleib heraus. Oben am Schlund des Tieres war etwas festgewachsen. Er musste dieses Stückchen fester packen und es losreißen.

Dann war der Fisch leer.

Aus toten Augen schaute er Horst an.

„Glotz nicht so", ermahnte Horst die Forelle.

Aber natürlich zeigte das Tier keine Reaktion.

„Dann eben nicht", er packte den Kopf und operierte mit seinem Messer genüsslich die Augen heraus.

„Das hast du jetzt davon, du gieriger Würmerfresser."

Der Junge atmete tief ein und langsam und sehr zufrieden mit sich, wieder aus. Er sprang auf die Füße.

„Mama, Mama, ich habe einen!", laut immer wieder seinen Erfolg verkündend, rannte er zum Haus.

Waltraud trat an die Küchentür und schaute ihrem Jungen stolz entgegen.

„Schau nur, Mama, schau nur, eine echte Forelle!"

„Tatsächlich!", stellte seine Mutter überrascht fest, „das ist ja toll!"

Sie sah, dass der Fisch schon ausgenommen war. Dann bemerkte sie mit Beklemmen, dass die Augen fehlten und der Fisch sie aus leeren Augenhöhlen anzustarren schien.

'Anklagend irgendwie', dachte Waltraud, aber sie sagte nichts, sie wollte ihren Sohn nicht enttäuschen, ihm nicht die Freude verderben.

In manchem schien er ihr doch etwas frühreif, um nicht zu sagen seltsam, befremdlich - an Tagen wie diesem sogar etwas unheimlich.

'Ist das denn normal, dass Neunjährige ihre geangelten Fische sofort aufschneiden und ausnehmen und ihnen dann noch die Augen herauspulen?', fragte sie sich. Sie wusste es nicht, hatte aber ein banges Gefühl, als sie ihren Blick von Horsts Augen, die vom Jagdfieber noch strahlten, zu den blutigen Augenhöhlen des Fisches lenkte.

Horsts Pupillen waren von der Erregung extrem geweitet, das schöne Blau war fast weg.

„Du hast ihn ja schon ausgenommen", stellte sie fest und konnte dabei ihre Befremdung nicht ganz verbergen. Dem Kind entging dieser Unterton jedoch.

„Na klar, Mama, ich habe ihn ja auch gefangen! Dein Brot ist echt super. Das hat die Fische total angelockt. Ich hab noch mehr Brot, ich fange bestimmt noch einen."

„Ja, das wäre gut, dann haben wir richtiges Abendbrot, da wird der Vater stolz auf dich sein."

Mit dieser unverhofft guten Aussicht drückte ihr Horst den frischen Fisch in die Hand und rannte schon wieder zum Flussufer.

Auf die gleiche Art fing er noch drei weitere Forellen.

Er schnitt jede einzelne von ihnen mit seinem Taschenmesser auf. Allerdings noch bevor er ihnen den Haken aus dem Maul gezogen hatte. Den sich noch windenden Tieren riss er die Eingeweide aus der Bauchhöhle.

Es gefiel ihm, wie die Fische dabei in seiner Hand zappelten. Er musste richtig fest zupacken, weil sie so flutschig waren und bis zuletzt versuchten, sich seinem unbarmherzigen Griff zu entwinden.

Horst war stärker und säbelte mit bedächtigen Bewegungen seines Messers die Bäuche auf. Das Ausweiden und Ausstechen der Augen machte richtig Spaß. Das war viel besser als Schnecken zu zerschneiden oder Spinnen die Beine auszureißen!

Mit seinen Händen ertastete er genau den Moment, wenn eine Forelle mit einem letzten Beben endgültig tot war: Das Gewicht des Tieres schien dann zuzunehmen.

Feuchte, schwere, kalte Stille.

Das gefiel ihm, es war wie ein Wunder. Er war völlig fasziniert von dem spürbaren Übergang zwischen Leben und Tod. Und das Beste war, er war Herr und Meister darüber!

In diesem Sommer hatte Horst seine Lust am Töten entdeckt. Und er wusste das. Die Schnecken, Käfer und Spinnen waren noch Kinderspiele gewesen, das Schlachten der Fische war reiner Genuss. Er sorgte dafür, dass er dieses Gefühl immer wieder aufs Neue erlebte!

In dem Jahr hatte er wirklich wunderschöne Sommerferien, die Familie aß viel Fisch.

Die überzähligen Forellen packte Waltraud in die Tiefkühltruhe, nachdem sie ihnen die Köpfe abgeschnitten hatte. Sie konnte den Anblick der leeren Augenhöhlen nicht ertragen. Sie zeigten eine Seite ihres Sohnes, die sie nicht wahrhaben wollte.

Waltraud hatte längst gelernt, ihre Wahrnehmung selektiv zu halten.

Ihre Liebe war ganz einfach - Schweigen.

Die Polizei 5

Als Tobias Bleckmann am Samstagmorgen immer noch nicht nach Hause gekommen war, hatte der Chef der Leitstelle beschlossen, die Maßnahmen in der Vermisstensache weiter auszuweiten. Seit den Mittagsstunden waren endlich einige Polizisten unterwegs und führten die ersten Befragungen durch.

Der Beamte Senger hatte nämlich seinen Chef angerufen. Er hatte keine Ruhe gehabt und konnte sich, genau wie Tobias' Eltern, einfach nicht vorstellen, dass der Junge von zu Hause weggelaufen sein sollte. Das Elternhaus war zu geordnet, der Junge war zu normal.

Da der leitende Beamte den Kollegen Senger wegen seiner jahrzehntelangen Erfahrung und Zuverlässigkeit sehr zu schätzen wusste, hatte er die polizeiliche Öffentlichkeitsarbeit in diesem Fall bereits schon nach weniger als zwei Tagen veranlasst. Er war sich darüber im Klaren, dass er seine Entscheidung nicht nur auf die Fakten, die eigentlich gegen ein Verbrechen sprachen, stützen musste. Das Wissen, dass die Intuition eines erfahrenen Kollegen in diesem Fall Gold wert war, hatte ihn dann schnell handeln lassen. Er baute auf Sengers Einschätzung und hatte nach dem Telefonat sofort das zügige Einschreiten der Polizei veranlasst.

So wurden nicht nur systematisch die Personen aus Tobias' sozialem Umfeld befragt, es hingen nun auch in allen Bussen, die in Emsdetten und aus der Stadt hinaus fuhren, die Fahndungsbilder des Kindes. Ebenso in den Polizeidienststellen der Umgebung. Das Bild zeigte den an seinem Geburtstag fröhlich in die Kamera lächelnden Jungen.

Auch in anderen öffentlichen Gebäuden wie dem Rathaus und der Leihbücherei hingen die Plakate auf denen folgender Text zu lesen war:

VERMISST !

Tobias Bleckmann,
geboren am 29.05.1997
Seit Donnerstagnachmittag, dem 08.07.2010 wird der 13 jährige Tobias vermisst.
Der Junge ist ca. 1,70m groß, schlank, hat blaue Augen und blonde Locken.
*Am Tag seines Verschwindens trug er ein hellblaues T-Shirt. Auf dem Rücken hat das Kleidungsstück einen Aufdruck, der verschiedene Instrumente zeigt (unterschrieben mit dem Schriftzug **VOTOVISTAN**!). Er trug dazu beige Shorts, einen braunen Ledergürtel und hellblaue Adidas Turnschuhe, vermutlich weiße Socken. Er hatte eine oliv-grüne Umhängetasche aus Stoff bei sich, die er als Schultasche benutzt.*
Auf seinem dunkelgrünen Holland-Damenfahrrad fuhr er zuletzt vom Martinum Gymnasium in Emsdetten zu seinem elterlichen Bauernhof in Austrum.
Er ist zuletzt in Austrum gegen 15:00 Uhr gesehen worden.

Sachdienliche Hinweise zu Tobias' Verschwinden oder seinem aktuellen Verbleib bitte an jede Polizeidienststelle (110) oder an die örtliche Polizeidienststelle in Emsdetten.

Dann folgte noch die Telefonnummer einer Kinder-in-Not Hotline.

„Nein, nicht dass ich mich erinnern könnte", Gustav Heise kratzte sich nachdenklich am Nacken, „Tobias zeigte wie immer sein fröhliches Wesen."

Heises Blick wanderte zu der Stelle über der rechten Schulter des Beamten, so als suche er dort etwas.

„Nein, beim besten Willen, ich kann mich nicht entsinnen, dass Tobias irgendwie auffällig gewesen ist."

Czeckowski, der zu seinem Leidwesen Wochenenddienst in der Spätschicht hatte, befragte den Klassenlehrer von Tobias. Immerhin hatte seine süße Kollegin Karin mit ihm Dienst.

'Wer weiß, was sich da noch ergeben kann', dieser lüsterne Gedanke hatte ihn aufgemuntert.

„Wer sind denn seine Freunde? Hatte er schon eine Freundin?" Czeckowski sah aufmerksam in das Gesicht des Lehrers, der ratlos in seiner Haustür stand.

Heise hatte sie nicht weiter in sein Haus gebeten.

Der Lehrer schien aufrichtig tief betroffen zu sein. Er war fassungslos, als die Polizisten ihm von Tobias' Verschwinden erzählt hatten. Schweiß war dem schockierten Mann auf die Oberlippe getreten, er hatte geblinzelt und nervös geschluckt.

'Immerhin ist sein bester Schüler seit zwei Tagen spurlos verschwunden', erklärte sich Czeckowski diese sichtbare Reaktion. 'Aber man weiß ja nie', dachte er weiter.

„Nein, nein, eine Freundin hatte er noch nicht", beteuerte Heise gerade hastig, „soweit ich das als sein Lehrer überhaupt sicher beurteilen kann", fügte er dann noch schnell hinzu. Er war froh, dass ihm dieser Zusatz zu seiner Aussage noch eingefallen war. Er wollte auf keinen Fall den Anschein erwecken, dass er ein besonderes Interesse an Tobias hatte.

Der Lehrer schien jetzt doch sehr nervös zu sein, fand Czeckowski. Er machte sich eine mentale Notiz, dass es hilfreich sein könnte, den Lehrer Heise noch genauer zu befragen.

„Tobias scheint da noch nicht so weit zu sein" führte der Lehrer weiter aus, „er ist meist mit seinem besten Freund Volker Winter zusammen. Die beiden sind unzertrennlich."

Heimlich war er eifersüchtig auf Volker. Er hatte gelernt, das Gefühl erfolgreich zu verbergen.

„Und dann sind da natürlich noch die anderen Jungs von der Band. Die fünf sind gut befreundet."

Heise fühlte sich unwohl in der Anwesenheit der Polizisten und außerdem war er schrecklich aufgewühlt durch die Nachricht von Tobias' Verschwinden. Das Ausmaß seiner tatsächlichen Bestürzung durfte er jedoch nicht annähernd zeigen. Heise nannte den Beamten die Namen der anderen Jungen. Aus den ersten Buchstaben ihrer Vornamen hätten die Kinder ihren Bandnamen kreiert.

„Wissen Sie, Herr Czeckowski", erklärte er in lehrerhaftem Ton, „Votovistan steht für Volker, Tobias, Viktor, Stefan und Andreas, das sind alles durch die Bank wirklich nette Jungen."

Karin Rinke hatte sich die Namen notiert und schrieb fleißig mit. Die Adressen der Bandmitglieder kannte der Lehrer - als Klassenlehrer hatte er die Liste mit den Daten seiner Schüler zu Hause.

Er wusste sogar, dass die Jungen samstagnachmittags bei Volker probten.

Im Übrigen sei er wirklich froh, dass er eine so tolle Klasse habe, führte Heise beflissentlich und umständlich aus. Da habe er schon ganz andere Kaliber gehabt. Wenn die Kinder erst anfingen, Alkohol zu trinken oder Drogen zu nehmen, sei es mit der Lust an der Schule vorbei. „Sie als Polizeibeamte wissen doch sicherlich, wie viele Zwölf- und Dreizehnjährige bereits regelmäßig Cannabis rauchen."

„Traurig, traurig", lamentierte Heise weiter. Er dachte dabei an Tobias, den er ganz besonders gut leiden konnte.

Den Polizisten erzählte er nicht, wie sehr er sich unsterblich in den schönen, begabten Jüngling, wie er ihn in seinen Gedanken nannte, verliebt hatte.

Nur auf eine romantische Art, wie Gustav von Aschenbach in Thomas Manns 'Tod in Venedig': Tobias war sein Tadzio!

Sein Schüler war genau wie Tadzio anbetungswürdig schön, in seiner natürlichen Anmut berauschend. Außerdem war das doch kein Zufall, dass die Namen der Knaben so viele Buchstaben gemeinsam hatten.

Die Vornamen der Jünglinge wiesen immerhin vier vollständige Übereinstimmungen auf: In beiden Namen kam ein 't', ein 'o', ein 'i' und ein 'a' vor. Beide Namen fingen sogar mit einem 'T' an! Und wenn man das 'b' aus Tobias an einer senkrechten Spiegelachse spiegelte (b|d) kam man direkt zu dem 'd' in Tadzio, das dann auch wiederum der dritte Buchstabe in beiden Namen war. Und 's' und 'z' waren sich sowieso sehr nah, je nachdem wie man sie aussprach. Und wenn man sie geometrisch spiegelte (s|z), wie das 'b', dann waren sie auch fast identisch. Außerdem hatten beide Namen genau sechs Buchstaben. Diese numerischen Übereinstimmungen und Erklärungen waren dem Mathematiklehrer eine vollkommen logische Bestätigung dafür, dass er in Tobias genau den Richtigen für seine Neigungen gefunden hatte.

'So viel Gleichheit konnte kein Zufall sein!', hatte er nach seiner Analyse zufrieden festgestellt. Für ihn war es dieser mathematische Beweis der ihm die Berechtigung, ja die Notwendigkeit für die Existenz seiner Gefühle gab. Und dann hatte Heise auch noch denselben Vornamen, wie von Aschenbach, das konnten wirklich nicht alles einfach nur Zufälle sein!

Das elende Ende des Gustav von Aschenbach ignorierte er jedoch geschickt bei seinen Kalkulationen.

Natürlich wusste niemand von seinen Vorlieben, die er seit über dreißig Jahren Schuldienst erfolgreich verborgen hielt. Nur einmal wäre das fast aufgeflogen. Vor achtundzwanzig Jahren hatte er ein Verhältnis mit einem Oberstufenschüler angefangen. Er hatte dem Jungen immerhin zwanzigtausend Mark gegeben, als dieser ihn erpresst hatte. Zum Glück für Heise hatte der Abiturient seinen verliebten Mathematiklehrer, nach der Geldübergabe wie versprochen in Ruhe gelassen. Nach dem Abitur hatte Heise von dem Erpresser nichts mehr gesehen oder gehört.

Oberstudienrat Heise hatte seitdem nie mehr ein Verhältnis mit einem Schüler angefangen. Er war zu einem rein platonischen Anbeter und Liebhaber geworden und führte ein einsames Leben voller geheimer Sehnsüchte.

Er hatte eine Katze, um die er sich hingebungsvoll kümmerte. Sie und seine Mutter waren die einzigen, mit denen er eine wirkliche Beziehung führte.

Susi hieß sein Kätzchen, nicht Pussi, wie so viele andere Katzen. Dieser Name hätte ihn fortwährend an etwas anderes erinnert, mit dem er nichts zu tun haben wollte. 'Pussi' passte einfach nicht zu seinen Neigungen. Das 'P' von Pussi hatte er weggestrichen – sozusagen in Gedanken subtrahiert. Aus dem verbliebenen 'ussi' und einer kleinen Parallelverschiebung eines Buchstabens nach links, war so der Name Susi entstanden. Vier Buchstaben passten viel besser zu den vier Beinen, die eine Katze hat, fand er, das gab ihr mehr Standhaftigkeit.

Seine Mutter rief ihn zweimal in der Woche an. Jeden Dienstag- und Freitagabend um genau sieben Uhr. Heise hätte seine Uhr danach stellen können. Das tat er manchmal auch. Auf seine Mutter war schon immer unbedingter Verlass gewesen. Er besuchte sie jeden Sonntagnachmittag zum Kaffee. Sie wohnte noch in dem Haus, in dem er aufgewachsen war. Sein Kinderzimmer war noch genauso, wie er es mit neunzehn Jahren verlassen hatte, als er zum Studieren nach Münster gezogen war. Sein Vater war schon vor zwölf Jahren an Lungenkrebs gestorben. Die drei hatten sehr aneinander gehangen. Heise rauchte nicht.

Auf dem Weg zu seiner Mutter kaufte er immer zwei Stückchen Kuchen in der Bäckerei um die Ecke, die sie dann zum Kaffee aßen. Es gab immer Bienenstich. Außer im Herbst, dann aßen sie Pflaumenkuchen mit Sahne.

Jeden Sonntag erzählte er ihr das Neueste aus der Schule.

Seine Mutter wusste, dass ihm die Schule alles bedeutete. Sie ahnte, dass er seine Schüler zu sehr liebte. Das Ausmaß seiner Besessenheit war ihr jedoch nicht bekannt.

Einige Schüler und seit drei Jahren im speziellen Tobias Bleckmann, bedeuteten ihm die Welt.

'Ich muss unbedingt meinen Computer säubern, alle Fotos im Wohn- und Schlafzimmer aus den Rahmen nehmen und durch Landschaftsaufnahmen ersetzen', dachte Heise. 'Zusammen mit den Fotoalben werde ich alles auf Mutters Dachboden auslagern', ging es ihm gehetzt durch den Kopf, als er den Beamten zum Abschied die Hände schüttelte. 'Auch meine Tagebücher muss ich dort deponieren!'

'Irgendetwas ist nicht echt an dem', fand Czeckowski als er zum Abschied die Hand von Tobias' Klassenlehrer schüttelte. Die Hand war fleischig und ihr Druck weich.

Die Nacht von Freitag auf Samstag hatten die Eltern nahezu schlaflos verbracht, wie die vorherige. Sie hatten sich von einer auf die andere Seite geworfen und dann aufgegeben. Um drei Uhr waren sie wieder aufgestanden.

Sven und Tanja waren über das Wochenende von Tresis Schwester abgeholt worden. Da konnten sie mit ihren Cousins spielen. Die Eltern fanden, dass das besser war, als sie ständig dem Schrecken über das Verschwinden ihres Bruders und der ständigen Sorge um dessen Wohlergehen auszusetzen. Die beiden waren zunächst widerwillig mitgegangen, hatten sich aber am Telefon ganz munter angehört. Tresis Schwester hatte bestätigt, dass es ihnen gut ging. Nach Tobias hatten sie nicht gefragt. Sie wusste wohl, dass die Eltern ihnen irgendwelche Neuigkeiten sofort erzählt hätten.

Tresi war in Tobias Zimmer gegangen, sie saß lange an seinem Schreibtisch vor dem Fenster. Wenn sie den Geruch von Tobias in der Nase hatte, fühlte sie sich nicht ganz so verloren, immer wieder tauchte sie ihre Nase in Fridos Fell.

Tobias war nie ohne Frido, den speckig geliebten Kuschelhund ins Bett gegangen. Sie hatte das Tier schon mehrfach reparieren müssen. Ein Ohr war neu angenäht und auch der Schwanz war einmal abgerissen gewesen. Tobias war als Sechsjähriger untröstlich darüber, als der Schwanz nicht wieder gefunden werden konnte. Schließlich konnte Tresi ihn damals überzeugen, dass Frido zum Hundedoktor musste, um dort einen neuen Schwanz zu bekommen. Sie hatte in einem Laden fellartigen Stoff erstanden und daraus einen neuen genäht. Ihr Sprössling war richtig glücklich, als er seinen Hund wieder hatte.

Jetzt saß Frido verwaist am Kopfende in Tobias' Bett. Der dreizehnjährige Junge spielte nicht mehr mit ihm, aber als er im Ferienlager in Schweden war, hatte Frido doch tief versteckt in seinem Schlafsack schlafen müssen. Die anderen Kinder sollten nicht mitbekommen, dass er mit 12 Jahren noch ein Kuscheltier dabei hatte.

Tobias hatte Tresi schon gefragt, ob er ihn dieses Jahr wieder mitnehmen solle. Sie hatte gemeint, dass es wohl nicht schaden könnte, Frido würde ja nicht beißen. Und einen Hund im Schlafsack zu haben, erhöhe bestimmt die Sicherheit im Zeltlager.

Sie hatten beide gelacht und Tobias war froh, seinen Frido wieder mitnehmen zu können, ohne sein Gesicht verlieren zu müssen.

Tobias hatte Frido von seiner Oma zu seinem ersten Geburtstag bekommen. Jede Nacht hatten die beiden seitdem im selben Bett geschlafen.

'Hoffentlich geht es ihm gut ohne seinen Frido', ging es Tresi immer wieder durch den Sinn.

Sie saß noch am Schreibtisch, als es dämmerte.

Georg fühlte sich seiner gequälten Frau gegenüber völlig hilflos, er fand keine Worte des Trostes. Seinen eigenen Schmerz fraß er in sich hinein. Immer wieder überwältigte ihn das Gefühl, den Halt zu verlieren.

Georg hatte Arco gegen alle Regeln in die Küche geholt. Normalerweise lebte das Tier draußen und in der Scheune. Der Bauer saß auf der Küchenbank, den Kopf schwer in seine Hände gestützt. Der Hund hatte sich zum Schlafen zusammengerollt und lag halb auf den Füßen des Mannes. Irgendwie spürte das Tier, dass sein Herrchen ihn brauchte.

Georg war müde und konnte nicht schlafen.

Er fühlte sich machtlos dem Elend ausgeliefert, das seine Familie im Griff hielt. Er dachte an die vielen Male, die er mit Tobias geschimpft hatte und unzufrieden mit ihm gewesen war.

Er verstand jetzt selbst nicht mehr, warum er den Jungen nicht hatte in Ruhe lassen können. Es war doch letztendlich gar nicht so wichtig, dass sein Ältester auch Bauer wurde. Georg wunderte sich darüber, wie die Wichtigkeit der Dinge sich innerhalb kürzester Zeit verschoben hatte. Hauptsache war jetzt, dass sein Sohn heil wieder nach Hause kam, einfach wieder da war. Sollte er doch glücklich werden mit seiner Musik, dem Elektrokram und der Schule. Tobias war ein guter Junge. Der plötzliche Verlust seines Sohnes hielt ihm seine elterlichen Ansprüche vor Augen. Er weinte und war bestürzt darüber, dass er das nicht früher hatte begreifen können. Noch vor drei Tagen hatte er Tresi nicht verstanden, die den Jungen immer so genommen und geliebt hatte, wie er war.

Zu dem Gefühl, seine Familie nicht richtig beschützt zu haben, kam die bedrückende Erkenntnis, sich lange Zeit wie ein Esel aufgeführt zu haben. Tobias fehlte ihm.

Noch immer hatten die Eltern nicht über die Möglichkeit gesprochen, dass Tobias für immer weg sein könnte.
In dem Schock, in dem sie sich befanden, war die Möglichkeit, ihn nie wieder zu sehen, immer noch eine Befürchtung, keine unwiederbringliche Realität.

Eine grausame Furcht, die den ganzen Rhythmus ihres Seins durcheinander brachte, jede Sekunde ihres Daseins bestimmte. Es war so, als ob irgendetwas in ihnen noch einen Deckel auf diese Möglichkeit drückte, um zu verhindern, dass sie komplett durchdrehten und völlig zusammenbrachen.

Tobias endgültiges Verschwinden fürchteten beide auf einer Ebene, die wortlos existiert.

Es war die Ebene der menschlichen Psyche, die sich manchmal dem Bewusstsein in Symbolen mitteilt, manchmal Bilder ins Unterbewusstsein sendet und Farben versteht. Eine Erlebnisebene wie im Traum, wo die seltsamsten Dinge Sinn machen, ohne einen Namen zu haben. Eine Welt, in der Paradoxe verständliche Wirklichkeit waren. Für sie war es vollkommen logisch, ihre schlimmsten Befürchtungen nicht ansprechen zu können und gleichzeitig vollkommen im Bann dieses undenkbaren Grauens zu sein.

Wenn sie gefragt worden wären, wie es sich anfühlt, hätten sie vielleicht sagen können: schwarz, oder dunkel oder saugendes Loch.

Beide Eltern gingen davon aus, dass Tobias bald gefunden würde. Sie waren dankbar und froh, dass Fahndungsplakate ausgehängt worden waren. Am Montag sollte in der Zeitung eine Suchmeldung mit Tobias Foto veröffentlicht werden. Wenn der Junge bis zum folgenden Abend nicht gefunden war, sollten Trailerhunde eingesetzt werden.

Horst und Tobias 4

Horst war mit Tobias alleine im Haus. Seine Mutter würde er erst Sonntagabend aus der Kurzzeitpflege holen. Er wollte sich und dem Jungen Zeit lassen, sich ungestört aneinander gewöhnen zu können.

Er hatte sich Brote geschmiert und saß mit einem Bierchen vor dem Fernseher, zappte durch die Kanäle. Das entspannte ihn, er musste sich um nichts kümmern und konnte seine Gedanken schweifen lassen.

Um kurz nach Mitternacht erhob er sich mit einem lauten Rülpser. 'Kohlensäure', ging es ihm durch den Kopf, als er den Biergeschmack noch einmal auf der Zunge spürte.

Er ging hinunter in den Keller zu seinem Jungen.

Horst freute sich auf die Zeit mit ihm.

'Hoffentlich kommt der bald mal bei', fieberte es in ihm, als er die schwere Feuerschutztür öffnete, die in den Raum des Jungen führte.

Das Geräusch des sich im Türschloss zweimal herumdrehenden Schlüssels sollte von nun an Tobias' Leben dirigieren. Es war das einzige Geräusch, das er von der Außenwelt hörte. Den gesamten Keller inklusive der Decke, hatte Horst schalldicht verkleidet. Es drang kein Geräusch hinein und nichts aus dem Versteck heraus. Erst viel später verstand der Junge, dass er deshalb die Welt so gedämpft und wattig wahrnahm.

Tobias hörte, wie die Tür sich öffnete. Das Grauen kroch wieder in ihm hoch. Sein Magen zog sich zu einem Klumpen zusammen, sein Herz schien aus seinem Hals springen zu wollen, wieder konnte er nicht schnell genug Luft holen.

Von seinem Bett aus konnte er die Tür nicht sehen.

Kurz zuvor hatte er sich auf den Rücken gedreht und war auf dem Bett etwas nach oben gerutscht, weil die Schmerzen in der Schulter zugenommen hatten.

In der Stille des Kellergewölbes hatte sein Überlebenstrieb gründlich abgewogen, ob es sicherer war, in der Starre zu verbleiben, oder ob es besser war, dem schmerzenden Körper Linderung zu verschafften. Schließlich hatte sein Überwachungssystem doch den Beschluss gefasst, dass es sicher genug war, sich bequemer zurechtzulegen.

Mehr war noch nicht möglich gewesen.

So lag der Junge also zu Horsts freudiger Überraschung in einer veränderten Stellung da, als er wieder an das Bett trat.

„Na also, es geht doch", freute er sich.

Beim Anblick des Mannes und dem Klang seiner Stimmer ging bei Tobias wieder die Klappe herunter. Die Katatonie erlöste ihn erneut von der Wirklichkeit, die er gerade erst zaghaft und bruchstückhaft wahrgenommen hatte.

Enttäuscht registrierte Horst den starren Ausdruck des Jungen, er stellte fest, dass er weder gegessen noch getrunken hatte.

„Na, dann eben noch nicht", kommentierte er gelassen, „du wirst schon noch Hunger und Durst kriegen."

Er beugte sich jetzt über das Kind, entfernte ihm die Windel, faltete diese zusammen und zog dem nahezu leblosen Jungen eine Schlafanzughose an. Danach zog er die Bettdecke unter ihm hervor und deckte ihn zu.

„Vergiss nicht, dass du einen Pinkeleimer hast", ermahnte er ihn.

Horst war müde.

„Wenn du bis morgen früh nichts getrunken hast, dann lege ich dir wieder einen Tropf an, hast du gehört?"

Er bekam keine Antwort, aber die hatte er auch nicht wirklich erwartet. Er wollte aber, dass der Junge wusste, woran er war.

„Besser ist, du trinkst, nur dann kannst du dir die Nadel im Bauch ersparen!", rief er ihm beim Herausgehen noch über die Schulter zu, bevor er die Tür hinter sich zuzog. Dann drehte er den Schlüssel zweimal herum.

Langsam stieg er die Treppe nach oben. 'Morgen schlafe ich erstmal gemütlich aus', beschloss Horst. 'ich muss die Tage ausnutzen, an denen Mutter noch nicht wieder da ist.'

Am nächsten Morgen wachte er um kurz nach neun auf.

Einen Wecker hatte er sich nicht gestellt.

Die Polizei 6

Rinke steuerte den Streifenwagen in gemächlichem Tempo durch den friedlich sonnigen Samstagnachmittag zu den Winters. Sie wollten mit Tobias' Freunden sprechen und mit den Eltern seines besten Freundes Volker.

Dessen Eltern hatten der Musik-Band ihres Sohnes einen Schuppen zur Verfügung gestellt. In diesem probte die Gruppe regelmäßig samstagnachmittags.

Tatsächlich hatten sich die Jungen wie immer dort getroffen.

Bauer Winter war nicht da, er war drüben auf dem Bleckmannshof.

Die große, hölzerne Schuppentür stand an diesem Nachmittag weit offen. Musik konnten die Beamten nicht hören, als Frau Winter sie zu dem Probenraum brachte.

Den Jungen war nicht danach zu Mute gewesen, Musik zu machen. Der Gitarrist fehlte einfach. Sie redeten über das Verschwinden ihres Freundes und wirkten alle mitgenommen.

Immer wieder rätselten sie, was wohl passiert sein und wohin Tobias wohl gegangen sein könnte. Als Volkers Mutter die zwei Polizisten zu ihnen in den Schuppen brachte, reagierten die Jungen schüchtern, sie wussten nicht, was sie sagen sollten.

Czeckowski ging behutsam vor, stellte zuerst Karin und sich vor. Dann fragte er sie nach ihrer Musik, bevor er auf sein eigentliches Anliegen kam.

Nachdem die Kinder etwas aufgetaut waren, fragte er: „Wie ist denn euer Verhältnis zu euren Lehrern?"

Er wollte nicht damit auffallen, dass er ihren Lehrer Heise verdächtigte.

Alle schwärmten sofort von Heise, aber die anderen Lehrer seien auch ok. Tobias sei mit allen gut klar gekommen, aber das sei ja kein Wunder – er, der Beste in der Klasse. Alle Lehrer würden ihn deshalb mögen. Tobias sei wirklich mit jedem gut klar gekommen, auch mit seinen Mitschülern. Nein, ein Streber sei er nicht gewesen. Er könne sich einfach alles super gut merken. Und Streit habe er mit niemandem gehabt. Der Abschied von Volker am Donnerstag nach der Schule sei ganz normal gewesen. Er habe sich auf das Mittagessen gefreut, weil er einen Mordshunger nach der Sportstunde gehabt habe.

'Das Wort 'Mordshunger' ist in diesem Zusammenhang unpassend', registrierte Armin Czeckowski, 'oder war das ein Freud'scher Versprecher und Volker hatte etwas mit dem Verschwinden seines Freund zu tun?', der Gedanke wurde wie eine stumme Notiz in Czeckowskis Erinnerung gespeichert.

'Man weiß ja wirklich nie', kommentierte er für sich.

Czeckowski nahm in der Hitze des Schuppens, die den Jungen offenbar nichts machte, seine Dienstmütze vom Kopf und fragte weiter.

„Nein, eine Freundin hat Tobias nicht.", die Jungen lachten verlegen.

Keiner von ihnen hatte eine Idee, wo Tobias hingegangen sein könnte. Ihr Freund habe nicht viel mit Facebook gemacht, nie im Internet gechattet, das hätte Volker gewusst. Er verbringe fast jede freie Minute mit seinem Freund. Zu sowas hatten sie keine Lust. Ihre Zeit verbrachten sie lieber mit anderen Sachen.

„Facebook ist doch eher was für Mädchen", hatten sie gesagt.

Danach war Volker ganz still geworden. Der Beamte sah an den Augen des Jungen, dass der viel geweint hatte.

„Also gut, Jungs, vielen Dank für eure Hilfe. Wir tun unser Bestes, euren Freund wieder zu finden. Wenn euch noch etwas einfallen sollte, dann könnt ihr jederzeit bei uns anrufen. Die Nummer ist 110, aber das wisst ihr ja sowieso. Wenn ihr dem Polizisten am Telefon sagt, worum es geht, dann werdet ihr direkt an die richtige Stelle weiter verbunden. Alles klar?", er schaute in die vier Jungengesichter, die ihm zunickten. „Manchmal ist eine Kleinigkeit wichtig. Scheut euch nicht anzurufen. Uns ist es lieber, wir bekommen einen Anruf zu viel, als einen wichtigen zu wenig."

Mit einem freundlichen Nicken und einem verbindlichen Handschlag verabschiedete er sich von jedem Jungen einzeln. Rinke nickte in die Runde, bevor sie hinter Czeckowski den Schuppen verließ.

Renate Winter begleitete die Beamten zurück zu deren Streifenwagen. Sie war ratlos.

„Ich war heute Nacht wieder bis nach eins bei den Bleckmanns, habe meiner Freundin beigestanden, wissen Sie? Ehrlich gesagt, sind wir alle heilfroh, dass die Polizei jetzt richtig mitmacht."

„Hm, hm", ließ Czeckowski verlauten.

„Ich kann Ihnen nur sagen", beteuerte Renate aufgeregt, „der Tobi ist nie-, wirklich niemals einfach so weggelaufen! Das passt einfach nicht zu dem Jungen, hören Sie? Dem ist was passiert!" Um ihrer Mitteilung Nachdruck zu verleihen, hatte sie Czeckowski fest am Unterarm gepackt. Er schaute missbilligend auf Renates Hand, die sie sofort zurückzog. Sie entschuldigte sich: „Meine Nerven..."

Der Beamte trat einen Schritt zur Seite und schaute die Frau jetzt wieder freundlich an: „Wir werden sehen, hoffentlich ist ihm nichts Schlimmes passiert, wir tun alles um den Jungen zu finden", überging Czeckowski den Gefühlsausbruch der Frau.

Die Sommerhitze schien allen zu Kopf gestiegen zu sein. Er merkte, dass er Durst hatte.

„Ja, hoffentlich nicht. Hoffentlich finden Sie ihn schnell", unterbrach Renate die Erklärungen des Polizisten, „man hat ja Angst, die Kinder alleine vor die Tür zu lassen."

„Auf Wiedersehen, Frau Winter. Bitte rufen Sie uns an, wenn Ihnen noch etwas einfallen sollte. Vielen Dank für Ihre Hilfe."

Der Händedruck der Bäuerin war allerdings überraschend angenehm.

'Kräftige Hand, trocken, freundlich', dachte Armin als er in den Wagen stieg. Karin setzte sich ans Steuer.

Sie fuhren weiter Richtung Bleckmannshof, sie wollten noch einmal mit der Familie reden und sich den Computer des Jungen anschauen.

Die schönen Sommerferien waren zu Ende. Damit fing für Horst das vierte Schuljahr an - und mit diesem auch sein Kommunionsunterricht.

„Hör zu Horstl", ermahnte seine Mutter ihn, „wenn du demnächst zum Kommunionsunterricht gehst, dann darfst du dort, genau wie in der Schule, nichts von zu Hause erzählen. Ist dir das klar?", Waltraud hatte ihn im Flur aufgehalten, als er gerade wieder zu seinem geliebten Angelplatz gehen wollte.

„Ja, Mama, das weiß ich doch. Unsere Familie geht keinen etwas an", dozierte der Junge leicht genervt. Er wollte unbedingt heute noch einen Fisch fangen, deshalb hatte er seine Hausaufgaben schnell erledigt. „Gut, Junge, du bist ein liebes Kind", dabei strich sie ihm durch die Haare. Der Junge zog den Kopf unter der Hand seiner Mutter weg.

Er wollte los.

Horst wusste ganz genau, dass er niemandem erzählen durfte, was Papa mit ihm machte, was Papa mit Mama machte, und mittlerweile wusste er auch, dass er niemandem erzählen durfte, was Mama mit dem ganzen Alkohol machte.

Horst war in den sommerlichen Garten entwischt, zu seiner Angel und den Fischen, mit denen er so viel Spaß hatte. Auch das war etwas, dass er überhaupt niemandem erzählen durfte. Auch Mama und Papa nicht. Aber das machte nichts, er hatte für sich ein schönes Spiel gefunden. Er genoss es, sein eigenes kleines Geheimnis zu haben.

Schweigen war schon lange eine seiner leichtesten Übungen geworden.

Das Jagen und Töten war unglaublich faszinierend für ihn, er machte das gerne ganz für sich alleine. Horst hatte es gelernt, geduldig zu sein. Es war ihm egal, dass er nicht jeden Tag etwas fing. Aber an anderen Tagen hatte er mehr Glück und die Pfanne wurde voll.

Pfarrer Wilfried Abel kümmerte sich in seiner Gemeinde persönlich um das Seelenheil seiner jungen Gemeindeschäfchen.

Das ließ er sich nicht nehmen.

Er hatte sich schon lange auf diese spezielle Gruppe von Kindern gefreut. Endlich würde er den schönen Horst Weber, der jeden Sonntag mit seinen Eltern in die Messe kam, unterrichten können. Einmal in der Woche, jeden Mittwochnachmittag, würde er die Freude haben, sich am Anblick des Kindes ergötzen zu können.

'Vielleicht kann ich ihn ja dafür gewinnen, die Messdienerausbildung danach mitzumachen', phantasierte Pfarrer Abel voller Hoffnung.

Horst hatte sich auf den Kommunionsunterricht im Gemeindehaus gefreut. Das bedeutete vor allen Dingen für ihn, fast einen ganzen Nachmittag für sich zu haben und etwas Neues erleben zu können.

Wie immer, wenn es etwas zu lernen gab, war er ganz bei der Sache.

Er liebte den lieben Gott inständig.

Abends, wenn er im Bett lag und das Licht ausgeschaltet war, faltete er die Hände und betete zu ihm: 'Lieber Gott, behüte Mama, behüte Papa und behüte mich. Bitte hilf Papa, anders zu werden. Amen.' Dann kam noch ein Vaterunser und er schlief ein.

Mehr über Gott zu lernen und dann die heilige Kommunion zu empfangen, schien ihm sehr verlockend und erwachsen. Er würde im nächsten Jahr im Mai seine Erstkommunion haben. Und von da an dürfte er jeden Sonntag mit den Erwachsenen zum Altar gehen und die runde Scheibe, den Leib Christi, wie sie es nannten, essen.

Ja, er freute sich darauf. Er mochte die sonntäglichen Kirchgänge mit den Eltern. Der Vater war bei der Gelegenheit freundlich zu ihm. Manchmal redeten die Eltern nach der Messe noch mit den anderen Gemeindemitgliedern. Er durfte dabei stehen und konnte alle beobachten. Das hatte er schon immer gemocht. Er hielt zwar jetzt nicht mehr, wie früher, die Hand seiner Mama, wenn er auf dem Kirchhof stand, aber er blieb direkt bei den Eltern stehen. Das wünschte sein Vater so, er wollte nicht, dass er mit den anderen Kindern herumrannte und spielte. Das machte ihm nichts mehr aus, er war ein guter Beobachter geworden. Die anderen Kinder übersahen ihn sowieso. Seine Altersgenossen kannten das ja schon aus der Schule. Der stille Horst, der nur im Unterricht auftaute, hatte nichts mit ihnen zu tun. Er teilte mit ihnen das Klassenzimmer und den Kirchhof, aber das war auch alles. Er war zu dem allerlangweiligsten Jungen geworden, den man sich nur vorstellen konnte.

Manchmal wirkte er etwas unheimlich, wenn er da so an die Mauer gelehnt stand und schaute. Er machte ja nie etwas anderes als glotzen.

Schon gleich in der ersten Unterrichtsstunde hatte Pfarrer Abel erfasst, dass etwas mit dem Jungen nicht ganz stimmte. Er saß in der ersten Reihe, niemand saß neben ihm, weder links noch rechts. Das schien Horst gar nicht zu stören, im Gegenteil, er schien es nicht einmal zu bemerken.

Es war ihm vorher nicht aufgefallen, dass der hübsche Junge so isoliert von den anderen Kindern war. Nach dem Unterricht hatte er nicht lärmend wie die anderen angefangen zu plaudern, zu rempeln und zu lachen, sondern ganz ordentlich seine Sachen gepackt, sich höflich von ihm verabschiedet, mit diesem wunderbaren Lächeln und war abgezogen.

Das wollte Abel im Auge behalten. Er würde dafür sorgen, dass der Junge Kontakt bekam.

'Ach, wahrscheinlich ist das nur die Anfangsscheu. Immerhin hat er im Unterricht gut aufgepasst und mitgemacht', dachte der Geistliche. Er freute sich schon darauf, den Jungen am Sonntag wieder zu sehen.

Horst fand den Priester nett.

Er hörte ihm sonntags in der Kirche immer gerne zu. Seine Stimme war kraftvoll und freundlich, nicht wie die von Vater. Vaters Stimme war laut und unfreundlich, manchmal zu freundlich - immer bestimmend, oft sehr böse, streng sowieso immer. Selbst, wenn er leise sprach, war das angsteinflößend.

Abels Stimme war freundlich, beschwörend, aber vor allen Dingen wohlwollend. Sie hatte einen milden Unterton. Das war auch der Grund, warum Horst sich auf den Kommunionsunterricht so gefreut hatte. Der Herr Pfarrer war lieb und immer nett. Horst hatte noch nie ein böses Wort von ihm gehört.

Und so lief er nach der ersten Stunde an diesem Mittwochnachmittag auch sehr vergnügt und sehr zufrieden wieder nach Hause.

Er freute sich schon auf die nächste Wochenstunde.

Sofort machte er die Hausaufgaben, die der Pfarrer ihnen aufgegeben hatte. Sie mussten eine Seite ausmalen, auf der die verschiedenen Sakramente, die man in der Kirche empfängt, dargestellt waren. Das war babyleicht und machte auch noch Spaß. Dann las er den Text, den sie in ihrem Arbeitsbuch angeschaut hatten. Nach vier Wochen Kommunionsunterricht hatte der Pfarrer begriffen, dass tatsächlich etwas mit dem Jungen nicht stimmte. Er wollte die Eltern einmal vorsichtig darauf ansprechen, ob Horst denn wirklich keine Freunde hätte.

Am nächsten Sonntag nach der Messe mischte sich Abel wie immer, wenn er sich wieder umgekleidet hatte, unter seine Gemeindemitglieder auf dem Kirchhof. „Guten Tag Karl-Heinz, guten Tag Frau Weber, hallo Horst", freundlich begrüßte er die ganze Familie mit Handschlag. Wilfried und Karl-Heinz duzten sich, denn sie waren in dieselbe Klasse in der Grundschule gegangen.

Horst freute sich, den Pfarrer zu sehen und ihm so nah sein zu dürfen.

„Ich mache ja bei allen Kommunionkindern einen Elternbesuch", Wilfried kam ohne Umschweife auf sein Anliegen zu sprechen. „Wann kann ich denn mal zu euch rauskommen?", dabei schaute er seinem alten Klassenkameraden ins Gesicht.

„Ach, dass musst du mit meiner Frau absprechen, die kümmert sich bei uns um solche Sachen."

„Ja, Frau Weber, wann würde es Ihnen denn passen? Vielleicht am Dienstagnachmittag?"

Waltraud überlegte schnell, 'Der Pfarrer bei uns? Das ist aber unangenehm! Was soll ich dem denn sagen? Aber es muss wohl sein, wenn er alle Eltern besucht.'

Karl-Heinz wurde bereits etwas ungeduldig, als seine Frau so zögerlich dastand.

„Was ist denn Waldi, hast du keine Zeit am Dienstag?", fragte er sie vorwurfsvoll.

„Doch, doch, Herr Pfarrer, natürlich...", antwortete sie atemlos, „wann würden Sie denn kommen?" Sie schaute unsicher in die Richtung ihres Mannes.

„Passt es Ihnen gegen vier?", er spekulierte natürlich auf Kaffee und Kuchen. Es war immer besonders lecker, wenn die Frauen etwas backten, wie seine Mutter früher.

„Ja sicher, Herr Pfarrer, vier passt mir gut. Essen Sie denn wohl ein Stückchen Kuchen mit?" Alle Frauen in der Gemeinde wussten von seiner Kuchenpassion und lachten hinter seinem Rücken über diese 'ach so menschliche' Schwäche des Gottesmannes. Irgendwie machte ihn das noch sympathischer.

„Auf jeden Fall Frau Weber, gerne. Bis Dienstag um vier dann", damit verabschiedete sich Wilfried und ging zu seiner nächsten Gruppe 'Schäfchen'.

Weil Waltraud nicht wusste, was sie mit dem Pastor reden sollte, fiel der Besuch recht kurz aus. Sie hatte es geschafft, bis zu seinem Eintreffen noch nichts zu trinken. Sie wollte nicht nach Alkohol riechen, wenn sie einen Geistlichen empfing.

Es gab gedeckten Apfelkuchen mit frischer Sahne und Kaffee.

„Ganz köstlich Ihr Kuchen, Frau Weber, ganz köstlich." Er leckte sich die Lippen und genoss jeden Bissen.

„Hat Horst denn etwas von unseren Kommunionsstunden erzählt? Gefällt es ihm bei uns?"

„Ja, Herr Pastor, er ist ganz begeistert. Er freut sich schon mittwochs nach dem Unterricht auf die nächste Woche."

„Och", entfuhr es Wilfried. Damit hatte er nicht gerechnet. Er hatte gedacht, dass der Junge traurig sei, dass die anderen ihn so links liegen ließen.

„Hat er denn erzählt, wie er mit den anderen zurechtkommt?", forschte er sich behutsam vortastend weiter.

Waltraud war verwundert: „Welche anderen? Ich verstehe nicht."

„Hm, ich meine die anderen Kinder." So, jetzt war es raus.

„Möchten Sie vielleicht noch ein Stückchen Kuchen und ein Tässchen Kaffee?", Waltraud musste für ihre Antwort Zeit gewinnen.

„Ja, sehr gerne Frau Weber, Ihr Kuchen ist wirklich fantastisch. Vielleicht können Sie das Rezept ja für meine Haushälterin aufschreiben."

„Oh, gerne", sie fühlte sich geehrt, „ich bringe es dann die Tage in die Pfarrei."

„Das ist sehr freundlich von Ihnen, Frau Weber", er machte eine Pause, überlegte kurz, dass er noch etwas Insulin würde nachspritzen müssen. Das war aber in Ordnung, so hielt er seinen Zucker schon seit Jahren einigermaßen in Schach. Sein Doktor mahnte ihn zwar jedes Mal, aber auf Kuchen, noch dazu selbst gebackenen, zu verzichten, das schaffte er nicht.

„Aber nochmals zu meiner Frage, mir ist es wichtig, dass die Kinder als Gruppe zusammen wachsen und sich gut verstehen. Hat Horst Ihnen irgendetwas erzählt, worüber er unzufrieden ist?"

„Nein, Herr Pfarrer. Sollte er denn, ist etwas passiert?" Nervös fuhr sie sich mit der Hand durchs Gesicht.

„Nein, gar nicht, es ist nur, er kommt mir etwas einsam vor. Er spielt nie mit den anderen."

„Ach so", Waltraud war erleichtert. 'Der Junge hat nichts angestellt, sondern der Pfarrer macht sich Sorgen darüber, dass er keine Freunde hat.'

Mit deutlich sicherer Stimme erklärte sie: „Nein, wissen Sie, Horst ist glücklich, so wie es ist. Er hat keine Freunde, hat er auch noch nie gehabt. Das scheint ihm auch nicht zu fehlen, sonst hätte er doch welche. Der Junge hat hier das ganze Grundstück zum Spielen und er liebt seine Bücher."

Sie setzte ihm das zweite Stück Kuchen vor. Der Pfarrer führte gleich mit seiner Gabel ein Stück zum Mund.

„Hm", er kaute und ließ den Inhalt seines Mundes genüsslich über seine Geschmacksknospen gleiten, „ich dachte nur." Er schluckte und führte schon den nächsten Bissen zum Mund.

„Aber, wenn Sie sagen, dass er gerne kommt und sich nicht unwohl fühlt", er ließ seine Worte einen Moment in der Luft hängen, bevor er seinen Faden wieder aufnahm, „das ist ja die Hauptsache. Dann muss ich mir auch keine Sorgen machen."

„Nein bestimmt nicht, Herr Pastor", bestätigte Waltraud. Sie war einfach nur heilfroh, denn sie hatte befürchtet, dass Horst doch nicht seinen Mund hatte halten können.

Beim Händeschütteln an der Haustür sagte Abel: „Also, falls mal etwas sein sollte oder Horst sich unwohl fühlen oder über irgendetwas in der Gruppe unglücklich sein sollte, können Sie jederzeit zu mir kommen."

„Ja, das machen wir, aber ich glaube nicht. Horst ist ein sehr ausgeglichenes und zufriedenes Kind. Er lernt fleißig für die Schule und macht uns Freude."

„Ja, Sie können wirklich stolz auf ihn sein. In der Kommunionsgruppe ist er der Beste. Es ist erstaunlich, wie schnell er begreift und sich Dinge merken kann. Was er einmal in seinem hübschen Köpfchen hat, geht da nicht mehr raus." 'Mist!', dachte er, 'das war doch jetzt nicht zu auffällig?' Wilfried kratzte sich verlegen im Nacken.

Aber Waltraud hatte in ihrer Anspannung, die der Besuch des Pfarrers bei ihr ausgelöst hatte, nicht den weichen Blick in den Augen des Priesters gesehen, als der begeistert von ihrem Sohn gesprochen hatte.

„Ja, wir sind auch sehr stolz auf ihn", erwiderte sie stattdessen. „Ich schreibe das Rezept gleich auf und bringe es in den nächsten Tagen vorbei."

„Das ist schön und vielen Dank für die freundliche Bewirtung", er lächelte sie jovial an und reichte ihr seine schwammige Hand zum Abschied.

„Auf Wiedersehen, Herr Pastor und herzlichen Dank für Ihren netten Besuch." Sie war froh, dass er endlich ging und nicht noch ein drittes Stück Kuchen gegessen hatte.

„Auf Wiedersehen Frau Weber. Und schöne Grüße an Karl-Heinz." Jetzt konnte er es sich doch nicht mehr verkneifen: „Wo ist denn Horst eigentlich?"

„Ach, der ist unten am Fluss. Angeln", Waltraud wollte jetzt wirklich, dass er ging. Sie hatte keine Lust, Horst zu rufen. Sie hatte ihrem Sohn ausdrücklich aufgetragen, erst wieder zum Haus hoch zu kommen, wenn sie ihn rief. Horst war darüber traurig gewesen, aber er war fast ohne Widerrede runter Richtung Wasser abgezogen.

„Ach so, ja grüßen Sie ihn schön von mir, ich sehe ihn ja morgen wieder."

„Mach ich, da wird er sich freuen. Auf Wiedersehen, Herr Pastor, bis Sonntag."

„Ja, Adieu, bis Sonntag." Er lief zu seinem Wagen und verkniff es sich, Richtung Fluss Ausschau nach dem Jungen zu halten. Horsts Mutter stand immer noch an der Tür und winkte ihm nach.

'Da hat der Karl-Heinz aber eine komische Familie', resümierte er, 'wie kommt der nur an so einen seltsamen, hübschen und schlauen Bengel und an so eine Maus als Frau? Der hätte sich mit seinem Reichtum doch jede nehmen können. Warum hat der sich nur so eine verhuschte Printe ausgesucht, die jetzt schon total verbraucht aussieht? Die wirkt jetzt schon so alt wie ihre eigene Mutter!' Dann erschrak er über seine abfälligen Gedanken und bat, mit einem ergebenen Lächeln nach oben, seinen Herrn um Vergebung.

Aber auf der Fahrt zurück zum Pfarrhaus freute er sich, dass seine Haushälterin das Rezept von dem ausnehmend guten Apfelkuchen kriegen würde. Genüsslich hing er dem Geschmack in seinem Mund noch nach: 'Ich glaube da waren sogar Nüsse mit drin, wenn mich nicht alles täuscht...'

Tobias 1

Tobias wachte auf.

'Das ist ja ein merkwürdiger Traum', dieser Eindruck glitt durch seinen vom Schlaf noch verlangsamten Geist. Traum und Wirklichkeit hielten sich noch bei den Händen und drehten sich im Kreis. Er schaffte es nicht, seine Gedanken richtig zu halten, er bekam sie einfach nicht zu fassen. Schien jedem einzelnen hinterher zu haschen und war jedes Mal nicht schnell genug.

'Seltsam', er war gefangen in dieser Zwischenwelt, 'das habe ich noch nie geträumt, dass ich denke, dass ich träume', diese halbfertige Erkenntnis zog ebenfalls träge durch sein langsam sich in den Wachzustand tastendes Bewusstsein.

Er war verwundert, konnte sich nicht erklären, wo er eigentlich war. 'So ein seltsamer Traum', stellte er immer wieder fest.

Als er die Augen endlich aufschlug und umherschaute, wusste er immer noch nicht, wo er war.

Mit schlüssiger Logik nahm er wieder an, dass er träumte, 'das wird ja immer komischer.'

Völlig unerwartet spürte er plötzlich und sehr realistisch mit aller Macht die Schmerzen in seinen Muskeln, in seinem Rücken, in seinem Handgelenk und in seiner linken Schulter.

Er registrierte verstört, dass er nicht träumte und dann erst fiel ihm der Mann wieder ein.

Er hatte doch irgendwann vor ihm gestanden und was davon erzählt, dass er sich ab jetzt kümmern werde.

'Was soll das heißen?', rätselte Tobias, 'holt der meine Eltern?'

Langsam robbte er auf dem Bett weiter zum Kopfende, sodass er sich aufsetzen konnte und der Zug auf sein Handgelenk und die Schulter nachließ.

Er konnte so besser sehen, wo er war.

Das Bett, auf dem er saß, war in einer Art kleinem Nebenraum. Von hier aus konnte er in das größere Zimmer schauen, jedoch nicht den gesamten Raum überblicken. Er sah eine kleine Küchenzeile mit Spüle, und einem kleinen Ofen, 'mit so etwas wie einem Ceranfeld', dachte er. Vielleicht war da auch ein Kühlschrank, aber das konnte er nicht so genau ausmachen.

Sein Handgelenk schmerzte, die Haut hatte sich an der Handschelle aufgeschürft.

Da er sowieso nicht vom Bett wegkam, stopfte er sich einen Zipfel des Bettlakens zwischen seine Haut und das Metall. So verschaffte er sich etwas Linderung. Er verstand nicht, warum ihm jeder einzelne Muskel so wehtat. Es schmerzte mehr, als der stärkste Muskelkater, den er jemals gehabt hatte.

Vorsichtig betastete er mit seiner freien Hand die Stelle am Rücken, die so entsetzlich brannte. Sein T-Shirt war dort festgebacken. Als er es von der Stelle löste, schrie er leicht auf. Er hatte sich die honigfarbenen Krusten, die sich am Rand der Verbrennungen gebildet hatten abgerissen. Da er nicht gewusst hatte, dass er dort verletzt war, war er unvorsichtig gewesen.

Jetzt wusste er, dass er die Stelle besser in Ruhe ließ, konnte sich aber beim besten Willen nicht erklären, was ihm geschehen war. Tobias konnte sich nicht erinnern, wie er hierhergekommen war. Er fand keine Erklärung dafür, warum er in diesem Raum war.

'Was soll das alles? Ich habe doch nichts getan! Warum bin ich hier?'

Angestrengt überlegte er, was denn eigentlich los gewesen war. Er war in der Schule gewesen und mit Volker nach Hause geradelt, konnte sich aber nicht besinnen, ob er dort angekommen war oder nicht. Er erinnerte noch, wie sie zusammen bei Volker in der Einfahrt gestanden hatten. Das war's, mehr bekam er nicht hintereinander. Angestrengt versuchte er sich daran zu erinnern, was er danach gemacht hatte, es fiel ihm aber nichts ein.

Absolut gar nichts.

Nichts.

Tobias schaute umher.

'Und jetzt bin ich doch gerade wach geworden, wenn ich mich nicht ganz vertue', er nahm wieder die Schmerzen wahr. 'Nein, ich bin wach und ich bin hier!' Diese Erkenntnis traf ihn unvermittelt, wie ein Hammerschlag.

Es lief ihm kalt den Rücken herunter.

'Was soll das alles? Warum bin ich hier? Was ist das hier? Wie komme ich hier weg? Wo ist mein Handy? Ach ja, mein Handy, das ist in meiner Schultasche. Wo ist meine Schultasche? Ich muss Mama anrufen. Die macht sich doch bestimmt schon Sorgen. Ich muss zu Hause anrufen, damit die mich hier rausholen! Ich muss hier weg! Ich will hier weg!'

Seine Fragen, Erkenntnisse und Gefühle überschlugen sich.

Und dann schrie er laut: „HILFE!!! HILFE!!! HILFE!!!"

Immer wieder rief er so laut er konnte nach Hilfe und wusste gleichzeitig, dass ihn niemand hören würde. Nach einer Weile stutzte er. Etwas war merkwürdig, seine ursprünglich extrem lauten Rufe hörten sich in dem Verlies seltsam verloren an. Irgendwie schien alles von den Wänden und der Decke verschluckt zu werden.

'So gedämpft hat sich die Welt noch nie angehört', stellte Tobias fest.

Er steckte seinen Zeigefinger erst in den einen, dann in den anderen Gehörgang und bewegte ihn schnell hin und her, weil er das Gefühl hatte, als seien seine Ohren total verstopft. Er sah aus, wie ein Hund, der sich in schneller Folge mit der Pfote das Ohr kratzt.

Danach schrie er erneut in den Raum: „Mama, Mama!!! Hilfe! Hilfe! Bitte Mama hilf mir!!!"

Aber auch das Rubbeln der Gehörgänge hatte nichts verändert, seine Rufe blieben wie durch einen Schalldämpfer in sich zusammengeschrumpft. Die Worte schienen aus seinem Mund zu fallen und ungerührt zu Boden zu sinken, wo sie verendeten, als hätten sie niemals existiert.

'Ich bin hier völlig abgeschnitten. Niemand kann mich hören', bestürzt hob und senkte sich sein Brustkorb, als seine Atmung sich bei dieser glasklaren, grausamen Erkenntnis beschleunigte.

Er zerrte wie besessen an seiner Fessel. Zerrte immer wieder seinen Arm hin und her. Wollte ihn unbedingt frei bekommen. Wütende Tränen stürzten ihm die Wangen herunter und schließlich gab er es auf, an der Handschelle zu ziehen. Sein Handgelenk blutete und hilflose Tränen hatten jetzt die wütenden abgelöst. Leise schluchzte er immer wieder nach seiner Mutter. „Mama, hilf mir. Bitte Mama, komm doch. Hilf mir", wimmerte er mit kleiner Stimme.

Irgendwann beruhigte er sich wieder etwas und begann seine Umgebung erneut mit den Augen abzutasten.

'Vielleicht habe ich ja etwas übersehen', spekulierte er. Sein Überlebenswille war wieder angesprungen und hatte die Leitung über seine Aktionen an sich gerissen.

Alles, was er jetzt sah, hatte er jedoch bereits bei seiner ersten Inaugenscheinnahme entdeckt. Zuletzt blickte er noch einmal an sich herunter und bemerkte, dass er eine Schlafanzughose trug, die er nicht kannte.

'Das ist ja echt seltsam', stellte er peinlich berührt fest, 'wie habe ich mir die denn angezogen? Und wo kommt die Hose her? Wem gehört die? Komisch, dass mir die so gut passt.' Er fasste den Stoff an. Er fühlte sich noch etwas steif an, so wie Sachen, die gerade frisch gekauft wurden. Er zog die Beine hoch aufs Bett und verspürte sofort, dass er nötig zur Toilette musste. Wirklich sehr nötig, seine Blase schien kurz davor zu sein, zu platzen. Er konnte aber nicht aufstehen und zur Toilette gehen, da er ans Bett gefesselt war. Außerdem konnte er von seiner Bettkante aus sowieso kein Badezimmer sehen. Er rutschte mit dem Gesäß hin und her. Um den Harndrang zusätzlich in Schach zu halten, er hatte die Füße wieder auf den gefliesten Fußboden gestellt und sich vor gebeugt.

So auf der Bettkante wibbelnd, fiel sein Blick erneut auf den Eimer, der in seiner Reichweite auf dem Fußboden stand. Zu allem Überfluss hatte er auch noch Durst. Die Wasserflasche hatte er bereits auf dem Nachtschränkchen neben seinem Bett stehen sehen. Daneben stand ein Teller mit zwei ziemlich alt aussehenden Käsebroten. Er hasste Käse. Aber Durst hatte er wie verrückt und pinkeln musste er auch wie verrückt.

'Wenn ich jetzt etwas trinke, mache ich mir in die Hose', resümierte er, 'dann eben der Eimer', beschloss er pragmatisch.

Nachdem er seine Blase entleert hatte, nahm er die Flasche, rutschte ganz bis zum Kopfende hoch und konnte so mit der gefesselten Hand die Sprudelflasche halten und mit der anderen den Verschluss aufdrehen. In gierigen Zügen trank er die halbe Flasche leer. Tobias hatte zwar ein bisschen Hunger, aber nicht auf die Käsebrote. Er hatte keine Ahnung, dass er vor einundzwanzig Stunden zuletzt in der Schule etwas gegessen hatte. Seine Mutter hatte ihm extra zwei große Butterbrote mit Schinken gemacht. Donnerstags, wenn er Sport hatte, gab sie ihm auch immer noch eine Süßigkeit und einen Apfel mit. Da er alles bereits in der zweiten großen Pause um kurz vor zwölf gegessen hatte, war das seine letzte Mahlzeit gewesen. Und jetzt war es fast neun Uhr am nächsten Morgen.

Aber das wusste er nicht.

Er war in alter Gewohnheit gegen sieben Uhr wach geworden.

'Wieviel Uhr ist es wohl?', überlegte er gerade, als er darüber nachdachte, was er zuletzt gegessen hatte. Er hatte keine Ahnung und da er sein Handy nicht hatte, konnte er auch nicht nachschauen, wie spät es war. Eine Armbanduhr trug er nicht mehr, seitdem er sein eigenes Telefon hatte.

Er versuchte noch weiter in den anderen Raum hineinzuspähen. Dafür stand er mühsam auf. Seine Muskeln schmerzten erbärmlich. Trotzdem streckte er den linken, festgebundenen Arm lang aus. Er wollte unbedingt mehr von seiner Umgebung erkunden. Aber selbst in dieser Stellung konnte er nur noch einen Stuhl sehen. Ein Fenster oder eine Tür konnte er nicht entdecken.

Der Junge fühlte sich erschöpft, alles tat ihm so weh.

Er legte sich wieder zurück auf das Bett und schaute nach oben an die Decke. Es gab nichts, was er weiter hätte tun können. Seine Augen wanderten ziellos über das Gewölbe.

'Erstaunlich, wie das aussieht', überlegte er, 'wo hab' ich so etwas denn schon mal gesehen?' Und dann fiel es ihm ein: 'Ach ja, in Frankreich, in der großen Kathedrale, in den Katakomben dort. Die hatten doch einen Namen für so eine Struktur. Hm', er überlegte weiter. Dann fiel es ihm ein: 'Tonnengewölbe! Die werden gemauert und stützen mit ihren Bögen die darüber liegenden Böden.'

Tobias' Herz fing an schneller zu schlagen: 'Bin ich etwa in einem Keller?!'

Diese Erkenntnis traf ihn wie ein Schlag. Erst in diesem Moment bekam er wieder richtige Angst. Etwas sehr Beunruhigendes ging ihm durch den Kopf, aber er wusste nicht, was. Er wusste, dass da etwas war, aber er konnte es noch nicht fassen. Es war so, als wäre ein Deckel auf diesem Gedanken und er konnte den Deckel nicht anheben. Genauso, wie er sich nicht erklären konnte, wie er überhaupt hierhin gekommen war.

'Komisch', dachte er noch, 'echt komisch. Ich versteh das einfach alles nicht'. Und dann sprang ihn der Gedanke an seine Mama an. Leise fing er an zu wimmern, jammerte verzweifelt nach ihr, ließ seinem Kummer freien Lauf. Schließlich schlief er erneut erschöpft ein, war von seinen Qualen wieder erlöst.

Es war Samstagnachmittag, als Georg das Telefonat mit der Polizeidienststelle beendete.

„Die haben auch im Marienhospital angerufen und sämtliche Krankenhäuser im Umkreis von zwanzig Kilometern, selbst in Tecklenburg und Ibbenbüren", erklärte er.

„Und in Rheine und Steinfurt?", Tresi sah jede Möglichkeit, an eine Information zu kommen, als Hoffnungsschimmer. Ein womöglich ausgelassener Anruf in einem der Krankenhäuser, schien ihr auf einmal deutlich mehr zu sein, als nur ein kleiner Hoffnungsschimmer im Dunkel der Angst, die ihr den ganzen Brustkorb einengte. Sie wollte ihr Kind lieber im Krankenhaus wissen, als dass sie den Gedanken ertragen konnte, dass es tot sei.

„Ja, überall, auch in Lengerich. Die haben gesagt, im ganzen Umkreis in jeder Klinik."

Damit hatte ihr Mann diese aufflackernde Hoffnung leider direkt im Keim erstickt.

Es war Samstag am frühen Nachmittag. In einer guten Stunde würde Georg wieder die Kühe melken müssen.

Die beiden saßen sich über Eck am Küchentisch gegenüber. Alle Freunde und Verwandten waren zum ersten Mal seit gestern Morgen nicht mehr bei ihnen. Nur letzte Nacht waren sie für wenige Stunden alleine gewesen.

Renate hatte gesagt, sie würde später wieder kommen und auch ihr Mann wollte an diesem Samstagabend seinem Freund auf jeden Fall wieder beistehen.

Die Männer hatten zwar nicht viel geredet, aber sie waren morgens erneut alle in Suchtrupps unterwegs gewesen. Sie hatten sogar mit langen Stöcken das Flussufer abgestochert. Drei von ihnen hatten diesen Teil der Suche ohne Georg durchgeführt. Die ganze Aktion wäre für den Vater zu belastend, zu gruselig gewesen. Die drei hatten es selbst kaum ausgehalten, in der Uferbepflanzung und in dem Schlamm herumzustochern und nach einer Leiche zu suchen.

Die Angst und die Vorstellung, dabei tatsächlich auf den leblosen Kinderkörper zu stoßen, hatte die Männer dabei die ganze Zeit nicht losgelassen. Irgendwie wäre es besonders schrecklich gewesen, wenn sie seinen Körper im Wasser gefunden hätten. Schrecklich und scheußlich wäre es sowieso gewesen, den Jungen irgendwo im Gebüsch oder in einem Schuppen tot zu finden. Aber die Vorstellung von Tobias als Wasserleiche hatte für sie alle etwas unglaublich Beklemmendes gehabt.

Sie waren daher extrem erleichtert gewesen, nichts gefunden zu haben. Gleichzeitig war ihnen klar, dass sie nur einen Teil des Ufers abgesucht hatten. Falls Tobias ins Wasser gefallen sein sollte, hätte er genauso gut weggespült worden sein können.

Das ganze Suchen, das jetzt schon seit Donnerstagnacht stattgefunden hatte, schien ihnen mittlerweile sowieso ziemlich hoffnungslos.

Wenn der Junge gestürzt wäre, hätte er doch angerufen oder sie hätten ihn längst gefunden. Aber solcherlei Gedanken teilten sie nicht mit Georg oder Tresi. Sie wollten ihre Freunde beziehungsweise Nachbarn in dieser schweren Zeit nicht im Stich lassen und noch zusätzlich durch ihre negativen Überlegungen belasten. Deshalb hatten heute wieder alle bei der Suche mitgemacht, auch wenn keiner mehr wirklich daran glaubte, den Jungen noch zu finden. Irgendwie schien er wie vom Erdboden verschluckt zu sein.

Alle Beteiligten hatten unglaubliches Mitgefühl mit den Bleckmanns.

Und genau dieses Mitfühlen war es, was die Eltern spürten und sie wissen ließ, dass sie nicht alleine waren. Sie waren mehr als froh über die Hilfe der anderen. In ihrer Not waren sie gleichzeitig von einer tiefen Dankbarkeit erfüllt. Dies half ihnen, die Stunden der Ungewissheit und Sorgen irgendwie durchzustehen. Nicht alleine zu sein linderte ihre Qualen. Die Zeit, die sie mit anderen Menschen und dem Gefühl in deren Mitte aufgehoben zu sein erlebten, ließ weniger Raum für schiere Verzweiflung.

Irgendwie traf das alte Sprichwort 'Geteiltes Leid ist halbes Leid' zu. Das Leid war sicherlich nicht halbiert, aber zu wissen, dass andere Menschen da waren, die sie in ihren Aktionen unterstützten und ihre Seelenqualen verstanden, half Georg und Tresi tatsächlich, nicht vollständig durchzudrehen.

Ab Montag würden sie auch Unterstützung auf dem Hof bekommen, dafür hatten ihre Nachbarn gesorgt. Ein Tagelöhner war gefunden worden, dessen Bezahlung sich der gesamte Freundes- und Bekanntenkreis teilen würde. Es war zu offensichtlich, dass die Bleckmanns am Rande ihrer Belastbarkeit angekommen waren. Jede Unterstützung würde helfen und es gab ja auch noch die Zwillinge, die jetzt besondere Aufmerksamkeit brauchten.

„Was machen wir denn mit Sven und Tanja?", Tresi schaute von der Tischdecke auf und blickte in das von Sorgen gezeichnete Gesicht ihres Mannes. Er hatte dunkle Ränder um die Augen, seine Haut wirkte unter der Sommerbräune fahl.

Sie hatte mit den Augen das Blumenmuster der gummierten Tischdecke abgetastet und war dabei den schwarz gedruckten Rändern der Blätter gefolgt.

Muster betrachten hatte ihr schon als Kind gefallen.

„Ich weiß es nicht, Tresi. Was meinst du denn, sollen wir die beiden mit nach Schweden fahren lassen?"

Und genau das war der Knackpunkt. In drei Wochen sollten alle drei Kinder in die Sommerferien fahren.

„Was meinst du Georg, wird Tobias bis dahin wieder da sein?"

Erst erschreckt und dann völlig ratlos begegnete der Bauer dem Blick seiner Frau. Er holte erst einige Male tief Luft, bevor er ihr antworteten konnte: „Das weiß ich nicht, Tresi. Ich weiß es wirklich nicht", er machte eine verlorene Pause, die den Raum zwischen ihnen mit Traurigkeit füllte, „ich hoffe schon."

Mehr brachte er nicht hervor.

Es wurde wieder still um den Küchentisch. Tresi betrachtete aufs Neue die Linien, die die Umrisse der Blumen zeichneten.

Sie saßen in ihrem Unglück wie in einer Blase, in der sie gefangen waren. Egal wohin sie gingen, die Blase ging mit, ließ sie nicht mehr aussteigen.

Georg kratzte sich am Nacken. Wieder fühlte er sich hilflos 'ich müsste doch eigentlich in der Lage sein, solche Entscheidungen für meine Familie zu treffen!'

Er warf sich zum wiederholten Male vor, nicht anständig für sie da sein zu können. 'Wieso kann ich Tresi nicht einfach in den Arm nehmen und sie trösten', marterte er sich, 'Wieso weiß ich denn nicht, was das Richtige für die Zwillinge ist?'

Er war unendlich niedergeschlagen, wollte helfen, konnte aber nicht.

Die traurige Luft in ihrem Blasengefängnis bewegte sich kaum. Wie eine dichte graue Schwade, die durch ihre Küche waberte und die Zeit fast still stehen ließ.

Wenn jemand die beiden gefragt hätte, wie lange sie schon da am Tisch gesessen hatten, hätten sie keine Antwort gehabt.

Es hätten Tage oder Minuten sein können.

Sie waren wie herausgeschält aus der Wirklichkeit, die sie einmal gekannt hatten. Ihre Welt hatte sich so schlagartig verändert, dass sie das Gefühl dafür, wie lange etwas dauerte, verloren hatten. Georg war froh, dass er daran dachte, immer mal wieder auf die Uhr zu schauen, so konnte er sich zumindest daran erinnern, was er als nächstes machen musste und sich so durch den Tag hangeln.

Gleich würde er die Kühe melken, in zehn Minuten.

„Vielleicht fragen wir die beiden einfach, wenn sie von meiner Schwester am Sonntagabend wieder nach Hause kommen. Wir sehen ja dann, wie es ihnen mit all dem hier geht", die Redewendung 'all dem' hatte sie benutzt, um nicht den Namen ihres ältesten Kindes aussprechen zu müssen, denn jedes Mal, wenn sie das tat, musste sie wieder weinen.

„Ja, vielleicht", antwortete Georg leise.

Wenn es nach seinem Gefühl ginge, dann würden die beiden schön zu Hause bleiben, damit er auf die Zwillinge aufpassen könnte.

'Aber auf Tobias habe ich auch nicht richtig aufgepasst', beschuldigte er sich. 'Vielleicht sind die beiden woanders besser aufgehoben als hier bei mir', geißelte er sich.

„Vielleicht tut den beiden so ein Ferienlager gut, wenn sie mit den anderen Kindern spielen können", unterbrach Tresi seine trüben Gedanken.

„Ja, vielleicht, Tresi, ich weiß es nicht."

Es tat Tresi in der Seele weh, ihren Mann so ratlos und sichtlich gequält zu sehen. Georg hatte sonst immer gewusst, was er wollte oder was er meinte, was gut für seine Kinder war.

Tobias' Verschwinden schien ihn in seinen Grundfesten erschüttert zu haben.

'Aber, mir geht es ja nicht anders', fuhr es ihr weiter durch den Kopf, 'einerseits will ich sie bei mir haben, andererseits bin ich mir unsicher, ob die Kinder die Situation hier überhaupt aushalten und verkraften können. Und das Schlimmste ist, ich weiß gar nicht, ob ich die Kraft habe, so für die beiden da zu sein, wie sie es jetzt sicherlich bräuchten.'

„Ich weiß es auch nicht Georg. Warten wir ab."

Es folgte wieder eine lange Pause. Georg dachte nach und kam wieder nicht weiter.

„Ja, warten wir ab", bestätigte er Tresis Vorschlag nach einer Weile.

Dann waren beide wieder still.

Sie warteten hauptsächlich darauf, dass Tobias Heim kam oder gefunden wurde. Sie fanden es beide ausgesprochen schwierig, sich in die Bedürfnisse ihrer beiden anderen Kinder einzufinden. Die Eltern waren dankbar, dass sie fürs erste gut bei Tresis Schwester untergebracht waren und sie sich nicht auch noch darum kümmern mussten.

Beide hatten deshalb ein schlechtes Gewissen.

Georg erhob sich schwer von der Küchenbank, er musste jetzt melken.

Der Weg vom Hof der Winters zum Bleckmannshof war nicht weit, höchstens zwei oder zweieinhalb Kilometer.

Gemächlich lenkte Karin den Streifenwagen aus der Einfahrt des Hofes nach rechts auf die kleine Straße, die sie zum Bleckmannshof bringen würde.

Armin trank gierig aus seiner Wasserflasche. Das Wasser hatte in der Sonne im Auto die Temperatur von warmem Tee angenommen.

'Nicht lecker, aber es hilft', dachte er.

In dem Wäldchen, das einen Teil der Straße zwischen den Gehöften umgab, fuhr Kollegin Rinke unerwartet in einen forstwirtschaftlichen Betriebsweg. Schnell war der Streifenwagen von der Straße aus nicht mehr zu sehen.

„Was ist los?", fragte Armin mit scheinheiliger Stimme.

„Ich finde, wir haben uns in diesem schweren Fall eine kleine Verschnaufpause verdient", ein verführerisches Lächeln auf den Lippen, schob sie den Fahrersitz so weit wie möglich nach hinten. Dann wandte sie sich ihrem Beifahrer zu: „Wir müssen uns etwas entspannen, Herr Wachtmeister", sie kicherte bei ihrer Erklärung. Selbstbewusst registrierte sie, wie Armin ebenfalls seinen Sitz nach hinten schob. Die junge Beamtin beugte sich zu ihrem Liebhaber auf den Beifahrersitz hinüber. Seine Lehne stellte Armin auch noch ein Stück weiter nach hinten.

Ein zufriedenes Grunzen entfuhr ihm, als die Schutzpolizistin Karin Rinke genüsslich seinen Hosenbund öffnete.

Seine Erektion pumpte sich ihr schon erwartungsvoll entgegen.

Er nahm ihr die Dienstmütze ab und löste vorsichtig das Haarband von ihrem Pferdeschwanz. Die langen blonden Haare fielen in seinen Schoß, gerade als sie die zarte Spitze seiner Erektion mit ihrem wohlgeformten Mund aufnahm.

Ein sehr schöner Anblick, fand er.

Sanft presste sie ihre vollen Lippen, zwischen denen sie seinen Eichelkranz aufgenommen hatte, aufeinander. Armin holte hörbar tief Luft. Sie ließ jetzt ihre Zunge kreisen und drückte mit ihrer Zungenspitze sanft gegen die Stelle unterhalb seiner Eichel, an der seine Vorhaut in den Schaft überging. Sie wusste, dass ihn das fast verrückt machte. Gleichzeitig öffnete sie die Knöpfe ihrer kurzärmligen Uniformbluse und mit der linken Hand ihren Rücken kosend, öffnete Armin mit geübten Griff ihren BH. Jetzt konnte er ihre befreiten, üppigen Brüste in seinen Händen aufnehmen und er fühlte an der zunehmenden Härte ihrer Brustwarzen, wie seine Berührungen sie erregten.

Ihre prompte Reaktion machte ihn noch mehr an.

Mit fast schmerzhaftem Druck seiner Daumen und Zeigefinger knetete und zog er an ihren Brustwarzen. Karin stöhnte ebenfalls auf vor Lust. Das Ziehen in ihren Brüsten hatte sich direkt in ihren Bauch fortgepflanzt. Sie war feucht geworden und ihr Vaginalschlauch zog sich immer wieder präorgastisch lustvoll zusammen. Karin fuhr jetzt immer schneller rhythmisch mit über ihre Zahnreihen gestülpten Lippen an der prallen Weichheit seines Geschlechtes auf und ab. Mit ihrer Zunge nässte sie den Penis ihres Kollegen dabei immer wieder ein. In ihrer linken Hand, die zärtlich seine Hoden umschlossen hielt, spürte sie wie sich der tiefe Schaft seines Geschlechtsorgans weiter verhärtete. In ihrem Mund fühlte sie, wie sein Penis noch einmal anschwoll und sich ultimativ verhärtete, wie sich gleichzeitig seine Hoden weiter kontrahierten und er mit einem Aufbäumen der Lenden seine Samen tief in ihren Rachen pumpte.

Karin schluckte mehrmals.

Sie mochte den salzigen Geschmack nicht besonders, fand aber Gefallen an dem Gesamtgeschehen. Außerdem liebte sie Armin.

Sein Kopf war jetzt entspannt nach hinten gefallen und er wuselte gedankenverloren mit einer Hand durch die seidigen Haare seiner Kollegin, während sein Penis in ihrem Mund schrumpfte.

„Haben wir noch Zeit für dich, Schatz?", murmelte er etwas später mit halbherzigem Elan in der Stimme, nachdem sich sein Atem wieder beruhigt hatte. Den Mund hatte er dabei in ihren duftenden Haaren vergraben. Karin hatte ihren Kopf mittlerweile an seine Brust gelehnt. Er beugte sich vor und hob ihr Gesicht an ihrem Kinn an, um sie zu küssen.

„Vielleicht auf dem Rückweg", lächelte sie ihn an. Sie kannte das schon. Wenn er erst einmal abgespritzt hatte, war seine Lust, sie noch zu befriedigen deutlich eingeschränkt.

'Aber, wer weiß', dachte Karin, 'wir haben ja noch fast die ganze Schicht vor uns.' Voller Zuneigung schauten sie sich in die noch vor Erregung erweiterten Pupillen. Sie küssten sich inniglich. Armin mochte ihren Geschmack sehr, wenn sie ihn gerade getrunken hatte.

Karin wusste das und hoffte geduldig auf später.

Danach stiegen sie beide aus, rückten ihre Kleidung zurecht.

'Sie ist so ein nettes Mädchen, sie sollte sich einen anständigen Freund zulegen', dachte Czeckowski, als er sich das Hemd wieder richtig in die Hose steckte, 'die ist viel zu nett für mich.'

Er wusste fast nichts von Karin. Er war nie bei ihr zu Hause gewesen. Er mochte sie sehr. Manchmal auf eine fast väterliche Art.

Bevor sie wieder ins Auto stiegen, drückte er sie noch einmal fest an sich. Dann fuhren sie weiter zum Bleckmannshof.

Sie hatten heute noch viel zu erledigen.

Als sich der Schlüssel im Schloss drehte, war Tobias sofort hell wach.

Ohne sein willentliches Zutun war dieses Geräusch bereits als absolutes Alarmzeichen von seinem Unterbewusstsein abgespeichert worden: Sein Erklingen forderte unmittelbare Aufmerksamkeit. Egal, in welchem Wachzustand sein Gehirn sich gerade befand. Selbst im allertiefsten Tiefschlaf würde er von jetzt an mit uneingeschränkter Geistesgegenwart wach im Bett liegen, sobald sich der Schlüssel das erste Mal im Schloss herumgedreht haben würde. Ihm würde danach nichts mehr entgehen.

Sein Überlebenstrieb war im wahrsten Sinne des Wortes die Triebfeder hinter dieser prompten Reaktion. Das Geräusch des sich drehenden Schlüssels war selbst zum Schlüssel für sein Verhalten geworden. Noch bevor die Türklinke heruntergedrückt wurde, befand er sich in diesem Zustand extremer Aufnahmefähigkeit. Sofort waren alle seine Sinne auf maximale Informationsverarbeitung geeicht. Dadurch hatte er einen kurzen Moment, in dem er sich für das, was da kommen würde, wappnen konnte.

Nicht ein einziges Mal würde Horst das Verließ betreten und den Jungen schlafend antreffen.

Außer, Tobias stellte sich schlafend.

Aber das hatte er an seinem ersten Tag im Keller noch nicht gelernt.

So blieb er jetzt mit wild schlagendem Herzen liegen, fühlte das Blut in seinen Ohren rauschen.

Er hatte sofort wieder diese elende Angst, die tief aus dem Bauch hoch kroch. Genau die entsetzliche Furcht, bei der er sich innerlich und äußerlich verkrampfte.

Vorsichtig schaute er mit den Augen in die Richtung, aus der das Geräusch gekommen war. Seinen Kopf traute er sich nicht zu bewegen.

Dann sah er ihn.

Der Mann trug wieder einen hellen Anzug, er war groß, hatte helle Locken, einen ziemlich dicken Bauch. Ein freundliches Gesicht.

Er trat an das Bett, auf dem der Junge lag und betrachtete ihn.

Beide sagten nichts.

Der Mann ließ seinen Blick über den Kinderkörper wandern und dann zu dem Nachtschränkchen. Mit Genugtuung registrierte er, dass die Flasche halb leer war. Dann blickte er zu dem Eimer und sah, dass dieser etwas gefüllt war.

Auch das verschaffte ihm Genugtuung.

Missbilligend hingegen nahm er auf, dass sein Engel nichts gegessen hatte und dass sein Handgelenk ziemlich aufgescheuert war.

'Da muss ich mir noch was einfallen lassen', notierte sich Horst im Geiste.

Er hatte eine Tube Brandsalbe und Verbandszeug mitgebracht. An seinem Gürtel baumelte ein zweites Paar Handschellen.

„So, Junge, du bist ja nicht gerade gesprächig", wieder schaute der Mann auf ihn herab, „ich werde dich jetzt erst einmal verbinden."

Alarmiert schaute Tobias ihn an.

'Verbinden?', fragte er sich, 'womit will der mich denn verbinden, 'Tobias verstand gar nichts mehr. Er kam gar nicht auf die Idee, dass seine Wunden verbunden werden sollten, er hatte Angst, an ein Elektrogerät angeschlossen zu werden.

'Was will der denn jetzt noch von mir?', schrie es in Tobias, 'ich will nicht mit irgendetwas verbunden werden!' Er versteifte sich noch mehr, wagte nur mit den Augen den Bewegungen des Mannes zu folgen.

'Was will der nur von mir? Ich bin doch schon ans Bett gekettet!' Unwillkürlich zog er die Knie etwas an und sofort meldete sich der Schmerz in all seinen Gliedern wieder. Vor Entsetzen gelähmt, hatte sein Bewusstsein die Schmerzen noch gar nicht wahrgenommen.

„Also los, dreh dich auf den Bauch", befahl der Mann in ruhigem, jedoch sehr bestimmtem Ton.

Tobias konnte nicht, er wollte den Mann im Blick behalten.

Das war ein völlig irrationales Wollen.

In seiner Lage war er dem Mann in dem Keller ja sowieso auf Gedeih und Verderb ausgeliefert. Aber solche Gedanken machte der Junge sich nicht, er hatte einfach nur Angst und wollte sehen, was der Mann als nächstes machen würde. Er hatte das Gefühl, wenn er ihn sehen könnte, würde er auch etwas Kontrolle über seine Situation haben, er wähnte sich dadurch sicherer.

Er war aufs Äußerste gespannt und die Vorstellung nicht sehen zu können, womit der Mann ihn verbinden wollte, ließ ihn in seiner Bewegungslosigkeit verharren.

Verängstigt rührte sich das Kind nicht. Es schaute weiter an dem Mann hoch.

„Pass auf Bursche, letzte Aufforderung", der Ton in der Stimme des Mannes war jetzt sehr bedrohlich geworden, hatte etwas Unbarmherziges und Grausames. Aus seinem Blick war jede Freundlichkeit gewichen: Ein lauerndes Tier schaute auf den Jungen nieder. „entweder du drehst dich selbst oder ich drehe dich, und das wird dir wehtun."

Tobias begriff endlich.

Er hatte sowieso schon Schmerzen und wollte nicht noch mehr davon haben. Langsam drehte er sich auf den Bauch und hing dabei ganz am Rand des Bettes, da er ja mit der linken Hand am Bettpfosten angekettet war. Sein wund- und offen gescheuertes Handgelenk schmerzte bei der neuerlichen Bewegung sehr. Es fing an einer Stelle wieder an zu bluten.

„Na also, geht doch", kam der Kommentar von oben.

Tobias hörte, wie der Mann mit den anderen Handschellen hantierte und dann spürte er, wie seine rechte Hand ergriffen wurde und die Fessel sich auch um sein zuvor freies Handgelenk schloss.

Bei dieser Berührung erstarrte Tobias. Die Angst rauschte durch seinen Kopf, er fing an, Sterne zu sehen.

Den direkten Körperkontakt hielt er kaum aus. Er war kurz davor, wieder in eine erlösende Bewusstlosigkeit abzurutschen.

„Hör zu Junge. Ich werde dir die Brandwunde am Rücken jetzt gleich verbinden", kam auf einmal eine Erklärung, die Tobias neugierig machte.

'Brandwunde?', rätselte er, 'ob das die Stelle ist, wo der Rücken so weh tut?' Tobias überlegte weiter, 'wieso habe ich denn da eine Brandwunde, wo kommt die denn her?' Er konnte sich beim besten Willen nicht erinnern, wo er sich die geholt haben sollte.

Diese Überlegungen hielten ihn in der Gegenwart. Durch seine Neugierde entging er einem neuerlich Blackout, das die Berührung des Mannes fast ausgelöst hatte. Sein Körper trat auf die Bremse und Tobias konnte weiter verfolgen, was der Mann machte.

Er registrierte, wie seine rechte Hand unterhalb der Linken am Bettpfosten fest gemacht wurde. Die Linke wurde vom Bett gelöst und gleich darauf an einer Strebe am Kopfende des Bettes wieder festgesetzt.

So lag er, mit ausgebreiteten Armen gefesselt, bäuchlings auf dem Bett. Den Kopf hatte er nach rechts gedreht und konnte aus den Augenwinkeln noch etwas von dem Mann sehen.

'Wie der Jesus am Kreuz bei uns an der Straße liege ich hier mit meinen ausgebreiteten Armen. Ich komme hier echt nicht weg.'

Dann spürte er, wie ihm das T-Shirt über den Rücken nach oben gezogen wurde. Auch am Bauch rutschte das T-Shirt hoch.

„Uh, das ging ja ganz schön tief", kommentierte der Mann beim Anblick der Wunde.

„Dann sehen wir mal zu, dass sich der Schlamassel nicht entzündet."

Etwas Kühles berührte jetzt genau die Stelle, die Tobias so wehtat.

„Immerhin brauche ich dich unversehrt", der Mann sprach leise weiter, während er die Verbrennung versorgte, „du sollst mir nach all meiner Mühe nicht an so einer blöden Verletzung, die dir dann eine Blutvergiftung beschert, draufgehen." Horst hatte hier aus Erfahrung gesprochen.

Nichts von all dem machte allerdings in irgendeiner Weise Sinn für Tobias. 'Mich brauchen? Welche Mühe? Verrecken?', er verstand von dem Gerede kein Wort.

Er konzentrierte sich jetzt lieber auf die Stelle an seinem Rücken. Etwas berührte ihn dort, es war kühl und fühlte sich gut an, es nahm ein bisschen die Spannung. Dann wurde etwas anderes auf die Stelle gelegt und er beobachtete, wie der Mann von einer Pflasterrolle vier Streifen abriss und diese am Nachtschränkchen jeweils mit einem Ende festklebte. Dann steckte er die Rolle in seine Hosentasche, pflückte einen Streifen nach dem anderen vom Nachttisch wieder ab und klebte sie nacheinander auf seinem Rücken fest. Jedes Mal, wenn er sich vorbeugte, hing der Bauch des Mannes nach unten und sah viel dicker aus, als wenn er aufrecht stand.

„So, das hätten wir. Jetzt noch dein Handgelenk, das du dir unnötigerweise aufgerieben hast. Merk dir einfach für die Zukunft: Du kommst hier nicht weg, auch nicht, wenn du dir die Hand abreißt", bemerkte er trocken.

'Was?', rumorte es in Tobias. Er konnte sich keinen Reim auf das Gesagte machen.

Sein Gehirn hielt wieder ein Schutzschild vor das, was sein Verstand verkraften konnte. Sein innerer Wachhund erlaubte ihm nur gewisse Zusammenhänge zu verstehen. So beschützt, erlebte das Kind nur Bruchstücke seiner neuen Wirklichkeit.

Überlebenswichtige Handlungen und Funktionen, wie Flüssigkeitsaufnahme und -ausscheidung, konnte er bewältigen. Andere Aspekte seiner Situation waren immer noch nicht in sein Bewusstsein vorgedrungen. Sie waren in seinem Unterbewusstsein viel besser aufgehoben.

Portionsweise drang immer nur gerade so viel Information zu ihm durch, dass er nicht verrückt wurde oder wieder in einen Schockzustand abrutschte.

Die Einsicht, für immer in dem Keller gefangen zu sein, wäre ein echter Killer gewesen. Das hätte die Psyche des Jungen unwiderruflich durchbrennen lassen.

Es war eine Gratwanderung, die sein Unterbewusstsein zwischen Wahnsinn und Überleben ausbalancierte. Sein Gehirn lief die ganze Zeit auf Hochtouren, auch im Schlaf. Es sammelte und verarbeitete ununterbrochen weitere Daten und Informationen. Es war so, als müsste er seine Welt vollständig neu kartieren. Als erstes wurden die lebens- und überlebenswichtigen Verkehrsadern eingezeichnet. Die Feinheiten des Grauens mussten warten, bis sie ihren Platz in der neuen Welt zugewiesen bekamen.

Dadurch wusste Tobias einigermaßen, wie er sich verhalten musste.

Er war in der Lage, seinen Grundbedürfnissen nachzukommen, seine Atmung blieb relativ ruhig, sein Herz setzte nicht aus und er war wachsam, in ständig erhöhter Alarmbereitschaft.

Die Erkenntnis, für immer gefangen zu sein, würde noch lange nicht bis in sein waches Erleben vordringen.

Gleichzeitig fing Tobias' Körper an, sich für eine eventuelle Flucht vorzubereiten. Auf verschiedenen Ebenen hatte der Heilungsprozess eingesetzt: Die Milchsäure wurde aus seinen Muskeln abtransportiert, denn die gestrigen massiven Krämpfe, an die Tobias sich nicht erinnerte, hatten einen enormen Muskelkater hinterlassen. Jede Bewegung verursachte ihm Schmerzen, für die er keine Erklärung hatte.

Auch an der Brandwunde trennte sich sein Körper von verletztem Gewebe und produzierte bereits neue Zellen: Die Narbenbildung hatte eingesetzt.

Die schmerzhaften, jedoch oberflächlichen Wunden an seinem Handgelenk begannen ebenfalls, sich fester zu verkrusten. Darunter bildeten sich bereits neue Hautzellen.

Die Lebenseinheit aus Körper und Geist hatte sich mit aller Macht seiner gerade dreizehn Lebensjahre daran gemacht, den physischen Anteil zu reparieren und den psychischen soweit zu schützen, wie erforderlich war, den Körper wieder herzustellen und zu erhalten.

Der Mann löste die linke Hand des Kindes wieder aus den Handschellen und befahl ihm, sich zurück auf den Rücken zu drehen. Diesmal gehorchte Tobias ohne zu zögern. Er hatte schnell gelernt. Er wollte den Mann auf keinen Fall verärgern.

Seine Situation war so schon schlimm genug.

Erleichtert nahm der Junge beim Herumdrehen zur Kenntnis, dass es nicht mehr ganz so wehtat, wenn er die Stelle am Rücken mit seinem Gewicht belastete. Danach strich der Mann Salbe auf sein aufgescheuertes Handgelenk und legte einige aufgefaltete Tupfer darüber. Diese befestigte er dann ebenfalls mit Pflastern. Er fesselte die Hand wieder ans Bett, was jetzt nicht mehr so schmerzte. Dann machte er die andere los.

Der Mann hob jetzt den Eimer an und entfernte sich einige Schritte vom Bett. Dann verschwand er aus Tobias' Sichtfeld in dem anderen Raum. Der Junge hörte, wie sein Urin ausgegossen wurde, gefolgt von dem Rauschen einer Spülung.

Der Eimer wurde sauber gemacht und dann nahm er erneut ein Geräusch wahr, das nur von einer Klospülung sein konnte.

'Also ist da vorne bei der Tür auch das Klo', schloss Tobias aus der Richtung, aus der die noch stets so seltsam fremd gedämpften Geräusche kamen. Irgendwie freute er sich über diese Erkenntnis, er hatte jetzt mehr Informationen zu seiner Orientierung.

Der Mann kam zurück und stellte den Eimer genau an die Stelle, an der er vorher auch gestanden hatte.

Er schaute zu ihm hinüber: „Wie heißt du, Junge?"

Tobias konnte nicht sprechen.

„Wie heißt du, habe ich dich gefragt!", er hatte jetzt wieder diese drängende Ungeduld in der Stimme.

Tobias konnte einfach nicht sprechen. Die Angst schnürte ihm die Kehle zu. Seine Augen weiteten sich vor Entsetzen.

„Ich hoffe für dich, dass das hier bald mal anders wird und du ein wenig auftaust, ansonsten sehe ich schwarz für dich", bei dieser Drohung musste Horst den Blick von dem Knabenkörper abwenden, der ihm sehr, sehr einladend schien.

Schnell verließ er den Keller, bevor er etwas Unüberlegtes tun konnte. Seine gestrigen Zustände waren riskant und ihm eine Lehre gewesen. Er wollte diese aufkeimende Freundschaft unter keinen Umständen aufs Spiel setzen.

Und glücklicherweise hatte Horst heute Morgen ausgeschlafen und konnte den Beginn seines Verlangens besser unter Kontrolle halten.

Er ging die geschwungene Holztreppe nach oben, schob in seinem Schlafzimmer eine bestimmte Aufnahme in den DVD-Spieler und befriedigte sich einige Male.

Danach ging es ihm besser.

Er war sehr damit zufrieden, dass er einige der anderen Jungen gefilmt hatte. Die CDs halfen ihm über die Durststrecken hinweg, in denen er keinen zu Hause hatte. Wenn das dann nicht mehr funktionierte, musste er wieder los und sich ein frisches Opfer holen.

Erst am Abend würde er wieder nach dem neuen Jungen schauen.

'Verdammt! Und ich weiß immer noch nicht, wie der heißt', ging es ihm durch den Kopf, als er aus seinem Zimmer wieder nach unten ging.

Tobias 2

Tobias, unausweichlich seit einer Woche an sein Bett gefesselt, befand sich in einem Schwebezustand. Mal war er wach, dann nickte er wieder ein. Es war immer noch so, dass er seine neue Realität nur häppchenweise verkraften konnte.

Gleichzeitig war es auch extrem langweilig, die ganze Zeit so herumzuliegen.

An das Bett gefesselt, konnte er nicht einmal seine Umgebung erkunden. Er konnte sich nur direkt vor dem Bett aufrecht hinstellen. Sein Bewegungsradius war massiv eingeschränkt. Manchmal saß er auf der Bettkante. Meistens lag er jedoch niedergeschlagen auf seinem Lager. Immer wieder driftete sein Geist in den betäubenden und gleichzeitig erlösenden Schlaf.

Zu Anfang war er froh gewesen, seinen schmerzenden Körper ausruhen zu können, aber jetzt waren seine Muskeln wieder in Ordnung.

Er verspürte einen starken Bewegungsdrang. Tobias konnte diesem nicht nachkommen. Das machte ihn innerlich ganz unruhig. Sein neu eingesetzter Fluchttrieb ließ ihn trotz der Schmerzen im Handgelenk immer wieder an seiner Fessel zerren. Vergeblich, natürlich!

Zusätzlich verunsicherte ihn die Tatsache, dass er die Zeit verloren hatte.

Er wusste nicht, welcher Tag es war.

Er wusste nicht, ob es Tag oder Nacht war, geschweige denn, welche Tageszeit es war.

Ununterbrochen brannte eine helle Neonröhre in dem anderen Raum. Das Licht schien von dort hell in jeden Winkel. So kam es dem Jungen auf jeden Fall von seinem Platz auf dem Bett vor.

In der abgetrennten Schlafnische, war das Licht nicht dauernd angeschaltet, sodass dieser Bereich mehr im Dämmerlicht war.

Auf seinem Nachtschränkchen stand eine Lampe, die er selbst an- und ausknipsen konnte. Zwischendurch hatte er mit dem Kippschalter gespielt und die wechselnden Schatten auf den Wänden und der Decke beobachtet. Er hatte auch die Lampe in die Hand genommen und hin und her bewegt. So hatte er die Schatten tanzen lassen. Aber dieses Spiel war auch nur eine gewisse Zeit interessant gewesen. Außerdem war die Lampe mit ihrem blöden Marmorfuß richtig schwer.

Nach stundenlangem Spiel kannte er die Schattenmuster und Bewegungen auswendig. Es war öde geworden, den blöden sich bewegenden Linien nachzuschauen.

Etwas interessanter war es gewesen, die Lampe mit der gefesselten Hand festzuhalten und auf die Wand zu leuchten. Mit der anderen Hand hatte er dann Formen gemacht. So hatte er Tierschatten und Figuren auf die Wand projektiert. Aber auch das war nur eine Zeitlang eine willkommene Ablenkung gewesen. Tagein, tagaus Schattenspiele waren ätzend und das gefesselte Handgelenk tat weh, wenn er die Hand zu viel gebrauchte. Der ganze linke Arm, besonders die Schulter schmerzte ihm durch die unnatürliche Stellung.

Manchmal lehnte er sich an das Kopfende des Bettes, legte sein Kopfkissen zwischen Schulter und Wand und blieb so sitzen. In dieser Position konnte er sich etwas entspannen. Danach ging es dem Arm und dessen Gelenken besser. Aber jedes Mal, wenn er aufwachte, schmerzte die Schulter erneut, weil er immer, immer, immer seinen Arm ausgestreckt nach oben halten musste.

Das einzig Gute war, dass der Mann, der ihm ständig sagte, dass er Horst heiße, eine dünne Ledermanschette um das Handgelenk befestigt hatte. Diese hielt die Tupfer in Position, sodass seine Wunden geschützt waren. Sie war mit einem Klettverschluss eng angelegt und verhinderte, dass das Metall erneut seine Haut aufschürfen würde.

Einmal hatte er die Manschette abgelöst, weil er gehofft hatte, dann seine Hand aus der Handschelle herausziehen zu können, aber das hatte nicht geklappt. Danach hatte er es zu seinem Leidwesen nicht geschafft, das breite Lederarmband wieder anzulegen. Die Tupfer waren bei seinem Versuch, die Handschelle abzustreifen, verrutscht und seine Haut riss wieder auf. Als der Mann später gekommen war, hatte er nur trocken bemerkt, dass, wenn er das noch einmal machen würde, er sowohl die Tupfer, als auch den ledernen Schutz weglassen würde.

„Du kannst dann ja sehen, wie das ist, wenn du dir das Handgelenk ständig aufscheuern musst, kapiert?"

Tobias hatte kapiert, er zog sich den Lederschutz nicht mehr ab.

In seinem zeitlosen Gefängnis hatte der Junge das Gefühl dafür verloren, wie lange er schon gefangen war. Der Mann hatte ihm sein Handy natürlich nicht wiedergegeben und ihm auch keine Uhr gegeben. Der Mann selbst, der jedes Mal in sauberer, heller Kleidung an sein Bett trat, trug auch keine Uhr. Vergeblich hatte der Junge jedes Mal auf dessen Handgelenke geschaut.

Es drang auch kein Geräusch zu ihm in den Keller. Kein Vogelgezwitscher, kein Glockenklang, keine Uhr, die irgendwo schlug, kein Rauschen, keine Autogeräusche, kein Flugzeug, keine Stimmen, nichts. Watteluft.

Das Einzige, was er so seltsam gedämpft hörte, war die Stimme des Mannes, seine eigenen Blähungen, seine Rülpser und das Rascheln des Bettes, wenn er sich bewegte. Er hatte noch nicht angefangen, mit sich selbst zu sprechen.

Auch mit dem Mann hatte er noch nicht gesprochen. Er konnte einfach nicht. Es war so, als hätte ihm das alles die Stimme verschlagen. Tobias registrierte zwar, dass der Mann deshalb sehr ungeduldig wurde, was ihm Angst machte, aber es gelang ihm dennoch nicht etwas zu sagen. Zwar hatte er bei einem Versuch den Mund bewegt, aber es war nichts herausgekommen. Das hatte der Mann, der zornig bebend vor ihm gestanden hatte, gesehen.

„Ich werde schon 'rausfinden, wie du heißt, Bursche. Ich wollte ja eigentlich von dir persönlich hören, wie dein Name ist, aber du scheinst ja verstummt zu sein", schimpfte Horst und gab dem Kind eine Kopfnuss, sodass dieses nach hinten über auf das Bett fiel. Aber auch das hatte nichts genützt, Tobias konnte nichts sagen, auch wenn er gewollt hätte.

Jedes Mal, wenn der Mann in den Keller kam, brachte er ihm etwas zu essen mit. Brote und Obst, im Wechsel mit einem Teller voll Mittagessen. Sein Gefangener hatte schnell wieder angefangen zu essen, nachdem er das erste Käsebrot verschmäht hatte. Horst hatte das Brot am Abend des ersten Tages Bella gegeben, die es gierig aufgeschnappt hatte.

Zu trinken bekam er nur Wasser. Der Mann hatte ihm einen Kasten Sprudel ans Bett gestellt. Zwischendurch hatte Tobias auch mit den Plastikflaschen gespielt, er hatte Linien und Muster mit den zwölf Flaschen auf dem Fußboden und auf dem Bett aufgestellt und ausgelegt. Aber auch das war nach einiger Zeit natürlich langweilig geworden.

Ekelig war es, dass er sich nicht richtig waschen konnte. Seine Haare fingen an, komisch zu riechen und zu jucken. Ganz besonders unangenehm und richtig eklig fand Tobias, dass er nur den Eimer für seine Notdurft hatte. Der Mann leerte ihn zwar täglich, aber nach dem Stuhlgang verbreitete sich der Gestank schnell und blieb in der Luft. Die Mischung aus Uringeruch und Kotgestank hing ihm ständig in der Nase.

Einmal täglich gab der Mann ihm einen nassen Waschlappen und er konnte sich damit notdürftig waschen. Ein Handtuch bekam er nicht.

Er hatte sich, seitdem er im Keller war, die Zähne nicht mehr geputzt und fand den Pelz auf seinen Zähnen auch ekelig. Mit dem Waschlappen putzte er zwar jedes Mal feste über seine Zahnreihen, aber mit so einem Lappen kann man sich eben nur behelfen. Zwischen den Zähnen blieben die Bakterien sitzen und wuchsen in Windeseile wieder zu einem pelzigen Teppich heran.

Er trug immer noch das T-Shirt, das er an seinem letzten Tag zu Hause angehabt hatte, und die Schlafanzughose, von der er nicht wusste, wem sie gehörte und wie er sie angezogen hatte. Den Gedanken, dass der Mann ihm die Hose angezogen haben könnte, stopfte er schnell wieder tief in seine Verdrängungskiste: Der Gedanke war viel zu peinlich und viel zu gefährlich.

Schlimmer als sein Dreckigsein und der Gestank war und blieb jedoch die endlose Monotonie seines Kellerdaseins. Er hatte nichts zu tun. Gar nichts. Seine Schultasche hatte er nicht wieder bekommen. Und da ihm das Leben im Keller die Sprache verschlagen hatte, konnte er auch nicht danach fragen.

Es blieb ihm nichts, als zu denken. Und da seine Gedanken immer noch nicht wieder frei waren, alle Einzelheiten seiner Lage zu erfassen, war dies auch eine ungewohnte Einschränkung für den sonst geistig so regen Jungen.

Dennoch lief sein Gehirn ständig auf Hochtouren, sein Unterbewusstsein war unaufhaltsam damit beschäftigt die neuen Erfahrungen zu verarbeiteten und zu verpacken. Es versuchte die Landkarte seines Erlebens neu abzustecken und so zu speichern, dass er irgendwie überleben konnte. Es erstellte den neuen Lageplan so, dass Tobias sich in der Zukunft in der neuen Lebenssituation zurechtfinden würde.

Seinem wachen bewussten Erleben erlaubte es allerdings nach wie vor nur eine schmalspurige Existenz. Breit genug um zu überleben und schmal genug um nicht zu dekompensieren. Die Spur für bewusstes Erleben wurde nur sehr behutsam erweitert und in Nebenstraßen kaum Einblick gewährt. So konnte das Kind nur eingeschränkt nach rechts und links schauen und wohl dosiert Schritt für Schritt sein aus jeglicher Normalität katapultiertes Dasein kennenlernen.

Zu seiner großen Verwunderung hatte Tobias begonnen, schon fast ungeduldig auf den nächsten Besuch des Mannes zu warten. Gleichzeitig gruselte er sich jedes Mal, wenn sich der Schlüssel drehte. Er wusste, dass der Mann etwas von ihm wollte, aber er wusste noch nicht, was. Der Mann war und blieb total unberechenbar für ihn. Ständig war der Junge auf der Hut vor dem, was da kommen würde.

Aber wenn der Mann da war, war er wenigstens nicht mehr alleine. Die Eintönigkeit pausierte. Es passierte dann immer irgendetwas. Und auf eine unerklärliche Weise war selbst eine Kopfnuss besser als die stumme Ödnis seiner endlos scheinenden Einsamkeit.

Der schreckliche Gedanke, was mit ihm geschehen würde, falls der Mann nicht wieder käme, erreichte sein Bewusstsein noch lange nicht zu.

Die Polizei 8

Die Polizei hatte Familienangehörige, Freunde, Mitschüler, Lehrer und Nachbarn befragt. Alle hatten übereinstimmend angegeben, dass sie sich nicht vorstellen konnten, dass Tobias einfach so weggelaufen sei. Viele der Befragten hatten die Polizisten mit Verwunderung zurückgefragt: „Warum sollte er denn weggelaufen sein? Ihm ging es doch gut. Die Ferien stehen doch vor der Tür!"

Die tief empfundene Bestürzung und Trauer bei jedem, der Tobias gekannt hatte, war einfach zu echt, als dass jemand unter direkten Verdacht geraten war, dem Jungen etwas angetan haben zu können.

Aber auch das wurde natürlich weiter in Frage gestellt. Vielleicht konnte sich ja jemand einfach gut verstellen.

Nach den Befragungen und der nochmaligen ergebnislosen Gesprächen mit Lehrer Heise, der Czeckowski so komisch vorgekommen war, hatten die Beamten immer noch keine heiße Spur.

Die Polizei ging mittlerweile vom Schlimmsten aus: Tobias war aller Wahrscheinlichkeit nach nicht weggelaufen. Ihm musste etwas zugestoßen sein. Man ging davon aus, dass Gefahr für sein Leib und Leben bestand. Da jedoch keine Leiche gefunden werden konnte und kein Unfall gemeldet worden war, in den ein unbekannter Junge verwickelt war, galt er immer noch als vermisst.

Sonntagmorgen, zweieinhalb Tage nach dem Verschwinden des Kindes, war eine Sonderkommission des Kriminaldezernates mit der 'Vermisstenangelegenheit Tobias Bleckmann' beauftragt worden und hatte ihre Arbeit aufgenommen.

Damit waren die Streifenpolizisten Rinke, Czeckowski, Steinke, Senger und die anderen Schutzbeamten der ersten Stunde nicht mehr direkt mit den Ermittlungen in dem Fall betraut. Sie verfolgten ihn jetzt nur noch mit Abstand und gingen wieder ihren Tagesgeschäften von Verkehrsdelikten, Kleinkriminalität und häuslicher Gewalt nach.

Die Spürhunde und die Hundertschaft der Polizei, die gemeinsam mit Nachbarn, Bekannten und Verwandten am Samstag und Sonntag weiter nach dem Kind gesucht hatten, hatten nichts wirklich Neues entdeckt. Auf jeden Fall nichts, was bahnbrechend gewesen wäre oder eine weiterführende Spur ergeben hätte.

Diese Tatsache war einerseits gut, denn es war keine Leiche gefunden worden. Und dies stützte natürlich die Hoffnung der Eltern, dass Tobias noch lebte.

Andererseits war man in dem Fall aber auch keinen entscheidenden Schritt weiter gekommen.

Das Einzige, was bei der Suche mit den Trailerhunden bestätigt worden war, war die Stelle auf der Straße, wo auch Arco angeschlagen hatte. Der Spurenerkennungsdienst hatte die Stelle genauestens in Augenschein genommen und Proben von dem Staub und von Steinchen aus diesem Bereich labortechnisch untersuchen lassen.

Die Stelle und die nähere Umgebung wurden mit einer Tatortlampe auf Blutspuren untersucht, allerdings mit negativem Ergebnis.

Es hatte sich herausgestellt, dass der Trägerstoff für Tobias Geruch sein Urin gewesen war. Harnsäure konnte nachgewiesen werden und ebenso einige Fragmente menschlicher Zellen aus dem Inneren der Harnblase.

Bei jedem Menschen schälen sich diese in einem regelmäßigen Regenerationsprozess ab und werden mit dem Urin ausgeschieden. Warum der Junge jedoch mitten auf der Straße uriniert hatte, konnte sich niemand erklären. Die Bestätigung, dass es sich um Tobias Urin handelte, kam jedoch erst, nachdem der genetische Fingerabdruck erstellt worden war. Auf dieses Ergebnis hatte man zweieinhalb Tage warten müssen.

Ein weiterer, nahezu unsichtbarer Fleck, der der Spurensicherung ganz in der Nähe des Urinfundes aufgefallen war, wurde für Speichel gehalten. Auch an dieser Stelle hatte ein Spürhund geknurrt. Er hatte einen fremden Hundegeruch gewittert. Es wurden an der Stelle verschiedene Tests mit Licht und chemischen Nachweisen gemacht.

Der forensische Nachweistest auf das Enzym Amylase wurde durchgeführt. Dieses die Kohlenhydratverdauung einleitende Protein, was beim Menschen in hoher Konzentration im Mundsekret vorhanden ist, konnte allerdings in der Fundprobe nur in sehr geringen Mengen nachgewiesen werden.

Das war ungewöhnlich.

Entweder hatte schon ein biologischer Abbauprozess eingesetzt und die Moleküle, aus denen so ein Enzym aufgebaut ist, hatten sich bereits zersetzt, oder es musste einen anderen Grund geben.

Wie die genauere gentechnische Laboranalyse des im getrockneten Speichel gefundenen Zellmaterials im Anschluss zeigte, war die Quelle des gefundenen Materials überraschenderweise ein Hund; genauer gesagt, ein weiblicher Bernhardiner. Deshalb war das Nachweisenzym Amylase nur in so geringer Konzentration nachgewiesen vorhanden.

Kein Wunder, denn wie bei allen anderen Hunden auch, enthielt Bellas Speichel dieses Zucker spaltende Enzym nur in sehr geringen Mengen. Hunde fressen eben deutlich weniger Kohlenhydrate als Menschen.

In der Umgebung des Urin- und Speichelfundes gab es keine Hautpartikel, keine Faserspuren, keine Kampfspuren, wie zum Beispiel Fingernägel auf dem Asphalt oder zertretenes Grün am Straßenrand. Wenn etwas da gewesen wäre, hätte der Wind oder der Fahrtwind von durchfahrenden Autos auch sicherlich längst alles fortgetragen. Und ein Waldstück auf weggewehte mikroskopisch kleine Partikel zu untersuchen, war einfach unmöglich. Es wurden auch keine Brems- oder Ölspuren oder Farbabsplitterungen des grünen Fahrrades auf der Fahrbahndecke gefunden. Nirgendwo konnten Reifenspuren ausgemacht werden, auch nicht neben der Straße in den Pflanzen.

Es war zwar ungewöhnlich, den Urin des Jungen quasi mitten auf der Straße identifiziert zu haben, aber eine Erklärung für sein Verschwinden konnte damit nicht geliefert werden.

Was allerdings noch in der Nähe des Urinfundes entdeckt worden war, war ein Haarbüschel, das sich am Straßenrand in den Dornen einer Brombeerhecke verfangen hatte. Die Haare waren hell und rötlich und hatten somit von vornherein nicht die Farbe von Tobias' Locken. Da die Haare jedoch auch zu einem potentiellen Täter gehören konnten, wurden sie ebenfalls gerichtsmedizinisch untersucht. Bei der DNA-Analyse hatte sich dann herausgestellt, dass es sich nicht um menschliche, sondern um tierische Haare handelte. In diesem Fall Hundehaare, genauer gesagt die Haare eines Bernhardiners. Desselben weiblichen Bernhardiners, zu dem der recht große Speichelfleck gehörte.

Wirklich ungewöhnlich war, dass niemand so einen massigen, auffälligen Hund jemals gesehen hatte und niemand einen solchen Hund kannte.

Es gab weit und breit keinen Menschen in der Gegend, der einen Bernhardiner besaß. Auch bei der Steuerbehörde war kein Bernhardiner in der gesamten Umgebung registriert.

Aber auch das hieß eigentlich nichts, denn wer wusste schon, wo die Leute her kamen, die in dieser ländlich so ansprechenden Gegend mit ihren Hunden spazieren gingen.

Genauso, wie niemand den Mann gekannt hatte, der im letzten Jahr immer mal wieder mit seinem Jack-Russell Terrier in der Umgebung unterwegs gewesen war. Es war übereinstimmend berichtet worden, dass der ältere Herr dann auch genauso schnell wieder verschwunden war, wie er aufgetaucht sei. Und das Ganze musste schon vor Monaten gewesen sein. Mehrere Bauern hatten ihn immer mal wieder gesehen und Volker auch, als er einmal mit dem Fahrrad vom Bleckmannshof aus nach Hause gefahren war. Alle hatten gedacht, er wäre ein Ornithologe und er habe durch sein Fernglas immer die Vögel beobachtet.

Und nein, der Mann sei niemals mit einem Fahrzeug gesehen worden.

Das war schon alles sehr ungewöhnlich und wurde von der Kriminalkommission auch ernst genommen und hinterfragt. Da aber niemand einen konkreten Hinweis auf den Mann oder den Hund machen konnte, wurde die Spur verworfen. Auch ein erneuter Aufruf in der Zeitung, der nach Hinweisen aus der Öffentlichkeit zu dieser Person, beziehungsweise dem Hund bat, blieb ergebnislos.

Auch der ältere Herr selbst reagierte nicht auf den öffentlichen Aufruf.

Es konnte sich letztlich auch niemand genau daran erinnern, ob der Terrier braun-weiß oder schwarz-weiß oder bunt gefleckt gewesen war, was die Suche nicht gerade erleichterte.

Genauso wie die Analyse der Bernhardinerhaare und Hundespucke den Fall keinen Deut weiter gebracht hatte.

Freienstein, der Leiter, der seit Sonntagmorgen im Einsatz befindlichen Kriminalkommission, war wirklich frustriert.

„Vielleicht sollten wir doch eine Hausdurchsuchung bei diesem Heise machen", warf Freienstein gerade in die Runde seiner Ermittler, „immerhin ist er der absolut Einzige, der uns komisch vorgekommen ist."

„Das stimmt zwar, aber was außer unserem Gefühl haben wir denn gegen den in der Hand, um gleich mit einem Hausdurchsuchungsbefehl bei ihm reinzukommen?", fragte sein Kollege Schmieding, der natürlich Recht hatte.

„Aber das ist doch zum Mäuse melken!", Freienstein war wirklich mit seinem Latein und seiner Geduld am Ende. Seit jetzt schon vier Tagen tappte die Polizei mehr oder weniger im Dunkeln. Die Aufrufe in der Sonntags- und Montagsausgabe der Zeitung hatten zwar schon zu einigen Hinweisen aus der Bevölkerung geführt, aber der Junge war nirgendwo und von niemandem nach fünfzehn Uhr am Donnerstagnachmittag gesehen worden.

„Dann wird morgen eben die Spurensicherung alle erforderlichen Proben auf dem Bauernhof entnehmen, um die genetischen Fingerabdrücke der Eltern, der Geschwister und des Jungen erstellen zu können. Mehr können wir im Moment nicht tun. Wir finden ja nicht einmal einen alten bärtigen Mann mit Hut und seinem Jack-Russell oder einen riesigen, anscheinend herrenlosen Bernhardiner in ganz Emsdetten."

Seine vier Kollegen nickten schweigend. Jedem einzelnen von ihnen ging der Fall unter die Haut. Das Elend der Eltern war nur schwer auszuhalten, ebenso ihre Unzufriedenheit mit den Ermittlungen der Polizei. Und jeder aus der Kommission war natürlich selbst enttäuscht darüber, dass ihre intensiven Bemühungen bisher zu so gar keinem fruchtbaren Ergebnis geführt hatten.

Sie waren alle sehr bedrückt.

'Vielleicht schaffen wir ja morgen den Durchbruch', dachten zwei der eher optimistisch eingestellten Beamten aus der Runde.

Seit einer Woche war Tobias jetzt schon spurlos verschwunden. Heute hatten die Sommerferien angefangen.

Die Agonie, die Georg und Tresi Bleckmann befallen hatte, war maßlos. Die Eltern schliefen nach wie vor kaum und waren von den Ergebnissen der Polizeiarbeit zutiefst enttäuscht. Am Dienstag war tatsächlich die Spurensicherung bei ihnen auf dem Bauernhof gewesen. Sie hatten Tobias Computer mitgenommen. Es sollte ganz genau nachvollzogen und überprüft werden, welche Aktivitäten er online durchgeführt hatte. Es war immer noch nicht klar, ob er mit Unbekannten Kontakte gepflegt hatte.

Zwei Frauen und ein Mann waren zu ihnen herausgefahren. Bekleidet mit weißen Plastikoveralls und Gummihandschuhen waren sie im Zimmer ihres Sohnes bei der Arbeit. Sie schauten selbst in die Aufzeichnungen, die der Junge sich über seine Elektroversuche gemacht hatte und waren erstaunt, wie detailliert die Dokumentationen waren. Aber auch in diesem Heft fanden sie absolut keinen Hinweis darauf, dass der Junge geplant hatte, abzuhauen.

Das Team hatte von Georg und Tresi DNA-Proben mittels Mundschleimhautabstrichen genommen und Material von dem Jungen mitgenommen. Mit Material meinten die Beamten DNA-Spuren.

Sie hatten den Eltern erklärt, dass genetische Fingerabdrücke erstellt werden sollten. Dies sei genauer als richtige Fingerabdrücke. Da jedoch alle in der Familie eine gemeinsame Bürste benutzten, konnten die Haarproben daraus nicht verwertet werden. Die Haare von Tobias und Sven waren sich farblich und von der Struktur her zu ähnlich, als dass man sie hätte unterscheiden können.

Im Bett des vermissten Jungen hatten sie Haare gefunden, die nur von ihm stammen konnten.

Dies alles wurde gemacht, um im Falle eines Leichenfundes den DNA-Abgleich durchführen zu können, oder falls doch noch anderes Material gefunden werden sollte, dieses mit dem des Jungen vergleichen zu können.

Die Ernsthaftigkeit dieser Maßnahmen rüttelte stark an Tresis eh schon zum Zerreißen gespannten Nerven. Nachdem die Frau ein Wattestäbchen über die

Innenseite ihrer Wange gezogen hatte und die Probe in ein Reagenzglas gestopft hatte, liefen ihr wieder die Tränen schierer Verzweiflung über das Gesicht. Sie wandte sich ab, verließ das Zimmer und schloss sich im Badezimmer ein.

Sie wollte allein sein.

Das war ihr alles viel zu viel. Das ganze Szenario war so schrecklich, dass sie es nicht aushalten konnte und gleichzeitig so überwältigend unwirklich. Sie hatte fast das Gefühl, in einem Film gelandet zu sein. So etwas konnte doch nicht echt sein, konnte doch nicht ihr Kind, nicht ihre Familie betreffen!

Sie setzte sich auf den geschlossenen Klodeckel und weinte leise.

Tobias fehlte ihr so sehr. Jede Minute, ja, jede Sekunde ihres Tages und damit ist auch die Nacht gemeint, litt sie unter dem Verlust ihres Kindes. Sie fand keinen Trost, fand keine Worte, die ihren Kummer auch nur ansatzweise hätten beschreiben können. Sie war in ein tiefes schwarzes Loch gefallen und wusste nicht, wie sie herauskommen sollte. Sie hatte keine Idee mehr, was sie tun sollte. So saß sie in sich zusammengesunken auf der Toilette. Die Tränen, die seit einer Woche immer noch aus ihren rot geschwollenen Augen liefen, putzte sie nicht einmal mehr fort. Sie war am Ende. Die Vorstellung, dass ihre Zellen möglicherweise zur Identifizierung ihres toten Kindes benötigt werden würden, machte sie ganz verrückt, machte das Atmen schwer, machte ihr ganzes Leben schwer. Sie hatte das verzweifelte Gefühl, nicht mehr weiter machen zu können. Es hätte ihr nichts ausgemacht, dort und auf der Stelle einfach zu sterben. Weg zu sein, vollständig weg zu sein. Fort von diesem Elend, das ihr Leben geworden war.

Sie hatte den Sinn verloren.

Georg war ihr nicht gefolgt. Er war mit dem Schmerz seiner Frau und seinem eigenen Verlusterleben ständig überfordert. Er hatte keine Worte des Trostes für sie und hielt sich selbst nur mit einem gewissen Aktivismus über Wasser.

Wenn er nicht seinen Tätigkeiten, die die Natur eines Hofes mit sich brachte, hätte nachkommen können und müssen, wäre er sicherlich in seinem tiefen Kummer untergegangen.

Jetzt beschäftigte er sich damit, den Untersuchern noch Hinweise zu geben und sie darauf hinzuweisen, dass sie eindeutige Fingerabdrücke von Tobias wahrscheinlich auf seiner Gitarre finden würden, die neben seinem Bett im Gitarrenkoffer stand.

Wieder und wieder grämte er sich darüber, wie unsinnig er dieses Gitarrenspielen immer gefunden hatte und ertappte sich jetzt bei dem Gedanken, dass er seinen ganzen Hof dafür hergeben würde, wenn Tobias nur wieder da wäre und einfach nur Gitarre spielen würde. In den letzten Tagen hatte Georg immer wieder diese schmerzlichen Anfälle von Einsicht. Es war so als würde er in einen Spiegel schauen, der ihm auf einmal zurückwarf, was wirklich wichtig war in seinem Leben. 'Wieso habe ich das vorher nicht begriffen?', zermarterte er sich das Hirn. Er hatte das Gefühl, soviel Zeit und Energie in die falsche Richtung investiert zu haben. Er hatte Angst davor, nie wieder die Möglichkeit zu bekommen, etwas wieder gut machen zu können.

Er wollte einfach nur wieder seine Familie vollständig bei sich haben. Georg hätte wirklich alles, alles gegeben, wenn nur sein Junge wieder da sein könnte.

Er hatte angefangen, nachts, wenn er nicht schlafen konnte, zu beten. Er hatte Gott immer wieder versprochen, dass er Tobias in Ruhe lassen würde und dass er sein Kind bei seinen Interessen immer unterstützen würde, wenn er ihm den Jungen nur zurück bringen wollte. Er betete darum, dass es Tobias gut ging, wo immer er auch sei. Und er betete inständig, dass sein Kind noch am Leben war.

Das war sein allerdringlichstes und allerhäufigstes Gebet: 'Lieber Gott, mach, dass Tobias lebt und heile nach Hause kommt. Bitte! Amen', dann bekreuzigte er sich.

Georg war seit der Kommunion von Tobias nicht mehr in der Kirche gewesen und davor das letzte Mal bei der Taufe der Zwillinge; davor bei Tobias Taufe und bei seiner Hochzeit.

Er hatte jeden Halt verloren und der Gott seiner Kindertage war ihm als einziger Trost wieder eingefallen. Es war die einzige Zuflucht, die er finden konnte, als alles andere um ihn zusammenbrach.

Die Leute von der Spurensicherung nahmen auch die Fingerabdrücke von der ganzen Familie und von allen, die sonst noch in Tobias Zimmer gewesen waren. Dann würden die Abdrücke, die niemandem zugeordnet werden konnten, wahrscheinlich die von dem vermissten Kind sein.

'Die von Tobias werden ja wohl trotz unserer Durchsuchung noch irgendwo in seinem Zimmer zu finden sein, dann können wir den Abgleich machen und haben eindeutige Abdrücke von dem Jungen', hoffte Frau Gündal, eine der Spurenermittlerinnen.

Der Hinweis des Vaters auf die Gitarre des Jungen wurde aufgenommen und fand sich bestätigt. Die Fingerabdrücke nur einer einzigen Person waren auf dem Instrument gefunden worden.

„Komm jetzt rein, Sohn, es ist Zeit!"

Horst ließ sofort seine Spielsachen im Garten liegen. Wie immer folgte er der Stimme seines Vaters ohne Widerrede.

Es war zehn nach fünf am frühen Abend. Der Oktoberhimmel war bewölkt. Der Wind blies die ersten Herbstblätter von den Bäumen. Es war komischerweise nicht kalt.

Horst ging jetzt in die erste Klasse auf dem Gymnasium in Erlangen. Freunde hatte er dort keine. Die Kinder kannten ihn mittlerweile. Das heißt, sie kannten ihn nicht. Sie wussten nur von ihm, dass er sich nicht verabreden würde und auch auf dem Schulhof nicht mit ihnen spielen würde. Er las immer irgendetwas. Sie ließen ihn in Ruhe. Es war selbst zu langweilig, ihn zu ärgern.

Bereits auf dem Weg zum Schlafzimmer, in das Horst dem Vater jetzt die großzügig geschwungene Holztreppe nach oben folgte, flog er aus sich hinaus.
Er folgte dem Mann und dem Jungen in sicherem Abstand die Treppe nach oben. Vom Treppenabsatz aus beobachtete er, wie der andere Junge kurz unschlüssig an der Schwelle der Schlafzimmertür stehen blieb.

„Komm jetzt rein, was bummelst du denn so?", befahl der Mann.

Die Stimme des Mannes drang ohne Schärfe in Horsts Bewusstsein, so als hätte er Watte in den Ohren. Jeder Ton war gedämpft. Die Bedeutung des gesprochenen Wortes war für Horst losgelöst von dem Schall, der seine Trommelfelle erreichte. Es waren einzelne Worte, deren Sinnzusammenhang auf dem Weg zu seinen Ohren verloren gegangen war.

Er lief hinter dem Jungen her, als dieser ins Schlafzimmer trat und blieb selbst mit dem Rücken an die nun geschlossene Tür gelehnt stehen und sah, wie der andere Junge jetzt gehorsam zu dem Mann ging, der vor dem Bett stand.

Horst sah, wie der Junge dem Mann erst die Schuhe auszog und dann die Hose herunterzog. Er faltete auch die Unterhose und legte alles ordentlich auf den Stuhl. Horst kannte diesen Film schon.

Der Junge würde sich gleich hinknien und wie üblich den Mann befriedigen. Dann würde er wieder nach unten in den Garten gehen und anfangen, mit Horsts Spielsachen zu spielen.

Horst würde sich gemächlich zu ihm gesellen.

An diesem Tag hatte der Vater aber anderes mit ihm vor.

„Zieh dich aus!", befahl der Mann.

Horst sah, wie der Junge sich kurz wunderte. Dann entkleidete er sich jedoch folgsam, legte auch seine Kleidung ordentlich auf den Stuhl.

„Auch die Unterhose!", befahl der Mann und beide Zuschauer verfolgten interessiert wie der Junge sich beschämt vollständig entkleidete. Das erregte den Mann.

Horst, der beobachtend an die Tür gelehnt stand, betraf das nicht.

Sie sahen, wie der Junge mit hängenden Schultern dastand und mit hochrotem Gesicht auf den Boden starrte. Er hielt die Hände zum Schutz vor seinen Schoß.

Wie durch eine zähe Wand hörte Horst, wie der Vater zu dem Jungen sprach: „Du bist jetzt schon groß. Du gehst ja jetzt schon auf die weiterführende Schule. Wenn du folgsam bist und dich entspannst, dann wird es dir nicht so wehtun."

Horst sah, wie sich im Gesicht des anderen Panik ausgebreitet hatte.

Er flog noch ein Stück weiter weg, schwebte jetzt hoch oben unter der Zimmerdecke.

Was dann kam, schaute er sich nicht mehr an. Er flog aus dem Fenster in den Garten und blieb dort. Er saß in einem Apfelbaum und freute sich an der Aussicht von dort oben.

Er sah, wie über dem Fluss langsam der Nebel aufstieg.

Karl-Heinz war gnädig gestimmt, er benutzte eine ordentliche Portion Vaseline. Auch gab er ihm hinterher eine Tube Salbe, die der Junge in den nächsten Tagen benutzen sollte.

Der Mann musste dem Kind nicht mehr sagen, dass es niemandem etwas davon erzählen durfte.

Das hatte das Kind schon vor langer, langer Zeit begriffen.

Später, als Horst im Apfelbaum sitzend den Kopf wendete und durch das Fenster ins Schlafzimmer blickte, sah er, wie der andere seine Kleidung gerade wieder anzog. Er schwebte zurück ins Zimmer und folgte dann dem Jungen ins Badezimmer. Er beobachtete, wie er sich erneut auszog, wie er zur Dusche ging, wie er den Wasserhahn aufdrehte und anfing sich zu waschen.

Horst blieb im Badezimmer während der andere sich duschte, duschte und duschte.

Das Wasser färbte sich zuerst rosa.

Tränen liefen dem Kind über das Gesicht, aber das konnte Horst nicht so genau erkennen, weil sie sich ständig, wie auch dessen Blut, mit dem Wasser des Duschstrahles vermischten. Und nach kurzer Zeit war die Duschkabine von innen so beschlagen, dass er nur noch die Umrisse von dem Jungen sehen konnte. Dieser stand bebend an die Kacheln gelehnt da und das Wasser rann über seinen Körper.

Horst fand, dass der Junge dort irgendwie zerbrechlich wirkte.

Die Mutter war wie immer um diese Zeit unten im Wohnzimmer und schaute ihre Serie. Sie hatte den Fernseher laut gestellt um die Geräusche von oben nicht hören zu müssen. Dazu trank sie ihren Sherry.

Horst beobachtete, wie der andere sich wusch und wusch.

Wie er behutsam aus der Dusche stieg.

Wie er sich vorsichtig abtrocknete.

Wie er sein Gesicht nicht trocken bekam.

Wie er sich gehorsam die Salbe auftrug.

Wie er sich ankleidete.

Wie er die Treppe hinunter ging.

Er stellte fest, dass das Kind offensichtlich Schmerzen beim Gehen hatte.

Es ging an der Wohnzimmertür vorbei. Es ging dort nicht hinein. Es wusste, wie die Frau war, die dort vor dem Fernseher saß.

Horst folgte dem Jungen hinaus in den Garten.

Der Junge blieb unschlüssig vor Horsts Spielsachen stehen. Er hob den Kopf und schaute in den Wind.

Horst folgte seinem Blick.

Die beiden standen Schulter an Schulter und beobachteten, wie der Wind mit den Blättern spielte und sie tanzen ließ.

Es dauerte eine halbe Ewigkeit, bevor sie wieder eins wurden.

Horst und Tobias 6

Es war Samstag, was Tobias nicht wusste. Seit über einer Woche war er schon in dem Verlies. Seine Gedanken mäanderten ziellos durch seinen Kopf, als sich der Schlüssel drehte. Fast zeitgleich war er in hellwacher Alarmbereitschaft. Er setzte sich auf die Bettkante und wartete, dass der Mann, der sich Horst nannte, in seine Schlafnische trat.

„So, ich weiß jetzt wie du heißt!", verkündete Horst noch beim Hineinkommen. Sein Tonfall war arrogant und überlegen.

Tobias hob verwundert den Kopf und schaute den Mann an. Sein Gesichtsausdruck war dabei neutral, er hatte seine vormals lebendige Mimik noch nicht wiedergefunden.

„Da wunderst du dich, ne?", Horst frohlockte innerlich, „willst wohl wissen, woher ich deinen Namen habe, nicht wahr?" Er schaute forschend in das von den Tagen im Keller gezeichnete Gesicht des Kindes, konnte aber keine Neugierde darin aufflackern sehen. Das ärgerte ihn dann doch.

Horst begann, hin und her zu laufen. Tobias zählte seine Schritte mit. Sieben Schritte vom Bett weg, bevor er sich umdrehte und sieben Schritte zurück. Von den sieben Schritten, die der Mann machte, passten nur ein und ein halber Schritt in die Schlafnische. Tobias konnte ihn von dort allerdings nur zwei Schritte lang mit den Augen verfolgen, dann versperrte ihm die vorspringende Wand die Sicht. Die Hände hatte Horst auf dem Rücken, er schien ungeduldig.

Nach einigem Hin und Her blieb er vor ihm stehen, hatte die Hände in den Hüften aufgestützt und schaute triumphierend auf ihn nieder.

„Ich hatte mich ja eigentlich darauf gefreut, dass du mir deinen Namen selber anvertraust, deshalb habe ich so lange gewartet und nicht im Internet nachgeschaut. Aber du machst ja keine Anstalten den Mund aufzumachen."

Horst schaute jetzt ungeduldig und verärgert auf seinen Gefangenen. Er hoffte, dass der Junge endlich etwas sagen würde, endlich mit ihm reden würde. Aber er blieb stumm und schaute verstört auf seine Knie. Horst begann wieder unruhig hin und her zu gehen. Er musste sich beherrschen, nicht noch wütender zu werden und dann womöglich die Kontrolle zu verlieren.

Nochmals blieb er vor dem Jungen stehen: „Da du nicht mit mir redest, habe ich mich letztendlich doch schlau gemacht. Und was glaubst du? Die Emsdettener Zeitungen sind voll von dir", Horst legte eine kleine Kunstpause ein. Er genoss seinen Triumph.

'Tatsächlich?!', hämmerte es schlagartig laut durch Tobias erfreute Gedanken, 'haben die mich nicht vergessen? Suchen die nach mir? Ist Papa zur Polizei gegangen? Wann finden die mich?'

„Tobias also, ne?"

„Nein", antwortete Tobias ohne weiter nachzudenken, „so heiße ich nicht", sein Herz hatte wieder angefangen, wie wild zu schlagen.

„Wie, so heißt du nicht?", sein Peiniger war so verwundert über diese Mitteilung, dass er nicht begriff, dass der Junge gerade zum ersten Mal mit ihm gesprochen hatte.

Tobias war jedoch sofort über sein unverhofft hervorgesprudeltes 'Nein, so heiße ich nicht' mehr als erstaunt. 'Es geht wieder, ich kann wieder sprechen', verblüfft hielt er sich die freie Hand vor den Mund. Etwas hatte sich gelockert, der Kloß in seinem Hals hatte sich aufgelöst. Er hatte jedoch keine Zeit, noch weiter darüber nachzudenken, da der Mann wieder mit drohendem Ton auf ihn einredete: „Ich weiß genau, dass du Tobias heißt, dein Name steht unter den Fotos von dir!" Er schaute gereizt auf den Jungen.

Dann plötzlich verzog sich sein Gesicht zu einem fröhlichen Lächeln, das ihn richtig gut aussehen ließ.

„Du hast dich also entschlossen, doch mit mir zu sprechen, was?", er freute sich wirklich, fühlte sich seinem Ziel, den Jungen zum Freund zu haben, einen Riesenschritt näher.

Tobias überging die letzte Frage und knüpfte gleich an seine letzte Antwort an: „Nein, ich heiße nicht Tobias, kein Mensch nennt mich so", er räusperte sich, seine Stimme war etwas belegt, als er sprach, immerhin hatte er seine Stimmbänder über eine ganze Woche nicht mehr richtig benutzt. Außer wenn er weinte und nach seiner Mama jammerte, aber das war kein Sprechen, das waren schmerzvolle Hilferufe, die schnell und ungehört in dem schalldichten Keller verebbten.

„Ach, erzähl mir doch nichts, ich habe das doch schwarz auf weiß gelesen", Horsts Stimme war ungläubig. Ärgerlich fuhr er fort: „Ich weiß doch genau, was unter den Bildern gestanden hat. Mach mir ja nichts vor!"

„Das kann ja sein, auf den Namen bin ich getauft, aber ich werde immer Frido genannt und auf Tobias höre ich gar nicht. Weder Papa noch Mama, noch die Lehrer in der Schule oder meine Freunde nennen mich so. Ich bin immer nur der Frido."

Tobias hatte keine Ahnung, warum er dem Mann einen falschen Namen gesagt hatte. Und dann auch noch den von seinem geliebten Frido, den er so schmerzlich vermisste.

„Frido, also", Horst fühlte sich auf einmal gut, weil der Junge ihm seinen Rufnamen anvertraut hatte. 'Wir machen heute die ersten Schritte in Richtung Freundschaft', freute er sich.

„Ja genau, Frido", wiederholte Tobias bestimmt. Und dann ahnte er, warum er nicht wollte, dass der Mann ihn Tobias nannte. Er hasste den Mann, er würde es noch mehr hassen, von ihm bei seinem richtigen Namen genannt zu werden.

'Tobias ist viel zu gut für dieses Schwein', triumphierte er innerlich. Er war stolz auf sich, dass er den Mann, vor dem er so viel Angst hatte, ausgetrickst hatte. Frido hatte immer auf ihn aufgepasst. Das hatte Mama auf jeden Fall gesagt. Und mit Frido an seiner Seite hatte er sich sicher gefühlt. Tobias Herz schlug jetzt vor Freude schneller. Zum ersten Mal, seitdem er in diesem Keller war, fühlte er sich nicht mehr ganz so ausgeliefert.

„Gut, Frido dann also. Ich bin froh, dass du mit mir sprichst. Ich glaube, wir werden jetzt besser zurechtkommen."

Tobias schien es so, als sei der Mann wirklich froh, dass er ihm seinen Namen gesagt und angefangen hatte zu sprechen. 'Komisch, dass der nicht merkt, dass ich ihn angelogen habe! Umso besser', dachte Tobias, er fühlte sich wirklich gut mit seinem kleinen Sieg.

„Wie du weißt, heiße ich Horst. Horst Weber genauer gesagt, aber du kannst mich ruhig Horst nennen", er war ganz aufgekratzt. Er hatte schon daran gezweifelt, ob es überhaupt so eine gute Idee gewesen war, sich den Jungen als Freund zu holen. Mit den anderen hatte er nie so ein Aufheben gemacht, das war viel einfacher gewesen.

„Ja, Herr Weber", kam die leicht ominöse Antwort von dem Jungen. Das hatte er gar nicht beabsichtigt, aber er konnte sich nicht überwinden, den Mann beim Vornamen zu nennen. Abgesehen davon, kannte er keinen einzigen Erwachsenen, den er duzte. Außer vielleicht Mama und Papa, aber die waren eben Mama und Papa. Er sagte nicht Georg und Tresi zu ihnen, das ging nicht. Und diesen schrecklichen, fremden Mann hier würde er bestimmt nicht duzen.

„Horst heiße ich, hörst du, Horst, nicht Herr Weber."

„Ja, Herr Weber, ich habe verstanden", Tobias war jetzt doch verwirrt.

„Nichts hast du kapiert!", schrie er den Jungen an, „aber egal, das wird sich mit der Zeit wohl auch noch ändern! Und wenn ich das in dich reinprügeln muss!"

Tobias schaute verschreckt zu dem Mann auf, die Angst kroch wieder in ihm hoch.

Horst räusperte sich, auf einmal fühlte er sich unsicher, 'was soll ich denn jetzt sagen?' Er wusste nicht, wie er weiter mit dem Kind umgehen sollte. Das ärgerte ihn zusätzlich, er war aufgebracht, musste sich von Tobias abwenden, da er kurz davor war auf ihn einzuschlagen.

Heftig atmend lief er abermals ungeduldig auf und ab. Dann, als er sich wieder etwas beruhigt hatte, blieb er abrupt vor dem Jungen stehen, schaute ihm prüfend ins Gesicht, so, als würde er dort die Antwort finden.

Erst da sah er, dass Fridos Haare richtig fettig waren und anfingen sich zu verfilzen.

Immerhin hatte der Junge sich seit zehn Tagen die Haare weder gewaschen noch gekämmt. Horst blickte in die einst so lebhaften blauen Augen, die ihren Glanz verloren hatten und stattdessen von dunklen Schatten umringt waren. Das T-Shirt des Jungen war verknuddelt und wies Spuren von Speisen auf. Die Schlafanzughose, die er trug, war ebenfalls ganz verknittert. Der Junge roch ungut, ein schlechter Abklatsch des Kindes, auf das er sich so gefreut hatte!

„Willst du duschen?", das schien ihm eine gute Frage zu sein.

„Ja, gerne, Herr Weber", antwortete Tobias.

'Das wäre ja himmlisch, mir mal den ganzen Dreck abwaschen zu können', er konnte sein Glück kaum fassen.

Der Mann, den er Horst nennen sollte, ging zwei Schritte rückwärts und lehnte sich an die Wand. Er betrachtete still den Jungen und überlegte.

Tobias hoffte, dass er vom Bett losgemacht würde und herumlaufen dürfte.

„Später kannst du das machen, ich muss erst noch einige Vorbereitungen treffen", mit diesen Worten wandte sich der Mann ab und verließ den Keller.

'Mist', zweifelte Tobias, 'wer weiß, ob der mich wirklich jemals duschen lässt?' Er blieb enttäuscht auf der Bettkante sitzen. Aber er hatte das Gefühl, dass irgendwie gerade ein anderes Kapitel seiner Gefangenschaft begann. Er machte sich mit Appetit über die Brote her, die der Mann ihm auf das Nachtschränkchen gestellt hatte. Er hatte richtig Hunger. Da er jegliches Zeitgefühl verloren hatte, vermutete er, dass er nur zweimal täglich kam.

'Vielleicht vor und nach seiner Arbeit', überlegte er. 'Ich kriege ja immer einen riesigen Stapel Brote, die für einen ganzen Tag reichen und dann warmes Essen. Aber da kann ich ja auch ganz falsch mit liegen. Ich muss den Mann fragen, ob ich eine Uhr haben darf.'

Gleichzeitig war sich Tobias total unsicher, ob er den Mann überhaupt um etwas bitten durfte, oder ob er dann gleich wieder wütend und böse werden würde. 'Komisch, echt komisch, dass der mich gefragt hat, ob ich mich duschen will und als ich dann ja gesagt habe, ist er einfach wieder gegangen. Das versteh ich nicht! Was soll das? Macht dem das Spaß? Aber vielleicht musste er ja doch zur Arbeit.'

Mit vollem Bauch legte er sich wieder hin, er aß noch einen von den Äpfeln, die immer in einer Schale bei ihm auf dem Nachtschränkchen standen.

Irgendwie ging es Tobias etwas besser. Er hatte plötzlich so viel, über das er nachdenken konnte. Er rätselte darüber, ob er wirklich duschen dürfte. Er freute sich und triumphierte darüber, dass ihm das mit seinem falschen Namen eingefallen war. Er ließ die ganze Szene immer wieder verwundert vor seinem geistigen Auge ablaufen. Der Mann schien sich wirklich gefreut zu haben, dass er mit ihm gesprochen hatte. Danach hatte er ihm sogar das Angebot mit dem Duschen gemacht.

Tobias drehte und wendete den letzten Besuch des Mannes immer noch in seinem Kopf, als sich der Schlüssel schon wieder drehte.

Alarmiert über diesen ungewöhnlich kurzen Abstand zum vorherigen Besuch, saß er blitzschnell wieder auf seiner Bettkante und wartete.

Horst kam um die Ecke in Tobias Nische und hatte die Arme voll mit allen möglichen Sachen, die er am Fußende des Bettes ablud.

„So mein Freund", Tobias duckte sich unbewusst bei dieser Anrede. 'Ich bin nicht dein Freund, du Arsch', antwortete er im Geiste.

„Ich habe dir alles zum Duschen mitgebracht und frische Kleidung für hinterher."

Tobias gelang ein schiefes Lächeln. Sollte er tatsächlich dürfen?

„Ich sage dir jetzt die Regeln, weil ich keinen Ärger mit dir haben und dich nicht wieder mit dem Elektroschocker außer Gefecht setzten will."

„Elektroschocker?", entfuhr es Tobias, „was ist das denn? Was meinen Sie damit?" Sofort flogen seine Gedanken nach Amerika. Dort wurden doch die Verbrecher mit elektrischen Stühlen umgebracht. Da kam sie wieder, die Angst.

„Du brauchst mich gar nicht mit deinen weiten Telleraugen anzustarren, Frido", reagierte Horst ungeduldig auf die offensichtliche Angst seines Freundes, „Ich will dir nicht weh tun. Ich erkläre dir die Regeln und wenn du dich daran hältst, passiert dir nichts. Klar?"

Tobias schluckte und nickte dem Mann zu.

„Hast du deine Sprache wieder verloren, oder was?"

„Nein."

„Dann antworte auch gefälligst. Also, hast du kapiert? Ich sage die Regeln und du hältst dich dran, einverstanden?"

'Was soll ich denn sonst machen, du Arsch?', dachte der Junge, aber bestätigte die Frage mit einem: „Ja, Herr Weber."

„Ja, Herr Weber", äffte Horst den Jungen nach, „ich heiße Horst."

„Ja, Herr Weber", wagte Tobias zu sagen, „ich weiß."

„Ich hoffe für dich, dass du mich nicht verarschst, Frido! Wenn ich nämlich das Gefühl kriege, werde ich echt sauer. Und dann wirst du sehen, was du davon hast."

Tobias wünschte sich, er hätte das letzte 'Ja, Herr Weber.' runtergeschluckt.

'Ich darf den auf keinen Fall aufregen, aber ich kann den einfach nicht Horst nennen.'

Horst verstand den Jungen nicht. Er war verblüfft über seine Hartnäckigkeit und ließ die Sache vorerst auf sich beruhen. Er wollte jetzt mit den Regeln weiter machen.

„Ich habe hier ein elektrisches Hundehalsband, das ich dir gleich anlege, bevor ich deine Hand losmache. Hier habe ich eine Fernbedienung zu dem Halsband."

„Das kenne ich alles", unterbrach Tobias ihn, „Papa benutzt die, wenn er seine Jagdhunde abrichtet."

„Genau, also, wenn du nicht genau machst, was ich dir sage, werde ich mit dem Halsband einen Elektroschock bei dir auslösen. Ich habe die Vorrichtung so verändert, dass der Schock viel stärker ist als für einen Hund. Wenn ich ihn auslöse, fällst du um und wirst ohnmächtig."

Tobias schluckte hörbar.

„Aber das will ich ja nicht. Du musst einfach nur tun, was ich will, klar?"

„Ja, das habe ich verstanden."

„O.k., eins nach dem anderen also. Ich lege dir das Halsband jetzt an."

Tobias war wieder ganz aufgeregt. Die körperliche Nähe des Mannes empfand er nicht nur unangenehm, sondern sehr beängstigend. Es ging etwas von diesem Erwachsenen aus, was ihm bisher bei keinem anderen Menschen begegnet war. Tobias war total auf der Hut.

Horst richtete sich wieder auf, er hatte sich zu dem Jungen herunterbeugen müssen, da dieser wie angewurzelt auf der Bettkante sitzen geblieben war.

„So, das war doch gar nicht so schlimm, oder?", eine Antwort erwartete Horst diesmal nicht. „Ich werde jetzt die Handschelle losmachen. Dann ziehst du dich aus und ich klebe dir ein wasserfestes Pflaster hinten auf die Wunde. Die Krusten am Handgelenk versuchst du dir beim Duschen nicht abzureiben, klar?"

„Ja, Herr Weber", kam es kleinlaut von Tobias. Er wollte sich vor dem Mann nicht ausziehen.

„Du kommst dann mit mir hier rüber und steigst in die Dusche. Da mache ich dich dann mit der Fußfessel fest und nehme dir das Halsband ab. Dann kannst du dich waschen. Klar?"

„Ich möchte mich nicht ausziehen", Tobias wagte einen zaghaften Versuch seine Bedenken anzumelden.

„Stell dich nicht so an, ohne dich auszuziehen kannst du dich nicht duschen."

„Kann ich mich nicht in der Dusche ausziehen, wenn Sie weg sind?"

„Ich habe nicht vor, wegzugehen, wenn du duscht. Und wie willst du die Schlafanzughose ausziehen, wenn du an der Kette bist?"

„Kette? Was meinen Sie damit?"

„Habe ich doch gesagt, ich mache dich in der Dusche mit einer Fußfessel fest."

Tobias gab schaudernd auf. Er hatte keine Kraft mehr, weder sich in Gedanken mit Fesseln zu beschäftigen, noch sich auf eine Diskussion um seine Scham einzulassen. Er war seit zehn Tagen mit der Hand ans Bett gefesselt, hatte sich die ganze Zeit nur minimal bewegen können. Schon allein die Aussicht, von diesem Bett weg zu kommen, war sehr verlockend. Er könnte dann auch wahrscheinlich mehr von dem Rest des anderen Raumes sehen. Seit zehn Tagen hatte er keinen Wasserhahn gesehen, keine Zahnbürste benutzt und seine Kleidung nicht gewechselt. Sie dünstete, wenn er sich bewegte, einen unangenehmen Geruch aus: Angstschweiß und Bakterien im Stoff, die begonnen hatten, seine Hautpartikel zu zersetzen.

Er fühlte sich so dreckig und verklebt, dass das Bedürfnis, sich den Dreck abzuwaschen, übermächtig wurde.

'Außerdem dusche ich zu Hause ja auch ohne mich zu schämen', rechtfertigte er sich vor sich selbst.

Er sagte mit banger Stimme: "O.k. dann."

Tobias ahnte nicht, was der Mann in der hellen Kleidung nach dem Duschen mit ihm vorhatte.

Schon seit über einem Jahr ging Horst zu den Messdienerstunden.

Direkt nach der Kommunion hatte er mit der Ausbildung zum Altardiener begonnen. Dort lernte er alles, was man über den Gottesdienst wissen muss. Er lernte die richtigen Wörter für alle Gegenstände, er lernte den Ablauf einer Messe und lernte, wann ein Messknabe bestimmte Handlungen machen und wann man an welcher Stelle des Altars und der Kirche sein musste.

Worte wie 'Parament' ließ er wie einen feinen Geschmack in seinem Mund hin und her rollen, wenn er sie lernte.

'Ein Parament ist ein Zwischenwort aus Parlament und Pergament.' Mit solchen Eselsbrücken lernte er die kompliziertesten Ausdrücke schnell. Dieses Wort für die Kleidung der Messdiener gefiel ihm besonders gut.

Der Stoff fühlte sich ebenfalls gut an und mit dem Überstreifen des steif gebügelten Talars wurde er zu jemand anderem. Sie alle sahen damit gleich aus und repräsentierten nur noch eine Funktion. Der Rest von ihnen wurde für eine bestimmte Zeit unwichtig.

Es war so, als zöge er mit dem Gewand sein Horstsein aus.

Das gefiel ihm.

Die Ruhe und Andacht während der Liturgie taten ihm gut, er musste dann an nichts anderes denken, konnte sich ganz der Anbetung Gottes hingeben, alles andere hinter sich lassen. Das hatte er schon als sehr kleiner Junge jeden Sonntag gerne gemacht. Er war dankbar, dass Gott für ihn da war und ihn behütete. Er fühlte sich dann weniger allein.

In der Kirche hatte alles irgendwie die richtige Proportion. Das Messbuch wog schwer in seinen Händen und auch die Leuchter, Kelche und Schellen hatten ein beruhigendes, substanzielles Gewicht. Die Größe und Schwere der Objekte entsprachen in seiner Vorstellung der Heiligkeit, die sie symbolisierten, und gleichzeitig riefen sie zum würdevollen Umgang mit ihnen auf. Es brauchte viel Aufmerksamkeit, die gewichtigen Gegenstände nicht fallen zu lassen. Immerhin waren die Bewegungen, die mit ihnen durchgeführt werden mussten, genau vorgeschrieben. Auch mochte Horst die verschiedenen Gerüche sehr, die das Messdienersein mit sich brachte. Kerzen, Wein, die Hostien, der Pfarrer, die Kirche, die Kleidung, alles hatte seinen eigenen Geruch. Selbst die Schellen hatten ihren charakteristischen metallischen Geruch. Seine Hand roch anders, wenn er den Griff der Eucharistieschelle festgehalten hatte. Genauso wirkten das Wasserkännchen, die Wasserschale und der Kelch auf seine Haut.

'Etwas von den heiligen Gegenständen bleibt an mir haften. Sie hinterlassen geweihte Spuren. Das ist gut', folgerte der Junge. Solcherlei Gedanken teilte er weder mit dem Pastor, noch mit den anderen Messdieneranwärtern.

Berauschend fand er den Geruch von Weihrauch, aber das volle Aroma des abbrennenden Harzes kannte er bisher nur aus den ganz feierlichen Gottesdiensten wie Ostern oder Weihnachten. In den Umgang mit dem Weihrauchgefäß war er selbst noch nie eingewiesen worden. Das machten nur die Großen, die schon lange Ministrant waren.

Es wurde nicht nur geübt und gelernt. Pfarrer Abel spielte Gitarre und sang mit ihnen die moderneren Kirchenlieder und in den Gruppenstunden wurde auch gespielt und es gab immer Zeit, alles Mögliche zu besprechen.

All das machte ihm sehr viel Freude. Am Unterricht beteiligte er sich wie immer lebhaft und intelligent, er sang mit, kannte alle Lieder auswendig. Wenn es ans freie Spielen ging, war er zurückhaltender, aber wenn es Gruppenspiele waren, konnte er sich fast problemlos einreihen.

Längst hatte er sich daran gewöhnt, sich an Regeln zu halten.

Waren die Regeln einmal klar, wusste er, wie er sich benehmen musste. Durch seine endlosen, minutiösen Beobachtungen wusste er, was von Kindern seines Alters erwartet wurde. Unzählige Male in Zeiten der nagenden Langeweile hatte er sich in seinem Kopf alle möglichen Szenarien ausgedacht und durchgespielt. Jedes Mal war er der Protagonist und verhielt sich so, wie er es bei den anderen gesehen hatte. Oft übernahm er in seinen Gedanken auch die Rolle des Anführers.

Was er in Wirklichkeit nicht durfte, erlebte und durchlebte er in seiner Phantasie.

Er wusste mit seinen elf Jahren schon ziemlich genau, welches Verhalten in bestimmten Situationen von ihm erwartet wurde, konnte das jedoch in der Realität kaum liefern. Deshalb blieb er außen vor und beobachtete lieber weiter. Nach Jahren der Abstinenz vom sozialen Umgang mit Gleichaltrigen war er verunsichert. Das spontane sich Einbringen in ungeplante Spielabläufe vermied er. Er fühlte sich sicherer als Beobachter am Rande.

Der Rahmen eines durch Regeln festgelegten Spielablaufes bot ihm den nötigen Halt, um diesen mit den anderen durchstehen zu können. Solche Gelegenheiten stressten ihn zwar, aber es war doch alles besser, als sich alleine zu Hause zu Tode zu langweilen.

Manchmal machte es auch richtig Spaß.

Zu seinem Glück bestand der größte Teil der Gruppenstunden aus gut strukturierten Unterrichtseinheiten, denen er ohne emotionalen Druck folgen konnte. Horst fand es richtig gut, einen Nachmittag in der Woche ganz offiziell von zu Hause weggehen zu dürfen.

Es waren nicht die anderen Jungen, die Horst begeisterten. Andere Kinder fand er ziemlich langweilig. Dass die anderen ihn langweilig fanden, war ihm damals noch nicht klar, es hätte ihn auch nicht weiter interessiert.

Er beobachtete sie zwar, aber wie von einem wissenschaftlichen Standpunkt aus, wenn man das bei einem Elfjährigen so nennen kann. Die Sorglosigkeit, mit der die anderen Jungen miteinander umgingen, konnte er nicht teilen. Zunehmend schaute er auf sie herab und fand ihr Benehmen oft albern und kindisch. Er las lieber, lernte und half dem Pfarrer.

Abel war immer ausnehmend freundlich zu ihm und höflich. Horst mochte das sehr. Er hatte das Gefühl, dass er vom Gemeindeoberhaupt ernst genommen und respektiert wurde. Und zwar auf eine andere Art als es die Lehrer in der Schule taten. Er genoss die Zuneigung des Geistlichen wie eine verdurstende Pflanze den Regen. Bei Pastor Abel hatte er zum ersten Mal in seinem Leben das Gefühl, dass dem Mann wirklich etwas an ihm lag. Er hatte das Gefühl, zum ersten Mal einen richtigen Freund gefunden zu haben.

Horst blieb nach der Gruppenstunde meistens etwas länger und half noch mit, entweder die Sakristei oder den Raum im Gemeindehaus aufzuräumen, je nachdem wo der Unterricht stattgefunden hatte.

An diesem Dienstag waren die beiden gerade in der Sakristei. Horst hängte die Talare in den Schrank, mit denen sie am Nachmittag geübt hatten.

„Du hast mir gar nicht den Zettel wiedergegeben, den ich euch letzte Woche mitgegeben hatte, du weißt schon, wegen der Wochenendfahrt in den Herbstferien", Abel schaute das Kind fragend an.

„Nein, Herr Pfarrer, ich fahre ja nicht mit."

„Ach, das ist ja schade, du warst doch schon letztes Jahr nicht mit dabei. Unsere Fahrten sind doch immer so schön", es ärgerte Abel, dass sein liebster Schüler wieder nicht mit dabei sein würde.

„Ich weiß, Herr Pfarrer, aber ich fahre nicht mit."

'Kein leider, keine Erklärung, gar nichts. Genau wie im letzten Jahr! Ärgerlich ist das!', es wurmte den Priester, dass der Junge einfach so diese Mitteilung in den Raum stellte.

'Ob sein Vater wohl nicht erlaubt, dass er mitfahren darf?', rätselte er.

„Soll ich denn am Sonntag nach der Kirche mal mit deinen Eltern sprechen?", schlug er dem Jungen vor.

„Nein, bitte nicht, Herr Pfarrer. Ich fahre einfach nicht mit."

Abel beließ es dabei, er sah, dass der Junge sich unwohl fühlte. Das hübsche Gesicht sah bekümmert aus und noch etwas anderes schwang plötzlich in seinem Ausdruck mit.

'Komisch, er hat so ebenmäßige Züge und ist so unglaublich hübsch. Und trotzdem, irgendwie hat er jetzt auch gerade etwas von einer in die Ecke gedrängten Ratte an sich', ein Schauer fuhr über den geistlichen Rücken. 'Fast könnte er mir ein bisschen unheimlich werden', fiel Wilfried sich in seine eigenen Gedanken. 'Was denke ich denn da? Mein Horst ist der Beste, den ich hier habe. Wenn ich Glück habe, studiert er später mal Theologie.'

„Ist schon gut, Junge", versuchte er dem Knaben aus seiner Stimmung zu helfen, „hilf mir noch eben mit den Gesangbüchern, ja?"

„Gerne, Herr Pastor", Horst lächelte ihn jetzt wieder an.

Es war wie jedes Mal, wenn die Sprache auf sein zu Hause kam: Der Junge wurde einsilbig und vermied, darüber zu sprechen. Es schien eine Wand vor ihm aufzubauen, an der der Pfarrer abprallte wie die Schallwellen an einem Lärmschutzwall.

In Horst brodelte es. Er hatte seine Mutter immer und immer wieder gefragt, ob er nicht bitte, bitte, bitte doch mit in die Messdienerfreizeit fahren dürfte. Die Antwort war immer wieder 'Nein!' gewesen.

„Nein, nein und nochmals nein!", hatte sie ihm zuletzt ungeduldig das Wort abgeschnitten. Ihr Atem, der ihm dabei entgegenschlug, hatte schon wieder nach Sherry gerochen. Sie hatte eine bittere Miene, als sie ihren Sohn aus der Küche geschoben hatte.

„Geh und kümmere dich um die Tiere!", hatte sie ihm noch ungeduldig nachgerufen und er hatte zum ungefähr hundertzwanzigtausendsten Mal in seinem Leben die bescheuerten Hühner und Karnickel versorgt.

Beim Füttern der Tiere hatte der Junge in seiner Not zu Gott gebetet und ihn inständig darum angefleht, mit in die Freizeit fahren zu dürfen und ihm zu helfen, seinen Vater davon überzeugen zu können.

Wider sein besseres Wissen und wider die Verbote der Mutter hatte er beschlossen, doch den Vater um die Erlaubnis zu bitten, mit seiner Messdienergruppe ins Wochenende fahren zu dürfen. Immerhin wusste er, dass der Vater es sogar ausdrücklich wünschte, dass er zum Ministrant ausgebildet wurde.

Später als der Vater nach Hause kam, hatte Horst dann all seinen Mut zusammen genommen.

Schon im Hausflur war er dem Vater entgegen gegangen und begrüßte ihn höflich, respektvoll ohne Augenkontakt, so wie der Vater es wünschte.

Danach bat er ihn freundlich und unterwürfig, ob er mit Pfarrer Abel und der Messdienergruppe ein Wochenende in den Herbstferien wegfahren dürfte. Nicht nur, dass die Antwort ein gezischtes 'Nein' war, Karl-Heinz regte sich maßlos auf. Er beschimpfte seinen Sohn. Was er sich denn schon wieder vorstellen würde und dabei verabreichte er ihm eine schmerzhafte Tracht Prügel. Vor lauter Wut und Zorn flog ihm beim Schreien der Speichel aus dem Mund. Er spuckte quasi seine Worte auf das hilflose Kind.

„Ich hoffe, das wird dich lehren mich in Zukunft mit solchen Kindereien nicht zu behelligen!", schrie er den Jungen lauthals an. Seine Hand schlug im Rhythmus seiner Beschimpfungen auf den Jungen ein. Sein Vater hatte ihn fest am Arm gepackt, so dass Horst ihm nicht entkommen konnte.

„Kaum kommt man nach Hause, geht das Affentheater hier schon wieder los! Nie hat man seine wohlverdiente Ruhe! Den ganzen Tag habe ich malocht und dann kommst ausgerechnet du! Ich werde dich lehren, unverschämte Forderungen zu stellen! Pass auf, dass ich dir nicht mit einem stumpfen Messer die Eier abschneide, Junge!"

Und so gingen die Tiraden weiter, bis sein Sohn wimmernd vor ihm zusammenbrach. Karl-Heinz schmiss den Arm des Jungen, den er immer noch mit eisernem Griff gepackt hatte, zu ihm herunter, an den zusammengesunkenen Körper.

Den geprügelten Knaben einfach los zu lassen, hätte er zu freundlich gefunden.

Weiter vor sich hin schnaubend und laut schimpfend ging er direkt hinunter in seine Werkstatt.

Bevor der erste Schlag auf ihn niedergesaust war, hatte der Junge seine Flügel ausgebreitet und war einfach wieder davongeflogen. Er hatte wirklich genug von all dem. Er hatte es gestrichen satt, ständig bevormundet zu werden und seinen Eltern wehrlos ausgeliefert zu sein. Seine Enttäuschung über die unwiderrufliche Entscheidung des Vaters war so tief und schmerzhaft, dass diese Pein, gepaart mit den körperlichen Schmerzen, zu viel für ihn war. Er musste weg! Die Züchtigung ersparte er sich und flog wieder einmal hinaus in den Garten.

Mutter hatte den Fernseher lauter gestellt.

Als Horst jetzt mit dem Pfarrer in der Sakristei war, konnte er kaum an sich halten. Es fiel ihm unendlich schwer, ihm nicht von seinem Vater zu erzählen. Tief in seinem Inneren hielten ihn jedoch die ständigen Ermahnungen, Drohungen und Befehle der Eltern zurück. Er hatte verinnerlicht, dass nichts, was in der Familie geschah, irgendjemanden etwas anging. Horst hatte es oft genug in sich hineingeprügelt bekommen, dass er nie und niemandem jemals etwas von zu Hause erzählen durfte.

Diese Vorschrift war wie in Stein gemeißelt: das elfte Gebot auf Moses Gesetzestafeln.

So hielt also auch diesmal das jahrelange Training den Jungen davon ab, endlich seinem einzigen Freund sein Herz auszuschütten.

'Der kann mir sowieso nicht helfen. Wenn ich etwas von zu Hause erzähle und Papa erfährt davon, dann schlägt der mich tot.' Horst sammelte geschäftig die Gesangsbücher ein. Er war froh, dass der geliebte Geistliche nicht weiter in ihn drang.

Das Risiko sich ihm zu öffnen war einfach zu groß. Auch nach über zwei Jahren, die Horst den freundlichen Priester jetzt kannte, vertraute er ihm immer noch nicht vollständig.

Karin Rinke war bester Dinge, als der Anruf Samstag am späten Abend kam. Gemeinsam mit Armin hatte sie Wochenenddienst. Nachtdienst genau genommen. Und da nur sie beide für den Dienst eingeteilt waren, bot sich eine ausgesprochen günstige Gelegenheit für das heimliche Paar. Wenn das Städtchen nachts gegen zwei, drei Uhr zur Ruhe gekommen war, begann für die beiden die kurze Zeit der lustvollen Unruhe.

Das Dienstzimmer mit der Pritsche stand ihnen in solchen Nächten unbegrenzt zur Verfügung. Dort konnten sie endlich ihrer aufgestauten Begierde erlösende Befriedigung verschaffen. Meistens zog sich allerdings nur einer von ihnen komplett aus, weil das Risiko zu groß war, von jemandem auf der Wache gestört zu werden. Deshalb musste einer von ihnen in einem öffentlichkeitstauglichen Zustand bleiben. Falls es nämlich an der Eingangstür klingeln sollte, musste diese unverzüglich von einem der diensthabenden Beamten geöffnet werden. Das Diensttelefon hatten sie auch vorsichtshalber stets griffbereit neben ihrem Liebesnest liegen.

Meistens war es Armin der seine Uniform größtenteils anbehielt. Dafür zog er seiner Freundin umso genüsslicher die Kleidung vom Leib. Er liebte es, die samtene Pfirsichhaut seiner dreiundzwanzigjährigen Geliebten an jeder Stelle zu liebkosen.

Karin genoss seine zarten Ganzkörperaufmerksamkeiten sehr.

Wenn sie mit ihrem Liebesspiel fertig waren, erlaubten sie sich im Wechsel ein wenig Schlaf, solange keine Einsätze mehr kamen.

Jetzt aber arbeitete Armin noch am PC und Karin telefonierte: „Würden Sie mir bitte ihre Telefonnummer geben, damit Herr Freienstein, der Leiter der Sonderkommission, Sie zurückrufen kann?"

Karin schrieb die Handynummer unten auf das Aufnahmeprotokoll.

Das Gespräch war kurz gewesen. Der Anrufer hatte seinen Namen nicht nennen wollen, aber sie hatte trotzdem das Gefühl, dass dies seit Wochen der erste wirklich brauchbare Hinweis im Fall Tobias Bleckmann war. Aufgeregt rief sie Hauptkommissar Freienstein an und gab die wenigen Informationen, die sie bekommen hatte, weiter. Auch er war sofort freudig aufgekratzt und hatte zum ersten Mal endlich das Gefühl, dass Bewegung in den völlig festgefahrenen Fall kam. Immerhin waren sie kurz davor gewesen, die Akte frustriert zu schließen und Tobias endgültig in die Liste der rund 850 bundesweit seit 1951 vermissten Kinder und Jugendlichen einzuordnen.

Nachdem sie das Telefonat mit dem Leiter der SoKo beendet hatte, berichtete Karin ihrem Geliebten kurz, was der Anrufer ihr erzählt hatte. Armin hatte bereits mitbekommen, dass der Anruf Tobias Bleckmann betraf.

„Oh, da kommen wir ja jetzt womöglich in dem Fall noch ein bisschen weiter", er überlegte kurz, „dann wird es wohl heute Nacht leider nichts mehr mit unserem Schäferstündchen, Schatz. Die werden hier gleich bestimmt den Typen vernehmen, mit dem du vorhin telefoniert hast."

„Ja, so ein Mist, das habe ich mir auch schon gedacht. Schade aber auch. Ich hatte mich den ganzen Tag schon total auf uns gefreut." Schmollend schob sie ihre wohlgeformte Unterlippe vor, deren Innenseite Armin verführerisch anschimmerte.

„Aber es ist ja für 'ne gute Sache. Immerhin tappen die von der SoKo seit Wochen im Dunkeln und sind seit dem Verschwinden des Jungen keinen Deut weiter gekommen", sie seufzte traurig. Die Familie des Jungen tat ihr wirklich leid und gleichzeitig war sie richtig enttäuscht: Sie hatte sich so sehr auf den geilen Sex mit ihrem Kollegen gefreut!

Armin legte noch nach: „Ich wette, die verbringen die ganze verdammte Nacht mit dem Anrufer hier auf der Wache. Und wenn die im Vernehmungszimmer sind können wir nicht auf unsere Pritsche." Er war genauso enttäuscht wie seine Karin und seine Stimme klang ziemlich entnervt.

Bevor er den Dienst an diesem Tag angetreten hatte, war er mit seiner Frau Petra mal wieder wegen der Kinder so richtig aneinander geraten. Er fand, dass die beiden viel zu viel vor dem Fernseher saßen, wenn Petra zu Hause war. Sie hatte daraufhin gemeckert, dass er sich ja um die Blagen kümmern könnte, anstatt vor seinem bescheuerten Computer zu hocken. Wenn es ihn wirklich stören würde, dass die beiden fernsahen, dann könne er ja mit ihnen ein Spiel spielen.

Sie habe dazu auf jeden Fall keine Lust, auch sie habe den ganzen Tag gearbeitet.

Armin hatte es sich verkniffen, ihr zu erklären, dass er sich, seitdem die beiden aus der Schule nach Hause gekommen waren, ununterbrochen um sie gekümmert hatte. Er hatte gekocht, bei den Hausaufgaben geholfen und dann waren sie im Schwimmbad gewesen.

Petra wusste das alles und fand, dass sie trotzdem das Recht hatte, sich nach der Arbeit zu entspannen. Deshalb parkte sie die Kinder vor dem Fernseher und das störte ihn.

Er hatte genug mit ihnen gespielt, fand Amin. Seine Frau war jetzt an der Reihe sich noch etwas Zeit für die beiden zu nehmen, bevor sie ins Bett gingen. Er hatte immerhin noch die ganze Nacht, die er durcharbeiten musste, vor dem Bug und er brauchte jetzt dringend etwas Zeit für sich. Sie würde gleich, wenn die

Kinder im Bett waren, noch den ganzen Abend für sich alleine haben: und zwar gemütlich auf dem Sofa!

Die Stimmung war äußerst schlecht gewesen, als er sich für die Nachtschicht fertig gemacht hatte.

Der einzige Lichtblick war die Vorfreude auf seine süße Karin gewesen, mit der er wieder einmal die Schicht teilen würde.

Und jetzt war leider dieser, für die Bleckmanns so erfreuliche Anruf dazwischen gekommen und seine Stimmung war wieder im Keller. Irgendwie war heute nicht sein Tag.

Dann kam der genauso enttäuschten Karin eine rettende Idee, mit der sie ihn aus seinen düsteren Gedanken riss.

„Scha-hatz?", sie blickte ihn an und ihre Augen hatten sich bereits mit dem glasigen Schleier der Lust überzogen, „wie wäre es, wenn ich zu dir 'rüberkomme?"

„Warum?", Armin war schon wieder ahnungslos in seinen Bildschirm vertieft. Er musste noch eine Zeugenaussage von einem Verkehrsunfall dokumentieren.

„Ich glaube, mir ist mein Bleistift hingefallen", dann lachte sie und entblößte dabei ihre makellosen Zähne, die in geordneter Schönheit nebeneinander standen - wie die bei Kate Middleton nach der vermuteten Behandlung in Paris. Sie strahlte regelrecht.

Armin fand ihr Lachen, wie immer, einfach umwerfend. Es zog ihm die Eingeweide zusammen, wenn sie dieses leidenschaftliche Brennen in den Augen hatte.

'Ich glaube, mir ist mein Bleistift hingefallen.' war für sie beide das geflügelte Wort für die Einladung zum Geschlechtsverkehr geworden.

Ihr Verhältnis hatte vor einem guten Jahr damit angefangen, dass Karin tatsächlich ihren Bleistift aus Versehen unter seinen Schreibtisch hatte rollen lassen. Sie war auf allen Vieren zu ihm gekrochen und zwischen seinen lässig gespreizten Beinen wieder aufgetaucht.

Seit Monaten waren sie zuvor schon fasziniert umeinander herum geschlichen.

Sie war also zwischen seinen offenen Schenkeln aufgetaucht und blickte ihn mit diesem Lachen an, das einen direkten Draht zu seinem Geschlechtsorgan besaß. Und jetzt war der Kopf so nah an genau dieser Stelle, dass der Draht heiß lief. Er hatte gierig ihren Kopf in seine Hände genommen und sie leicht zu sich hoch gezogen und leidenschaftlich geküsst. Während dieses Kusses hatte sie sich bereits geschickt an seinem Hosenbund zu schaffen gemacht und sobald sie seine Erektion befreit hatte, verzauberte sie ihn zum ersten Mal mit der Kunst ihres Mundes. Er war willenlos in ihr zerflossen, hatte das Gefühl sich in Ekstase aufzulösen. Hinterher, als er wieder etwas zu sich gekommen war, hatte er sie ohne etwas zu sagen an die Hand genommen und in die Dienstküche geführt. Noch völlig hingerissen hatte er ihr mit fliegenden Händen die Kleidung von der Hüfte nach unten gezogen und ihr in schmerzhafter Langsamkeit mit seiner Zunge leckend und saugend die Belohnung für ihre oralen Mühen zurückgeschenkt.

Als sie nun also von einem *'heruntergefallenen Bleistift'* sprach, wusste er sofort, worauf sie anspielte. Er stimmte ihr freudig zu: Eine kurze orale Freude war eindeutig einem vollständigen Verzicht auf ihre intime Zweisamkeit vorzuziehen!

Er sehnte sich danach, sich eng an die Samthaut der jungen Frau zu schmiegen, seine Hände langsam über ihre perfekten Rundungen gleiten zu lassen. Er hatte sich ausgemalt den Liebesakt durch Streicheln und Küssen zu verlängern und so lange wie möglich auszukosten, aber das anstehende Verhör des mysteriösen Anrufers hatten ihnen unverhofft einen fetten Strich durch die Rechnung gemacht. Deshalb war er umso entzückter, als Karin sich suchend zwischen seinen Beinen niederließ. Sie hatten sicherlich noch genug Zeit, bevor Freienstein und die anderen auftauchen würden.

Sein letzter klarer Gedanke war, dass er noch frischen Kaffee für die Kollegen von der SoKo kochen wollte. Dann umschloss Karin Rinke ihn mit dem Mantel ihrer Zauberkünste und entführte ihre willige Beute in andere Dimensionen. Armin war ihrem Mund tatsächlich hilflos ausgeliefert. Schon allein der Anblick ihrer Lippen, die sich feucht um seinen Schaft schlossen, ließ seine Erektion noch härter werden. Seine Geliebte hatte keine Mühe, ihn in Windeseile explodieren zu lassen.

Das Elektrohalsband um seinen Hals fühlte sich fremd an.

Dem Mann den Rücken zugewandt, zog Tobias sich das durchgeschwitzte T-Shirt und die stinkende Schlafanzughose aus. Behutsam legte er beides ans Fußende des Bettes. Erst dann drehte er sich mit gesenktem Blick um. Dabei hielt er sich schützend die Hände vor sein Geschlecht. Er war rot geworden, schämte sich seiner Nacktheit unter den Augen des Fremden. Aus dem Augenwinkel registrierte er verlegen, dass der Mann ihn beobachtete. Tobias wagte nicht den Kopf anzuheben.

„Los mach schon, geh rüber in die Dusche", befahl Horst mit rauer Stimme, „ich hab nicht ewig Zeit!"

Tobias ging mit steifen Beinen zu dem Durchgang, der ihm erst jetzt den Blick in den anderen Teil seines Verlieses freigab. Scheu schaute er umher und nahm flüchtig seine Umgebung wahr. Er war zu aufgeregt, um diese tatsächlich zu registrieren.

„Wo ist denn die Dusche, Herr Weber? Wo soll ich denn hingehen?", fragte er mit leiser Stimme. Er hatte jetzt doch wieder Angst, schwitzte, obgleich er keine Kleidung trug.

„Hier", Horst trat aus der Schlafnische heraus, machte zwei Schritte zur Seite und zog den Duschvorhang zurück. Dabei konnte er den Blick nicht von dem Knabenkörper lassen.

Mit zaghaften Schritten folgte Tobias ihm, erst da sah er die Dusche, die sich rechts neben der Schlafecke befand. Es war eine ganz normale Dusche, nur links unten an der Wand war eine Kette in die Wand eingelassen, an deren Ende sich Handschellen befanden.

„Los mach schon, steig rein", forderte Horst ihn mit vor Erregung belegter Stimme auf.

Folgsam stieg Tobias in die Dusche. Schnell drehte er dem Mann wieder seinen Rücken zu.

„Ich mach dich jetzt am Bein fest, hast du das kapiert? Und dann mache ich das Ding von deinem Hals ab, klar?"

„Ja", kam die kleine Antwort.

Horst bückte sich und schloss die Handschelle um das linke Fußgelenk des Kindes. Er richtete sich auf, schaute prüfend auf den entblößten Kinderkörper. Horst konnte kaum mehr an sich halten. Eine Erektion klopfte ungeduldig in seiner Hose. Mit bebenden Händen entfernte er das Elektrohalsband. Abrupt wendete er dann den Blick ab und zog den Duschvorhang vor.

„Du kannst dich jetzt duschen, Shampoo und Seife liegen da auf der Ablage", instruierte er den Jungen. Dann trat er einen Schritt zurück und sah durch den Vorhang nur noch Tobias' Umrisse.

Tobias stellte die Brause an, regulierte die Wassertemperatur und sobald er spürte, wie das Wasser - mit genau der richtigen Temperatur - an seinem Körper entlang floss, fiel die Spannung von ihm ab: Für diesen einen Moment war er aus seinem Gefängnis herausgetreten, war einfach nur ein Kind, das sich duschte. Selbst den Mann hinter dem Vorhang hatte er vergessen. Es war einfach zu schön, das warme Wasser so angenehm auf der Haut zu spüren. Tobias tat es unendlich gut sich zu entspannen und den Dreck der letzten Tage vom Leib zu waschen. Nachdem er fertig war und sich auch die Haare sauber waren, legte er seine Hände links und rechts von der Duschstange auf die Fliesen an der Wand. So stand er leicht nach vorn gebeugt und genoss den kräftigen Duschstrahl, der seinen Rücken massierte. Er hörte nicht, wie der Duschvorhang zur Seite geschoben wurde. Horst hatte es nicht mehr ausgehalten, die Silhouette des schönen Knaben durch den Duschvorhang zu betrachten. Er wollte mehr. Er konnte sich nicht mehr beherrschen. Begierig schaute er auf den vor Feuchtigkeit schimmernden Körper.

Als Tobias fertig war und sich die Haare nochmals ausgespült hatte, drehte er sich um und rutschte vor Schreck aus. Er fiel zurück gegen die nassen Fliesen. Im Fallen konnte er sich gerade noch an der Duschstange festhalten, sonst wäre er hingeschlagen.

Er stand wie versteinert da, brachte keinen Ton heraus und schaute aus weit aufgerissenen Augen auf den Mann: Vollständig entkleidet stand der vor der Duschkabine und hatte eine riesige Erektion. Der Penis des Mannes glänzte, Horst hatte ihn mit reichlich Vaseline eingerieben.

Mit seltsam glasigem Blick schaute der Mann auf das Kind nieder und stieg zu ihm in die Dusche.

Tobias konnte nicht weg. Er war wieder vollkommen zur Säule erstarrt, so wie am Anfang seiner Gefangenschaft. Die Kette an seinem Fuß war in seinem Zustand vollkommen überflüssig.

Zweimal entlud sich Horst in den Enddarm seines Freundes.

Tobias erlebte die Vergewaltigungen in absoluter Bewegungsunfähigkeit. Er konnte keinen Widerstand leisten, er konnte die Angriffe des Mannes nicht abwehren, er konnte nicht einmal schreien. Die stechenden, brennenden, grausamen Schmerzen durchfuhren ihn in seiner ausgelieferten Hilflosigkeit. Er fühlte, wie immer und immer wieder ein Messer durch seinen After in den Bauch gestoßen wurde. Das unmittelbare Entsetzen und die Schmerzen hatten ihn vollständig gelähmt. Das Geschehen war für ihn unfassbar.

Für Horst war er deshalb ein leichtes Opfer: Sein Vergewaltiger konnte in aller Ruhe mit ihm machen, was er wollte. Beim ersten Mal war Horst noch sehr hastig, aber beim zweiten Mal nahm er sich viel Zeit.

Danach wusch er sich und den Jungen wieder sauber - Tobias war bei den Vergewaltigungen unkontrolliert Kot abgegangen.

Da das Kind in seiner Agonie immer noch bewegungsunfähig war, trocknete Horst den in der Dusche zusammengesunkenen Jungen noch notdürftig ab, legte ihm vorsichtshalber das Halsband um, kettete ihn los und trug ihn hinüber zum Bett, wo er ihn wieder mit der Handschelle festsetzte. Er machte sich nicht die Mühe, ihn anzukleiden. Einen frischen Schlafanzug hatte er ihm ja schon ans Fußende des Bettes gelegt. Dann warf er die Bettdecke über den reglosen, geschundenen Körper.

Mit den Worten: „Reib dir damit nachher mal dein Arschloch ein, dann tut das Kacken nicht so weh", legte er noch eine Tube mit Salbe auf das Nachtschränkchen. „Du wirst dich schon noch daran gewöhnen, Frido. So schlimm ist das ja nun auch wieder nicht", sagte Horst noch. „Und wer weiß, mein lieber Frido", redete er ihm gut zu, „vielleicht hast du ja auch eines Tages Spaß daran. Es gibt Schlimmeres, als ein bisschen gefickt zu werden. Stell dich bloß nicht so an." Und damit las er seine Sachen vom Boden auf und ging zur Tür.

„Du kannst ja wegfliegen, wenn es dir hier nicht gefällt", rief er dem Jungen noch über die Schulter hinweg zu. Bei seiner kleinen Erinnerung lächelte er grimmig und zog dabei die schwere Eisentür auf.

'Das war ein sehr guter Anfang', freute er sich, 'mein Plan, einen Freund ganz alleine für mich zu haben, entwickelt sich richtig gut!'

Er war tatsächlich erleichtert darüber, dass alles so reibungslos lief.

'Süßer Frido', ging es ihm immer wieder durch den Sinn, 'mein süßer Frido-Freund.' „Tschüss, süßer Frido, ich komme später nochmal!", rief er beim Verlassen des Kellers.

Tobias gab keine Antwort.

Horst wusste, dass der Junge sich wieder bekrabbeln würde - Er hatte da seine Erfahrungen.

Tobias 3

Obwohl Horst ihn sauber abgeduscht auf das Bett gelegt hatte, fühlte Tobias sich so unendlich dreckig wie noch nie in seinem ganzen Leben. Nicht nur sein Leib fühlte sich schmutzig an, als ganze Person fühlte er sich befleckt und geschmäht. Seine Seele war genauso wund wie sein geschundenes Fleisch. Er war so erniedrigt und gequält worden, wie er es sich niemals auch nur annähernd hätte vorstellen können. Und zu seinem absoluten Grauen gesellte sich nun das Wissen, warum der Mann ihn gefangen hatte: In seinem unermesslichen Elend wurde Tobias glasklar, dass der Mann ihn wieder und wieder benutzen würde.

Wenn er nach der Vergewaltigung nicht an das Bett gefesselt worden wäre, hätte er wahrscheinlich versucht sich umzubringen.

Er konnte nicht mehr. Er wollte das alles nicht mehr.

Bis hierher hatte er versucht, mit der Situation im Keller irgendwie zurecht zu kommen. Ständig gefesselt und ohne jeglichen Kontakt zur Außenwelt, nicht wissend, ob überhaupt noch jemand an ihn dachte und nach ihm suchte, war schrecklich genug. Und jetzt zuletzt, dieser massive körperliche Übergriff, war zu viel für ihn: Es überstieg das Maß des Erträglichen.

Tobias sah keine Möglichkeit, wie er seinem Peiniger und dem Gefängnis entkommen konnte. Er hatte jegliche Hoffnung aufgegeben. Er war am Ende und wünschte sich nur noch, tot zu sein.

Der Mann war einfach zu stark und gnadenlos.

Eine Ewigkeit, nachdem Horst die Tür hinter sich verriegelt hatte, rollte Tobias sich wimmernd zusammen und verlor sich in einem Zustand, der es ihm irgendwie erlaubte, einfach weiter zu existieren. Erlebtes Elend wurde weggeschlossen und zugedeckt. Der aktiv gedankliche Zugriff darauf war verstellt. Was blieb, war ein Gefühl von Leere und Gleichförmigkeit, das sich seiner bemächtigte. Nichts schien mehr wichtig, nichts kam mehr an ihn heran. Wie in Watte eingepackt lag er da. Sein Kopf war ebenfalls voller Watte. Gedanken erreichten ihn nicht mehr.

Kellerassel im Nebel der Dunkelheit.

All diesem Leid zum Trotz konzentrierte sich sein Körper erneut auf die Aufgabe des schieren Überlebens.

Einatmen.

Ausatmen.

Leben erhalten.

Einatmen.

Ausatmen.

Ansonsten Bewegungslosigkeit.

Einatmen.

Ausatmen.

Schwerelosigkeit.

Einatmen.

Ausatmen.

Gedankenlosigkeit.

Einatmen und ausatmen gesteuert von einer Intelligenz in seinem innersten Selbst, die ohne sein Zutun funktionierte.

In dem winzigen Moment, in dem seine Existenz mit dem Verschmelzen von Ei und Samenzelle begonnen hatte, war diese treibende Energie auf dem Planeten Erde angekommen. So hatte er es im Biologie-Unterricht gelernt.

Es war genau diese, ihm ureigene Triebfeder, die ihn weitermachen ließ. Und er konnte nichts dagegen tun.

Sein Analring begann zu heilen, obwohl er in seinem Zustand nicht einmal in der Lage war, die Salbe aufzutragen. Dort, wo die Schleimhaut gerissen und seine Haut wund war, begann der Prozess der Zellregeneration: Risse begannen sich zu verschließen und zerstörtes Gewebe wurde abgestoßen.

Kellerwesen in der Mache.

Wenn Tobias seinen Körper hätte steuern können, hätte er ihm verboten, sich so gut um ihn zu kümmern. Wozu auch, damit das Schwein damit machen konnte, was es wollte?

Am Freitag war Rechtsanwalt Joachim Bandel von München zum Flughafen Münster/Osnabrück geflogen. Sein ältester Bruder würde morgen seinen Fünfzigsten feiern.

Er hatte sich in einem Hotel in Emsdetten einquartiert und war dann zu seiner Mutter gefahren. Sie hatte ihm die letzten Neuigkeiten aus dem Städtchen erzählt und kramte Zeitungsausschnitte aus den letzten Wochen hervor, die sie extra für ihren Sohn, den erfolgreichen Anwalt, verwahrt hatte. Sie wusste, dass ihn 'Der Fall', wie sie die traurige Geschichte nannte, interessieren würde.

Margret Bandel hatte mit ihrem verstorbenen Mann tatsächlich sieben Kinder großgezogen. Alle sieben waren anständige Leute geworden, hatten Familie und Arbeit.

Sie hatte sechzehn Enkelkinder.

Drei davon von ihrem erfolgreichsten Spross Joachim.

Bis heute konnte sie sich nicht erklären, wie aus ihrem Schoß ein Staranwalt hatte hervorkommen können.

Sie waren immer einfache, hart arbeitende, ehrliche Leute gewesen. Ihr Mann war Zeit seines Lebens bei einer Elektro-GmbH als Meister angestellt gewesen. Es war weiß Gott nicht leicht gewesen, mit Hartwigs Gehalt über die Runden zu kommen. Aber sie hatten es geschafft. Einen Urlaub hatten sie sich allerdings nie leisten können.

Nicht einen einzigen Akademiker hatte es in ihrer weitläufigen Familie gegeben.

Sie war unendlich stolz auf ihren Joachim. Nur leider sah sie diesen Sohn am seltensten. Er war viel beschäftigt und wohnte ja auch sehr weit weg in München. Auch er war fleißig und strebsam und verdiente sein Geld mit einem ehrlichen Job. So hatte es ihr Mann auf jeden Fall immer ausgedrückt.

„Wissen Sie, Herr Freienstein", fuhr Bandel gerade fort, „ich war der einzige von uns allen, der aufs Gymnasium ging. Meine Eltern wunderten sich immer über mich. Im vierten Schuljahr war ich mit einem Klassenkameraden befreundet, dessen Eltern richtig reich waren. In der Zeit habe ich beschlossen, dass ich das auch werden wollte. Ich war schlau, ein richtig guter Schüler. Das Lernen fiel mir leicht und ich habe früh begonnen, auf mein Ziel hinzuarbeiten", er blickte auf und sah entschuldigend in Freiensteins interessierte Miene. Joachim hatte lange überlegt, ob er diesen Schritt wagen sollte, ob er sein Lebensgeheimnis Preis geben sollte. Aber ein verschwundener Junge vom Martinum Gymnasium, dessen Klassenlehrer Heise hieß, hatten ihn eins und eins zusammen zählen lassen. Er fühlte sich beruflich verpflichtet, der Polizei seinen Hinweis zu geben.

'Wer weiß', hatte er immer wieder gegrübelt, 'wer weiß, vielleicht hat er ja etwas damit zu tun und der Junge kann noch gerettet werden.'

Bandel war sich ziemlich sicher, dass Heise nicht noch einmal einen seiner Liebhaber mit der Möglichkeit zu einer Erpressung davonkommen lassen würde. Bevor der Anwalt auspackte, hatte er sich versichern lassen, dass sein Name nicht in der Zeitung oder sonst wo auftauchen würde. Das konnte er im Rahmen des Zeugenschutzes verlangen. Und da er selbst bekannt in der Rechtswelt war, wurde ihm dies ohne Einschränkungen und Bedenken eingeräumt.

Er holte tief Luft, als er seine Geschichte fortsetzte: „Ich wollte unbedingt studieren. Für meine Eltern war das total abwegig und bei sieben Kindern war auch kein Geld da, um mich zu unterstützen. Ich war ein hübscher Junge und wusste genau, dass mein Mathematiklehrer mich mehr als sehr mochte. Heise konnte seine Augen nicht von mir lassen. Die anderen hatten bereits angefangen, mich damit aufzuziehen.

Ich habe ihn letztlich verführt.

Kurz vor dem Abitur hatten wir eine Affäre begonnen, die ich nach vier Wochen beendet habe. Ich hatte in der Zeit genug Material gesammelt, um den Lehrer erfolgreich erpressen zu können. Er hat mir ohne zu zögern die zwanzigtausend Mark gegeben, die mir gefehlt haben.

Ich habe das Geld genommen und ihn nie wieder gesehen. Das Geld und das Bafög haben mir das Studieren in München ermöglicht. Das Leben dort ist teuer. Heises Geld hat es mir erspart, neben dem Studium noch arbeiten zu müssen. Ich konnte mich ganz auf mein Ziel, den bestmöglichen Abschluss zu machen, konzentrieren. Ich hatte damals kein schlechtes Gewissen. Ich wollte nur weit weg. Weg von der Armut und weg von Heise."

Der Anwalt saß, seinen Blick in die Ferne gerichtet, dem Kommissar gegenüber. Er atmete hörbar ein und aus. Für einen Moment schien ihn die Vergangenheit eingeholt zu haben.

„Und jetzt haben Sie von Ihrer Mutter von Tobias und seinem Klassenlehrer gehört", Freienstein wollte den Redefluss des Mannes, der vor ihm saß, noch nicht unterbrechen. Er wusste, dass das Geständnis des Anwaltes gleichzeitig so etwas wie eine Beichte sein musste. Der Ermittler verabscheute das Verhalten des Rechtsanwaltes zutiefst, ließ sich jedoch nichts anmerken, da er auf weitere Informationen hoffte. Er wollte nicht, dass die Tür, die der Erpresser gerade zum ersten Mal geöffnet hatte, direkt wieder zugeschlagen wurde.

Joachim blickte traurig auf seine Hände. Er hatte diese ineinander gelegt und rieb immer wieder mit seinem rechten Daumen kreisend über die linke Handfläche.

„Wissen Sie, ich bin nicht schwul. Ich habe das von Anfang an nur aus Berechnung getan. Ich hatte mir schon, bevor ich ihn verführt habe, genau ausgerechnet, wieviel Geld ich brauchen würde", wieder hielt er inne. Als er weiter sprach, wirkte er fast schon wieder arrogant: Er hatte sich im Stuhl jetzt etwas aufgerichtet und schaute dem Kommissar ins Gesicht: „Wie Sie sehen, ist meine Rechnung sogar aufgegangen. Meine Intelligenz und Heises Geld waren mein Startkapital."

Natürlich wusste Bandel, dass die Strafverfolgungsfrist für sein Verbrechen von vor über zwanzig Jahren bereits seit mehreren Jahren verjährt war.

Was er nicht wusste, war, dass Heise damals alles für ihn getan hätte. Er wäre mit ihm nach München gegangen oder bis ans Ende der Welt. Er hatte schon überlegt, wie er seinen begabten Freund finanziell unterstützen könnte, damit er in seinem Leben machen konnte, was er wirklich wollte. Heise hatte den Jungen aufrichtig geliebt.

Jetzt liebte Heise Tobias und war verzweifelt, dass sein Junge verschwunden war. Nachdem die Polizisten ihn zum zweiten Mal an seiner Haustür verhört hatten, hatte er sofort die Bilder von seinem PC auf eine externe Speicherplatte kopiert und auf seinem Computer alles gelöscht. Danach hatte er das Gerät kaputt gemacht und direkt zur Mülldeponie auf den Elektroschrott gebracht. Auf sein neues Laptop übertrug er nur die Bilder, die in die Ordner eines anständigen Lehrers gehörten.

Die externe Speicherplatte hatte er zu seinen Tagebüchern und den verdächtigen Fotos, die er sich ausgedruckt hatte, auf Mutters Dachboden deponiert. Die leeren Rahmen in seinem Schlafzimmer, hatte er mit seinen Industrielandschaftsbildern gefüllt.

Sein Hobby war es, Schornsteine und Industrieanlagen in warmem Abendlicht zu fotografieren, komponiert mit einem gewissen künstlerischen Blick.

So waren alle Spuren seiner Besessenheit für den Jungen beseitigt. Die Polizei konnte jetzt ruhig kommen. Als Mathematiklehrer konnte er eins und eins zusammen zählen.

Nicht noch einmal würde er wegen seiner Gefühle ins offene Messer rennen! Die Klassenfotos aus den letzten zwei Dekaden seines Berufslebens hatte er im Treppenhaus in ihren Rahmen belassen.

Im Wohnzimmer stand ein Foto von ihm mit seinen Eltern auf dem Sideboard. Es war an dem Abend aufgenommen worden, als sie sein Staatsexamen gefeiert hatten, umringt von den Bildern seiner Katzen, die ihn durch sein einsames Leben begleitet hatten.

Susi schaute aus einem besonders schönen Rahmen den Polizeibeamten entgegen, als diese bei ihrem dritten Besuch den pädophilen Lehrer festnahmen.

Freienstein hatte bei der Staatsanwältin sofort einen Haftbefehl erwirkt und war mit dem Hausdurchsuchungsbefehl gleich nach der Beichte des Erpressers mit seinem Kollegen Schmieding zu Heise gefahren.

Die nächsten Tage verbrachten sein Ermittlungsteam und die Kollegen von der Spurensicherung damit, das Haus des verdächtigen Lehrers vom Keller bis zum Dachboden, vom Vorgarten bis zum hintersten Gebüsch, auf den Kopf zu stellen.

Es wurde nichts gefunden. Keine Fasern von Tobias Kleidung, keine Fingerabdrücke von dem Jungen, keine Blutspuren und keine Hinweise auf Heises Computer oder sonst in irgendeiner Form verdächtiges Material. Sein Lehrerkalender war makellos geführt. Die Fahnder fanden keinen einzigen Hinweis auf pädophile Tendenzen. Das Verwunderliche war, dass sie überhaupt nichts fanden, was auf einen anderen Menschen als Heise hinwies. Heise lebte sehr privat.

Die SpuSi wurde misstrauisch, weil Heise sich kurz nach Tobias Verschwinden einen neuen Computer gekauft hatte: Alle Benutzervorgänge waren ausschließlich auf die letzten Wochen datiert.

Heise wusste, dass die Spurenermittler fast alles wieder aktivieren konnten, was er jemals von seiner Festplatte gelöscht hatte. Als technisch versierter Mathematiklehrer wollte er so wenig wie möglich dem Zufall überlassen. Bei seiner Vernehmung berichtete er daher relativ gelassen, dass er den alten PC auf der Mülldeponie entsorgt hatte.

Das Überwachungsvideo des Wertstoffhofes zeigte dann auch den Lehrer, als er verschiedenen Müll ordnungsgemäß abgeladen hatte. Der Elektroschrottcontainer, in den er seinen alten Computer getragen hatte, war jedoch längst geleert und sein Inhalt entsorgt worden. Wenn sie seinen PC dennoch gefunden hätten, wären sie Heise auch nicht auf die Schliche gekommen. Er hatte vor der Entsorgung das Gerät gründlich zerstört, hatte geschickt einen Kurzschluss initiiert, bei dem die Festplatte verschmort war.

Leider hatte die Bank nach über zwanzig Jahren keine Transaktionsunterlagen mehr über das Geld, das sich Heise einst laut Anwalt Bandel hatte auszahlen lassen. Wegen dieser Tatsache stand Gustav Heises Wort gegen das von Joachim Bandel.

Freienstein glaubte Bandel zwar, aber es gab keinen stichhaltigen Beweis. Es hätte vor Gericht niemals genügt, Heise nur wegen der Aussage eines ehemaligen Schülers zu verurteilen.

Es gab ja nicht einmal eine Leiche.

Nichts konnte einen richterlichen Beschluss rechtfertigen, den verdächtigen Lehrer länger als zwei Tage in Gewahrsam zu halten.

Bei seiner Entlassung bekam er seine Habseligkeiten zurück und siebenundfünfzig Euro, fünfundzwanzig Euro Haftentschädigung für jeden Tag, sechs Euro pro Tag wurden als Betreuungs- und Verpflegungsgeld abgezogen und direkt einbehalten. Der deutsche Verwaltungsapparat war da sehr genau.

Man entschuldigte sich höflich bei ihm.

Heise war alles recht, wichtig war ihm, dass er seinen Beruf weiter ausüben konnte. Er würde jedoch in der ersten Zeit nach den Sommerferien besonders zurückhaltend sein müssen, bis sich die Wogen wieder geglättet hatten. 'Und hoffentlich ist Tobias bis dahin wieder da', fügte er traurig einen weiteren Gedanken hinzu.

Bandel war letztlich froh, dass Heise mit der Sache nichts zu tun hatte. Und seltsamerweise ging es ihm viel, viel besser, nachdem er endlich seine alte Schuld eingestanden hatte. Nach dreiundzwanzig Jahren konnte er sich im Spiegel zum ersten Mal wieder offen in die Augen schauen.

Am Wochenende nach der Freilassung von Heise flog er erneut ins Münsterland und besuchte seine Mutter. Sie war sehr überrascht, dass er schon wieder da war, wo er doch sonst so selten kam.

Joachim erklärte ihr, dass er sich mit alten Klassenkameraden treffen wollte. Eine simple Notlüge, die keinem wehtat, war oftmals eine bessere Erklärung, als die komplizierte Wahrheit – fand er.

Er hatte zwanzigtausend Mark, umgerechnet in Euros, mit Zins und Zinseszins von seinem übervollen Konto abgehoben. Das Geld warf er, wohl verstaut in einem anonymen Umschlag, nachts in den Briefkasten seines alten Lehrers. Auf der Fahrt dorthin benötigte er kein Navigationsgerät. Er wusste noch genau, wo der Lehrer wohnte.

Als Heise am folgenden Montag den Briefumschlag aus seinem Briefkasten zog, wunderte er sich zunächst, aber dann verstand er.

Behutsam setzte er sich auf sein Sofa und weinte.

Das Geld, das ihm nichts bedeutete lag neben ihm. Susi sprang auf seinen Schoß und begann zu schnurren.

Was sein Leben fast unerträglich machte, waren nicht Menschen wie Joachim Bandel oder Tobias Bleckmann, sondern seine Neigungen, die ihn unwiderstehlich zu ihnen hinzogen. Unzählige Male hatte er sich gefragt, warum er nicht einfach so sein konnte, wie alle anderen.

Auch an diesem Tiefpunkt seines Lebens fand er keine Antwort auf diese Frage.

Seine Mutter, die von seinen Neigungen offiziell nichts wusste, vermutete jedoch schon lange etwas. Sie hatte den Polizisten nicht gesagt, dass ihr Sohn vor einigen Tagen alles Mögliche auf ihrem Dachboden verstaut hatte.

Für sich hatte sie beschlossen, Gustav nicht danach zu fragen.

'Was ich nicht weiß, macht mich nicht heiß', hatte sie still vor sich hin lächelnd konstatiert.

Die Sache war für sie damit erledigt.

Mutter und Sohn würden nicht darüber sprechen, wenn sie ihn am Dienstagabend, dem Tag seiner Freilassung aus der Untersuchungshaft, um neunzehn Uhr anrufen würde.

Auch würde Gustav keine Erklärung vorbringen, warum er am Sonntag nicht zum Kaffeetrinken gekommen war. Er würde das Thema von sich aus auch nicht ansprechen.

Beide würden stillschweigend übereinkommen, dass es so wohl das Beste wäre.

Die Eltern 10

Seit Tobias' Verschwinden hatte sich nichts Neues ergeben. Tatsächlich war der Junge seit nahezu vier Wochenwie vom Erdboden verschluckt.

Auch die Untersuchung seines Computers, hatte keinen einzigen Hinweis ergeben.

Durch die Festnahme von Tobias Klassenlehrer vor zwei Wochen war die Hoffnung der Eltern kurzzeitig deutlich aufgeflackert. Aber eigentlich hatten sie sowieso nicht so richtig daran geglaubt, dass Heise etwas mit Tobias' Verschwinden zu tun haben könnte. Die Polizei hatte ihnen nicht erklärt, warum der Verdacht überhaupt auf Heise gefallen war.

Besonders Tresi, die den Lehrer von Elternsprechtagen und Versammlungen kannte, hatte sich nicht vorstellen können, dass dieser zuvorkommende Herr, der immer nur Positives über ihren Sohn zu berichten hatte, ihm irgendetwas hätte antun können. Lehrer Heise wirkte eher wie ein Gentleman, als ein böser Mensch. Das passte nicht zusammen, fand Tresi.

Georg war da anderer Meinung, er vertrat den Standpunkt, dass man allen Menschen immer nur vor den Kopf schaute.

Tresi stimmte dann doch zu. Letztendlich war ihr jeder Strohhalm willkommen. Es hatte beiden gut getan, sich der Hoffnung hinzugeben, es fiel endlich etwas Licht in ihre Dunkelheit. Fast wäre es ihnen lieber gewesen, die schlimmste Nachricht zu bekommen, als überhaupt nicht zu wissen, was mit ihrem Kind war. Sie sehnten sich danach, aus der Ungewissheit, die an ihnen nagte, erlöst zu werden.

Deshalb fühlten sie sich schuldig und selbstsüchtig. Sie ermahnten sich, dass es nicht um sie ging, sondern einzig und allein um das Wohl ihres Kindes. Sie zappelten wie an einem Haken und wussten nicht, in welche Richtung sie sich bewegen sollten. Es gab kein Entkommen.

Beide wären sie liebend gern durch die Hölle gegangen, wenn nur ihr Kind wieder da gewesen wäre. Andererseits hatten sie keine Vorstellung davon, was an der Hölle schrecklicher hätte sein können, als an ihrer jetzigen Situation. Sie waren längst dort angekommen.

Nachts hatte Tresi Albträume von Tobias, der sich hoffnungslos verirrt hatte. Oder sie träumte, dass jemand ihn am Arm fest hielt und er immer versuchte, wegzurennen. Sie sah, wie er gefangen in einer Ecke saß und weinte. Er wimmerte leise nach ihr. Und während der Nächte, die Heise im Gefängnis war, träumte sie, dass Tobias in seinem Versteck vergessen wurde und nicht gefunden werden konnte. Jedes Mal wachte sie schreiend und in Schweiß gebadet neben Georg auf, der sie nur wenig beruhigen konnte.

Sie hielten sich dann zwar an den Händen, aber das gab ihnen keinen Halt. Wie hätten sie sich auch trösten sollen?

Tresis Nächte waren mit der Freilassung von Heise nicht besser geworden. So wälzten sich die Eltern jede Nacht zwischen Schlaflosigkeit, grausamen Träumen und schlechtem Gewissen. Sie waren vollkommen erschöpft.

Tresi ahnte nicht, wie nah sie der Wirklichkeit kam.

Aber als Heise sich dann doch als falsche Spur herausgestellt hatte, waren sie vor allen Dingen froh, dass ihr Sohn nicht tot aufgefunden worden war.

Sie konnten weiter hoffen.

Tresi war seitdem felsenfest davon überzeugt, dass Tobias irgendwo festgehalten wurde. Immer wieder sagte sie, dass eine Mutter so etwas doch spüre. Nicht umsonst habe sie die Träume, in denen er verzweifelt nach ihr rufe.

Jedes Mal, wenn sie so redete, fuhr Georg ein kalter Schauer über den Rücken. Er selbst hatte keine Ahnung, weder real noch übernatürlich, ob sein Sohn noch lebte oder nicht.

In drei Tagen sollten die Zwillinge nach Schweden in die Gemeindefreizeit fahren. Die beiden waren ganz verstört. Auch ihr Leben hatte sich massiv verändert. Die Eltern waren kaum mehr ansprechbar, obwohl sie sich Mühe gaben, für die Zwillinge da zu sein. Eigentlich wusste Tresi genau, dass die beiden sie jetzt mehr brauchten als sonst, aber sie hatte keine Reserven, die Kraft dafür aufzubringen. Sie war nicht in der Lage, sich so zusammenzureißen, dass sie die Not ihrer Kinder hätte auffangen können. Sie war traurig darüber, dass sie so schlecht funktionierte, aber es gelang ihr nicht, sich besser zu verhalten.

Und Georg vergrub sich in seiner Arbeit, durchstreifte mit Arco die Gegend. Er war unruhig geworden, konnte nicht mehr still sitzen.

Sven hatte nach wie vor die Angst, dass Tobias wegen ihm weggelaufen war. Obwohl seine Tante ihm gesagt hatte, dass sie sicher sei, dass Tobias niemals wegen eines Streites mit seinem Bruder weglaufen würde. Sie hatte den weinenden Jungen auf ihren Schoß genommen und ihn getröstet. Und dennoch ließ dieser nagende Gedanke das Kind nicht los. Er fühlte sich mitverantwortlich für das Elend seiner Eltern und war gleichzeitig selbst unendlich traurig, dass Tobias weg war. Glücklicherweise hatte er seine Zwillingsschwester. Die beiden waren jetzt nahezu unzertrennlich.

Tresi hatte einen Termin mit dem Gemeindepfarrer und war jetzt auf dem Weg zu ihm. Im Gegensatz zu ihrem Mann ging sie regelmäßig in die Kirche. Aber ihr gab die Religion jetzt überhaupt keinen Halt und Trost. Im Gegenteil, sie fühlte sich von Gott verraten. Sie haderte mit ihm. Und das Gerede von einigen Frömmlern aus der Gemeinde, dass alles im Leben Prüfungen Gottes seien und immer nur der Wille des Herrn geschehe, ging ihr auf die Nerven.

Sie hatte das Gefühl, das nichts und niemand sie über den Verlust ihres Kindes hinwegtrösten konnte. Sie wusste ganz genau, dass sie ihr Kind verraten würde, wenn sie sich trösten ließe.

Davon abgesehen, hatte sie sowieso das unwiderrufliche Wissen, dass Tobias irgendwo war. Es machte sie ganz rasend, dass sie ihrem Kind nicht helfen konnte.

Sie wollte ihn einfach nur wieder haben.

Die Haushälterin von Pastor Neveling hatte Kaffee gekocht und auch Kuchen auf den Tisch gestellt. Sie tat das nur selten für Gemeindemitglieder, aber Frau Bleckmann tat ihr so leid. Sie wollte ihr etwas Gutes tun.

Wenn sie solch einen Aufwand für alle Besucher ihres Hausherrn betriebe, wäre sie ja aus dem Backen nicht mehr herausgekommen.

Tresi war dankbar, dass der Pastor sofort zugesagt hatte, es tat ihr gut, das Herz auszuschütten.

Neveling war jetzt ganz Seelsorger. Er ließ die Frau, die ihm so aufgelöst gegenüber saß, erst einmal reden.

Er hatte Zeit und wusste, wie erleichternd Reden manchmal sein konnte, dass es ungemein half, wenn die Sorgen an der richtigen Adresse abgeladen werden konnten.

Und er wusste, dass Gott jetzt bei ihm war. Für ihn war das der beste Beistand, wenn jemand kam, um sich alles von der Seele zu reden.

'Ich kann sie bestimmt nicht trösten', gestand er sich ein, 'aber vielleicht kann ich ihr etwas Linderung verschaffen.' Neveling vertraute auf seinen Herrn, ihm in dieser äußerst schwierigen Situation beizustehen und ihm die richtigen Worte in den Mund zu legen.

Tresi schniefte laut: „Und wir wissen auch gar nicht, was wir jetzt mit den armen Zwillingen machen sollen. Können wir die denn jetzt einfach so weglassen? Ich habe das Gefühl, mich dann gar nicht richtig um die beiden kümmern zu können. Aber das Schlimme ist, dass ich das im Moment sowieso nicht kann. Ich kann mich auf gar nichts richtig konzentrieren!", rief sie verzweifelt und musste wieder weinen.

„Haben denn Sven und Tanja gesagt, was sie am liebsten machen wollen?", fragte er vorsichtig.

„Ja, ja, die wollen unbedingt mit nach Schweden fahren", sie holte tief Luft, „aber ich weiß nicht, ob ich das aushalte. Ich weiß nicht, ob ich das aushalte, wenn die beiden auch noch von zu Hause weg sind. Ich komme mir so blöd vor. Ich kann die Kinder doch nicht an meinen Rockzipfel binden. Und dennoch würde ich sie genau da am Liebsten haben, damit ich ununterbrochen weiß, wo sie sind."

Der Pfarrer verstand sie gut. Diese Zwickmühle der Gefühle machte das Leben für Frau Bleckmann unnötigerweise noch schwieriger.

Und dann hatte er eine Idee.

„Frau Bleckmann, schauen Sie mal. Ich bin doch den ganzen Sommer über hier. Was ich ihnen anbieten kann, ist Folgendes: Sie lassen die beiden mit in die Freizeit fahren. Die Betreuer dort haben alle zwei Tage Kontakt mit mir und wenn etwas Besonderes sein sollte, auch öfter. Ich weiß ja, dass ihr Mann von dem Hof nicht weg kann. Also da habe ich mir gedacht, wenn Sie oder die Kinder mit der Situation unglücklich sind, dann biete ich Ihnen an, dass ich persönlich mit ihnen nach Schweden fahre und sie abhole.

Ich könnte mir auch vorstellen, dass die beiden das gut finden. Immerhin fahren sie ja zum ersten Mal mit." 'Danke, guter Gott, für diese Eingebung', schickte er schnell ein Stoßgebet nach oben.

Tresis Miene hatte sich bei dieser Möglichkeit etwas aufgehellt. Das wäre wirklich eine Möglichkeit, an die sie noch gar nicht gedacht hatte. Sie merkte, wie ihr jetzt doch ein Stein vom Herzen fiel.

„Ja, Herr Pfarrer, ich glaube, das könnte ich mir vorstellen. Würden Sie das denn wirklich für uns tun?", sie konnte kaum glauben, dass ihr Pastor das Angebot ernst meinte.

„Ja, Frau Bleckmann, das meine ich sehr ernst, sonst hätte ich es nicht gesagt. Sie wissen doch, als Gemeindevorstand könnte ich mir so etwas auch gar nicht leisten."

Tresi nickte dankbar. Sie war froh, dass sie gekommen war.

Die beiden saßen noch eine Weile und sprachen nicht mehr viel. Das Wichtigste war gesagt und geklärt. Tresi genoss das geduldige Schweigen des Priesters. Zum ersten Mal seit Tobias Verschwinden hatte sie das Gefühl, ein kleines bisschen zur Ruhe gekommen zu sein.

„Ich bete jeden Tag für Tobias", sagte Neveling, als er die deutlich erleichtert wirkende Tresi an der Haustür verabschiedete.

„Danke für alles", war ihre schlichte Antwort, als sie schon die Treppe hinunterging.

Von den fast täglichen Vergewaltigungen war Tobias' Analring ständig wund und schmerzhaft.

Nach dem ersten Missbrauch war er fast eine ganze weitere Woche zurück in die Sprachlosigkeit gefallen. Seine Seele brauchte Ruhe um etwas zu heilen. Es dauerte, bis er wieder aktiv an seinem Kellerdasein teilnehmen konnte.

Zwischendurch war Tobias auch immer wieder sehr wütend. Wütend auf das Arsch, dass ihm dies alles antat, wütend auf seine Eltern, die ihn nicht fanden und wütend auf sich, weil er keine Idee hatte, wie er diesem schrecklichen Mannentkommen konnte. Er wusste auch nicht, wohin mit seiner geballten Energie, er hasste es ständig an das Bett gekettet zu sein.

Wütend schlug er mit der Hand gegen die Wand, schrie sich in seiner Einsamkeit heiser und wenn die Rufe wie Watte von den Wänden fielen, fiel auch er wieder in sich zusammen und die Wut machte der Verzweiflung Platz.

Nur für die kurzen Wege zur Dusche und zurück konnte er aufstehen.

'Was meint das Schwein mit Wegfliegen? Wo soll ich hinfliegen? Sehr lustig, der Arsch! Der erzählt mir was vom Fliegen und fesselt mich hier selbst in diesem toten Keller noch ans Bett.'

Seit zwei Wochen trug er an beiden Handgelenken eine Ledermanschette, weil der Mann ihn jetzt abwechselnd mal mit der linken und mal mit der rechten Hand an das Bett fesselte. Eine Seite konnte sich dann immer ausruhen. Andererseits war es für ihn als Rechtshänder unpraktisch mit der rechten Hand gefesselt zu sein. Es fiel ihm so deutlich schwerer, den Eimer mit der linken Hand für seine Ausscheidungen zu benutzen.

Sein Handgelenk, das zu Beginn durch die vergeblichen Versuche sich loszureißen aufgescheuert war, war inzwischen vollständig abgeheilt. Er wusste immer noch nicht, wie lange er schon von zu Hause weg war. Sein altes Leben fehlte ihm jede Sekunde. Seine Mama, sein Papa, die Zwillinge und Volker und die anderen von der Band, die Schule und überhaupt alles. Er sehnte sich nach der Normalität eines gemeinsamen Abendessens. Es war dann meistens alles friedlich im Haus, wenn auf dem Hof die Arbeit getan war und er mit den Eltern und Geschwistern um den Küchentisch saß. Jeder hatte seinen Stammplatz, es wurde erzählt. Oft ging es um die Tiere, welche Kuh kalben würde, wieviel Milch die Tiere gaben, ob eine neue Maschine angeschafft werden sollte oder was die Nachbarn so machten. Natürlich plauderten auch die Kinder über den vergangenen Tag und schmiedeten Pläne für den nächsten und in letzter Zeit hatten sie immer wieder von Schweden geredet. Die Zwillinge, die ja zum ersten Mal mitfahren sollten, wollten alles haarklein von Tobias wissen. Und genau so etwas ganz Gewöhnliches, wie zusammen Abendbrot essen, reden über Dinge, die einem in den Sinn kamen, leckere Sachen, mit denen Mama den Tisch gedeckt hatte und anschließend noch gemütlich fernsehen oder mit einem Buch im Zimmer auf dem Bett liegen oder noch etwas 'rumschrauben mit seinem Elektrokram, das waren die einfachen Dinge, die er so schmerzlich vermisste!

Er ertrug es nicht, so viel alleine zu sein, das machte ihn ganz verrückt. Er wollte von seiner Mama in den Arm genommen werden. Dieses Bedürfnis hatte er in letzter Zeit zu Hause nicht mehr gehabt. In seinem Kellerverließ fühlte er sich so verlassen und verloren, dass die Umarmung seiner Mutter jetzt jedoch genau der Zufluchtsort war, nach dem er regelrecht hungerte.

Zudem litt er massiv darunter, sich kaum bewegen zu können.

Er wusste, dass die Ferien schon angefangen haben mussten. Seinem Gefühl nach war er schon mindestens drei Wochen gefangen. Sein Gefühl trog ihn, er war seit fast fünf Wochen in dem Keller. Die erste Zeit hatte sich zu einer nebligen Masse zusammengezogen. Das waren die Tage, in denen er nicht hatte sprechen können. Diese Phase des ersten Schocks war in seiner Erinnerung zu einem trüben Bild geworden, dass er wie durch einen dichten Vorhang sah. Er hatte nur Erinnerungsfetzen, so als höben oder senkten sich die Nebelschwaden und gäben dann den Blick frei auf kleinere Ausschnitte. Im nächsten Augenblick waberte das Vergessen wieder darüber hinweg. Erinnerungen von essen, trinken, Schatten, Schmerzen flackerten auf.

Die Erinnerung, wie er überhaupt hierhergekommen war, fehlte ihm vollständig.

Er hatte keine Ahnung, nach wie vielen Tagen im Keller er mit seiner plötzlich wieder gefundenen Stimme, diese Wand des zähen, zeitlichen Einheitsbreis durchbrochen hatte.

Mit seiner Sprache war seine innere Uhr wieder ein wenig in Gang gekommen. Er hatte zunächst nicht sagen können, ob es Tag oder Nacht war. Immer noch brannte im angrenzenden Raum ununterbrochen die gleißende Neonlampe.

Aber dann hatte er etwas entdeckt: Der Mann kam abwechselnd mit Broten und mit warmem Essen. Dazwischen kam er nie. Wenn er mit den Broten kam, war er frisch rasiert. Wenn er mit dem Mittagessen kam, hatte er kleine Stoppeln.

Jedes Mal, wenn er rasiert in den Keller kam, wechselte er, bevor er wieder ging, die Handschellen von rechts nach links. Tobias hatte dann bis zu seinem nächsten Erscheinen die rechte Hand frei.

Daraus hatte er geschlossen, dass der Mann, der immer Horst genannt werden wollte, ihm morgens, nachdem er sich rasiert hatte, das Frühstück und die Brote und das Obst für den Tag brachte und abends die andere Mahlzeit.

Seitdem ihm das aufgefallen war, zählte er mit. Er war jetzt beim zwölften Mal Rasieren angekommen.

Von da an konnte er die Tage zählen.

'Vorausgesetzt, der rasiert sich, wie jeder normale Mensch', hatte Tobias überlegt, 'aber, der ist so abartig, vielleicht ist sein Bartwuchs auch anders als bei anderen'.

Die Anwesenheit des Mannes morgens war deutlich kürzer als abends. Und abends passierte immer das SCHRECKLICHE!

Tagsüber schlief Tobias immer wieder ein und auch nachts wechselten sich Phasen von Schlaf und Wachsein unregelmäßig ab. Sein normaler Rhythmus war völlig gestört.

Einerseits war er, auch wenn der Mann nicht anwesend war, ständig unterschwellig gestresst. Gefestigt wurde diese innere Unruhe andererseits durch die maßlose Eintönigkeit. Die wenigen visuellen Eindrücke seiner Bettnische kannte er in- und auswendig. Jede kleinste Unebenheit im Putz war ihm bekannt. Das Regal über dem Bett blieb leer. Er hatte nichts zu lesen, nichts zu basteln, nichts zu lernen. Eintönige Ödnis war sein ständiger Begleiter. Immer wieder nickte er ein.

Wenn er aufwachte, hatte er einen unglaublichen Drang, sich bewegen zu müssen.

Sein Körper hatte sich verändert.

Er war schmaler geworden, seine Muskeln waren durch das viele Liegen schmächtiger geworden. Er fühlte sich schwach, ausgepumpt. Seine Haut war deutlich heller geworden. Das Gold der Sommermonate wich zunehmend einer immer fischbauchiger anmutenden Kellerbleiche. Natürlich waren seine lockigen Haare in den letzten fünf Wochen gewachsen, aber das fiel kaum auf.

In seine Augen war ein fiebriger Glanz eingezogen. Dieser hatte das umwerfende Strahlen, das immer in seinem Gesicht gestanden hatte, abgelöst. Er hatte seit seiner Entführung nicht mehr gelacht.

Tobias war auf dem Weg, zu seinem eigenen Schatten zu werden.

Auch wenn er im Wachzustand nicht immer daran dachte, sein Kellerdasein war von der Furcht begleitet, dass ihn alle vergessen hatten, niemand mehr nach ihm suchte. Diese Angst quälte ihn so sehr, dass ihm schlecht wurde.

Tobias hatte geträumt. Er wachte mit einer vagen Erinnerung an seinen Traum auf. Er war in Schweden gewesen, irgendetwas mit einer Bootsfahrt und Angeln und einem ganz großen Fisch, den er gefangen hatte. Im Traum hatte er auch Volker gesehen.

'Ob die Schwedenfreizeit wohl schon angefangen hat? Wie schön es dort ist', seine Gedanken schweiften aus dem Traum in seine Erinnerung. Er schloss die Augen wieder und für eine Weile war er in Schweden. In seinem Rückblick erlebte er den Moment, in dem er das allererste Mal dort aus dem Bus gestiegen war. Die Sonne hatte geschienen, aus ganz blauem Himmel. Es hatte unglaublich gut gerochen, nach warmem Wald und gleichzeitig nach Meer. Er hatte auch den Motorengeruch des Busses noch in der Nase. Große, grüne Zelte hatten am Rande einer weiten Lichtung gestanden und zwischen den Bäumen sah man das Meer glitzern, das sie auch schon während der Fahrt immer wieder gesehen hatten.

Alle Kinder und die Betreuer waren ausgestiegen und es herrschte das fröhliche Chaos der ersehnten Ankunft. Lachen, Rufe, Hin- und Herrennen. In der Luft lag die Verheißung von drei wunderbaren Wochen, die gerade dabei waren, anzufangen. Das Gefühl, das nur Kinder haben, wenn die Sommerferien endlich da sind, kribbelte wohlig in Tobias Bauch. Das überwältigende Glück einer unendlich währenden Ewigkeit, die vor einem liegt und in der alles Schöne möglich ist.

Er hatte still dagestanden, völlig fasziniert und über all die neuen Eindrücke gestaunt: 'Schweden', hatte er begeistert gedacht, 'das also ist Schweden!'

Er war gefangen in diesem Augenblick, hatte vor Freude eine Gänsehaut auf seinen sonnenbeschienenen Armen.

So hatte er dagestanden: Den kleinen Rucksack, den er beim Aussteigen aus dem Bus aufgesetzt hatte, trug er noch auf dem Rücken. Und dann hatte Volker ihn in die Seite geknufft: „Tobs, was stehst du denn da wie angegossen? Los, komm, wir rennen zum Wasser!" Und schon war sein Freund losgelaufen und Tobias war begeistert hinter ihm hergestürmt. Ja, sie waren wirklich in den Ferien angekommen!

Tobias weinte bei dieser Erinnerung, seine Wut, die noch vor wenigen Minuten seine Hände dazu gebracht hatte, sich zu Fäusten zu ballen, war verflogen. Er wollte weg, er wollte zurück zu allem, was er gehabt hatte. Eine unbändige Traurigkeit hatte sich seiner bemächtigt.

Bevor er in diesem Verließ war, hatte er das Wort Unbeschwertheit gekannt, aber nicht weiter darüber nachgedacht. Wozu auch? Jetzt wusste er, dass sein Leben bisher unbeschwert gewesen war. Er sehnte sich so sehr nach Hause, dass ihn jeder Atemzug anstrengte.

Selbst der Gedanke, seinem Vater täglich beim Melken helfen zu müssen, war jetzt unglaublich verlockend.

Immer wieder wurde er gebeutelt von intensiven Wellen aus Verlust, Wut, Langeweile, Angst, Traurigkeit, Ärger, Scham und Hoffnungslosigkeit. Seine Emotionen fuhren ständig mit ihm Achterbahn und er konnte nicht kontrollieren, wohin die Fahrt ging.

Freude und sich wohlfühlen waren nicht dabei.

Dieser unberechenbare Gefühlstrudel verunsicherte Tobias zusätzlich.

Er kannte sich so nicht.

Er kam sich selbst ganz fremd vor.

Er hatte sich noch nicht an sich im Keller gewöhnt.

Kellerassel-Selbst.

Am allerschlimmsten waren die Angst und die Erinnerungen an die Angst und die Schmerzen und die Erniedrigungen, die der Mann ihm zufügte und die Scham.

All das sprang ihn unverhofft an, wie die gruseligen Schrecken in einer Geisterbahn.

„Steh da nicht so blöde 'rum, Jammerlappen, mach gefälligst die Sauerei in der Küche weg!", rief Karl-Heinz von der Haustür aus seinem Sohn zu. „Wenn die Küche nicht sauber ist, wenn wir zurückkommen, setzt es was!" Er schaute nicht einmal in die Richtung, in der Horst stand.

Unwirsch stütze er seine Frau auf der Seite, wo der unverletzte Arm war und bugsierte die betrunkene Waltraud in sein Auto. Die Kopfplatzwunde, aus der sie blutete wie ein geschächtetes Tier, hatte er notdürftig verbunden. Der Verband wurde langsam schon wieder rot.

Mutter hatte Vaters Portemonnaie beim Aufräumen in den Kühlschrank gelegt.

Ihr Sohn hatte schon seit längerem bemerkt, dass sie immer häufiger betrunken war, oft etwas vergaß. Sie räumte Dinge fort und fand sie dann nicht mehr. Auch war sie zunehmend schmuddeliger geworden. Sie saß meistens nur noch vor dem Fernseher und trank.

Nachdem Karl-Heinz eine Ewigkeit seine Geldbörse vergeblich gesucht hatte und diese dann zufällig ihm Kühlschrank entdeckt hatte, war er völlig ausgerastet. „Du dumme, dämliche, dreckige, besoffene Schlampe", schrie er ununterbrochen auf sie ein, „du dumme, dämliche, dreckige, besoffene Schlampe!" Immer und immer wieder hatte er ihr lauthals diese Beleidigungen entgegen geschleudert. Sein Gesicht war vor Zorn zu einer bösartigen Fratze verzerrt. In seinem Rausch hatte er ununterbrochen auf seine Frau eingeschlagen, bis sie bewegungslos auf den Fliesen des Küchenfußbodens liegen geblieben war. Der linke Unterarm war komisch verdreht, stand in einem unnatürlichen Winkel ab. Aus einer großen Wunde am Kopf floss unaufhörlich Blut.

Horst war schon gleich zu Beginn der Hasstiraden davongeflogen.

Erst, als der Vater mit der verletzten Mutter wegging, war er wieder in seinen Körper geschlüpft.

Er stand jetzt an der Küchentür und die Haustür fiel hinter seinen Eltern ins Schloss. Auf den roten Küchenfliesen wirkte die Blutlache seiner Mutter noch roter als rot. Das Blutrot stach deutlich von dem ins eher bräunlich gehende der Kacheln ab.

Da waren ein sehr großer Blutfleck und viele kleine. Sie bildeten eine Spur, die bis zu dem Stuhl ging, auf dem Waltraud zuletzt gesessen hatte. Der Stuhl war verschmiert, weil sie versucht hatte, sich das von ihrer Stirn nachlaufende Blut aus dem Gesicht zu wischen. Mit ihrer Hand hatte sie dann sowohl den Stuhl als auch den Tisch angefasst.

Die Küche sah aus wie ein Schlachtfeld. Horst wunderte sich darüber, wie viel Blut aus einem Menschen heraus fließen konnte, ohne ihn zu töten. Die ganze Küche roch metallisch. Lebergeruch.

Das bange Wissen, dass sein Vater mit ihm das Gleiche machen konnte, schnürte ihm die Kehle zu.

Mimi, Vaters Liebling, war weggerannt, als es in der Küche so hoch her gegangen war. Wahrscheinlich angelockt von dem Geruch, lief sie jetzt, den Schwanz in alter Katzenmanier steil erhoben und nur die äußerste Spitze leicht abgewinkelt, aus dem Flur zur Küchentür. Langbeinig, mit steifen Schritten begann sie um Horst herumzustreichen und sich an seinem Hosenbein, laut schnurrend, ihren Kopf zu reiben.

„Geh weg, du beschissenes Vieh", schnauzte er das Tier an und schob sie mit einem leichten Tritt von sich weg.

Er hasste Katzen und ganz besonders diese Katze.

Sie war das einzige Wesen im Haus, zu dem der Vater immer nur nett war. Und das blöde Vieh erwiderte seine Liebe. Sie durfte abends vor dem Fernseher stundenlang auf Karl-Heinz' Schoß liegen.

Ihr den Kopf, den Bauch und immer wieder den Rücken kraulend, brachte sein Vater sie ständig zum Schnurren. Auch diesen Ton hasste Horst. Die Katze vergötterte Karl-Heinz. Sie wurde von ihm über alle Maßen verwöhnt.

Nach Horsts abwehrendem Tritt war sie beleidigt in die Küche gestelzt und stand jetzt an der roten Pfütze und schnupperte daran.

Dann begann sie zu lecken.

Das war zu viel für Horst. Er stellte sich hinter das graue Tier, beugte sich mit vorgestreckten Händen herab, schloss seine Finger um ihren pelzigen Hals und drückte zu. Er würgte Mimi mit dem angestauten Hass seiner Kindheit.

Sie hatte es verdient!

Sie bekam ständig die Zuneigung von seinem Vater, nach der es ihn so hungerte und die er nie bekam.

Die Katze begann sofort zu strampeln, spreizte ihre Krallen aus und versuchte wegzulaufen. Aber weder ihr Fluchttrieb noch ihr Verteidigungswerkzeug halfen ihr. Horst fühlte sich mächtig und unbesiegbar. In seiner Phantasie hatte er seine kräftigen Hände um die Kehle seines Vaters gelegt und drückte und drückte.

Für Mimi gab es kein Entrinnen.

In ihrem Todeskampf glitschte sie mit den Vorderpfoten immer wieder in dem Blut weg, bis ihre Bewegungen langsamer wurden und zuletzt ganz aufhörten. Ein letztes Beben durchfuhr ihren Körper, wie ein Schauer.

Immer noch wie besessen das bereits tote Tier würgend, richtete Horst sich auf und hielt den schlaffen Leib mit vorgestreckten Händen von sich.

„Das hast du jetzt davon, du miese Kreatur!", erklärte er ihr mit zornig bebender Stimme, „ich werde dich lehren, Mutters Blut zu trinken!"

Er brachte das verhasste Tier zur Spüle und legte es auf den Ablauf. Mit dem nassen Küchenschwamm wischte er zuerst ihr Maul und dann ihre Pfoten und das Fell ab. Konnte aber nicht alles Rot aus den grauen Haaren entfernen. Den Anblick von Mutters Blut an der Katze konnte er nicht ertragen. Der Junge nahm eine Plastiktüte und stopfte den Kadaver dort hinein. Die Tüte legte er zur Seite.

Dann machte er sich daran, die Küche zu reinigen. Er zog sich ihre gelben Gummihandschuhe über und nahm die Küchenrolle von der Anrichte.

Die große Blutlache, die von der Katze verwischt worden war, hatte jetzt unregelmäßige Ränder und längst begonnen, die gallertige Konsistenz von gerinnendem Blut anzunehmen.

'Blutkuchen', ging es ihm durch den Kopf. Das Wort hatte er in einem Krimi gehört. Er konnte sich darunter genauso wenig vorstellen, wie unter *Mutterkuchen* - ein Wort, das er aus einem anderen Film kannte.

'Was soll das denn hier mit einem Kuchen zu tun haben?', rätselte er über das für ihn unlogische Wort.

Er arbeitete zügig und methodisch und hatte nach einer guten halben Stunde den ganzen Schlamassel beseitigt. Das Einzige, was noch auf den Vorfall hinwies waren die vormals grauen Fugen zwischen den Bodenfliesen, die sich durch das Blut rotbraun verfärbt hatten. Er hatte keinen blassen Schimmer, wie er das wieder hinkriegen konnte.

Vielleicht wusste Mama ja, was man da machen musste, wenn sie aus dem Krankenhaus wieder nach Hause kam. Er würde sie danach fragen und ihr dann helfen.

Als dann alles soweit fertig war, wusch er die Handschuhe gründlich ab, trocknete sie mit dem Küchentuch und legte sie wieder unter die Spüle. Dann nahm er die Plastiktüte mit der verhassten Katze und ging in den Garten. Aus dem Schuppen holte er den Spaten und lief hinunter zum Fluss. Er kletterte über die Reste der Gartenmauer, ging ein Stück am Wasser entlang und fing an zu buddeln. Das kleine Grab war schnell ausgehoben und zufrieden versenkte er die Tüte in dem Loch. Er schaufelte es wieder zu und das viereckige Stück Grasnarbe, das er zuvor ausgestochen hatte, setzte er wieder zurück an seine alte Stelle. Die überschüssige Erde, die in etwa dem Volumen des Katzenkörpers entsprach, schmiss er in den Fluss und mit den Händen verteilte er den verbliebenen Rest zwischen den Grashalmen und Pflanzen. Wenn man nicht wüsste, was er gerade gemacht hatte, würde man das unscheinbare Grab nicht entdecken. Horst hatte das angeborene Talent, seine Opfer quasi spurlos verschwinden zu lassen.

Sehr mit sich zufrieden blickte er auf sein Werk. Er sprach ein schnelles 'Vaterunser' und bekreuzigte sich. Irgendwie hatte er die Vorstellung, dass eine Beerdigung so beendet werden müsste.

Als seine Eltern aus dem Krankenhaus nach Hause kamen, war Mutters Arm in einem Gips. Ihre Stirn war mit sieben Stichen genäht worden. Ihr Unterarm war gebrochen und der Bruch hatte mit dünnen Drähten, die durch die Haut in den Knochen geschossen worden waren, stabilisiert werden können. Wenn sie Glück hatte, musste sie nicht weiter operiert werden.

Karl-Heinz hatte dem Arzt berichtet, dass seine Frau, leider sturzbesoffen, die Treppe heruntergefallen sei.

Der Arzt roch die Fahne seiner Patientin und bemitleidete den freundlichen Mann, der sich offenbar hingebungsvoll um seine alkoholabhängige Frau kümmerte.

'Manche haben doch wirklich ein schweres Kreuz zu tragen', sinnierte er, als er die örtliche Betäubung um die klaffende Platzwunde an der Stirn der Frau applizierte.

Waltraud stöhnte. Es schmerzte, die Flüssigkeit in das Fleisch ihrer eh schon malträtierten Stirnhaut gespritzt zu bekommen. Erst nach dreißig Sekunden setzte die Betäubung ein und der Arzt begann zu nähen.

Seit diesem Ereignis versuchte Horst, seine Mutter so gut es ging, zu kontrollieren und zu unterstützen. So konnte er ihre Demenz, die zu Beginn durch ständigen Alkoholkonsum verursacht war, lange kaschieren. Der vierzehnjährige Junge wurde sozusagen peu à peu das Gedächtnis seiner Mutter.

Waltrauds nachlassende Gehirnleistung bestimmte von da an ebenfalls zunehmend sein Leben.

Er verstand einfach nicht, wieso sein Vater ihr immer noch Sherry kaufte.

In den folgenden Jahrzehnten ihres Lebens verließ Waltraud sich mit ihrem wirren Kopf immer mehr auf ihr Kind.

In den nächsten Jahren fielen noch viele Katzen Horsts Würgegriff zum Opfer. Er wurde ein Meister darin, den Vorgang so lange hinauszuzögern, wie er wollte. Sobald ein Tier durch die Unterbrechung der Luftzufuhr ohnmächtig geworden war, konnte er es durch die Lockerung seines Griffes wieder zu sich kommen lassen und dann quasi von vorne beginnen. Das konnte er so oft wiederholen, bis ihm auch das zu langweilig wurde.

Er durfte nur nicht zu fest drücken, denn dann brach das zarte Genick.

Je nachdem, was er selbst für eine Stimmung hatte, dauerten die Tötungen mehr oder weniger lange.

Bei Mimi hatte er, in seiner Wut auf den Vater, den letzten Todesschauer der Katze, der sich in seine Hände fortgesetzt hatte, verpasst. Aber bei allen weiteren gehörte diese Sensation eindeutig zu der enormen Befriedigung, die er aus der ganzen Sache zog.

Im Ort wunderte man sich, wohin die ganzen Katzen über viele Jahre spurlos verschwanden.

Den hübschen blond gelockten, immer höflichen Horst Weber, der so ein frommer Junge war, hätte niemand verdächtigt.

Nur Pfarrer Abel wusste über Horst Bescheid, aber er schwieg.

Er wollte das Beichtgeheimnis nicht brechen.

„Warum können Sie...?", Tobias' Stimme verlor sich in der abrupten Unterbrechung durch den Mann, der ihm sofort ins Wort fiel: „Frido", Horst stieß angenervt die Luft aus, bevor er weiterwetterte. Er stand hoch aufgerichtet vor dem
Kind, das gegen das Bettgitter gelehnt am Kopfende kauerte.

„Wann kapierst du das endlich, Freundchen? Ich heiße Horst!"

„Ich weiß", erwiderte Tobias kleinlaut. Er hatte all seinen Mut zusammen genommen für seine Frage: „Ähm", wagte er einen weiteren Versuch, „warum können Sie mich nicht wenigstens hier im Keller rumlaufen lassen?", er atmete hörbar
aus, wagte kaum Luft zu holen. Der Junge war zum Zerreißen angespannt.

Immerhin, seine Frage war jetzt raus und der Mann hatte ihm nicht sofort eine runter gehauen, wie sonst schon so oft, wenn dem irgendetwas an ihm nicht
gepasst hatte.

Tobias hatte bis jetzt, drei Monate nach seiner Gefangennahme, nichts Vorhersehbares in den Reaktionen des Mannes ausmachen können. Manchmal war er
gesprächig und freundlich und dann, als hätte jemand einen Schalter umgelegt,
war er brutal, kurz angebunden und behandelte ihn wie ein Tier.

Tobias konnte auch nicht voraussehen, wann der Mann ihn wieder für seine
sexuellen Bedürfnisse benutzen würde. Nie konnte er einschätzen, ob es extrem
brutal oder einigermaßen erträglich ablaufen würde. Das Einzige, worauf er sich
verlassen konnte, war die Tatsache, dass er immer und immer wieder vergewaltigt
wurde.

Horst blickte gespannt in das einst so schöne Kindergesicht. Tiefe, dunkle
Schatten umringten die Augen. Sie kamen ihm eingesunken vor. Die Wangen
waren hohl. Der Junge wirkte käsig und schlapp.

Wenn er ehrlich war, sah sein Frido richtig schlimm aus. Er musste schon genau hinschauen, um dessen Schönheit noch zu erkennen.

'Ich muss aufpassen, dass der mir hier nicht ganz verhuscht!', ermahnte Horst
sich.

„Was würdest du denn machen wollen, wenn ich dich los ließe?"

„Ich würde mich bewegen", Tobias schaute auf seine Hände, die er auf seinem linken Oberschenkel gefaltet hatte – die Handschelle reichte nicht bis in seinen Schoß. Seine Füße zappelten ungeduldig.

Horst überlegte. Er hatte auf diese Frage gewartet. Er wollte einen Handel mit dem starrsinnigen Jungen schließen. „Wenn du mich nicht Horst nennst, wirst du dort auf dem Bett versauern."

Tobias blickte hoch. Ein Hoffnungsschimmer keimte in ihm auf. 'Ob der mich wirklich los lässt, wenn ich ihn duze?'

„Sie meinen, wenn ich Sie duze, dann dürfte ich herumlaufen?"

„Ich denke schon."

Tobias Herz machte einen Satz, er konnte es kaum fassen, dass er vielleicht bald von diesem Bett weggehen könnte.

„Aber ich werde dir ein paar Regeln sagen und wenn du dich nicht daran hältst, wirst du wieder am Bett festgemacht."

„Ja, Herr Weber", Tobias nickte eifrig.

„Herr Gott nochmal", entfuhr es seinem Peiniger, „du sollst mich duzen, verdammt noch mal! Ich heiße Horst!"

Tobias registrierte mit Schrecken, dass der Mann wieder ungeduldig wurde.

Er war auf der Hut.

Die Gedanken und Gefühle überstürzten sich in seinem Kopf. Woher sollte er wissen, ob der Mann ihn wirklich los machte, wenn er ihn beim Vornamen nannte?

Der Name Horst wollte ihm einfach nicht über die Lippen kommen. Das hätte eine Intimität bedeutet, die ihm wie ein Zugeständnis von Zuneigung vorkam. Und Zuneigung empfand er nicht. Dennoch war es so, dass er auf die Besuche wartete, weil ihn das Alleinsein extrem bedrückte, aber Zuneigung verspürte er nicht. Zumindest konnte er sich das noch nicht eingestehen. Nur manchmal, wenn der Mann nett zu ihm war und er mit ihm plauderte, dann vergaß er für kurze Zeit, dass er gefangen war und fühlte sich unbeschwert.

Der Junge war ausgehungert nach Kontakt, jede Freundlichkeit saugte er auf wie ein Schwamm. Der launenhafte Mann war immerhin der einzige Mensch, den er seit dreizehn Wochen sah.

Tobias rollte diese Aussichten in seinem Kopf hin und her und kam zu dem Schluss, dass er keine Garantie kriegen würde. Er musste es ausprobieren. Aber vorher wollte er dennoch versuchen, besser zu verstehen, was die Regeln sein würden.

„Ja", entgegnete er daher langsam, auf Horsts ungeduldiges Schimpfen. Aber wie sind denn die Regeln? Ich habe noch nie einen Erwachsenen geduzt", fügte er noch lahm zu seiner Entschuldigung hinzu.

„Das werde ich mir überlegen und dir zu gegebener Stunde mitteilen." Horst liebte es, den Jungen noch ein bisschen zappeln zu lassen. Natürlich hatte er sich längst ausgedacht, wie alles ablaufen würde: Frido würde sich tagsüber im Keller frei bewegen dürfen. Dabei müsste er stets das Elektrohalsband tragen!

Abends, sobald Horst den Schlüssel das erste Mal im Schloss gedreht hatte, müsste Frido sich sofort ans Bett fesseln. Dazu müsste er zum Bett gehen und die Handschelle, die fortwährend am Bett festgemacht war, um eines seiner Handgelenke verschließen. Danach müsste Frido den Schlüssel in den anderen Raum auf den Fußboden werfen - außerhalb seiner Reichweite selbstverständlich.

Für all das würde Horst seinem Freund etwas Zeit lassen, bevor er den Kellerschlüssel ein zweites Mal herumdrehen und den Raum betreten würde.

Tobias wagte einen weiteren Vorstoß: „Woher weiß ich denn, ob Sie sich auch an die Regeln halten?"

„Pass mal auf mein Junge, die Regeln mache ich hier. Wenn ich mich nicht dran halten will, ist das meine Sache. Wenn du dich nicht dran hältst, wirst du bestraft. Soviel kann ich dir jetzt schon mal versprechen. Das kannst du dir doch denken, was? Oder hast du etwa immer noch nicht kapiert, wer hier das Sagen hat?"

„Doch, Herr Weber, das habe ich", Tobias war wieder in sich zusammengesunken und seine Stimme war sehr klein geworden.

'Nur zu gut habe ich das verstanden', kommentierte er seine traurige Lage in Gedanken.

„Also, dann ist ja alles klar, Frido", der Mann grinste ihn hämisch an, „ich werde dir die Regeln mitteilen, wenn es soweit ist." Damit ging er zum Ausgang.

Tobias war wieder allein mit seinem Watteohrendasein, allein in dem Verließ, das jeden Schall verschluckte.

Mittlerweile hatte der Junge das Gefühl, von dem Gemäuer ebenfalls verschluckt zu werden.

'Hoffentlich kommt das Schwein schnell mit seinen Regeln hinterm Busch vor', wütete es in ihm.

Tobias begab sich auf seine persönliche Gefühlsachterbahn. Er stieß Beschimpfungen und Verwünschungen aus und wünschte dem Mann die Pest an den Hals, war lieber wütend als traurig, aber kontrollieren konnte er seine Empfindungen leider nicht. Sie fielen wie Wellen über ihn her und der Ozean, der sie ausspuckte, war genauso unberechenbar, wie der Mann, der ihm das alles antat.

Wieder ein ersehnter Donnerstag.

Horst war seit Jahren ein perfekt ausgebildeter Ministrant.

Nach den Sommerferien waren wieder neue Jungen nach ihrer Erstkommunion in die Gruppe eingetreten.

Horst half im Anschluss an die Gruppenstunden seinem verehrten Freund Pfarrer Abel beim Aufräumen.

Sie sprachen dabei über philosophische und theologische Themen. Beide genossen das sehr.

Horst hätte den Pastor gerne häufiger besucht. Der Teenager war tief gläubig. Er fand den Halt, den er zu Hause und in der Schule von niemandem bekam, in der Kirche und in seiner Freundschaft zu Abel. Von dem Geistlichen bekam er die Anerkennung und Zuneigung, die er brauchte und die sein Vater ihm nicht gab. Abel war freundlich zu ihm, unterstützte ihn in seinen Plänen und hatte immer ein ermunterndes Wort für ihn.

Der Pfarrer war für ihn ein Geschenk des Himmels. Er wusste nicht, wie er all die Jahre ohne ihn überstanden hätte.

Zu Abels Entzücken wollte sein begabter Schüler ebenfalls Priester werden. Er fühlte sich geschmeichelt, dass der schöne Junge ihm vertraute und sich auf den rechten Weg machen wollte.

Häufig nahm der Pfarrer ihm in der Sakristei die Beichte ab. Ein Privileg, das er als Junge ebenfalls von seinem Mentor, dem damaligen Gemeindepfarrer, erhalten hatte. Als Heranwachsender hatte er diese Bevorzugung ebenso zu schätzen gewusst, wie Horst das jetzt dankbar regelmäßig von ihm entgegen nahm. Alle anderen Sünder mussten zum Pfarrer in den Beichtstuhl gehen.

Horst hatte die Messdienerkleider, in denen sie geübt hatten, zurück in den Schrank geräumt. Das war Routine für ihn, über die er seit langem nicht mehr nachzudenken brauchte. Dann war ihm ein Gewand aus der Hand auf den Boden gefallen. Das war ihm noch nie passiert und er hatte sich sofort entschuldigt.

Er war nervös.

Er sammelte die Gläser ein, aus denen sie getrunken hatten. Draußen war ein heißer Augusttag und der Priester hatte jedem eine Cola spendiert.

Horsts Gedanken und Gefühle kreisten um etwas anderes. Die grausamen Verletzungen, die der Vater seiner Mutter zugefügt hatte, verfolgten ihn. Er konnte die Bilder in seinem Kopf, das Blut, das überall in der Küche verschmiert gewesen war, nicht abstellen. Der eiserne Lebergeruch hatte sich in seiner Nase festgesetzt.

Blutgeruch, Lebergeschmack, Mutter betrunken, Blut überströmt, Fischherz im aufgeschnittenen Bauch, Blutrot auf grauem Katzenfell, rosa fließendes Wasser, Vater gnadenlos, Wunden lecken, die nach Eisen schmecken.

Macht und Ohnmacht, die sich fest an den Händen halten und sich drehen und tanzen, ziellos umeinander wirbeln und ihm den Kopf ganz durcheinander schwindeln.

Überwältigende Verwirrung hatte sich seit Vaters Attacke seiner bemächtigt.

Er hatte immer gewusst, dass er seinem Vater ausgeliefert war. Er hatte aber gleichzeitig gedacht, dass er später, wenn er groß wäre, einfach weggehen könnte. Er hatte geplant, sobald er achtzehn Jahre alt wäre, von zu Hause abzuhauen, selbst wenn er noch zur Schule gehen würde.

Er hatte immer gedacht, dass er schon irgendetwas finden würde. Irgendwo würde er schon unterkommen, vielleicht bei Abel.

Die Aussicht, seinem Vater eines Tages entkommen zu können, hatte ihm geholfen.

Das war sein Strohhalm gewesen, der ihn vor dem Ertrinken bewahrt hatte. Diese Hoffnung war jetzt zerstört.

Er wusste, dass er es nicht schaffen würde, seine Mutter bei seinem Vater zurückzulassen. Sein Vater würde sie früher oder später totschlagen, wenn er nicht auf sie Acht gab.

So war die Freiheit, mit der er gerechnet hatte, durch Mutters Zustand in unerreichbare Ferne gerückt. Sie brauchte ihn, um zu überleben.

Diese Erkenntnis ließ ihn nicht mehr ruhig schlafen. Er schaffte es nur mit größter Anstrengung, die Fassade, hinter der er sich seit Jahren verschanzt hatte, noch aufrecht zu erhalten.

Sein über Jahre konstruiertes Gerüst, auf dem er mit viel Mühe balancierend sein Gleichgewicht gehalten hatte, war zerbrochen.

Sein innerstes, verletzliches Selbst war ungeschützt an die Oberfläche getreten und er war völlig überfordert damit, es weiterhin zu behüten. Horst hatte das beängstigende Gefühl, sich aufzulösen und keine Kontrolle mehr darüber zu haben, wo diese Teile sich hinbewegten.

Er schien zu zerfließen. Es fühlte sich an, als würde er einfach im Boden versickern und kein Mensch merkte etwas davon. Im Gegenteil, es konnte einfach jeder auf ihm herumtrampeln und er löste sich unter den Füßen der anderen weiter auf, verschwand, verdampfte, verwehte.

Er war am Ende.

Seine Verzweiflung kannte keine Steigerung.

Hochfrequente Töne summten in seinen Ohren und gleißende Lichtpunkte tanzten immer wieder durch das, was er sah.

Der Druck in seinem Kopf war kaum mehr auszuhalten.

Wilfried verstaute seine Gitarre in dem dazugehörigen Koffer.

„Pfarrer Abel, können Sie mir bitte gleich die Beichte abnehmen? Ich habe etwas Schreckliches getan."

„Gerne, mein Sohn, der Herr ist immer für dich da, wenn du ihn brauchst."

Allerdings beunruhigte ihn heute der dringliche Ton in der Stimme des Jungen. Er hatte besorgt festgestellt, dass dessen Hände ganz zittrig und fahrig waren. Seine Augen sprangen unruhig hin und her.

'Dabei dachte ich, den Knaben in und auswendig zu kennen. Seltsam, diese Unruhe, die er plötzlich ausstrahlt. So kenne ich ihn gar nicht.'

Er war gespannt, was Horst dem Herrn wohl zu beichten hatte.

Horst kniete mit gefalteten Händen vor seinem Freund nieder. Seine Hände beruhigten sich, als er sie in der meditativen Geste aneinander legte. In seiner endlosen Not, nach dem brutalen Angriff seines Vaters auf seine hilflose Mutter, hatte er entschieden, mit dem Geistlichen zu sprechen. Es kostete ihn größte Überwindung, das Verbot des Vaters zu missachten und etwas von sich und seiner Familie zu erzählen. Aber sein psychischer Ausnahmezustand trieb ihn in die Arme seines einzigen Vertrauten. Horst konnte sich nicht mehr selbst helfen. In seiner namenlosen Not hoffte er, dass der Priester vielleicht doch einen Ausweg wusste.

Der Junge hatte den Kopf gesenkt und die Augen geschlossen. Er betete inbrünstig um den Beistand Gottes.

Der Priester hatte sich die violette Beichtstola über seine Schultern gelegt. Mit ebenfalls andächtig zusammengelegten Händen hörte er dem Jungen aufmerksam zu. Er schaute hinab auf sein Haupt und bewunderte ganz unchristlich dessen wunderschöne Lockenpracht und atmete den frischen Duft, der von ihm aufstieg, ein.

„Ich habe Vaters Katze getötet", mit klopfendem Herzen gestand Horst diese offensichtliche Ungeheuerlichkeit seinem Freund. Er hoffte inständig, dass der Pastor ihn nicht verdammen würde, sondern ihm im Namen des Herrn seine schreckliche Sünde vergeben würde.

Wilfried blieb die Spucke weg.

Was sollte das denn jetzt?

Kurzfristig hatte ihn das unglaubliche Geständnis seines geliebten Schülers aus dem Gleichgewicht gebracht. So etwas hätte er tatsächlich nicht von ihm gedacht. Er war regelrecht schockiert.

Aber dann griff er tief in die Krabbelkiste seiner langen Dienstjahre und zog eine passende Floskel hervor: „Was hat dich denn dazu getrieben, mein sündiges Kind?", und dabei legte er sanft eine Hand auf Horsts rechte Schulter.

Dieser Akt der wahren freundschaftlichen Zuneigung war zu viel für Horst.

Die Zeit seines Lebens verschlossenen Türen, die den Abgrund zu seinen Erfahrungen luftdicht versiegelt hatten, öffneten sich wie Schleusentore bei dieser sanften Berührung. Die Sintflut der Schrecken seiner Kindheit sprudelten in wirren, oft unzusammenhängenden Sätzen aus ihm hervor, heiße Tränen rannen ihm dabei über das Gesicht. Die verletzenden und erniedrigenden Erinnerungen schüttelten ihn.

Halt suchend klammerte er sich an den Beinen seines Freundes fest.

Wilfried war erschüttert und gleichzeitig erregt. Die Schilderungen des Jungen von verbotenem Sex ließen ihn nicht kalt.

In seinem Floskelrepertoire fand er keine passende für die namenlosen Seelenqualen dieses Jungen, den er so sehr liebte.

Und etwas anderes ging ihm auch noch durch den Kopf und von dort direkt in seine tiefen Eingeweide. Das lenkte ihn deutlich von seiner Erschütterung ab. Tröstend strich er dem bebenden Jungen über den Kopf und machte liebevolle, beruhigende Töne. Horst drängte sich Hilfe suchend immer enger an den Priester und vergrub seinen Kopf voller Verzweiflung in dessen Schoß.

Er weinte und schniefte und wimmerte, kam langsam, mit immer noch bebenden Schultern, zur Ruhe.

Wieder und wieder streichelte Wilfried sanft über die weichen Locken. Er kniete sich ebenfalls hin und nahm Horsts Gesicht in seine Hände. Zart wischte er ihm mit der Beichtstola die Tränen fort und zog dann den Kopf des Kindes an seine Brust.

'Der Junge riecht so berauschend gut!'

Der Geistliche gab sich mit geschlossenen Augen diesem Geruch hin.

'Es fühlt sich so gut an, so gehalten zu werden', stellte Horst fest und kuschelte sich Hilfe suchend dichter an seinen Freund. Unter den sanft streichelnden Händen des Priesters konnte er sich beruhigen und entspannen.

Wilfried schob ihn auf Armeslänge von sich und blickte ihm tief in die Augen: *„Gott, der barmherzige Vater, hat durch den Tod und die Auferstehung seines Sohnes die Welt* *mit sich versöhnt und den Heiligen Geist gesandt zur Vergebung der Sünden. Durch den Dienst der Kirche schenke er dir Verzeihung und Frieden.*

So spreche ich dich los von deinen Sünden. Im Namen des Vaters, und des Sohnes, und des Heiligen Geistes. "

Er machte dabei in der Luft ein Kreuzzeichen über dem Haupt des Jungen.

„Amen", antwortete dieser und fühlte sich deutlich erleichtert.

„Dankt dem Herrn, denn er ist gütig", setzte der Geistliche die Absolutionsformel fort.

„Sein Erbarmen währt ewig", war Horsts rituelle Antwort.

„Der Herr hat dir die Sünden vergeben. Geh hin in Frieden", damit beendete Wilfried das vorgeschriebene Beichtritual.

„Lieber Horst, du musst nachher noch zwei Vaterunser und drei Ave-Maria beten."

„Danke Herr Pastor."

Die beiden knieten noch voreinander und zwischen ihnen herrschte eine gespannte Stille.

Horst wusste nicht, woher er den Mut nahm, den Priester, den er so sehr verehrte, in den Arm zu nehmen. Er hatte das Bedürfnis, ihm inniglich danken zu wollen.

Wilfried war überwältigt von der kindlichen Geste der Zuneigung.

Die langen, einsamen Jahre in Gottes Dienst hatten ihn bedürftig gemacht. Der unmittelbare, körperliche Kontakt mit dem geliebten Kind machte ihn ganz schwach. Er zog ihn an sich und küsste ihn leidenschaftlich auf die Stirn.

Horst wusste gar nicht, wie ihm geschah. Er schaute mit seinen blauen Augen, die vom Weinen ganz rot und verquollen waren in die jetzt, vor begierigem Verlangen, brennenden Augen des Kirchenmannes und verstand sofort.

Seit Jahren kannte er die eindeutigen Zeichen für das, was als nächstes kommen würde, in- und auswendig.

Er wollte sich aufrichten und wegrennen, fühlte sich so vollständig verraten und verkauft, wie nie in seinem ganzen Leben!

Von seinem Vater hatte er nie etwas anderes erwartet, als das, was er bekommen hatte, aber dass der Priester, sein einziger Freund, das auch wollte, war unfassbar. Wie hatte er sich nur so täuschen können? Er hatte wirklich geglaubt, Pastor Abel sei sein Freund und könnte ihm helfen.

Der Mann hatte ihn jetzt fest gepackt und überwältigte ihn mit begehrlichen Küssen.

Horst gab auf und flog davon. Er verließ sich auf seine seit Jahren erfolgreiche Strategie. Immerhin hatte er bis jetzt jede Misshandlung und Grausamkeit damit überlebt und das wollte er unbedingt auch weiterhin. Weit, weit fort flog er, hinunter an den Fluss. Er beobachtete die Forellen, die durch das Wasser huschten und wie die Sonnenstrahlen sich schräg im Wasser brachen. Das hatte etwas Schönes, Reizvolles, Friedliches. Große, blaue Libellen standen über dem Wasser. 'Wie Hubschrauber', dachte er, 'die können auch still in der Luft stehen bleiben.'

Bei der Vergewaltigung in der Sakristei war er deshalb nicht anwesend.

Da er niemandem von den Neigungen des Priesters erzählen konnte und der Vater ihm natürlich nicht erlaubte, den Messdienerdienst aufzugeben, hatte sich mit der Beichte für Horst der Abgrund aufgetan.

Von nun an hatte er niemanden mehr.

Die Fähigkeit zu vertrauen, vollständig verloren, den Glauben an Gott ebenfalls, war er allein in der Hölle angekommen.

Der Seelenhirte hingegen war am Ziel seiner heimlichen Träume. In seinen kühnsten Vorstellungen hatte er sich nicht ausmalen können, dass es so leicht sein würde. Wenn er nicht erfahren hätte, was Horsts Vater trieb, hätte er die Finger von dem Kind gelassen. Das Risiko wäre ihm zu groß gewesen, seine sichere Existenz in der friedlichen Gemeinde aufs Spiel zu setzen. Aber mit seinem neuen Wissen, war ihm klar, dass er sich auf absolut sicherem Boden bewegte! Horst würde nie etwas sagen, weil er niemanden hatte, mit dem er sprechen konnte. Und außerdem hatte sich der schöne Junge offenbar seit langem daran gewöhnt still zu halten.

Nach dem Überfall in der Sakristei war Horst wie betäubt nach Hause gegangen. Er hatte gesagt, dass ihm nicht gut sei und war bis zum nächsten Morgen in seinem Zimmer geblieben. Er hatte erwogen, sich umzubringen, aber der Gedanke an seine Mutter, die dann allein für seinen Vater übrig bleiben würde, hatte ihn davon abgehalten.

Nach dem Entschluss, weiterzumachen, fühlte Horst sich am nächsten Morgen besser, stärker. Er hatte sehr unruhig geschlafen und im Schlaf immer wieder geweint. Und dennoch, er fühlte sich beinahe wie gereinigt, als er später zur Schule ging.

Über Nacht hatte sich so etwas wie ein Ring um sein zerbrochenes Herz gelegt. Dieser hielt es zusammen und ließ gleichzeitig keine Verletzung mehr zu.

Nie wieder würde er jemanden so nahe kommen lassen, wie den Priester.

Nie wieder würde er sich so verletzlich machen.

Er hatte entschieden, dass Freundschaft und Liebe nichts für ihn waren.

Alle Beziehungen, die er einging, beschränkte er auf das Erforderliche. Auf andere wirkte er freundlich und langweilig. Unnahbar - das war das Resultat von Abels Verrat.

Horst wusste, dass er andere Menschen bis zu einem gewissen Grad brauchte, aber darüber hinaus war ihm der Umgang mit sich selbst am liebsten. Er konzentrierte sich noch mehr auf seine Lernerfolge und verbrachte die meiste Zeit mit seinen Büchern. Die theologischen Schriften hatte er noch am nächsten Tag sofort nach der Schule im Garten verbrannt. Auch seine Bibel, die ihn seit seiner Kommunion treu begleitet hatte. Das tat ihm sehr gut und er machte ein richtig großes Feuer hinten im Garten, damit wirklich nichts mehr übrig blieb.

Er wollte mit der Kirche nichts mehr zu tun haben. Nur den Zwängen des Vaters konnte er nicht entkommen. Deshalb ging er weiter zu den Gruppenstunden und mit den Eltern jeden Sonntag in die Kirche.

Abels regelmäßige Übergriffe buchte er als Notwendigkeit ab, die sich direkt aus Vaters Forderungen ergab.

'Komm herein mein Freund, leiste mir etwas Gesellschaft', war die Einleitung zum Geschlechtsverkehr mit dem Pfarrer.

Horst gehorchte der Autorität dieses Mannes, wie er der Stimme des Vaters folgte.

Das war's.

So war sein Leben.

Er hatte aufgehört zu balancieren, weil er nichts anderes mehr erwartete. Unmittelbare Besserungen, Verständnis oder Hilfe von anderen oder gar von einem Gott, hatte er aus seinen Gedanken gestrichen. Er wusste allerdings, dass das alles eines Tages aufhören würde, er wusste nur noch nicht wie. Aber er war sich sicher, dass er eine Lösung finden würde.

Seine Suche hatte mit dieser Erkenntnis begonnen.

Wieder hatte er sich eine Ausflucht erschaffen, die ihn weiter machen ließ. Wichtig war, dass die Zukunft in seinen Händen lag und er nicht auf andere angewiesen war.

In der Sakristei hatte er seine kindlichen Hoffnungen verloren und den festen Beschluss gefasst, sich nur noch auf sich selbst zu verlassen. Er würde schon dafür sorgen, dass das alles eines Tages ein gutes Ende haben würde.

Der Priester erlag zwei Jahre später seinem enorm hohen Blutzucker. Er hatte sich zu dick und rund gegessen und war seinen teigigen Massen erlegen. Niemand hatte bemerkt, wie er vor dem Fernseher nach dem Genuss einer Tafel Schokolade ins Zuckerkoma abgedriftet war.

Seine Haushälterin fand ihn am nächsten Morgen.

Die Totenstarre war nach einer Nacht bereits eingetreten.

Er war halb aus dem Fernsehsessel gerutscht. Aus dem offenen Mund war wohl sein Speichel gelaufen und hatte einen braunen Schokoladenfleck auf dem hellen Sesselbezug hinterlassen.

Abel starb mit reinem Gewissen, er war tags zuvor noch zur Beichte gewesen. Sein Kollege in der Nachbargemeinde wusste um seine andauernden Fehltritte. Im Namen des Herrn über Gut und Böse hatte er Wilfried jedoch immer wieder die Verfehlungen des Fleisches vergeben.

Horsts Lebensgeschichte hätte an dem Nachmittag seiner vertrauensvollen Beichte in eine andere Richtung gelenkt werden können. Abel war in Horsts Leben der einzige Mensch gewesen, der den Hebel hätte herumreißen können. In seiner geilen Gier hatte der Priester damals nicht verstanden, dass der Junge genau an einem Scheideweg stand.

Für Horst kam Abels Tod zu spät, für ihn war der Zug längst abgefahren. Alle Grundsteine für seine Entwicklung zum Psychopathen waren sorgfältig gelegt - ein solides Fundament.

Was nach der Sakristei noch kam, war eigentlich nur das zwingende Ergebnis seiner so schmerzlich gemachten Erfahrungen.

Alle im Ort wunderten sich damals, dass Horst nicht auf Pfarrer Abels Beerdigung war.

Seinem Vater hatte er erklärt, dass er eine ganz wichtige Arbeit in der Schule schreiben musste.

Er hatte gelernt, völlig gelassen zu lügen, ohne rot zu werden.

Das bedeutete ihm nichts.

Es bewirkte allerdings, dass er sich durchschlängeln konnte und in verschiedenen Bereichen mehr und mehr seine eigenen Interessen durchsetzte.

Er war jetzt ein wunderschöner, kräftiger, fast siebzehnjähriger Jüngling.

Die Mädchen fanden ihn hinreißend, wenn sie ihn sahen und unerträglich, wenn sie ihn kennenlernten. Die Mädchen, die ihn aus der Schule kannten, wären nicht im Traum auf die Idee gekommen, Zeit mit ihm verbringen zu wollen. Horst Weber war ein unausstehlicher Streber und so langweilig, dass man in seiner Gesellschaft einschlief. So redeten sie hinter seinem Rücken.

Selbst, wenn sie so in seiner Gegenwart geredet hätten, hätte ihn das nicht gestört, sondern eher gefreut. Er fand die 'Gänse' unerträglich langweilig. Dass sie ihn mögen könnten, wäre eine Beleidigung gewesen. Er mochte überhaupt keine Zeit mit irgendeinem Altersgenossen verbringen oder sich in der Gesellschaft von anderen Menschen aufhalten.

Was Vater mit ihm machte, hatte seit der Sakristei absolut nichts mehr mit ihm zu tun. Er litt nicht einmal mehr darunter.

Noch musste er sich in das Regelwerk des Vaters fügen, aber er war sicher, dass sich das ändern würde. Horst hatte so viel ausgestanden und überwunden, dass ihn das nicht mehr störte. Der Vater war nur eine weitere Hürde, die überwunden werden musste. So wie der fette Abel auch einfach in seinem Sessel verreckt war.

Er verabscheute ihn zutiefst. Diese Mischung aus Distanziertheit, Zuversicht, Verachtung und Hass half ihm, sich besser zu fühlen.

Keiner konnte ihm mehr etwas anhaben.

Horst war vollkommen autark in seiner Einsamkeit.

Die Polizei 11

Drei Monate, nachdem Tobias Bleckmann vermisst gemeldet worden war, wurde die Sonderkommission wieder aufgelöst.

Nach der Freilassung von Lehrer Heise hatte sich der einzige, viel versprechende Verdächtige als völlig harmlos entpuppt.

Heise hatte dem Leiter der SoKo leidgetan. Von dem arroganten Anwalt nach der miesen Erpressung auch noch in so eine Situation gebracht worden zu sein, schien er nicht verdient zu haben.

'Wahrscheinlich hätte er seine Finger von dem Schüler gelassen, wenn dieser ihn nicht verführt hätte! Schade nur, dass die Erpressung bereits verjährt ist!', hatte Freienstein enttäuscht und zornig resümiert. Gerne hätte er den eingebildeten Advokaten zur Rechenschaft gezogen. Gleichzeitig wusste er, dass der Mann sich kaum gemeldet hätte, wenn ihm das nicht klar gewesen wäre.

Danach hatte sich absolut nichts Neues mehr ergeben.

Freienstein hatte nochmals alle anderen Lehrer, die Tobias unterrichtet hatten, verhört. Auch die Bandmitglieder waren mehrmals ausführlich befragt worden. Die Gehöfte in der Nachbarschaft der Bleckmanns waren von der Spurensicherung durchsucht worden.

Niemand hatte dagegen protestiert. Die lokale Radiostation hatte einen zweiten Aufruf an die Bevölkerung gerichtet.

Alle forensischen Untersuchungen waren im Sande verlaufen. Sie hatten gesucht und gefahndet, wie nach der Nadel im Heuhaufen, nur blieb die Nadel unauffindbar.

'Nichts, rein gar nichts.' Freienstein war tief frustriert, er hasste es, wenn er Fälle ungelöst abschließen musste. Besonders, wenn ein Kapitalverbrechen vermutet wurde und davon ging er bei Tobias schweren Herzens aus. Nachdem er den Fall übernommen hatte, verstand er, warum Senger nicht hatte glauben können, dass der Junge einfach so von zu Hause ausgerückt sein sollte. Aus allem, was er während seiner Recherchen über Tobias gelernt hatte, war klar geworden, dass das Kind keine Veranlassung gehabt hatte, wegzulaufen. Tobias war kein Ausreißer! Da war er sich ganz sicher.

Aber es blieb ihm nichts anderes übrig, als die Aktendeckel zu schließen. Er konnte die Sonderkommission nicht noch weitere Wochen im Dunkeln tappen lassen, wenn überhaupt kein einziger brauchbarer Hinweis vorlag. Dazu waren einfach nicht genügend Gelder vorhanden. Nur sehr zögerlich fand er sich damit ab, dass der Junge zu dem einen Prozent der Vermisstenstatistik gehören sollte, das nicht aufgeklärt werden konnte.

Es war so ungerecht, und das hielt er kaum aus!

„Verdammt noch mal", schimpfte er laut vor sich hin, als er den Ordner zuschlug, „so ein Dreizehnjähriger ist doch kein kleines Kind, das jemand einfach so, inklusive Fahrrad, ins Auto zerren kann. Das stinkt doch alles bis zum Himmel!"

Die Sekretärin, die die Akte ins Archiv brachte, kannte seine Flüche, wenn er unzufrieden mit dem Ausgang einer Sache war.

Aber alles Schimpfen half nichts. Tobias war und blieb verschwunden.

Und wenn der Junge wirklich gewusst hätte, dass seine schlimmsten Befürchtungen, nämlich, dass niemand mehr nach ihm suchen würde, eingetroffen waren, wäre er vollends verzweifelt.

In seiner Phantasie war die Polizei damit beschäftigt, ihn zu suchen und würde ihn sicherlich bald finden. Im Fernsehen war das immer so, dass sich die Kreise um den Täter enger zogen, bis der Fall gelöst war. Davon ging Tobias auch aus. Er musste einfach nur lange genug aushalten. Ohne diese Erwartung hätte er zu der Zeit überhaupt keinen Sinn mehr in seinem Leben gesehen.

Es sollte noch dauern, bevor er akzeptieren konnte, dass niemand mehr nach ihm suchte.

Er hoffte inständig, dass seine Eltern, seine Familie und Volker ihn nicht einfach vergessen hatten, sondern weiter an ihn dachten, so wie er an sie.

Und die Jungs von der Band natürlich, seine Klassenkameraden und Lehrer auch, besonders Heise, der war immer so nett zu ihm gewesen.

Der Herbstwind pfiff um den Bleckmannshof.

Er schüttelte die Kastanien zerrend von den ausladenden Ästen. Der gewaltige Baum stand direkt linker Hand neben der Hofeinfahrt. Tresi und die Zwillinge waren in ihre dicken Pullover gemummelt, die sie seit kurzem wieder über die T-Shirts zogen. Darüber trugen sie ihre Regenjacken. Die Füße steckten in Gummistiefeln. Der Himmel war wolkenverhangen, die Luft roch kühl nach Herbst. Das Laub hatte sich verfärbt und bei jedem Windstoß tanzten die Blätter davon. Gestern hatte es noch geschüttet wie aus Eimern. Vergnügt sammelten die Kinder die dicken, braunen Kastanien auf und stopften sie in die Tragetaschen. Sie fielen auf die Eicheln, die sie zuvor mit der Mutter hinter dem Haus gesammelt hatten. Heute nach dem Abendbrot wollten sie Männchen bauen. Tresi hatte schon Streichhölzer gekauft.

Sie schaute ihren Kindern zu, wie sie vergnügt den auf den Boden aufschlagenden Kastanien hinterhersprangen. Sven hatte eine auf den Kopf bekommen und sich schief grinsend die Haare gerieben: „Aua, du blödes Ding!", hatte er das Baumgeschoss angepflaumt.

Sie hatten alle gelacht.

Tresi hatte das Gefühl, dass es den beiden eigentlich ganz gut ging. Besser als Georg und besser als ihr. Sie war froh darüber und gleichzeitig ein bisschen neidisch.

Sie hatte noch während Sven und Tanja in Schweden gewesen waren Kontakt mit Selbsthilfegruppen aufgenommen, dem Weißen Ring und der Elterninitiative für vermisste Kinder. Sie hatte auf deren Webseiten jeweils eine Vermisstenanzeige aufgeben können. Sie hatte neben das Foto von Tobias dreizehntem Geburtstag, das schon in den Bussen gehangen hatte, ihren Text eingestellt. Über diese Foren konnte sie bundesweit mehr Menschen erreichen, als die Polizei mit ihrer Suche in Nordrheinwestfalen. Es hatte ihr geholfen, mit anderen Betroffenen sprechen zu können. Sie hielt auch weiterhin den Kontakt zu beiden Gruppen.

Dort hatte man ihr empfohlen, eine Psychotherapie anzufangen. Schon der Hausarzt hatte ihr das nahe gelegt und ihr jemanden empfohlen. Die Sachbearbeiterin bei der Krankenkasse hatte, in Anbetracht der traumatischen Situation, in der sich die ganze Familie befand, eine Therapie sofort genehmigt.

Frau Kleinschmidt von der Kasse war schockiert, als sie die Begründung im Therapieantrag gelesen hatte. Sie bewilligte sofort fünfzig Sitzungen. Sie hoffte, dass die gesamte Familie davon profitieren würde. 'Wenn die Mutter durch die Therapie besser zurecht kommt, wird es den andern bestimmt auch wieder etwas besser gehen', dachte sie, während sie die Genehmigung unterschrieb.

Zweimal in der Woche ging Tobias' Mutter jetzt zu der Psychotherapeutin und konnte dort ohne Einschränkung ihren Verlust thematisieren. Was ihr in den Sinn kam, war in Ordnung und die Ärztin hörte zu, war da, stellte wenige, vorsichtige Fragen. Die Wunde war noch zu frisch, um eine ausgeklügelte Verarbeitungsstrategie zu entwickeln. Für Tresi war es gut, einen regelmäßigen Anlaufpunkt zu haben, wo sie alles loswerden konnte. Oft ging es darum, wie wenig sie mit ihrem Mann über Tobias sprechen konnte. Er schien alles alleine mit sich auszumachen, was ihre Ehe belastete. Es tat gut, jemanden nur für sich zu haben, fand Tresi. Ihre Therapeutin hatte sie ermuntert, ganz bewusst Zeit mit den Zwillingen zu verbringen. Deshalb war sie jetzt mit ihnen draußen und der Herbst bauschte ihre Haare auf.

Sie seufzte.

Tobias ging und ging ihr nicht aus dem Sinn und sie dachte, dass er sicher auch Lust gehabt hätte, Kastanienmännchen zu bauen.

Das war zwar nicht so spannend wie Elektrokabel schweißen, aber er hatte immer gerne mit allen am Küchentisch gesessen und gebastelt. Er hätte kein Männchen oder Tier gebastelt, sondern ein Radio aus Kastanien oder so. Sie lächelte.

'Wo bist du nur, mein Kind?', sie ließ den Wind ihre Gedanken forttragen und war sich sicher, dass Tobias irgendwo war. Irgendwo, wo er nicht weg konnte und auf sie wartete.

Schon vor Tobias' Verschwinden war Tresi mit dem Internet vertraut gewesen. Soziale Netzwerke hatte sie allerdings bisher nie genutzt. Inspiriert durch ein Mitglied aus der Selbsthilfegruppe, hatte sie mit jemandem Kontakt aufgenommen, der gute Videos macht. Sie wollte bei YouTube ein Video einstellen und so versuchen, eine breitere Öffentlichkeit in die Suche einzubeziehen.

Georg fand, dass das alles totaler Quatsch sei, neumodisches Zeug, womit sie ihre Zeit verschwendete. Ihm tat es leid, dass sie sich nicht damit abfinden konnte, dass ihr Sohn verschwunden war. Er litt ebenfalls unendlich unter dem Verlust seines Sohnes, aber das Leben musste doch weitergehen. Er wollte seiner Frau die Hoffnung nicht ganz nehmen, aber er glaubte nicht mehr daran, dass Tobias wieder nach Hause kommen würde.

Er hatte wieder aufgehört zu beten.

Es war ihm vorgekommen wie eine Farce. Niemand hörte ihm zu, nichts und niemand konnte etwas daran ändern, dass sein ältester Sohn für immer spurlos verschwunden war. Es fiel ihm sehr schwer, sich an diesen Gedanken zu gewöhnen, aber er fand, dass Tresi besser daran täte, sich mit der Realität abzufinden, als sich weiter mit falschen Hoffnungen zu quälen.

Er konnte sie nicht trösten und verstand ihre Reaktion nicht. Georg vergrub sich in seine Arbeit, ging manchmal stundenlang mit Arco spazieren.

Tresi ließ sich nicht entmutigen. Sie verstand seine Reaktion ebenso wenig, wie er ihre. Also hatten sie die Diskussionen darüber eingestellt.

In ihrer Therapie war sie zu der Einsicht gekommen, dass eben jeder seine eigene Art hat, mit dem Verlust umzugehen.

Voller Aktivismus hatte sie mit Tobias' Freunden von der Band gesprochen. Sie wollten gerne helfen, fanden es eine coole Idee, bei einem Video mitzumachen und auf diese Weise nach Tobias zu suchen.

Die Jungen hatten die Idee, dass Tresi einen Blog schreiben solle. Im Internet konnten sie so die Suche nach ihrem Freund Tobi, dem Gitarristen ihrer Band, lebendiger gestalten und immer auf den neuesten Stand der Dinge bringen. Sie halfen ihr, alles einzurichten, erklärten ihr geduldig, wie ein Blog funktionierte.

Mit Volkers Hilfe hatte Tresi bei Facebook eine Suchanzeige gestartet. Durch diese Aktionen hatte sie das Gefühl, nicht einfach aufzugeben, sondern folgte zuversichtlich ihrem Bauchgefühl, dass Tobias irgendwo war und nur gefunden werden musste. Und je mehr Menschen von ihm wussten, desto größer war die Wahrscheinlichkeit, dass er erkannt wurde und die Polizei ihn holen konnte.

Weitere sechs Wochen ließ Horst den Jungen ans Bett gefesselt. Er wollte sicher sein, dass er wirklich reif dafür war zu gehorchen.

Genau genommen war Tobias nach den viereinhalb Monaten auf dem Bett psychisch so weich geklopft, dass er alles gemacht hätte, um sich in dem Raum frei bewegen zu dürfen. Schon die abendlichen Wege vom Bett zur Dusche und zurück waren ihm eine willkommene Abwechslung, auch wenn er wusste, dass er von dem Mann dann fast jedes Mal für dessen sexuellen Bedürfnisse benutzt wurde. Was der dann, wenn er ihn wieder gefesselt hatte, mit ihm in der Dusche oder auf dem Bett machte, ließ er über sich ergehen, ohne jedes Mal erneut einen psychischen Zusammenbruch zu erleiden.

Er hatte gelernt, seinen Körper dabei zu entspannen.

Er hatte keine Schmerzen mehr.

Nachdem Tobias über Monate täglich die Erfahrung gemacht hatte, dass er die Übergriffe überleben würde und er keine Möglichkeit hatte, dem Mann zu entkommen, hatte er eine Nische in seinem Kopf gefunden, in die er sich für die Dauer der Vergewaltigungen zurückziehen konnte. Es war so, als würde sein Körperempfinden aus ihm herausgesogen und er selbst schlüpfte in diesen Aufbewahrungsbehälter in seinem Kopf, in dem er von allem hermetisch abgeschottet war. In diesem Bunker bewahrte er sein innerstes Selbst, in diesem Raum konnte er heile bleiben: Das in seiner Seele brennende Entsetzen wurde so auf Eis gelegt und damit dem Grauen die Eindringlichkeit genommen.

Jedes Mal, wenn alles überstanden war, merkte er, wie sich Tentakeln aus seinem Kopf in seinen Körper vorwagten. Langsam tasteten sie sich aus dem sicheren Raum hervor und sondierten die Lage. Es erfolgte dann eine gründliche Bestandsaufnahme. Wenn die Vergewaltigung tatsächlich beendet und seine Kellerwelt wieder in Ordnung war, konnte Tobias' geschrumpftes Selbst zurück in seinen Körper und sich dort ausbreiten, erneut von ihm Besitz ergreifen.

Wenn alles noch zu schrecklich war, zogen die Fühler sich schnell wieder zurück und der gequälte Junge hatte weiterhin keine Verbindung zu seinem Leib.

Tentakeliges Kellerasselbunkerwesen.

Es war bereits Mitte November, aber das wusste Tobias nicht so genau. Seine Zeitzählung war immer noch vage. Die Zeit war mit dem Rest seines Lebens ins Wanken geraten.

Er hatte das Gefühl, dass ihm ständig alles entglitt.

Er konnte nichts halten.

Er hatte keine Erfahrungswerte aus seinem früheren Leben, die ihn auf seine jetzige Existenz vorbereitet hätten.

Und das Neue war unsicher, schwammig, nicht berechenbar.

Tobias saß bereits auf der Bettkante, als sich der Schlüssel das erste Mal drehte.

„Guten Morgen, Frido."

„Guten Morgen, Horst", erwiderte der Junge.

Der Mann hatte gesagt, dass er ihn tagsüber vom Bett los machen würde, wenn er ihn eine Woche lang beim Vornamen genannt haben würde. Das war jetzt fünf Tage her. Tobias hatte sich auf diesen Handel eingelassen. Weitere Vorgaben hatte der Mann, den er jetzt Horst nannte, noch nicht bekannt gegeben.

„Ich habe dir jemanden mitgebracht." An einer kurzen Leine führte er Bella hinter sich in den Keller und schloss die Tür dann wieder ab.

Tobias verschlug es den Atem. 'Ein Hund!', summte es erfreut in seinem Kopf.

„Der ist aber groß", stellte er fest. Und von ganz weit her meldete sich eine kleine Ahnung, dass er das Tier schon einmal gesehen hatte, aber er wusste nicht mehr, wo.

Nebelahnung, nicht fassbar, verborgen hinter trüben Schwaden.

Das behäbige Tier trottete sanft hinter seinem Herrchen her, hob neugierig den massigen Kopf und nahm die Witterung des Fremden in dem Kellerraum auf: unbekannter Mensch, abgestandene Angst, frische Freude, Pizza, Gewürze, Tomate, Salami, Käse, Holz, Kot, Urin, Kleidung, Sex, Wasser, Kellerluft, Butter, Brot, Leberwurst, Früchte. Und alle anderen Zwischennoten nahm die Bernhardinerhündin neugierig auf und erstellte eine Übersicht dieser Geruchssensationen. So kartierte sie den Raum und wusste im Bruchteil einer Sekunde, wo was war. Irgendwie erinnerte sie sich an den Geruch des Jungen, er schlug eine andere Seite in ihrem Duftatlas auf. Dunkle Erinnerung von einer Straße, die jedoch durch die Narkose nur als eine Ahnung ohne bestimmte Gewissheit abgespeichert worden war. Die Betäubung hatte ihr das Hirn damals ziemlich verklebt. Aber dann wurde die Erinnerung lebendig und sie verband den Kellermenschengeruch mit der olfaktorischen Sensation, die sie seinerzeit hinten im Lieferwagen wahrgenommen hatte. Es fehlte jedoch die Ausdünstung von extremer Furcht.

„Bella, mach Sitz", befahl Horst seinem Hund. Das Tier setzte sich folgsam hin.

„Also, pass' auf, Frido, ich zeige dir jetzt was."

„Hm", machte Tobias, der ganz aufgeregt war. 'Lässt der wohl den Hund hier, dann hätte ich mal etwas Gesellschaft. Aber das geht ja nicht', dachte er sofort enttäuscht, 'ich kann ja nicht mit dem nach draußen gehen, wenn er muss.' Resigniert ließ er diesen Gedanken fallen.

„Ich lege dem Hund jetzt das Elektroschockhalsband um, das du immer trägst. Ich werde dir dessen Effekt ein für alle Mal demonstrieren. Ich hatte dir bereits erklärt, dass ich das Gerät für meine Zwecke modifiziert habe. Du wirst das gleich verstehen", mit dieser Einleitung legte er dem Hund Tobias Halsband um.

Tobias saß immer noch angekettet auf seiner Bettkante.

Horst befahl dem Hund in dem Durchgang vom Raum zur Schlafnische stehen zu bleiben. So konnte Tobias das Tier in seinen vollen Ausmaßen sehen.

„Schau her, Frido, hier habe ich die Fernbedienung in der Hand, die ich stets griffbereit in meiner Hosentasche habe", er zog das kleine, streichholzschachtelgroße Kontrollgerät aus seiner Tasche und hielt es Tobias entgegen.

„Wenn ich zwei Sekunden drücke...", er drückte und zählte dabei genüsslich bis zwei. Dem Hund sackten die Beine weg und das Tier fiel aufjaulend zu Boden. Tobias atmete entsetzt ein, holte laut und erschrocken Luft.

„So...", Horst pausierte kunstvoll, „das hast du jetzt gesehen. Das sind zwei Sekunden gewesen."

Eindringlich beobachtete er seinen Gefangenen und erfreute sich an dessen Entsetzen. Horst hatte gewusst, dass der Effekt seiner Demonstration unbezahlbar sein würde.

„Schau genau hin, was der Hund jetzt macht."

Bella winselte, dann richtete sie sich aus der Seitenlage auf, schüttelte sich etwas und setzte sich hin. Sie ließ sich von Horst locken und streicheln. Den ursächlichen Zusammenhang zwischen dem schmerzhaften Zusammensacken ihrer Beine und ihrem Herrchen als Verursacher konnte sie mit ihrem Hundehirn nicht herstellen.

Tobias hatte jedoch verstanden.

„Ja, Horst, ich habe das gesehen", seine Stimme bebte vor Aufregung, „tut dem Hund das denn nicht weh?"

„Doch, sicherlich tut dem das weh. Das ist ja auch der Sinn der Übung! Hast du das denn auch kapiert, Frido? Oder soll ich länger auf den Auslöser drücken? Das würde den Köter für ein paar Minuten außer Gefecht setzen."

„Nein, bitte nicht!", rief Tobias entsetzt.

„Also, dann sag schon, was hast du kapiert?"

Tobias überlegte kurz für seine Antwort: „Du kannst mich mit dem Halsband jeder Zeit kontrollieren und es wird mir weh tun, wenn du das machst."

„Genau!", rief Horst begeistert, „und wenn du Horst, deinem Herrchen, nicht gehorchst, dann wird Horst dich das Gehorchen lehren." Er lachte bei seinem kleinen Wortspiel und genoss die Furcht, die sich auf dem Gesicht des Jungen abspielte. Er wusste genau, dass der Junge verstanden hatte.

„Also, mein Freund, unsere kleine Vorführung diente, wie du weißt, deinem besseren Verständnis. Sozusagen deinem eigenen Schutz, deiner eigenen Sicherheit."

Er hatte sich breitbeinig vor seinem Gefangenen aufgebaut und warf sich die Fernbedienung von einer Hand in die andere.

„Dies ist nämlich die erste Regel, die du wirklich verstanden haben musst: Wenn du dich an meine Vorgaben hältst, wird dir nichts passieren. Ansonsten kann ich so lange auf den Auslöser drücken, bis du Schmerzen bekommst, das Bewusstsein verlierst und Brandwunden davonträgst, diesmal allerdings am Hals."

„Ja, Horst", entgegnete Tobias mit ängstlicher Stimme. Er war immer noch schockiert, der Hund tat ihm so leid: „Das habe ich alles verstanden. Ich will mich an die Regeln halten. Ganz bestimmt."

Sein Herz schlug wie verrückt.

Er hatte wieder richtig Angst vor dem Mann und gleichzeitig ließ die Aussicht, doch noch frei in dem Raum herumlaufen zu dürfen, sein Herz ebenfalls schneller schlagen.

„Los, wiederhol' mir die erste Regel, damit ich weiß, dass du sie wirklich begriffen hast", Horst genoss es, seinen Freund zu verunsichern und wollte außerdem wirklich sicher gehen, dass der Junge ihn verstanden hatte.

'Je besser mein süßer Frido gehorcht, desto schöner für mich!', bestätigte er sich die Notwendigkeit seines Verhaltens. Er fand, dass es eine ausgezeichnete Idee gewesen war, dem Jungen so eine anschauliche Präsentation des Elektroschocks gegeben zu haben.

'Der scheint mir ja geradezu aus der Hand fressen zu wollen', Horst war richtig zufrieden.

„Wenn ich mich an deine Vorgaben halte, wird mir nichts passieren. Das ist die erste Regel."

„Genau, mein Freund, du bist ja ein Schnelllerner. Und vor allen Dingen, merke dir das gut. Sobald du Sperenzchen machst, wirst du dafür zahlen und zwar nicht nur mit einem Elektroschöckchen, mein Freund." Er schaute auf Frido. „Und das ist schon die zweite Regel: Wenn du nicht gehorchst, wirst du bestraft", er lächelte den Jungen aufmunternd an, „los, wiederhol' die zweite Regel!"

„Ich werde bestraft, wenn ich nicht gehorche."

„Genau, genau, du lernst wirklich schnell."

„Womit werde ich denn bestraft?", wollte Tobias wissen. Es war ihm die ganze Zeit bang ums Herz. Woher sollte er wissen, ob er dem Mann trauen konnte? Wer sagte, dass er nicht aus Spaß einfach mal auf den Auslöser drücken würde? Aber das sagte Tobias nicht, er wollte den Mann nicht auf noch abartigere Gedanken bringen, als er sowieso schon immer hatte.

„Ganz einfach, du wirst wieder vier Wochen nur ans Bett gefesselt. Hast du das auch verstanden?"

„Ja, Horst, das habe ich verstanden."

„Los, sag es schon, was erwartet dich, wenn du dem lieben Horst nicht gehorchst?", wieder lächelte er bei dem schönen Gleichklang der Wörter.

„Ich werde vier Wochen am Bett festgemacht, wenn ich nicht gehorche."

„Perfekt, dann haben wir uns also verstanden, ja?"

„Ja, Horst, wir haben uns verstanden."

„So und jetzt kommt die nächste gute Nachricht: Ab übermorgen werde ich dich tagsüber vom Bett losmachen."

„Wirklich?", rief Tobias erstaunt. Er freute sich maßlos, traute sich aber noch nicht, dieser Aussicht tatsächlich Glauben zu schenken.

'Ach, ich warte lieber ab, was er wirklich macht. Der ist so krank, dass man echt nicht weiß, woran man mit ihm ist', überlegte er. Und gleichzeitig jubilierte es in ihm und er wollte unbedingt glauben, dass er tatsächlich frei käme. Er würde alles tun, was der Mann wollte, wenn er sich nur wieder von diesem Bett weg bewegen durfte!

Horst wusste genau, dass er es geschafft hatte, den Jungen in diese pervers erlebte Wirklichkeit zu manövrieren. Sein Gefangener freute sich tatsächlich, darauf im Keller frei zu sein und würde ihm dafür sogar dankbar sein. Da er dennoch zwei weitere Tage in Unsicherheit schweben würde, würde er ihm auf Knien danken, wenn er dann vom Bett losgemacht würde.

Er hatte Frido auf den rechten Weg gebracht - die Freundschaft entwickelte sich ganz prächtig, genau in die Richtung, die Horst vorgesehen hatte. Es bewährte sich ungemein, dass er schon lange nichts mehr dem Zufall überließ.

„Frido?", wandte er sich dem Jungen nochmals zu, „eins muss ich dir noch sagen."

„Ja, was denn Horst?" Tobias war eifrig bemüht, dem Mann seine volle Aufmerksamkeit zu schenken. Innerlich läuteten seine Alarmglocken: 'Was kann denn jetzt noch kommen?'

„Ich sage dir nun noch etwas", genüsslich sog Horst die Luft ein und schaute gelassen auf seinen bangen Freund nieder, „hör mir jetzt wirklich gut zu."

„Ja, Horst, was ist denn noch?", Tobias Stimme bebte.

Sein Entführer baute sich breitbeinig vor ihm auf und blitzte ihn plötzlich aus gefährlich zusammengezogenen Augenschlitzen an: „Wenn du hier auch nur ein einziges Mal Ärger machst, dann räche ich mich an deiner Familie!"

Mit dieser Ansage, die er kalt grinsend dem Jungen ins Gesicht gezischt hatte, drehte er sich um und verließ ohne weitere Erklärungen den Keller.

Zurück blieb ein zitternder Junge, der sich immer wieder ausmalte, was der Mann wohl Mama, Papa und den Zwillingen antun würde.

Tobias nahm sich ganz, ganz fest vor, dem Mann immer und immer zu gehorchen, damit den anderen nie etwas passieren würde.

Tatsächlich durfte Tobias sich jetzt tagsüber frei im Keller bewegen.

Er ahnte, dass es verquer war, sich darüber zu freuen. Aber der lähmende Schrecken seiner ans Bett gefesselten Tage, Wochen und Monate saß so tief in seinen Knochen, dass er die Freiheit, die er jetzt hatte, genoss. Die Erinnerung an die furchtbare Zeit auf dem Bett war so grauenhaft, dass er gar nicht anders konnte, als dem Mann aus tiefstem Herzen wirklich dankbar dafür zu sein, dass er ihn jetzt jeden Morgen vom Bett los machte.

Diese wachsame, argwöhnische Seite seines Erlebens schob er weit von sich. Er konzentrierte sich auf Fortschritte im Hier und Jetzt und genoss seine Freiheit in vollen Zügen.

So schlimm schien der Mann gar nicht mehr zu sein, denn er hatte sich bisher an alle Absprachen gehalten. Alle seine Ankündigungen waren genauso eingetroffen, wie er es versprochen hatte.

In Tobias keimte das Gefühl, dass er sich auf den Mann verlassen konnte.

Abends nach dem letztem Sexakt, ließ Horst das Kind entweder gefesselt am Bett oder er spritzte ihn in der Dusche ab und dann musste der Junge zurück auf sein Lager.

Aber tagsüber war Tobias frei.

Das war wunderbar, er konnte sich bewegen und sich alles anschauen und das schon seit vier Tagen!

Sein Gefängnis war eigentlich ganz schön groß!

Da gab es die verhasste Bettnische mit dem Doppelbett und daneben das Nachtschränkchen, auf dem die Leselampe stand. Nur zu lesen hatte er nichts. Das Bett war ganz in die Ecke geschoben und an der Wand über der Längsseite hing das immer noch leere Regal. Deshalb hegte Tobias die Hoffnung, dass er vielleicht doch eines Tages etwas zu lesen bekommen würde, aber er wagte noch nicht, danach zu fragen.

Der Mann hätte das als Forderung verstehen können.

Tobias hatte sehr wohl verstanden, dass er sich ihm unterordnen musste, Forderungen passten da nicht ins Konzept. Er musste irgendwie auf eine andere Art versuchen, das Gespräch darauf zu bringen.

Hinter der Wand, mit der die Bettnische vom Hauptraum abgetrennt war, stand ein kleines Sofa. Dem gegenüber, ungefähr in einem Meter fünfzig Entfernung, stand ein kleines Schränkchen und ragte wie ein Raumtrenner ins Zimmer. Tobias kannte die Bezeichnung für so ein Möbelstück nicht, es war ein Sideboard. 'Es wäre super, wenn da ein Fernseher drauf stehen würde', phantasierte der Junge immer wieder sehnsüchtig.

Hinter dem Sideboard stand ein ebenfalls leeres Regal an der Wand und dann war ein großer Tisch bis in die Ecke geschoben. Rechts neben dem Tisch, an dem nur zwei Stühle standen, war circa ein Meter Platz, kalkulierte er. Dann kam die Küchenzeile. Ein Kühl-/Gefrierschrank verstellte den Blick vom Tisch in die 'Küche', sodass der Esstisch eine eigene kleine Nische hatte. Neben dem Kühlschrank befand sich die Spüle. Darunter war ein Schränkchen mit Abfalleimer. Dann folgten ein weiterer Vorratsschrank und ein Ofen mit zwei Kochplatten und Abzugshaube.

Wie die Regale, waren alle Schränke leer.

'Aber wer weiß, überlegte Tobias immer wieder. Der stellt das doch nicht alles hier rein, nur damit es hier steht. Der muss doch den Plan haben, dass das auch alles mal benutzt wird.'

Wieder hörten an dieser Stelle seine Gedanken auf. Dass der Raum für eine jahrelange Benutzung ohne absehbares Ende angelegt war, wie ein für die Ewigkeit errichtetes Mausoleum, konnte er sich nicht vorstellen. Er hätte sich eingestehen müssen, dass der Mann plante, ihn für immer lebendig zu begraben.

An der Wand, die der Küche gegenüber lag, befand sich die Eingangstür und rechts daneben das WC. Das war links und rechts mit einer Wand abgetrennt, aber zum Raum hin offen.

Tobias konnte keine Tür hinter sich zumachen.

Neben der Toilettennische befand sich eine breite Dusche, die ebenfalls an drei Seiten ummauert war. Die Wände waren bis zur Decke gefliest und nach vorne zum Raum hin konnte nur ein Duschvorhang vorgezogen werden. Unten an der Zwischenwand zum WC war die Kette mit der Fußfessel.

Tobias genoss den Luxus, auf die Toilette gehen zu können, wann er wollte und sich dann am Waschbecken in der 'Küche' die Hände waschen zu können. Der Mann hatte ihm dort sogar ein Handtuch hingelegt. Er hatte es gehasst, den widerlichen Eimer zu benutzen, der dann immer die ganze Luft verpestet hatte. Es war mit der voll funktionsfähigen Toilette richtig angenehm. Er konnte jetzt Luft einatmen, die nicht andauernd nach seinen Ausscheidungen roch.

Leider konnte er sich nie duschen, wenn er alleine war. Der Mann bestand nämlich darauf, dass er stets das Halsband trug- auch wenn er selbst nicht anwesend war. Er wollte, dass der Junge es so lange anbehielt, bis er abends wieder ans Bett gekettet war.

Und da Tobias beschlossen hatte, absolut keinen Ärger zu machen, hielt er sich daran und nahm sich das Halsband nicht ab. Auch manipulierte er es in keiner Weise. Der Mann kontrollierte abends immer genau, ob es noch in Ordnung war. Er war wie besessen mit dem Ding. Täglich wechselte er die Batterien, die er über Nacht frisch auflud. Er wollte sicher sein.

'Wer weiß', überlegte Tobias, 'vielleicht kommt der ja doch eines Tages außerhalb seiner normalen Besuchszeiten.' Dieser Gedanke reichte, um das Halsband schön da zu lassen, wo der Mann es haben wollte. Die Erinnerung an den winselnden Hund genügte vollends, ihn von jeglicher Versuchung fern zu halten.

Er durfte das schwarze Halsband, das mit Nieten verziert war, nur zum Duschen abnehmen, nachdem die Fußfessel angelegt worden war. Im Bett erst, wenn er mit der Handschelle an die Bettstange gefesselt war.

'Besuchszeiten' war das Wort, welches Horst für seine Heimsuchungen eingeführt hatte und Tobias hatte es angenommen.

Er freute sich ja mittlerweile wirklich auf die Besuche des Mannes. Er wartete sogar darauf, dass er wiederkäme. Es war jedes Mal eine Überraschung, was er wohl zu essen bekommen würde. Sein Entführer erzählte meistens etwas auf seine seltsame, etwas umständliche Art und manchmal hörte er dem Jungen sogar zu, wenn der etwas erzählte.

Die Vergewaltigungen waren Teil der Besuchszeiten, aber mit seinem verschließbaren Raum im Kopf konnte Tobias das als 'unvermeidliches Übel' hinnehmen. Durch diese Abspaltung hatte er sich in seinem Erleben Freiraum geschaffen und konnte die Gesellschaft des anderen richtig genießen.

Kellerassel-Bunkerwesen.

So hatten sie sich beide ganz gut miteinander arrangiert.

Es war wie ein Tanz auf dem Vulkan, den Horst dem Kind abverlangte. Eine Eruption war jederzeit möglich. Aber Tobias hatte den Tanz gelernt, er beherrschte die Grundschritte perfekt.

Er nahm das Unvermeidliche mit beinahe stoischem Gleichmut hin und genoss, was er an Aufmerksamkeit bekam. Immer häufiger freute er sich, wenn er hörte, dass sich der Schlüssel im Schloss drehte.

Ganz tief, im ureigensten Innern seines Selbsts, ließ ihn dieses Geräusch auf der Hut sein. Es war die Wachsamkeit eines Instinkts, die ihre Hand über ihn hielt. Obwohl er dem Mann völlig ausgeliefert war, in allem von ihm abhängig war und ihm kritiklos gehorchen musste, gab es einen kleinen Teil in dem Jungen, den der Mann nicht kontrollieren konnte.

Es war der Teil, der die Hoffnung nicht aufgegeben hatte, dass er vielleicht eines Tages entkommen könnte. Eine fromme Hoffnung, wenn man die realen Gegebenheiten betrachtete. Aber sein Selbsterhaltungstrieb lebte, egal wie widersinnig das angesichts seiner ausweglosen Situation war. Dieser Wachhund war stets auf der Hut, egal womit Tobias sich tagsüber oder nachts beschäftigte und egal, wie froh er über Freiheiten war, die der Mann ihm gewährte. Etwas in ihm blieb achtsam und skeptisch. Etwas in Tobias hielt so den Kontakt zu der Realität aufrecht, die sein Leben vor seinem Kellerdasein ausgemacht hatte.

Während er monatelang im Bett zu fast vollständiger Bewegungslosigkeit verdammt gewesen war, hatte er oft überlegt, was er wohl machen würde, wenn er frei käme.

Genau das, was er sich ausgedacht hatte, machte er jetzt.

Er lief viel hin und her und untersuchte alles.

Er wäre gern mehr gelaufen, konnte das aber nicht.

Er war so schwach.

So klapprig wie jemand, der sich von einem monatelangen Krankenlager erst erholen muss.

Er versuchte Liegestützen, konnte aber am Anfang keine einzige machen, da er viel zu kraftlos geworden war.

Er probierte Kniebeugen und Sit-ups. Er schaffte zwei Kniebeugen und vier Sit-ups. Seine Bauchmuskeln hatte er beim Aufrichten vom Bett etwas trainiert. Für alle seine Muskeln versuchte er Bewegungen zu finden, damit die Schwäche weg ging und er wieder kräftiger wurde. Sein Appetit nahm dabei zu und er aß alles, was der Mann ihm brachte. Das freute Horst und er brachte ihm zusätzlich noch eine Süßigkeit mit, oder ein extra Brot.

Mit jedem Tag wurde der Junge wieder etwas kräftiger.

Sein Stammhirnwachhund war die Triebfeder dieser Übungen und achtete darauf, dass im Fall der Fälle sein Körper bereit sein würde, die Flucht ergreifen zu können. Das wusste Tobias nicht und es hätte für ihn auch keinen Unterschied gemacht. In seinem bewussten Erleben genoss er jede einzelne Bewegung, die er machen konnte und registrierte genau, welche Fortschritte er machte.

Er fühlte sich unsicher in seinem Körper, der magerer und dennoch ein wenig länger geworden war. Immerhin befand er sich am Beginn der Pubertät. Er war nicht viel gewachsen, da sein Stoffwechsel auf Sparflamme lief. Im Normalleben auf dem Bauernhof und in der Schule, hatte sich sein Leib darauf vorbereitet, den vorpubertären Wachstumsschub zu beginnen. Aber das war, ausgelöst durch die Extremsituation, in der er gelandet war, von seinem Körpersystem erst einmal auf

Eis gelegt worden, so wie magersüchtige Mädchen ihre Periode nicht mehr bekommen. Sein Körper nutzte die vorhandenen Reserven zum reinen Überleben. Seine käsige Grottenolmfarbe behielt er trotz wieder gewonnener Bewegungsfreiheit.

Wie zerbrechlich er im Gesicht dadurch aussah, wusste er nicht, weil er keinen Spiegel hatte. An seinem Körper hatte er jedoch festgestellt, dass ihn die Sommerfarbe verlassen hatte. Er bewegte sich auf eine Fischbauchfarbe zu.

Der Tageslichtmangel hatte seine Haut ganz wächsern gemacht.

Selbst in seiner Blässe war er immer noch ausnehmend schön.

Das Leiden, das sein Gesicht jetzt zusätzlich zeichnete, hätte einen Künstler sofort inspiriert und zum Pinsel greifen lassen. Es waren die fein gemeißelten Züge eines empfindsamen, unschuldigen Knaben, der dennoch schon alles gesehen hatte. In die unschuldige, natürliche Schönheit des Kindes hatte sich etwas Geheimnisvolles, etwas Faszinierendes gemischt. Ein Fremder hätte dafür zunächst keine Worte gefunden. Es war ein Ausdruck, den man nicht im Gesicht eines Dreizehnjährigen erwartet hätte. Die dunklen Schatten ließen seine Augen größer erscheinen, als sie sowieso schon waren, verliehen ihnen eine Dringlichkeit, die wie Feuer brannte. Stetes Fragen stand in den Augen, zeigte, dass das Kind in Erwartung und Ungewissheit gefangen war. Sein Gesichtsausdruck spiegelte sein Warten auf Antworten, sein Warten auf den nächsten Besuch, sein unbestimmtes Warten auf das, was als nächstes kommen würde. Da war ein Unterton, der sich immer wieder in seinen Blick schlich, wenn er die Augen für den Bruchteil einer Sekunde zur Seite senkte: Furcht.

Ein Gefühl, das er meistens nicht mehr bewusst erlebte, da er den Raum in seinem Kopf gefunden hatte, in dem er Zuflucht fand.

Furcht regierte von seinem Unterbewusstsein aus, sein ganzes Dasein. Und der wachsame, getriebene Blick, der zeitweilig über sein Antlitz huschte, stammte direkt aus diesem triebhaften Anteil seines Selbsts, der tagtäglich argwöhnisch über sein Leben wachte.

Horst hatte angefangen, dem Jungen Vitamin D zu geben, weil er nie dem Sonnenlicht ausgesetzt war. Er wollte nicht, dass sein neuer Freund einen Vitaminmangel entwickelte. Gerade jetzt, wo er im Wachstum war, sollte er keine schiefen Knochen bekommen.

Zur Nacht fesselte er ihn mit einer Hand ans Bett. Nach wie vor konnte das Kind nur mit hochgerecktem Arm schlafen.

Horst wusste genau, dass er seinen Frido damit auf lange Sicht schneller gefügig machen würde.

Er wusste, dass Frido sich auf dem Bett langweilte, noch mehr, als wenn er sich im Keller bewegen durfte.

Er wusste, dass Frido ihm unendlich dankbar dafür war, dass er seit Wochen tagsüber herumlaufen durfte.

Er wusste, dass Frido sich von Tag zu Tag mehr darauf freute, ihn morgens und abends zu sehen.

Er wusste, dass Frido sich mittlerweile in freudiger Erwartung jeden Morgen das Elektrohalsband umlegen ließ.

Horst konnte das alles haarklein an dem Gesicht des Kindes ablesen, wenn er um die Ecke in die Schlafnische bog und an der Ungeduld, mit der das Kind auf sein Handgelenk starrte, wenn der Schlüssel in die Handschelle gesteckt wurde. Horst genoss es, wie sein Gefangener ihm aufs Wort gehorchte und bemüht war, ihm alles recht zu machen.

Er wusste, dass die wiederkehrenden, nächtlichen Fesselungen dem Jungen dafür eine ausgezeichnete Mahnung waren, kannte die besten Erziehungsmethoden und war deshalb stolz auf sich. Immerhin war es für ihn ja auch das erste Mal, dass er sich einen Freund nur für sich selbst hielt.

Wichtig war nur, dass er die Kontrolle über sich selbst nicht verlor. Die Kontrolle über das Raubtier, das in ihm wohnte. Das hatte er sofort beschlossen, nachdem er den Jungen damals im Café Uhlig gesichtet hatte. Diese Selbstmahnung, sein Untier zu beherrschen, versuchte er ständig neu zu verinnerlichen. Bisher hatte er das verhältnismäßig gut geschafft.

Er funktionierte nicht nur fabelhaft nach außen hin mit seiner Arbeit und der Versorgung seiner Mutter, er schaffte es auch ausgezeichnet, sich regelmäßig um den Jungen im Keller zu kümmern.

Und er hatte keinen Drang, ihn zu töten, wenn er mit ihm schlief. Das war bisher bei allen anderen Jungen anders gewesen.

Er genoss das Ergebnis seiner Disziplin, seiner Mühen und seiner Maßnahmen sehr.

Der Junge spurte perfekt.

Neuerdings lächelte ihn Frido sogar scheu an, wenn er in den Keller kam und der Junge brannte darauf sich mit ihm zu unterhalten. Er wusste genau, dass das Kind um keinen Preis seine tagsüber wiedergewonnene Freiheit riskieren wollte. Ebenso hütete er sich davor, seinen Peiniger zu vergraulen und die Nähe zu ihm aufs Spiel zu setzen.

Nach weiteren vier Wochen war Frido genau da, wo Horst ihn haben wollte. Er fraß ihm aus der Hand.

Es war Samstagmorgen. Die Damen vom Pflegedienst hatten Mutter bereits gewaschen und gewickelt und ihr ein frisches Nachthemd angezogen. Sie lag in ihrem Pflegebett, das mitten im Wohnzimmer stand. Von dort aus konnte sie durch das große Panoramafenster in den Garten schauen. Vor dem Fenster hatte Horst ein Vogelhäuschen auf die Terrasse gestellt und fütterte auch im Sommer die Vögel. Mutter schien Gefallen daran zu finden. Immerhin beobachtete sie die Tiere.

Er hatte ihr schon das Frühstück gebracht und ihr zu trinken gegeben.

In der Zeit seiner Vorbereitungsarbeiten im Keller hatte sich die Alzheimererkrankung seiner Mutter zunehmend verschlechtert.

In den ersten Jahren, als Horst noch ein Teenager gewesen war, hatte sie schon ein Korsakov-Syndrom entwickelt, das durch ihren Alkoholmissbrauch verursacht worden war. Damals hatte sie es noch geschafft, ihre Fassade aufrecht zu erhalten, obgleich sie längst extreme Schwierigkeiten hatte, sich etwas Neues zu merken. Das hatte sich dann nach Vaters Tod etwas stabilisiert, denn sie bekam von dem Zeitpunkt an von Horst einfach keinen Alkohol mehr. Seit vielen Jahren jedoch litt sie zunehmend an einer weiteren Demenz. So wie jemand der Flöhe hat, sich auch noch Läuse einfangen kann.

Jetzt war der Gehirnverfall so weit fortgeschritten, dass sie nicht mehr laufen konnte und nur noch ans Bett gefesselt war. Sie konnte nicht einmal mehr im Rollstuhl sitzen, da ihr zu schwindelig wurde, wenn sie mit herunterhängenden Beinen aufgerichtet wurde. Der Gehirnfraß hatte ihr Kreislaufregulationszentrum erreicht.

Nachdem er also, wie jeden Morgen, Mutter soweit versorgt hatte, hatte er Zeit. Er hatte das ganze Wochenende vor sich und viel vor.

Horst hatte sich etwas ganz Besonderes ausgedacht. Es war Zeit für die nächste Phase mit seinem Freund im Keller.

„Guten Morgen Frido, wie geht's dir heute?", Horst war gerade in den Keller gekommen und schloss die Tür hinter sich ab.

„Gut, Horst, ich habe schon Hunger", war Tobias eifrige Antwort. Der Junge wusste, dass der Mann sich freute, wenn er gut aß. Der Kellerjunge tat alles, was ihm möglich war, um seinem Herrn zu gefallen.

Horst ging hinüber zum Tisch und stellte den mit Broten beladenen Teller ab, legte einen Schokoriegel daneben und füllte die Obstschale auf. Erst danach ging er zu dem auf der Bettkante sitzenden Jungen, legte ihm das frisch aufgeladene Nietenhalsband um und löste dann die Handfessel. Tobias lächelte ihm scheu entgegen.

Nachdem er losgemacht war, rieb sich der Junge die Schulter und sein linkes Handgelenk. Während der Nacht waren diese durch die unbequeme Stellung steif geworden. Es war jeden Morgen dasselbe: Die Gelenke mussten sich erst wieder einspielen und locker werden, bevor die Verspannung aus ihnen verschwand und er sie wieder richtig bewegen konnte.

Dann ging er zur Toilette, der Mann beobachtete ihn dabei genau. Auch das gehörte zu dem morgendlichen Ritual. Tobias hatte sich daran gewöhnt, morgens beim Urinieren nicht mehr alleine zu sein. Die andere Ausscheidung konnte er immer tagsüber ganz in Ruhe durchführen, wenn der Mann nicht da war. Aber morgens, nach der langen Nacht auf dem Bett, war die Blase gefüllt. Der Mann wollte ihm dabei zusehen.

Tobias hatte zudem gelernt, dass er morgens keine sexuellen Übergriffe zu erwarten hatte. Der Mann blieb immer nur circa eine Viertelstunde bei ihm.

„Hör mir jetzt gut zu, Frido."

Tobias Rücken versteifte sich. Unangenehme Angst kroch ihm den Nacken hoch. Sonst sprach der Mann morgens nie so mit ihm.

„Ich habe das Gefühl, dass du undankbar bist, für das, was du von mir bekommst.", er schaute mit leicht zusammengezogenen Augen dem Jungen entgegen, der gerade die WC-Spülung bedient hatte.

Horst sah gefährlich aus.

Tobias war sofort in absoluter Alarmbereitschaft. Er wusste nicht, was der Mann meinte. Er hatte keine Ahnung, was er wollte.

„Aber...", hob er an, „ich...", hilflos blieb ihm der Rest im Hals stecken. Der Mann hatte seinen Gürtel aus dem Hosenbund gezogen und schlug sich mit einem Ende rhythmisch in die linke Hand.

Tobias verharrte in seinem Bewegungsablauf, sein Fluchtinstinkt war angesprungen, aber er konnte nirgendwo hin.

„Hör zu mein Freund, ich weiß genau, was du über mich denkst und dass du nur freundlich zu mir bist, weil du dich die ganze Zeit verstellst wie eine Schlange."

„Nein Horst, wirklich, ich bin wirklich froh, dass ich tagsüber jetzt immer aufstehen darf und du mir so leckere Sachen bringst und wir uns so gut verstehen!", rief das Kind in seiner zunehmenden Panik.

„Ach, hör doch auf, ich kenn' dich, du bist verschlagen und schlecht und willst mich nur einlullen!" Während er so auf den Jungen einredete, ließ Horst den Gürtel immer wieder in seine Hand klatschen. Dabei machte er vom Tisch aus einen Schritt auf Frido zu, der wie angewurzelt vor der Toilette stehen geblieben war.

„Ehrlich, Horst", machte Tobias einen verzagten Versuch, „du kannst mir glauben." Ihm flogen die Gedanken flogen durch den Kopf, er wollte auf keinen Fall geschlagen werden und wusste nicht, wie er den Mann davon überzeugen konnte, ihm zu glauben. Er war sprachlos, weil seine Dankbarkeit doch wirklich aus ganzem Herzen kam und ihm nichts einfiel, womit er den Mann davon überzeugen konnte.

„Pass auf, Junge, ich kenne Leute wie dich in- und auswendig. Mit einem Lächeln reichen sie dir die Hand und dann drehen sie sich um und denken sich ihren Teil." Er bewegte sich weiter auf das Kind zu, dass jetzt verstört einen Schritt rückwärts in die Klonische machte.

„Nein Horst, nein!", rief er verzweifelt, „so bin ich nicht, glaub mir doch! Wie kann ich dich denn nur davon überzeugen, dass ich es ernst meine, das ich wirklich richtig froh bin, mich bewegen zu dürfen?"

„Ja, genau, das ist es, du bist froh, aber nicht dankbar." Wieder klatschte das Gürtelende in seine Handfläche.

„Horst bitte, hören Sie doch...", Tobias fuhr sich erschreckt an den Mund.

„Da siehst du es, wenn du mich wirklich mögen würdest, würdest du mich nicht noch immer siezen. Ich habe das schon alles richtig verstanden. Du bist ein selbstsüchtiges, kleines Arschloch, das sich von mir ficken lässt, damit du deine Ruhe hast!" Horst bebte jetzt tatsächlich vor Zorn, obwohl er dem Jungen eigentlich nur Angst hatte machen wollen. Er spürte die Hitze in seinen Augen, die den Jungen bösartig anfunkelten.

Tobias lehnte sich an die Wand, ihm war schwindelig geworden. Ratlos flehte er: „Bitte Horst, das tut mir leid, das ist mir doch nur rausgerutscht, wie kann ich dir denn beweisen, dass ich dich mag und dass ich dir wirklich dankbar bin?" Tobias hoffte inständig auf einen Ausweg.

„Gute Idee, Frido, gute Idee", er wog den Gürtel in seiner Hand, „ich glaube, mir fällt da was ein."

Erleichterung fand ein kleines Plätzchen Luft in Tobias Kopf und begierig danach schnappend, fragte er: „Was, was kann ich denn nur tun, um dir zu zeigen, dass ich es ehrlich meine?"

Horst ging jetzt auf und ab und bei jedem Schritt klatschte der Lederriemen in seiner Hand auf. Seine Hände waren vor Erregung nass geworden und das Geräusch des auf der Haut aufkommenden Leders war dadurch feuchter geworden, satter.

Dann blieb er unvermittelt stehen, baute sich vor dem Jungen auf.

„Du kannst mir allerdings deine Dankbarkeit und Ehrlichkeit beweisen.", klärte Horst seinen Gefangenen auf.

„Wie denn nur", stöhnte Tobias, „ich würde wirklich alles tun, damit du mir glaubst."

„Wirklich alles Frido?", Horsts Stimme war jetzt dunkel, rau. Tobias hatte das Gefühl, dass das Atemgeräusch des Mannes eine Tonlage tiefer war. Schweiß stand auf dessen Stirn.

„Ja, alles", er überlegte kurz, „ja, ich denke schon. Ich will ja, dass du mir glaubst."

„Siehst du, da haben wir es schon wieder!", Horst schnaubte verächtlich auf. „Ich denke schon,...", hämisch äffte er den in der Klemme sitzenden Jungen, der sich weiter in die Ecke zwischen Toilette und Wand gedrückt hatte, nach.

„Du sollst nicht denken, Frido", er tippte sich an den Kopf, „du sollst fühlen. Du sollst die Dankbarkeit fühlen, du sollst die Freude, wenn du mich siehst, fühlen!", bei diesen Worten schüttelte er bedrohlich seine Faust in die Richtung des Jungen.

Ein anderer hätte bei dem Wort 'fühlen' wahrscheinlich eher seine Hand aufs Herz gelegt, nicht so jedoch Horst, sein Fühlen hatte immer etwas mit Macht zu tun.

Unbeirrt setzte er seine Tirade fort: „ Nicht denken, du hohle Nuss! Hast du das endlich kapiert? Fühlen sollst du!", Speicheltröpfchen flogen aus seinem Mund, als er dem Kind die Worte entgegen spie.

Tobias hatte jetzt maßlose Angst, sein innerer Wachhund war zum Dobermann angewachsen, konnte aber nichts ausrichten.

„Was kann ich denn nur tun, um dir zu zeigen, dass ich es ehrlich meine? Wirklich Horst, ich bin dir dankbar und ich freue mich echt, wenn ich dich sehe."
Horst schloss die Augen, er musste sich beruhigen, er musste die Kontrolle behalten, nicht alles aufs Spiel setzen! Er war kurz davor, den Jungen anzuspringen und ihm zu zeigen, wer hier der Herr war. Mühsam zwang er sich, seine Gedanken

darauf zu fokussieren, dass er nur in den Keller gekommen war, um dem Jungen eine weitere Lektion zu erteilen. Er musste aufpassen, dass in seiner Rage nicht sein Tötungsinstinkt Überhand gewann und das Programm anspringen ließ, das jetzt schon so lange zur Ruhe gekommen war. Die klaren Gedanken, die Horst noch fassen konnte, wurden zu seinem Schrecken zäh und zäher, er konnte sie fast nicht mehr halten.

Seitdem er Frido im Café Uhlig erblickt hatte, war diese Seite in ihm beinahe verstummt. Nur zweimal, im Laderaum seines Lieferwagens und als er den Jungen in den Keller verladen hatte, hatte die Lust, zu töten wieder bei ihm angeklopft. Aber das war auch ein ungewöhnlicher Stresszustand gewesen.

Tobias hatte in seinem damaligen Schock diese Ausbrüche von Horst nicht bewusst miterlebt. Was er gerade durchlebte, war Neuland für ihn.

Seit fünf Monaten, die er in der Nähe des Kindes verbracht hatte, war Horsts Aufmerksamkeit auf für ihn ganz alltägliche Sachen beschränkt gewesen. Es ging ihm gut damit, den Jungen zu besitzen und die vollständige Macht über ihn zu haben. Es erfüllte ihn, Herr der gesamten Situation zu sein. Er war stolz darauf, wie gut er seine Freundschaft geplant hatte und, dass alles wie am Schnürchen lief.

Es hatte ihm bis jetzt genügt, ja sogar richtig Freude gemacht, seinen Freund zu erziehen. Es gab eben gewisse Notwendigkeiten, um auf der sicheren Seite zu bleiben und ein vorhersehbares Ergebnis zu erzielen!

Das Wort 'quälen' war ihm in diesem Zusammenhang für sein Verhalten noch nicht in den Sinn gekommen.

Der Gesichtsausdruck des Jungen, der von Angst und ungläubigem Entsetzen völlig verzerrt war, drückte genau die Tasten auf dem Keyboard von Horsts Persönlichkeit, die seine Mordgelüste anspringen ließen. Das klatschende Sausen des Lederriemens trug ebenfalls seinen Teil dazu bei. Horst begann, rot zu sehen. Er war kurz davor, in voller Fahrt in die blutrot gepflasterte Einbahnstraße seines Psychopathenselbst einzubiegen. In letzter Sekunde, mit fast unmenschlicher Kraftanstrengung, gelang es ihm, sich an einem wichtigen Gedanken festzuklammern. Aus der hintersten Ecke seiner verzerrten Vernunft rief er sich zu: 'Ich will Frido behalten!'

Mühsam klammerte er sich an dieses Wollen.

'Ich will Frido behalten!'

Wie ein Ertrinkender hielt er sich krampfhaft an diesem Strohhalm fest und schaffte es gerade noch mit diesem windigen Halt nicht im unwiederbringlichen Strudel seiner unmenschlichen Begierden zu versinken.

'Ich will Frido behalten!'

Der Abgrund hatte sich bereits mit gierigem Schlund vor ihm aufgetan.

'Ich will Frido behalten!'

Seine Beine baumelten schon längst über dem Rand, schwere Gewichte schienen ihn nach unten zu ziehen.

'Ich will Frido behalten!'

Abrupt drehte Horst sich um, wendete sich ab von dem verlockenden, in Panik verzerrten Antlitz des Jungen und ging wieder zum Tisch.

'Ich will Frido behalten!'

Es tat ihm gut Tobias den Rücken zuzukehren.

'Ich will Frido behalten!'

Er setzte sich hin, sein Blick fiel auf seine bebenden Hände.

'Ich will Frido behalten!'

Seine Atmung beruhigte sich nur schleppend.

'Ich will Frido behalten!'

Er legte den Gürtel auf den Tisch und rieb sich die Augen.

'Ich will Frido behalten!'

Mit seinem Ärmel wischte er sich die Lippen trocken.

'Ich will Frido behalten!'

Wie ein Mantra schallte es immer wieder durch seinen nur langsam zur Ruhe kommenden Geist: 'Ich will Frido behalten!'

Diese Gedankenschleife legte sich wie ein rettendes Lasso um seinen Leib und zog ihn in Sicherheit.

Tobias, versteinert zwischen Wand und Klo, ließ die Augen nicht von dem Mann. Seine Nerven waren zum Zerreißen gespannt. Er hatte keine Idee, wie er dem Raubtier entkommen könnte, das ihm gerade aus den Augen des anderen so bedrohlich entgegen gefunkelt hatte.

Nach einiger Zeit, die in dem stummen Keller wie eine Ewigkeit auf die beiden wirkte, eroberte sich die normale Kellerwirklichkeit wieder Raum in Horsts Erleben. Zunehmend gelassener konnte er sich auf die vor ihm liegende Aufgabe konzentrieren: Er musste den Jungen gefügig machen!

Statt des Gürtels, den er zur Seite gelegt hatte, nahm er einen Apfel und biss hinein.

Tobias spürte die Veränderung in dem Wesen des Mannes. Er atmete wieder anders. Seine Augen waren nicht mehr zu diesen bösartigen Schlitzen zusammengezogen, die das sonst so freundliche Gesicht hatten aussehen lassen wie das eines Wahnsinnigen, der kurz davor war, komplett durchzudrehen.

Wie eine Mördermiene, kurz vor der Explosion.

Verkniffener Strich und speiende Höhle hatten sich wieder zu einem Mund vereint.

Das Lauernde war aus seiner Körperhaltung gewichen.

Der Junge atmete ebenfalls auf und nahm all seinen Mut zusammen: „Was kann ich denn nur tun, Horst, um dir meine Zuneigung zu beweisen?"

Er erschreckte selbst über das Wort Zuneigung, aber da war es schon herausgerutscht. Er wusste, dass er tatsächlich so etwas wie Zuneigung zu dem Mann empfand, der ihn regelmäßig besuchte und versorgte und bis jetzt alle Versprechungen und Ankündigungen eingehalten hatte. Es war gut, diesen verlässlichen Pol in seinem sonst vollständig auf den Kopf gestellten Leben zu haben. Selbst, dass Horst so ein eigenartiger Mensch war, änderte sich auf eine seltsam beruhigende Weise nicht: berechenbare Unberechenbarkeit.

Was da gerade eben zwischen ihnen geschehen war, drohte diese Verlässlichkeit nun ebenfalls auf den Kopf zu stellen.

Tobias wollte unbedingt etwas tun, um das Ruder wieder herumzureißen und sein normales Leben mit Horst wieder aufzunehmen.

Der schaute ihn jetzt forschend an und stand wieder auf.

Erfolgreich hatte er der Klippe, von der aus es tief in seinen Abgrund ging, den Rücken gekehrt. Der Alltags-Horst konnte sich wieder auf das Wesentliche konzentrieren, das vor ihm lag. Auf das, was er wirklich wollte.

„Pass auf, mein Junge. Fangen wir da an, wo wir gerade aufgehört haben. Du scheinst ja richtig scharf darauf zu sein, mir beweisen zu wollen, dass du mir dankbar bist und dich aufrichtig freust, wenn ich komme. Nur, dass ich dir diesen Schmus einfach nicht glauben kann." Er machte eine effektvolle Pause und lief theatralisch im Keller auf und ab. Dann blieb er vor der Toilettennische stehen, in der Tobias immer noch verschreckt an die Wand gedrückt war. Horst baute sich zu seiner vollen Größe vor dem Jungen auf: „Du kannst aber etwas tun. Ich habe mir etwas ausgedacht."

„Ja, was denn, Horst, ich mache, was du willst."

„Es geht nicht darum, was ich will. Es geht darum, was du willst und dass du mir damit den Beweis liefern kannst."

Tobias verstand nicht, er schaute ihn fragend an, die Angst hatte ihn nicht losgelassen und schwoll wieder an: „Was soll ich denn jetzt tun?"

„Du hast die Wahl", genüsslich sog Horst die Luft ein, „entweder du unterziehst dich einem Elektroschock mit dem Halsband oder du lässt dich auspeitschen."

„Aber...", entfuhr es dem Jungen ungläubig.

„Was aber? Willst du es mir beweisen oder nicht, Frido?"

Tobias überlegte fieberhaft. Er wollte weder das eine noch das andere und gleichzeitig hatte er keine andere Wahl. Wenn er zu beidem nein sagte, würde der Mann wer weiß was mit ihm machen. Was ihn da erwartete, war wahrscheinlich noch viel schlimmer als Prügel oder Stromschlag.

Und er musste ihm einfach beweisen, dass er es absolut ehrlich mit ihm meinte. 'Ich bin zwar abhängig von dem, da hat er Recht, aber ich freue mich wirklich, wenn er kommt und ich bin so unendlich froh, dass ich mich bewegen kann und er mich los macht!'

„Tobias! Wach auf, das muss das Schwein doch auch so sehen!!!", bellte sein innerer Dobermann ihm zu. Aber Tobias konnte die Warnungen seiner psychischen Unterwelt nicht hören. Er war versponnen in dem Netz, das Horst ausgelegt hatte und wand sich zappelnd zwischen den Fäden, verstrickte sich immer weiter.

Horst belauerte ihn, spinnengleich, kurz davor, die Fäden zusammenzuziehen und seinen Stachel anzusetzen, um sein Gift zu injizieren.

Danach würde sich das Opfer von innen auflösen.

„Ich…, ich möchte lieber geschlagen werden, als so zusammenzubrechen wie der Hund", brachte Tobias mit leiser Stimme hervor. Er hoffte inständig, dass dem Mann dieses Zugeständnis auch wirklich als Beweis genügen würde.

„Was?", bohrte Horst weiter, „ich habe dich nicht richtig gehört. Er lächelte in sich hinein: Er hatte ihn soweit. Der Bursche bettelte darum, gezüchtigt zu werden!

Tobias fasste sich ein Herz und sprach jetzt mit lauterer Stimme: „Ich möchte lieber mit dem Gürtel geschlagen werden und dir so beweisen, dass ich ehrlich bin."

'Jawoll!!!', jubilierte es in Horst.

„Gut, wenn du dabei nicht heulst, werde ich dir glauben. Dreh dich um, zieh die Hose runter und beuge dich über das Klo", befal er dem Jungen, der sich bereits auf dem Weg in seinen hermetisch abgeriegelten Behälter in seinem Kopf befand. Den Deckel zog er fest hinter sich zu.

Der Rest von Tobias zog sich gehorsam die Hose herunter.

Horst war siebzehn, der Pfarrer schon einige Zeit tot.

Der Vater hatte ihm einen Ferienjob für die Sommerferien besorgt. Für Karl-Heinz wurde es Zeit, dass sein Sohn Geld verdiente. Außerdem forderte er einen Beitrag zu den Lebenshaltungskosten. Arbeit würde Horst gut tun, er würde dann in Zukunft wissen, wie das mit dem Geldverdienen funktionierte.

Ein Bekannter aus Vaters Schützenverein arbeitete in Erlangen bei einer Leichtmetallbaufirma. Dort wurden Aluminiumrahmen für Wintergärten angefertigt und alles Mögliche aus anderen Metallen. In diesem Betrieb war Horst für die Zeit seiner Ferien untergekommen, ganz zu seinem Leidwesen. Er hätte gerne in einem Elektrofachbetrieb gearbeitet, aber Vater hatte bestimmt und deshalb ging Horst jetzt zu den Metallbauern.

So schlecht war das gar nicht, stellte er dann fest. Er konnte überall viel lernen. Die wirklich interessanten Arbeiten wie Schweißen, Zuschneiden und Messen durfte Horst natürlich nicht machen. Er durfte zuschauen.

Die meiste Zeit seiner Sommerferien war er der Handlanger. Das Mädchen für alles. Er musste heranschleppen, was ihm aufgetragen wurde und wegräumen, was die anderen liegen gelassen hatten.

Horst war gerne dort. Er mochte die Regelmäßigkeit und es gefiel ihm ausgezeichnet, jeden Tag so lange unterwegs zu sein.

Er bereitete sich in aller Herrgottsfrühe Proviant für die Brotzeit und das Mittagessen zu und packte sich auch noch Obst und Süßigkeiten ein. Horst aß jeden Tag alles zufrieden auf. Früh musste er mit dem Bus vom Dorf in die Stadt fahren. Noch ein ganzes Stück laufen und sich am Eingang der Firma einstempeln. Er hatte, genau wie die anderen Arbeiter, Pausen.

Die Männer mochten den stillen, fleißigen Jungen, der seine Arbeit gerne machte. Die Lehrlinge waren einigermaßen freundlich zu ihm. Wie immer blockte Horst auf seine einsilbige Art engere Kontakte ab und machte sich unsichtbar.

Er wurde, wie auch in der Schule, von allen in Ruhe gelassen. Keiner verspürte Lust, nach der Arbeit noch etwas mit ihm zu unternehmen oder ihn am Wochenende zu sehen. Geschweige denn ihn zu fragen, ob er samstagabends noch mit in die Disko kommen würde.

Horst hatte die Ausstrahlung eines gut trainierten Hundes, der angeleint vor dem Supermarkt sitzen bleibt, bis sein Herrchen kommt. Wenn so ein wohl erzogener Hund angesprochen wird, schaut er kurz auf, wedelt höflich mit dem Schwanz und schaut dann wieder erwartungsvoll zum Ausgang des Supermarktes, in der sicheren Erwartung des einzig wichtigen Menschen. Weitere Aufmerksamkeit wird keinem anderen als Herrchen oder Frauchen zuteil.

Der Ferienhelfer war also sehr höflich und gleichzeitig extrem zurückhaltend.

Wie immer gefiel es ihm, die anderen zu beobachten. In dem Werk lernte er einen anderen Schlag Menschen kennen. Menschen, die zum Teil seit dreißig Jahren oder länger bei der Firma waren und jeden Tag das gleiche machen mussten und das auch ohne Widerwillen taten.

Sein Vater hatte Recht, so ein Job war auf jeden Fall Charakter bildend. Horst hatte schnell für sich beschlossen, dass er so einen Beruf auf jeden Fall später nicht haben würde.

Er wollte um jeden Preis studieren!

Elektrotechnik an der Friedrich-Alexander-Universität Erlangen-Nürnberg. Das war sein Traum. Diesem Traum stand eigentlich nichts im Wege außer Karl-Heinz, der immer wieder sagte, dass er so einen akademischen Quatsch nicht machen müsse. Darauf sei er nicht angewiesen. Es sei genug Geld in der Familie, sodass er eigentlich nicht arbeiten müsste. Da das Nichtstun jedoch den Charakter verderbe, solle er einen anständigen Beruf erlernen, so wie Karl-Heinz selbst auch, und sich die Flausen aus dem Kopf schlagen. Das sei nur was für feine Leute, und die vielen Jahre, die er dort verschwenden würde, seien vertane Zeit.

Horsts Vater war gelernter Kaufmann. Er war Filialleiter in einem Supermarkt. Horst wusste es besser.

Er wollte unbedingt studieren. Denn nur beim Lernen konnte er der Ödnis seiner Existenz entkommen.

Die Ferien in der Metallfirma genoss er jedoch sehr, denn er lernte jeden Tag etwas Neues. Abends hatte er noch Fragen im Kopf, las immer etwas nach. Das war interessant und hielt selbst zu Hause die Langeweile fern.

An diesem Tag in seiner dritten Woche in der Firma waren die Lehrlinge mit ihm hinten im Hof. Sie machten immer alle zusammen Mittagspause. Die Jugendlichen mampften ihr Mitgebrachtes und machten Späße.

„Ey, hör mal, Horst", der lange Braunhaarige schaute zu ihm hinüber, „haben wir dir eigentlich schon den Trick mit dem Argon gezeigt?", er wusste genau, dass sie das nicht getan hatten.

Horst stutze, er wollte, wie immer, nicht unfreundlich rüberkommen und deshalb antwortete er. Allerdings relativ kurz angebunden, in der ihm eigenen einsilbigen Art: „Nee, weiß ich nichts von."

„Willst du's denn wissen?", hakte der andere nach. Die anderen Lehrlinge hatten begonnen, zu grinsen und sich feixend in die Seite zu puffen.

„Meinetwegen, worum geht's denn?", Horst biss gemächlich in seine Stulle.

Der andere hatte schon fast keine Lust mehr, dem lahmen Typen eine der besten Sachen an ihrem Beruf überhaupt zu zeigen. Er fand, der Ferienknecht könnte mal ein bisschen mehr Begeisterung zeigen. 'Und auch ein bisschen mehr Respekt', fand er, 'immerhin bin ich hier der dienstälteste Azubi!'

Aber der Trick, den er ihm zeigen wollte war einfach zu gut. Außerdem liebte er es, anzugeben.

„Pass auf, Junge, ich hol eben die Flasche und du wartest hier."

„Cool", grinsten die anderen, die sich allesamt auf die bevorstehende Vorführung freuten. Jeder von ihnen erinnerte sich gerne daran zurück, wie er das erste Mal das 'Wunder', wie sie es nannten, gesehen hatte. Jeder einzelne von ihnen hatte sich danach, sozusagen als Feuertaufe, selbst der Prozedur unterziehen müssen. Jeder von ihnen hatte genau gewusst, dass er bei den anderen vollkommen unten durch gewesen wäre, wenn er nicht mitgemacht hätte. So hatten sie also alle mit klopfendem Herzen teilgenommen.

Das Wunder war eine Betriebstradition für jeden Angestellten, der als Lehrling in der Firma angefangen hatte. Es wurde quasi von Generation zu Generation weiter gereicht. Ein Ritual, das sie zusammenschweißte.

Und Hilfsarbeiter wie Horst, wurden von den Lehrlingen nur zu gerne auch drangenommen. Der Spaß war einfach zu köstlich, um sich diese Gelegenheit entgehen zu lassen.

Der Braunhaarige ging kurz in einen der Lagerräume und kam mit einer zehn Liter Gasflasche zurück, auf der ein Druckminderer mit Ventilauslass aufgeschraubt war. Ein kurzer Schlauch war auf das Ventil aufgeschoben.

„Sehr geehrter Herr Horst Weber, sehr geehrte Herren", der Braunhaarige schaute ernst in die Runde, „wie Sie alle wissen, handelt es sich bei diesem Objekt (er stemmte die Gasflasche hoch) um eine Inertschweißgasflasche." Die Jungen feixten sich zu und beobachteten amüsiert den Ferienjungen, der natürlich nicht wusste, was kommen würde.

„Diese wunderbare Flasche, mein Herr, enthält hochprozentiges Argon. Ein Edelgas, wie Helium, das Sie in jedem Kirmesballon finden, wie Sie wissen sollten." Er schaute jetzt Horst an und zur besseren Verständlichkeit deutete er mit dem Finger auf die Aufschrift.

Argon 4,8 stand darauf.

Horst nickte genervt, er wusste viel besser als diese halbschlauen Azubis, was ein Edelgas war und vor seinem inneren Auge sah er das Periodensystem der chemischen Elemente. Die Edelgase standen ganz rechts auf der Tafel und Argon war in der Fünferreihe der Inertgase, genau in der Mitte zwischen den Elementen Helium und Xenon. Es war also ein mittelschweres, extrem reaktionsträges Gas. Die Flasche war gefüllt mit zu 99,998% reinem Argon, das in der Firma zur Erzeugung des Schweißlichtbogens gebraucht wurde, wenn zum Beispiel Fensterrahmenteile zusammengeschweißt wurden. In der Werkhalle hatten sie riesige Gasflaschen, an die die Schweißgeräte an den einzelnen Arbeitsplätzen direkt angeschlossen waren.

Die kleineren Flaschen, wie die, die der Azubi jetzt in der Hand hielt, benutzten die Lehrlinge im Trainingsraum zum Üben. Oder wenn Kundenaufträge vor Ort durchgeführt wurden, nahmen die Arbeiter sich die kleinen Flaschen im Lieferwagen mit und konnten dann bei den Auftraggebern zu Hause die restlichen Schweißarbeiten durchführen.

Horst hatte das alles schon längst gelernt. Er wurde ungeduldig, er wollte jetzt wissen, was der Junge eigentlich wollte: „Ich weiß, dass da Argon drin ist und wozu das hier gebraucht wird, ich könnte dir sogar die Temperatur von dem Lichtbogen sagen, den das Gas hervorruft oder warum das Wolfram-Inertgasschweißen keine Spritzer erzeugt." Das stimmte, Horst wollte immer alles ganz genau wissen und hatte die Fakten nachgelesen. Er wusste tatsächlich mehr über das Gas als der Lehrling. Er hatte nicht wirklich etwas anderes zu tun, als sich Wissen anzueignen. Und in seinen schlauen Kopf passte endlos viel hinein.

Der Junge, der die Flasche in der Hand hielt, war verblüfft und gleichzeitig angenervt. 'Was ein bescheuerter Besserwisser', er hatte jetzt wirklich kaum noch Lust, ihm das Experiment zu zeigen. Aber er schaute in die Runde seiner Mitstreiter, die ihn alle erwartungsvoll ansahen. Und dann siegte doch sein Wissen darüber, dass der Effekt einfach zu gut sein würde. „Komm mal her Hans!", forderte er den jüngsten in ihrer Runde auf. Der schlaksige Junge erhob sich grinsend, legte sein Butterbrot zur Seite und legte sich dann auf den Boden.

Er maulte nicht.

So war das Ritual.

Der zuletzt Eingeweihte war das Demonstrationsobjekt für die nächste Jungfrau, wie sie die Unbedarften nannten, die noch nicht das Vergnügen gehabt hatten, mit dem Edelgas Bekanntschaft zu machen.

Der Braunhaarige kniete sich neben Hans und öffnete theatralisch den Schraubverschluss der Flasche, der Zeiger auf dem Druckminderer schlug an und das Gas begann auszuströmen.

„Tatatataaaa!", rief er und beugte sich über den am Boden liegenden Jungen, „ich bin der Onkel Doktor und lege dich jetzt schlafen." Er kicherte und die anderen auch.

Horst hatte keine Ahnung, was als Nächstes kommen sollte. Die Spannung kribbelte in seinem Bauch.

Der selbst ernannte Doktor legte seine Hand wie eine Kuppel über die Nase des Jungen und schob das Schlauchende, das nicht auf das Ventil gesteckt war, zwischen seine Finger. Damit würde sich das Gas aus der Flasche direkt mit der Atemluft des Jungen mischen.

Horst riss fasziniert die Augen auf. Das war ja mal was! Er war extrem gespannt, was als nächstes passieren würde.

'Hab ich den Langeweiler doch am Haken!', mit Genugtuung registrierte der Gasdoktor Horsts begeisterten Gesichtsausdruck und drehte das Ventil auf. Hans atmete ruhig weiter. Man konnte sehen, dass er unter der gewölbten Hand seines Arztes grinste. Seine Augen hatte er auf Horst fixiert.

Dann geschah es. Hans' Augen wurden von einem seligen Schleier überzogen, dann fielen sie zu. Mit dem Grinsen, das sein Gesicht verließ, erschlaffte sein ganzer Körper.

„Wow", entfuhr es Horst in aufrichtiger Bewunderung, „das ist ja der Hammer!" Gleichzeitig war er verunsichert. 'Die haben den Hans doch hier jetzt nicht vor meinen Augen geschlachtet, oder was?' Sein Herz klopfte hörbar schneller in seinen Ohren. Er war fast so aufgeregt wie beim Katzenwürgen. Die waren hinterher auch immer ganz entspannt. In seiner Hose wuchs eine Erektion, er war froh, dass sie in dem weiten Overall nicht für die anderen zu erkennen war.

Der zum Anästhesisten gekürte Lehrling drehte mit stolzer Geste das Gasventil wieder zu. Horst sah, dass Hans ruhig weiter atmete.

'Also nicht tot', registrierte er interessiert und fast ein bisschen enttäuscht.

Der Junge schien tief und fest zu schlafen. Ein anderer Junge hob Hans Arm etwas an und ließ ihn los. Die Extremität fiel schlaff neben Hans auf den Boden. Der Junge war richtig betäubt. Sein Brustkorb hob und senkte sich regelmäßig und langsam mit jedem Atemzug. Kurze Zeit später schlug er die Augen wieder auf, schüttelte ein wenig den Kopf und stand sofort vergnügt wieder auf.

„Das ist ja sagenhaft", staunte Horst in ehrlicher Bewunderung, „das war ja eine echte Narkose." Er war aufrichtig tief beeindruckt.

„So los!", unterbrach ihn der Braunhaarige, „jetzt du, leg dich hin."

Horst glaubte, sich verhört zu haben: „Bitte?" Zweifelnd schaute er in die Gesichter der anderen Jungen.

„Los, mach schon!"

„Sei nicht so feige!"

„Zier dich nicht so, das haben wir alle gemacht!"

„Ey komm, das ist echt geil!"

„Ehrlich, das ist ein super Feeling, wenn man so abgeht!"

„Jetzt mach, leg dich hin!"

„Oder hast du etwa Angst?"

Die Jungen riefen alle anfeuernd durcheinander. Das war ein Teil des ganzen Spaßes, jeder von ihnen hatte sich nur mit Angst der Prozedur unterworfen. Der gemeinschaftliche Druck der anderen hatte geholfen, die ungewisse Furcht vor der bevorstehenden Betäubung zu überwinden.

Horst begann der Kopf zu summen. Er war es nicht gewohnt, der Mittelpunkt von so viel Aufmerksamkeit zu sein. Und er wollte unter keinen Umständen die Kontrolle abgeben. 'Ich bin doch nicht bescheuert und lass mich hier von irgendwelchen Stümpern betäuben. Da kann ja wer weiß was schief gehen!', schrien seine Gedanken.

„Nein, ich mach das nicht.", unterbrach er mit ruhiger Stimme die beschwörend auf ihn einredenden Lehrjungen.

Das war alles, was Horst dazu sagte.

Die anderen Jungen waren total sauer.

Die Beleidigungen, die sie für ihn bereithielten und die Schmähworte, machten ihm nichts aus. Es machte ihm schon lange Zeit nichts mehr aus, was andere über ihn dachten und sagten. Auch unter diesem Aspekt war der Umgang mit dem Vater manchmal hilfreich.

Mit seiner Verweigerung, die Feuerprobe zur echten Aufnahme in ihre Gruppe über sich ergehen zu lassen, war er natürlich bei den anderen vollkommen unten durch.

Aber das störte Horst nicht.

Er wollte keinen Kontakt mit ihnen und dass er von da an seine Pausen abseits der anderen verbrachte, war ihm recht. Jetzt konnte er sie viel besser beobachten. Und die Lektion mit dem Argongas hatte er gut verstanden und in seinem Gedächtnis abgespeichert.

Er hatte eine ausgezeichnete Idee.

Die Eltern 12

Tresi hatte für Tobias das heiß ersehnte Fahrrad gekauft. Sie hatte es mit Volker zusammen ausgesucht. Er hatte am besten gewusst, was für ein Fahrrad Tobias am liebsten gehabt hatte.

In ihrem Blog, den sie regelmäßig auf dem neuesten Stand hielt, hatte sie genau berichtet, warum und wie sie das Fahrrad gekauft hatten und mehrere Fotos davon eingestellt. Es gab Fans, die sich genauso ein Fahrrad gekauft hatten, weil sie damit Tresi bei ihrer Suche moralisch unterstützen wollten. Es gab viele, fast tausend Followers, die regelmäßig ihren Blog lasen und mit ihr fieberten. Genau wie Tresi glaubten sie, dass irgendwann, irgendwo, irgendwer Tobias sehen und erkennen würde. All diese Menschen glaubten mit ihr, dass Tobias ganz sicher eines Tages nach Hause kommen würde. Ihr Blog war zwar mit 843 Visits im Monat nicht in den deutschen Blogcharts. 'Aber wer weiß', dachte sie, 'was nicht ist, kann ja noch werden!'

In ihrer Überzeugung, ihr Kind eines Tages wieder zu bekommen, war sie absolut unerschütterlich, wie in ihrer Hoffnung, dass der Blog dabei helfen könnte. Georg teilte zwar ihren Glauben nicht, wollte ihr jedoch die Hoffnung nicht rauben, weil er sah, dass es seiner Frau, seitdem sie aktiv geworden war, deutlich besser ging. Er selbst redete kaum noch über seinen Sohn. Sie ließ ihn in Ruhe und akzeptierte seine Art mit dem Verlust ihres Kindes umzugehen. Sie hatten darüber einen unausgesprochenen Pakt geschlossen.

Die Zwillinge waren dabei ganz auf der Seite der Mutter, unterstützten sie beim Bloggen und hatten viele gute Ideen.

Und die Verfolger ihres Blogs liebten Tanja und Sven.

Für Tresi war das Online-Journal eine Art Rettung. Sie hatte endlich ein Forum gefunden, mit dem sie aktiv nach ihrem Kind weitersuchen konnte. Es tat ihr gut, dass so viele Menschen an ihren Gedanken, Gefühlen und Erfahrungen interessiert waren und sie unterstützten.

Manchmal schlich sich auch ein böser Mensch mit seinen Kommentaren ein und beschuldigte Tobias' Vater oder Nachbarn, sich an dem Jungen vergangen zu haben. Mit solchen Anschuldigungen hetzten diese Menschen gegen sie, ihre Familie und ihre Bekannten. Sie warfen ihr vor, in der falschen Richtung zu suchen und es geschähe ihr Recht, dass ihr Sohn weg sei, wenn sie so eine blöde, naive Kuh wäre. Jedem Zehnjährigen sei es ja wohl bekannt, dass die Mörder immer aus der Familie oder der Nachbarschaft kämen. Sie solle aufhören, so pathetisch die Nation verrückt zu machen. Sie hätte eben besser auf ihr Kind aufpassen müssen.

Sie hatte gelernt, sich von diesen Äußerungen nicht mehr treffen zu lassen.

Am Anfang machten sie solche Kommentare total mutlos. Sie hatte sich nach der dritten Attacke dieser Art schon fast entschlossen, ihren Blog aufzugeben. Ihre emotionale Belastungsgrenze war extrem niedrig, sie konnte Rückschläge und Verletzungen nicht mehr gut verkraften.

Es machte ihr nichts mehr, betraf sie nicht. Tresi hatte verstanden, dass solche Beiträge nur etwas über deren Urheber aussagten, aber nichts über sie selbst. Gar nichts!

Sie löschte solche Posts, ohne sie überhaupt zu Ende zu lesen und strich die Autoren von solchen Polemiken aus der Liste derer, die Kommentare abgeben durften. Sie konnte sich gut abschotten.

Tresi war froh, dass sich über das Internet so viele Menschen an der Suche beteiligen konnten, nachdem die Polizei die Suche schon längst endgültig eingestellt hatte. Bis zuletzt hatte sie nicht verstanden, warum im Fernsehen nicht weiter nach ihrem Sohn gesucht worden war.

Vor einer Woche hatte sie Kontakt mit der Redaktion von *Aktenzeichen XY ungelöst* aufgenommen. Es wäre ein Riesenerfolg, wenn durch die Sendung ein breites Publikum auf Tobias' Verschwinden aufmerksam gemacht werden könnte. Allein in Deutschland gab es regelmäßig fast sechs Millionen Zuschauer. Bei einer Aufklärungsrate von um die vierzig Prozent bestand eine gute Chance, ihren Jungen endlich wiederzufinden.

Am Montag wollte ein Rechercheteam herauskommen und mit der Familie sprechen. Es sollte vor Ort geprüft werden, ob der Fall in das Programm aufgenommen werden konnte.

Sie wusste, dass die Fernsehleute Kontakt mit der Polizei hatten.

Freienstein hatte die Bleckmanns daraufhin nämlich angerufen und seitdem wusste Tresi, dass der Kriminalhauptkommissar glücklich wäre, den Fall durch die Fernsehserie wieder aufrollen zu können.

Zu dumm nur, dass er damals nicht selbst auf die Idee gekommen war, die Leute von XY anzusprechen.

Georg hatte, wie jedes Jahr, zu Weihnachten einen Tannenbaum geschlagen und in der üblichen Zimmerecke aufgestellt.

Tresi schmückte wie immer das Wohnzimmer als Weihnachtszimmer.

Es war der 23.12.2010, morgen würde das erste Weihnachten ohne Tobias sein. Tränen liefen ihr über die Wangen, während sie den Weihnachtsbaum schmückte, immer wieder gingen ihr Bilder aus den vergangenen Jahren durch den Sinn. Die ersten Jahre, als Tobi noch ganz klein gewesen war, bevor die Zwillinge überhaupt geboren waren. Dann die anstrengende Zeit mit den kleinen Babys im Doppelpack. Tobias war da vier Jahre alt. Immer wieder sah sie seine blauen Augen vor sich, sein kleines Puppengesicht von weißen und später goldenen Locken umgeben. Das Leuchten in seinen Augen, wenn er voller Erwartung in das Weihnachtszimmer kam, in dem die Lichter am Weihnachtsbaum brannten und vor dem auf dem Boden die Geschenke ausgebreitet lagen. Jedes Jahr hatte sie eine CD mit Weihnachtsliedern aufgelegt und die Kinder durften bei dem Lied 'Ihr Kinderlein kommet', die Wohnzimmertür aufmachen und hereinkommen. Sie hatten dann immer alle bei dem Lied mitgesungen und danach noch 'Oh, Tannenbaum' und 'Stille Nacht'.

Im Halbkreis hatten sie um den Baum gestanden, die drei Kinder vorne und die Eltern dahinter. Tobias hatte auf ihrer Seite gestanden. Daran erinnerte sie sich jetzt. Das hatten sie nie so geplant, aber es hatte sich jedes Mal so ergeben. Sie konnte noch genau fühlen, wie ihre Hand sanft auf seiner Schulter geruht hatte. Im letzten Jahr hatte sie nicht mehr über ihn hinwegschauen können und hatte sich etwas mehr zu Seite gestellt, um einen besseren Blick auf den Baum zu haben. Tresi hatte erstaunt und stolz gefühlt, dass seine Schultern eckiger geworden waren. 'Mein Gott, was ist mein Kind schon groß', hatte sie gedacht und sich gleichzeitig gefreut, dass Weihnachten noch stets die kindliche Freude in sein Gesicht gezaubert hatte, genau wie in den Jahren davor.

Sie wusste jetzt schon, dass sie morgen nicht wissen würde, was sie mit ihrer frei gewordenen Hand machen sollte.

'Schrecklich!', dachte sie immer wieder, 'schrecklich! Hoffentlich muss ich nicht die ganze Zeit heulen.', sie wischte sich wieder und wieder die Tränen ab, weil sie durch den Tränenschleier nicht genau sehen konnte, wo sie den Christbaumschmuck anbringen musste.

Dann schweiften ihre Gedanken zu Tanja und Sven und wie das Fest wohl für die beiden in diesem Jahr sein würde: 'Hoffentlich, hoffentlich schaffe ich es, morgen für sie da zu sein, damit sie ein schönes Weihnachtsfest haben!'

Ein weiterer Gedanke beruhigte sie etwas: 'Es scheint den beiden richtig gut zu tun, dass ich viel Zeit mit ihnen verbringe. Und auch, dass sie mir bei dem Blog helfen können.'

Tresi war froh, dass sie im Umgang mit den Zwillingen jetzt wieder besser funktionierte.

Sie hatte geplant, morgen vor dem Abendessen Tobias in das Tischgebet mit einzuschließen und wollte, dass alle ihm auch ein frohes Weihnachtsfest wünschten. Sie war felsenfest davon überzeugt, dass er das spüren würde. Egal wo er war. Tobias' neues Fahrrad stand noch neben dem Sofa. Sie würde es gleich, wenn der Baum fertig geschmückt war und sie alle Geschenke darunter gelegt hatte, neben den Tannenbaum schieben.

Eines Tages würde er mit dem Fahrrad fahren. Es war ein richtiges Herrenrad, ein Achtundzwanziger mit einundzwanzig Gängen, in blau-metallic. Eine Weihnachtskarte hatte sie ihm geschrieben und hinten auf den Gepäckträger geklemmt. Den Lenker hatte sie mit roten Schleifen verziert.

Sie wusste, dass er die sofort abmachen würde, aber so war das an Weihnachten.

Tobias ahnte nicht, dass es schon Weihnachten war. Er kannte zwar die Wochentage, aber Horst hatte ihm bisher nie das genaue Datum gesagt.

„Guten Morgen Frido." Horst stellte den Teller mit den Broten auf den Tisch und die Tüte mit dem frischen Obst daneben. Er ging zur Schlafnische hinüber, während sein Gefangener ihn begrüßte.

„Guten Morgen Horst, schön dich zu sehen", erwiderte Tobias. Er meinte das ehrlich. „Ja", sagte Horst, „ich find's auch sehr schön, dich zu sehen. Dafür habe ich dich ja schließlich hierher geholt, um mich an dir zu erfreuen."

Das Gespräch nahm eine Richtung, die Tobias nicht behagte. Manchmal, wenn Horst von ‘besitzen' und ‘sich erfreuen', sprach, konnte er seltsam unangenehm werden. Es kam dann immer mal wieder vor, dass sich dieser Schleier über die Augen des Mannes zog. Tobias war deshalb sofort auf der Hut: Das Anfangsstadium davon war jetzt deutlich in den Augen des Mannes zu erkennen.

Meistens war es in solchen Fällen bereits zu spät, das Ruder herumzureißen und eine Tracht Prügel mit dem Gürtel war dann unausweichlich.

„Was ist denn heute auf den Broten?", so, als hätte er nichts bemerkt, versuchte der Junge scheinheilig das Gespräch doch noch in eine andere Richtung zu lenken.

Horst schüttelte kurz den Kopf, als müsse er einen Gedanken vertreiben.

„Himbeermarmelade...", kam die einsilbige Antwort. Der sich anbahnende Schleier zog sich zurück. Tobias nahm dies mit Erleichterung wahr. Er atmete tief durch und lächelte sein zaghaftes Lächeln, das in den vergangenen Wochen immer häufiger über sein Gesicht gehuscht war. Er freute sich riesig über den prompten Erfolg seines kleinen Ablenkungsmanövers. Mit Genugtuung registrierte er, dass er immer mehr über den Mann lernte und dadurch auch ein Quäntchen Kontrolle über das Leben im Keller hatte. ‘Ein Minimum eines Quäntchens ist immerhin mehr als gar nichts!', konstatierte Tobias mit seiner messerscharfen kindlichen Logik. Er wusste auch, dass sein Lächeln dem Mann gut tat und er es zu brauchen schien. Noch blieb Tobias sparsam mit diesem Mienenspiel, er hatte ja auch tatsächlich nicht viel zu lachen.

Normalerweise blieb Horst morgens nur kurz im Keller, erst am Abend würde er wieder länger bei ihm sein.

Das Schlagen hatte bisher nur abends oder am Wochenende stattgefunden. Aber es war offensichtlich, dass Horst heute anders war als sonst. So hatte er zum Beispiel immer noch keine Anstalten gemacht, seinem Gefangenen die Fessel zu lösen oder das Obst in die Schale zu legen.

Tobias musste echt nötig zur Toilette. Der Eimer stand zwar immer noch an seinem Bett und er hätte ihn benutzen können, bevor Horst morgens kam, aber er wusste, dass Horst es genoss, ihn pinkeln zu sehen. Ihm war es mittlerweile einerlei. Wenn er Horst damit gefallen konnte, umso besser. Er wollte so viel er nur konnte für ihn tun. Es war nämlich immer schöner, wenn es Horst gut ging, er blieb dann ein bisschen länger bei ihm. Jede Minute, die er so in seiner Gesellschaft verbringen durfte, zählte für den Jungen. Jede Sekunde mit dem Mann war besser, als die sich endlos ziehenden Stunden mit sich allein. „Ich muss zur Toilette", erinnerte der Junge seinen Gefängniswärter in unterwürfigem Tonfall.

„Ach ja, Mensch", Horst schüttelte zum zweiten Mal heute den Kopf, so als sei er verwirrt. Er ergriff das Halsband, das er in der Hosentasche hatte und ging in die Schlafnische, um seinen Frido für den Tag auszurüsten.

„Du wirst heute noch eine schöne Überraschung erleben", klärte er den Jungen auf, „ab heute wird sich hier einiges ändern."

„Was ist denn?", wagte Tobias mit zaghafter Stimme, „habe ich etwas falsch gemacht?" Er hatte Angst, dass die Stimmung doch wieder kippen würde und der grausame Gesichtsausdruck zurückkäme.

„Im Gegenteil, Junge, im Gegenteil. Ich verrate aber nichts, lass dich überraschen. Heute Abend wirst du schon sehen, was los ist." Horst liebte es, das Kind so auf die Folter spannen zu können. Er wusste genau, dass Frido jetzt den ganzen Tag mit bangem Herzen herumrätseln würde, was denn wohl die Überraschung wäre.

Tobias wagte es nicht, noch nachzubohren. Er wollte die Laune seines Herrn nicht noch mehr aufs Spiel setzen und ging deshalb ohne weitere Fragen zum Klo. Er ließ die Pyjamahose bis auf die Knöchel herunterrutschen und stand mit bloßem Hintern vor dem WC.

Horst hatte sich mit dem Rücken an den leeren Kühlschrank gelehnt und schaute seinen Jungen an. Er liebte diesen Anblick.

Heute Morgen hätte er sich nicht, wie sonst freitags, so schnell losreißen müssen. Er hatte den ganzen Tag frei, aber er hatte noch einige Vorbereitungen für diesen Abend zu treffen und wollte das alles ganz in Ruhe machen.

Als er etwas später die Kellertür hinter sich schloss, ließ er einen ziemlich aufgeregten Gefangenen zurück, der sich auf die vage Andeutung einer anstehenden

Überraschung keinen Reim machen konnte. Bei aller Anstrengung fiel Tobias nichts ein, was der Mann wohl meinen könnte. Das Einzige, woran er keinen Zweifel hatte, war, dass der Mann ihn niemals mehr weg lassen würde. Das hatte er ihm nun schon oft genug eingebläut.

Nach sechs Wochen neu gewonnener Freiheit, die er tagsüber hatte, kannte Tobias jeden Winkel des Hauptraumes in- und auswendig.

In dem bis auf die Möbel leeren Keller zu sein, war nun fast genauso langweilig, wie auf dem Bett zu liegen. Natürlich beklagte er sich darüber nicht, weil er Horst nicht verärgern und auf keinen Fall wieder ausschließlich ans Bett gebunden werden wollte.

Alles war besser als das! Dass er seinen Körper wieder normal bewegen konnte, genoss er nach wie vor jeden Tag in vollen Zügen.

Er hatte sich eine kleine Routine aufgebaut. Morgens, wenn Horst gegangen war, wusch er sich, zog sich um und frühstückte dann in Ruhe. Leider bekam er immer noch ausschließlich Wasser zu trinken. Was hätte er nicht alles für einen Kakao oder einen Früchtetee gegeben. Oder gar einen kalten Milchshake...

Nachdem er die Hälfte der Brote gegessen hatte, machte er auf dem kleinen Sofa eine Pause. Manchmal nickte er dann ein. Jedes Mal, wenn er wach wurde, ärgerte er sich, da er danach völlig das Zeitgefühl für diesen Tag verloren hatte. Anschließend machte er mindestens eine Stunde lang Sport. Zumindest fühlte es sich für ihn an wie eine Stunde. Er trainierte alle seine Muskeln. Die Schwäche der ersten Zeit nach den vielen Monaten, die er zwangsweise auf dem Bett verbracht hatte, war weg. Er war wieder kräftig und fühlte sich körperlich gut.

Auch Horst hatte mit Zufriedenheit festgestellt, dass das Kind seine ursprüngliche Form wieder angenommen hatte. Gewachsen war er allerdings in den letzten fünf Monaten kaum. Sein Körper verharrte in Bremsposition. Es wurden keine Reserven für momentan überflüssiges Wachstum vertan. Da der Junge latent gestresst war, lief sein Stoffwechsel auf Hochtouren und er verbrauchte viel mehr Energie als sonst.

Nach seinen Übungen setzte Tobias sich wieder an den Tisch und versuchte, sich auf den Stoff zu konzentrieren, den er in der Schule durchgenommen hatte. Er war schon recht gut darin. Er schloss die Augen und versuchte, sich so genau wie möglich an einzelne Unterrichtsstunden zu erinnern. Er rechnete viel im Kopf und dachte sich die kompliziertesten Multiplikationen aus. Da er nichts zum Schreiben hatte, begann er sich im Kopf Notizen zu machen. Auch diese Fähigkeit steigerte sich mit jedem Tag. Manchmal redete er auf Englisch mit sich selbst und wiederholte lateinische Vokabeln, die ihm einfielen. Er übte dann die dazugehörigen Deklinationen und Konjugationen.

Tobias wollte so wenig wie möglich vergessen.

Warum er das machte, wusste er nicht, aber es erschien ihm wichtig. Für ihn hatte es etwas mit seiner Zukunft zu tun. Denn in der Zukunft war er auf jeden Fall nicht in diesem Keller. Das passte zwar nicht zu seiner Überzeugung, dass der Mann ihn nie wieder frei lassen würde, aber diese Phantasien gehörten genauso zu ihm, wie das Pinkeln morgens, wenn Horst ihm auf den Hintern starrte.

Paradox verquer verstricktes Kellerasselwesen.

Wenn er wieder Hunger verspürte, aß er von dem Obst und erst später die restlichen Brote. Nachmittags machte er noch einmal seinen Sport und hatte dann aber keine große Lust mehr, sich weiter an Sachen aus der Schule zu erinnern, oder sich Aufgaben auszudenken. Es fehlte ihm unsäglich, etwas Neues lernen zu können. Er hatte das Gefühl, im Kopf einzurosten und Angst davor, nie wieder etwas Neues lernen zu dürfen.

Tobias vermisste seine Familie nach wie vor jeden Tag, aber das war nicht mehr so schrecklich wie am Anfang. Er hatte sich in sein neues Leben eingefunden und die unmittelbaren Ereignisse, die damit verbunden waren, beschäftigten ihn sehr. Es war für ihn wichtig, Horst zufrieden zu stellen, ihm zu Gefallen zu sein. Wenn es Horst gut ging, ging es Tobias auch gut.

Den Horst, dem es gut ging, mochte Tobias. Dieser Horst war gesprächig und manchmal sogar lustig. Wenn er in guter Stimmung war, blieb er abends manchmal richtig lange bei ihm und er erzählte von seiner Arbeit. So hatte Horst seinem Frido anvertraut, dass er extra für ihn seine Arbeit umgestellt hatte, damit er sich jeden Tag um ihn kümmern konnte. Früher sei er oft in der ganzen Republik unterwegs gewesen und habe Kernspintomographen gewartet. Nun sei er nur noch im Innendienst bei seiner Firma und musste nicht mehr herumreisen. Seine Arbeit mache ihm viel Spaß, sie seien jetzt gerade dabei, ein ganz neues Gerät zu entwickeln. Sein Kollege, mit dem er das hauptsächlich mache, hieße Xaver, der sei auch richtig schlau.

Er hatte seinem Freund dann noch erklärt, was ein Kernspintomograph ist und wie der funktioniert. Tobias hatte mit hungrigen Ohren alles aufgenommen. Es war ihm aufgefallen, dass es das erste Mal war, dass Horst einen anderen Menschen als seine Mutter erwähnt hatte.

'Xaver', hatte er gedacht, 'was ein ungewöhnlicher Name, den habe ich noch nie gehört. Den würde ich auch mal gerne kennenlernen, aber das geht wohl nicht...'

Dennoch fühlte er, dass Horst ihm mehr und mehr vertraute und das war richtig schön.

Solche Abende waren wunderbar und er badete förmlich in der Aufmerksamkeit und in dem neu Gelernten. Horst hatte festgestellt, dass der Junge ein ausgeprägt technisches Verständnis hatte und sich alles, was er ihm erklärte, extrem gut merken konnte.

Er freute sich darauf, ihm mehr beizubringen.

Tobias hatte ihm von seinem Lieblingsspielzeug, dem Elektrokasten, erzählt. Horst war beeindruckt und sah in der Übereinstimmung ihrer Interessen einen eindeutigen Beweis, dass der Junge wirklich für ihn bestimmt war.

'Das Leben ist richtig schön mit meinem Frido', war es Horst an jenem Abend durch den Kopf gegangen, als er gemächlichen Schrittes die Kellertreppe hochstieg, 'ich habe kaum noch Langeweile, der Sex mit ihm ist richtig gut und der Junge scheint mich tatsächlich zu mögen.'

Und natürlich war der Kellerjunge mehr als froh, dass der Mann sich um ihn kümmerte. Er durfte sich sogar manchmal wünschen, was es zum Abendessen geben sollte.

Horst war beim Sex auch viel freundlicher geworden. Er hatte angefangen, den Jungen zu streicheln und Tobias hatte sich unter diesen Berührungen schon richtig entspannen können. Es tat ihm gut, dass der Mann ihn mochte und lieb zu ihm war. Wenn er ihm nur glauben könnte, dass er ihn tatsächlich mochte.

Aber alle paar Tage bestand Horst darauf, dass Tobias ihm seine Verbundenheit bewies. Tobias hasste es, geschlagen zu werden, aber gleichzeitig wusste er auch, dass es Horst danach besser gehen und er ihm für eine gewisse Zeit glauben würde, dass er ihn wirklich mochte.

Die Schläge ertrug er.

Den Weg in seinen sicheren Behälter im Kopf konnte er mittlerweile einschlagen, wann er wollte. Was zu Beginn eine willkommene Notunterkunft gewesen war, die sich unerwartet für ihn aufgetan hatte, war mittlerweile zu einem sicheren Refugium geworden, zu dem er den Schlüssel immer bei sich trug.

Er hatte angefangen, die Tür zu dem Behälter offen zu lassen, wenn sich Sex anbahnte. Wenn Horst ihn dabei streichelte, kam er wieder aus seinem Zufluchtsort und gab sich den freundlichen Berührungen hin. Wenn Horst groben Sex wollte, schlug Tobias die Tür fest hinter sich zu und ließ den Akt unbeteiligt über sich ergehen.

So war das eben.

Er war geradezu ausgehungert nach Zuneigung und Körperkontakt, genoss es liebkost zu werden und erwiderte die Berührungen mit zunehmender Hingabe.

In seiner Phantasie hatte er Horst schon voller Zuneigung berührt, hatte sich jedoch bisher noch nicht getraut, Horst auch zu streicheln.

Verbogenes Kellerasseldasein.

Aber an diesem Tag, an dem Horst ihm eine Überraschung angekündigt hatte, war seine gesamte Routine und sein ganzes Dasein im Keller auf den Kopf gestellt. Er hatte Angst vor dem, was Horst sich wohl diesmal ausgedacht hatte und gleichzeitig freute er sich auf eine womöglich richtig gute Überraschung. Vielleicht würde Horst ihm ja endlich seine Schultasche geben oder etwas anderes zu lesen, oder Papier und Stifte.

Aber womöglich hatte Horst sich etwas Schreckliches ausgedacht und er würde noch weitere Schmerzen ertragen müssen.

Diese Ungewissheit machte ihn ganz verrückt. Er lief aufgeregt von einer Kellerwand zur anderen und hatte ganz vergessen, dass er noch nicht gefrühstückt hatte. Nach einer Weile hatte er sich so in diese Unsicherheit verstrickt, dass er mitten auf dem Boden in sich zusammensank und weinte. Er wusste nicht mehr, was er denken sollte.

'Was will der bloß von mir?

Ich dachte, ich hätte mich immer anständig benommen!

Ich war ihm doch immer zu Willen, wenn er wollte!

Ich habe doch immer alles aufgegessen!

Ich war doch immer freundlich zu ihm!

Ich dachte, er mag mich jetzt wirklich!

Was kann ich denn jetzt nur tun?

Scheiße, Scheiße, Scheiße!

Gar nichts kann ich tun.

Ich will wissen, was er vorhat!

Ich halt das nicht aus!

Hilfe!

Mama!

Warum kann mir denn keiner helfen?', schrie es in ihm. Die Fragen, Ahnungen und Bestürzungen stapelten sich in seinem Kopf, wie ein unüberwindlicher Berg. Der Junge kniete auf dem Boden und wischte sich die hilflosen Tränen aus Angst und Wut vom Gesicht. Er starrte auf die Stahltür, durch die Horst am Abend wieder kommen würde. 'Ich kann die Tür auch nicht von innen verriegeln, dann lässt der mich bestimmt hier verhungern!', alle Alarmglocken schienen in seinem Kopf gleichzeitig zu läuten. Der Schädel brummte ihm, die Verzweiflung ließ ihn sein rasendes Herz im Halse spüren. Er richtete sich langsam auf, ging zum Tisch und starrte die Brote an. Er sah die Himbeermarmelade, die jeweils zwischen zwei Scheiben hervorquoll, auch Butter war an einigen Stellen zu sehen. Er roch das frische Brot und den süßen Fruchtaufstrich. Die Marmelade war mit den Kernen gekocht worden. Er stellte fest, dass er lieber das Himbeergelee von seiner Mama gehabt hätte. 'Ob Mama noch an mich denkt? Ich bin schon so lange weg, die haben bestimmt ganz viele andere Sachen zu tun, als mich noch zu suchen. Die finden mich hier ja sowieso nie.

Hoffentlich hat Horst sich nichts Schreckliches für heute Abend ausgedacht!!!' Wieder begannen sich die Gedanken wie wild in seinem Kopf zu jagen. Ein Karussell aus Hoffnung und Furcht drehte sich in seinem Schädel. Ihm war ganz schwindelig. Erschöpft beugte er sich über den Tisch, legte den Kopf auf seine überkreuzten Arme und weinte wieder. Nach einer Weile schlief er ein. Als er nach zwanzig Minuten verwundert wach wurde, wusste er zuerst nicht, wo er war. Gerade noch hatte er mit Mama am Küchentisch gesessen und frisches Brot mit frisch gekochtem Himbeergelee schnabuliert. Auf der Anrichte hatten noch viele mit Gelee gefüllte Gläser gestanden. Die ganze Küche hatte nach frisch gekochter Marmelade gerochen. Er schaute erstaunt auf den vor ihm stehenden Teller mit den Broten, ergriff eins und fing an, mit Heißhunger die Stullen zu mampfen. Dann fiel es ihm wieder ein! Horst hatte ihm mit einer Überraschung gedroht.

'Gedroht?', fragte sich Tobias, 'er hatte doch gelächelt, als er mir das angekündigt hatte. Oder nicht? Ach, ich weiß es auch nicht mehr.' Der Junge schluckte schwer an dem Bissen, den er gerade im Mund hatte. Der Appetit war ihm schlagartig vergangen.

'Wenn ich doch nur jetzt schon wüsste, was er von mir will, dann könnte ich mich ein bisschen vorbereiten.'

Die Verzweiflung begann sich wieder seiner zu bemächtigen.

Den ganzen Tag verbrachte er damit, sich mit dem verrückt zu machen, was alles passieren könnte. 'Vielleicht will er mich ja nicht mehr und bringt mich jetzt doch um! Vielleicht hat er sich einen anderen geholt, der ihm besser gefällt', durchfuhr es ihn mit einer gewissen Eifersucht. 'Oder er hat noch einen anderen gefunden und wir sind dann wenigstens zu zweit hier im Keller.' Seine Befürchtungen waren maßlos, er malte sich die schrecklichsten Folterqualen aus, die Horst sich für ihn ausgedacht hatte. Der Schweiß lief ihm kalt den Rücken hinunter.

Als Horst ganz ungewohnt bereits am frühen Nachmittag kam, schloss sich Tobias, sobald er den Schlüssel hörte, gehorsam mit der Handschelle ans Bett. Er hatte die Beine angezogen, als Horst den Keller betrat. Tobias, den mittlerweile das Grauen voll im Griff hatte, wich, soweit er konnte, mit dem Rücken zur Wand in seine Bettnische. Zitternd saß er bis zum Äußersten gespannt da. Ängstlich schaute er seinem Peiniger entgegen.

„Was ist denn mit dir los, mein Junge? Hat dich der Teufel im Keller heimgesucht?", er lachte. „Komm, schau mich nicht so komisch an, sonst feiern wir doch noch ohne dich."

Tobias verstand die Welt nicht mehr, 'Feiern? Wir?'

„Was?", rief er entgeistert, „was ist los?"

Horst war kurz davor, die Geduld zu verlieren: „Jetzt hör mir zu und glotz mich nicht so an, klar?! Ich habe dir heute Morgen schon gesagt, dass ich eine schöne Überraschung für dich habe, aber wenn du nicht willst, dann musst du nicht."

„Ach Horst, ich, ach Horst, entschuldige bitte, ich...", der Junge stammelte, konnte nach den vielen Stunden, die er in Angst vor imaginären Qualen verbracht hatte, immer noch nicht richtig begreifen, dass Horst ihm diesmal tatsächlich nichts tun wollte.

„Was? Was ist, was willst du mir sagen?", fuhr Horst den Jungen jetzt an.

Tobias entspannte sich, seine Schultern wurden lockerer und er konnte wieder durchatmen. 'Heiliger Mist, ich habe mir alles nur eingebildet!' Er riss sich zusammen. „Ich, ich freu mich schon Horst. Es tut mir leid, wenn ich so komisch war. Ich, ich hatte gedacht, es würde mich etwas Schreckliches erwarten."

„Wieso das denn?", fragte Horst mit gespielter Scheinheiligkeit. Er wusste genau, dass Frido sich den ganzen Tag verrückt gemacht haben musste. 'Was ist der Mensch doch ein berechenbarer, jämmerlicher Wurm', dachte er, als er den jetzt zur Ruhe kommenden Jungen vor sich sah, der beflissentlich bemüht war, ihm jeden Wunsch von den Augen abzulesen. 'Vielleicht wäre eine Abreibung mit dem Gürtel erst einmal genau das Richtige vor der Bescherung', beschloss er gerade, 'damit kann er mir dann zeigen, dass er mir besser hätte glauben sollen!'

Tobias war heilfroh, dass er so einfach aus seinem stundenlangen Dilemma entlassen wurde. 'Nur eine Auspeitschung, das kenn' ich ja schon', dachte er erleichtert, als er sich die Hose herunterzog. Er freute sich jetzt auf die Überraschung.

Nachdem Horst ihn zu seiner Zufriedenheit geschlagen hatte, setzte er sich zu dem weinenden Jungen auf die Bettkante und legte den Arm um ihn.

„Was bist du doch für ein dummes Kind", schalt er ihn mit sanfter Stimme, „das hättest du dir alles sparen können, wenn du mir von Anfang an geglaubt hättest, nicht wahr?"

„Ja, Horst, du hast Recht. Mir tut das echt leid und ich kann mir gar nicht erklären, wieso ich mich so verrückt gemacht habe.", schniefend wischte er sich mit dem Ärmel über die Augen.

„Komm, Frido, jetzt ist ja gut, du hast deine Strafe gehabt und jetzt widmen wir uns dem schönen Teil des Abends, ja?"

„Ja", kam die kleine Antwort von Tobias. Er rückte etwas näher an den warmen Körper neben ihm.

Es tat gut, so gehalten zu werden.

„Also, ich habe ein frisch aufgeladenes Halsband hier für dich. Das lege ich dir zusätzlich zu deinem anderen noch an, siehst du, so." Horst legte ihm das zweite Elektrohalsband um die Kehle und verschloss hinten die Schnalle.

„Beide Schocker werden von einer einzigen Fernbedienung, die sich in meiner Hosentasche befindet, ausgelöst. Du erinnerst dich, wie Bella von einem Stromstoß schon zusammengebrochen ist, ja?"

„Ja, natürlich, Horst, das kann ich doch gar nicht vergessen."

„Ja, das hoffe ich. Wenn du mir die leiseste Veranlassung gibst, auf den Knopf drücken zu müssen, werde ich das tun. Du wirst dann nicht nur zusammenbrechen, es kann auch passieren, dass du einen Herzstillstand bekommst."

„Oh Gott", entfuhr es dem Kind.

„Nix 'Oh Gott'", äffte Horst ihn nach, „'Ja, natürlich Horst, ich werde mich auf jeden Fall richtig verhalten.', heißt die korrekte Antwort. Kapiert?", er schaute Tobias direkt ins Gesicht.

„Ja, natürlich, Horst, ich werde mich auf jeden Fall richtig verhalten.", wiederholte Tobias und Horst grinste ihn zufrieden an.

„Ich mache dich jetzt gleich vom Bett los und dann gehen wir gemeinsam nach oben. Du bleibst beim Hochgehen schön hinter mir und wenn wir im Wohnzimmer sind, bleibst du dort bei uns, kapiert?"

Herzrasen, Gedankenstolpern, Atemnot: „Kapiert!", antwortete der Junge mechanisch. Er hatte gar nichts kapiert.

'Wie meint der das? Ich darf aus dem Keller raus? Was ist denn los? Das kann doch gar nicht sein?!'

„Freust du dich denn gar nicht?"

„Doch, doch, natürlich", stotterte es aus Tobias, „ich freu' mich, klar! Ganz doll sogar, es ist, es ist nur so, so plötzlich."

„Wie plötzlich?", hakte Horst nach, „willst du etwa erst morgen mit nach oben kommen?"

„Nein, nein, nein!", rief das Kind, „ich will unbedingt, gerne jetzt mit dir hoch kommen! Ich mach auch ganz bestimmt nur, was du willst und auf gar keinen Fall irgendwelchen Ärger!"

„Gut, dann haben wir uns ja verstanden. Auf geht's."

Er löste die Handschelle und der Junge folgte ihm zur Kellertür.

Petra, Armin Czeckowskis Frau, hatte den Wagen ihres Mannes in den Finkenweg einbiegen sehen. Das war ihr höchst merkwürdig vorgekommen, da er eigentlich um diese Zeit nach Hause kommen sollte. Der Finkenweg war eine reine Wohnstraße und sie kannten niemanden, der dort lebte. Verwundert war sie weitergefahren und hatte dann zu Hause angefangen, das Abendessen zu kochen. Ihr Sohn Petrick kam aus dem Wohnzimmer zu ihr in die Küche: „Mama?"

„Was denn jetzt schon wieder?", fragte sie zurück.

„Kann ich mir welche von den Chips nehmen?"

„Du spinnst wohl. Siehst du nicht, dass ich gerade Essen koche?"

„Doch, aber ich dachte, so ein paar Chips schaden nicht, ich habe Hunger."

„Doch, Petrick, die schaden. Da hast du falsch gedacht, wenn du jetzt die Chips isst, dann hast du gleich keinen Appetit mehr, wenn es etwas Richtiges gibt."

„Hm", war sein unzufriedener Kommentar. Dann fiel ihm noch etwas ein: „Ach übrigens, Mama, der Papa hatte vorhin angerufen."

„Ach ja?", fragte sie. Auf unerklärliche Weise läuteten bei ihr im Kopf heute Abend zum zweiten Mal die Alarmglocken, „was hat er denn gesagt?"

„Och, der hat nur Bescheid gesagt, dass es auf der Arbeit etwas später würde und dass ich dir das sagen sollte."

„O.k., Petrick, das ist nett von dir und gut, dass du diesmal sofort daran gedacht hast, mir zu sagen, dass jemand angerufen hat." Ihr Junge grinste sie wissend an und schob sich wieder aus der Küche in Richtung Wohnzimmer, wo der Fernseher lief. Gestern hatte er totalen Ärger bekommen, weil er vergessen hatte, seiner Mutter zu erzählen, dass ihre Freundin Charlotte angerufen hatte. Er war froh, dass ihm heute rechtzeitig eingefallen war, ihr die Nachricht von Papa auszurichten.

Karin, Armin Czeckowskis Geliebte, wunderte sich, wer denn jetzt wohl noch an ihrer Haustür klingelte. Sie wollte ihre Ruhe haben und erwartete absolut niemanden. Als es zum zweiten Mal schellte, diesmal etwas länger und ein wenig ungeduldig, erhob sie sich widerwillig vom Sofa, auf dem sie es sich bereits für den Rest des Abends gemütlich gemacht hatte. Sie hatte drei ganze Tage in Folge frei. Dafür würde sie Weihnachten arbeiten müssen, aber das machte ihr nichts. Sie hatte keine Kinder und sowieso nicht die geringste Lust, zu ihren Eltern zu gehen. Ihre Mutter lebte jetzt mit einem Kerl, den sie nicht ausstehen konnte und Vater lebte allein und seit der Scheidung schlecht gelaunt. Da sie ihre Eltern in diesen Situationen unerträglich fand, arbeitete sie Weihnachten lieber und hatte damit eine gute Ausrede, dem anstrengenden Familienfest aus dem Weg zu gehen. Letztes Jahr hatte sie das genauso gemacht und war gut damit gefahren. Die Telefonate zwischen zwei Einsätzen hatte sie wunderbar kurz halten können. Auf diese Weise hatte sie die sentimentalen Zeiten nahezu ohne den unangenehmen Familienkontakt bestens überstanden.

Und heute war erst der erste ihrer freien Tage und dann kam Weihnachten.

Die Weihnachtsdienste waren meistens eher ruhig. Die Leute blieben alle schön zu Hause und es gab wenig zu tun. Weniger Verkehrsunfälle als sonst, allerdings wurde die Polizei immer mal wieder gerufen, wenn die Familienfeiern zu häuslicher Gewalt ausarteten. Karin hoffte, dass so etwas nicht wieder vorkam, zumindest nicht in Emsdetten und der näheren Umgebung. Es war letztes Jahr bitter kalt gewesen, als sie zu dem Einsatz raus gemusst hatte. Aber so war es eben, die einen feierten, die anderen schlugen sich.

Sie fuhr Weihnachten Streife.

Das Unangenehmste an Weihnachten war für sie, dass ihr heiß begehrter Kollege Armin, der bei seiner Familie war, diesen Dienst nicht mit ihr teilen würde. Er feierte gemütlich in trauter Runde mit seinen Lieben und seine Frau würde ein schönes Geschenk von ihm bekommen, genau wie ihre Kinder. Er würde genüsslich mit seinen Lieben die Weihnachtsgans verspeisen und dann mit allen vor der Glotze sitzen. Wahrscheinlich würde er dabei seiner Petra den Arm um die Schulter legen, sie an sich ziehen und ihr etwas Liebes sagen. Sie wusste aus Erfahrung, wie gut er darin war, liebe Sachen zu sagen. Was sie nicht wusste, war, dass er seiner Frau schon lange nichts Liebes mehr gesagt hatte.

Als es an der Haustür klingelte, hatte sie sich gerade ein Fläschchen Roten aufgemacht. Beim Chinesen hatte sie Hühnchen mit Gemüse und Mandeln geholt und soeben angefangen zu essen. Sie schluckte noch, als sie die Tür öffnete.

Als sie sah, wer vor der Tür stand, blieb ihr der Bissen fast im Halse stecken. Ihr Herz setzte eine Sekunde aus und ihre Knie wurden weich. Das Adrenalin im Bauch zog ihr den Magen heiß zusammen und sie grinste von einem Ohr bis zum anderen.

Das hatte Armin noch nie gemacht!

„Komme ich ungelegen?", fragte er mit einem vielsagenden Grinsen.

Erfreut ergriff sie seinen Arm und zog ihn in den Flur. In einer fließenden Bewegung stieß sie mit dem Fuß die Tür hinter ihm zu und fiel ihm um den Hals. Mit fliegenden, fiebrigen Fingern rissen sie sich noch im Flur die Kleidung herunter. Vor dem Spiegel hatten sie auf der Stelle Sex miteinander. Sie war auf die Knie gesunken und presste ihren Kopf in seinen Schoß. Genüsslich nahm sie seine Erektion zwischen ihre Lippen und massierte sanft seine Penisspitze. Leckend und saugend bearbeitete sie sein Geschlecht bis er fast nicht mehr konnte. Sie selbst strich sich dabei im Rhythmus ihrer Zungenbewegungen sanft durch ihre Vagina und stimulierte hingebungsvoll ihre Klitoris. Dieser Anblick machte Armin fast rasend. Er hatte ihren Kopf zwischen seinen Händen und drängte sich stoßend immer tiefer in ihren Rachen. Karin zog, kurz bevor er explodierte, jedoch ihren Kopf zurück, lächelte ihn ganz hinreißend mit ihrem wunderschönen, halb offen stehenden feuchten Mund an und leckte sich über die Lippen. Lachend warf sie ihren Kopf vollends nach hinten und ihre blonden Haare fielen in wilden Kaskaden über ihren schönen Rücken. Sie richtete sich langsam vor ihm auf und behutsam tastete sie mit den von ihrer Scham feuchten Fingern über seine Lippen. Ihren schlanken Körper presste sie voller Hingabe an den seinen.

Mit Ende dreißig hatte Armin bereits deutlich die kantigen Formen seiner Jugend hinter sich gelassen, aber das tat seinem Genuss keinen Abbruch. Der Duft und der Geschmack ihrer, seine Lippen kosenden Finger, brachten ihn um den Verstand. Er zog sie heftig an sich und drang ihr stoßend zwischen die Beine, die sie willig für ihn spreizte. Sie hieß ihn feucht willkommen und nach wenigen sehnenden Stößen kamen sie beide in- und umeinander. Sie fielen nur deshalb nicht um, weil sie sich aneinander festhielten und Karin mit dem Rücken an der Wand lehnte, gegen die Armin sie mit seiner fordernden Lust gedrängt hatte.

Noch ganz außer Atem flüsterte er in ihr Ohr: „Ich wollte dir eigentlich nur dein Weihnachtsgeschenk bringen, mein Weihnachtsengel."

Für kurze Zeit tauchten sie wieder ein in die Welt der Worte, bevor sich die andere Sprache ihrer wieder bemächtigte und ihre Körper erneut zum Singen brachte.

Was hat dich denn noch so lange aufgehalten?" Petra war in den Flur gelaufen, als sie Armins Wagen in der Einfahrt gehört hatte. Sie wollte nicht, dass die Kinder ihr Misstrauen mitbekamen. Sie hatte sich noch nicht entschieden, ob sie ihren Mann direkt mit der Tatsache ihrer Verdächtigung konfrontieren sollte oder ob es schlauer sein würde, die Sache erst einmal auf sich beruhen zu lassen. Mit Bestürzung stellte sie fest, dass er schuldbewusst drein schaute. Seine Wangen waren gerötet und er roch nach Sex.

Heuchlerisch begegnete er ihrem inquisitorischen Blick: „Hat dir Petrick denn nicht ausgerichtet, dass ich angerufen habe?"

„Doch, hat er, aber das war vor über zwei Stunden." Sie versuchte ihren Tonfall so beiläufig wie möglich zu halten, was ihr jedoch nicht ganz gelang. Sie war sich immer noch nicht sicher, ob sie ihn gleich mit ihrer Vermutung konfrontieren oder ob sie erst abwarten sollte, um weitere Beweise zu sammeln. 'Vielleicht bilde ich mir ja alles nur ein.', dachte sie in einem Anflug von Selbstbetrug.

Sie wusste aus dem Krankenhaus nur zu gut, wie das alles lief. Doktor Esser war schon lange ihr Liebhaber, aber sie hatte wenigstens den Anstand, sich danach zu duschen.

'Im Finkenweg wird es ja wohl auch eine Dusche geben', fuhr es ihr sarkastisch durch den Sinn.

Armin hatte nicht damit gerechnet, Petra gleich im Flur in die Arme zu laufen, deshalb hatte er nicht bei Karin geduscht. Er war sowieso schon viel zu lange bei ihr geblieben.

Er hatte seiner Frau etwas von einem anstrengenden Fall erzählen wollen. Er hatte sich ausgedacht, ihr schon von der Haustür aus eine Entschuldigung zuzurufen und dabei gleichzeitig nach oben ins Badezimmer zu verschwinden. Stattdessen stand er da wie ein begossener Pudel, als er die Tür aufschloss und Petra ihm direkt gegenüber stand.

'Das darf doch nicht wahr sein!', schrie es in ihm, 'da bleibe ich einmal etwas länger weg und mache mir einen netten Abend und schon riecht die Alte Lunte!' Er war jetzt verärgert, dachte an die zarte Haut von Karin und die Zuneigung in ihren Augen und fasste Mut: „Ja, ich weiß, dass das vor über zwei Stunden war, aber was kann ich denn dazu, wenn die Leute sich gegenseitig verprügeln und der Sebi wegen seiner Erkältung nicht zur Arbeit kommt. 'Gut, dass mir das noch eingefallen ist', freute er sich. Sein Kollege Sebastian hatte sich tatsächlich in letzter Sekunde krank gemeldet. Sie hatten schnell einen Ersatz für ihn gefunden. Er wäre wegen des plötzlichen Fiebers seiner Schichtablösung höchstens zwanzig Minuten später nach Hause gekommen als normal, aber es hörte sich als Entschuldigung auf jeden Fall gut an, fand Armin. Er hatte nicht vor, sich gleich hier im Flur von seiner Frau abseifen zu lassen. 'Ich werde doch wohl auch mal meinen Spaß haben dürfen', rechtfertigte er sich vor sich selbst.

Er hatte ja auch wirklich auf keinen Fall vor, seine Petra zu verlassen. Er wollte natürlich seine Familie behalten und er wollte auch seine Geliebte haben. Sofort beschloss er für sich, dass es in Zukunft zu risikoreich sein würde, Karin zu Hause zu besuchen. Er würde es wohl dabei belassen müssen, sich den heimlichen Sex während der Arbeitszeit zu holen, wann immer sich die Gelegenheit bot. Er zog die Schultern hoch und schaute Petra in die skeptischen Augen.

„Ach, das hat Petrick mir gar nicht gesagt, dass Sebi krank ist. Das erklärt natürlich einiges." Mit hoch gezogenen Augenbrauen erwiderte sie seinen Blick. In diesem Augenblick hatte sie beschlossen, die Sache weiter im Auge zu behalten und erst einmal in Ruhe Weihnachten zu feiern. Morgen würde sie die letzte Nachtschicht vor den Feiertagen haben und Doktor Esser war ebenfalls zum Dienst eingetragen. Wenn die Nacht ruhig blieb und kein Notfall rein käme, könnten sie ganz herrlich in seinem Dienstzimmer tun und lassen, wozu sie Lust hatten. Und sie hatten beide immer viel Lust zu allem Möglichen. Als sie sich umdrehte, um zurück ins Wohnzimmer zu gehen, lächelte sie leise in sich hinein.

'Puh!', stöhnte es in Armins Kopf, 'da habe ich aber noch einmal Glück gehabt! Die hat das tatsächlich geschluckt.' Er ging die Treppe nach oben ins Badezimmer und duschte sich ausgiebig die bereits angetrockneten Körpersäfte der letzten zwei Stunden vom Leib. Das brannte ein wenig, da er sich seinen Penis wund gerieben hatte. Vorsichtig rieb er ihn mit Salbe ein. Die Heilsalbe würde ihren Teil dazu beitragen, sein Fortpflanzungsorgan wieder herzustellen. Die Wäsche stopfte er gleich in die Waschmaschine, um alle weiteren Spuren verschwinden zu lassen.

Mit einem schönen Nachziehen im Bauch erinnerte er sich daran, wie herrlich Karin ausgesehen hatte, als sie ihn an der Haustür verabschiedet hatte.

Er hatte es ihr gründlich nach allen Regeln der Kunst besorgt. Am Ende hatte sie von innen heraus geleuchtet. Lächelnd ging er wieder nach unten, schob den Teller, den Petra ihm schon aufgefüllt hatte in die Mikrowelle und setzte sich dann mit seinem dampfenden Abendbrot zu den anderen ins Wohnzimmer vor den Fernseher. Ein kurzes 'Hallo Papa', war alles was die Kinder sagten, sie waren alle mit ihren Gedanken gefangen in der Geschichte, die über den Bildschirm flimmerte.

Armin konnte dabei genüsslich seinen eigenen inneren Film betrachten.

Er wusste nicht, dass Petra auch mit etwas ganz anderem beschäftigt war. Er merkte auch nicht, dass sie ihn immer wieder aus dem Augenwinkel beobachtete. Die Welt war für ihn in Ordnung. Das Essen war lecker und es war eigentlich richtig gemütlich. Als er der Teller leer war, räumte er ihn brav in die Spülmaschine, holte sich ein Bierchen aus dem Kühlschrank, setze sich wieder neben Petra auf das Sofa, legte seinen Arm um sie und zog sie leicht an sich. 'Was will man mehr?', kommentierte er sein perfektes Leben.

Tobias lief hinter Horst her als er zum ersten Mal den Keller verließ. Er folgte ihm durch einen anderen, kaum beleuchteten, großen Kellerraum und dann durch einen fast dunklen Gang. In dem Dämmerlicht sah man von Tobias fast nur die Nieten der Elektrohalsbänder, da diese jeden Lichtschein auffingen und reflektierten. Vor Aufregung schlug sein Herz so wild, dass ihm die Schläfen klopften. Wenn er nur gewusst hätte, wo Horst ihn hinführen würde. Er glaubte ihm zwar fast, dass er eine schöne Überraschung für ihn hatte, aber so richtig traute Tobias dem Ganzen immer noch nicht. Er war, wie schon den ganzen Tag, hin und her geworfen zwischen Freude und Angst, zwischen Vertrauen und Misstrauen, zwischen Zuversicht und Verzagen. Das war nicht mehr ganz so schlimm, wie während der bangen Stunden, die er allein im Keller verbracht hatte, aber der Zweifel war da. Bei Horst wusste man einfach nie so genau. Und natürlich wünschte er sich sehnlich, dass alles gut gehen würde, dass er hinterher wieder unversehrt in seinen Keller zurückkehren könnte. An Horsts frühere Drohung denkend, beschloss Tobias sich ganz, ganz genau an Horsts Anweisungen zu halten. Es hing wie ein Damoklesschwert über ihm, dass Horst andernfalls seiner Familie etwas antun würde.

Während er die Treppe nach oben stieg, war er geradezu schockiert von seinen Sinneseindrücken. Nach Monaten zwischen den tauben Wänden, schien jeder kleine Ton tausendfach in seinen Ohren nachzudröhnen. Außerhalb des schalldichten Kellers waren die normalen Geräusche, wie Fußtritte auf dem Boden, Rascheln von Kleidung oder selbst das Atmen einer anderen Person so lautstarke Eindrücke, dass er von seinen Befürchtungen abgelenkt wurde. Das Kind war wie gebannt von der enormen Klangkulisse.

Die Geräuschsensationen, die auf ihn eindrangen, waren alle gleichzeitig präsent. Er konnte keinem einzigen Ton richtig folgen. Seine an Grabesstille gewöhnten Ohren waren einfach überwältigt vom Orchester des Normalen. Tobias' Gehirn benötigte mehr Zeit für das Verarbeiten der Schallwellen, die seine Trommelfelle trafen, als diese Wellen aus bewegter Luft benötigten, um diese empfindlichen Häutchen in immer neue Schwingungen zu versetzen. So hing er dem eingehenden Schall ständig hinterher und wurde zunehmend verwirrter im Kopf, bis dieser einfach nur noch brummte.

Fast genauso berauschend waren die vielen neuen Bilder, die seinem Gehirn geschickt wurden. Seit Monaten wusste der Kellerjunge genau, was seine Augen wahrnehmen würden, wenn er seinen Blick in eine bestimmte Richtung wendete. Er wusste genau, was ihn erwartete, wenn er sich auf die Stühle, das Sofa, das Bett, das Klo oder den Fußboden setzen würde. Er kannte jeden Winkel seines Verlieses in- und auswendig.

Jeden Riss in der Wandfarbe, jede Variation der Fugenbreite zwischen den einzelnen Bodenfliesen hätte er ohne das leiseste Problem haarklein schildern können. Der gesamte Keller war weiß und grau. Nur die Handtücher, die Bettwäsche und seine eigene Kleidung waren farbig. Sogar das Sofa hatte einen anthrazitfarbenen Bezug.

Die Kellertreppe, die er jetzt hinter Horst nach oben stieg bestand aus ausgetretenen Holzbohlen. Tobias war erstaunt, wie viele Braunschattierungen sich in einem einzigen Brett befanden. Er war so erstaunt darüber, dass er sich am liebsten hingehockt und mit der Hand darüber gestreichelt hätte. Aber er musste Horst folgen. Er konnte sich keine unüberlegten Bewegungen erlauben. Sein Meister vor ihm hatte die Hand in der Hosentasche, und sicher lag sein Finger am Auslöser für die zwei Elektroschockhalsbänder. Wie im Rausch stapfte Tobias eine Stufe nach der anderen nach oben und stellte dabei ganz befremdet fest, wie ungewohnt diese Bewegung war. Zu Hause hatte er immer zwei Stufen auf einmal genommen, wenn er auf sein Zimmer gegangen war. Jetzt, bei seinem ersten Treppengang seit fast einem halben Jahr, spürte er, wie müde seine Beine waren. Das ziehende Gefühl in seinen Oberschenkeln half ihm dabei, die Verbindung zum Hier und Jetzt zu halten, in einer Welt, die immer ungewohnter wurde.

Lichtscheues Bunkerwesen.

Tagebuchnotizen

Freitag, 24.12.2010

Wow! Habe meine Schultasche. Wo fang ich an?

Weihnachten!!!

War alles total schön. Is noch schön. Kann es gar nicht fassen! Horst war total nett. Hab seine Mutter kennengelernt. Das Essen war total krass lecker. Ich bin jetzt echt kaputt. Habe so viel bekommen. Kann das echt nicht glauben, das ist so abgefahren und geil. Ich bin zu müde zum Schreiben. Hammergeil auf jeden Fall alles!

Samstag, 25.12.2010

Also, das habe ich alles gekriegt:

Meine Schultasche mit allem Drum und Dran, außer dem Handy - klar, ein Computer, besonders cool sind zwei richtig abgefahrene Games, einen Heimtrainer - so eine Art Fahrradding, Bücher und was absolut megageil ist: einen Elektrobaukasten!!! Und auch noch voll schöne Klamotten und Süßigkeiten.

Der liebe Horst will mir heute helfen, alles runter zu tragen, das heißt, dass ich dann schon wieder aus dem Keller darf. Horst hat gesagt, wenn das weiter so gut klappt mit mir, dann darf ich jetzt öfters mit nach oben kommen. Aber nur, wenn ich mich wirklich benehme. Wenn nicht, würde ich wieder ans Bett kommen und er würde mir dann auch wieder die Sachen abnehmen.

Ist ja klar, dass ich keinen Scheiß machen werde. Ich bin so unendlich froh, dass ich all die schönen Sachen gekriegt habe. Ich kann es echt nicht fassen, was ich jetzt alles damit machen kann!!!! Es wird mir nie wieder langweilig werden! Schade nur, dass ich kein Geschenk für Horst hatte. Ich hatte ja keine Ahnung, dass Weihnachten war und ich hätte ja auch nichts für ihn basteln oder kaufen können. Aber trotzdem, ich hätte ihm gerne etwas geschenkt.

Freitag, 31.12.2010

Heute Abend holt Horst mich schon zum insgesamt dritten Mal nach oben. Wir werden lecker essen, hat er gesagt, und dann fernsehen. Wie abgefahren ist das denn?

Ich sitze viel am Computer. Ich trainiere jetzt auch noch mit diesem Fahrrad-Gerät. Ich lese in meinen Schulbüchern. Das ist richtig schön! Ich kann Sachen wiederholen und lernen. Horst hat sogar gesagt, dass er mir die Bücher für die neunte Klasse holen will. Er will mir helfen, wenn ich was nicht kapier. Er meinte, und da stimme ich ihm zu, dass man sich nicht alles alleine aus Büchern beibringen kann.

Ich lese gerade Harry Potter, das erste. Horst weiß nicht, dass ich das schon vor 4 Jahren gelesen habe.

Silvester heute, ich würde gerne ein paar Knaller loslassen.

Ich wünsche Horst, Mama und Papa, den Zwillingen, Volker und allen, die ich so gekannt habe, ein frohes neues Jahr.

Montag 17.1.2011

Mache gute Fortschritte, lerne viel. Hab schon tolle Schaltungen gebaut. Die Langeweile ist weg. Horst bleibt jetzt abends auch glücklicherweise länger bei mir. Wir haben es echt nett. Wir erzählen viel. Ich darf löten, wenn er dabei ist, den Lötkolben nimmt er jedes Mal mit, wenn er geht.

Sonntags, hat er gesagt, darf ich jetzt immer mit nach oben. Klasse!!!

Donnerstag, 10.2.2011

Bin traurig: Heute ist Mamas Geburtstag. Ich würde sie so gerne anrufen. Vielleicht würde sie sich ja freuen, von mir zu hören. Hoffentlich hat sie mich nicht ganz vergessen. Die haben immer so viel zu tun.

Wenn ich oben aus dem Fenster schaue, sehe ich eine ganz andere Landschaft als zu Hause. Horst spricht auch so anders, mit einem Akzent. Wo wir hier wohl sind? Draußen lag am Sonntag noch ein bisschen Schnee. Ob in Austrum auch so ein schöner Winter ist?

Für Mama:
Liebe Mama,
Herzlichen Glückwunsch zum Geburtstag! Und alles Gute wünsche ich dir!
Mir geht es gut. Horst kümmert sich wirklich gut um mich. Ich lerne viel und habe wieder einen Elektrokasten. Es fehlt mir nichts, außer ihr und meine Gitarre.
Dein Sohn Tobias
hab dich lieb

18.3.2011

Horst ist immer netter zu mir. Mehrmals in der Woche darf ich abends mit hoch kommen. Er vertraut mir jetzt und ich vertraue ihm. Manchmal braucht er es noch, mich zu hauen, aber das ist nicht so schlimm. Danach tut ihm das meistens leid und er ist besonders nett zu mir. Das ist dann auch schön und wiegt alles andere schnell wieder auf.

Mutter ist in ihrem Bett immer dabei, wenn wir im Wohnzimmer sitzen und fernsehen, das ist richtig gemütlich.

27.3.2011

Morgen hat Horst Geburtstag. Ich habe ihm eine schöne Karte gebastelt.

Er scheint in letzter Zeit entspannter zu sein, irgendwie chilliger. Hoffentlich freut er sich. Hätte ihm gerne etwas Schönes gekauft.

Nachher darf ich wieder mit hoch. Ich freue mich schon auf Bella und auf Horsts Mutter, die nennt mich lustigerweise auch Horst. Und Horst nennt sie oft Karl-Heinz. Manchmal hat sie dann Angst vor ihm, wenn sie denkt, dass er ihr Mann ist. Horst hat gesagt, dass sein Vater so hieß. Mutter freut sich immer, wenn ich ihr etwas vorlese oder wir die Vögel am Vogelhäuschen beobachten. Sie redet kaum, ist aber irgendwie total lieb. Ich bin froh, dass ich nicht mehr andauernd im Bett liegen muss. Aber ihr scheint das nichts auszumachen.

28.3.2011

Horst hat sich sehr über seine Karte gefreut. Habe sie ihm schon morgens gegeben und er hat sich richtig gefreut. Er hat mich ganz lieb gedrückt, das war schön. Draußen ist schon Frühling, ich habe auf der Wiese unter den Bäumen Blumen gesehen. Horst ist heute sechsunddreißig geworden.

Ich habe ihn lieb.

Das habe ich auch in seine Geburtstagskarte geschrieben. Wir verstehen uns ja auch echt gut.

7.4.2011

Horst meinte vorhin, wenn es weiter so gut mit mir klappt, dann würde er abends mal mit mir einen Ausflug in den Garten machen. Das wäre so megakrass abgefahren! Er sagte, dass er mich leider vorher schlagen müsse. Aber ich müsse ihn darum bitten, damit er weiß, dass er mir wirklich vertrauen kann. Von mir aus! Horst kann mich jeden Tag hauen, wenn er will, das macht mir nichts. Mein Hintern hat sich schon daran gewöhnt.

Das Leben wird immer besser hier!

Ich darf sogar bald raus hat er gesagt!!!

Horst 14

Horsts Eltern hatten seit langem getrennte Schlafzimmer. Darauf hatte Karl-Heinz bestanden. Er hasste es, neben seiner verbrauchten Ehefrau zu liegen. Sex mit Waltraud hatte er nicht mehr, seitdem er Horst das erste Mal anal missbraucht hatte. Eindeutig bevorzugte er es seither, sich seinen schönen Sohn ins Bett zu holen.

Natürlich war Karl-Heinz als Familienoberhaupt im Elternschlafzimmer verblieben. Waltraud war in eines der vielen anderen leer stehenden Zimmer der ehemaligen Fabrikantenvilla umgezogen. Sie hatte sich das am weitesten vom Schlafzimmer ihres Mannes entfernt liegende ausgesucht.

Nie wieder hatte sie Karl-Heinz' Schnarchen anhören müssen.

Nacht für Nacht hatte er ihr den Schlaf damit geraubt.

Nie wieder hatte sie nach dem Umzug die Geräusche mit anhören müssen, die aus dem Schlafzimmer drangen, wenn Karl-Heinz ihr Kind vergewaltigte.

Immer und immer wieder hatte das in der Vergangenheit ihr Herz zerrissen. Der Sherry half ihr, all das Entsetzliche und Unfassbare irgendwie auszuhalten.

Gleichzeitig war sie extrem eifersüchtig auf ihren Horst. Der bekam immerhin die ungeteilte sexuelle Aufmerksamkeit ihres Ehemannes, die eigentlich ihr zustand! Sie litt darunter, einfach so abgeschoben worden zu sein. Meistens fühlte sie sich hundeelend und sowieso immer unattraktiv.

Auch gegen diese Gefühle half der Sherry sehr wirkungsvoll.

Der Gedanke, dass sie als Mutter ihr Kind eigentlich hätte schützen müssen, kam ihr nicht in den Sinn. Hätte sie sich ihr Versagen eingestanden, wäre sie verrückt geworden.

Stattdessen hatte sie sich arrangiert, das Leben war nun einmal so wie es war. Sie kümmerte sich so gut sie konnte um ihren Sohn und um ihren Mann. Zu Besserem war sie nicht in der Lage.

Ihr Unvermögen betäubte sie nahezu ununterbrochen mit Alkohol. Die Langzeitauswirkungen ihres Missbrauchs ließen sie mit den Jahren abstumpfen, ihre Persönlichkeit verblasste mehr und mehr. Immer tiefer sank sie in die gnädigen Arme der Demenz.

'Na toll', hatte Horst den Auszug seiner Mutter aus dem Elternschlafzimmer für sich kommentiert, 'jetzt muss ich bestimmt andauernd neben ihm liegen.'

Mit seiner Prophezeiung hatte er Recht behalten. Nicht selten musste Horst die ganze Nacht neben seinem Vater im Bett verbringen und durfte nicht wieder zurück in sein Kinderzimmer. Das war besonders schlimm für den Jungen, weil er es liebte, abends noch zu lesen oder zu spielen. Im Ehebett durfte er nur liegen, der Vater duldete nicht, dass Horst die Nachttischlampe anknipste, wenn er selber schlafen wollte.

Von Anfang an fand der Junge es schwierig, neben seinem Vater einzuschlafen und lag immer noch lange wach.

Die Atemzüge seines Peinigers hingegen wurden immer sehr schnell tiefer und langsamer. Wenn sein Vater dann erst einmal fest eingeschlafen war, behalf sich der Junge mit einer Taschenlampe, die er mit seinem Buch unter dem Bett aufbewahrte. Der unter seiner Decke auf die Buchseiten fallende Lichtstrahl weckte Karl-Heinz nicht wieder auf.

Hätte der von dem Ungehorsam seines Sprösslings gewusst, hätte er ihm die Lampe wahrscheinlich auf dem Leib kaputt geschlagen.

Das Kind hatte sich an die verschiedenen Arten von Missbrauch gewöhnt. Das Wort allerdings hatte er mit zehn Jahren noch nicht gekannt. Er dachte, das sei die normale Art, mit der Eltern und Kinder miteinander umgingen, die einzige Art, die er kannte.

Horst hatte seinen stummen Platz in der Familie gefunden.

Sein Vater konnte mit seinem Körper machen, was er wollte. Der Junge spürte das schon lange nicht mehr. Das Arrangement, das er mit seinen Flugkünsten gefunden hatte, half ihm, das Entsetzliche nicht jedes Mal miterleben zu müssen.

Deshalb war der Gebrauch der Taschenlampe ein wohl kalkuliertes Risiko. Wenn er 'Den Arsch voll bekam', wie der Vater das nannte, - in welcher Form auch immer, - dann flog er, je nach Ausmaß der Schmerzen, einfach davon. Er war froh, dass er schon als kleines Kind seine perfekte Strategie entwickelt hatte, um mit all seinen Lebensumständen gut zurechtkommen zu können. Früh war er ein versierter Überlebenskünstler geworden.

In den folgenden Jahren, die er neben dem Vater liegen musste, hatte der Junge seine ganz eigenen Vorstellungen von seiner Zukunft entwickelt. In diesen Plänen war kein Platz für seinen Vater, der ihm niemals erlauben würde, das zu werden, was er wirklich werden wollte.

Was Horst mit achtzehn Jahren nachts seit Jahren zusätzlich störte, war das Brummen einer Atemhilfsmaschine, die sein Vater wegen nächtlicher Atemstörungen benutzen musste.

Karl-Heinz litt an einem Schlafapnoe-Syndrom. Er rauchte zu viel, hatte hohen Blutdruck und war zu dick. Sein Halsfleisch war massig und wabbelig und wenn er sich im Schlaf entspannte, erschlafften die Muskeln. Das Fett verlegte ihm dann die Atemwege und er hörte auf zu atmen. Erst wenn im Gehirn die Meldung ankam, dass viel zu wenig Sauerstoff im Blut war, schnappte er mit monströsen Schnarchgeräuschen erwachend nach Luft. Wenn er dann wieder einschlief, ging das vom lautstarken Sägen begleitete Erschlaffen seines Halses von vorne los.

Horst hatte damals seinen Vater auf die Atemstillstände hingewiesen. Karl-Heinz war sofort höchst besorgt zum Arzt gelaufen; er hatte davon gehört, dass manche Leute, die unter dieser Krankheit litten, einfach ganz aufhörten zu atmen und so im Schlaf starben. Das wollte er auf keinen Fall! Er liebte sein Leben und wollte es noch viele Jahre in vollen Zügen genießen.

Horst hatte zu dem Zeitpunkt nicht gewusst, dass sein Vater daran hätte sterben können. Er war nur vollends entnervt gewesen von den unvorhersehbar auftretenden Atemexplosionen seines Peinigers. In seiner kindlichen Unwissenheit hatte er fälschlicherweise gehofft, dass sein Vater ihn deswegen häufiger in seinem eigenen Zimmer übernachten lassen würde.

Wie üblich hatte Karl-Heinz sich nicht die Bohne dafür interessiert, wie es seinem Sohn ging. Ob Horst gut schlafen konnte oder nicht war ihm völlig einerlei. Wichtig war, dass der appetitliche Junge ihm jederzeit zur Verfügung stand und deshalb musste er weiterhin den verwaisten Platz seiner Mutter im Ehebett einnehmen.

Das Atemgerät, das Karl-Heinz bekommen hatte, pumpte mit leichtem Überdruck Luft in seine Nase und hielt ihm so den Nasenrachenraum offen. Die Maschine war über einen Schlauch mit einer Maske verbunden, die er während der gesamten Nacht über seine Nase gestülpt tragen musste. Das Ergebnis dieser Behandlungsmaßnahme war sehr erfolgreich: Karl-Heinz schnarchte nicht mehr und die für seinen Körper so stressigen Atempausen traten nicht mehr auf.

Stattdessen brummte die Atemmaschine die ganze Nacht, und zwar so laut, dass es Horst schwer fiel zur Ruhe zu kommen. Sein Vater hatte damit kein Problem. Im Gegenteil, seitdem er sich nachts an das Gerät anschloss, war er morgens richtig ausgeschlafen.

Mehrmals schon war Horst deshalb nachts so sauer geworden, dass er versucht gewesen war, seinen Vater zu erwürgen, genau wie die Katzen. Aber er wusste nicht, was er mit der Leiche hätte machen sollen.

Und natürlich hatte Karl-Heinz seinen Sohn mit dem Gürtel ausgepeitscht, als dieser es einmal gewagt hatte, vorsichtig zu fragen, ob er nicht nach dem Sex zurück in sein eigenes Zimmer gehen durfte, weil er dort besser schlafen konnte.

Obwohl Horst bereits größer und kräftiger war als sein Vater, wehrte er sich nie.

Erst nach der Mutprobe der Lehrlinge hatte er verstanden, wie er sein nächtliches Leiden mit Gleichmut ertragen konnte. Die Aussicht, sich eines Tages befreien zu können, half ihm, sich besser zu fühlen.

Mutter war mit ihrer Vergesslichkeit schon lange nicht mehr geschäftsfähig. Sie hätte die finanziellen Angelegenheiten der Familie nicht regeln können. Also hatte Horst beschlossen, dass er mit seiner Befreiung warten musste, bis er selbst geschäftsfähig war. In einem guten Jahr würde er Abitur machen, dann studieren. Zur Bundeswehr wollte er auf keinen Fall. Er hätte nicht gewusst, was er dort sollte. Schießen lernen? Das konnte er schon lange. Er hatte viele Jahre im Garten spielen müssen. Mit seinem Luftgewehr konnte er jeden Vogel abknallen, egal, ob der auf einem Ast saß oder durch die Luft flog.

Und Stube putzen konnte er auch schon: Karl-Heinz hatte einen Sohn, wozu brauchte er da noch eine Putzfrau? „Du hast genug Zeit zum Nichtstun!", war sein Kommentar gewesen, als er Horst mit seinen neuen Aufgaben im Haus vertraut gemacht hatte. Es hatte sich mehr und mehr herausgestellt, dass Mutter das alles nicht mehr bewältigen konnte.

Bier saufen mit den anderen Soldaten fand Horst nicht inspirierend. Den Geruch von Bier mochte er nicht. Der Gestank war verbunden mit Vaters übler Atemluft. Die intime Gesellschaft von Gleichaltrigen, die das Leben bei der Bundeswehr mit sich bringen würde, war unerträglich und langweilig. Er war fest entschlossen, ausgemustert zu werden. Zivildienst hätte er nie gemacht, er wollte nicht ein ganzes Jahr seines Lebens im Altenheim oder im Krankenhaus mit hilflosen Menschen verbringen. Er vertrat den Standpunkt, dass er sein Gehirn nicht für ein ganzes Jahr parken sollte. Er wollte unbedingt viel lernen und direkt im Wintersemester nach der Schule anfangen zu studieren.

Bis dahin würde er auch das Problem mit seinem Vater gelöst haben. Da war er ganz zuversichtlich.

Für seine Befreiung von der Wehrpflicht würde die familiäre Notsituation mit seiner Mutter sprechen. Als einziger Angehöriger, der sie versorgen konnte, würde er sicherlich vom Wehrdienst freigestellt, so lautete die Härtefallregelung.

Er könnte seinen Führerschein machen, bei Mutter wohnen bleiben, ihr helfen, sich um sie kümmern und das machen, was ihm Spaß machte.

Am Mittwoch, den 23.02.2012 war der verschwundene Tobias Bleckmann einer der Fälle in Aktenzeichen XY ungelöst. Aber Tresis Hoffnungen wurden enttäuscht. Es gab keinen einzigen Anruf. Auch aus der Schweiz und aus Österreich rief niemand an. Damit hatte sie nicht gerechnet. Niemand wusste, wie ihr Kind verschwunden war und wo sich Tobias jetzt aufhielt.

Sie war am Ende.

Wenn da nicht die vielen Menschen gewesen wären, die ihrem Blog folgten und die ihr nun Unterstützung gaben, wäre sie zerbrochen. Die Bloggergemeinde gab nicht auf und ermutigte sie, die Hoffnung ebenfalls nicht aufzugeben. Die Menschen, die sie nur über das Internet kannte, sprachen ihr gut zu, machten ihr Mut. Viele erinnerten sie, dass sie sich auf ihr Bauchgefühl verlassen musste, dass Tobias irgendwo da draußen war und darauf wartete, befreit zu werden. Dass er sie vermissen und sich nichts sehnlicher wünschen würde, als wieder zu ihr zu kommen.

Es half, ihre tiefe Verzweiflung mit anderen zu teilen.

Die Dreharbeiten für die Ausstrahlung der Sendung hatten viel von ihrer Zeit in Anspruch genommen. Die Fernsehleute hatten mit ihr gesprochen und sich das Zimmer von Tobi zeigen lassen, waren den Schulweg mit ihr abgelaufen und hatten wie die Kriminalpolizei, nach seinen Gewohnheiten gefragt. Volker war einverstanden gewesen mit den Fernsehfahndern zu sprechen, damit das Bewegungsprofil für Tobias' letzte Stunden vor seinem spurlosen Verschwinden für die Zuschauer rekonstruiert werden konnte.

Selbst das Haarbüschel der unbekannten Bernhardinerhündin wurde in der Ausstrahlung erwähnt. Sie zeigten sogar Tobias' altes Damenfahrrad. Tresi hatte ein Foto gefunden, auf dem das Rad im Hintergrund an einer Mauer angelehnt zu sehen war.

Aber auch diese Fahndung verlief im Sand, weil einfach niemand etwas wusste. Es schien so, als habe sich der Erdboden aufgetan und Tobias verschluckt. Es war, als hätte sich der Boden geräuschlos hinter ihm verschlossen, so als ob nichts gewesen wäre. Der Junge war weg.

„Ach Tresi", hatte Georg am Abend nach der Sendung zu seiner Frau gesagt, als die Zwillinge schon im Bett waren, „wir müssen uns damit abfinden, dass der Junge verloren ist."

Fassungslos hatte sie aufgeblickt und ihm klatschend eine Ohrfeige verpasst. „Verloren, verloren!!!", rief sie verzweifelt, „was meinst du mit verloren?" Schluchzend sank sie auf die Knie und zwischen ihrem herzzerreißenden Wehklagen stammelte sie immer wieder: „Es tut mir leid Georg, es tut mir leid. Es tut mir alles so leid. Ich wollte dich nicht schlagen."

Entgegen seiner sonst so brummigen, verschlossenen Art, hockte Georg sich dicht neben seine Frau, legte tröstend seine Arme um sie und wiegte sie sanft hin und her. „Ich weiß Tresi, ich weiß. Mir tut das auch alles so unendlich leid. Ich wollte, ich hätte besser auf unser Kind aufgepasst und nicht immer so auf ihm herumgehackt. Er war so ein guter Junge. Ich halte das fast nicht mehr aus. Ständig mache ich mir Vorwürfe. Wenn ich doch nur besser auf den Jungen aufgepasst hätte. Was habe ich denn nur alles falsch gemacht?"

„Ach, ach, Georg, gar nichts hast du falsch gemacht. Du bist doch der letzte, der etwas dazu kann."

„Sag das nicht Tresi, ich hätte an dem Donnerstag direkt mit dir zur Polizei gehen müssen und nicht erst noch die Kühe melken sollen. Wahrscheinlich hätten wir ihn dann noch gefunden."

„Georg..., Georg, denk doch so etwas nicht. Irgendjemand hat ihn gekidnappt. Da bin ich mir sicher. Die Schweine waren schon über alle Berge, als ich anfing, mir Sorgen um ihn zu machen."

Tobias' Eltern hielten sich eng umschlungen. Tresi verstand zum ersten Mal seitdem ihr Kind fort war, wie verzweifelt ihr Mann war. Welche Vorwürfe er sich machte und dass danach sein Leben nicht einfach weiter gegangen war. Etwas in ihm war aufgebrochen und er konnte endlich sein Leid mit ihr teilen, ohne sich in Grund und Boden zu schämen. Sie weinten beide und Tresi versicherte ihm, dass er der beste Vater der Welt für ihre Kinder sei, dass sie sich keinen besseren wünsche und dass sie sich immer auf ihn verlassen könnte. Georg verstand, warum Tresi es nicht schaffte, den Jungen tot zu glauben. Er begriff, dass dieser Gedanke sie um den Verstand bringen würde. Wenn sie das akzeptierte, müsste sie sich aufgeben.

An diesem Abend gingen sie gemeinsam ins Bett und schliefen zum ersten Mal seit Tobias' Verschwinden wieder miteinander. Sie versuchten beide, dem anderen so nah wie möglich zu sein. Sie waren so zärtlich wie schon lange nicht mehr. Respekt, Achtsamkeit und Hingabe führten ihre Berührungen. So konnten sie sich still, ohne Worte gegenseitig versichern, dass es gut war, wie der andere mit dem Verlust umging. Sie begriffen, dass es dafür kein richtig und falsch gab. Sie hatten verstanden, dass ihr Leid weniger wurde, wenn sie es miteinander teilen konnten. Danach schliefen sie friedlich ein. Georg hielt Tresi, die sich dicht an ihn geschmiegt hatte, eng umschlungen. Er hatte das Gefühl, als seien Säcke Zement von seinen Schultern gefallen. Tresi hatte keinen einzigen Albtraum in jener Nacht.

Hauptkommissar Freienstein war tief enttäuscht. Er hatte sich eindeutige Hinweise zum Fall Tobias Bleckmann erhofft. Kein einziger konkreter Tipp aus der Öffentlichkeit war das Ergebnis der TV-Fahndung.

Als die Telefonanrufe beim Sender zum Fall Tobias Bleckmann, nach der Ausstrahlung, genauer ausgewertet wurden, stellte sich etwas sehr Merkwürdiges heraus: Mehrere Zuschauer, verteilt über die gesamte Republik und aus der Umgebung von Brig in der Schweiz hatten den Fahndern von einem ähnlichen Fall berichtet, wo ein Junge mit seinem Fahrrad spurlos verschwunden war. Die Fälle lagen teilweise sehr lange zurück, der früheste Fall genau fünfzehn Jahre, der letzte vor Tobias, lag drei Jahre zurück. In zwei der insgesamt vier ungelösten Vermisstenfälle waren Haare von einem unbekannten Bernhardiner gefunden worden.

Bei Vermisstenfällen, die ungelöst blieben, also bei denen nie eine Leiche gefunden wurde und man nicht zwingend von einem Tötungsdelikt ausgehen musste, wurde das Landeskriminalamt nicht eingeschaltet. Dafür gab es keine Meldepflicht der örtlichen Polizeidienststellen. Aus diesem Grund war nie eine landesweite Suche nach den verschwundenen Jungen gestartet worden. Keine einzige der Fahndungen war in die Nachrichten gekommen. Deshalb waren die Vermisstenfälle bisher nie in einen Zusammenhang gebracht worden. Sie waren räumlich zu weit voneinander entfernt, als dass eine Polizeidienststelle zufällige Übereinstimmungen hätte feststellen können.

Plötzlich bestand die Möglichkeit, dass die Fahndung nach einem Serientäter eingeleitet werden musste.

Das LKA informierte sofort den Polizeibeamten Freienstein per E-Mail über die merkwürdigen Übereinstimmungen in den Fällen der vermissten Jungen.

Er war schockiert.

Keiner der Jungen war jemals wieder aufgetaucht, jeder Fall war so ähnlich verlaufen, wie der von Tobias. Alle waren in ihrem sozialen Umfeld unauffällig gewesen. Jeder einzelne war mit seinem Fahrrad in einer einsamen Gegend in der Nähe seines Elternhauses spurlos verschwunden. Die Polizei und die eingesetzten Sonderkommissionen von der Kripo hatten ergebnislos im Dunkeln getappt. Sie hatten genauso wie er frustriert die Akten geschlossen und ins Archiv zu den anderen Vermisstenfällen legen müssen. Zurückgeblieben waren, wie bei den Bleckmanns, verstörte Eltern, Familien und Freunde, die es mehr oder weniger gut geschafft hatten, ihr Leben nach dem Verlust des Kindes weiterzuleben. Zwei Elternpaare hatten sich getrennt, da das Elend nicht mehr auszuhalten gewesen war. Eine alleinerziehende Mutter, deren Ehemann kurz vor dem Verlust ihres Sohnes, an einem Gehirntumor gestorben war, hatte sich mit den Schmerztabletten ihres verschiedenen Mannes umgebracht.

Das war die erste Bilanz im Fall 'Fahrradkiller', wie das LKA den Fall der verschwundenen Jungen nun nannte.

Es wurde von einem Serienmörder ausgegangen, schlimmer noch, von einem Serienmörder, der schon lange unbemerkt sein Unwesen trieb. Man ging davon aus, dass die vier Fälle, auf die man jetzt durch die Fernsehsendung aufmerksam geworden war, längst nicht die tatsächliche Zahl aller Opfer war.

Der Leiter der neu eingerichteten Sonderkommission beim BKA, Oberhauptkommissar Jürgen Kopp, befürchtete, dass diese Fälle nur die Spitze eines Eisberges waren.

Den Eltern wurde anfangs von diesem Verdacht nichts mitgeteilt. Vorher sollten weitere Recherchen durchgeführt werden. Eine bundesweite Fahndung nach weiteren Opfern lief auf Hochtouren. Zehn Tage später war ein weiterer Junge dazu gekommen. Er war aus der Schweiz aus dem Kanton Zürich. In dem Waldstück, in dem er mit seinem Fahrrad verschwunden war, waren die bekannten Hundehaare gefunden worden.

In Deutschland waren verschiedene Bundesländer betroffen. Nur in Nordrhein-Westfalen waren zwei Jungen verschwunden: Es handelte sich um einen Zwölfjährigen aus Iserlohn und den Bleckmann-Jungen aus Emsdetten.

Horst war nämlich wegen Tobias von seiner Regel, sich nur ein Kind je Bundesland beziehungsweise Kanton zu holen, abgewichen.

Die Leute vom BKA suchten nach weiteren Hinweisen und Übereinstimmungen bei den einzelnen Fällen. Alle Betroffenen wurden erneut befragt.

Als Tobias' Eltern die Nachricht erhielten, dass ihr Sohn wahrscheinlich das Opfer eines Serienkillers geworden war, war diese Vorstellung für beide so ungeheuerlich, dass sie diese Möglichkeit vollkommen abstritten.

Für Tresi war das absolut undenkbar.

Es war für sie so abwegig, dass sie laut lachte, als der Beamte Freienstein ihr die neuesten Ermittlungsergebnisse, die sich doch schließlich aus der von ihr in Gang gesetzten Fernsehfahndung ergeben hatten, vermitteln wollte.

Die Eltern der Opfer wurden von der Serientätertheorie in Kenntnis gesetzt, bevor die Medien informiert wurden. Die Polizei ging jetzt davon aus, dass alle Jungen Opfer ein- und desselben Täters geworden waren.

Die meisten der Eltern hatten nämlich, wie Tresi, die Hoffnung nicht aufgegeben, ihre Kinder eines Tages lebend wiederzufinden. Jeder betroffenen Familie wurde psychologischer Beistand angeboten.

Für die Medien war der Fall der Fahrradjungen ein gefundenes Fressen. Die Polizei wurde wegen der offenbar mangelnden Kompetenz angegriffen: Warum war man erst jetzt auf die Parallelen in so vielen Vermisstenfällen von Kindern gestoßen? Politiker forderten mehr Transparenz und die bundesweite Verknüpfung von Vermisstendaten. Andere Politiker kritisierten, dass es verfassungswidrig sei, die Bürger in gläserne Puppen zu verwandeln, die gleich in ganz Deutschland gesucht wurden, nur wenn sie abends nicht pünktlich nach Hause kämen. Rasterfahndungen für jede der täglich 250 vermissten Personen auszuschreiben, sei zu teuer und unrealistisch.

Keiner traute sich zu sagen, dass man gegen Täter dieser Art nichts ausrichten konnte. Keiner traute sich zuzugeben, dass gegen Psychopathen wie diesen Fahrradkiller kein Kraut gewachsen war. Täter wie dieser fallen nur durch Zufall auf. Oder sie wurden nie gefunden und machten unerkannt immer weiter. Der Fall Tobias mit einem Rattenschwanz von bisher fünf weiteren Opfern, schien sich ja genau in diese Richtung zu entpuppen.

In einem Internetblog kursierte bereits die Theorie, dass die Fälle allesamt nicht zusammenhingen und die Fahndungen in die völlig falsche Richtung liefen. Es hieß dort, dass die Polizei sich lieber auf die engen Familienangehörigen, Nachbarn und sonstige Perverse aus dem Umfeld der Kinder konzentrieren solle, weil aus diesem Umfeld sowieso fast immer die Täter kämen.

Vorläufig blieben alle Polizeidienststellen alarmiert und jeder Polizeibeamte wusste, wenn etwas an einem Fall an den von den Fahrradjungen erinnert, dann sollte das direkt an das Landeskriminalamt und das BKA weitergeleitet werden.

Tresi war sich immer noch sicher und blieb felsenfest davon überzeugt, dass Tobias irgendwo festgehalten wurde und sie nur weiter nach ihm suchen müsse.

Ihre Blog-Follower waren da geteilter Meinung, seitdem die Nachricht von dem gefährlichen Kindermörder, dem Tobias Bleckmann angeblich zum Opfer gefallen war, über die Bildschirme ging. Die Bloggergemeinde war seit der neuen Fahndung deutlich gewachsen, Zigtausende klickten sich ein und hielten nach Tobias Ausschau. Tresi hatte die Theorie, dass der Mann, der sich Tobias geholt hatte, nicht weit weg wohnte und freute sich über jeden, der ihren Blog besuchte und sich bereit erklärte, die Augen nach ihrem Jungen offen zu halten. Seine blonden Locken und das ebenmäßige Gesicht mit den blitzblauen Augen waren ja nicht zu verkennen. Tresi wusste, dass ihr Kind auffällig war. Alle hatten sich doch stets nach ihrem hübschen Sohn umgeschaut.

Die Polizeipsychologen erstellten ein Täterprofil, aber es gab so gut wie keine sicheren Hinweise oder stichfesten Anhaltspunkte.

Vermutlich lebte der Täter allein und war sozial isoliert.

Andererseits war es möglich, dass er einer geregelten Tätigkeit nachging, eventuell sogar Familie hatte und dann jeweils auf seinen Dienstreisen zugeschlagen hatte.

Dagegen sprach allerdings, dass die Opfer mit ihren Fahrrädern wie vom Erdboden verschluckt waren. Diese Tatsache wiederum sprach eher für einen Täter, der ein sicheres Versteck für die Kinder hatte, was bei jemandem mit Familie sehr unwahrscheinlich war.

Das Vorhandensein eines sicheren Versteckes wurde als überaus wahrscheinlich angenommen: Nach wie vor war ja bisher nicht eine einzige Leiche gefunden worden.

Eine andere Theorie verfolgte die Möglichkeit, dass es sich um Mitglieder eines Pädophilen-Rings handelte, die Entsorgungsstätten für die Leichen hatten. Dagegen sprach allerdings, dass über einen so langen Zeitraum kein Mitglied des Ringes auffällig geworden war.

Die Psychologen waren überwiegend von der Einzeltätertheorie überzeugt.

Interpol war mittlerweile eingeschaltet. Es wurde in Deutschland und in der Schweiz fieberhaft nach einem männlichen Täter ermittelt, der aller Wahrscheinlichkeit nach einen Bernhardiner besaß. Man ging davon aus, dass es sich um einen hoch intelligenten Mann von Anfang dreißig bis Mitte fünfzig handelte. Er musste körperlich einigermaßen fit sein, sonst hätte er die Jungen, die alle zwischen elf und vierzehn Jahre alt gewesen waren, nicht überwältigen können. Es wurde vermutet, dass er mit einem Lieferwagen unterwegs war, in dem er sowohl seine Opfer, als auch deren Fahrräder mitnahm.

Oberhauptkommissar Kopp als Leiter der Abteilung für Kapitalverbrechen beim BKA, raufte sich verzweifelt die Haare. Sie kamen mit der Fahndung keinen Millimeter weiter. Die Orte, an denen die Kinder verschwunden waren, wiesen keine Gemeinsamkeiten auf, außer, dass die Jungen an einsamen Stellen verschwunden waren, nie weit weg von ihrem Elternhaus. Er stand vor einer Landkarte, auf der er mit roten Fähnchen die Stellen markiert hatte, an denen die Opfer verschwunden waren. Er konnte keinen weiteren Zusammenhang zwischen den Ortschaften herstellen. Der Stapel kleinerer Kartenausdrucke, die jeweils die genaue Örtlichkeit für jeden Fall wiedergaben, zeigte nichts Auffälliges in der Infrastruktur der jeweiligen Gemeinden oder Städte.

Sechs Akten lagen auf seinem Schreibtisch, frustriert blätterte er sie zum zigsten Mal durch. Keiner der Jungen war vor seinem Verschwinden irgendwie auffällig gewesen. Das wies darauf hin, dass die Kinder den Täter vorher nicht gekannt hatten. Nur der Junge, dessen Vater gestorben war, war von seiner Mutter, den Lehrern und seinen Freunden als sehr traurig beschrieben worden. Er hatte sich in den Wochen seit dem Tod des Vaters in sich verschlossen und hatte niemanden mehr sehen wollen. Er war bei seinem Verschwinden vierzehn Jahre alt gewesen. Damals, vor sieben Jahren, war man davon ausgegangen, dass er einfach abgehauen war, weil er es zu Hause nicht mehr ausgehalten hatte. Dem Büschel Haare, das im Gebüsch nahe der Einfahrt zu seinem Elternhaus gefunden worden war, hatte man keine weitere Bedeutung beigemessen, nachdem sich herausgestellt hatte, dass es Hundehaare waren. Zuerst hatte man gedacht, dass es sich um Haare des Täters handeln könnte. Der Junge selbst war braunhaarig gewesen, die gefundenen Haare rotbraun.

Die Spurensicherung hatte festgestellt, dass es sich bei den vier Haarproben der Hunde um die von zwei verschiedenen weiblichen Bernhardinern handelte. Die Exemplare, die vor dreizehn und sieben Jahren gefunden worden waren, gehörten zu einem Tier. Die Haare im Fall Bleckmann und die im Fall des Züricher Jungen waren von einem anderen. Daraus schlossen die Ermittler, dass sich der Täter in der Zeit zwischen 2004 und 2008 eine neue Hündin zugelegt hatte.

Aber so oft Oberhauptkommissar Kopp auch die Aktendeckel öffnete und schloss, er fand einfach keinen Hinweis, keinen gemeinsamen Nenner, der ihnen geholfen hätte, dem Killer auf die Spur zu kommen. Und er war nicht der einzige, der die Akten studierte. Sein ganzes BKA-Sonderkommando war, wie er, mit jedem einzelnen Fall vertraut und alle seine Kollegen zerbrachen sich den Kopf darüber.

Umsonst, sie konnten den Kerl nicht finden.

Kopp war richtig wütend. Der Gedanke, womöglich in dem Fall erst weiter zu kommen, wenn der Mörder wieder zuschlug, war unerträglich. Das machte ihn rasend. Er wusste, dass mehr als 50.000 Kinder im Jahr in Deutschland als vermisst gemeldet werden und nur neunundneunzig Prozent davon innerhalb eines Jahres wieder auftauchten. Genau auf diesem einen Prozent beruhte jedoch seine Berufsehre. Je geringer er die Zahl, die hinter diesem Prozent stand, halten konnte, desto bessere Arbeit hatten sie geleistet.

Die Sendung Aktenzeichen XY hatte Horst nicht gesehen. Aber der später einsetzende Medienrummel konnte ihm nicht entgehen.

Zuerst bekam er kalte Füße und hatte Angst, entdeckt zu werden. Er erwog mit Frido nach Italien zu fahren und Mutter in die Kurzzeitpflege und dann ins Heim zu geben. Aber das konnte er nicht übers Herz bringen. Seine Mutter brauchte ihn und er musste sich um sie kümmern. Als er mit 14 Jahren die Küche von ihrem Blut gereinigt hatte, hatte er sich geschworen, sie für immer zu beschützen und nicht mehr von ihrer Seite zu weichen. Sein Verschwinden wäre im Dorf sofort aufgefallen. Alle wussten, wie gut er sich um seine Mutter kümmerte und er sie nie ohne triftigen Grund weggeben würde.

Ein ungeplanter Urlaub hätte nicht nur seinen Arbeitgeber gewundert, sondern auch viele Menschen im Dorf. Er wurde hier bewundert, weil er Ingenieur geworden war und an einer Universität studiert hatte. Er wurde auch dafür geachtet, dass er arbeiten ging, obwohl jeder im Dorf wusste, dass er das überhaupt nicht nötig hatte.

Dazu kam seine Liebe zu den Bernhardinern. Seitdem der Vater verstorben war, hatte er immer eine Bernhardinerhündin gehabt. Bei diesem unerträglichen Medienrummel um den Täter mit Bernhardinerhündin hätten die Dörfler über sein plötzliches Verschwinden womöglich Meldung bei der Polizei gemacht.

Deshalb hatte Horst beschlossen, alles beim Alten zu lassen.

Je mehr Tage, Wochen und Monate verstrichen und es offensichtlich wurde, dass die Polizei keinen blassen Schimmer hatte, wer hinter den Entführungen steckte, desto sicherer wurde er.

Er war richtig stolz auf sich: Er hatte alles richtig gemacht! Tiefe Befriedigung durchfuhr ihn, wenn er Zeitungsartikel über den Fahrradkiller las oder Fotos der vermissten Kinder gezeigt wurden. Seine Fotos der Jungen waren ganz anderer Art. Er lächelte, wenn er daran dachte und beschloss, dass er auch schöne Bilder von Frido machen musste.

Fast war Horst versucht, aus Eitelkeit einige der Fotos an die Polizei zu schicken, aber er verwarf diesen Gedanken schnell. Er erinnerte sich daran, dass es wichtig war, dass er die Kontrolle behielt. Auch wenn es noch so verlockend war, der Nation zu zeigen, wie gerissen er war, er durfte keine Informationen von sich geben. Es war auch so ein gutes Gefühl, den Polizeiapparat an der Nase herumführen zu können.

Frido holte er sich jetzt abends immer öfter nach oben. Fernsehen schauen mit ihm war richtig gemütlich. Oft legte er dabei den Arm um den Jungen und dieser kuschelte sich an ihn. Mutter war auch zufrieden in der Gesellschaft der anderen und brabbelte entspannt in ihrem Pflegebett vor sich hin. Sie fühlte sich gut in dem großen Wohnzimmer. Der Anblick ihres Mannes, der liebevoll den Arm um ihr Kind legte, bereitete ihr so ein friedliches Gefühl, wie es früher nur der Alkohol getan hatte. Das Leben in der ehemaligen Fabrikantenvilla war für Waltraud und Horst zum ersten Mal richtig schön.

Wenn da nicht die Polizei gewesen wäre!

Zeitungen konnte Horst nicht herumliegen lassen und alle Sendungen, die die drei sich anschauten, suchte Horst natürlich aus. Er war der einzige, der die Fernbedienung benutzen durfte. Nachrichten wurden nie in Fridos Anwesenheit eingeschaltet.

Nach dieser unmöglichen XY-Sendung hatten die doch wirklich fast alle Jungen, die er auf seinem Fahrradfriedhof begraben hatte, ausfindig gemacht. Der siebte Junge war Frido und Horst hatte bisher nicht geplant, dass der zu den anderen kommen sollte.

Er wollte etwas anderes von ihm und bekam davon immer mehr. Er freute sich über die offensichtliche Zuneigung, die sein Freund zu ihm gefasst hatte. Er war willig und hörig, verehrte ihn fast und wollte ihm jeden Wunsch von den Lippen ablesen.

Wenn es Tobias irgendwie möglich war, versuchte er ihm immer einen Gefallen zu tun. So hielt er den Keller schön sauber und ordentlich, weil er wusste, dass Horst das gerne so wollte.

Er hielt sich selbst sauber, er wusste, dass Horst dann mehr Spaß beim Sex hatte.

Er aß seine Mahlzeiten immer brav auf, auch wenn es ihm mal nicht so gut schmeckte, weil er wusste, dass Horst es wichtig fand, dass er sich gut ernährte.

Er trieb regelmäßig Sport, weil er wollte, dass Horst Gefallen an seinem Körper hatte. Horst hatte ihm immer wieder gesagt, wie schön er seinen sehnigen starken Jünglingskörper fand.

Er fragte nie nach etwas, was er gerne haben wollte, er hatte die schmerzhafte Erfahrung gemacht, dass Horst das nicht leiden konnte.

Er lernte begierig, worüber er mit Horst sprach und was Horst ihm erklärte. Einerseits weil er einfach gerne lernte, andererseits aber auch, weil er wusste, dass

Horst das richtig gut fand. Tobias spürte, dass Horst regelrecht stolz darauf war, einen so guten Schüler zu haben. Seine physikalischen und mathematischen Kenntnisse waren mittlerweile weit über dem Niveau seiner Klassenkameraden in Emsdetten.

Er las abends die Bücher, die Horst ihm brachte. Tobias wollte, dass Horst registrierte, wie sehr er seine Freundlichkeiten zu schätzen wusste.

Und natürlich gehorchte er ihm aufs Wort und wäre nicht im Traum auf die Idee gekommen, das Elektrohalsband zu manipulieren oder den Versuch zu machen, wegzulaufen. Ehrlich gesagt, war ihm dieser Gedanke regelrecht fern. Er war aus ganzem Herzen froh, dass sich sein Leben so gut entwickelte und Horst ihn nicht mehr dauernd an das Bett fesselte.

Das wollte er nie wieder erleben! Es ging ihm gut, tagsüber war viel zu tun, er kannte keine Langeweile mehr. Er hatte sich sogar daran gewöhnt alleine zu sein. Dafür freute er sich aber umso mehr, wenn Horst ihm morgens und abends Gesellschaft leistete. Die Abende oben im Wohnzimmer wurden immer häufiger und waren jedes Mal richtig schön.

Horst stellte mit Genugtuung fest, dass Frido sich vorzüglich eingelebt hatte. Sein Plan war ganz geschmeidig aufgegangen! Er hatte wirklich alles richtig gemacht!

Demnächst würde er den Jungen mit nach hinten in den Garten nehmen, damit er sich Schritt für Schritt wieder an die Welt außerhalb des Hauses gewöhnen konnte.

Alles langsam, langsam! Horst wollte, dass Frido aus tiefster Seele bei ihm bleiben wollte.

18.4.2011

Gestern hat Horst mich echt mit nach draußen genommen.

Das war der absolute Hammer!!!

Wir waren unten am Fluss. Die Obstbäume haben schon angefangen zu blühen. Schön sah das aus, selbst noch in der Dämmerung, als wir draußen waren. Auf der anderen Flussseite waren nur Wiesen und Felder und Wälder. Alles roch so anders als im Haus. Ich habe den Wind in meinen Haaren und auf meiner Haut gefühlt. Obwohl er nur leicht geweht hat, habe ich Wind noch nie so intensiv gespürt. Es war angenehm, wie er meinen Pulli an meine Haut gedrückt hat.

Horst hat gesagt, dass er vielleicht mal mit mir angeln würde. Als Kind hätte er das oft gemacht. Das wäre echt super. Vielleicht fange ich ja hier den Hecht, den ich mit Volker nie gefangen habe.

24.4.2011

Ich kann's nicht fassen. Soviel habe ich noch nie zu Ostern bekommen! Horst hat mir eine Playstation gekauft. Das muss man sich mal vorstellen, zu Ostern!!! Der ist so großzügig zu mir und wir können jetzt damit zusammen spielen. Wie geil ist das denn? Für meinen Keller habe ich einen Fernseher bekommen, der nicht empfängt, aber mit dem ich die Wii-Games spielen kann, die ich bekommen habe. Ich kann das gar nicht glauben, dass das alles für mich sein soll. Er hat gesagt, dass gehe schon in Ordnung, er mache mir gerne eine Freude.

Ach und was wirklich cool ist: Ich muss mich nicht mehr selbst ans Bett fesseln, wenn Horst kommt. Er vertraut mir jetzt und macht mich nur noch abends am Bett fest. Das macht er aber immer ganz liebevoll...

5.5.2011

Wir haben heute Forellen gefangen. Das war gut und komisch. Ich musste denen den Bauch aufschneiden, als die den Haken noch im Maul hatten. Ich habe gefühlt, wie die in meiner Hand gestorben sind. Das war echt gruselig. Horst hat gelacht, er fand das lustig. Er sah dabei aber trotzdem ganz seltsam aus. Ich habe dann auch gelacht. Wollte ihn nicht verärgern. Es ist sehr schön, wenn wir so miteinander sind. Ich bin gerne mit ihm zusammen. Ich vermisse ihn, wenn er nicht da ist.

Morgen essen wir die Fische.

7.5.2011

Die Forellen waren richtig lecker. Horst hat mir gezeigt, wie man sie zubereitet. Das hat Spaß gemacht.

Er holt mich jetzt immer nach oben, sobald die vom Pflegedienst, der für Mutter kommt, weg sind. Das ist so gegen halb sechs. Das kann ich auf der Uhr am Fernseher sehen. Oft kochen wir zusammen. Manchmal bringt Horst fertiges Essen mit oder wir backen Pizza auf.

30.5.2011

Gestern war mein 14. Geburtstag.

Es war ja Sonntag und Horst hatte frei.

Er hat mir eine Gitarre geschenkt und alle Bücher und Arbeitsbücher für die neunte Klasse. Computerprogramme dazu, sodass ich selber so viel wie möglich alleine lernen kann. Das ist alles richtig super.

Aber es ist noch etwas anderes passiert. Etwas ganz anderes. Ich kann immer noch nicht glauben, dass das wirklich geschehen ist! Seit Wochen habe ich mir das insgeheim gewünscht und gestern endlich, endlich hat er es tatsächlich gemacht: Ich habe zum ersten Mal richtig mit Horst geschlafen!

Ich trau' mich fast gar nicht das aufzuschreiben, aber das war so schön, ich kann gar nicht sagen, wie schön! Ich war nicht ans Bett gefesselt. Hoffentlich machen wir das noch mal! Das war mein allerschönstes Geburtstagsgeschenk! Ich glaube, ich bin verliebt.

Er ist so lieb zu mir und so großzügig! Er hat mich ganz viel gestreichelt und ich ihn. Ich bin so froh, dass wir uns getroffen haben und er mich auch gern hat.

2.6.2011

Horst hat gesagt, dass er mit meinem Verhalten richtig zufrieden ist, dass er keine Veranlassung sieht, meiner Familie etwas anzutun, wenn ich mich weiter so gut benehme. Das finde ich gut und bin besonders froh darüber, dass es hier so gut läuft!

Irgendwie ist mein altes Leben so weit weg, so, als wäre das damals alles vor meinem richtigen Leben, das jetzt stattfindet, gewesen.

Ich bin echt froh, dass ich es hier so gut habe! Jetzt bin ich genau da, wo ich hingehöre, aber trotzdem will ich auch nicht, dass denen von früher was passiert.

Gegen sechzehn Uhr hatte Armin die Kinder abgeholt, sie mit dem Gepäck ins Auto geladen und dann waren sie einkaufen gegangen. Sie hatten alles für das Wochenende besorgt und bogen gerade in den von der Maisonne freundlich beschienenen Finkenweg ein, wo er jetzt wohnte.

Karin war in ihrer Küche und hatte es sich mit einem mit Honig gesüßten Tee und einer Zeitschrift am Küchentisch gemütlich gemacht. Die Haustür ging auf und ihr Freund kam mit Kindern und Einkaufstüten beladen lärmend in ihren Hausflur. Sie hätte eigentlich lieber mit Armin ihre Ruhe gehabt, aber alle zwei Wochen waren die Bälger bei ihnen. Karin rollte mit den Augen und ihr war klar, dass der gemütliche Teil ihres Wochenendes bereits jetzt schon vorbei war.

Petrick und Jaqueline, völlig bescheuerte Namen fand sie, gingen ohne auch nur 'Hallo' zu sagen, ganz selbstverständlich in ihr Wohnzimmer und warfen sich auf ihr Sofa, vor ihren Fernseher. Armin ging verliebt lächelnd mit seinen Einkäufen und Taschen beladen in Richtung Küche.

Sie mochte seine Kinder nicht und die Kinder mochten sie nicht. Petra hatte ihnen erzählt, dass Papa weg war, weil er unbedingt zu dieser Karin-Schlampe wollte und sie mit ihr betrogen hatte. Die Kinder waren loyal zu ihrer Mutter und fanden Karin bereits blöd, bevor sie sie überhaupt kennen gelernt hatten.

„Hallo Schatz", grüßte Armin noch aus dem Flur und schob mit der linken Schulter die Küchentür auf. Er setzte die Last auf dem Küchentisch ab, ging hinüber zu seiner bezaubernden Karin und gab ihr einen Kuss auf ihre seidigen Haare.

„Hi, Armin, schön dich zu sehen", kam ihre halbherzige Antwort. Wehmütig dachte sie an die heißen Liebesszenen zurück, die sie gemeinsam genossen hatten, bevor Armin bei ihr eingezogen war. Auch die ersten beiden Wochen waren noch richtig gut gewesen, aber jetzt, nach vier Monaten, war die Luft schon raus.

„Es ist alles so furchtbar normal mit ihm. Und das Ätzendste ist, dass ich mich jedes zweite Wochenende mit den Kindern von einer anderen abgeben muss. Die sind so schrecklich, dass mir schon die Lust auf eigene vergangen ist", hatte sie ihrer Schwester Jutta gerade noch in den Telefonhörer gemault. „Dabei bin ich erst Anfang zwanzig!", beschwerte sie sich weiter, „das ist doch nicht normal, oder?"

Die junge Polizistin hatte richtig schlechte Laune und konnte das kaum verbergen. Ihre Schwester hatte professionell darüber hinweggesehen und ihr einfach nur zugehört und versucht zu verstehen, was ihr Schwesterchen denn nun eigentlich wirklich von diesem Armin wollte.

'Manchmal ist es richtig gut, eine Psychotherapeutin in der Familie zu haben!' hatte Karin erleichtert gedacht.

Armin wusste, dass seine Geliebte von dem Arrangement, das er mit Petra hatte, nicht begeistert war, aber was sollte er machen. Er liebte Karin und natürlich liebte er seine Kinder. Eigentlich liebte er auch seine Petra, aber das behielt er für sich.

Es war schlimm genug, die Kinder nur alle zwei Wochen sehen zu können, aber bis die Scheidung durch war, hatten sie sich auf diese Regelung geeinigt. Sie wussten beide nicht, wo sie in Zukunft wohnen würden, da sie das gemeinsame Haus verkaufen mussten. Es war nicht genug Geld da für ein Haus plus zusätzlicher Wohnung. Ein Haus ja, das hatten sie mit ihren beiden Jobs finanzieren können, genau wie zwei Wohnungen gehen würden. Aber ein Haus und eine Mietwohnung, das sprengte ihr Budget. Also war Armin bei Karin eingezogen und fühlte sich sauwohl damit. Er liebte es, in der Nähe seiner attraktiven Freundin zu sein.

„Schatz, hast du Lust mir beim Kochen zu helfen? Dann können wir schneller Abendbrot essen", er lächelte sie freundlich über seine Schulter hinweg an, während er die Einkaufstaschen auspackte.

„Nee, Armin, heute nicht. Ich bin völlig kaputt und habe schon ein Brot gegessen. Ich gehe nach oben in die Wanne. Macht ihr hier mal."

„Och", rutschte es ihm verwundert heraus.

Karin nahm ihren Tee, die Zeitschrift, holte sich einen Joghurt aus dem Kühlschrank und verzog sich mit ihren Siebensachen nach oben. Ein zufriedenes Grinsen im Gesicht, ließ sie das Badewasser einlaufen. Von ihrem Nachtschränkchen holte sie sich noch ihr spannendes Buch und ließ sich dann genüsslich in die Wanne gleiten.

Armin blieb ziemlich sprachlos zurück und kochte für sich und die Kinder Spaghetti. Es gefiel ihm nicht, dass Karin so zickig und abweisend war. Er beschloss, heute Abend, wenn die Kinder im Gästezimmer im Bett waren, mit ihr darüber zu reden: So hatte er sich das alles nicht gedacht. Karin war nie zickig gewesen, das kannte er nur von seiner Frau!

Später lagen sie nebeneinander in Karins breitem Bett und lasen. Er in einer Zeitschrift vom ADAC und sie weiter in ihrem Buch, dessen Seiten ganz krumm von der Feuchtigkeit im Badezimmer waren.

„Karin, Schatz, ich fand das vorhin nicht gut, dass du einfach nach oben gegangen bist und nicht mit uns Abendbrot gegessen hast."

„Schatz, und ich fand es Scheiße, dass deine Bälger hier rein latschen und nicht mal guten Abend sagen."

„Ach, Karin, das sind doch Kinder, die haben es doch auch nicht so leicht mit unserer Trennung."

„Das ist mir egal, die müssen ja auch mal irgendwann damit anfangen, sich an die Situation zu gewöhnen", sie schnaubte vor Empörung, „was bildest du dir eigentlich ein? Du ziehst hier ein mit Kind und Kegel, alle benehmen sich in meinem Haus so, als wäre es ihr Haus und behandeln mich obendrein wie ein überflüssiges Stück Dreck. Ich habe die Nase voll davon!"

Armin kratze sich verlegen im Nacken. Er dachte einen Moment nach und versicherte ihr mit zerknirschter Stimme: „Du hast ja Recht, mein Engel. Es tut mir leid. Gleich morgen früh werde ich mit den beiden reden."

Es war ihm nicht klar gewesen, dass Karin es nicht mochte, dass er die Kinder alle zwei Wochen mitbrachte. Für ihn war es das Normalste der Welt. Sie gehörten doch zu ihm und er hatte sie gerne bei sich. Er fand es schön, wenn sie alle vier gemeinsam etwas unternahmen, zusammen fernsahen, am Tisch saßen und aßen. In der Zeit zwischen seinen Kinderwochenenden vermisste er das Familienleben sehr.

Er hatte bisher den beiden ihre Launen, wie er es nannte, durchgehen lassen, weil er Mitleid mit Jaqueline und Petrick hatte. Er wollte die angespannte Stimmung, mit der sie schon von zu Hause kamen, nicht noch schlimmer machen. Er wollte ihre Anwesenheit einfach nur genießen.

An Karin hatte er dabei nicht gedacht.

„Ich bin ein Esel, Karin, das tut mir echt leid, komm mal her", und er wollte sie zärtlich an sich ziehen. Aber Karin hatte keine Lust auf Zärtlichkeiten. Sie hatte vorhin in der Wanne beschlossen, sich von Armin zu trennen, um ihre schöne Ruhe wieder zu haben.

Sie fand es immer unangenehmer, ihr Haus nicht mehr für sich alleine zu haben.

Sie hatte es satt, über seine Probleme mit Petra zu sprechen.

Sie hatte es satt, über die Probleme seiner Kinder zu sprechen.

Sie hatte es satt, über seine finanziellen Probleme zu sprechen.

Sie wollte einfach nichts mehr über Ehe- und Scheidungsprobleme hören.

Ihre Energie, andauernd Verständnis für ihn aufzubringen, war aufgebraucht.

Sollte er sich doch einen Therapeuten suchen!

Hinzu kam, dass sie zu ihrem Missfallen in den letzten Wochen immer neue Anzeichen seines Alters an ihm festgestellt hatte.

„Du weißt doch, dass ich meine Tage habe", gab sie als vorgeschobene Entschuldigung an.

In den anderthalb Jahren, die ihre Affäre dauerte, hatten sie darauf nie Rücksicht genommen. Sie hatten einfach das Tampon drin gelassen und sich ungehemmt ihrer Leidenschaft hingegeben. Schon wieder erinnerte sie sich voller Wehmut an das herrlich verbotene Prickeln im Bauch, wenn sie sich auf die gestohlenen Schäferstündchen mit Armin gefreut hatte, die berauschenden Orgasmen, die er ihr geschenkt hatte und die lustvollen Erinnerungen, von denen sie so sehr gezehrt hatte, wenn er nicht bei ihr war.

Irgendwo auf dem Weg zwischen Weihnachten, Petras Entdeckung, dass Armin fremd ging, seinem spektakulären Rausschmiss aus dem ehelichen Heim, dem fröhlichen Einzug in ihr Haus und den alltäglichen Gewohnheiten, inklusive ungehemmtem Furzen unter der Bettdecke, war im wahrsten Sinne des Wortes die Luft aus ihrer Leidenschaft gewichen.

Sie wollte und konnte das nicht mehr.

Montag würde sie einen Antrag stellen, um nach Süddeutschland versetzt zu werden. Es war unerträglich, mit ihm weiter in einer Dienststelle arbeiten zu müssen.

Ihre Schwester lebte mit ihrer Familie in Nürnberg. Sie war Ärztin und hatte dort ihre Psychotherapiepraxis. Karin hatte sie dort schon oft besucht. Die Stadt, die Menschen und die Landschaft in Franken gefielen ihr sehr. Sie konnte sich gut vorstellen, dort neu anzufangen und in der Nähe ihrer Schwester zu leben, mit der sie sich gut verstand. Vielleicht wartete dort ja der ultimative Mister Charming auf sie!

Karin drehte sich auf die Seite, knipste ihr Nachttischlämpchen aus und schlief getrost ein.

Mit ihren selbst geschmiedeten Zukunftsplänen fühlte sie sich endlich wieder wohl.

Die Eltern 14

Mein lieber Tobias,

ganz, ganz herzlichen Glückwunsch zu Deinem 14. Geburtstag. Ich wünsche Dir alles erdenklich Gute und, dass Deine Wünsche und Träume in Erfüllung gehen!

Ich und wir alle denken sehr viel an Dich und vermissen dich jede Sekunde. Ich hoffe so sehr, dass es Dir gut geht, dort wo du bist, und dass du gesund bist.

Ich habe den tollen zweiten Elektrobaukasten für Dich zum Geburtstag gekauft und der wird in Deinem Zimmer auf Dich warten, bist Du zurückkommst. Hoffentlich bist Du bald wieder bei uns und ich kann Dich endlich wieder in die Arme schließen.

Du bist ja jetzt schon vierzehn, meine Güte! Bestimmt bist Du noch mehr gewachsen und Deine Stimme fängt an, tiefer zu werden. Bei Volker ist das schon so. Du fehlst ihm sehr. Die Zwillinge beten mit mir jeden Abend für Dich und senden Dir auch alles Gute zum Geburtstag. Papa vermisst Dich auch sehr und freut sich darauf, wenn Du wieder da bist. Er hat gesagt, dass es ihm einerlei ist, welchen Beruf Du ergreifst, Hauptsache sei, dass es Dir Spaß mache.

Wir haben im Internet eine Suche nach Dir gestartet und ich hoffe, dass Dich bald jemand sieht und wir Dich zurückbekommen.

Du fehlst mir, mein Kind, ich drücke Dich und liebe Dich sehr!

Deine Mama

Tresi klappte die eng beschriebene Geburtstagskarte zu, wischte sich die Tränen ab, die ihr beim Schreiben heiß aus den Augen gelaufen waren, steckte die Karte in den dazugehörigen Briefumschlag, befeuchtete den Rand mit herausgestreckter Zunge und klebte ihn zu.

Sie stand vom Küchentisch auf und lief hinüber ins Wohnzimmer, wo sie wie jedes Jahr am Abend vor seinem Geburtstag den Geburtstagstisch geschmückt hatte. Sie benutzte dafür einen Stuhl, den sie mit einem schönen hellblauen Tuch abgedeckt hatte. Der Stuhl stand an der Wand, an der eine 'Herzlichen Glückwunsch' Girlande gespannt war. Auf dem Stuhl lagen der bunt verpackte Elektrokasten und noch einige kleinere Geschenke. Sven hatte ihm für sein Fahrrad eine große, laute Klingel gekauft und Tanja eine Werkzeugtasche, die er unter dem Sattel festmachen konnte. Die beiden hatten richtig tief in ihre Taschengeldreserven gegriffen. Tresi hatte Noten zum Gitarrenspielen besorgt, die Volker ihr empfohlen hatte.

An diesem Samstagabend vor seinem Geburtstag, gab die Band gerade in der Schule für Tobias ein Konzert. Das war toll, fand Tresi. Sie war stolz darauf, dass ihr Junge so treue Freunde hatte.

Und dann war da noch der riesige Haufen an Geschenken und Briefen, die Menschen aus ganz Deutschland für Tobias geschickt hatten, um ihre Anteilnahme zu zeigen und um Tresi zu versichern, dass sie mit ihr daran glaubten, dass er wieder nach Hause kommen würde. Die Bloggergemeinde war tatsächlich zu einem sehr lebendigen Teil ihres Lebens geworden.

Zum Kaffeetrinken morgen Nachmittag hatten sich Tresis Mutter, Renate und noch einige Frauen aus der Nachbarschaft angemeldet und wollten helfen, all die Geschenke auszupacken und die Briefe zu öffnen. Sie hatten vor, so vielen Menschen wie möglich zu antworten und für die Anteilnahme zu danken.

Tresi hatte Kuchen gebacken. Natürlich gab es den obligatorischen Marmorkuchen, mit Schokolade überzogen und mit bunten Schokolinsen geschmückt. Vierzehn Kerzen verzierten den oberen Rand. Dann hatte sie noch ein Blech Apfelkuchen gebacken, nur die Erdbeertorte musste sie noch belegen. Tresi war heilfroh, dass morgen alle ihre Lieben bei ihr sein würden, wenn sie zum ersten Mal Tobias' Geburtstag ohne ihn selbst feiern würden.

Morgens wollte sie in die Kirche gehen, der Pastor hatte versprochen eine Fürbitte für Tobias zu lesen. Auch dafür war sie sehr dankbar.

Insgesamt war sie ruhiger geworden, hatte mehr Zuversicht. Ihre Hoffnungen und Tobias' Schicksal hatte sie längst in Gottes Hände gelegt.

Was in ihrem eigenen Wirkungskreis möglich war, machte sie. Sie selbst arbeitete mit vollen Kräften daran, dass diese Hoffnungen Wirklichkeit wurden: Keinen einzigen Tag ließ sie vergehen, ohne zu bloggen.

Georg war an Tobias' Geburtstag wieder nicht mit in die Kirche gegangen.

Am Anfang hatte er versucht, dort Trost und Halt zu finden, aber nach den ersten Monaten hatte er diese Zuflucht nicht mehr gewollt, sein Schmerz erfuhr dort keine Linderung. Er machte lieber einen langen Spaziergang mit Arco. Er lief dann über Felder und durch Wälder, ließ sich treiben. Manchmal begleitete Tresi ihn und sie liefen dann ohne viel zu sagen querfeldein, ohne Ziel. Wenn der Weg breit genug war und sie nebeneinander hergehen konnten, hielten sie sich an den Händen.

Seit zwei Wochen war Horst achtzehn Jahre alt.

Endlich volljährig und somit geschäftsfähig!

Dem Vorhaben, seine Zukunft selbst in die Hand zu nehmen, stand nun nichts mehr im Wege! Seine Geduld zu warten war erschöpft und er war bereit.

Das Argongas hatte Horst im Baumarkt gekauft, dazu eine Zehnliterflasche Kohlendioxid. Auf die Flaschen hatte er je ein Druckausgleichsventil aufgeschraubt und beide lagen unter seinem Bett. Besser gesagt, unter dem Ehebett seiner Eltern. Er lag auf Mutters Seite, die jetzt schon seit fast zehn Jahren seine war und Vater lag schlafend neben ihm. Wie jede Nacht brummte das CPAP-Atemgerät und hielt Karl-Heinz' Atemwege offen, sodass er ungestört und friedlich schlummern konnte. Wie fast immer hatte er seinen Sohn vor dem Einschlafen vergewaltigt. Das wirkte auf ihn wie eine Schlaftablette. Danach zog er sich das Gummi von der Maske über den Kopf, schob sich diese luftdicht über die Nase, rollte sich auf die Seite und schlief zufrieden mit sich und der Welt ein. Die Geräusche, die Horst machte, wenn er dann aus dem Bett stieg, um sich zu duschen, hörte er schon nicht mehr.

In dieser Nacht schlief Horst nicht.

Nicht, weil die Maschine ständig brummte, sondern weil er kurz vor seiner Befreiung stand: Dies war seine Nacht!

Er hatte lange gespart, um sich die teuren Gasflaschen und die Druckminderer leisten zu können.

Der Junge trocknete sich ab und zog dann seinen Schlafanzug an. Wie immer ohne besonders leise sein zu müssen, öffnete er die Badezimmertür, die direkt ins Elternschlafzimmer führte. Das Licht im Bad ließ Horst an und ein breiter Lichtkegel fiel in das Zimmer, in dem er seit seinem vierten Lebensjahr alle Grausamkeiten, die sein Vater für ihn vorgesehen hatte, durchlitten hatte. Karl-Heinz lag auf der Seite und kehrte ihm und der Atemmaschine auf dem Nachtschränkchen den Rücken zu.

'Wunderbar, perfekt!!!', freute sich Horst.

Er breitete ein Handtuch wie einen Bettvorleger auf dem Fußboden neben seinem Vater aus und ging um das Bett herum, hinüber zu seiner Seite. Leise zog er beide Gasflaschen unter dem Bett hervor. Er hatte sie auf dicke, flauschige Handtücher gelegt, damit sie nicht so laut über die alten Holzdielen schaben würden. Er war schon immer ein sehr systematischer Planer gewesen, der nichts dem Zufall überließ. Die Metallflaschen waren schwer. Nicht ohne seinen schlafenden Vater aus dem Auge zu lassen, trug er eine nach der anderen hinüber zu dessen Nachtschränkchen und stellte sie behutsam auf dem ausgebreiteten Frottiertuch ab. Beide Flaschen standen jetzt aufrecht neben dem Bett. Auf die Auslassventile hatte Horst weiche Plastikschläuche geschoben, die er im Aquaristikbereich einer großen Tierhandlung erstanden hatte. Die anderen Schlauchenden hatte er jeweils über das rohrgleiche Ende eines Trichters gestülpt. Den Trichter, der so über den Schlauch mit der Argongasflasche verbunden war, hielt er jetzt vor den Ansaugschlitz des Atemgerätes. Durch diesen zog das Gerät die Umgebungsluft ein und presste dann mit leicht erhöhtem Druck die Atemwege seines Vaters offen. Horst klebte den Trichter dort mit breitem Klebeband fest.

Mit ruhiger Hand und voll freudiger Erwartung, die ihm weiche Knie und Ziehen im Bauch bereitete, öffnete er die Gasflasche.

Für eine Millisekunde sah er wieder den Gesichtsausdruck von Hans vor sich, als dessen Augen in die Narkose abrutschten und alles an ihm erschlaffte. Zu seinem Leidwesen konnte er diesen erregenden Augenblick bei seinem schlafenden Vater nicht miterleben.

Das geruchlose und unsichtbare Argongas strömte aus: durch das Druckventil in den Schlauch, durch den Schlauch bis zum Trichter, von dort sich mit der Zimmerluft vermischend durch den Ansaugschlitz in das Atemgerät. Die Maschine erhöhte den Druck leicht und presste so das Gas durch den Schlauch bis zur Atemmaske und von dort in Vaters Nase. Mit jedem Atemzug strömte nun, statt der Zimmerluft, Argon in Karl-Heinz Nase. Von da aus verteilte sich das Gas weiter in den Nasenrachenraum, seine Luftröhre, seine Bronchien, seine Lungenbläschen und drang von dort direkt in sein Blut. Dieses transportierte das Narkosegas in jeden Winkel des schlafenden Körpers. Zuletzt drang es in Karl-Heinz' Gehirn und löste eine tiefe Bewusstlosigkeit aus.

Mit Genugtuung stellte Horst fest, dass die Atemfrequenz seines Vaters weiter abnahm.

Er richtete sich auf und musste siegesgewiss grinsen. Stolz durchflutete ihn und ließ seine Haut erschauern. Die Gänsehaut auf seinem Rücken schob sich hoch bis in seinen Nacken und stellte dort am Haaransatz alle Härchen auf.

Er fühlte sich großartig. Mit majestätischem Gebaren schritt er hinüber zum Schlafzimmerfenster und öffnete es mit weit ausholendem Schwung.

„Voilà, Papa!", rief er seinem Vater voller Elan zu. Der bekam das großspurige Gehabe seines Sohnes nicht mehr mit.

Horst hatte das Fenster geöffnet, weil er sonst vom Argon, das sein Opfer ausatmete und dem Trichter entströmte, ebenfalls betäubt worden wäre. Kühle Nachtluft ergoss sich ins Zimmer. Sie roch feucht und gleichzeitig nach Frühling. Der Apfelbaum vor dem Fenster hatte angefangen, seine rosa Blüten zu öffnen und einen Hauch von Blumenduft in der mondbeschienenen Nacht hinterlassen. Horst lehnte sich an den Fensterrahmen und schaute hinaus in den Garten. Mit nahezu schwindelerregender Gewissheit konstatierte er, dass er nie wieder dorthin würde fliegen müssen.

Nie wieder!

Horst fühlte, wie eine zentnerschwere Last von seinen Schultern fiel. Er hatte das Gefühl, zum ersten Mal in seinem Leben den Kopf richtig hoch halten zu können. Er musste sich nicht mehr ducken. Nie wieder würde er vor jemandem buckeln!

Leicht benommen, so als sei er selbst auch in einem Rausch, schüttelte er den Kopf und konzentrierte sich wieder auf den zweiten Teil seiner Befreiung.

Federnden Schrittes ging er zurück zum Bett, um sein Werk zu vollenden.

Karl-Heinz atmete in seinem anästhesierten Zustand ganz ruhig und regelmäßig ein und aus. Sein ohnehin fester Schlaf war jetzt so tief, dass ihn selbst eine einschlagende Bombe nicht mehr geweckt hätte. Horst blieb noch einen Moment neben dem Bett stehen und betrachtete seinen Vater. Das schlaffe Gesicht, auf das die Maske gequetscht war, würde ihn nie wieder zornesrot anbrüllen, würde nie wieder Speichel fliegen lassen, wenn es sich vor Wut oder Wollust verzerrte!

Nie wieder würde ihm der abgestandene, saure Bieratem entgegen schlagen.

Nie wieder würde der Mund Erniedrigungen, Kommandos und Befehle von sich geben!

Nie wieder würden die feisten Hände ihn begrapschen oder ihm Schmerzen zufügen!

Nie wieder würde sich das Geschlechtsteil aufrichten und sich in ihn bohren!

All das waren wunderbare Aussichten. Endlich, endlich würde er seine Ruhe haben.

Horst fühlte sich beispiellos glücklich.

Sein Plan funktionierte reibungslos.

Triumphierend genoss er jede einzelne Sekunde, die er seinem Ziel näher kam. Kostete jeden Augenblick aus, damit er sich später genau daran erinnern konnte.

Jeden Handgriff hatte er im Geiste zuvor tausendmal durchgespielt, der gesamte Handlungsablauf floss aus ihm heraus, wie ein Konzert, das ein Pianist schon unzählige Male aufgeführt hatte - seine mörderischen Hände flogen über die Apparaturen wie Pianistenfinger über die Klaviatur.

Horst kam sich unendlich mächtig vor.

„Ich bin Zeus auf dem Olymp!", rief er sich mit lauter Stimme euphorisch zu, „mit einem Blitzschlag kann ich das jämmerliche Schicksal der Menschen auf der Erde lenken!"

Er breitete die Arme weit aus und drehte sich mit einem kraftvollen Schwung einmal um sich selbst. Wieder und wieder lief eine Gänsehaut über seinen Rücken. Nie zuvor hatte er sich so groß, so sicher und so allmächtig gefühlt.

Er war endlich bei sich angekommen, hatte seine Bestimmung gefunden.

Erfreut registrierte er, wie die Macht, die mit jedem Herzschlag pulsierend seinen jungen Körper durchflutete, ihm eine riesige Erektion bereitete. Horst trat zurück an das Bett und schlug die Federdecke zurück.

Da lag Karl-Heinz, ruhig schlafend, fett und schlaff, die Maske gab ihm ein groteskes Aussehen. Der Sohn drehte seinen Vater auf den Rücken. Er wollte ihm ins Gesicht sehen können, wenn er den nächsten Schritt vollzog.

Genüsslich öffnete er das Druckventil der CO_2-Flasche und entfernte den Argontrichter vom Atemgerät. Stattdessen klebte er den Trichter der Kohlendioxidzufuhr genau vor den Ansaugschlitz. Den Hahn an der Argonflasche drehte er zu. Das Kohlendioxid ersetzte schnell das andere Gas in Karl-Heinz' Lungen. Da dieser sich durch die Narkose im künstlichen Koma befand, sprangen in seinem Gehirn nicht die Alarmsirenen an, als der Kohlendioxidspiegel in seinem Blut immer weiter anstieg.

Horst kniete andächtig neben dem Bett. Er knöpfte die Schlafanzugjacke seines Vaters auf und legte seine rechte Hand auf die haarige Brust. Dort, wo er das Herz seines Vaters schlagen fühlte. In seinem erigierten Geschlecht fühlte er seinen eigenen, kräftigen Pulsschlag in einem weitaus wilderen Rhythmus. Sein Penis war vor Erregung so geschwollen, dass es fast schmerzte.

Er hielt die Luft an, als sein Vater aufhörte zu atmen.

Hätte Horst ihm nicht die Narkose verpasst, wäre Karl-Heinz spätestens jetzt aufgewacht und hätte röchelnd nach Luft geschnappt. Aber genau das tat er nicht. Langsam, regelmäßig und ruhig atmete er bis zuletzt das tödliche Gas ein.

Statt mit Sauerstoff wurden alle seine Organe mit Kohlendioxid versorgt: Ihre Funktion stoppte.

Kurz nach dem Atemstillstand konnte der Sohn den Herzschlag seines Vaters unter seiner Hand nicht mehr fühlen.

Die Pumpe stand nun auch still.

Multiorganversagen, Stoffwechselstillstand in Ermangelung von ausreichender Sauerstoffzufuhr. Tod als konsequente Folge des pedantisch geplanten Vorgehens seines eigenen Sohnes.

Der junge Mann atmete erleichtert auf.

Das Blatt hatte sich gewendet.

Alle Macht lag jetzt einzig und allein in seinen Händen.

„Horst der Allmächtige!", schrie er in die Nacht hinaus und drehte sich wieder und wieder mit weit ausgebreiteten Armen um sich selbst.

Die Erektion in seiner Schlafanzughose war übermächtig und fühlte sich gut an.

Das CPAP-Gerät schlug bereits seit einer Minute Alarm und endlich drang das eindringliche Signal zu ihm durch. Horst schüttelte kurz den Kopf, als wache er zum zweiten Mal an diesem Abend aus einem Traum auf. So, als müsse er sich erst neu orientieren, blickte er von seinem Vater zu der Maschine und wieder auf seinen Vater. Er ging hinüber zum Nachtschränkchen und schaltete das Gerät aus.

Es fröstelte ihn leicht. Die Nachtluft hatte den Raum abgekühlt. Er schloss das Fenster.

Danach nahm er sicherheitshalber das erschlaffte Handgelenk seines Vaters hoch und fühlte ob er den Puls nicht vielleicht doch noch ertasten konnte.

Nichts. Nichts mehr, absolute Ruhe, Ende, geschafft!

Er ließ die Hand los. Sie fiel schwer neben ihren toten Besitzer auf das Bettlaken.

Danach drehte er auch den Hahn an der zweiten Gasflasche zu.

Mühsam verkniff er es sich, auf die Leiche seines Vaters zu masturbieren. Letztendlich ging er schweren Herzens dafür ins Badezimmer, obgleich die Versuchung sehr groß war, sich endlich auf dem verhassten Vater zu erleichtern und ihn danach mit Urin zu bespritzen, wie der es so oft bei ihm getan hatte.

Aber er schaffte es, dass sein Verstand siegte und er wusste, dass er keine Spuren auf der Leiche oder im Bett hinterlassen durfte. Er wollte sich seinen Triumph nicht jetzt noch auf den letzten Metern verderben.

Beim Onanieren über der Toilette wurde ihm schwindelig, so massiv war die Erleichterung, als er ejakulierte. Er musste sich kurz auf den Badewannenrand setzten und wieder zu Atem kommen. Sein Herz war ihm fast aus der Brust gesprungen. So einen gewaltigen Orgasmus hatte er noch nie erlebt. Beim Onanieren waren wieder und wieder die Bilder der letzten Viertelstunde vor seinem geistigen Auge abgelaufen. Er kam zum Höhepunkt, als er sah, wie sein Vater unter seiner Hand starb.

Als er aus dem Badezimmer zurückkam, hatte er immer noch weiche Knie. Er deckte seinen Vater mit der Bettdecke wieder zu, räumte die Gasflaschen in den Keller, die Handtücher legte er gefaltet in den Schrank. Das Schlafzimmer war wieder ordentlich.

Und dann rief er mit verzweifelter Stimme den Notarzt an.

Der routinierte, Notdienst habende Doktor war seit langem einmal wieder richtig schockiert über die grausamen Schläge, die manche Menschen ereilten. Den Anblick des völlig verzweifelten Jungen, der schluchzend im Schlafanzug über der Leiche seines Vaters gelegen hatte, würde er wohl so leicht nicht vergessen.

'Grausam', dachte der Arzt immer wieder, 'Grausam! Der arme Kerl hat nur noch seine demente Mutter, sonst niemanden. Grausam!', er holte laut hörbar Luft und hing noch seinen Gedanken nach. 'Der arme Kerl geht noch in die Schule! Was aus dem bloß werden soll?'

Der hübsche blonde Junge tat ihm leid. Er hatte etwas von einem gefallenen Engel, wie er da so über seinen Vater gebeugt lag. Er konnte nicht mehr aufhören zu weinen, hatte sich in seiner Verzweiflung an den leblosen Körper geklammert. 'Hilfe suchend, die nie mehr kommen wird', dachte Doktor Huber, als er später den Jungen und seine Mutter nach unten in die Küche geleitete. Er kochte Tee für die beiden und sprach Horst gut zu, erklärte ihm genau, was er als nächstes alles würde regeln müssen.

Später, als er einen Notruf zu einem weiteren Patienten bekam, ließ er dem Jungen seine Visitenkarte da: „Falls du noch irgendwie Hilfe oder Beistand brauchst, meld' dich ruhig bei mir, Junge. Ich helfe dir gerne, wenn ich kann." Dabei dachte Huber an seinen eigenen Sohn, der nächstes Jahr auch volljährig sein würde. 'Wie schrecklich!', durchfuhr es den Arzt immer wieder.

Horst kannte diese Art von Beistand und Hilfe nur zu gut. Er hatte seine Lektion mit Pastor Abel gründlich gelernt und würde einen Teufel tun, sich auf den nächsten lüsternen Tattergreis einzulassen.

Sehr mit sich zufrieden stellte er fest, dass der Arzt alles genau so geschluckt hatte, wie er es für ihn vorgesehen hatte.

Das einzige, worüber Horst allerdings an diesem Abend staunte, war, dass die Tränen, die er um seinen Vater geweint hatte, echt gewesen waren. Später, als er noch einmal daran zurückdachte, ärgerte er sich darüber.

Das hatte sein Vater nicht verdient!

Genauso wie er es nicht verdient hatte, so schnell und ohne Qualen zu sterben!

Den Totenschein hatte der Doktor auf den Küchentisch gelegt. Er hatte Horst erklärt, dass er diesen für den Bestatter benötigen würde.

'Weiß ich, du Eimer', dachte Horst bei sich.

„Ja danke. Herr Doktor, das mache ich", ließ er kleinlaut vernehmen.

Als Todesursache hatte Huber Herzversagen diagnostiziert, als natürliche Todesursache selbstverständlich.

Horst war sehr mit sich zufrieden. Er hatte alles richtig gemacht und war unglaublich stolz auf sich.

Alles weitere würde ein Kinderspiel sein!

Nur wusste Horst leider nicht, was ein Kinderspiel war.

16.6.11

Es ist sehr, sehr schön mit Horst!

Er hat mir gesagt, dass wir mein Äußeres etwas verändern müssen und wenn ich will, könnten wir dann mal zusammen losziehen und Klamotten für mich kaufen oder zusammen Pizza essen gehen oder so.

Das wäre ja genial!

Habe ihm gesagt, dass wir das unbedingt machen sollten. Das wäre echt so geil! Es macht bestimmt Spaß, wenn ich mich verkleide!

24.6.11

Horst ist echt erfindungsreich! Er hat braune Kontaktlinsen für mich besorgt und das verändert mich total. Wir haben auch meine Haare abrasiert und ich sehe ganz schön bescheuert aus. Aber das ist mir egal, die Hauptsache ist, dass Horst mich demnächst mit in die Stadt mitnehmen will!

Ich weiß bis jetzt ja gar nicht, wo wir hier sind. Die Gegend ist ganz anders als in Emsdetten.

Ich bin sehr gespannt.

Das wird bestimmt voll schön, wenn wir beiden zusammen ausgehen. Horst ist jetzt meistens richtig lieb zu mir. Wir schlafen gerne zusammen. Das macht so einen Spaß. Irgendwie schäme ich mich ein bisschen dafür, aber ich bin richtig in Horst verliebt.

Ich glaube, es ist ein Zeichen seiner Zuneigung, dass er mich mit in die Stadt nehmen will! Das würde er bestimmt nicht machen, wenn ich ihm nichts bedeuten würde.

Aber ich hab totalen Schiss, dass ich ihn doch mehr liebe, als er mich. Ich hoffe sehr, dass er mich eines Tages auch so sehr liebt, wie ich ihn!!!

27.6.11

Horst hat jetzt doch Angst bekommen, dass ich ihm weglaufen will, wenn er mich mit in die Stadt nimmt. Ich habe geweint, weil er mir nicht glauben wollte, dass ich das niemals machen würde. Ich habe ihm immer wieder beteuert, dass ich für immer bei ihm bleiben möchte, weil ich ihn liebe. Ich habe ihm immer wieder versucht zu erklären, dass es das Allerschlimmste wäre, wenn ich nicht mehr bei ihm sein dürfte. Er hat mir nicht geglaubt. Ich habe ihm gesagt, dass ich alles, alles für ihn machen würde. Dass er mir unbedingt glauben muss. Ich habe ihn angefleht und ihm angeboten, dass er mich so viel schlagen kann, wie er will, wenn ich ihm damit beweisen kann, dass ich ihn wirklich liebe und ihn niemals verlassen würde. Das Angebot hat er dann glücklicherweise angenommen und er hat hinterher gesagt, dass wir in den nächsten Tagen zusammen bei Pizza Hut essen gehen werden.

Nach den Schlägen war er ganz niedergeschlagen und zerknirscht und hat sich entschuldigt, dass er eigentlich nicht so grausam zu mir sein will, aber, dass er mir nur wirklich glauben kann, wenn ich ihm ein echtes Opfer bringen würde. Das verstehe ich alles und das ist ja auch nicht sooo schlimm. Und er hat mir danach ganz lieb die Striemen auf dem Rücken vorsichtig mit Heilsalbe eingerieben und wir haben uns lange festgehalten und dann wieder miteinander geschlafen. Das war echt super schön und er hat mich dabei wieder nicht ans Bett gefesselt. Ach, wenn ich ihm doch nur helfen könnte, dass er seine Zweifel loswird! Er scheint so hin und her gerissen zu sein.

Manchmal wirkt er ganz verloren.

Ich glaube aber trotzdem, dass ich ihm auch ein bisschen gut tue.

28.6.11

Ich habe geträumt:

War mit Horst auf einem anderen Planeten, wo ewiger Winter herrscht. Wir sind mit einer Art weißem Taucheranzug und Schneestiefeln durch die Eislandschaft gelaufen. Um den linken Fußknöchel hatte ich ein weißes Seil. Am anderen Ende des Seiles war ein tropfenförmiges, graues Ding aus Metall befestigt, das ich auf keinen Fall verlieren durfte. Mit jedem Schritt habe ich den Behälter hinter mir hergezogen. Er enthielt etwas extrem Wichtiges und es war klar, dass ich sehr, sehr gut auf ihn aufpassen musste.

-Aber ich weiß bis jetzt nicht was drin war.-

Wie ich da so hinter Horst her durch den Schnee gelaufen bin, sah ich auf einmal in der Schneeoberfläche Öffnungen, die auf und zu gingen wie Schnäbel.

Die Schnäbel wollten meinen Behälter fressen!

Die Schnäbel tauchten unverhofft aus dem Schnee auf und schnappten nach dem Tropfenbehälter. Ich lief schneller und das Seil zog den Behälter rumpelnd hinter mir her. Er sprang dabei hoch und runter und schlitterte über den Schnee. Aber es half nichts, ein Schnabel bekam das Ding zu fassen und riss es von meinem Bein. Ich schrie Horst zu, dass die Schnäbel den Behälter haben und er mir helfen solle, ihn wieder zu bekommen. Ich war verrückt vor Sorge, weil da doch so etwas unsäglich Wichtiges drin war. Ich hatte Angst, dass Horst sehr, sehr böse wird, aber er kam zu mir, legte den Arm um mich und sagte, dass es nicht so schlimm sei. Ich war total erleichtert und er hat mich tröstend in eine feste Umarmung genommen.

Dann bin ich aufgewacht.

Komisch, ich weiß gar nicht, was das soll.

Manchmal träume ich echt wirres Zeugs.

1.7.11

Im Fernsehen war heute nix. Wir haben oben in Horsts Werkstatt gelötet und die ganze Zeit mit seinen Elektrosachen herumgewerkelt. Das hat Spaß gemacht. Er hat mir sogar anvertraut, dass er den Strom für meinen Keller von der Hauptleitung im Garten abgezapft hat und er deshalb keine erhöhten Kosten hat. Auch hat er mich darauf aufmerksam gemacht, dass ich mit dem Strom unten immer etwas vorsichtig sein soll, weil er nicht über die Hauptsicherung gesichert ist. Er will nicht, dass mir etwas passiert. Es tut gut, wenn er so besorgt um mich ist.

Horst ist wirklich klug! Er hat gesagt, dass es ganz schön knifflig war, mit dem Stromkabel im Garten zu hantieren, aber er kann solche Sachen eben.

Es ist so toll, endlich jemanden zu haben, von dem ich so viel lernen kann. Er weiß einfach alles über Computer, Maschinen und Physik. Er bringt mir immer etwas Neues bei und wir haben viel Spaß miteinander. Er findet, dass ich klug bin und schnell lerne. Er hat gesagt, dass er stolz auf mich ist.

Ich lerne von Horst viel mehr, als in der Schule oder auf dem Bauernhof.

Meine anderen Fächer arbeite ich auch immer fleißig durch. Dann ist die Zeit nicht so lang, bis Horst von der Arbeit kommt. Es macht Spaß, am Computer Englisch zu lernen, das Programm ist richtig gut. Latein auch. Ich wusste gar nicht, dass es für all das so gute Lernprogramme gibt. Ich nehme den Stoff viel schneller durch, als in der Schule.

5.7.11

Die Tage verfliegen! Ich mache viel Sport und halte mich fit, Horst findet meinen Körper schön und findet das gut, dass ich trainiere.

Mir macht das nichts, dass er ein bisschen zu dick ist. Er ist so schlau und so gut zu mir. Wenn er mir nur glauben wollte, wie sehr ich ihn liebe. Aber all meine Beteuerungen scheinen nicht richtig anzukommen.

Leider hat Horst mir noch nie gesagt, dass er mich liebt. Aber er sagt mir immer, dass er mich für immer haben will und das ist ja die Hauptsache!!!

7.7.11

Bella war heute total süß, sie hat fast den ganzen Abend beim Fernsehen vor mir auf dem Boden gesessen und ihren Kopf auf meinen Schoß gelegt. Sie ist so zottelig und riesig und gleichzeitig ein richtiger Schmusehund. Normalerweise liegt Bella auf dem Sofa neben Mutters Bett. Wenn sie sich auf das Sofa stellt, kann Mutter ihr den Kopf streicheln. Mutter ist in letzter Zeit ruhiger geworden, sie scheint weniger Angst zu haben, als früher, als ich sie noch gar nicht kannte. Mich nennt sie jetzt immer Horst und zu Horst sagt sie immer Karl-Heinz. Wir haben aufgegeben, sie zu verbessern und ihr unsere richtigen Namen zu sagen. Das kann sie sich eh nicht mehr merken. Sie lächelt uns oft zu, wenn sie uns so aneinandergeschmiegt auf dem Sofa sitzen sieht. Sie redet fast gar nicht mehr. Eigentlich sagt sie nur noch regelmäßig unsere falschen Namen.

Horst hat gesagt, dass er morgen eine Überraschung für mich hat. Ich bin gespannt.

9.7.11

Wow, wow, wow!!!

Wir waren gestern Pizza essen und in einem tollen Klamottenladen. Das war super lecker und ich habe geile neue Klamotten bekommen. Horst mag es nicht, wenn ich geil sage, das tue ich auch nicht, wenn er da ist, aber ich kann es ja für mich schreiben. Es war so komisch, voll ungewohnt, unter all den Leuten zu sein, aber es hat phänomenal geklappt. Ich habe mich an alle Regeln gehalten und mit niemandem gesprochen. Horst hat für mich das Essen bestellt und im Geschäft haben nur wir miteinander geredet. Horst wollte unbedingt, dass ich beide Elektrohalsbänder trage, er wollte auf Nummer sicher gehen. Ich sehe mit meinen geschorenen Haaren ziemlich wie ein Punk aus oder so. Egal, wir hatten auf jeden Fall eine fette Zeit zusammen. Ich durfte mir bestellen, was ich wollte und bei den Anziehsachen durfte ich mir auch alles aussuchen, was ich wollte. Am schönsten ist ein dunkelblauer Hoodie. Der ist total gemütlich und muckelig. Eine schwarze Jeans habe ich noch gekriegt und ein Hemd und drei T-Shirts. In einem Sportgeschäft habe ich die allergeilsten Turnschuhe bekommen. Echt super cool alles.

Ach ja, wir sind hier in Bayern. In Nürnberg waren wir einkaufen. Seltsam, so weit weg von Emsdetten - ich weiß immer noch nicht, wie ich hierhin gekommen bin. Aber ehrlich gesagt, bin ich froh, dass ich hier bin und bei meinem Horst sein darf. Irgendwie ist das alles auch echt cool.

20.7.11

Erst heute ist mir eingefallen, dass ich schon über ein ganzes Jahr bei Horst wohne. Als wir vor knapp zwei Wochen in der Stadt waren, war das genau ein Jahr her. Das hatte ich völlig vergessen und Horst hat mich nicht daran erinnert. Komisch, aber ich bin echt gerne hier! Ich bewundere Horst immer mehr, was er alles weiß, ist echt genial. Und das Beste ist, dass er mir andauernd neue Sachen beibringt und mir alles erklärt. Wenn er von der Arbeit zu Hause ist und die vom Pflegedienst für Mutter weg sind, holt er mich nach oben. Wir sind jetzt beinah jeden Tag abends oben zusammen in der Wohnung und essen auch dort. Das ist richtig gemütlich. Auch im Garten sind wir viel. Zwischendurch angeln wir immer mal wieder, aber einen Hecht habe ich noch nicht gefangen. Horst sagt mir immer, wenn ich wieder nur eine Forelle habe, 'das kommt schon, wart's nur ab'. Ich glaub da nicht mehr dran, wahrscheinlich gibt es in diesem Fluss gar keine Hechte.

9.8.11

Das Obst fängt schon an, langsam reif zu werden. Die ersten Äpfel können wir wohl bald ernten. Da freue ich mich drauf. Horst hat gesagt, dass wir da Apfelmus draus machen werden, weil die sich nicht so lange halten. Die Birnen können wir einlagern und die späten Äpfel auch, hat er gesagt. Die Pflaumen sind erst im September soweit und dann machen wir Pflaumenpfannekuchen, Pflaumenmus und Pflaumenkuchen. Die restlichen will er einfrieren oder einkochen.

1.9.11

Gestern Abend war Horst ganz besonders wütend und schlecht gelaunt. Irgendetwas bei der Arbeit war nicht gut. Er hat wieder den Namen von seinem Kollegen Xaver erwähnt. Horst wollte aber nicht erzählen, was genau los war und hat mich stattdessen beschimpft, dass ich ein dummer Junge sei, der sowieso von nichts eine Ahnung habe und das alles nicht verstehen würde. Er hat mich nach dem Essen auch direkt wieder runter gebracht, sofort am Bett fest gemacht und mir gesagt, dass er mich auch nicht mehr sehen wollte.

Heute Morgen war er immer noch schlecht drauf und hat kaum mit mir geredet.

Ich habe Angst davor, was er mit mir machen würde, wenn er mich nicht mehr will.

Ich habe Angst, dass er mich nicht mehr lieb hat!!! Hilfe, was mache ich denn dann?

Später:

Ich glaube, Horst weiß gar nicht, dass ich Tagebuch schreibe, ich verstecke es immer ganz hinten in der Schublade in dem Schränkchen beim Sofa. Ich weiß gar nicht, warum ich das mache, aber ich mache es. Schäme ich mich? Hm, weiß nicht, ich schreibe ja nichts, was er nicht sowieso schon wüsste. Aber irgendwie ist dieses Heft mein Geheimnis. Wahrscheinlich hätte er gar nichts dagegen, dass ich eins führe, aber dass ich es schon so lange führe, ohne das er es weiß, ich glaube das würde ihn zornig machen. Und er kann echt zornig werden. Das macht mich ganz traurig, dass er so launisch ist.

Hoffentlich ist er heute Abend wieder besser drauf. Der liebe Horst fehlt mir! Ich will mich wieder an ihn schmiegen und bei ihm sein. Vielleicht kann ich ihm ja doch helfen. Ich liebe ihn so sehr, wenn ich ihm nur sagen könnte, wie sehr! Vielleicht würde ihm das helfen....

Die Medien hatten sich längst wieder beruhigt.

Schon seit Monaten hatte es nichts Neues im Fall der Fahrradjungen zu berichten gegeben. Es war wieder still geworden um die verschwundenen Jungen.

Da kein neuer Fall dazu gekommen war, tappte Kopp mit seinem BKA-Team völlig im Dunkeln. Die Teamstärke war verringert worden, weil die Kollegen anderswo benötigt wurden.

Die Kriminalpsychologen vermuteten, dass der Täter durch den Medienrummel vorsichtig geworden war und keine weitere Tat begangen hatte. Seinem alten Schema folgend hätte er längst wieder zugeschlagen haben müssen. Ein Mitarbeiter hatte sogar die Vermutung geäußert, dass der Täter seine Vorgehensweise geändert haben könnte. Vielleicht halte er den letzten Jungen gefangen, und habe deshalb keinen neuen entführt.

Davon war ja auch die Mutter des Jungen, die hochaktiv ihren Blog betrieb, überzeugt. Aber Fachleuten war diese Theorie zu abwegig. Solch ein Verhalten sprach gegen die Gewohnheiten eines notorischen Serienkillers. Es war unwahrscheinlich, dass ein Psychopath, der bereits 5 Kinder getötet hatte, mit dem sechsten etwas anderes machen würde. Bei solchen Tätern lief immer wieder dasselbe Programm ab, wenn sie eines Opfers habhaft geworden waren. Und der Fahrradkiller schien bereits das Fangen seiner Opfer nach einem bestimmten Ritual durchzuführen. Warum sollte er den Ablauf seines Programms geändert haben? Die Polizeipsychologen gingen davon aus, dass Tobias Bleckmann sicherlich auch ermordet worden war.

Trotz dieser Analyse waren alle örtlichen Polizeidienststellen natürlich weiterhin angehalten, Augen und Ohren offen zu halten und sobald sich irgendein Hinweis ergab, dies unverzüglich ans BKA zu melden.

Aber es kam nichts.

Karin saß mit ihrer Schwester Jutta beim Chinesen. Sie hatten zuvor einen langen Spaziergang am Wöhrder See gemacht, waren dann durch die Wöhrder Wiesen Richtung Altstadt gelaufen und hatten sich gerade gemütlich niedergelassen und sich bereits etwas von der Speisekarte ausgesucht. Karin bestellte die Pekingente und Jutta nahm Schweinefleisch süß sauer. Zusammen bestellten sie sich eine Extraportion gebackenen Reis mit Ei. Sie waren hungrig nach dem langen Spaziergang.

Die Leute redeten darüber, dass dieser November der trockenste aller Zeiten sei und dass läge sicher an der Erderwärmung. Den Schwestern war der Grund für das ungewöhnlich schöne Novemberwetter egal. Sie hatten ihren Spaziergang genossen und freuten sich auf ein frühes Abendessen an diesem Samstag. Später wollten sie ins Kino. Juttas Mann war mit den Kindern übers Wochenende nach München zu seinen Eltern gefahren. Die beiden Frauen genossen ihr Schwesternwochenende, das sie gemeinsam in Karins neuem Haus verbrachten.

„Es ist so schön, dass du jetzt hier wohnst, ich kann das immer noch nicht fassen!", Jutta als Psychotherapeutin wollte ihre Schwester nur vorsichtig fragen, wie es ihr wirklich ging. Sie war jetzt vorrangig Schwester und nicht Therapeutin. Forschend schaute sie in ihr hübsches Gesicht: „Meinst du denn, es war echt die richtige Entscheidung?"

„Auf jeden Fall, das habe ich dir gerade doch schon gesagt. Ich fühl' mich super hier", Karin lächelte ihrer Schwester über den Tisch hinweg zu.

„Ich find's auch fantastisch, dich stets in der Nähe zu haben! Das ist so wie früher. Jetzt kann ich dich anrufen, mich unkompliziert verabreden und wie heute einfach mal mit dir vor die Tür gehen. Wir haben uns so selten gesehen, nachdem ich nach Bayern gezogen war."

„Ehrlich Jütt, Ich bin einfach nur froh, dass ich da oben weg bin und mit dem Affentheater nichts mehr zu tun habe. Es war ein Zeichen, dass ausgerechnet hier eine Stelle für mich frei geworden ist. Ich fühle mich sehr wohl mit den neuen Kollegen. Es ist ein echter Neuanfang! Genau das, was ich gebraucht habe."

„Und dass dein Armin wieder bei seiner Frau wohnt? Das ist doch nicht zu fassen. Der kann wohl nicht alleine, wie?"
„Ich glaub auch! Der ist bei seiner Petra rausgeflogen und direkt bei mir eingezogen. Ich kapier bis heute nicht, dass ich das mitgemacht habe."

„Nee, ehrlich, ich auch nicht. Du hattest es dir so schön gemacht in deinem Häuschen."

„Ich weiß, aber ich weiß nicht, was mich geritten hat, den Typen inklusive seiner Bälger quasi bei mir aufzunehmen. Der hat nicht mal Miete gezahlt."

„Hör auf, das glaub ich nicht! Erst erzählt er dir was von großer Liebe und so und dann nutzt er dich so schamlos aus."

„Erinnere mich nicht", Karin seufzte, „das fing alles so lustig und geil an. Wir hatten wirklich den abgefahrensten Sex aller Zeiten."

„Und sonst, was hattet ihr sonst noch?"

„Wie sich 'rausstellte – sonst nichts", gab Karin verlegen zu, „eigentlich hatten wir tatsächlich sonst gar nichts gemeinsam. Und sobald wir zusammen gewohnt haben, war es aus mit scharfem Sex", sie kicherte jetzt.

Jutta lachte auch. „Ich wette, auf dich wartet hier in Nürnberg der ultimative Prinz. Wer weiß, vielleicht ist schon nächstes Wochenende einer auf meiner Party dabei."

„Ja", Karin ließ den Blick durch das Restaurant schweifen, „ja, wer weiß." Dann stutzte sie und drehte den Kopf zurück, um sich die beiden Typen zwei Tische weiter noch einmal genauer anzuschauen.

„Mensch Jütt, da vorne sitzt einer, der sieht dem entführten Jungen aus Emsdetten total ähnlich."

„Ach Quatsch, jetzt hör doch auf."

„Nein ehrlich, der ist dem Jungen wie aus dem Gesicht geschnitten. Guck mal unauffällig rüber. Da hinten die beiden Typen. Der Mann mit dem blauen Pullover, der mit dem Rücken zu uns sitzt, und der Junge mit den Nietenhalsbändern."

„Karin, jetzt hör doch mal auf, Polizistin zu sein und überall Verdächtige zu sehen. Es ist Samstagabend und du bist mit deiner großen Schwester unterwegs. Du kannst dich einfach entspannen und musst nicht überall Verbrecher sehen."

„Ernsthaft Jütt, ich sehe keinen Verbrecher. Da ist etwas an dem Jungen, das mich total an diesen Tobias erinnert."

„Mensch, du machst mich ja auch schon ganz kirre. Aber schau doch mal, die sitzen da total entspannt, unterhalten sich und essen."

„Ich weiß, das ist total abwegig, aber irgendwie..., ich weiß nicht. Meinst du, ich sollte mal rüber gehen und die ansprechen?"

„Spinnst du? Du kannst doch nicht einfach Leute beim Essen anquatschen! Nach dem Motto: 'Guten Tag, bist du der entführte Tobias? Und wo ich schon gerade dabei bin, mein Herr, sind Sie vielleicht sein Entführer?'", Jutta kicherte und auch Karin grinste.

„Du hast Recht. Das geht nicht. Aber ich könnte doch wenigstens den Jungen fragen, wie er heißt", und damit stand sie, ohne weitere Notiz von den Einwänden ihrer Schwester zu nehmen, auf und lief hinüber zu dem anderen Tisch. Aber schon beim Näherkommen sah sie, dass sie sich vertan hatte. Der Junge hatte den Kopf gehoben und blickte zu ihr auf. Aus dunkelbraunen Augen schaute er sie fragend an. Der Mann, der genau wie der Junge ein ausnehmend hübsches Gesicht hatte, drehte sich mit ungeduldigem Gesichtsausdruck zu ihr, um zu sehen, was sein Gegenüber veranlasste so in eine Richtung zu starren. Horst und Tobias sahen die Frau näher kommen und gleichzeitig stutzen. Die Fremde hatte in ihrem Schritt innegehalten.

„Was gibt es denn?", fragte der Mann sie mit unwirschem Ton. Horst wusste, dass es besser war, zum Angriff überzugehen, als selbst in die Enge gedrängt zu werden. Seine Alarmglocken läuteten laut und er war sofort auf der Hut. Er duckte sich leicht und war zum Sprung bereit.

„Ach nichts", stotterte Karin, „ich habe mich vertan. Ich dachte du wärst ein Junge, den ich kenne", sie schaute wieder in das hübsche Gesicht des Teenagers, der sie freundlich anblickte.

„Nein, nein, aber das bist du nicht, das habe ich jetzt beim Näherkommen schon gesehen. Entschuldigung, ich dachte du wärst Tobias."

„Nein, das bin ich nicht", antwortete der Punk mit ruhiger Stimme, „ich heiße Frido und können wir jetzt bitte in Ruhe weiter essen?", mit einem kurz angebundenen Lächeln verabschiedete sich Tobias von der Frau, die er noch nie gesehen hatte.

Karin entschuldigte sich nochmals und ging zurück an ihren eigenen Tisch. 'Was ein seltsamer Name, Frido...', dachte sie noch versonnen, als sie zu ihrem eigenen Tisch zurückging.

„Na, siehst du? Jetzt fängst du schon an, Gespenster zu sehen."

„Tut mir leid, aber manchmal geht mein Spürsinn einfach mit mir durch", sie grinste entschuldigend und schaute dann erwartungsvoll dem Ober entgegen, der jetzt beladen mit ihren Gerichten auf sie zusteuerte. Die Speisen rochen köstlich und sahen auch ganz wunderbar aus. Karin verbuchte den Vorfall mit dem Jungen unter 'Kleine Peinlichkeit' und sprach weiter über ihren Ex, der jetzt, soweit sie wusste, mit seiner Petra eine Paartherapie machte. Als sie die erste Gabel Pekingente im Mund hatte, stellte sie fest, dass das Essen nicht nur köstlich aussah, sondern auch vorzüglich schmeckte. Beim Hinunterschlucken des ersten Bissens hatte sie den Vorfall mit dem Jungen bereits vollständig vergessen.

Nachdem Tobias der Frau seinen neuen Namen gesagt hatte, schaute er um Anerkennung heischend verliebt in Horsts schönes Gesicht und sprach leise über ihre Speisen hinweg: „Na, glaubst du jetzt endlich, dass ich sowieso bei dir bleiben will? Du bräuchtest mir diese Elektrohalsbänder nicht einmal umzutun. Ich liebe dich, Horst. Ich liebe dich und werde damit nie aufhören."

Horsts Herz spielte immer noch verrückt. Es hämmerte von innen gegen seine Rippen und sein aufgepeitschter Pulsschlag ließ seine Ohren sausen. Er lächelte Tobias an und war noch ganz perplex darüber, wie gelassen der Junge die Situation gemeistert hatte. Andererseits hatten sie das ja auch oft genug durchgesprochen und geübt, wie Frido sich im Falle eines Falles zu verhalten hatte. Dennoch war die direkte Vermutung der Frau sehr unverhofft über sie hereingebrochen und er hatte mit viel mehr Panik reagiert als ihm lieb war.

„Frido, das hast du wirklich gut gemacht. Aber sollten wir nicht jetzt besser gehen?", ihm wirbelte die Angst, beinahe entdeckt worden zu sein, immer noch die Gedanken durcheinander und das Adrenalin ließ seine Eingeweide brennen.

„Ich glaube nicht, Horst. Guck mal, die Frau sitzt schon wieder und macht sich über ihr Essen her. Wenn wir jetzt gehen, mitten in unserem Essen, dann schöpft die nur wieder Verdacht."

Horst schüttelte sich kurz, als liefe ein Schauer über seinen Rücken. Dann konnte er die Kontrolle wieder übernehmen: „Du hast Recht, mein Lieber, die scheint uns schon wieder vergessen zu haben." Während er dies sagte, hatte er bereits den Beschluss gefasst, nicht wieder in Nürnberg in der Öffentlichkeit mit Tobias aufzutreten. Sie würden dann eben nach Erlangen gehen oder in einen anderen der umliegenden Orte.

Nach dem Essen bezahlte er in bar, wie er es immer machte, wenn er mit Frido unterwegs war. Er wollte keine Bankinformationen von sich zurücklassen.

Beide waren erleichtert, das Chinarestaurant hinter sich lassen zu können und fuhren mehr oder weniger schweigend zurück zu ihrem sicheren Zuhause.

Horst und Tobias 14

Die beiden hatten es sich zur Gewohnheit gemacht, wenigstens alle zwei Wochen zusammen auszugehen. Manchmal gingen sie ins Kino oder einkaufen, oder sie gingen wie an diesem Abend gemeinsam essen. Solche Samstagabende genoss Tobias ganz besonders.

Er hoffte immer noch inständig darauf, dass Horst ihm eines Tages glauben würde, dass er nie, niemals von ihm weggehen würde und er auch ruhigen Gewissens ohne Halsbänder mit ihm zusammen ausgehen konnte. Er hoffte sehr, dass der heutige Abend seinem Freund deutlich gemacht hatte, wie sehr er ihn liebte. Aber Horst war anscheinend noch nicht soweit.

Der Serienmörder konnte sich nicht vorstellen, seinen Freund jemals ohne elektrische Kontrolle mitzunehmen. Genauso, wie er ihn nach wie vor nachts mit einer Hand an das Bett fesselte. Allerdings befestigte er die Handschelle nicht mehr direkt am Bettpfosten, sondern an einer Kette, die er um den Bettpfosten geschweißt hatte. Damit hatte sein Frido deutlich mehr Bewegungsfreiheit beim Schlafen, konnte jedoch nicht weg vom Bett. Und immer noch musste sein Frido auch tagsüber im Keller und im Haus sowieso das Halsband tragen. Nur zur Nacht, wenn er angekettet war, und zum Duschen, wenn er die Fußfessel angelegt bekommen hatte, nahm Horst dem Jungen das Halsband ab. Schon aus Gewohnheit trug Tobias stets lederne Handgelenkmanschetten, die seine Haut nachts davor schützten, von der Handschelle wund gerieben zu werden. Die Ledermanschetten passten gut zu seinem Punkoutfit mit den Nietenhalsbändern und der Glatze.

Wie am Anfang kontrollierte Horst ganz penibel die Funktion der Halsbänder und sorgte beflissentlich dafür, dass sie stets aufgeladen waren. Mit diesen Maßnahmen ging er absolut auf Nummer Sicher.

Tagein, tagaus demonstrierte er damit seinem Gefangen, wo der Hase lang zu laufen hatte.

Immer ließ er ihn das Gefälle in ihrer Beziehung spüren.

Horst hatte sehr gründlich gelernt, dass Vertrauen nicht gut war und Kontrolle auf jeden Fall viel besser und vor allen Dingen: unbedingt erforderlich! Bereits zu

Pfarrer Abels Zeiten hatte er beschlossen, dass er nie wieder die Kontrolle abgeben würde.

Nie wieder würde er eine Ausnahme machen.

Selbst das über Jahre währende, verhasste Ausharren im Ehebett neben dem Vater, hatte er ohne Murren und ganz bewusst durchgehalten. Er hatte beschlossen, dass er das tun musste, da es einem höheren Zweck diente. Das war bereits der Keim seiner unbedingten Kontrolle der späteren Jahre. Und seine Kalkulationen waren vollständig aufgegangen. Tief in seinem Inneren hatte er das unerschütterliche Wissen, dass er so lange auf der sicheren Seite des Lebens war, wie er selbst die Fäden seines Schicksals in den Händen hielt. Nie wieder würde er einem anderen Menschen erlauben, ihm so nahe zu kommen, wie es einst Abel gelungen war.

Nicht eine Sekunde würde er von diesem Prinzip abweichen!

Deshalb konnte Frido ihm ruhig das Blaue vom Himmel versprechen, niemals würde er ihm vorbehaltlos vertrauen.

Er bekam alles von dem Jungen, was er wollte. Und wenn er ehrlich war, sogar noch viel mehr, als er sich je zu träumen gewagt hätte. Von daher hatte er überhaupt keinen Handlungsbedarf, den Beschwörungen seines jungen Liebhabers nachzukommen. Jedes Mal, wenn Frido wieder davon anfing, dass er auch ohne Halsband alles für ihn tun würde, speiste er ihn mit einem 'Lass mal, wir werden schon sehen' ab. Wenn der Junge zu sehr insistierte, wies er ihn einfach mit dem Gürtel wieder in seine Schranken und danach hatte er erst mal für einige Zeit Ruhe. Die Abstände zwischen den kindlichen Beschwörungen wurden bereits länger. Horst verbuchte dies als Erfolg seiner Strategie.

Weihnachten stand wieder vor der Tür. Horst hatte überlegt, Mutter nach den Feiertagen für eine Woche in die Kurzzeitpflege zu geben und mit Frido in eine Ferienwohnung im Allgäu zu fahren. Im Internet hatte er sich schon verschiedene Möglichkeiten angeschaut. Er hatte sich durch die Fotos der Inneneinrichtungen geklickt und erfreut festgestellt, dass tatsächlich einige Schlafzimmer praktischerweise Metallbetten mit Pfosten hatten. An diesen würde er dann seinen Freund mit den Handschellen festmachen können. Immer wieder war er ganz überrascht davon, wie reibungslos sich eins ans andere fügte. Seitdem er den Beschluss gefasst hatte, sich den Jungen ins Haus zu holen, klappte einfach alles wie am Schnürchen.

Auch dachte er darüber nach, ganz aufzuhören zu arbeiten, damit er mehr Zeit mit Frido verbringen konnte. Ja, er war ganz gespannt, was das neue Jahr alles für sie bereithalten würde.

Das neue Jahr hielt bis Ende Oktober nur Gutes für sie bereit.

Der Winterurlaub im Februar war wunderschön gewesen. Tobias wäre zwar gerne in die Skischule gegangen, weil er Snowboard fahren wollte, aber Horst hatte einen Privatlehrer gebucht: Sie hatten beide schnell gelernt, sich auf den schmalen Brettern zu halten. Und nach den ersten Stunden hatten sie mit ihrem Skilehrer sogar kleinere Langlauftouren unternommen. Es war schön gewesen, in der verschneiten Bergwelt zu sein und Schnee gab es in diesem Winter reichlich.

Horsts Geburtstag im März hatten sie zu Hause gefeiert. Tobias hatte seinem Schatz eine kleine, motorbetriebene und beleuchtete Windmühle gebaut, über die Horst sich sehr gefreut hatte. Mit so etwas Schönem hatte er absolut nicht gerechnet. Ehrlich gesagt, hatte er gar nicht mit einem Geburtstagsgeschenk gerechnet, da Frido ja keine Möglichkeit gehabt hatte, etwas für ihn zu kaufen. Dass der Junge ihm etwas gebastelt hatte, hatte ihn sogar fast ein wenig gerührt.

Ostern waren sie wieder für zehn Tage weg gefahren, diesmal zur Ostsee. Horst fuhr nur in den Schulferien mit seinem Jungen weg, damit sie unter den Urlaubern nicht auffielen.

Strandspaziergänge, bei denen sie Muscheln sammelten, waren eine willkommene Abwechslung gewesen. Und auch eine Hochseekutterfahrt zum Angeln hatten sie mitgemacht. Tobias war ganz begeistert gewesen, wie viele Fische sie gefangen hatten. Es waren viel zu viele gewesen, um sie alle aufzuessen, aber ihr Kapitän hatte Verwertung für die Fische gehabt.

Tobias fünfzehnter Geburtstag im Mai war ebenfalls schön. Horst hatte ihm ein Fahrrad geschenkt und seitdem fuhren sie mit dem Lieferwagen oft irgendwohin und unternahmen ausgedehnte Radtouren. Das war jedes Mal richtig gut. Wie immer saß Tobias beim Verlassen des Grundstückes hinten im Lieferwagen und kam erst, wenn sie einige Kilometer vom Dorf entfernt waren, durch die Verbindungstür nach vorne. Sie nahmen sich stets ein Picknick mit und genossen es, gemeinsam in der Natur unterwegs zu sein.

Horst war erstaunt, dass er keine Langeweile mehr kannte, die Einförmigkeit war aus seinem Leben gewichen.

Sein Günstling lernte immer noch wie besessen. Der Junge saugte geradezu alles, was er ihm an Unterlagen mitbrachte, auf und darüber hinaus noch, was immer Horst ihm noch zusätzlich erklärte. Das Gedächtnis seines Freundes war phänomenal. Dadurch war Tobias mit seinem mathematischen und physikalischen Wissen schon längst auf Universitätsniveau. Die komplexesten Probleme waren für ihn wie Rätselaufgaben, denen er sich mit Hingabe widmete.

Im Juli hatten sie zweijähriges Jubiläum und fuhren zusammen für ein langes Wochenende nach München. Mutter war währenddessen wieder einige Tage im Heim geblieben.

Zum August hatte Horst seine Arbeitsstelle gekündigt und war seitdem zu Hause.

In Wirklichkeit war er froh mit Leuten wie Frank Xaver nichts mehr zu tun haben zu müssen. Zurückschauend hatte ihm der Außendienst früher sowieso besser gefallen. Er war dabei mehr oder weniger sein eigener Herr gewesen. Aber in dieses Arbeitsverhältnis konnte er wegen seines Freundes im Keller nicht wieder zurück: Er hätte den Jungen nicht so lange alleine lassen können.

Im Dorf wunderte man sich darüber, dass der studierte Herr Weber so plötzlich nicht mehr angestellt war. Aber als er seine schwatzhafte Nachbarin getroffen hatte, hatte er sie aufgeklärt und erzählt, dass er arbeitslos geworden sei. Und das sei gar nicht so schlimm, die Familie habe ja Geld, wie sie wisse. Und er könne sich jetzt noch besser um seine Mutter kümmern.

Frau Prumbaum war nach dem Gespräch noch neidischer auf die alte Frau Weber in dem großen Haus geworden.

„Es ist doch ungerecht, Felix", hatte sie auf ihren treuen Dackel eingeredet, nachdem ihr fürsorglicher Nachbar hinter der Ecke verschwunden war, „wie sich für einige Leute im Leben einfach immer alles günstig fügt. Schau mich an, du bist der einzige, der mir geblieben ist und von meiner mageren Rente können wir auch keine großen Sprünge machen." Sie hatte sich hinunter gebeugt und ihrem übergewichtigen Hündchen ein Leckerchen gereicht, welches er gierig und schwanzwedelnd verschlang. Fiepsend hatte er die noch nach Futter duftenden Finger seines Frauchens abgeleckt und verlangte dann winselnd mehr. „Ach, komm, das ist jetzt aber genug", schnatterte sie ihm zu und gab ihm einen weiteren Keks.

Die Monate August, September und auch noch der halbe Oktober verliefen wie im Traum. Horst hatte angefangen, sich den Jungen ins Elternschlafzimmer zu holen und dort hatte er zum ersten Mal in seinem Leben hingebungsvollen Sex mit seinem Freund. Sie beide vergaßen, wo sie waren, vergaßen das Halsband und den Keller und waren wie selig in der Gesellschaft des anderen. Horst hatte in der Wand einen Ring mit Kette eingelassen, den er statt des Bettpfostens im Keller zum Befestigen für seinen Frido benutzte. Bevor sie nachts aneinandergeschmiegt einschliefen, hakte er die Handschelle um dessen Handgelenk und in das Ende der Kette. Morgens, wenn die Schwestern kamen, blieb Tobias angebunden, aber sobald die Pflegerinnen aus dem Haus waren, ging er gemeinsam mit Horst nach unten. Zusammen bereiteten sie das Frühstück zu und Horst fütterte Mutter, die seit Monaten nicht mehr in der Lage war, sich ihr Essen eigenständig zum Mund zu führen. Tobias schaffte es sogar, zwischendurch der alten Frau die Windel zu wechseln, damit sie nicht warten musste, bis der Pflegedienst abends kam. Horst konnte sich dazu nach wie vor nicht überwinden. Tobias, der auf dem Bauernhof ständig mit den Exkrementen von allen möglichen Tieren hatte umgehen müssen, fand nichts dabei, Mutter die Windel zu wechseln. Sie tat ihm leid und er fand es ganz toll, wie lieb Horst sich um sie kümmerte. Es freute ihn, dass er auch einen Beitrag zu ihrem Wohlbefinden leisten konnte.

Trotz aller Fürsorge ging es Frau Weber immer schlechter. Die Mahlzeiten, die ihre beiden Männer für sie kochten, schmeckten ihr zwar, aber die Portionen, die sie essen konnte, wurden immer kleiner und sie selbst wurde zusehends immer weniger. Auch das Trinken fiel ihr schwer. Andauernd war einer der beiden damit beschäftigt, ihr den Schnabelbecher an den Mund zu heben und ihr schlückchenweise etwas einzuflößen. Abends wurde sie von einer Schwester nochmals frisch gemacht, bekam ein sauberes Nachthemd angezogen, das Kopfkissen wurde für sie aufgeschüttelt, das Laken stramm gezogen und die Bettdecke sanft über sie gelegt. Da sie sich selbst nicht mehr im Bett bewegte, lag sie auf einer Spezialmatratze. Bis jetzt hatte die gute Pflege sie davor bewahrt, dass die pergamentartige Haut sich durchgelegen hatte. Seit zwei Wochen konnte sie gar nicht mehr sprechen. Auch die Namen Horst und Karl-Heinz waren ihrem Repertoire endgültig entglitten. Sie war verstummt. Schon zu Lebzeiten hatte sie sich aus den Schrecken ihrer Existenz gelöst. Der Übergang ins totale Vergessen war die konsequente Folge ihres Rückzuges, den sie mit dem Alkohol vor vielen Jahrzehnten eingeleitet hatte.

Das Jahr 2012 verlief für die Familie Bleckmann relativ ereignisarm, wenn man von der Tatsache absah, dass ihr ganzes Leben durch Tobias' Verschwinden grundlegend verändert war. Den Eltern fehlte der Junge und dennoch verliefen die Tage ohne nennenswerte Besonderheiten.

Der Hof wurde bestellt und den Jahreszeiten entsprechend die verschiedenen Arbeiten ausgeführt. Die Tiere wurden versorgt und Tresi korrespondierte weiterhin rege mit ihrer Bloggergemeinde. Tobias' Freunde veranstalteten an seinem Geburtstag wieder ein Konzert zu seinen Ehren in der Schule. Tresi stellte Bilder und ein Video von der Ansprache vor dem Konzert online ein. So konnten ihre Follower hautnah an etwas von Tobias teilhaben, das sein Leben vor der Entführung ausgemacht hatte. Und davon gingen sie alle ja immer noch aus, dass Tobias entführt worden war. Außerdem konnten so die Menschen, die über die gesamte Republik verstreut waren, miterleben, dass es viele Leute aus Tobias' ehemaligem Leben gab, die ihn nicht vergessen hatten und ebenfalls hofften, dass der Junge eines Tages wieder nach Hause kommen würde.

Die Zwillinge erlebten den Verlust ihres Bruders mittlerweile überwiegend durch die Traurigkeit der Eltern, die oft darüber sprachen. Die beiden Kinder selbst hatten sich emotional mit der Situation ganz gut abgefunden. Sie hatten sich gegenseitig zum Trost und vergaßen beim Spielen und in der Schule meistens, was mit ihrem Bruder geschehen war. Tanja war ängstlicher als früher, niemals mehr verließ sie alleine den Hof. Tresi brachte die beiden stets zur Schule oder zu Freunden und holte sie dort auch wieder ab. Die Geschwister gingen seit dem letzten Herbst auf das gleiche Gymnasium, das Tobias besucht hatte.

Die Abwesenheit ihres Bruders war ein Teil ihres Daseins geworden, so wie zuvor seine Anwesenheit ein Teil des Familienlebens gewesen war.

Belastend waren für alle vier verbliebenen Familienmitglieder nicht nur Tobias' Geburtstag, der Jahrestag seines spurlosen Verschwindens und Weihnachten, sondern auch der Geburtstag der Zwillinge und die der Eltern. Dann fehlte Tobias ganz besonders. Die Zwillinge fühlten sich schuldig, einfach nur glücklich zu sein, wenn sie ihre Geschenke und Glückwünsche bekamen. Die Frage 'Darf ich denn froh sein, wenn es Tobias schlecht geht?', ging beiden Kindern dann durch den Sinn. An diesen Tagen zeigte es sich, dass ihre kindliche Unbeschwertheit sie verlassen hatte.

Und dennoch ging das Leben weiter, hatte einen veränderten Inhalt bekommen. Andere Besonderheiten hielt das Leben für die Menschen auf dem Bleckmannshof im Verlauf des Jahres 2012 nicht bereit.

Erst im Spätherbst überschlugen sich die Ereignisse wieder.

In den frühen Morgenstunden des neunzehnten Oktobers 2012 atmete Waltraud Weber zum letzten Mal aus. Ihre allerletzte kleine, säuerlich riechende Atemwolke verließ sie mit einem leisen Seufzer, der ungehört im Wohnzimmer verebbte. Selbst Bella, die auf dem Sofa neben dem Bett lag, bemerkte die Veränderung nicht. Frau Weber verschlief ihren Tod und beendete ihr trauriges Dasein genauso unscheinbar, wie sie gelebt hatte. Unbemerkt von ihrer Umwelt hatte sie sich im Alter von neunundsiebzig Jahren davongemacht. Ihr einziger Sohn Horst war mit siebenunddreißig Jahren elternlos geworden.

Als Horst morgens die Treppe nach unten ging, wusste er natürlich noch nichts davon. Er hatte gerade seinen süßen Frido zur Toilette gelassen und wieder angekettet und war auf dem Weg ins Wohnzimmer, um Mutter 'Guten Morgen' zu sagen und ihr dann den ersten Schluck Saft zu geben. Danach würde sie nicht mehr ganz so übel aus dem während der Nacht ausgetrockneten Mund riechen. Er konnte einfach nichts dagegen machen, dass sie ständig durch den offenen Mund atmete. Tagsüber schaffte er es mit Getränken ihren Mund feucht zu halten, aber nachts war das nicht möglich.

Die Altenpflegerin würde in einer Viertelstunde kommen.

Er öffnete behutsam die Tür und ging hinüber Richtung Pflegebett. Irgendetwas kam ihm komisch vor. Er schaute irritiert im Zimmer umher, konnte aber nichts Ungewöhnliches entdecken. Bella kam ihm wie jeden Morgen schwanzwedelnd und freundlich entgegen.

Und dann merkte er, was anders war: In dem Zimmer war nichts Ungewöhnliches hinzugekommen, sondern es fehlte etwas. Bis auf Bellas Schnüffeln und das Klopfen ihres Schwanzes gegen einen Sessel herrschte Stille!

Mutters leises, etwas röchelndes Atemgeräusch aus ihrem offen stehenden Mund war nicht zu hören. Horsts Schritte versteiften sich und mit jedem Zentimeter, den er weiter auf das Pflegebett zuging, schlug sein Herz schneller, seine Beine wollten ihn kaum weiter tragen. Sein Körper hatte das Ausmaß der Tragödie längst begriffen, bevor sein Verstand überhaupt wusste, was geschehen war.

Er schrie bereits, „Nein, nein!", immer wieder, „nein, nein!", bevor er am Bett seiner Mutter angekommen war. Schluchzend warf er sich über sie, klammerte sich an den mageren Leichnam und schrie immer wieder: „Nein! Nein! Nein! Nein Mutter, das kannst du mir nicht antun!!!"

Er schüttelte sie, er wiegte sie, er schrie auf sie ein, er flehte sie an: „Mutter, Mutter, sag doch was! Sag, dass das nicht wahr ist!!!"

Horst sank auf die Knie und wurde zu einem wimmernden Häufchen. Bella lief verstört zu ihm, aber er schickte sie mit einem heftigen Faustschlag gegen die Rippen fort. Der Hund winselte auf und trollte sich.

Jammernd rief Horst wieder nach seiner Mutter: „Mama, Mama! Lass mich nicht allein! Bitte Mama, lass mich nicht allein, ich mache auch alles wieder gut und passe auf dich auf!!!"

Heiße Tränen der Verzweiflung, Trauer und Wut stürzten ihm aus den Augen. In der Welt des Psychopathen fand gerade der ultimative Verrat statt: Seine Mutter hatte ihn endgültig verlassen; hilflos einer Welt überlassen, in der kein richtiger Platz für ihn war. Sie hatte ihn beraubt, hatte ihm die Aufgabe genommen, die sein Leben angetrieben hatte. Und Horst konnte nichts dagegen tun, er war entmachtet.

Gleichzeitig wusste Horst, dass er hoffnungslos versagt hatte: Er hatte sich nicht ausreichend um sie gekümmert, sonst wäre sie jetzt nicht so still!

Die Gedanken, Fragen und Vorwürfe rasten durch seinen Kopf. Wenn er nur nicht so viel Zeit mit diesem Frido verbracht hätte! All die Zeit, die er auf ihn verschwendet hatte, hätte er mit Mutter verbringen müssen! Jetzt war es zu spät! Unwiederbringlich zu spät!

'Ich habe die Zeit, die ihr geblieben war, mit albernen Freundschaftsspielchen vertan und was habe ich jetzt davon? Mutter ist vor der Zeit gegangen! Sie würde bestimmt noch bei mir sein, wenn ich mich nur anständig um sie gekümmert hätte und nicht die ganze Zeit mit diesem Frido vergeudet hätte! Fahrradfahren, studieren, vögeln, ausgehen! Pah!!! Ich hätte bei Mutter bleiben müssen, hätte bei ihr sein müssen, hätte ihr wenigstens in ihrer letzten Stunde beistehen müssen! Stattdessen habe ich mich mit diesem verschlagenen Frido oben in dem großen Bett gewälzt und vergnügt, während Mama hier unten einsam und verlassen um ihr Leben gekämpft hat.'

Schwerfällig richtete er sich wieder auf, stand seitlich neben ihrem Bett und starrte entgeistert auf sie nieder. Mit seinen Händen umklammerte er zornig die obere Stange ihres Bettgitters. Rote und schwarze Punkte tanzten vor seinen Augen, sein Blut kochte.

Er wusste noch nicht, wohin mit seiner Ohnmacht und seiner Wut. Je mehr er realisierte, dass es nicht in seiner Macht lag, die Situation zu verändern, desto wütender wurde er. Er schnaubte beim Luftholen, sein Brustkorb hob und senkte sich wie ein Blasebalg. Dabei wiegte sich sein Oberkörper von einer Seite zu anderen, als klammere er sich verzweifelt an die Reling eines von riesigen Wellen hin- und hergeworfenen Schiffes. Seine Finger, die immer noch krampfhaft das Bettgitter hielten, fingen an zu schmerzen und die Knöchel sprangen weiß hervor. Es war die totale Ohnmacht, die ihn innerlich rasen ließ. Von innen heraus gebeutelt stand er da, mit nach vorne gebeugten Schultern, blickte seiner Mutter in das entsetzlich stille, wächserne Gesicht und bebte. In schneller Folge schrie er immer wieder: „Verdammt! Verdammt! Verdammt!"

Von weit, weit her drang ein durchdringender Klingelton an sein Ohr.

Schwester Gabriele stand vorne an der Grundstückseinfahrt. Das Geräusch brachte Bewegung in ihn. Er ging zur Haustür und bediente die Öffnungsmechanik per Knopfdruck. Das Tor glitt zur Seite und die Pflegerin konnte mit ihrem Wagen bis vor das Haus fahren. Das Tor schloss sich hinter ihr automatisch.

Da Horst durch den Schock nahezu funktionsunfähig war, setzte die Altenpflegerin sich mit ihm an den Wohnzimmertisch und rief für ihn den Hausarzt und den Bestatter an. Es war derselbe Doktor, den Horst neunzehn Jahre zuvor für seinen Vater angerufen hatte.

Dr. Huber kam, noch bevor er seine Praxis um acht Uhr aufmachen musste. Er sprach sein Beileid aus und stellte den Totenschein aus.

Altersschwäche als natürliche Todesursache war darauf zu lesen.

'Wieder hat der Arzt nicht die leiseste Ahnung', stellte Horst lakonisch fest. Er wusste, dass die Todesursache Vernachlässigung durch den eigenen Sohn war.

Schwester Gaby verließ zusammen mit dem Arzt die Villa.

Eine halbe Stunde später kamen die beiden Männer vom Beerdigungsinstitut und nahmen Mutter gleich mit. Nachmittags sollte Horst zu ihnen ins Büro kommen, um die ganzen Formalitäten zu erledigen. Sie versicherten ihm, dass sie seine Mutter bis zum Nachmittag schön hergerichtet haben würden und sie in der Leichenhalle aufgebahrt sein würde. Sie hatten Unterwäsche, ihre einstige Lieblingsbluse, einen schwarzen Rock, Seidenstrümpfe, Schuhe und ihr Gebiss mitgenommen, um sie herauszuputzen.

Horst hasste das alles – und wie er es hasste! Er konnte den Leichenfledderern keinen Einhalt gebieten, hatte keinen Einfluss auf die Dinge, die geschehen mussten. Er hasste jede einzelne Sekunde seines neuen Daseins!

Er hasste es, die Kontrolle so unwiederbringlich verloren zu haben! Seine Mutter wurde einfach von fremden Männern aus dem Haus getragen!

Wie hatte das nur alles passieren können? Er hätte wirklich besser auf sie Acht geben müssen! Das hatte er doch sonst auch immer getan! Fast sein ganzes Leben hatte er sie beschützt! Bereits als Kind hatte er lieber Schläge eingesteckt, als dass er ertragen hätte, dass seine Mutter verprügelt wurde. Was hatte er denn diesmal nur falsch gemacht? Das konnte doch alles gar nicht wahr sein! Er war doch ihr Beschützer!!!

Mit jeder Minute, die verging, verabscheute er sich mehr. Er hasste sich und schämte sich dafür so viel Zeit mit diesem verlogenen Frido verbracht zu haben! Der Bursche hatte es doch tatsächlich geschafft, ihn sich um die Finger zu wickeln!

Wie in einem Karussell drehten sich seine wütenden Gedanken: 'Ich habe diesem Schwein viel zu viel erlaubt! Ich hätte ihn weiterhin von Mutter und mir fernhalten müssen! Das werde ich ihm heimzahlen, diesem Hund. Dass das Dreckschwein sich so in mein Leben geschlichen hat! Dafür wird der mir büßen! Richtig büßen, richtig!'

Mit unruhigen Schritten lief er durch sein verwaistes Wohnzimmer. Fassungslos schaute er immer wieder auf das entsetzlich leere Bett.

'Überhaupt, wo ist der noch mal? Ach ja, oben', erinnerte er sich und machte sich auf in Richtung Tür. Schon beim Treppensteigen zog er den Gürtel aus seiner Hose. 'Dem werde ich beibringen, wo er hingehört!'

Nachdem Horst mit Tobias fertig war, zerrte er ihn zurück in den Keller. Frühstück bekam der Junge nicht.

Tobias wusste nicht, wie ihm geschah und hatte nicht die leiseste Ahnung, was eigentlich los war. Er konnte sich keinen Reim darauf machen, warum sein angebeteter Freund nach dem schönen Abend und nachdem er morgens erst ganz normal und lieb gewesen war, sich benahm, wie ein ganz anderer. Das Tier war wieder da.

Sobald Horst den Jungen zurück in den Keller gesperrt hatte, nahm er Bella, ließ sie auf die Ladefläche des Lieferwagens springen, schloss die Tür hinter dem Hund und machte sich auf, das Grundstück zu verlassen.

Frido nach Strich und Faden zu verprügeln hatte nicht geholfen, er war immer noch zornig bis zum Zerspringen. Es fiel ihm schwer, klare Gedanken zu fassen. Der Boden unter seinen Füßen schien weich, er hatte den Halt verloren. In seinem Kopf drehte sich alles, Bilder überstürzten sich vor seinem inneren Auge. Mutter und Vater lagen immer wieder nebeneinander tot im Ehebett. Mit gemein verzogenen Fratzen grinsten sie ihn höhnisch aus toten Augen an. Frido saß winkend am Fußende. Pfarrer Abel lachte hämisch im Hintergrund: *„Komm rein, mein Freund, leiste mir etwas Gesellschaft!"* Frido lockte ihn unaufhörlich mit süßen Tönen zu den Toten ins Bett: *„Komm her, mein Freund, es ist Zeit!"* Die Bilder vermischten sich mit Erinnerungen und die Erinnerungen vermischten sich mit den Bildern. Sie machten alle mit ihm, was sie wollten und er konnte die Phantome mit ihren ätzenden Ausrufen nicht bändigen. Konnte die Stimmen nicht abstellen. Schaffte es nicht, wieder Herr seiner selbst zu werden.

Das alles machte ihn noch rasender!

Irgendwie musste er die Kontrolle über die Dinge wiedererlangen! Zu seinem Entsetzen entglitt ihm jedoch alles mehr und mehr.

Dann kam ihm der rettende Gedanke: 'Ich muss wieder los und mir einen holen!' Diese Eingebung beruhigte ihn etwas. Bilder von früheren Machterlebnissen schoben sich vor die entsetzlichen Bilder seiner eigenen Schrecken, denen er hilflos ausgeliefert war. Das half.

Die Verheißung von neuer Ordnung und ultimativer Kontrolle in seinem Leben ließ ihn zur Garage gehen. Ein bisschen herumfahren und Ausschau halten war genau das Richtige. Das hatte schon so oft geholfen, wenn ihn die Hilflosigkeit überkam. Wenn er drohte, im Nichts und in der Bedeutungslosigkeit zu versinken, das Gefühl hatte sich aufzulösen.

Er musste es irgendwie schaffen, sich wieder selbst zu spüren.

Er musste den anderen die Tür zu seinem Kopf versperren. Er wollte sie da nicht haben, die gehörten da nicht rein. Die waren fies zu ihm und böse, lachten ihn aus und machten sich über ihn lustig. Versuchten, ihn zu verlocken und wollten Spielchen mit ihm spielen.

„Kontrolle. Kontrolle. Ich muss die Kontrolle wieder finden", rief er sich anspornend zu, als er das Grundstück verließ und sich das Rolltor hinter seinem großen Lieferwagen schloss.

Der Oktober des Jahres 2012 war besonders golden.

Die Sonne schien an diesem Freitag aus herbstblauem Himmel.

Es war bereits einundzwanzig Grad - ungewöhnlich warm für die Jahreszeit.

Es war erst elf Uhr morgens und er hatte noch sechs Stunden Zeit, bis er beim Bestatter sein musste.

Das rote Handy hatte er vorausschauend mitgenommen. Es steckte in seiner Hosentasche.

Da er ein Mann mit festen Gewohnheiten war, trug er einen hellen Anzug.

19.10.12

Hilfe!!!

Ich weiß nicht, was los ist!

Mir tut alles weh, mein Rücken blutet an einigen Stellen. Hab Salbe drauf gemacht, aber es brennt ganz furchtbar. Hab versucht, mit Horst zu reden, aber er hat mir nicht einmal zugehört.

Weiß nicht, was ich gemacht habe. Er hat immer wieder gebrüllt: „Nur wegen dir! Nur wegen dir! Nur wegen dir!", immer wieder ohne Unterlass. Aber wenn ich gefragt habe, was ich denn gemacht habe, hat er mich nur weiter beschimpft und noch fester auf mich eingedroschen. Aber wie! Ich hatte eine Wahnsinnsangst! Horst hat ausgesehen, als wollte er mich erschlagen.

Schrecklich, ich halte das nicht aus!

Ich will, dass er wieder gut zu mir ist und mich in die Arme nimmt. Ich bin so verloren ohne ihn.

Es wäre so schön, wenn er mir die Striemen am Rücken einreiben würde und wir dann zärtlich miteinander wären. Wir verstehen uns doch so gut und sind immer so lieb zueinander. Ich verstehe das überhaupt nicht! Das macht mich ganz fertig!!!

Aber gerade war er bis zuletzt, bis er gegangen ist, unverändert zornig und böse mit mir. So feste hat er mich schon lange nicht mehr geschlagen und so lange überhaupt noch nie! Er hatte richtigen Schaum vor dem Mund, gruselig!

Ach Horst, was soll ich denn nur machen? Sei doch bitte wieder gut zu mir, bitte, bitte!

Hilfe!

20.10.2012

Horst war immer noch nicht wieder da.

Ich habe Angst und Hunger. Ich habe nur noch einige Plätzchen und ein paar Apfelsinen. Er war noch nicht einmal da, um mich gestern Abend ans Bett zu machen. Das hat er noch nie gemacht. Ich habe noch nie eine Nacht hier geschlafen, ohne angebunden zu sein.

Was ist los? Ich kann ihn auch nicht hören und ihn nicht rufen. Was habe ich denn nur getan? Ich würde alles tun, damit er mir verzeiht und damit ich nicht wieder so einen Fehler mache!

Ach, lieber Horst, komm doch und rede wieder mit mir. Ich brauche dich doch so sehr.

Scheiße, Scheiße, Scheiße!!! Ich habe so eine Scheißangst, hoffentlich kommt er bald.

21.10.12

Bitte, Horst, bitte komm, vergiss mich hier nicht!!!!!!!!!

Habe fast nichts mehr zu essen. Ein Liter Milch ist noch im Kühlschrank. Fünf Kekse von der Schokoplätzchenrolle habe ich noch und eine Apfelsine. Trinke viel Wasser. Krusten auf dem Rücken spannen, die Salbe geht mir aus.

Habe entsetzliche Angst.

Bitte, bitte, bitte Horst, vergiss mich hier nicht. Ich tue alles, was du nur willst. Alles, aber hab mich wieder lieb. Ich will wieder nach oben zu dir und Mutter. Bitte, Horst, vergiss nicht, wie schön wir es immer haben.

Ich halte das nicht aus!!!!!!!!!! Bitte, Horst, komm und erlöse mich, bitte!!!

22.10.2012

Ich glaube, ich muss hier sterben.

Horst hat mich vergessen.

Habe nichts mehr zu essen. Mein Bauch tut weh. Mit Wasser geht's besser. Weiß nicht, was ich machen soll. Rücken wird besser. Laufe viel hin und her. Niemand wird mich hier finden. Ich habe so eine entsetzliche, schreckliche Scheißangst!!!!!!!!!!!!!!!!!!!!!!!!!!!!!!!!

Ach Horst, tu mir das doch nicht an. Ich weiß ja nicht einmal, was ich gemacht habe. Ehrlich, ich mache, was du willst, aber lass mich hier raus. Hast du denn all unsere schönen Tage vergessen? Ich nicht. Ich liebe dich doch so sehr! Ich brauche dich doch! Ich will wieder zurück zu dir, bitte, bitte, bitte, hol mich hier raus. Ich versprech dir, ich mach was du willst, alles, nur vergiss mich nicht einfach!

Scheiße, der lässt mich hier verrecken. Das darf doch nicht wahr sein, Hilfe!!!!!!!!!!!!!!!!!!

Lieber Gott, bitte hilf mir, ich weiß nicht, was ich machen soll. Ich weiß, dass ich mit Horst in Sünde gelebt habe, aber ehrlich, lieber Gott, ich liebe ihn. Er ist doch das einzige, was ich habe und er hat sich doch so lieb um mich gekümmert und mir so viel beigebracht. Und wir haben doch mit unserem Tun keinem anderen wehgetan. Bitte, lieber Gott, mach, dass Horst mich nicht vergisst und mich wieder zu sich lässt. Dass er mir wieder gut ist! Ich werde auch sicher wieder jeden Tag zu dir beten, so wie ich das früher als Kind immer gemacht habe. Jeden Morgen und jeden Abend werde ich ein Vaterunser beten. Das ist versprochen. Ich bin doch noch so jung, ich möchte noch nicht sterben. Bitte, lieber Gott, lass mich noch nicht sterben!!!!!!!

Ich fange jetzt sofort an zu beten!

23.10.2012

Danke lieber Gott, dass du mich erhört hast!!! Danke, danke, danke!!!

Horst ist gestern Abend gekommen und hat mir endlich etwas zu essen gebracht. Ich bin so unendlich froh darüber! Ich hatte echt eine Heidenangst, hier unten einfach zu verrecken. Er hat zwar nicht gekocht, wie sonst immer, aber alles ist besser, als diesen entsetzlichen Hunger zu haben und nicht zu wissen, ob man je wieder etwas bekommt.

Gestern hat er kaum mit mir geredet, während ich gegessen habe. Nach dem Essen hat er mich wieder ans Bett gekettet und ist sofort gegangen.

Heute Morgen hat er mich wieder los gemacht und mir Frühstück gebracht. Er hat mir einfach fünf Scheiben trockenes Brot hingestellt. Obst hatte er nicht mit dabei. Schade! Dafür hat er mir eine Packung Butterkekse in den Schrank gelegt. Falls er heute wieder vergisst, mir etwas zu geben, habe ich die wenigstens noch.

Er sagt fast nichts mehr zu mir, redet aber immer irgendwie vor sich hin. Schaut an mir vorbei oder durch mich hindurch, als wäre da noch etwas. Gruselig. Er sieht ganz komisch aus. Angestrengt und verschwitzt.

Er riecht anders als sonst.

Seine Augen funkeln mich böse an. Ich habe Angst, ihn anzusprechen und etwas zu fragen. Ich mache einfach nur, was er verlangt.

Ich bin so unendlich froh, dass ich noch am Leben bin.

Lieber Gott, ich weiß gar nicht, wie ich dir danken soll. Ich bin so froh, dass du mein Flehen erhört hast.

Apropos Flehen, als Horst heute Morgen wieder gegangen ist, habe ich ganz komische Wimmerlaute gehört, als er die Tür aufgemacht hat. So, als sei ein Tier verletzt oder so. Hoffentlich hat Bella nichts.

24.10.12

Ich weiß immer noch nicht, was ich gemacht habe. Horst sagt nichts. Wenn ich doch nur wüsste, was ich tun muss, damit er mir wieder gut ist. Habe immer noch Angst, dass er mich wieder alleine lässt. Er bringt mir Essen, sonst lässt er mich links liegen. Wenn er mich wenigsten anfassen würde. Ich sehne mich so sehr nach ihm. Ich möchte ihn halten und trösten. Irgendetwas macht ihn ganz verrückt. Vielleicht denkt er ja nur, dass ich etwas gemacht habe und es war in Wirklichkeit jemand anders. Muss versuchen ihn zu fragen. Muss ihn auch nach Bella fragen. Habe wieder dieses schreckliche Wimmern gehört. Ganz seltsam, eher so, als würde jemand weinen. Aber hier ist doch keiner.

Bin alleine.

Bin gefangen.

Er ist soooo anders. Er ist soooo unheimlich. Er bewegt sich auch anders, eckiger. Seine Augen stehen nicht mehr still. Er redet ganz laut vor sich hin, unzusammenhängendes Zeug, scheint mit irgendwem zu diskutieren, ich kapiere nicht worüber, es ist alles so zerfahren. Der komische Geruch an ihm ist intensiver geworden.

Ich habe eine Wahnsinnsangst, dass er komplett durchdreht und wer weiß was mit mir macht. Ich will Horst wieder haben. Ich fühle mich soooo verloren hier unten.

Diesmal Bayern!

Das war eines der Bundesländer, in denen der Serienmörder bisher noch nicht zugeschlagen hatte - entsprechend den Informationen, die die Behörde bisher über den Fahrradkiller zusammengetragen hatte.

Dass jetzt ein Junge in Bayern vermisst wurde, passte also genau ins Bild.

Kopp fuhr aus Wiesbaden in das kleine Dörfchen Höfstetten westlich von Nürnberg. Am Tag zuvor war der vierzehnjährige Konrad mit seinem Fahrrad spurlos verschwunden. Der Junge auf dem Foto wirkte jung für sein Alter, er sah eher aus wie ein Zwölfjähriger. Die Pubertät hatte bei ihm offensichtlich noch nicht eingesetzt.

Konrad war gestern nach der Schule aus Heilsbronn mit seinen Freunden nach Hause gefahren. Die beiden anderen Jungen wohnten in Ketteldorf. Konrad hatte sich von seinen Klassenkameraden verabschiedet, um die restlichen, knapp eineinhalb Kilometer bis zu seinem Heimatdorf allein weiterzuradeln. Am Nachmittag würde er seine Freunde wiedersehen. Sie hatten sich später um drei bei Lars auf dem Bauernhof treffen wollen, um dort mit den sieben Wochen alten Welpen zu spielen.

Konrad war mittags ganz normal bei seiner Mutter angekommen, hatte gegessen und war gegen 14:30 Uhr mit dem Fahrrad wieder losgefahren.

Er hatte sich auf die Hunde gefreut, besonders, weil er zu Weihnachten den schönsten aus dem Wurf bekommen sollte. Sein Border Collie war hübsch gezeichnet und total niedlich. Weil das Wetter mit 22 Grad Außentemperatur fast so schön war wie im Sommer, hatte er den kleinen Umweg durch das Höfstetter Wäldchen genommen, das rechter Hand zwischen Höfstetten und Ketteldorf liegt. Er wollte ein paar Bucheckern sammeln, hatte er seiner Mutter gesagt und hatte sich dafür extra eine kleine Plastiktüte mitgenommen. Seine Freunde mochten die kleinen Nüsschen auch gerne. Später könnten sie die dann zusammen knabbern.

Als er in den Waldweg einbog, wurde er von Horst gesichtet, der seit Stunden genau nach so einer Gelegenheit Ausschau gehalten hatte. Er war ebenfalls in den Forstweg eingebogen und dem Kind mit seinem Transporter in einigem Abstand gefolgt. Verborgen zwischen den Stämmen und Schatten des Waldes überwältigte er den zarten Jungen.

Horst war an diesem Tag außergewöhnlich unvorsichtig. Der Tod seiner Mutter, die er so sträflich vernachlässigt hatte, steckte in jeder Faser seines Körpers und ließ ihn nach sofortiger Befriedigung seines Verlangens schreien. Er hatte dieses Mal keine Zeit, sein Tun aufzuschieben oder irgendetwas zu planen.

Seine Welt war unverhofft wie ein Kartenhaus zerfallen. Der Verrat seiner Mutter, die ihn einfach ohne irgendeine Vorwarnung verlassen hatte, musste gesühnt werden. Horst war verwirrt und gefangen in seinen Gefühlen. Er wusste genau, es war seine Schuld, dass Mutter vor der Zeit gegangen war. Andererseits konnte er ihr nicht verzeihen, dass sie ihn einfach sitzen gelassen hatte. Damit hatte er nicht gerechnet, dass der einzige stabile Faktor seines Lebens einfach so, ohne jegliche Vorwarnung, wegbrechen konnte. Einfach so, von jetzt auf gleich. Ohne, dass ihm jemand gesagt hatte, was los war und warum und wieso. Sie war einfach weggegangen.

Weg und tot.

Dass sie ihm das hatte antun können, würde er ihr nicht verzeihen! Ihn so hinterhältig zu verlassen, ohne ihn zu fragen, das ging einfach nicht. Das hätte sie sich nicht erlauben dürfen, auch nicht, wenn er sich - wie er sehr wohl wusste - zu wenig um sie gekümmert hatte!

Zu allem Überfluss quälten ihn die Bilder und Visionen vergangener Zeiten, die sich auf groteske Art mit dem Anblick seiner leblosen Mutter vermischten. Grimassen und verzerrte Gesichter von längst und jüngst Verstorbenen, verhöhnten und verspotteten ihn. Und immer wieder lockte Frido ihn mit süßer, ekliger Honigstimme aus dem Hintergrund. 'Dem werde ich es auch noch zeigen', dachte er, 'diesem hinterfotzigen Verführer!'

Aber zuallererst musste er dafür sorgen, dass er die Kontrolle zurückbekam und die Gespenster wieder in Schach halten konnte!

Vergeblich hatte er seinen alten Kindertrick mit dem Wegfliegen angewandt: Als er zurückkam, war Mutter immer noch tot.

Horst hatte keinerlei Kontrolle mehr über sein Erleben.

Dass er in seinem desolaten Zustand Konrad fangen konnte, ohne bemerkt zu werden, war in diesem Fall unwahrscheinliches Glück gewesen.

Genau wie damals bei seinem ersten Jungen. Als er zweiundzwanzig gewesen war. Damals wäre er fast aufgefallen, weil er das Fahrrad des Jungen nicht mitgenommen hatte und die Polizei direkt von einem Kapitalverbrechen ausgegangen war und deshalb sofort massiv nach einem Täter gefahndet hatte. Nur durch unglaubliches Glück waren sie ihm nicht auf die Schliche gekommen. Danach hatte er jede weitere Entführung genau geplant und durchgezogen.

Später, als er die Fahrräder dann mitgenommen hatte, galten die gerade ins Teenageralter eingetretenen Kinder nur als vermisst. Damit war er auf der sicheren Seite geblieben.

Natürlich hatte er Konrads Fahrrad mitgenommen, aber die Polizei in ganz Deutschland war sensibilisiert. Konrad Staufels Vermisstenanzeige, die abends in Heilsbronn eingegangen war, war direkt an das Landeskriminalamt in Bayern weitergeleitet worden und dann am nächsten Morgen sofort beim Bundeskriminalamt in Wiesbaden auf dem Schreibtisch von Kopp gelandet.

Die Fahndung lief auf Hochtouren. Das gesamte Gebiet um Höfstetten wurde von Hundertschaften durchkämmt. Befragungen der gesamten Dorfbevölkerung von Höfstetten, Ketteldorf und Heilsbronn, wo der Junge zur Schule ging, liefen ohne Unterbrechung. Im Höfstetter Wäldchen waren frische Reifenspuren entdeckt worden, die nicht zu einem Trecker oder Forstwirtschaftsfahrzeug gehören konnten. Einige Anwohner wollten einen weißen oder grauen Lieferwagen gesehen haben. Andere berichteten von einem dunkelblauen, großen Auto, das zu der fraglichen Zeit in Ketteldorf gesichtet worden war. Aber ein Kennzeichen hatte sich niemand gemerkt. Einige wussten auch nicht, ob sie den Wagen vielleicht am Tage vor dem Verschwinden des Jungen gesehen hatten.

Später fand man den vom Wind ins Unterholz gewehten Sandwichbeutel, der einige Bucheckern enthielt, die Konrad gesammelt haben musste.

Kopp war höchst persönlich unterwegs zum Tatort, um vor Ort ein Gefühl für die Situation entwickeln zu können. Der Fall war zu brisant, um ihn nur vom Schreibtisch aus koordinieren zu können. Er war sich darüber im Klaren, dass spätestens ab morgen der bundesweite Medienrummel wieder gnadenlos ausbrechen würde. Er wollte und musste bis dahin Ergebnisse haben und eine heiße Spur!

Obwohl die Temperaturen über Nacht um zehn Grad gefallen waren, war es glücklicherweise trocken geblieben und die Spurensuche und -sicherung konnte ohne Verwischungen durch Regenfälle durchgeführt werden. Der Wind hatte deutlich aufgefrischt.

Bereits am Abend würden sie wissen, welcher Fahrzeugtyp sich in dem Waldstück aufgehalten hatte. Aber ob das eine heiße Spur war, wussten sie damit immer noch nicht. Zusätzlich überflogen Hubschrauber mit Wärmekameras die gesamte Umgebung, um eventuelle Hinweise auf ein Grab oder das versteckte Opfer zu erhalten. Polizisten mit Spürhunden waren im Einsatz und durchkämmten die Gegend. Zwei Hunde hatten im Wald angeschlagen, dort, wo der Lieferwagen angehalten hatte. Aufgeregt bellend hatten sie in der Nähe offenbar Konrads Spur aufgenommen. Die Nasen tief am Boden, liefen sie einige Male hin und her. An einer Stelle schien die Spur für die Hunde besonders intensiv zu sein. Sie waren dort beide mit einer hochgezogenen Vorderpfote und waagerecht nach hinten weisendem Schwanz stehen geblieben und schlugen laut an. Von dieser Stelle wurden Bodenproben genommen. Die forensischen Analysen liefen auf Hochtouren.

Überwachungsvideos von den Nürnberg umgebenden Autobahnen wurden sichergestellt und bereits systematisch auf bestimmte Bewegungsmuster analysiert. Das Hauptaugenmerk lag dabei auf weißen und grauen Lieferwagen, die um den Zeitpunkt von Konrads Verschwinden unterwegs gewesen waren.

Am späten Sonntagnachmittag klappte Karin ihr Buch zu. Sie war traurig, dass es zu Ende war. Der spannende Krimi hatte sie ganz wunderbar durch ihr freies Wochenende begleitet. Abends stellte sie zum ersten Mal seit zwei Tagen ihr Fernsehgerät wieder an und hörte in den Nachrichten von dem neuen Fall.
Konrad Staufel wurde da bereits seit drei Tagen vermisst.

Sofort fiel ihr die Begegnung mit dem Mann und dem Jungen im Chinarestaurant ein.

Da sie sich unsicher war, ob sie überhaupt etwas von ihrer Begegnung, die fast ein ganzes Jahr zurücklag, sagen sollte, erstattete sie erst bei Dienstantritt am folgenden Morgen Bericht. Sie wusste nicht, ob sie nicht doch überreagierte, ob der Junge, Frido war, wie er sich genannt hatte, oder ob ihre Beobachtung doch von Bedeutung war. Weil die ganze Angelegenheit jedoch so festgefahren war, entschloss sie sich eine Meldung zu machen.

'Besser, eine unwichtige Spur verläuft im Sand, als dass ein wichtiger Hinweis wegen meiner eigenen Zweifel unerwähnt bleibt!', ermahnte sie sich.

Ihr Dienststellenleiter gab die Information sofort an den immer noch verzweifelt nach einer heißen Spur suchenden Leiter der BKA-Sonderkommission weiter. Kurze Zeit später wollte Kopp sie persönlich sprechen. Als Karin ihm bei dem Gespräch wiederholt beteuerte, dass der Junge braune Augen gehabt hatte und selbst gesagt hatte, dass er Frido heiße, stutzte Kopp.

Er hatte die Akte des Bleckmann-Jungen besonders gründlich studiert, weil das der Fall gewesen war, der die ganze Lawine ins Rollen gebracht hatte.

'Hieß da nicht irgendjemand Frido, in der Familie des Jungen', überlegte er angestrengt. Er ging zu seinem provisorischen Schreibtisch, den er in der Polizeiwache in Heilsbronn zugewiesen bekommen hatte und zog die Akte Bleckmann hervor. Er fing an zu blättern. Und tatsächlich, da stand es, in einem Nebensatz: '..., das Kuscheltier des Jungen heißt Frido.'

Das konnte kein Zufall sein!

Karin musste sich umgehend mit einem Forensiker vor den Bildschirm setzen. Ein Bild von Tobias im imaginären Alter von ungefähr vierzehneinhalb Jahren wurde erstellt. Dann klickte der Mitarbeiter auf seine Augen und verwandelte sie von dem entwaffnenden strahlenden Blau in Dunkelbraun. Das hatte Karin damals überzeugt, dass es sich nicht um Tobias handeln konnte. Mit dem nächsten Mausklick verpasste er dem Bild von Tobias geschorene Haare statt der goldenen Locken. Dann malte er mit seinem Zeichenprogramm zwei Halsbänder um den Hals des Jungen: Fertig war das Double.

Karin war schockiert!

Aus dem Bildschirm lächelte ihr der Junge aus dem Chinarestaurant entgegen. Aber wieso nur hatte er ihr nicht gesagt, wer er wirklich war? Sie hatte ihn doch extra noch gefragt und ihm gesagt, dass sie dachte, dass er Tobias heiße. Sie konnte das nicht begreifen!

Kopp, der die Nachricht freudig und gleichzeitig entnervt entgegen nahm, veranlasste unverzüglich, das Phantombild an sämtliche Polizeidienststellen weiterzuleiten und am nächsten Tag in allen einschlägigen Tageszeitungen das Bild zu veröffentlichen und ebenfalls in den Abendnachrichten desselben Tages noch auszustrahlen.

'Hätte die junge blonde Beamtin nicht schon mal eher ihr hübsches Köpfchen anstrengen und ihren Verdacht äußern können?', dachte er. Ebenfalls stellte er irritiert fest, dass er immer wieder an ihr wohlgeformtes Hinterteil denken musste. Jürgen Kopp wusste, dass es höchst simpel war, das Äußere eines Menschen mit Kontaktlinsen und einem anderen Haarschnitt grundlegend zu verändern. Vor allem wusste er, dass Kinder ihren Entführern hörig werden, die Opfer sich sogar in die Täter verlieben können und durch die Gehirnwäsche, der sie ausgesetzt waren, den Tätern über alle Maßen loyal ergeben sein konnten.

'Wenn wir Glück haben, ist das unser Junge!', resümierte er, 'dann haben wir endlich eine heiße Spur!'. Er überlegte weiter und rief seinen Kollegen Werner bei den Polizeipsychologen an.

Werner, ein langjähriger Mitarbeiter beim BKA und ein guter Bekannter von Kopp, bestätigte dessen Vermutungen: Wenn der Täter sich tatsächlich Tobias als Gefangenen hielt, war das die Erklärung dafür, dass er sich nicht wieder ein neues Opfer gesucht hatte. Wenn diese Theorie wirklich zutraf, dann hatten sie de facto eine sehr heiße Spur mit dem Phantombild.

Es musste nur noch altersmäßig an den jetzt bereits deutlich über fünfzehnjährigen Tobias Bleckmann angepasst werden.

Werner spekulierte, dass der Täter sicherlich mehr als nur einmal mit dem Jungen in der Öffentlichkeit aufgetreten sein musste, wenn er so selbstverständlich mit ihm ausging. Es würden sich deshalb bestimmt viele Leute an das ungewöhnliche Paar erinnern. Und wenn das der Fall war, würden sie auch früher oder später eine Beschreibung des Täters bekommen!

'Es läuft ja nicht jeden Tag ein Punk mit zwei Hundehalsbändern um den Hals, in Begleitung eines biederen Erwachsenen herum, Jürgen', bekräftigte der Psychologe seine Spekulationen, bevor er das Telefonat mit Kopp beendete.

Man würde sehen, bereits an diesem Abend würde das Bild über die Fernsehschirme der Republik gehen.

Er musste mit den Kollegen vom LKA in Nordrhein-Westfalen sprechen, damit die umgehend die Bleckmann-Eltern in Kenntnis setzten. Die mussten unbedingt vor der Veröffentlichung der Bilder, von den letzten Entwicklungen in dem Fall ihres Sohnes auf den aktuellen Stand der Dinge gebracht werden. Außerdem brauchte die Familie psychologischen Beistand. Die Eltern sollten das Phantombild zuerst sehen und auf das Schlimmste vorbereitet werden.

Kopp wusste, dass er mit der Veröffentlichung des Bildes den Täter unter Druck setzen würde, wenn sie mit ihrer Theorie richtig lagen. Aber er hatte keine andere Wahl. Sie wussten ja nicht einmal, ob Tobias immer noch lebte. Und sie konnten nur hoffen, dass Konrad ebenfalls noch lebte. Kopp wusste nur zu genau, dass es ein Rennen gegen die Zeit war, das sie bereits am Freitag, dem Tag von Konrads Verschwinden, aufgenommen hatten.

„Und heute ist, verdammt nochmal, schon Montag!", fluchte er laut vor sich hin.

Die Vorstellung, dass sich der Täter einen zweiten Jungen gefangen hielt, um mit ihm und Tobias eine Art gemeinsames soziales Leben zu haben, war zu abstrus. Werner und sein Team gingen eher davon aus, dass der Täter wieder in sein altes Verhaltensschema zurückgefallen war.

Mit Werner war er zu dem Schluss gekommen, dass irgendetwas Einschneidendes geschehen sein musste, was den Fahrradkiller destabilisiert hatte und wieder hatte zuschlagen lassen. Jahrelang, genau seit Tobias Verschwinden im Juli 2010, war kein weiterer Fall mehr bekannt geworden, der in dessen Schema gepasst hätte. Selbst im Zeitraum davor hatte es eine ungewöhnlich lange Pause gegeben. Zwei Jahre und neun Monate, bevor Tobias vermisst gemeldet worden war, war sein Vorgänger verschwunden. Das war bereits eine ungewöhnlich lange Zeitspanne gewesen, denn zwischen den anderen Jungen waren die Abstände immer kürzer geworden.

Irgendetwas musste die Zeitbombe, die in dem Typen tickte, zum Explodieren gebracht haben, sonst war es nicht zu erklären, dass er erst nach so langer Zeit wieder zugeschlagen hatte. Oder er war wegen eines anderen Deliktes im Gefängnis gewesen und war jetzt wieder auf freiem Fuß. All das war Spekulation, aber dennoch wurde ein Mitarbeiter beauftragt, zu checken, welche Straftäter, deren Altersprofil dem des Serienmörders entsprach, in den letzten Wochen in Erlangen und Nürnberg entlassen worden waren.

Das war mehr oder weniger ein Schuss ins Blaue, aber man konnte ihre Fotos dann der Beamtin Karin Rinke vorlegen. Vielleicht erinnerte sich die Kollegin ja wieder an den Mann, der mit dem Jungen unterwegs gewesen war.

Mit Karin hatte leider kein Phantombild von dem Begleiter des Jungen erstellt werden können. Alle Versuche waren fehlgeschlagen; sie konnte sich nicht mehr daran erinnern, wie der Mann ausgesehen hatte. Das Einzige, was sie noch wusste, war, dass er gut ausgesehen hatte. Der Vorfall lag zu lange zurück und sie hatte alldem keine weitere Bedeutung zugemessen. Die Pekingente war zu gut gewesen und das Gespräch mit ihrer Schwester zu fesselnd. Der Typ hatte sie nur kurz angesehen und mit dem Rücken zu ihr gesessen. Sie konnte nicht einmal mehr sagen, ob die beiden das Restaurant vor ihnen verlassen hatten.

Karin fühlte sich jetzt wie eine Idiotin: 'Wie kann es sein, dass ich mich nicht auf mein kriminalistisches Gespür verlassen habe? Nur weil es mir unwahrscheinlich vorgekommen war, dass ich den in Emsdetten verschwundenen Jungen ausgerechnet in Nürnberg in einem Chinarestaurant wiedersehen sollte? Und klar, ich war auch echt hungrig nach dem Spaziergang mit Jütt und das Essen da ist einfach super köstlich...!', rechtfertigte sie sich vor sich selbst, 'mit den dunklen Augen sah der Junge einfach nicht aus wie Tobias!'

Gleichzeitig war Karin stolz, dass sie mit ihrer Erinnerung doch den Stein ins Rollen gebracht haben könnte.

Sie überlegte weiter: 'Kopp vom BKA war auf jeden Fall freundlich zu mir. Der hat sogar ein wenig mit mir geflirtet. Ich glaube nicht, dass der zu sauer auf mich ist. Wer weiß, was sich da noch ergeben kann', sinnierte sie weiter und lächelte vor sich hin.

'Aber Quatsch!', rief sie sich sofort zur Raison, 'ich will nicht den nächsten alten Knacker mit Ehering am Hals haben!' Sie grinste schon wieder.

Plötzlich schaute sie besorgt drein, ihre nächsten Gedanken beunruhigten sie sehr: 'Hoffentlich drehen die mir keinen Strick aus der ganzen Angelegenheit und werfen mir vor, dass ich mich sofort hätte melden müssen. Ich bin doch eine gute Polizistin! Oh, Mann, hätte ich mich doch nur eher gemeldet!'

Sie bangte jetzt um ihren Job, während sich ihre Gedanken weiter im Kreis drehten.

'Ach, bestimmt geht alles gut. Wenn ich es damals gesagt hätte, hätte mir eh niemand geglaubt und mich für übereifrig gehalten. Die Sache wäre bestimmt im Sand verlaufen.' Und dann wieder: 'Ach, hätte ich doch nur! Ich blöde Kuh! Jetzt stehe ich da wie ein Esel. Höchstwahrscheinlich hätten wir Tobias schon damals finden können!'

In der folgenden Nacht schlief Karin richtig schlecht.

Am nächsten Morgen beschloss sie, ihre Schwester Jutta anzurufen und sich psychologischen Beistand zu holen.

'Irgendwie weiß Jütt doch immer einen Rat', hoffte sie voller Zuversicht.

Horst sah in den letzten Tagen immer ungepflegter aus und roch streng nach Schweiß. Und dann war da noch ein anderer Geruch, der an ihm klebte. Ein Mief, den Tobias zuerst gar nicht einordnen konnte. So etwas hatte der Junge in all den Jahren, die er bei Horst war, nicht an ihm wahrgenommen. Der Geruch erinnerte den Kellerjungen an etwas Altes, Dreckiges, Faules. Vielleicht ein bisschen so, wie eine schmutzige Wolldecke, die zu lange im Regen gelegen hatte und dann von der Sonne beschienen wurde.

Es war ein Gestank, der ihm Angst machte.

Dann plötzlich wusste Tobias, was es war: Horst stank wie die verrottende Ratte, die er als kleiner Junge hinter der Scheune entdeckt hatte, sie hatte von dicken Maden nur so gewimmelt.

Genau diesen unschönen Mief dünstete Horst aus und Tobias wurde jedes Mal latent schlecht davon, wenn er zu ihm in den Keller kam.

Das passte gar nicht zu dem Mann, der immer ganz besonders viel Wert auf sein Äußeres gelegt hatte. Plötzlich war er wie ausgewechselt. Er war offensichtlich seit Tagen ungewaschen und unrasiert. Seine Haare hingen verschwitzt und fettig um seinen Kopf. Seine Kleidung war schmuddelig. Er trug eine helle Hose und ein Oberhemd, beides war zerknittert und verschmiert. Das Hemd hing hinten weit aus der Hose. Braune und rötliche Flecken waren besonders deutlich auf dem Stoff der Hose und auf den Hemdsärmeln zu sehen. Ganz gegen seine Gewohnheit trug er Turnschuhe, die ebenfalls total verdreckt waren.

'Was ist nur los mit ihm? Was macht er die ganze Zeit?', fragte Tobias sich immer wieder.

Er hatte Angst vor Horst, der wie ein Tiger im Keller auf und ab lief und vor sich hin lamentierte: „Du kommst jetzt mit und hilfst mir. Du kommst jetzt mit und hilfst mir. Du kommst jetzt mit und hilfst mir." Immer wieder sagte er diesen einen Satz und das schon seit über einer Viertelstunde. Dabei schaute er den Jungen fast ununterbrochen lauernd über seine Schulter hinweg an, blieb aber nicht stehen. Fahrig fuhr er sich mit den Händen wieder und wieder durch die speckigen Haare. Sie fielen ihm jedoch sofort ungebändigt zurück in die Stirn.

Dann blieb er stehen, legte den Kopf schief und schien zu lauschen. Er nahm offensichtlich etwas wahr, das nur er hören konnte. Tobias hörte absolut nichts, so sehr er sich auch anstrengte. Ebenso unvermittelt schüttelte Horst dann den Kopf, schaute wieder mit bohrendem Blick auf Tobias und setzte seine besessene Wanderung fort.

Er benahm sich wie ein gehetztes Tier.

Nach einer gefühlten Ewigkeit blieb er direkt vor Tobias stehen und schaute ihn aus fiebrigen Augen an: „Du kommst jetzt mit und hilfst mir. Du hast es nicht anders verdient. Nur wegen dir ist sie gestorben und ich musste wieder böse sein. Wegen dir ist alles vermasselt", er atmete schwer und machte eine kurze Pause. Dann wieder: „Du kommst jetzt mit und hilfst mir. Du hast es nicht anders verdient."

„Wer ist gestorben?", entfuhr es Tobias atemlos. Seine Gedanken überschlugen sich, genau wie sein Herz. Sein Brustkorb schien plötzlich zu eng für dieses wild hämmernde Organ.

Er konnte sich auf all das überhaupt keinen Reim machen.

„Halt einfach deine dumme Fresse, du arrogantes Arschloch und komm jetzt mit!" Bei diesem Ausruf gab er Tobias eine Ohrfeige, sodass dessen Kopf von der Wucht zur Seite flog. Fassungslos nahm der Junge das hin, stumme Tränen der Hilflosigkeit standen in seinen Augen. Er hielt sich sein brennendes Gesicht: Das ist doch nicht mehr mein geliebter Horst! So aufbrausend und gemein war er doch nie! Ja, klar, Horst hat mich oft schlagen müssen, aber nie ohne Grund! Nie, ohne mir zu erklären, warum er das machen musste. Nie, ohne mich irgendwie darauf vorzubereiten und immer hat er sich hinterher erklärt! Es hat ihm sogar meistens leidgetan, dass er mich hatte schlagen müssen. Aber jetzt prügelt er einfach ganz ohne Grund auf mich ein!'

Tobias hielt sich immer noch die Wange, er hatte Bauchschmerzen, ihm war schlecht vor Angst. Er hatte keinen Erfahrungswert, womit er diese Situation vergleichen konnte. Das war alles so unbegreiflich und neu. Er konnte das nicht verstehen. Horsts Attacke und sein wirres Benehmen passten in keines der Verhaltensmuster, die er bisher an den Tag gelegt und auf die Tobias sich sehr gut eingestellt hatte. Der Junge wusste nicht mehr, wie er sich verhalten sollte.

„Ist ja gut, ich komme ja mit und helfe dir", sagte er tapferer, als ihm zumute war.

Anscheinend war das der richtige Satz gewesen, denn Horst antwortete ihm: „Komm gefälligst hierher, dass ich dir die Halsbänder anlegen kann."

„Gehen wir denn aus, Horst?"

Diese Frage allerdings schien durch Horst hindurch zu schallen. Wieder hatte er dieses drängende Fieber in den Augen, schien jemandem zuzuhören, den nur er hören konnte. Er war sehr konzentriert darauf, das Gehörte schien sehr wichtig zu sein. Er hatte den Kopf dabei leicht schief gelegt.

Tobias bemerkte, dass Horsts Lippen ganz trocken und in den Mundwinkeln aufgesprungen waren.

„Horst, möchtest du etwas trinken?", fragte der Junge zaghaft. Er hoffte immer noch, dass Horst doch wieder der Alte sein und ihn im nächsten Moment wieder in seine Arme schließen würde. Tobias hatte die unschuldige Vorstellung, dass, wenn er nur nett genug war, Horst auch wieder nett zu ihm sein würde.

Die Antwort war eine heftige Ohrfeige, die ihn diesmal fast umwarf.

Tobias hatte offensichtlich wieder das Falsche gesagt.

Danach schwieg er.

Vor kurzem erst hatte der Kehlkopf des Jungen angefangen zu wachsen und seine Stimme war dabei tiefer zu werden. Jetzt, wo er diese Wahnsinnsangst hatte, kamen nur hohe Piepstöne aus seinem Mund. Er ärgerte sich, dass er in seiner Furcht so lächerlich klang.

Erneut vor sich hinmurmelnd: „Du kommst jetzt mit und hilfst mir", legte der Getriebene mit bebenden Händen zwei frisch aufgeladene Elektroschockhalsbänder um Tobias' Hals.

„Du kommst jetzt mit und hilfst mir." Horst stand vor der Kellertür und steckte mit bebenden Händen den Schlüssel ins Schloss. Zweimal verfehlte er die Öffnung, bevor er letztendlich doch den Schlüssel hinein schieben konnte. Er machte die Tür auf: „Du kommst jetzt mit und hilfst mir!", fuhr er den Jungen in nun noch unfreundlicherem Tonfall an. Er klang dabei nicht mehr ganz so abwesend wie zuvor.

Tobias lief folgsam hinter ihm her. Seine Knie waren vor Angst ganz weich, sein Atem stoßweise, schnell. Er hatte nicht die leiseste Ahnung, was Horst mit ihm vorhatte. Er überlegte fieberhaft, was der gemeint haben könnte. Dass es seine Schuld sei, dass sie gestorben sei. War Bella etwa tot? Ja, er entsann sich genau, er hatte doch dieses schauerliche Wimmern gehört! Irgendetwas musste passiert sein.

Sie gingen jetzt durch den Kellergang. Dieser widerliche Geruch, den Horst um sich hatte und den Tobias nicht hatte einordnen können, hing schwer in der Luft.

Durch eine alte Holztür traten sie in einen Nebenkeller.
Und dann sah Tobias ihn!

Seiner Kehle entrang sich unkontrollierbar ein markerschütternder Schrei, den Horst sofort mit einem Faustschlag in seine Magengegend beantwortete. Tobias krümmte sich vor Schmerzen und blickte auf das, was vor ihm lag:

Auf dem Steinfußboden lag ein anderer Junge. Er war vollständig entkleidet. Einen Arm hatte er nach oben gestreckt. Seine Hand steckte irgendwie komisch verdreht in einer Handschelle, die an einem Ring in der Wand festgemacht war. Er lag auf der Seite. Er bewegte sich nicht. Er hatte die Augen nicht aufgeschlagen, als sie in den Keller gekommen waren und auch nicht auf Tobias' gellenden Schrei reagiert, der durch Horsts Faustschlag in ein dumpfes Stöhnen übergegangen war.

Der Mund des Jungen stand leicht offen, aus dem Mundwinkel hing ein rot gefärbter Speichelfaden.

Horst trat mit der Fußspitze leicht gegen den Körper. Der Junge reagierte nicht.

„HORST!", der zweite völlig entgeisterte Schrei entfuhr Tobias' Kehle, als er endgültig realisierte, dass der Junge tot war. Mehr als 'Horst' brachte er nicht hervor. Der grausame Anblick hatte ihm, sobald er die Situation erfasst hatte, vollständig die Sprache verschlagen. Ihm war so elend, dass er sich den Bauch festhalten musste.

Eiskalte Angst stieg in ihm hoch und blankes Entsetzen packte ihn. Ihm war so übel wie noch nie! Er wollte nur noch weg von hier. Stattdessen sackten ihm die Beine weg, er kauerte vor dem Jungen auf dem eisigen Boden.

„Du hilfst mir jetzt, den wegzubringen", fuhr Horst ihn an. Er lief mit aufgeregten Schritten immer wieder um Tobias und den toten Körper des Jungen herum. „Nur wegen dir, alles nur wegen dir, du Schwein! Du hilfst mir jetzt mit, den wegzubringen!" Zwischendurch trat er gegen Konrads Körper und dann wieder gegen Tobias.

Tobias wendete sich zur Seite und erbrach sich. Immer und immer wieder rebellierte sein Magen, bis nur noch bittere, grüne Galle kam.

„Jetzt stell dich nicht so an!", schrie Horst auf ihn ein, „wenn du jetzt hier die Mimose spielst, dann kannst du Gift drauf nehmen, dass ich mit dir das gleiche mache, wie mit dem hier." Wieder stieß er achtlos mit dem Fuß gegen den geschundenen Leib des toten Kindes.

„Fass jetzt gefälligst mit an!", kommandierte Horst in stählernem Ton.

Tobias würgte immer noch, wischte sich jedoch mit dem Ärmel die sauren Reste vom Mund. Kalter Schweiß stand ihm im Gesicht und lief ihm den Rücken hinunter. Ihm schlotterten die Knie und er fühlte, wie die Panik ihn in aufsteigenden Wellen durchflutete. Er konnte kaum atmen, konnte sich nicht vom Fleck bewegen. Eine Erinnerung flackerte in ihm auf:

Er selbst lag im Keller angekettet auf dem Bett. Angekettet, wie der Junge vor ihm, mit einem nach oben gereckten Arm, steif vor Angst.

Horst schubste ihn an: „Pass auf, Bursche, wenn du jetzt nicht augenblicklich spurst und dich zusammenreißt, dann....."

„Horst", wimmerte Tobias jetzt, „was soll ich machen?" Irgendetwas in ihm fand die Kraft, nicht aufzugeben, er versuchte, zu gehorchen, einen Weg aus diesem unmenschlichen Abgrund zu finden.

Er rappelte sich auf.

Tobias wusste, dass er Horst gehorchen musste. Dem Jungen war beim Anblick der Leiche unausweichlich klar geworden, dass Horst ihn sonst ebenfalls umbringen würde.

Bestürzt begriff er, dass alle Zuneigung, die Horst für ihn gehegt hatte, vollständig von ihm abgefallen war. Er war nicht mehr sein Freund. Nicht die leiseste Spur von Freundschaft war übriggeblieben.

Horst war nur noch Feindschaft, grausame Abartigkeit, gnadenloser Herrscher über Leben und Tod.

Tobias wusste nicht, wieso, aber er verstand, dass sich das Blatt vollständig gewendet hatte. Wenn er nicht tat, was Horst wollte, dann würde Horst ihn töten. Fassungslos beobachtete er, wie Horst die Handschelle vom Handgelenk des Jungen löste. Der befreite, leblose Arm klatschte auf den feuchten Boden. Dieser war schmierig von Blut und Exkrementen.

„Du nimmst die Füße und ich den oberen Teil. Glotz nicht so, fass gefälligst mit an, wir haben nicht ewig Zeit."

Tobias stand wie angewurzelt. Er konnte nicht glauben, was der Mann da von ihm verlangte.

„Frido, ich zähle jetzt bis drei, wenn du dich dann nicht bewegst, kriegst du den ersten Elektroschock. Du erinnerst dich doch bestimmt, wie unschön Bella das fand oder?"

Die Erinnerung schoss durch Tobias Kopf:

Bella, die sich jaulend unter dem Elektroschock verkrampfte und zuckend auf den Kellerboden vor seinem Bett fiel.

„Eins", der Mann hatte seine rechte Hand in der Hosentasche und offenbar hielt er die Fernbedienung schussbereit. Er zog ungeduldig die Luft ein, „zwei...", er schnaufte wieder, „dr...". Er sprach nicht bis zu Ende. Tobias bückte sich und umfasste die Fußgelenke des Jungen.

„Na also, geht doch", kommentierte Horst.

Die Haut des Jungen fühlte sich noch warm an, war glitschig an den Stellen, die auf dem schmierigen Boden gelegen hatten.

„So geht das nicht", fuhr Horst ihn an, „du musst zwischen seine Beine gehen und ihn an den Oberschenkeln nehmen, sonst hängt der mit seinem Arsch nach unten durch."

Tobias fand die Tür zu seinem Behälter im Kopf. Lange hatte er sie nicht mehr gebraucht. Sie klemmte ein bisschen. Als er dort hineinschlüpfte, fühlte er sich augenblicklich besser, wieder sicher, hatte sich von dem Geschehen im Keller entfernt, es betraf ihn nicht mehr.

Sein Körper konnte jetzt tun und lassen was er wollte oder sollte, Befehlen folgen, ohne, dass Tobias etwas damit zu tun gehabt hätte. Er war gut versteckt, das undenkbare Grauen war bezwungen.

Kellerbunkerwesen ausgestiegen.

Gemeinsam mit Horst drehten seine Hände den Jungen auf den Rücken, spreizten ihm die Beine. Er stellte sich dazwischen, beugte sich vor, ergriff von außen die Oberschenkel und richtete sich auf. Selbst der Anblick der Wunde zwischen den Beinen des Jungen, wo eigentlich dessen Penis hätte sein müssen, betraf Tobias nicht mehr. Er war absolut sicher in seinem Behältnis aufgehoben.

Horst griff dem Jungen von unten unter die Achseln. So trugen sie die Leiche von Konrad Staufel die Kellertreppe hoch und in den Garten.

Wieder flackerte ein Filmstück vor Tobias' innerem Auge:

Er sieht sich hinter einem Lieferwagen stehen, dessen Ladefläche weit offen ist. Davor liegt Bella auf der Straße. Sie ist offensichtlich verletzt. Er sieht, wie er sich bückt und das Hinterteil des Hundes anhebt. Horst hebt den vorderen Teil des Körpers an.

Es war dunkel. Wolken hatten sich an diesem vierundzwanzigsten Oktober vor den zunehmenden Mond geschoben. Eine Eule zog mit leichtem Flügelschlag und lautem Ruf über sie hinweg.

Sie legten die Leiche ins Gras. Es roch feucht nach Herbst.

Auf der Hüfte des Leichnams sah er zwei hoch entzündete eitrige Brandwunden.

Erinnerungen rasten durch den abgekapselten Teil des *Kellerasselwesens*:

Ein rotes Handy, Schmerz, Krämpfe, er bricht zusammen, sein Oberkörper fällt nach vorn auf die Ladefläche zu dem Bernhardiner.

Die Puzzlestücke fügten sich aneinander. Tobias sah von der sicheren Warte in seinem Kopf seine Erinnerungen, die bis gerade verloren gewesen waren.

'Ja, genau, so war das!'

Es kam immer mehr und mehr:

Der Sonnenschein an diesem Tag, die Schatten, die über die Straße tanzen, der freundliche, verstörte Mann, der Hund, der Lieferwagen. Sein erster Impuls, einfach weiterzufahren,...

'Ach, wär ich doch nur.'

Horst holte die Schubkarre. Sie legten den Jungen hinein. Dann nahm er zwei Spaten aus der Werkstatt mit und ließ Tobias die Karre bis hinunter ans Ende der riesigen Obstbaumwiese schieben. Bis direkt an die alte Steinmauer, die den Garten zum Fluss hin begrenzte. Dort hoben sie mühsam ein Grab aus, legten den

Leichnam hinein und schaufelten die Erde wieder darüber. Obenauf arrangierten sie die Grasstücke, die sie ausgestochen hatten. Es sah fast so aus, als sei nichts geschehen. Dann holten sie aus der Garage das Fahrrad des Jungen, Tobias schob es durch die Nacht.

In der hintersten Ecke des Gartens lag eine hölzerne, halb verwitterte Platte über der Öffnung der ehemaligen Sickergrube. Gemeinsam zerrten sie diese zur Seite und Tobias musste das Fahrrad dort hinein werfen. Im Dämmerlicht der Nacht sah er einen Haufen Fahrräder dort unten liegen. Das war regelrechter Schrotthaufen, ein Fahrradfriedhof. Als sich der Mond hinter den Wolken hervor schob, erkannte Tobias zwischen dem Rost das Grün seines alten Hollandrades. Sein Atem stockte, er fühlte, wie sein Herz ihm angstvoll davonzugaloppieren drohte. Er hatte das Gefühl, selbst schon zur Hälfte begraben zu sein. Die Enge in seiner Brust musste damit zu tun haben, eine zentnerschwere Last drückte ihm die Luft weg.

Beim Anblick seines Fahrrades hatte er sich weit aus seinem Kopfversteck hervorgebeugt. Bevor ihn jedoch die sich bereits anmeldende Panik überfluten konnte, huschte er schnell zurück in sein sicheres Refugium und zog die Tür feste hinter sich zu.

Als die beiden da draußen die Holzklappe wieder über die Grube mit den Fahrrädern zogen, rückte sich bei Tobias ebenfalls etwas zurecht. Der Kreis hatte sich geschlossen. Nach über zwei Jahren sah er zum ersten Mal wieder Horsts wahres Wesen. Er verstand, wie die Räder dort hingekommen waren, begriff, was Horst umtrieb.

Alle Verliebtheit und Verblendung fiel von ihm ab, wie eine ausgediente Schlangenhaut. Sein Bewusstsein konnte da anknüpfen, wo er seine Erinnerungen unter Folter verloren hatte.

Horst triumphierte lautstark und rief immer wieder: „Geschafft, geschafft, geschafft! Verbuddelt ist verschwunden! Keiner wird was finden."

Er benahm sich wie ein Besessener, seine Ausrufe hatten etwas kindlich Beschwörendes. Er sah wild um sich, fuchtelte mit den Händen und Armen und redete offensichtlich nicht mit Tobias, sondern mit jemand anderem, den er anzuschauen schien. Er legte den Kopf schief und lauschte in die Nacht. Dann rief er wieder: „Nein, nein, nein, geschafft, geschafft, geschafft. Verbuddelt ist verschwunden! Keiner wird was finden." Er redete vor sich hin, wie eine Schallplatte, die einen Sprung hat.

Mit seiner wiedergewonnenen, klaren Sicht auf die Dinge war Tobias noch mehr auf der Hut als zuvor. Er sprach nicht mehr, ließ sich ohne Kommentar, ohne weitere Fragen, von Horst in den Keller bringen und ans Bett ketten. Horst bemerkte die Veränderung des Jungen nicht. Er war gefangen in der Welt seiner eigenen Dämonen.

Tobias ahnte, dass in Horst mehr als eine Sicherung durchgebrannt war.

'Deshalb muss ich noch mehr aufpassen', mahnte er sich.

Tobias schlief kaum.

Er lag wach und grübelte über alles nach.

Immer wieder schlief er kurz ein, wurde jedoch wieder und wieder von schrecklichen Bildern geweckt. Die Erinnerungen an den Tag seiner Entführung ließen ihn nicht mehr los.

Er träumte, dass der tote Junge lebendig war. Er kam ihm aus der Eiswüste entgegen, in der Tobias einst den wichtigen Behälter an die, aus dem Schnee hervorschnappenden Schnäbel, verloren hatte. Der Junge trug einen weißen Overall, war nicht mehr nackt. Er lächelte Tobias freundlich zu. Er hielt den verloren geglaubten Behälter in den Händen. Die Schnäbel waren zur Ruhe gekommen und schnappten nicht mehr nach ihren Beinen. Der Junge reichte ihm den Behälter, den Tobias erleichtert an sich drückte.

Plötzlich stand Tobias alleine im Wald. Die Vögel zwitscherten, es roch nach Mittagessen. Er öffnete den Behälter und schaute hinein. Er blickte hinab auf einen Spielzeugbauernhof. Seine Mutter stand in der Einfahrt und winkte ihm zu.

Tobias wachte auf und weinte.

Er hatte das schlimmste Heimweh der Welt.

Tresis Blogg

!!! WIR WERDEN TOBIAS FINDEN !!!

Montag, den 22.10.2012
Hallo Ihr Lieben!!!

Große, große Freude!
Bin total aufgeregt, weiß nicht, wo ich anfangen soll.
Muss es Euch aber sofort mitteilen!:

TOBIAS LEBT !!!

Die Polizei hat mir heute bestätigt, dass sie in Bayern bei Nürnberg eine heiße Spur von Tobias gefunden hat.
Die suchen dort fieberhaft nach ihm und dem Mann, der ihn entführt hat.
Das kommt alles heute Abend in den Nachrichten! Schaut Euch bitte die Bilder an.

Ich habe es ja immer gewusst, dass mein Junge verschleppt worden ist und noch lebt!

Sie sagen zwar, dass sie nicht wissen, ob Tobias noch lebt, gerade jetzt, wo wieder ein Junge verschwunden ist. Aber ich habe denen gesagt, dass sie nur mich fragen müssen, ob er noch lebt oder nicht. Und ich weiß es ganz genau und spüre es seit 2 Jahren, 3 Monaten und genau 14 Tagen, dass mein Kind lebendig ist und nur darauf wartet, befreit zu werden.

Endlich, endlich, endlich ist eine Spur von ihm entdeckt worden!!!

Bitte, bitte, bitte schickt alle Eure Gebete, Wünsche und positiven Energien zu Tobias, damit er durchhält und gefunden werden kann, damit er endlich wieder nach Hause kommt.

Ich kann Euch allen gar nicht genug danken für Eure treue Unterstützung in all den Jahren!!! Ohne Euch wäre ich in meiner Sorge alleine verrückt geworden (aber das wisst Ihr ja sowieso). Bald haben wir es geschafft, und Tobias wird frei sein!!!

Ich muss gleich noch mal mit der Polizei sprechen, die haben uns jetzt einen Psychologen geschickt, der bei uns bleibt, bis sich alles geklärt hat.

Ich dachte aber, ich lass Euch schon mal das Wichtigste wissen. Wenn ich wieder Neuigkeiten habe, dann melde ich mich sofort!

Ich bin so glücklich und aufgeregt!

Bis dahin mit den allerherzlichsten Grüßen und in unendlicher Dankbarkeit für Eure Unterstützung,

Bis bald, Eure Tresi :-)))   XXX   ♥☺♥

Die Zahl der gemeldeten Sichtungen des Phantombildjungen stieg im Laufe der nächsten Tage immer weiter an. Die meisten Anrufer hatten ihn in Begleitung eines älteren Mannes gesehen.

Am Mittwoch, den 24.10.2012 waren es bereits vierunddreißig. Eilig wurde versucht, nach den Angaben der Zeugen ein Phantombild seines Begleiters zu erstellen. Diese Bilder fielen allerdings so unterschiedlich aus, dass zu Kopps Ärger kein eindeutiges Ergebnis zustande kam. Mal hatte der Mann einen Bart und mal nicht. Mal hatte er braune Augen, mal grüne oder blaue. Mal trug er eine Brille, dann wieder nicht. Es war wie verflixt, das Aussehen des Täters blieb weiter im Dunkeln.

Horst hatte darauf geachtet, dass er mit Frido nie in dasselbe Restaurant ging. Er hatte verschiedene Brillen getragen, einen Schnäuzer, Bart oder Stoppeln. Selbst Perücken hatte er benutzt. Er hatte minutiös Tagebuch über sein Aussehen in der Öffentlichkeit geführt. Seine Outfits, seinen Gesichtsschmuck, seine Haartracht und Kopfbedeckung hatte er genau dokumentiert und peinlich darauf geachtet, dass er nie mit identischem Aussehen mit dem Jungen auftrat. Horsts pedantische Art und sein Zwang, die Kontrolle über alles haben zu müssen, zahlte sich für ihn aus. Den Beamten schien es, als suchten sie nach einem Chamäleon oder nach einer Gruppe von Männern.

In keinem der bisher in Frage kommenden Restaurants oder Geschäfte hatte der mutmaßliche Täter mit einer Geldkarte bezahlt. Horst hatte seine Rechnung stets bar beglichen und keine verfolgbare Spur hinterlassen.

Es musste sich um einen hochintelligenten Einzeltäter handeln, der allein lebt, war die Annahme des Stabs der Polizeipsychologen.

Die Beamtin Rinke hatte auf keinem Polizeifoto der im letzten Monat entlassenen Straftäter den Serienmörder erkannt. Jede Spur schien in einer Sackgasse zu enden.

Immerhin, der Junge war mehrfach gesehen und wiedererkannt worden - das noch bis vor zwei Wochen. Bis dahin hatte Tobias also aller Wahrscheinlichkeit nach noch gelebt. Die Polizei ging auch davon aus, dass der Täter vermutlich irgendwo im Umkreis von Nürnberg oder Erlangen ansässig war.

Im Labor der Gerichtsmedizin waren auch im Fall Konrad Staufel Spuren von menschlichem Urin in den Bodenproben aus dem Wald nachgewiesen worden. Die Fahnder hatten die Theorie, dass der Täter seine Opfer betäubte und sie dabei die Kontrolle über ihre Blase verloren hatten, oder, dass die Kinder vor lauter Angst urinierten. Gegen Letzteres sprach, dass in keinem der Fälle ein Schrei zu hören gewesen war. Das wiederum unterstützte eher die Betäubungstheorie.

Erfolgreich verlaufen war immerhin die Identifizierung des Wagentyps, der die Reifenspuren im Höfstetter Wäldchen hinterlassen hatte. Es war ein Sprinter gewesen. Reifenabstand, Reifenbreite, Größe des Wendekreises und die Tiefe der Spuren, die dem Gewicht eines nahezu leeren Fahrzeugs entsprachen, hatten den genauen Typ der Automarke geliefert.

Auch hier liefen die Ermittlungen auf Hochtouren. Es gab massenhaft solche Lieferwagen im Großraum Nürnberg, jeder einzelne Fahrzeughalter musste überprüft und abgeklopft werden.

Viele Firmen nutzten diesen Typ als Firmenwagen. In den Betrieben herauszufinden, welcher Mitarbeiter ein solches Fahrzeug am Freitag genutzt hatte, war zermürbende Kleinarbeit, die sehr viel Zeit kostete.

Die öffentliche Fahndung wurde um die Information des gesuchten Wagentyps erweitert. Dazu wurde publik gemacht, dass der Täter wahrscheinlich eine Bernhardinerhündin hatte. Auch wenn beim letzten Fall im Wald keine entsprechenden Haare gefunden worden waren.

Keiner der Ermittler rechnete damit, dass der Wagen auf eine Familienangehörige des Täters angemeldet war: Horst tauchte als Fahrzeughalter nirgendwo auf. Eine Frau hatten die Ermittler als potentiellen Täter rigoros ausgeklammert. Und wenn der Wagenhalter eine Frau war, hieße das, dass der Täter nicht alleine leben würde. Das war für jemanden, der einen Jungen gefangen hielt und sozialen Umgang mit ihm in der Öffentlichkeit hegte, nicht denkbar.

Werner hatte noch überlegt, ob es sich vielleicht um ein Täterpaar handeln konnte, dass die Jungen gemeinsam entführte. Aber auch diese Theorie wurde verworfen, da die Geschichte zeigte, dass Paare sich nahezu ausschließlich Mädchen holten. Die heterosexuellen Männer waren dabei die treibende Kraft, die Frauen immer co-abhängige Handlanger. Und was auch gegen die Paartherorie sprach, war eindeutig die Tatsache, dass Tobias ausschließlich in Begleitung eines einzelnen Mannes gesehen worden war und niemals in Begleitung von zwei Personen.

Also wurden weibliche Fahrzeughalter von den Fahndern nicht überprüft.

Der plötzliche Tod der Weberin in der Fabrikantenvilla und der sichtliche Verfall ihres trauernden Sohnes, der sich immer so rührend um seine arme Mutter gekümmert hatte, sorgten im Dorf für Gesprächsstoff.

Nur wenige waren zum Beerdigungsgottesdienst in die Kirche gekommen. Schockiert hörte man später von den Kirchgängern, dass Horst als einziger Angehöriger in verlottertem Zustand völlig verstört hinter dem Sarg gestanden hatte. Er habe regelrecht verrückt gewirkt, als er da so mit hohlen Augen und wirrem Blick hinter dem Sarg hergelaufen sei. Selbst seine Kleidung sei ungepflegt gewesen, so hatte ihn noch niemand im Dorf gesehen. Man hatte Mitleid mit dem armen Mann, der so sehr an seiner Mutter gehangen hatte.

Einige ältere Damen, wie Frau Prumbaum waren sogar neidisch. Die Liebe ihrer Kinder ging sicherlich nicht so weit, dass diese nach ihrem Ableben so verstört und traurig sein würden, wie der gute Horst.

Keiner im ganzen Dorf kam auf den Gedanken, dass Horst Weber der Fahrradkiller sein könnte.

Am Samstag, den 27.10.2012 kam Frank Xaver, der ehemalige Arbeitskollege von Horst aus den Flitterwochen zurück. Er war für zwei Wochen mit seiner frisch Angetrauten auf den Malediven gewesen und er hatte alles, was mit Deutschland zu tun hatte, vollständig hinter sich gelassen. Er hatte sich entspannt, mit seiner Liebsten die Korallenriffe ertaucht, in der Sonne gelegen, viel gelesen, herrlichen Sex gehabt und die Speisen der Südsee genossen.

Sonst nichts.

Kein Fernsehen, keine Zeitung, keine E-Mails, sein Telefon hatte er zu Hause gelassen: Auszeit!

Sein Job war anstrengend und er hatte nach dem Hochzeitsstress einen wohlverdienten Urlaub gebraucht. Nahe Verwandte und sein Chef hatten die Telefonnummer des Resorts, in dem sie sich aufhielten, die würden nur anrufen, wenn es gar nicht anders ging. Es war gut gegangen: Niemand hatte sich gemeldet, sie hatten phantastische Flitterwochen gehabt und kamen braun gebrannt und gut erholt zurück in das herbstliche Erlangen.

Als er am Samstagabend gemütlich auf dem heimischen Sofa saß und die Bilder von Frido, alias Tobias in den Nachrichten sah, blieb ihm die Luft weg. Sofort erinnerte er sich, wo und mit wem er den Jungen schon einmal gesehen hatte. Das lag zwar schon lange zurück, aber er hatte sich damals sehr darüber gewundert, mit wem sein langweiliger, ziemlich nerviger Arbeitskollege unterwegs gewesen war. Und wie eigenartig sich dieser Weber damals ausstaffiert hatte! Mit der riesigen Brille und dem Backenbart hatte er ihn beinahe nicht erkannt. Erst bei genauerem Hinsehen hatte er kaum mehr einen Zweifel gehabt: Seine Neugierde war geweckt. Frank hatte wissen wollen, ob der Typ mit der Brille tatsächlich sein Arbeitskollege war. Er hatte den komischen Kauz angesprochen, als der Punker, mit dem er unterwegs war, in der Ankleidekabine verschwunden war.

Seine Stimme hatte Weber verraten:

„Familie", hatte Horst achselzuckend in erklärendem Ton mit Blick auf die Umkleidekabine von sich gegeben. Mehr bekam Frank nicht zu hören. Aber das reichte auch schon.

Weber war wie immer extrem kurz angebunden gewesen, allerdings nervöser als sonst. Aber Frank hatte dem keine weitere Bedeutung beigemessen. Der Weber war eben immer komisch und einsilbig.

Aber die eigenartige Redeweise und der Ton seiner Stimme hatten Franks Vermutungen bestätigt: Weber stand darauf, sich zu verkleiden und war mit diesem seltsamen Jungen unterwegs.

Im Betrieb war Weber immer völlig unspektakulär mitgelaufen. Damals im Bekleidungsgeschäft war Frank zum ersten Mal bewusst geworden, dass er rein gar nichts über seinen Kollegen wusste, außer, dass er immer pünktlich war, erstaunlich viel wusste und extrem fleißig war. Wenn jemand eine fachliche Frage hatte, Kollege Weber kannte die Antwort. Aber die Gespräche beschränkten sich ausschließlich auf das angesprochene Problem. Niemals hätte Weber einen Kollegen freundlich oder gar aufmunternd angelächelt.

„Der ist selbst wie eine Maschine", witzelten seine Kollegen hinter seinem Rücken. Daher war Frank nicht überrascht gewesen, nichts weiter aus ihm herausbekommen zu haben.

'Stille Wasser sind tief', hatte Frank noch gedacht und sich dann freundlich von seinem Arbeitskollegen verabschiedet, der nur ein Brummen für ihn übrig hatte. 'Echt erstaunlich', hatte er noch gedacht, 'ich wusste gar nicht, dass der überhaupt eine Familie hat.'

Auf der Arbeit wurde das Treffen nicht weiter erwähnt.

Mit Weber konnte man nicht normal reden, wenn es privat wurde, blockte Weber immer sofort ab.

'Wahrscheinlich ist er einer dieser superschlauen Autisten mit einer einseitigen, mathematisch-physikalischen Begabung, der sonst nichts auf die Kette kriegt', hatte Frank damals noch im Weitergehen gedacht und dem Vorfall sonst keine Beachtung geschenkt. Bis zu diesem Samstagabend. Erst beim unverhofften Anblick des Jungen, in dessen Begleitung er Weber damals gesehen hatte, war er alarmiert. 'Das kann doch nicht sein!', rief ihm seine innere Stimme zu.

'Aber was weiß ich denn von dem? Ich weiß nicht einmal, ob er Familie hat oder nicht'. Er erinnerte sich, dass Weber im Sommer seine Stelle gekündigt hatte, damit er sich besser um seine kranke Mutter kümmern konnte. Das widersprach dem, was die im Fernsehen gesagt hatten. Die suchten nach einem allein Lebenden. 'Aber was weiß ich denn wirklich über den? Vielleicht hat der uns mit seiner Mutter ja allen einen Bären aufgebunden und lebt stattdessen mit dem Jungen, den er vor über zwei Jahren entführt hat. Ach, Quatsch, das ist doch alles viel zu abstrus! Es kann doch nicht sein, dass ich jahrelang mit einem Mörder gearbeitet habe und nichts davon gemerkt habe!' Bei diesem Gedanken wurde ihm schlecht. Schnell stand er auf und ging zu seiner Liebsten, die schon dabei war die Koffer auszupacken.

Er berichtete ihr von der Fahndung nach dem Frido-Tobias-Jungen, und dass er den hundertprozentig zusammen mit seinem Arbeitskollegen gesehen hatte.

Seine Frau fand die ganze Sache höchst merkwürdig und spannend: „Stell dir vor, Schatz, die suchen den schon seit Jahren und dann kommst du aus dem Urlaub daher und sagst: 'Ach Leute, ich weiß übrigens, wen ihr sucht. Geht mal in meine Firma, da könnt ihr euch bestimmt die Adresse von dem Weber holen.'" Sie lachte als sie hinzufügte: „Und dann sagst du: 'Tut mir Leid Leute, den Vornamen von dem kenne ich aber nicht.'"

Franks Urlaub endete damit, dass er statt auf dem Sofa auf dem Polizeipräsidium saß und er von Kopp persönlich angehört wurde.

In den frühen Morgenstunden des folgenden Tages stürmte eine Einheit bis an die Zähne bewaffneter GSG9 - Bundespolizisten die Fabrikantenvilla.

Leider zu spät.

Tobias friert. Ihm ist furchtbar kalt. Er zittert. Er läuft über das Eis, das sich endlos vor ihm ausstreckt. Endlos, in alle Richtungen. Er hat nichts, womit er sich warm halten kann, nur seinen Schlafanzug.

Gerade hat der Untergrund zum ersten Mal geknackt. Da war aus dem Nichts, urplötzlich, dieses metallische Reißen unter seinen Füßen gewesen, wie ein elektrisches Singen, das sich langsam von ihm entfernt hat. Erschreckt schaut er nach unten auf seine nackten Füße, die ganz blau gefroren sind.

Vor sich sieht er einen Riss, der zuvor nicht da gewesen war. Er erstreckt sich bis weit hinein in das endlose Glitzern der Oberfläche, bis seine Augen ihn nicht mehr ausmachen können. Entsetzt stellt er fest, dass diese Linie sich auch hinter ihm in die unendliche Eiswüste fortsetzt. Hilfe suchend schaut er um sich. Aber da ist niemand, nur das in Kälte erstarrte Element, egal wohin er blickt.

Also geht er weiter.

Er will hier weg, muss an Land, bevor alles unter ihm zusammen bricht!

Aber es wird immer schlimmer. Der gefrorene Boden unter seinen Füßen sieht mit jedem Schritt, den er behutsam macht, dünner aus, egal wohin er sich wendet. Immer wieder zerschneidet das metallische Singen die in Kälte erstarrte Einsamkeit. Die Risse um ihn her werden mehr und mehr. Mit Grauen sieht er, wie die Fläche unter ihm in immer kleinere Stücke zersplittert. Er weiß, das schmelzende Wasser wird ihn früher oder später nicht mehr tragen.

Namenlose Angst einzubrechen, lässt ihn unaufhörlich weitergehen. Diese Angst ist noch größer, als die zu erfrieren. Sie ist so unermesslich groß, wie das horizontlose Weiß um ihn her.

Eine frostige Hand greift nach seinem Herz, versucht es zu zerquetschen. Das Atmen fällt ihm schwer. In seiner Not hastet er jetzt von einer Eisscholle zur nächsten.

Plötzlich wird es ganz still, das zersplitternde Eis gibt endlich Ruhe.

Dann fängt das Stück, auf dem er steht auf einmal an zu schwanken. Schnell springt er hinüber auf die nächste Scholle. Bei seiner Landung wird auch diese augenblicklich aus dem Gleichgewicht gebracht, stellt sich schräg.

Tobias kann nicht fassen, was ihm geschieht. Wie in extremer Zeitlupe ist er in Raum und Zeit gefangen.

„Los spring!", ruft er sich noch zu, aber bevor er es schafft, sich auf die nächste Eischolle hinüberzuhechten, verliert er den Halt, taumelt, rutscht ab. Mit klammen Fingern versucht er verzweifelt sich an einer aufragenden Kante festzuklammern, schlittert jedoch unaufhaltsam weiter und gleitet mit träger Langsamkeit in das eisige Wasser.

Prustend und nach Atem ringend wachte Tobias mit wild rasendem Herzen auf.

Es war dunkel um ihn her.

Kaum wagte er sich zu bewegen.

Wo war er nur gelandet? Hier war doch gar kein Wasser und dennoch war es so bitterkalt?

Noch hielt der Traum ihn in seinen verstörenden Fängen und er war nicht in der Lage Traum und Wirklichkeit zu unterscheiden.

Bruchstückhaft fand er sich langsam wieder zurecht. Der Albtraum wich dem Schrecken der Wirklichkeit.

Ihm war eiskalt, weil die Bettdecke auf den Fußboden gefallen war und Horst vergessen hatte die Heizung anzustellen.

Es war hundekalt.

'Horst!', schrie es mit einem Mal in dem Jungen und ihm fiel alles wieder ein:

Der tote Junge. Die zahllosen Fahrräder in dem tiefen Loch. Die Entführung. Die Zeit mit Horst. Seine hoffnungslose Lage.

Bedrohlich schoben sich Bilder von Horst vor sein inneres Auge.

Horst!

Horst, der wie wahnsinnig auf ihn einschlug.

Horst, der wie wahnsinnig auf ihn einredete.

Horst der ihn wie wahnsinnig herumkommandierte.

Horst, der ihn Sachen machen ließ, die ihn selbst fast wahnsinnig machten.

Horst, der seit Tagen wie wahnsinnig war.

Horst, der ihn nicht mehr liebte.

Horst, den er nicht mehr lieben konnte.

Horst, vor dem ihm jetzt noch mehr graute, als vor dem toten Jungen.

Tobias drehte sich auf die Seite und tastete mit seiner freien Hand nach dem Kippschalter der Nachttischlampe. Fast erwartete er, in das wutverzerrte Gesicht von Horst zu blicken, sobald das Licht angegangen war. Er musste mit der Hand bis fast auf den Boden hangeln und in der Luft herum tasten, so weit war die

Strippe nach unten gerutscht. Inniglich hoffte er, nicht Horsts Bein oder wieder einen Toten zu berühren.

Er gruselte sich.

'Wo ist denn nur dieser Scheißschalter?', fragte er sich. Nervös fuhr seine Hand hin und her. Endlich fand er ihn und knipste sofort das Licht an. Es war so grell, dass Tobias erst die Augen zusammenkneifen musste.

Glücklicherweise war weder Horst noch eine Leiche bei ihm am Bett!

Während er sich noch an die Helligkeit gewöhnte und seine Gedanken zäh aus dem Traum in die Wirklichkeit glitten, wusste er plötzlich, wie er Horst entkommen konnte. Er hielt den Schalter noch in der Hand, als ihm einfiel, was Horst damals beim Basteln mit dem Elektrokasten zu ihm gesagt hatte: 'Du musst vorsichtig sein mit den Kabeln im Keller. Ich habe im Garten die Hauptleitung zum Haus angezapft, damit meine Stromrechnung nicht zu hoch wird. Die Schweine nehmen sowieso schon viel zu viel Geld für ihren Strom, den sie so billig produzieren. Die haben sich doch eh alle mit den Preisen abgesprochen! Auf diese Weise kann ich mir wenigstens etwas von denen zurückholen. Aber denk dran, die Leitung hier in den Keller ist nicht durch die Hauptsicherung gesichert. Sie kommt direkt dreiphasig hierher. Also sei vorsichtig, kein Herumbasteln mit den Leitungen hier unten, verstanden?'

Natürlich hatte Tobias das verstanden und wäre bis gestern auch nie auf die Idee gekommen, den Anweisungen von Horst zuwiderzuhandeln.

Aber seit gestern hatte etwas anderes als Horst den Jungen in seiner Gewalt: Es war der schiere Überlebenswille, der ihn antrieb.

Den Schalter immer noch wie einen Rettungsanker in der Hand wiegend, wusste er jetzt, was zu tun war!

Sobald Horst ihn für den Tag losgebunden und den Keller wieder verlassen haben würde, musste er mit seinen Vorbereitungen anfangen.

'Hoffentlich bleibt mir genug Zeit, bevor er wieder durchknallt und ich der nächste bin, den er umbringt!'

Der ans Bett gekettete Junge zitterte jetzt nicht nur vor Kälte. Bibbernd hob er die Decke vom Boden auf. Er setzte sich auf die Bettkante und legte sie sich um die Schultern.

Er fühlte sich klein und war verzweifelt.

Dieser Ausweg war der Einzige und er machte ihm Angst. Fieberhaft suchte er nach einer anderen Lösung - vergeblich.

'Ich habe keine andere Wahl', ging es ihm immer wieder durch den Kopf, 'ich muss es versuchen! Was bleibt mir denn sonst für eine Möglichkeit? Vielleicht sollte ich einfach nur froh sein, dass mir überhaupt etwas eingefallen ist, um hier rauszukommen. Ich habe so eine verdammte Scheißangst!!!'

Er konnte nicht abschätzen, ob er wirklich dazu im Stande sein würde sich auf so eine Weise zu retten.

Er hatte das Gefühl, dass der Boden sich unter ihm auftat und er unaufhaltsam in ein schwarzes Loch fiel.

Tobias hatte keinen Halt mehr, hatte niemanden, der ihm helfen konnte. Er war ganz auf sich allein gestellt.

„Lieber Gott, bitte, gib mir noch einen Tag, damit ich alles in Ruhe vorbereiten kann. Ich verspreche dir, wieder jeden Sonntag in die Kirche zu gehen sobald ich frei bin. Im Grunde ist es doch nur Notwehr, Ich habe mir das doch nicht ausgesucht. Wenn ich könnte, würde ich liebend gerne etwas anderes machen! Bitte, lieber Gott, hilf mir! Bitte, bitte. Amen." Er bekreuzigte sich.

Der Junge war sich nicht sicher, ob sein Gott dieses Vorhaben gut heißen würde.

Er war sich allerdings sicher, dass es für ihn um Leben und Tod ging: entweder Horst oder er!

Danach ging es ihm besser. Er spürte geradezu, wie eine riesige Last von ihm abfiel und er ruhiger wurde. Der unerträgliche Druck war von seiner Brust genommen und die lähmende Angst, hatte ein erträgliches Maß angenommen. Das Atmen fiel leichter, sein Herz schlug wieder frei. Er konnte mit klarem Kopf planen, was er vorhatte und war sich sicher, was er tun musste.

Er wusste, dass er genau diese eine Chance haben würde, sich zu befreien. Wenn das fehlschlug, war er Horst auf Gedeih und Verderb ausgeliefert und zwar schlimmer als je zuvor. Und zu allem Überfluss würde seine Familie dann auch nicht mehr sicher sein. Diesen Gedanken schob Tobias jedoch weit von sich: Seine Kapazität sich Sorgen zu machen war erschöpft.

Er hatte Horst geliebt, war gerne bei ihm gewesen. Erst jetzt begriff er, welch ein Glück er gehabt hatte, dass Horst ihn anders als die anderen Jungen behandelt hatte - warum auch immer. Er war einfach nur heilfroh, dass es so war.

Aufgrund des schauderhaften Begräbnisses wusste er sicher, dass Horst ihn töten würde, wenn sein Befreiungsplan nicht funktionierte.

'Aber besser eine kleine Chance, als keine', konzentrierte er sich auf die vor ihm liegende Aufgabe. Er dachte jeden einzelnen Schritt seines Planes genau durch, damit er nichts vergaß oder dem Zufall überlassen musste, wenn er damit anfangen konnte.

Von Horst hatte er gelernt, dass nur die sorgfaltige Planung eines Projektes die Garantie für sein Gelingen bot.

Er dachte nicht über das nach, was er mit Horst gelebt hatte. Kein Gedanke ging in diese Richtung.

Sein Unterbewusstsein hatte eine schützende Decke über die unfassbare Wahrheit gebreitet. Es sorgte dafür, dass er funktionierte und seine Energien nutzen konnte, um zu überleben. Alles andere war weit in den Hintergrund gedrängt, in Belanglosigkeit versunken.

Wie die Sonnenstrahlen durch eine Lupe zu einem einzigen brennenden Punkt gebündelt werden können, hatte sich sein ganzes Sein darauf eingestellt diesem einen Ziel zu dienen: *Überleben*!

Jetzt musste nur noch Horst kommen, ihn los machen und einen weiteren Tag im Keller lassen.

Kellerasselwesen unter Hochspannung in der Falle.

Horst und Tobias 16

Das Geräusch des sich im Schloss drehenden Schlüssels traf Tobias wie ein Peitschenhieb. Sein Rücken versteifte sich und er kroch instinktiv, wie in den Tagen zuvor, mit hochgezogenen Beinen in die hinterste Ecke seines Bettes. Dabei musste er den linken Arm etwas ausstrecken, die Kette war nicht lang genug. Die breite Ledermanschette schützte dabei sein Handgelenk.

Zum Zerreißen gespannt, wartete er darauf, dass Horst den Keller betrat.

Der schaltete im Hauptraum das Licht an und stellte einen Teller mit Broten auf den Tisch, den Tobias von seiner Bettnische aus nicht sehen konnte. Obst hatte er wieder nicht mitgebracht. Es gab nur trockene Brotscheiben, keine belegten Brote. Egal, alles war besser als der Hunger von neulich!

'Gott sei Dank!', dachte Tobias, als er Horst mit dem Teller an seiner Schlafnische vorbeigehen sah. Der Junge schloss daraus, dass er ihn später wieder alleine im Keller lassen würde. 'Warum sollte er mir sonst Essen bringen?', spekulierte er voller Hoffnung. 'Wenn er mich wenigstens ein paar Stunden alleine lassen würde, wäre das genug.' Er zwang sich, ruhig zu atmen und Horst mit freundlichem Gesicht entgegen zu schauen.

Jetzt, da Tobias einen Plan hatte, lugte ein kleines Flämmchen Zuversicht zaghaft um die Ecke, aber noch war er ans Bett gekettet, noch war Horst im Keller. Besser, er konzentrierte sich darauf, keinen dummen Fehler zu machen, der Horst vollständig aus der Fassung bringen würde. Davon war eh kaum noch etwas vorhanden. Selbst sein Gang hatte sich verändert. Seine Schritte waren kleiner, nervöser geworden.

Die Selbstverständlichkeit war aus seinem Körper gewichen. Seit Tagen trug er die verschmierte Kleidung, das Hemd hing aus der Hose, er lief jetzt auf Socken. Er erinnerte an ein gehetztes Tier, das hin und her huschte; auf der Hut war und gleichzeitig zum Angriff bereit.

Seit Tagen begrüßte Horst seinen Gefangenen nicht mehr, nachdem er das Licht angeschaltet hatte.

Gehetzt schaute er auf den Jungen, der versuchte seine Angst zu verbergen. Tobias hatte die Erfahrung gemacht, dass Horst mit noch mehr Aggression reagierte, wenn er spürte, dass sein Gefangener ängstlich war.

Er hatte das Gefühl, dass die Zeit wie in Zeitlupe verging, 'Wenn Horst doch nur machen würde!'

Die Zeit schien wirklich still zu stehen zwischen ihnen.

Horst hatte den Kopf schief gelegt und lauschte auf etwas, das nur seine Ohren wahrnahmen.

Das Gehörte katapultierte ihn in eine Realität, die er nicht mehr mit Tobias teilte.

'Los, komm, mach mich schon los!', in einem fort schleuderte Tobias ihm seine Gedanken entgegen. Auf eine magische Art hoffte er, dass sein drängender Wunsch von Horst wahrgenommen wurde. Aber sein Entführer stand da wie angewurzelt und horchte in den Raum.

Dann, mit kehliger Stimme, antwortete er jemandem, der nicht im Keller war. „Ja, ja, ich mach schon!", rief Horst etwas ungeduldig. Dann: „Nein, nein! Ich muss erst oben fertig werden."

Tobias hatte keine Ahnung, wovon er sprach. Vergeblich rätselte er, was gemeint sein könnte.

'Komm, Horst, mach mich einfach los und geh wieder weg. Komm schon, mach mich los, mach schon!' Tobias Gedanken fieberten dem offensichtlich Wahnsinnigen entgegen. Er wusste, dass er Horst nicht ansprechen durfte. Jedes Wort konnte dazu führen, dass der Mann, der mit seinen Geistern sprach, zum Tier wurde.

Ohne erkennbaren Grund wackelte Horst auf einmal mit dem Kopf von einer Seite zur anderen. Das Kinn führte diese Bewegung an, dadurch sah er fast ein wenig lustig aus.

Er wirkte grotesk, wie er da stand mit seinen wirren Haaren, den dunklen Ringen um seine Augen, der bleichen Gesichtshaut, in der sein Mund besonders rot wirkte; der dreckigen Kleidung, die lose an ihm herabhing. Mit seinem verlorenen Blick und wackelnden Kopf hatte er in der ganzen Unheimlichkeit etwas Clowneskes. Er erinnerte Tobias an den Dackel mit dem Wackelkopf, den sein Onkel hinten im Auto auf der Hutablage herumfuhr.

Dieser kleine Funke Komik machte Platz für eine Idee.

Er beugte sich etwas in Richtung Kette, so dass diese mehr Spielraum hatte und brachte sie, durch ein leichtes Schütteln seiner Hand, zum Rasseln.

Der Trick wirkte.

Durch die unablässig auf ihn einredenden Stimmen hindurch, hörte Horst das metallische Geräusch, das seine schweifende Aufmerksamkeit in die Bettnische

zog. Wie aus weiter Ferne, schaute er auf die Kette, von der das unerwartete Ge-
rassel ausging. Mit dieser Richtungsänderung seiner Wahrnehmung sprang ein
anderes Programm in ihm an, ähnlich wie die Nadel auf einer Schallplatte von
einem Lied zum nächsten springt: Er steckte seine Hand in die Hosentasche und
holte das Hundehalsband hervor, das er dem Jungen zuwarf. Tobias kam aus
seiner Ecke und schnallte sich mit geübten Fingern das Elektrohalsband um den
Hals. Horst schaute ihm dabei zu. Seinen Augen nach zu urteilen, war seine Aufmerksamkeit nun ganz bei dem Jungen. Die Geister waren in den Hintergrund
getreten. Tobias bewegte sich so normal, wie möglich, er vermied jeden Augenkontakt mit Horst.

Beide sagten kein Wort.

Es schien Horst zu besänftigen, dass der Junge sich devot verhielt und sich
nicht weiter in seine Welt einmischte. Dass er so fraglos spurte, befriedigte kurzfristig sein vehementes Bedürfnis nach Macht.

Zu seinem abgrundtiefen Entsetzen war ihm die Kontrolle seit Tagen hoffnungslos entglitten. Nicht einmal die Tötung des anderen Jungen hatte ihm seine
Omnipotenz zurückgegeben. Er war nicht mehr in der Lage, ein Konzept zu
entwickeln, um die Kontrolle über sein Leben zurückzuerlangen. Er konnte sich
nicht mehr konzentrieren, immer redete ihm jemand dazwischen, beschimpfte ihn
oder befahl ihm, dies oder das zu tun. Es kostete ihn eine ungeheure Anstrengung, den Jungen im Keller nicht zu vergessen. Wahrscheinlich vergaß er ihn
deshalb nicht, weil die Stimmen ihm sagten, was er demnächst mit ihm machen
sollte. Horst hätte längst zugestimmt, aber erst musste er oben dafür alles vorbereiten. Er bekam aber kaum mehr etwas hin, weil er seit Tagen nicht geschlafen
hatte.

Tobias bewegte sich auf dem Bett, es knarzte unter ihm. So, erneut von seinen
Trugbildern abgelenkt, schaute Horst zu dem Jungen.

'Ach ja, Frido', fiel es ihm ein.

Abwesend steckte er seine Hand in die Hosentasche und holte den Schlüssel
für die Handschelle hervor. Er stützte sich mit der linken Hand auf die Bettkante,
beugte sich etwas vor und steckte den kleinen metallenen Schlüssel ins Schloss
und drehte ihn herum.

Überaus erleichtert und ganz bewusst nicht zu schnell, zog Tobias seine Hand
aus der Fessel.

Immer noch sagte keiner von ihnen auch nur ein Wort.

Horst schnaufte leicht und schaute missbilligend auf den Jungen. Das aufkeimende Gefühl von Macht begann ihn schon wieder zu verlassen.

'Das ist geschafft', Tobias hielt die Luft an, 'jetzt muss er nur noch abhauen! Los! Los verschwinde! Lass mich allein! Geh weg. Geh einfach weg und lass mich in Ruhe! Mach schon Horst, pack dich! Geh weg!!!'

Als hätte er plötzlich doch die stummen Befehle seines Gefangenen gehört, richtete sich Horst wieder auf und verließ ohne weitere Zwischenfälle den Keller, den er wie immer sorgfältig hinter sich verschloss.

Er hatte oben noch zu tun!

Erleichtert atmete Tobias aus, als er hörte, wie sich der Schlüssel wieder von außen im Türschloss der Kellertür drehte.

Er fühlte sich fast, als sei er Zeuge eines Wunders geworden: Er war frei zu tun, was er tun musste und Horst war weg. Nicht einmal eine Tracht Prügel hatte er hinnehmen müssen!

Er wartete ungefähr fünf Minuten, um sicher zu sein, dass Horst es sich nicht doch noch einmal anders überlegte und zurückkam.

„Danke, lieber Gott, danke", sprach er jetzt laut in die immer noch kalte Kellerluft sein Stoßgebet. Er kniete sich vor das Bett und betete drei Vaterunser – zur Sicherheit.

Er betete aus Dankbarkeit und er betete darum, dass die nächsten Schritte auch so glimpflich ablaufen würden. Er betete darum, dass Gott ihm diese eine Chance gewähren würde und sie zu einem für ihn glücklichen Ausgang bringen möge. Während er dort immer noch barfüßig und im Schlafanzug vor seinem Bett kniete, wurden seine Füße und Unterschenkel ganz eisig auf dem kalten, gefliesten Kellerboden.

Es fröstelte ihn. Und wieder durchlief ihn dieses unkontrollierbare Zittern, das nicht nur von der Kälte hervorgerufen wurde.

Er musste jetzt anfangen!

Er wusste nicht, wann Horst wieder in den Keller kam.

Ja, er musste jetzt wirklich anfangen und durfte keine Zeit mehr verlieren.

Das Bett, in dem Tobias seit zweieinhalb Jahren schlief, war schwarz lackiert und wies sonst keine Gebrauchsspuren auf. Außer an der Stelle, wo das eiserne Kettenglied um die Bettstange geschweißt war: Durch die ständige Bewegung der Kette, war die Farbe vollständig abgesplittert, hier rieb Metall gegen Metall.

Die Eisenkette war etwa fünfzig Zentimeter lang. Sie bestand aus kräftigen Gliedern, die so geschweißt waren, dass sie nicht mit einem Hebel aufzubiegen waren.

Horst hatte auf Sicherheit gesetzt: Wenn er schlief, sollte sein Freund sicher verwahrt sein.

Das letzte eiserne Glied hatte Horst an den Ring der Handschelle geschweißt, durch den Tobias nachts nicht seine Hand stecken musste.

An diesem Morgen machte Tobias sich nicht die Mühe, sich anzuziehen. Dafür würde später Zeit sein. Schnell verschlang er zwei Brotscheiben und ging dann sofort mit einem großen Schraubenzieher bewaffnet zum Bett. Er zog die Matratze etwas vom Bettgestell herunter, sodass er die unteren Enden der Bettstangen am Kopfende des Bettes sehen konnte. Er hockte sich dann auf die Matratze und begann emsig von einer weiteren Stange untenherum die Farbe abzuschaben, bis das blanke Metall frei lag.

Zum ersten Mal war er froh, dass der Keller schallisoliert war.

Als nächstes zog er den Stecker seiner Nachttischlampe aus der Steckdose. Er stand auf, ergriff die Lampe am schweren Marmorfuß und trug sie vorsichtig hinüber zum Tisch, wo er seine Elektrobastelsachen ausgebreitet hatte.

„Lieber Gott, mach dass Horst oben bleibt." Diesen flehentlichen Wunsch stieß er immer wieder aus, während er hinüber zum Kühlschrank ging und diesen so leise wie möglich von der Wand abrückte. Obwohl er wusste, dass kein Geräusch aus dem Keller herausdringen konnte, hatte er durch die Vorsicht, die er walten ließ, das Gefühl, sicherer zu sein.

Tobias konnte die Steckdose sehen, die sich hinter dem Küchengerät befand. Er zog den Stecker heraus. Der Kühlschrank hörte auf zu summen.

Das Elektrokabel war circa einen Meter fünfzig lang. Horst hatte es, als er alles eingerichtet hatte, ordentlich zu einer Schnecke aufgerollt und mit einem Kabelbinder zusammengehalten. Tobias schnitt sich einen guten Meter Kabel heraus. Dieses Stück trug er wie einen Schatz hinüber zum Tisch.

Die beiden anderen Enden des durchtrennten Kabels verband er wieder ordentlich miteinander: blau mit blau, braun mit braun und grün-gelb mit grün-gelb. Mit seinem Isolierband reparierte er das so verkürzte Kühlschrankkabel und stöpselte danach das Gerät wieder ein. Der Kühlschrank nahm sein nur kurzfristig unterbrochenes Summen wieder auf. Tobias schob ihn zurück an die Wand.

„Bleib bloß oben, Horst oder was immer du bist!", flüsterte er mit einem bangen Blick zur Tür.

Tobias murmelte sein Stoßgebet: „Lieber Gott, bitte, bitte, bitte steh mir bei. Bis jetzt ist alles so gut gegangen. Bitte mach, dass er weiter oben bleibt und erst abends wiederkommt und mich dann sofort nach dem Abendbrot am Bett fest macht und mich nicht erst noch mit nach oben nimmt, Amen!"

'Hoffentlich, hoffentlich holt er mich nicht nach oben und stellt dort werweiß-was mit mir an! Hoffentlich kommt er heute Abend nur eben vorbei, um mich wieder ans Bett zu fesseln. Hoffentlich!', fiebernd rasten diese Gedanken immer wieder durch seinen Kopf.

Andere Verlaufsmöglichkeiten fielen dem Jungen erst jetzt wieder ein und sie machten ihn ganz verrückt. Sie sprangen ihn wie ein wildes Tier aus dem Nichts an und brachten ihn total aus dem Konzept.

Seine Atmung beschleunigte sich unkontrolliert und er holte schwer durch seinen offen stehenden Mund Luft. Ihm war schwindelig und er hatte wieder unbeschreibliche Angst, die ihn zu lähmen drohte.

„Tobias, reiß dich zusammen!" Plötzlich hörte er die strenge Stimme seines Vaters. Diesen Tonfall hatte er immer gehabt, wenn er wollte, dass Tobias mit den Gedanken bei einer Sache blieb, die wichtig war. Sein Vater schalt ihn weiter: „Wenn er dich mit hoch nimmt, hast du genau zwei Möglichkeiten. Entweder er bringt dich wieder runter und kettet dich wieder an oder er macht was anderes mit dir dort oben. Und auch dann hast du wieder zwei Möglichkeiten. Entweder fällt dir etwas ein oder nicht. Aber damit kannst du dich später beschäftigen. Jetzt konzentriere dich gefälligst auf das, was du als erstes machen musst!"

Die Ermahnungen halfen. Er beruhigte sich.

Seine Angst wich auch der Verwunderung darüber, dass er seinen Vater so deutlich hatte sprechen hören.

Tobias musste lächeln.

Dann sah er wieder das Bild aus seinem Traum vor sich: Seine Mutter steht in der Einfahrt des Hofes und winkt ihm zu.

Er hatte verstanden! Er musste sich zuerst um das Nächste kümmern. Was sonst noch kam, musste er zu gegebener Stunde meistern.

Oder eben auch nicht.

Seine Chancen standen fünfzig zu fünfzig, egal ob er mit Horst im Keller war oder nicht.

Mit den Händen hatte er sich schwer auf den Tisch gestützt.

Er musste sich sammeln! Er schloss seine Augen und den Mund. Atmete bewusst langsam durch die Nase ein und aus. Dann spulte er vor seinem inneren Auge wieder den Film, mit allen erforderlichen Schritten und Handgriffen ab, die er zuvor durchgegangen war.

'Ja, genau, so werde ich es machen!', sprach er sich Mut zu.

Es klappte.

Er konnte sich wieder konzentrieren.

Tobias stieß sich vom Tisch hoch, streckte seinen Rücken und ließ die Augen über seine Utensilien wandern.

Die weiteren Handgriffe führte er wie in Trance aus.

Der Junge nahm seine Zange. Im Stehen zog er geschickt von dem weißen Kabel an beiden Enden die Isolierung ab. Danach entfernte er vorsichtig die nun frei liegende braune und blaue Plastikummantelung von den Kupferdrähten. Das grün-gelbe Schutzleiterkabel ließ er so wie es war. Es war überflüssig für sein Vorhaben.

Aus seiner Elektrobastelkiste holte er einen Kippschalter. Diesen baute er mittig in das Kühlschrankkabel. Danach setzte er sich an den Tisch und wendete sich dem Kabel der Nachttischlampe zu.

In dieses Lampenkabel baute er zwischen Stecker und Kippschalter, zwanzig Zentimeter vom Stecker entfernt sein vorbereitetes Kühlschrankkabel ein. Es sah danach so aus, als hätte es einen Seitentrieb bekommen.

Bis hierhin war Tobias mit dem Ergebnis sehr zufrieden und er hatte auch das Gefühl, dass er recht schnell gearbeitet hatte. Später würde er auf dem Computer nachsehen, wie viel Uhr es eigentlich war.

Aber jetzt schnell weiter!

Zufrieden trug er die Lampe mit dem veränderten Kabel zurück an ihren Platz am Bett. Er befestigte die beiden blanken Drähte des Seitenastes an der unten vom Lack freigeschabten Bettstange. Alles umwickelte er gründlich mit Isolierband, sodass die beiden Kupferdrähte nicht verrutschen konnten.

Dann steckte er den Stecker wieder in die Steckdose. Jetzt war sowohl die Nachttischlampe als auch sein Bett an das Stromnetz angeschlossen. Mit den jeweiligen Schaltern konnte er separat die Glühlampe oder das Bett unter Strom setzen.

Als erstes schaltete er die Lampe wieder an: Perfekt! Er konnte sie an und ausstellen, als sei nichts geschehen.

Vom Tisch hatte er sich den Spannungsprüfer mitgenommen.

Jetzt kam der spannende Teil: Er betätigte den Schalter im Seitenastkabel und hoffte, so das Bett, die Kette und die Handschelle unter Strom zu setzen. Ganz, ganz behutsam führte er die Spitze des Spannungsprüfers an die Handschelle.

„Ja, ja, ja!", rief er erleichtert aus. Seine Schaltung funktionierte perfekt, die Leuchtdiode in dem Messgerät brannte.

Die Erleichterung, die sich jetzt warm in ihm ausbreitete, genoss er. „Das ist ja wirklich gut", lobte er sich, „gleich beim ersten Mal!"

Er legte den Schalter erneut um und prüfte, ob das Bett wieder aus dem Stromkreis genommen war. Und tatsächlich, er hatte alles richtig gemacht! Der Spannungsprüfer hörte auf zu leuchten.

Dann schob Tobias die Matratze wieder dahin, wo sie hingehörte.

Er musste jetzt nur noch das umfunktionierte Kühlschrankkabel so zwischen Bettgestell und Matratze verstecken, dass man es nicht sah. Andererseits musste er von seinem Platz auf dem Bett aus, wenn er wieder am Kopfende hocken würde, den Schalter mit seiner freien Hand umlegen können, ohne dass Horst bemerkte, dass er in der Nähe des Kopfkissens herumhantierte.

Nachdem er für das Kabel, den Schalter und das Kopfkissen die richtigen Plätze gefunden hatte, setzte er sich aufs Bett, so wie er abends saß, wenn Horst ihn festmachte. Probehalber legte er sein linkes Handgelenk, das mit der Ledermanschette ummantelt war in die Handschelle. Die Manschette hatte er von innen zusätzlich mit einer doppelten Schicht Isolierband beklebt. Mit der rechten Hand konnte er ganz leicht den verborgenen Schalter ertasten. Dies war sozusagen die Generalprobe.

Er legte den Schalter um.

Seine erneute Stromprüfung fiel ebenfalls positiv aus und das Beste war, dass das dicke, beschichtete Leder, wie erwartet, verhinderte, dass der Strom mit seiner Haut in Kontakt kam. Er war absolut sicher! Alles funktionierte genauso, wie er es sich vorgestellt hatte! Perfekt!

Erneut nahm er das Bettgestell vom Netz.

Danach machte er sein Bett, weil Horst das erwartete und räumte alles vom Tisch. Die Plastikreste seiner Kabelarbeiten legte er auf ein Blatt Papier, das er zusammen faltet und in die hinterste Ecke einer Schublade in dem Sideboard schob, damit Horst sie nicht zufällig im Abfallkorb entdeckte.

Der ganze Keller sah wieder so aus wie immer.

Als nächstes riss er einen Gummiärmel von seiner dicken Regenjacke ab, die er danach wieder in der Kommode verstaute. Den Ärmel schob er von innen in den linken Ärmel seines Schlafanzuges, den er später würde anziehen müssen. Dann zog er sich seine Tageskleidung an und wartete.

Tobias und Horst 1

Einmal hatte Horst seinem Frido erklärt, wieso Menschen sich bei einem Stromunfall überflüssigerweise immer an die Stromquelle klammern, anstatt sie einfach loszulassen.

Tobias hatte die Erklärung für dieses Phänomen damals logisch und leicht nachvollziehbar gefunden. Dieses Wissen kam ihm nun zugute.

Der Rest des Tages war ihm wie eine nie enden wollende Ewigkeit erschienen, aber dann war Horst doch noch am späten Abend gekommen. Er hatte wieder kein fertig gekochtes Essen mitgebracht, sondern ganz gegen seine frühere Gewohnheit, nur alles Mögliche auf einen Teller gelegt: eine Möhre, eine Zwiebel, zwei rohe Eier und ein Stück Käse, das noch verpackt war.

„Iss", war alles, was er zu Tobias sagte, der sich folgsam an den Tisch setzte. Er aß alles auf. Bei den Eiern und dem Käse, den er immer noch nicht mochte, ekelte er sich sehr, aber er wollte Horst auf keinen Fall aufregen. Er wollte einfach nur ins Bett und nicht mit nach oben genommen werden.

Während er aß, nahm Horst wieder seine getriebene Wanderung durch den Keller auf. Hin und her lief er mit diesen seltsam kleinen Schritten.

Hin und her.

Hin und her.

Er fuchtelte wild mit den Armen, als kämpfe er mit seinen Geistern, die er verzweifelt aus dem Weg schieben musste. Manchmal blieb er stehen, legte den Kopf zur Seite und horchte. Wieder und wieder antwortete er seinen Stimmen mit „Ja, ja", oder, „nein, nein."

„Ich bin fertig", drang erst zu ihm durch nachdem Tobias es zum dritten Mal wiederholt hatte.

Horst tauchte neben ihm auf, wie aus weiter Ferne. Erst langsam schien er sich zu erinnern, wo er war.

„Los, ins Bett mit dir", kommandierte er den Jungen.

Tobias zog sich gehorsam um und ging hinüber zum Bett, wo er sich in seine gewohnte Ecke kauerte und wie immer bereitwillig seine Hand in die Handschelle legte. Sein Kopf rauschte und er wunderte sich noch, dass Horst nicht das laute

Hämmern seines Herzens hörte. Er versuchte ruhig zu atmen und schaffte es, dass seine Hand nicht zitterte.

Als Horst dann kurze Zeit später den Schlüssel in das Schloss der Handschellen steckte und begann ihn herumzudrehen, während Tobias zeitgleich auf den Kippschalter aus dem Elektrokasten drückte, lieferte Horst den lebenden Beweis für seine fachmännische Erklärung: Auch bei ihm waren die Beugemuskeln stärker ausgeprägt als die Streckmuskeln. Der Strom, der seinen Körper durchfloss, führte zu krampfartigen Überreaktionen seiner Muskulatur. Die Kraft, mit der seine Beugemuskulatur sich zusammenzog, übertraf bei weitem die der Strecker: Wie ein Besessener hielt er den Schlüssel fest, anstatt ihn sofort loszulassen und die Hand wegzuziehen. Zwar gab sein Gehirn ununterbrochen den Befehl an seine Handmuskeln, den Schlüssel loszulassen, aber die Macht des Stromes aus der Steckdose war stärker als die elektrischen Impulse seiner Nervenfasern.

Nicht nur seine Handmuskeln verkrampften sich, sondern alle seine Muskeln folgten dem Befehl aus der Steckdose. Er schnellte zusammen wie ein Klappmesser und kippte in dieser Stellung über das Bett.

Tobias, der das erwartet hatte, war schon während er den Schalter betätigt hatte, bis in die äußerste Ecke des Bettes gerutscht. Dennoch berührte Horsts Kopf seinen linken Unterarm, der in der elektrisch geladenen Handfessel feststeckte. Es war genau richtig gewesen, dass er sich den gesamten Arm zusätzlich mit dem Gummiärmel der Regenjacke isoliert hatte! Der Strom, der aus Horsts Kopf wieder herausfließen wollte, stieß, als er Tobias berührte, auf diese Weise nur gegen eine weitere isolierende Schicht und konnte den Körper des Psychopathen ausschließlich durch die bestrumpften Füße verlassen und verlor sich dann im Boden.

Dem Impuls, den zuckenden Körper mit der freien Hand von sich wegzuschieben, durfte der Junge nicht nachkommen. Er durfte den Krampfenden unter keinen Umständen berühren!

Das war Tobias zwar klar, aber es war immens schwer auszuhalten, Horsts Kopf direkt am Arm zu spüren. Über seinen Unterarm übertrug sich jede einzelne Krampfwelle, der Horst erlag, in seinen eigenen Körper.

Er schloss die Augen, denn er konnte den schauerlichen Anblick nicht ertragen. Horsts Todeskampf brannte sich in seine Augen. Er war dazu verdammt, das Sterben des Mannes, der ihn so lange gefangen gehalten hatte, hautnah mitzuerleben. Nur der Pyjamastoff und das Regenjackengummi trennten ihn von dem bis vor zwei Tagen noch so innig geliebten Mann.

Auf seltsame Weise war es auch konsequent, dass Horst selbst im Tod nicht von dem Jungen abließ. Tobias wurde unvermeidlich von den Todeskrämpfen seines Opfers erfasst. Denn obwohl er stocksteif dasaß und versuchte, sich nicht zu bewegen, wurde das von der weichen Matratze vereitelt. Wie auf einem Trampolin übertrugen sich die heftigen Bewegungen des Mannes auf den Jungen. Tobias war bis ins Mark erschüttert und schockiert. Am liebsten wäre er weit, weit weg gerannt, aber er konnte nicht. Seine Hand, die zum letzten Mal von Horst gefesselt worden war, steckte gnadenlos in der Handschelle fest.

Im Keller begann es mehr und mehr nach verbranntem Fleisch zu stinken, viel penetranter als angebrannter Speck in der Pfanne. Der Geruch hatte zusätzlich etwas Traniges, süßlich Unangenehmes an sich.

Horsts rechte Hand, die immer noch am Schlüssel hing war bereits deutlich verschmort.

Der Junge hatte keine Ahnung, wie lange er seinen Entführer an den Strom angeschlossen lassen musste, um sicher sein zu können, dass er es geschafft hatte. Er wollte auf keinen Fall riskieren, dass Horst sich wieder aufrichtete, sobald er den Strom abgestellt hatte.

Sein Herz schlug vor Grauen wie ein wild gewordener Trommelschlegel gegen seine Rippen und er hatte zunehmend Schwierigkeiten, bei dem Gestank durchzuatmen. Rauch hing in der Luft.

'Jetzt bloß nicht ohnmächtig werden', dachte er, als ihm von dem Geruch immer übler wurde.

Sein Magen rebellierte. Er drehte sich gerade noch schnell genug zur Wand und musste sich immer wieder übergeben, genau so vehement, wie tags zuvor beim Anblick des geschundenen toten Jungen.

Auf eine seltsame Weise war er froh, dass er sich nicht auch noch auf Horsts Körper erbrochen, sondern es geschafft hatte, sich wegzudrehen. Mit einem Zipfel der Bettdecke, der noch sauber war, putzte er sich den Mund ab. Kalter Schweiß stand ihm auf der Stirn.

Alle Glieder schlotterten ihm und wenn er nicht schon gesessen hätte, wären ihm sicherlich die Beine weggesackt.

Später, nach einer gefühlten Ewigkeit, wagte er wieder einen Blick auf Horst, dessen Hand mittlerweile regelrecht brutzelte.

Beim Sterben hatte der Mann die Kontrolle über seine Schließmuskeln verloren. Er hatte sich eingekotet und eingenässt. Das stank.

Ansonsten lag er still da.

Tobias schaltete den Strom aus, ließ seine Hand jedoch sicherheitshalber noch am Schalter liegen.

Er wusste, dass er Horst getötet hatte. Die Angst, dass er doch überlebt haben könnte, war stärker.

Gespannt wartete er.

Es tat sich nichts, gar nichts. Alles blieb ruhig. Der tote, immer noch in sich zusammengezogene Körper, bewegte sich kein bisschen mehr.

Tobias schreckte auf.

Er hörte wieder jemanden atmen!

Schnell schaltete er den Strom wieder an.

Aber das aufgebrachte Atemgeräusch verstummte nicht! Ungläubig schaute er auf Horst.

Doch dann wurde ihm klar, dass er seinen eigenen, panischen Atem hörte, so still war es in dem Keller geworden.

Er fühlte einen vagen Anflug von Erleichterung, keinen Triumph.

Zum zweiten Mal schaltete er den Strom aus.

'Ich habe es tatsächlich getan', dachte er immer wieder bestürzt, 'ich habe es tatsächlich getan! Was sonst hätte ich denn auch machen sollen?', fragte er sich wieder und wieder. Tränen stiegen ihm in die Augen. Immer noch schlotterte er unkontrolliert am ganzen Leib. Es dauerte lange, bevor er wieder etwas zur Ruhe kam.

Zu seinem Elend war er immer noch nicht fertig: Er musste den Schlüssel wieder in die andere Richtung drehen, um frei zu kommen. Dazu musste er aber die verbrannten Finger vom Schlüssel lösen. Es graute ihm entsetzlich vor dieser Aufgabe und es dauerte, bis er den Mut fassen konnte, die verkohlte Hand anzufassen.

Etwas von dem Gewebe blieb an dem Schlüssel kleben.

Angeekelt schaffte er es, ihn herumzudrehen und seine Hand zu befreien. Ein Gruselschauer nach dem anderen überlief dabei seinen Rücken. An der Bettdecke putzte er sich angewidert die Finger ab, mit denen er den verkrusteten Schlüssel hatte anfassen müssen.

Die nächste Aufgabe war kaum weniger abstoßend: Er musste sich den Kellerschlüssel holen. Den hatte Horst, nachdem er sorgfältig hinter sich abgeschlossen hatte, in seiner Hose verschwinden lassen.

Voll Abscheu schob Tobias Stück für Stück seine Hand in die vom Urin durchnässte Hosentasche und angelte den Schlüssel heraus.

Er konnte gehen.

Danksagung

Hilfe habe ich in vielfältiger Weise erhalten.

Als ich mich an mein Buch wagte, hatte ich nicht gedacht, dass ich so viel davon benötigen würde. Schon gar nicht hatte ich erwartet, dass so viele Menschen mir bereitwillig und so großzügig ihre Unterstützung geben würden. Auch für diese Erfahrung bin ich allen sehr dankbar.

Ich weiß, dass es dieses Buch ohne die Hilfe der unten aufgeführten Menschen nicht geben würde. Ich danke jedem einzelnen von ganzem Herzen für die unterschiedlichsten Arten von Hilfe und Unterstützung, die sie mir jeweils gegeben haben!

Dies sind die Namen der Menschen meines unglaublich wunderbaren Erfolg-Teams, bzw. die Orte an denen ich sie getroffen habe:

Annelie Drewes, Annelie Jakob, Annette Oduro-Boadi, Bettina Bülow-Böll, Britta Schäfer, Charlotte Ebers, Christel Trimborn, Christoph Böll, Egbert Schenkel, Elizabeth Pritchard, Ellie Mosely, Fiona Sutherland, Gabriele Berges, Hildegard Quinkert, Isabella Enste, James Howorth (The Edge of the World Bookshop), Jan Ackmann, Johanna Schenkel, Kate Graham, Kirsty Robinson, Liz Seale, Lorenz, Margret Mennenöh, Marion Arkuszewski, mein wiedergefundener Cousin, Mitarbeiter der Buchhandlung Janssen in Bochum, Mitarbeiterinnen der Dulceria La Namera auf Gomera, Pamela Gawler-Wright, Rick Peel, Sabine Niedmann-Illies, Sabine Scherf-Litschel, Steven Richford, Teilnehmer meiner Ausbildungsgruppe für Contemporary Psychotherapy, Tobias Schäfer, Tracey Sinclair, Vincent, Xenia Kasper, Yvonne Hunt.

Und allen die mir auf dem Weg viel Glück gewünscht haben und mich bestärkt haben weiterzumachen.

www.ingramcontent.com/pod-product-compliance
Lightning Source LLC
Chambersburg PA
CBHW060155260626
47160CB00001B/272